DOCE COMO VOCÊ

TÍTULO ORIGINAL *In a Jam*
Copyright © 2022 by Kate Canterbary
© 2024 VR Editora S.A.

DIREÇÃO EDITORIAL Tamires von Atzingen
EDIÇÃO Thaíse Costa Macêdo
ASSISTÊNCIA EDITORIAL Andréia Fernandes
PREPARAÇÃO Natália Chagas Máximo
REVISÃO João Rodrigues
DIAGRAMAÇÃO Balão Editorial e Pamella Destefi
DESIGN DE CAPA Kate Canterbary
IMAGENS DE CAPA laço © Dmitri Stalnuhhin / Adobe Stock;
                 padrão de framboesa © baibaz / Adobe Stock;
                 toalha quadriculada © daizuoxin / Adobe Stock
ADAPTAÇÃO DE CAPA Natália Tudrey e Pamella Destefi

Dados Internacionais de Catalogação na Publicação (CIP)
(Câmara Brasileira do Livro, SP, Brasil)

Canterbary, Kate
Doce como você / Kate Canterbary; tradução Isadora Prospero.– Cotia, SP: VR Editora, 2024.

Título original: In a Jam
ISBN 978-85-507-0485-2

1. Romance norte-americano I. Título.

23-184836   CDD-813.5

Índices para catálogo sistemático:
1. Romances : Literatura norte-americana 813.5
Cibele Maria Dias - Bibliotecária - CRB-8/9427

Todos os direitos desta edição reservados à
VR EDITORA S.A.
Via das Magnólias, 327 – Sala 01 | Jardim Colibri
CEP 06713-270 | Cotia | SP
Tel.| Fax: (+55 11) 4702-9148
vreditoras.com.br | editoras@vreditoras.com.br

KATE CANTERBARY

Doce como você

Tradução
ISADORA PROSPERO

EDITORA

Para as almôndegas.

Prólogo

Shay

Objetivo de aprendizagem de hoje:
Os alunos serão capazes de saber quando for a hora para um machado.

ESTAVA TRAJANDO MEU vestido de noiva quando ele ligou. Vestido, véu, sandálias e um corpete de força industrial para alisar as minhas gordurinhas. Era um enorme *cupcake*, pesado, bufante e nada prático para um casamento em julho, mas perfeito mesmo assim. Tudo estava perfeito.

Ele disse:

– Isso não vai funcionar, Shay.

Eu sabia o que ele queria dizer; já sabia antes mesmo que meu nome deixasse seus lábios. Ele não estava falando do balcão de frutos do mar, ou dos gravetos de corniso que cobriam o corredor da igreja, ou da banda. E não me surpreendi.

Devia ter ficado surpresa. Devia ter ficado chocada. Mas os pontos nos quais essas emoções deveriam viver estavam preenchidos por um vazio seco e frágil que gargalhava para mim. E essa gargalhada dizia que eu já devia saber.

Tudo o que consegui fazer foi arrancar o véu da cabeça e jogá-lo no tapete felpudo da suíte do hotel enquanto um quarteto de damas de honra gritava horrorizado. O véu significava algo, e elas sabiam. Um fio de cabelo fora do lugar não era um risco que eu correria minutos antes de sair para tirar as fotos pré-cerimônia.

A fotógrafa abaixou sua câmera enquanto eu dizia para meu ex-noivo:

– Tudo bem.

Tudo bem, aparentemente isso não requer uma conversa cara a cara.

A fotógrafa deu um passo para trás. E mais um.

Tudo bem, não vamos nos casar em três horas.

Minha madrinha, Jaime, veio em minha direção, com uma mão estendida e os olhos arregalados.

Tudo bem, um ano e meio de planejamento foram pelo ralo.

Minhas damas de honra, Emme e Grace, trocaram um olhar que parecia perguntar: *Que porra é essa?*

Tudo bem, todas as coisas que julguei ter feito certo foram uma perda de tempo.

Audrey alisou a saia do vestido azul-marinho e empurrou a cabeleireira e as maquiadoras para fora da sala.

Tudo bem. Tudo bem.

– Você... você me ouviu? – perguntou ele. – Entende o que estou dizendo?

Gostaria de dizer que esse tipo de coisa não acontece comigo. Não que eu já tivesse sido largada no altar antes – ou tão perto do altar –, mas que eu nunca fora largada em *algum lugar*.

– Você está terminando tudo – eu respondi, odiando como minha voz falhou. Ele não tinha o direito de me destruir assim e me ouvir desmoronar. Repuxei o corpete asfixiante do vestido. Ia vomitar se não tirasse aquela coisa de mim. – Já avisou os convidados?

Ele não respondeu de imediato e, naquele silêncio, ouvi um tique que se parecia muito com uma seta de carro.

– Não posso fazer isso – disse ele –, porque eu não estou aí.

Não tinha entendido direito o que significava "o mundo dá voltas" até meu ex-noivo me deixar e se recusar a arrumar a bagunça, tudo no espaço de cinco minutos. Eu o amara, o amara por *anos*, mas ele destruiu o dia do nosso casamento e nem fiquei surpresa. Não conseguia acessar nada do afeto que tinha sentido por ele. Todas as coisas boas e gentis que já associara com ele se tornaram amargas. Murcharam na hora. Por mais que eu o tivesse amado, descobri de repente que podia desprezá-lo e ressentir-me dele e detestá-lo. Aconteceu bem naturalmente.

E isso, sim, me surpreendeu.

– Como assim, você não está aqui? – perguntei, chutando os saltos fúcsia que combinavam com meu buquê. – Não acha que deveria dizer algo à sua família?

Ele pigarreou.

– Eles não estarão aí. Já sabem. Contei para eles ontem à noite. – Outro pigarreio. Outra seta. – Depois do jantar de ensaio.

Um ruído chocado explodiu de mim, algo entre uma risada e o grunhido de alguém que foi socada no estômago. Agora tinha certeza de que ia vomitar. Mas, antes de correr para o banheiro, eu iria – pela primeira vez em três anos – dizer àquele homem precisamente o que eu estava pensando. Não ia mais me editar. Não ia mais sorrir e fingir que estava tudo certo.

– *Ontem à noite...* quê? Não. Nem fodendo. E vá se foder. Não consigo imaginar por que contaria à sua família ontem à noite, mas esperaria, tipo, dezoito horas para contar para mim. A pessoa com que deveria se casar hoje. E não me importo. Não quero uma explicação. Não interessa. Está tudo acabado entre nós. – Puxei o corpete até um som de rasgo satisfatório preencher a sala. E então minhas amigas estavam lá, me rodeando, desamarrando, soltando, desenganchando, até que aquele maravilhoso vestido de chantili dos sonhos, aquele ao redor do qual eu planejara todo o casamento, de que eu fora atrás e pelo qual tinha passado fome, formasse uma poça aos meus pés. – Nunca mais fale comigo de novo. *Nunca.*

Joguei o celular contra a parede, com a intenção de quebrá-lo e desintegrá-lo em um milhão de pedaços, mas minha mira era terrível e ele pousou na cama, sua face escura me encarando de volta num mar de linho branco imaculado.

– Do que você precisa? – perguntou Jaime.

Balancei a cabeça. Trezentos dos nossos amigos e familiares mais próximos chegariam em uma hora. Exceto aqueles que meu ex já tinha avisado para não vir. Não havia conserto para isso.

– Quer que eu chame sua mãe? – perguntou Emme.

– Não – dissemos Jaime e eu em uníssono. Admirava minha mãe, mas *maternal* ou *reconfortante* não eram palavras que alguém usaria para descrevê-la.

– Quer uma tigela gigante de álcool e um machado? – perguntou Grace.

– Que tal uma tigela gigante de álcool e uma rota de fuga rápida? – sugeriu Audrey.

– Algo assim – sussurrei.

– Pode deixar com a gente – disse Emme.

Então eu solucei, alta, histérica e estilhaçada.

Minhas amigas me cercaram, uma envolvendo um roupão ao redor dos meus ombros, outra empurrando uma garrafa na minha mão e dizendo "Beba" com uma firmeza que não aceitaria protestos, e uma terceira tirando os alfinetes do meu cabelo enquanto a quarta reunia o vestido e o tirava de vista. Não que eu conseguisse enxergar muito através da torrente incontrolável de lágrimas.

– Ele pode ir pra puta que pariu. – Isso foi Emme.

– Ele nunca mereceu ela. – Audrey.

– É bom torcer para eu não pôr as mãos nele. – Grace, sempre feroz.

– Enquanto vocês planejam o desmembramento dele, eu vou descer para... pra cuidar das coisas. Vou falar com a sua mãe e padrasto também.

Algo nas palavras cuidadosamente escolhidas por Jaime, sobre *cuidar* da minha ruína, me rasgou com mais força do que qualquer coisa que meu ex tinha dito naquela tarde. Levei a garrafa à boca e virei a cabeça para trás, sem me importar se a vodca queimava minha garganta, ou escorria pelo meu queixo ou manchava meu batom.

Nada disso importava.

Eu não tinha mais que ser perfeita, o que era um tipo estranho de presente de despedida. Um presente que eu não tinha pedido e que não desejava. Mas eu tinha gostado da perfeição. Tinha gostado de atingir a perfeição. E tinha jogado segundo as regras da perfeição. Tinha feito tudo certo.

E nada disso importava.

Capítulo 1

Shay

Os alunos serão capazes de batalhar com advogados,
caminhões com pintura de vaca e piratas.

– PRECISO DA sua assinatura pra receber uma carta.

Olhei para Jaime do meu casulo no sofá, bêbada no meio da manhã e usando pijamas que não tirava havia três dias. Duas semanas após ser largada no altar, eu me encontrava ao menos um pouco bêbada a maior parte do tempo, mas não chorava constantemente, o que parecia um avanço.

Um avanço ou evidência de desidratação. Eu não sabia bem.

– Mas por quê? – perguntei.

Ela reuniu o longo cabelo castanho e sedoso e o amarrou num rabo de cavalo.

– Não sei, gata. Tentei fazer por você, mas o sujeito pediu seu documento.

Levei um minuto para me arrastar do sofá. Ir até a porta era uma jornada e tanto para mim. Eu só tinha me aventurado para fora da casa de Jaime, um depósito transformado em apartamento que ela dividia com três outras mulheres, uma ou outra vez desde que tudo desmoronara no dia do meu casamento.

A primeira vez que me controlei o bastante para deixar o apartamento foi para cortar 15 cm de cabelo – que eu passara quase dois anos deixando crescer para ter o penteado de casamento perfeito – e transformar meu loiro natural num rosa dourado.

Não tinha nenhum motivo específico para querer um cabelo cor-de-rosa na altura do ombro. Não conseguia explicar. Tudo o que eu sabia era que não queria mais ver a versão antiga de mim mesma no espelho.

Foi isso que me levou à tatuagem. Muito mais permanente do que mudar meu cabelo, mas fazia anos que desejava uma e agora precisava de um lembrete visível de que, quem quer que fosse antes daquele desastre, não era o meu eu de hoje.

Em seguida, vendi tudo que fora tocado pelo meu antigo relacionamento. Vestidos de todos os tipos. Vestidos usados nas fotos de noivado, vestidos da festa de noivado, vestidos do chá de panela e vestidos da despedida de solteira. As peças para a festa de casamento e o *brunch* do dia seguinte, os *looks* da lua de mel. Todos aqueles fabulosos sapatos magenta e o véu. Tudo que usara com meu ex. Todos os pedacinhos aleatórios de ideias *kitsch* de casamento que eu colecionara com cuidado. Até mesmo uns dois anos de revistas de noiva.

E aquele maldito vestido. No fim das contas, eu não o tinha rasgado de forma significativa. Só abri uma costura lateral, nada que uma costureira não pudesse consertar. Como aquele designer quase nunca criava nada que coubesse em mulheres que usavam tamanho GG como eu, havia dezenas de noivas fazendo fila para comprá-lo de mim.

Não restou muita coisa depois disso. As roupas que eu usava para dar aulas na Educação Infantil. Uma coleção de calças de ioga em tons variados de preto desbotado. Uma caixa de sapato cheia de brincos extravagantes que eu amava, mas que meu ex-noivo odiava.

Então, lá estava eu com meu novo cabelo e *tattoo*, virando bebidas alcóolicas enquanto maratonava *reality shows* no sofá da minha melhor amiga, usando pijamas que não trocava havia três dias, enquanto meu ex curtia a lua de mel que eu planejara e que tinha pagado como presente de casamento para ele. Esse era meu prêmio por seguir as regras.

Isso e o que quer que eu tivesse que assinar para receber na porta.

Arrastei os pés pelo apartamento, um cobertor jogado sobre os ombros e apertado com força junto ao peito, porque não podia confiar naquele top para me conter. Um movimento errado e meus peitos escapariam.

Jaime se encostou na parede enquanto eu estendia um documento e assinava para receber a carta.

– O que é isso? – perguntei ao entregador.

– Não é meu trabalho saber – disse ele. – Meu trabalho é só entregar os papéis, e você não facilitou para mim.

– Meio críptico, né? – disse Jaime enquanto o homem se afastava pelo corredor.

Virei o envelope nas mãos.

– O que quer que seja, acho que não me importo – eu disse, me arrastando de volta ao sofá. Joguei o envelope para Jaime. – Só me conte o que diz.

Encarei a televisão, o cobertor ao redor da cintura enquanto dava um gole ruidoso no restinho de uma mistura realmente medonha de vinho tinto, gelo e Coca Zero. Medonho. Um crime contra o vinho. Também delicioso.

Jaime rasgou o envelope, e eu apreciei – não pela primeira vez – a completa ausência de julgamento da parte dela. Algumas pessoas não permitiriam toda aquela autopiedade. Não discutiriam designs de tatuagem ou aplaudiriam quando as primeiras mechas caíssem no chão do cabeleireiro. Minha amiga não julgava: aceitava tudo, e isso era só uma das melhores coisas sobre ela.

– É sobre sua avó postiça – disse ela enquanto virava as páginas. – A que morreu.

Girei o gelo na taça. Minha vó Lollie tinha morrido alguns meses antes, tranquila e feliz numa cama em uma comunidade de aposentados na Flórida que insistia em descrever como "um lugar *do balacobaco*". Ela tinha 97 anos, embora isso nunca a tivesse impedido de arrebentar na noite da salsa. Eu morei com ela por um tempo, durante o Ensino Médio, quando as coisas estavam complicadas para mim, e a amava profundamente.

Ela era um dos poucos membros da família que eu considerava *família de verdade*. Tinha acreditado com todo o coração que não ter a vó Lollie no meu casamento era a pior coisa que podia acontecer comigo.

Era um jeito legal de provocar o destino.

– Isso não faz sentido – murmurou Jaime, folheando as páginas. – Parece que ela lhe deixou uma... uma *fazenda*. Em *Rhode Island*.

Meu olhar caiu nos cestos de roupa suja, sacos de lixo e caixas desparelhadas encostadas na parede. Aquela bagunça aleatória e meio precária proclamava alta e orgulhosamente que alguma combinação das minhas fofas, incríveis e doidas amigas foram até o apartamento de luxo num arranha-céu em Back Bay, Boston, que eu dividia com meu ex e pegaram tudo que acreditavam ser meu.

Tudo, até uma garrafa quase vazia de azeite de oliva e uma vassoura que eu nunca tinha visto antes.

Elas eram as melhores amigas que alguém podia pedir e a coisa mais próxima a uma família que eu tinha ali em Boston. Ficavam perguntando se eu precisava de alguma coisa, se estava bem. E a verdade era que eu não estava bem. Nem de longe.

Mas eu não dizia isso.

Olhei para Jaime e perguntei:

– Quê?

Ela balançou a cabeça, apontando para a primeira página.

– Precisamos ligar para o advogado da sua avó porque eu não entendo esses negócios e tem um monte de datas e requisitos aqui que parecem muito importantes.

Fui até a cozinha para insultar outra taça de vinho com gelo e refrigerante.

– Isso não faz sentido. Deve ser um erro. Lollie não teria me deixado a fazenda. Está na família dela há centenas de anos, e ela tinha quatro netos de verdade, sabe, do primeiro casamento do meu padrasto. Ela teria deixado a fazenda para eles. Ou para o meu padrasto. Ou qualquer outra pessoa.

Jaime apontou para o documento.

– Precisamos ligar pra esse cara.

– Eu não tenho celular – eu disse. – Você levou o meu embora. Lembra?

Ela tinha arrancado o aparelho das minhas mãos em algum momento. Jaime e as outras me contiveram nos momentos em que eu queria gritar com meu ex por esperar até o último segundo possível do dia do nosso casamento para terminar as coisas, e nos momentos em que gostaria que ele explicasse o que aconteceu, que me dissesse o que tinha dado errado, o que *eu* tinha feito errado. Por que escolhera me fazer de trouxa.

A explicação não ajudaria. Eu sabia. Mas havia horas em que me cansava de estar bêbada, triste e entorpecida, e queria ficar dentro da fúria de ter sido injustiçada e tratada de modo tão negligente. Queria que essa fúria me exaurisse. Que me drenasse até eu ficar cansada demais para chorar, cansada demais até para sentir o torpor.

Aquela fúria era a coisa mais real que eu podia sentir, e mesmo ela era pouco mais do que decepção requentada. Eu tinha planejado cada milímetro daquele casamento e então – *puf.* Tinha sumido, como se nenhuma parte dele tivesse existido. Como se tudo que o casamento representava – tudo o que significava para mim – nunca tivesse existido.

– Vamos usar o meu – disse ela, tirando o celular do bolso de trás do short jeans.

Ergui a taça em cumprimento.

– Estou lhe dizendo, é um engano. Ela não deixou a fazenda pra mim.

– Mas e se deixou? – Jaime me lançou um olhar impaciente antes de ligar para o número listado no documento. Voltei ao sofá, escutando distraída enquanto ela explicava nossa situação a alguém do outro lado da linha. Um momento depois, ela me entregou o telefone, dizendo: – Estão nos conectando com o advogado agora.

Eu coloquei no viva-voz enquanto o telefone tocava. E então:

– Alô, aqui é Frank Silber.

– Hã, é, oi, aqui é Shay Zucconi – eu disse.

– Srta. Zucconi! Estamos tentando rastreá-la há um mês – disse ele, uma risada ressoando nas palavras.

Virei o envelope. Não havia por que explicar que ele tinha meu endereço mais-do-que-antigo, o apartamento onde eu morava antes de me mudar com meu ex.

– É, eu me mudei recentemente.

– Bem, agora que consegui alcançar você – disse ele, ainda com aquela risada jovial –, vou explicar os termos da sua herança.

– Sobre isso – comecei, ignorando as sobrancelhas arqueadas de Jaime. – Acho que você tem a pessoa errada. Não está procurando o filho de Lollie, talvez, ou os netos? Realmente não acho que era para eu ganhar qualquer coisa.

– Sua avó foi muito clara sobre os desejos dela – disse ele. – Ela revisou o testamento comigo cerca de três meses antes de falecer. Era isso o que queria.

– Tá, mas… – Eu não sabia o que mais dizer e Frank encarou meu silêncio como uma abertura.

– A gestão do patrimônio de sua vó nomeia você, Shaylene Marie Zucconi, como a única herdeira da residência, das construções e das terras agrícolas conhecidas como Fazenda Thomas Twins, comumente chamada de Twin Tulip, localizada no número 81 da Estrada Old Windmill Hill em Amizade, Rhode Island.

– Isso é loucura – eu disse. – Eu... eu não entendo por que ela deixaria a fazenda para *mim*.

– Não posso falar por Lollie, mas me lembro dela dizendo em várias ocasiões que você saberia o que fazer com a fazenda – disse Frank.

Olhei para meu short e top de pijama.

– Frank, eu não sei nem o que fazer comigo mesma. Vários acres de terra parecem responsabilidade demais para mim.

Ele respondeu com uma gargalhada grave, como se eu não estivesse sendo completamente honesta, e prosseguiu:

– Há dois requisitos importantes que preciso explicar. Primeiro, você precisa morar na propriedade por pelo menos metade do ano e...

– Mas eu trabalho em Boston – interrompi. – Não posso ir de Rhode Island pra lá todo dia.

– Se não estiver disposta ou não for capaz de atender aos requisitos estabelecidos pelo testamento, a propriedade será entregue à cidade de Amizade – disse ele.

Por que Lollie faria isso comigo?

Encontrei o olhar de Jaime, balançando a cabeça devagar.

Ela ergueu as mãos, dando de ombros.

– Você sempre pode devolver a fazenda aos povos originários dos quais provavelmente foi roubada.

Deixei a ligação no mudo enquanto Frank continuava falando sobre como a cidade ficaria com a fazenda.

– Ela fez isso uns quarenta anos atrás. Devolveu um monte de terra. – Fiz uma pausa enquanto Frank gritava algo para seu assistente. – A família dela ficou puta, mas ela não ligou.

– Gosto dessa mulher – respondeu Jaime.

– E o segundo requisito – continuou Frank – era o mais importante para Lollie. A família dela mora e trabalha nessas terras desde o início do século 18, e ela queria que essa presença familiar continuasse. A fim de herdar a propriedade no fim do ano provisório, você deve submeter uma prova de casamento ou união estável à gestão do patrimônio dentro desse ano.

– Então – comecei, pausando para dar um gole na minha sangria vergonhosa –, eu tenho que me mudar para Rhode Island, viver numa fazenda *e* me casar? E sou a única que pode fazer isso? Não os filhos do meu padrasto ou literalmente qualquer outra pessoa?

Parecia que Frank estava organizando papéis do outro lado da linha.

– Foi a escolha de Lollie. Entretanto, você está livre para ceder a propriedade à cidade. Isso poria fim à tradição de trezentos anos de uma única família trabalhando naquela fazenda, mas entendo que nem toda tradição deve continuar para sempre. Tenho certeza de que Lollie entendia também.

– Eu nem era família dela de verdade. – Saindo da minha boca, parecia uma desculpa patética. Eu também sentia que era. A vó Lollie tinha sido o mais verdadeira possível para mim. E nunca fui próxima da minha mãe ou padrasto. Se tinha sido algo para eles, era um pesadelo logístico. Só conhecera os filhos dele algumas vezes, mas todos eram dez ou quinze anos mais velhos do que eu, e tinham vidas em outros lugares. – Ela era minha avó *postiça*.

– Como mencionei, Lollie acreditava que você saberia o que era o melhor para a fazenda. – Frank fez um ruído alto, nasal e gorgolejante. – Se entendo corretamente, os outros netos de Lollie expressaram um interesse limitado em visitar a propriedade familiar algum dia.

– Mas, quer dizer, você pode conferir com eles de novo, certo? Talvez tenham mudado de ideia.

Frank riu.

– Receio que testamentos não funcionem assim, srta. Zucconi.

– Tudo bem. Já que não vou me casar e não posso me mudar para Rhode Island, acho que não posso aceitar essa herança. – As palavras machucavam. Eu não ia à fazenda em anos, desde pouco antes da vó

Lollie se mudar para a Flórida e alugá-la para um jovem casal que cuidava das tulipas, mas ela existia na minha mente como um lugar que sempre estaria lá para mim.

Até agora.

– Não tome nenhuma decisão hoje – disse Frank. – Ela é sua por um ano. Dê um tempo. Não há necessidade de entregar a propriedade ao município antes do necessário. Aproveite esse ano. No meio-tempo, pedirei ao meu assistente que envie com urgência as chaves e a papelada para você.

Depois que dei o endereço de Jaime a Frank, ele encerrou a ligação e meu olhar caiu sobre as caixas e cestos transbordando contra a parede. Tudo que eu tinha estava empacotado naqueles contêineres. Houve um tempo em que eu prometera a mim mesma que tinha parado de viver só com uma mala. Que minha vida não seria mais sobre portabilidade. Que eu não viveria com um pé aqui e outro ali. Que não viveria mais assim.

E lá estava eu, com 32 anos e de volta em outra situação temporária, sem a menor ideia do que aconteceria em seguida.

Exceto que… eu podia decidir o que acontecia em seguida.

Minha vida não girava em torno de qualquer outra pessoa. Não mais.

Eu podia fazer o que quisesse.

Jaime me deu um olhar.

– Como estamos?

Dei de ombros.

– Tudo bem.

– Então é isso? A gente vai se casar? – perguntou ela.

Balancei a cabeça.

– Eu não poderia fazer isso com você.

– Eu faria *por* você – repetiu ela.

– A gente não vai se casar. Eu vou ser atingida por um raio se pensar em casamento por mais do que alguns segundos e, além do mais, você vai perder toda sua credibilidade de bi caótica. Todo mundo conhece sua opinião sobre monogamia e uniões legais.

– Podemos ter um casamento aberto – disse ela.

Eu realmente não podia pedir por ninguém melhor do que Jaime.

– Você é boa demais pra mim. E é gentil de oferecer. Mas tudo o que sei sobre fazendas cabe nessa taça. – Ergui minha bebida. – Não sei, essa história toda é ridícula. Eu não posso… quer dizer, nunca gostei de morar naquela cidade. Mas era meio feliz na fazenda e não é como se, bem. Humm.

Eu contei os contêineres. Não eram muitos. Se os organizasse direitinho, caberia tudo no meu carro. Podia apenas ir embora. Podia partir agora mesmo, se quisesse. Não precisava esperar as chaves. Sabia onde Lollie escondia todas as cópias.

Além do fato de que eu podia partir, senti que *deveria*. A fazenda da vó Lollie era o único lugar que já tinha parecido um lar para mim e eu tinha um período curtíssimo antes de perdê-la. Tinha que ir para lá enquanto ainda era minha.

– No que está pensando? – perguntou Jaime. – Eu conheço essa cara. Você fez essa mesma cara quando decidiu reformular a unidade sobre maçãs e abóboras dois dias antes do início das aulas, uns anos atrás. É a sua cara de planos loucos.

Afastei o olhar das caixas e sorri para Jaime. Ela era professora do primeiro ano, na sala ao lado da minha turma de Educação Infantil.

– Nada de planos loucos – respondi. – Mas uma boa notícia pra você.

– E o que seria?

– Vou sair do seu sofá de vez.

– E aonde você vai, gata?

Eu virei o conteúdo da taça.

– Vou me mudar pra Rhode Island amanhã.

Ela se jogou contra as almofadas.

– É isso, não é?

– O quê?

– O começo da sua era de vilã – disse ela. – A era de "foda-se tudo, veja se eu me importo, jogue fora a vida inteira e comece do zero só porque você está a fim".

Pensei sobre isso por um segundo. Era verdade, eu não dava mais a mínima para nada. E, se minha sangria vergonhosa e meus pijamas diurnos eram algum indício, eu não me importava. Tudo que faltava era jogar fora os resquícios da minha vida. E essa ideia foi a primeira lufada de ar fresco que senti em tempo demais.

– É. Talvez.

– EU QUERO apoiar você – disse Jaime enquanto eu espremia outra caixa no banco de trás do meu carro. – Também quero garantir que não esteja mergulhando de cabeça numa situação depressiva e destrutiva.

– Tenho uma quantia aceitável de depressão – respondi de dentro da SUV. Dois dias após falar com Frank, eu tinha consolidado minhas coisas ao essencial, pedido uma licença na escola, e me sentia viva pela primeira vez em muito tempo. – A quantia apropriada. Considerando tudo.

– E quanto à destruição? Tirar uma licença de um ano e me deixar com sabe-se lá quem pra ensinar tem que ser um tantinho destrutivo.

Eu me inclinei para fora da janela para encontrar o olhar dela.

– Sinto muito por isso. Não queria atrapalhar você no processo. Eu só... – Olhei para a rua por um momento.

– Você precisa de uma folga de tudo – disse ela. – Eu entendo. Mas o que a gente sabe sobre Amizade? Só o nome já é suspeito. E só porque é uma cidade pequena não significa que é um bom lugar para morar.

– É uma cidadezinha tranquila na Baía de Narragansett. Uma enseada a corta bem no meio – eu disse, usando as mãos para ilustrar os dois lados. – Um lado da enseada tem velhas fazendas familiares e o outro é só subúrbios arborizados com casas e escolas construídas todas no século passado. Não tem muito mais do que isso.

– E me diga uma coisa – disse ela, apoiando as mãos nos quadris. – Tem ursos lá?

– Quê? Não. Pelo menos, acho que não. Não, nada de ursos. Eu nunca ouvi falar de ursos quando morei lá durante o Ensino Médio. – Encarei a calçada. *Merda.* Agora estava me perguntando sobre ursos.

– E o que você vai fazer numa fazenda? – continuou Jaime. – Eu a conheço há seis anos e em nenhum momento nesse tempo todo você me passou a impressão de saber algo sobre tulipas ou como cultivá-las.

Eu ri.

– E não sei mesmo. Não faço ideia do que vou fazer com as tulipas ou o terreno nem nada. Mas vou ser professora substituta na escola do distrito e… não sei. – A vantagem de morar com meu ex num apartamento que era dele pelos últimos dois anos era que eu tinha economias que me permitiam viver confortável por um tempo. Podia ser um pouco imprudente agora. A aliança de noivado enfiada no bolso de moedas da carteira prometia que eu podia ser um pouco mais imprudente ainda, se necessário. – Vou pensar conforme as coisas acontecerem.

O único plano era não ter um plano, e isso não ia me fazer reduzir o ritmo. Era insensato, mas, no momento, o restante da minha vida também era. Eu podia muito bem parar de lutar contra isso.

Ela me entregou o último cesto de roupas, que estava cheio de lençóis, uma caçarola de ferro fundida, três pacotes de salgadinho de queijo, e um emaranhado caótico de cabos de carregadores.

– Espero atualizações regulares. Não estou falando de mensagens de texto de vez em quando. Vai me ligar por vídeo, entendeu? Não me obrigue a me apresentar à delegacia de polícia de Amizade e mandá-los atrás de você pra checar se está bem.

– Vou ligar – prometi. – A gente não passa mais do que alguns dias sem conversar há anos. Acha que vou começar agora?

Ela apontou os braços para minha SUV.

– Você está começando a fazer várias coisas que não costuma fazer. Só quero ser clara sobre as regras. E não coma um pacote inteiro de salgadinhos no trajeto. Vai ter dor de estômago e aí vai ficar num humor terrível.

– Tá bom, mãe – provoquei.

– Você ri, mas eu estou falando sério – respondeu ela. – Sei como você fica quando enche a cara de salgadinho.

– Eu ligo pra você quando chegar lá – eu disse, inclinando-me para puxá-la para um abraço. – Obrigada por ser uma mãezona pra mim.

– De nada – disse ela contra meu ombro. – Estou a uma ligação de distância. É só falar e eu estarei lá.

– Você nem tem um carro, James. E não dirige – acrescentei.

– Eu faria Audrey dirigir – disse ela. – Ou melhor, Grace. Ela não liga pra limites de velocidade. A questão é: você está a menos de duas horas ao sul e estarei lá a qualquer hora que precisar de mim. Ou qualquer uma de nós. Ou *todas* nós.

Assenti.

– Eu sei.

– Assim que se acomodar e eu conseguir reunir todo mundo, vamos descer pra uma visita num final de semana – disse ela. – Se você ainda não tiver ficado entediada de morar no interior e já estiver de volta no meu sofá.

Gostaria de dizer a ela que não estaria de volta no seu sofá, mas não estava convencida de que isso era verdade. Até onde sabia, eu chegaria lá, lembraria-me de todas as coisas que odiava sobre Amizade e daria meia-volta.

Mas eu tinha um ano inteiro na fazenda da família de minha avó postiça antes de perdê-la para sempre. Queria espremer o máximo de vida que pudesse daquele tempo antes de ter que abrir mão do presente inesperado da vó Lollie.

EU NÃO ODIEI Amizade ao chegar lá, mas tive um grande problema com os quatro caminhões com pintura de vaca estacionados na entrada de carros da vó Lollie.

Sério. Caminhões pintados como vacas. Pretos com pontos brancos e cílios grossos ao redor dos faróis. Pequenas plaquinhas de nome na porta do motorista diziam *Buttercup, Clarabelle, Rosieroo* e *Gingerlou*. E elas estavam bloqueando meu acesso à casa. Eu mal conseguia ver a velha casa vitoriana ou a varanda larga e elegante que a rodeava. Os torreões gêmeos – tudo vinha em par, por ali – estendiam-se para o céu sem nuvens sobre os caminhões, o que dava uma *vibe* circense que me irritava para caramba.

A Thomas House era fantasiosa até o cerne, o exterior em estilo casa de pão de mel pintado em tons de verde com detalhes em rosa e roxo vibrante. Um jardim de flores silvestres na forma de coração oscilava na brisa. Eu sabia que encontraria um jardinzinho de fadas atrás do celeiro amarelo como um girassol. Se a memória não falhava, havia um caminho de lajotas ladeado por alecrins e ervas-doces que levava ao lado do celeiro. Do outro lado de um par de faias enormes com galhos grossos e baixos em que se podia sentar e ler em dias de verão, vivia uma roseira que tinha encoberto uma velha cama de ferro forjado, formando literalmente um leito de rosas. E havia acres de tulipas plantadas em fileiras serpenteantes e em espiral. Tudo ali era intencionalmente maluco.

Caminhões de vaca não faziam parte da fantasia e da maluquice.

Abaixei a janela para dar uma olhada melhor na camionete mais próxima.

– Que porra é essa? – murmurei.

Dos lados, as palavras *Fazendas Estrelinha* estavam rabiscadas em azul-ardósia claro numa letra vintage, com um quarteto de estrelas desenhadas à mão em cima delas.

Eu não me lembrava de nenhuma fazenda com esse nome na área, mas, mesmo se me lembrasse, por que os caminhões deles estariam estacionados ali? Minha primeira e única explicação não foi muito generosa. Presumi que essa fazenda estava usando a propriedade de Lollie como ferro-velho. Peguei o telefone e procurei as Fazendas Estrelinha. O lugar tinha que ter um número de telefone, e eu diria a eles para levar suas camionetes de casa para outros pastos.

Meu dedão pairou sobre o número de telefone quando eu encontrei o endereço. Estrada Old Windmill Hill. A fazenda ficava logo acima na estrada.

– Melhor ainda – eu disse, dando ré no caminho de cascalho. – Vamos descobrir pessoalmente qual é a dessas vacas.

Eu não tinha lembranças de todas as fazendas e famílias da área, mas me lembrava dos vizinhos de Lollie e eles não criavam gado leiteiro. Aquelas pessoas tinham pomares. Maçãs, frutas vermelhas e coisas assim. Eu ajudava Lollie na fazenda quando morava ali, principalmente trabalhando na caixa registradora em abril e maio, bem na ponta dos campos abertos ao público para colheita, mas não sabia o suficiente sobre o assunto para dizer se um pomar podia se transformar em pasto para gado. Não via como isso poderia funcionar, mas vai saber?

Acelerei na Old Windmill Hill em direção ao trecho de terra agora conhecido como Fazendas Estrelinha, tão determinada a combater uma injustiça quanto alguém já esteve em toda a história humana.

Quando alcancei o topo da Old Windmill Hill – com o moinho de quatrocentos anos homônimo de um lado –, virei no caminho marcado com uma grande placa anunciando as Fazendas Estrelinha. Várias placas menores estavam penduradas embaixo, dizendo *Pão recém-assado, Mirtilos locais, Geleia caseira e Mel silvestre*.

O lugar estava apinhado de trabalhadores. Havia caminhões de cada lado do caminho de cascalho, várias estufas e grandes construções se erguiam à distância, suas portas altas escancaradas. A velha casa de fazenda ainda estava onde eu me lembrava, mas diferente, a área de negócios expandida e estilizada para se tornar uma vitrine de loja.

Estacionei de qualquer jeito, metade no cascalho, metade no gramado pisoteado que levava às estufas. Foi o melhor que pude fazer, dado que a área para carros estava lotada. Encontrar uma fila para entrar na loja só aumentou minha frustração. A necessidade de levar pão e geleia à comunidade não era tão grande para que aquelas pessoas pudessem deixar seus automóveis bovinos onde quisessem. E de onde aquela gente tinha vindo, afinal?

Em vez de esperar na fila para falar com alguém dentro da loja, eu me dirigi até as estufas. Passei por uma construção cheia de maquinários e veículos para todos os tipos de terreno, e então por outro prédio preenchido com fardos de feno. Tentei chamar a atenção dos empregados, mas estavam ocupados descarregando suprimentos com uma empilhadora, ou carregando uma grande seção de cerca, ou gritando ordens e piadas uns para os outros. Não pareceram sequer me notar.

Se eu estava determinada antes, agora estava com raiva, e essa raiva era esquisita. Era uma sensação *esquisita*. Quanto mais ficava parada lá, assando sob o sol do fim da tarde e ouvindo distraída os trabalhadores gritarem uns com os outros, mais claro ficava que eu não estava entorpecida. Eu me sentira mais viva desde o momento em que tinha bolado aquele não plano de vir para cá, mas nesse momento foi como sair de um coma induzido pela vergonha.

Foi essa revelação que me distraiu a ponto de não ver o homem subindo pelo caminho, nem a garotinha pisando forte ao lado dele. Fiquei tão distraída que não vi o tapa-olho da menina e a espada de plástico que ela agitava com vigor.

Não, foi só ao ouvir "Yo-ho! Terra à vista!" que eu voltei à realidade e vi a garota pirata e o enorme homem barbado segurando a mãozinha dela. Ele tinha uma mochila rosa sobre um ombro e uma lancheira pendendo dos dedos. Um boné com a insígnia das Fazendas Estrelinha e óculos escuros cobriam seus olhos, e, naquele momento, pareceu que ia passar direto e me ignorar como todos os outros tinham feito.

– Yo, ho, ho – chamou a garota, erguendo o tapa-olho para a testa. Era decorativo, não funcional.

Ele pareceu não me notar até a menina apontar a espada na minha direção, mas então deixou cair a lancheira, uma nuvem de poeira erguendo-se ao redor dela enquanto murmurava algo para si mesmo. E aí:

– O que você está fazendo aqui?

– Eu estou aqui – comecei, exaltada com minha raiva recém-encontrada – porque caminhões que pertencem a essa fazenda estão bloqueando a entrada da *minha* fazenda e estou tentando encontrar alguém que possa movê-los. O mais rápido possível.

– Baleia à vista! – gritou a garota.

Eu lhe dei um sorriso encorajador e um aceno, porque as crianças só querem ser reconhecidas, e ela estava dedicando muita energia à interpretação de pirata. Então me virei para o homem ao lado dela.

– Você sabe quem está no comando aqui?

– Eu sei quem está no comando – repetiu ele, devagar, como se fosse eu que estivesse interpretando um papel. – É, acho que sim.

Joguei os braços para o alto.

– Pode me dizer onde encontrar a pessoa?

Ele sacudiu a cabeça de leve e se curvou para pegar a lancheira caída. Entregou-a à menina antes de cruzar os braços.

– Bem aqui – disse ele. – Você me encontrou.

Capítulo 2

Noah

Os alunos serão capazes de reprimir tudo.

A PORRA DA Shay Zucconi.

Na minha cidade. Na minha fazenda.

E ela não se lembrava de mim.

Parecia apropriado. Considerando tudo.

– Você está usando um macacão? – perguntou Gennie, enfim largando a fala de pirata por um momento. Ela rodeou Shay, estudando atentamente suas roupas. – Parece um macacão. Como você vai ao banheiro?

Shay deu a Gennie um sorriso sem qualquer sinal de irritação. Isso me surpreendeu. Imaginei que ela não teria muita paciência com uma menina de 6 anos que nunca guardava um pensamento para si mesma. Ou que ofereceria algum comentário seco e então ignoraria a criança.

Afinal, Shay Zucconi era boa demais para tudo isso. Para todos nós.

– Chama-se *romper* – disse Shay, como se estivesse falando com uma amiga. – Se está falando sobre macacões de adultos, chama-se *body*, e são bem mais fáceis de abrir no banheiro. Essas coisas – ela se virou, gesticulando para o zíper atrás das costas – são meio que um pesadelo. – Ela estendeu a mão para Gennie. – Eu sou a Shay. Qual é o seu nome?

Ela se escondeu atrás de mim, subitamente tímida. Senti seus dedos se fecharem na minha camiseta.

– Gennie – sussurrou ela.

Shay acenou e disse:

– É um prazer conhecer você, Gennie.

Realmente queria odiá-la, e por um milhão de motivos diferentes, mas principalmente porque aparecia ali depois de tantos anos e não se lembrava de mim. Não que eu quisesse que alguém fosse rude ou desdenhoso com Gennie – a menina já tinha passado por coisa o suficiente –, mas teria apreciado se pudesse ter saído dessa conversa me ressentindo de Shay. Isso teria me ajudado bastante.

Em vez disso, ela apontou para a saia listrada de Gennie, que tinha a bainha esfiapada porque não se podia confiar na menina com tesouras, e disse:

– Conta pra mim do *look* que você montou. É muito lindo.

– Eu gosto de preto e branco – disse Gennie, me abandonando e rodopiando como se dançasse. – É meu preferido, mas Noah diz que eu devia tentar outras cores.

Shay levou a mão para o pingente de diamante apoiado na base da garganta, e o levou para um lado e outro da corrente várias vezes enquanto piscava para Gennie. Ela levou um segundo, mas então seu olhar voou para mim. *Zap, zap, zap.*

– Noah? – sussurrou ela, abandonando o colar para empurrar os óculos para cima da cabeça e me olhar boquiaberta. Calor subiu pelo meu pescoço. – Noah *Barden*? Quê? Por que você não me disse antes? Você é a última pessoa que eu esperava encontrar em Amizade.

E não era verdade?

– Eu podia dizer o mesmo pra você – respondi.

Ela olhou para as colinas ondulantes ao redor, o olhar distante enquanto balançava a cabeça devagar.

– É. Quer dizer, isso não estava na minha cartela de bingo.

Nós nos encaramos enquanto Gennie girava ao redor, com a espada erguida. Se Shay pretendesse oferecer uma explicação de por que diabos estava ali depois de catorze anos e uma promessa adolescente de sair desse lugar, teria sido uma boa hora para fazer isso. Teria sido uma boa hora para eu fazer o mesmo.

Mas o momento passou e Gennie parou ao lado de Shay para brincar com a pulseira em seu pulso.

– Seu cabelo é muito bonito – disse ela.

– Obrigada, é novo – disse Shay, erguendo a mão para o cabelo rosa--morango. – Ainda estou me acostumando com ele.

– Você está ótima, Shay. O tempo foi bom com você – eu disse, o que era idiota, porque não éramos as crianças que costumávamos ser, e a última coisa de que eu precisava era um problema como Shay de novo, mesmo que os anos tivessem pegado aquela garota inesquecível com olhos de gato e aquela cortina de cabelo loiro comprido e a transformado numa mulher inesquecível com cabelo rosa e curvas voluptuosas demais para contemplar no calor. Ela ainda era mais baixa do que a média e sua pele ainda era cor de pêssego e lisa, sem nem uma sarda sequer para interromper toda a perfeição.

– É gentil da sua parte, mas esse não é nem um pouco o caso – disse ela, fazendo um gesto para me apontar da cabeça aos pés. Foi então que percebi o nível da minha estupidez. Não podia chamar atenção à aparência dela sem tornar a minha um alvo legítimo. Se havia alguém que sabia como era ter o corpo como uma fonte constante de comentário público, era eu. – Você, por outro lado, está quase irreconhecível. – Ela fez o gesto de novo, para cima e para baixo. – Cresceu, tipo, uns trinta centímetros.

– Noah tem trinta metros – disse Gennie, ainda focada na pulseira de Shay.

– Só vinte centímetros. – Enfiei as mãos nos bolsos, esperando o resto. Desde que me mudara de volta para Amizade, as primeiras coisas que todo mundo dizia para mim eram sobre a perda de peso e como minha pele estava limpa. Quando terminavam de recapitular meu histórico como um garoto gordo com acne suficiente para ser memorável, imediatamente passavam a pedir o que quer que precisassem de mim. Patrocinar o time de softbol, comprar um estande num evento próximo, doar uma cesta para aquele leilão de caridade, juntar-me a um novo comitê, resgatar a fazenda de uma família antes de chegar ao leilão.

Mas tudo que ela disse foi:

– É muito bom ver você, Noah. – E eu tinha 16 anos de novo. Aos 16, eu era todo desajeitado e estava maravilhado com essa garota.

E isso não podia continuar sob nenhuma circunstância.

– É, você também. Então, sobre os caminhões lá em Twin Tulip – eu disse, esfregando a nuca. Como sempre, minha pele parecia concreto. – Os rapazes ficavam vendo intrusos estacionando lá e fazendo trilha até aquele atalhozinho nos bosques, o que leva à enseada. Paramos alguns caminhões de entrega fora de serviço lá para dificultar que alguém estacionasse. – Ergui um ombro, aquele com a mochila cor-de-rosa que Gennie jogou para mim assim que desceu do ônibus. Ela odiava a mochila, mas amava o cabelo rosa de Shay. Claro. Fazia sentido. – Não sabíamos que alguém estava vindo.

Ela franziu as sobrancelhas e fez uma expressão que não entendi.

– Eu não sabia que ia vir também.

– Seus brincos não combinam – anunciou Gennie. – Eles não deviam combinar?

– Não vejo por que deveriam – respondeu Shay. – Se eu não puder me divertir com meus brincos, por que os usar?

Eu enfiei a mão no bolso de trás e peguei meu celular.

– Vou pedir que alguém cuide dos caminhões agora.

– Espere um segundo – disse ela, com uma risada, as mãos abanando enquanto eu enviava uma mensagem de texto. – Qual é a dos caminhões de entrega pintados como vacas? E toda essa história de fazenda leiteira? O que aconteceu aqui? Cadê o pomar? – Ela apontou para o meu boné. – E isso. Fazendas Estrelinha. O que é *isso*?

Sustentei o olhar dela, o coração na garganta. Tinha certeza de que ela tinha entendido tudo e eu teria uma eternidade de explicações para dar enquanto ela me interrogava...

– Tanta coisa mudou – exclamou ela, acenando para as estufas e a loja da fazenda. – Eu não acredito. Isso não era uma fileira de arbustos de frutinhas? Alguma coisa esquisita, certo? Tipo framboselha.

– Framboselhas não existem. Você está pensando em groselha – eu respondi.

– Framboselhas deviam existir – murmurou Gennie.

– Sim! Isso mesmo. Groselha – disse Shay. – As groselhas sumiram!

– Ninguém comprava as groselhas. Eram um péssimo uso dos recursos – eu disse. – Enfim, sobre a questão do leite. Meu pai não sabia como dizer não quando fazendas vizinhas perguntavam a ele se queria comprá-las, mas nunca sabia o que fazer com todas aquelas posses também. Quando assumi o comando, consolidei as operações, incluindo a velha fazenda leiteira dos McIntyre, numa coisa só. Distribuímos pela região e oferecemos entrega domiciliar. Leite, verduras e pães. Não é nada de mais.

Gennie aproveitou esse momento para fincar a espada no chão e anunciar:

– Estou entediada pra caralho.

Para seu crédito, Shay não teve qualquer reação à explosão da garota. Só piscou e olhou para mim.

– Imogen – disparei. – É por isso que eles a expulsaram da escola de verão. A gente já falou sobre isso. Você não pode...

– Mas é esse tanto que eu estou entediada. – Virando para Shay, ela pegou a mão dela e disse: – Posso mostrar as cabras pra você? Elas são tão engraçadas.

– Eu acho – começou ela, com um olhar para mim – que Noah está tentando falar com você sobre a palavra adulta que você usou. Que tal prestar atenção nele antes de fazermos planos de visitar as cabras?

Gennie deu um aceno e virou para mim com um muxoxo de expectativa, como se estivesse disposta a suportar a inconveniência de escutar, mas só porque Shay também gostava da ideia.

Agora que eu tinha uma plateia, não conseguia me lembrar de absolutamente nada sobre como estabelecer limites com uma criança rebelde.

– Você não pode usar essa palavra – eu disse. – Já falamos sobre isso. Você não pode usar nenhuma variação dessa palavra.

Gennie esfregou a ponta de um dos tênis na terra. Dando de ombros, disse:

– Vou tentar.

Eu a encarei por um longo momento. Sabia que essa promessa era fraquíssima, e que ela só queria pôr fim a essa conversa para apresentar Shay às nossas cabras. Sabia que já estava meio apaixonada por Shay.

Era assim, com Shay. Um minuto olhando naqueles olhos felinos e estava tudo acabado.

Se eu fosse esperto, acabaria com isso agora. Mandaria Gennie começar a fazer suas tarefas e enviaria Shay para casa.

Mas eu não era esperto quando se tratava de Shay. Nunca tinha sido.

– Gostaria que você fizesse mais do que tentar – eu disse. – E Shay não é sua prisioneira, Gen. Ela deve ter coisas para fazer – acrescentei, olhando para a última mulher na Terra que esperava encontrar na minha propriedade naquele dia –, ou algo assim.

Gennie bateu o pé uma vez.

– Prometo que não vou usar aquela palavra pelo resto do dia. – Com um sorriso enorme para Shay, e sem qualquer traço de rebelião, ela perguntou: – Você quer ver as cabras ou tem coisas pra fazer?

Dando de ombros, Shay respondeu:

– Eu poderia conhecer uma cabra.

Gennie agarrou a mão dela e praticamente saiu correndo pelo caminho entre as estufas. Segui num ritmo mais moderado, vendo-as rirem juntas e ouvindo Gennie apresentar a fazenda a Shay.

– Eu não posso entrar naquele campo – disse Gennie, apontando a espada para as caixas brancas à distância. – É pras abelhas, e Noah diz que elas estão ocupadas demais fazendo mel para serem legais comigo.

– Ele tem razão sobre isso – disse Shay, jogando um sorriso sobre o ombro.

Shay sempre teve um daqueles rostos feitos para sorrirem. Nem todo rosto era feito para sorrir, mas o de Shay era um deles. Os cantos dos seus lábios estavam sempre erguidos como se estivesse esperando um motivo para sorrir.

E quando ela mirava um desses sorrisos na minha direção... bem, a versão adolescente de mim tinha vivido e morrido por esses sorrisos.

Olhei para as abelhas. Queria que algumas delas viessem me picar até eu adquirir bom senso.

– Essa é a estufa que Noah usa para seus projetos secretos – contou Gennie, a espada apontada para uma construção de vidro apartada das outras estufas. – Eu não posso entrar lá.

– Ninguém pode entrar lá – eu disse, alto. – E não são projetos secretos. São só coisas em que não quero ninguém interferindo até estarem prontas.

– Parecem projetos secretos – provocou Shay.

Elas desceram uma colina suave com uma corridinha, ainda de mãos dadas, entrando em terras que já pertenceram aos McIntyre. Era silencioso lá embaixo, as árvores protegendo o campo do vento que chegava uivando da baía. As cabras pareciam gostar bastante do lugar.

– E aquela, com a pinta branca grande perto do olho, é a Pintadinha. Eu que chamei ela de Pintadinha. Por causa da pinta grande – explicou Gennie.

– Faz sentido – disse Shay.

Ela olhou de volta para mim, que estava a vários passos para trás do cercado e com os braços cruzados como se pudesse me proteger contra aquela mulher. Eu olhei para a distância.

– As pessoas vêm aqui e fazem ioga com as cabras – continuou Gennie. – Alguém sempre grita quando uma cabra sobe nela.

– Ioga com cabras – disse Shay. – Uau. Esse lugar realmente mudou.

– O estúdio de ioga na cidade veio falar com a gente e... – Estendi uma mão, desejando ter um jeito simples de explicar que *é, essa porra de lugar mudou na última década e meia* e *se você não tivesse ido embora e me esquecido completamente, saberia disso.* – Os alunos deles fazem a limpa na loja depois de toda aula. É bom para os negócios.

– Bom para os negócios – repetiu Shay, me examinando outra vez. – Certo.

Eu teria respondido a esse olhar carregado, teria dito algo sobre como *alguém* tinha que prestar atenção nos negócios. Mas Gennie escalou a cerca e caiu no pasto das cabras, com espada e tudo, e berrou:

– Eu chamei essa de Lacinho. Viu? Essa aqui. Mas ela não tem nenhum lacinho. É só um nome legal. E essa aqui é a Cagney. Noah disse que eu tinha que chamar ela de Cagney mesmo sendo um nome idiota.

– Só porque você não gosta não significa que é idiota – eu disse.

– Ela pode entrar lá? – perguntou Shay para mim.

– Elas são inofensivas. O pior que vão fazer é derrubar ela, e Gennie só vai gostar disso. – Dei de ombros. – Enfim, você teve a impressão de que eu poderia impedi-la?

– Justo – murmurou Shay. Depois de alguns minutos ouvindo a explicação de Gennie sobre o nome de cada cabra e vendo-a tentar erguer a menor do grupo só para a cabra lamber seu rosto até ela cair dando risadinhas, Shay olhou de novo pra mim. – Não acredito que está aqui. Com cabras, uma estufa, projetos secretos e uma *criança*.

Havia muitas coisas que eu queria dizer a ela e a maioria não era gentil. Mas, acima de tudo, queria dizer que não acreditava que *ela* estava ali. Odiava isso. Não apreciava que me drenasse de todo o ressentimento e desprezo que eu tinha acumulado ao longo dos anos com pouco mais que um sorriso.

Em vez disso, exclamei:

– Gennie, você vai perder essa espada se não tomar cuidado!

– Tá bom – respondeu ela, lutando com Pintadinha para recuperar a espada. – Vamos ver os filhotinhos agora. Shay quer conhecer os filhotinhos.

Olhei para Shay com uma sobrancelha arqueada.

– Ela vai manter você aqui a noite toda, se não tomar cuidado.

– Vocês têm muitos filhotinhos? – perguntou ela, com uma risada. – É gentil da sua parte se preocupar, mas não precisa me resgatar. Não da sua filha. Ela é um doce de menina, Noah.

Eu poderia tê-la corrigido. Poderia ter mencionado que Gennie era minha sobrinha, que eu era seu responsável legal e não tinha uma esposa esperando em casa por mim. Que nada disso tinha acontecido do jeito comum.

Mas, novamente, tudo que pude fazer foi assistir enquanto Gennie saía pulando em direção ao parque dos cães com Shay ao seu lado. Lá estava eu, pensando que tinha derrotado o pior da minha timidez anos antes, só para Shay trazê-la de volta com tudo.

Balançando a cabeça, irritado, estudei as cabras.

– Mataria alguma de vocês ser rude ou ofensiva? Vocês não têm nenhum problema com isso durante a ioga. Você comeu o boné daquela mulher no outro dia, Lacinho, e agora está fingindo ser simpática? Muito conveniente essa palhaçada.

As cabras baliram sua revolta para mim.

Tirei meu boné, corri a palma sobre a testa, e marchei sobre o campo. Estava ciente de que poderia ter voltado ao trabalho e deixado Gennie e Shay visitarem os cães sozinhas. Não precisava rodear. Não precisava supervisionar. Gennie conhecia bem o terreno da fazenda, e Shay – bem, eu não dava a mínima pra Shay.

Isso não era verdade, mas eu preferia à alternativa.

Quando alcancei o parque dos cães, foi o som da risada de Gennie que me atingiu primeiro. Era profunda e contagiante, do tipo que vinha da barriga e forçava um sorriso ao meu rosto toda vez que ouvia. Ela não ria assim com frequência. Não ria muito de forma geral.

Eu a encontrei contra a cerca, com um par de *golden retrievers* velhos farejando seus bolsos. Havia altas chances de ter comida escondida ali. Era um milagre as cabras não terem chegado lá antes.

– Cachorro pode comer *bagel*? – perguntou ela, ainda rindo.

– Só um pouquinho – eu disse a ela.

Shay assistiu a Gennie esmigalhar o *bagel* que estava guardado sabe--se lá desde quando e alimentar os cachorros com a palma da mão. Alguns dos outros começaram a rodeá-la, farejando a recém-chegada e aceitando as esfregadas na cabeça que distribuiu. A maioria ficou contente em relaxar ao sol, e outros espiaram de dentro dos canis. Não havia muita corrida acontecendo no parque dos cães.

– Noah – começou Shay, apontando para o velho cão encostado na sua perna –, onde encontrou todos esses animais? Não me lembro de vocês terem – ela acenou para a cerca de uma dúzia de cachorros – nada assim antes.

– Ficamos com eles pra não morrerem – respondeu Gennie, ainda focada em distribuir pedacinhos de *bagel*.

Shay me deu uma careta como se dissesse *que diabos significa isso?*

Espiei o alojamento onde alguns dos empregados da fazenda viviam. Era mais fácil do que fazer contato visual com Shay.

– Abrigamos cães idosos que têm dificuldade em encontrar um lar. Damos um lugar confortável para viverem o resto dos seus dias. – Inclinei o queixo para o alojamento. – Os rapazes gostam de ter cães por perto.

– E temos galinhas também – disse Gennie –, mas elas são umas vadias idiotas.

– Imogen! – exclamei. – Já falamos sobre chamar as coisas de idiotas e você sabe que essa outra palavra não é aceitável.

Gennie deu um olhar para Shay. Com a voz baixa, disse:

– Mas elas não são espertas.

Shay apertou os nós dos dedos contra a boca e engoliu uma risada, o que disparou uma em mim. Tive que me virar, limpar a garganta e repassar mentalmente os gastos do mês para contê-la.

Quando me virei de novo, Gennie estava do outro lado do parque, tentando convencer um velho bassê a sair do canil. A não ser que ela tivesse uma costeleta de porco em um dos bolsos, eu sabia que aquele cachorro não ia se mover um centímetro.

Por outro lado, não era impossível que Gennie tivesse uma costeleta de porco em mãos.

– O que você não faz? – perguntou Shay. – Quando você dorme?

– Raramente. – Assenti para Gennie. – Menos desde que ela apareceu.

– Imagino – murmurou Shay.

Outro momento de silêncio acomodou-se entre nós enquanto víamos Gennie brincar com os cães, e me frustrou que Shay ainda conseguisse ficar quieta e observar o mundo. Eu teria ganhado a porra do meu dia se ela experimentasse uma fração do meu desconforto. Depois de todo esse tempo, sentia que merecia ao menos isso. Não podia ser o único lutando para formar frases ali. Não podia ser o único com ondas de calor subindo pelo pescoço até a ponta das orelhas. Não podia ser só eu sofrendo.

– Isso é realmente incrível, Noah – disse ela.

Assenti e chamei Gennie.

– Está ficando tarde. Você tem tarefas pra fazer.

– Com as galinhas estúpidas – murmurou ela para o bassê.

– Eu ouvi isso – eu disse.

– Mas eu não disse idiota *nem* vadias – respondeu ela.

Shay abafou outra risada.

– Ela é uma espoleta, meu Deus.

Eu me afastei da cerca e virei para o caminho levando à casa.

– Os caminhões já devem ter sido tirados – eu disse. – Desculpe o incômodo.

– Ah, obrigada. – Ela ergueu uma mão ao rosto e brincou com um dos brincos. – Faz tanto sentido agora… e obrigada por ter ajudado com isso. Eu devia saber que teria uma boa explicação. É que teve a viagem, e comi salgadinhos demais, e eu só… não conhecia o nome nos caminhões, e…

– É, eu entendo. As coisas mudam e você não vem pra cá faz um tempo.

Shay deu um passo para trás e agarrou o pingente na base do pescoço de novo. Ela o puxou pra cima e para baixo enquanto me examinava.

– Estou chocada que esteja aqui. Esse lugar não foi gentil com você e…

– Vem! – Gennie correu até nós e me salvou de ter que sobreviver ao restante daquele comentário sozinho. Ela tomou a mão de Shay e disse: – A casa das galinhas é uma miniversão da nossa casa. Tem uma caixa de correio também, mas só tem tamanho pra um ovo.

– Só um ovo? – perguntou Shay. A descrença em suas palavras fez os olhos de Gennie brilharem, o aceno da menina acompanhado de um estremecimento de corpo inteiro. – Você tem que me mostrar.

De novo, eu as segui, por que o que mais ia fazer? Com a mochila rosa alta no ombro, subi a colina suave enquanto Gennie entretinha Shay com histórias sobre as insolências das galinhas.

Quando alcançaram o viveiro, Gennie logo se pôs ao trabalho de coletar ovos. Como era seu costume, insultava as galinhas enquanto abria cada caixa.

– Não me bique, sua velha safada e feiosa!

Shay se virou para mim com os olhos arregalados. Percebi que parecia cansada, o tipo de cansaço que beirava a exaustão. Ela escondia bem, com todos aqueles sorrisos brilhantes e o entusiasmo infinito que demonstrara por Gennie. A pessoa teria que realmente olhar para ver.

– Só espere. Ficam mais criativos.

– Saia de perto de mim – resmungou Gennie. – Paspalho estúpido.

Eu apontei para o galinheiro.

– Tipo isso.

– Me dê o ovo, sua bocó.

Assenti enquanto Shay batia uma mão na boca.

– E isso.

– Porra de tarefas. Odeio essa merda idiota.

Eu balancei nos calcanhares.

– Humm. E isso também.

– Noah – sussurrou Shay. – O que está acontecendo aqui?

Gennie emergiu com a cesta cheia de ovos frescos e a expressão homicida de sempre.

– Aqui – disse ela, abaixando a cesta a meio caminho entre nós. Era o seu jeito de deixar claro o quanto odiava o turno no galinheiro. – Eu vou achar meus gatinhos.

Estalei os dedos, apontando para a casa.

– Não antes de lavar as mãos.

Gennie foi batendo os pés até a casa branca do outro lado do caminho de cascalho, ainda murmurando sobre as galinhas. Quando a porta bateu atrás dela, eu contei a Shay:

– Ela está lidando com algumas coisas. Teve alguns anos difíceis.

– Sinto muito por isso. – Ela enfiou o cabelo atrás da orelha.

– Ela é filha da minha irmã – eu disse, porque era incapaz de manter qualquer coisa para mim mesmo quando tinha a atenção de Shay focada em mim. – Eva é a mãe de Gennie, mas ela mora aqui agora. Comigo. Eu a adotei no outono passado.

Shay assentiu devagar. Ela não fez nenhuma das questões subsequentes que todo mundo gostava de fazer, como onde estava a mãe de Gennie, e por que não estava com a filha, e onde foi parar o pai? Só encontrou meu olhar sem qualquer indício de julgamento e perguntou:

– Ela está bem? Eva?

Meus ombros caíram antes que eu pudesse me impedir.

– Não, não está. Mas Gennie está aqui agora e as coisas estão melhorando. Devagar. Se você ignorar tudo que acabou de ouvir dela.

Minha irmã era uns dois anos mais velha do que Shay e eu, e já tinha saído de casa quando Shay veio à cidade. Se fosse possível, Eva tinha sido ainda mais motivada a sair de Amizade do que qualquer outra pessoa.

Shay assentiu devagar outra vez.

– Isso é muita coisa. Para vocês dois.

O problema com Shay é que não havia como resistir a ela. Mesmo com todo o ressentimento do mundo me fortificando, estava indefeso contra algumas palavras gentis e um sorriso compassivo. Ela sempre teve a habilidade de fazer as pessoas se sentirem especiais. Mais do que especiais – *escolhidas*. Pela primeira vez, eu sabia que não podia cair nessa armadilha.

– É – consegui dizer. – Os palavrões são parte do pacote.

Ela deu um aceno curto com a cabeça, como se isso fosse completamente esperado.

– Gennie está recebendo ajuda pra processar tudo isso?

Eu soltei uma gargalhada.

– Ah, sim. Faz um monte de terapia. Vamos a Providence duas vezes por semana para ver uma psicóloga e ela fala com alguns especialistas na escola também. – Contra meus instintos, acrescentei: – A escola é difícil pra ela. Gennie perdeu muita coisa durante... – Olhei para a casa e dei de ombros. – Tudo o que aconteceu. Viu como ela se comporta, então não tem sido fácil. Eles querem que ela repita a Educação Infantil.

– Ah, merda – disse ela, baixinho.

– É, essa foi a opinião de Gennie também.

– O impacto emocional seria pior do que qualquer atraso acadêmico – disse Shay. – Você não pode deixar isso acontecer, Noah.

– Acredite, estou trabalhando nisso – disparei, me arrependendo de ter compartilhado tanto. Não precisava de conselhos de qualquer outra pessoa. Já tinha mais do que o suficiente.

– Há alguma possibilidade de ela passar de ano ou eles estão decididos?

Ergui o ombro que carregava a mochila de Gennie.

– A escola de verão foi a tentativa derradeira. Ela foi expulsa depois de perguntar pra professora se eles iam fazer mais alguma merda chata.

Gennie saiu correndo da casa e veio até o celeiro gritando:

– Vou pegar os gatinhos agora!

– Só se eles quiserem – eu gritei para ela. – Você não vai ganhar uma briga com gatos de guarda. – Nós a vimos passar correndo, poeira e cascalho voando atrás dela. Olhei para Shay. – Quando ela veio pra cá, não chegava nem perto dos animais. Chorava aos prantos se estava a quinze metros de uma cabra. Agora pega os sapos direto da lagoa. Com as mãos nuas.

Gennie emergiu do celeiro, os braços transbordando com um gato irritado.

– Esse aqui é o Marrom – anunciou –, porque ele é marrom. Não encontrei a outra, mas não tem problema, porque ela é uma caçadora e ontem comeu pedaços de…

– Não vamos contar essa história a Shay – interrompi. – Nem todo mundo precisa ouvir os detalhes da caça do dia de um gato de guarda.

Shay me deu um sorrisinho e fez um "Obrigada" com a boca.

– Só uns minutos com Marrom – eu disse, vendo o gato se debater nos braços de Gennie. – Você correu por toda a fazenda hoje à tarde, garota, mas precisamos alimentá-la, lavar e preparar pra dormir.

– Hora de dormir é uma merda – murmurou ela para o gato. – Especialmente no verão.

– E eu devia voltar para a Twin Tulip – disse Shay, dando um passo para longe de nós. – Ainda não desfiz as malas e... espere, onde estou?

– Essa é nossa casa nova – disse Gennie. – Fica longe da loja e da casa velha porque Noah valoriza a privacidade dele.

Shay engoliu uma risada.

– Humm. Certo.

– Vamos com você até a saída – ofereci.

– Shay pode jantar com a gente – disse Gennie.

Encontrei o olhar de Shay e o leve balançar de cabeça dela foi um alívio. Não conseguiria sobreviver a uma refeição com ela. Mal tinha processado seu reaparecimento em Amizade e o poder que ainda tinha sobre mim. Não podia trazê-la para dentro da minha casa e me sentar ao lado dela à mesa da cozinha.

– É uma oferta muito gentil, Gennie – disse ela –, mas acabei de me mudar pra cidade e não tem nada na minha casa, então...

– Então você não tem nada pra cozinhar – disse ela. – Mas a gente sempre cozinha tanto que ficamos com um monte de sobras. – Gennie virou os grandes olhos castanhos pra mim. – Lembra que você disse que eu podia ter um encontro pra brincar essa semana?

– Isso foi antes de ser expulsa da escola de verão – eu disse, tentando manter a voz baixa. – E não acho que você pode ter um encontro pra brincar com uma adulta. Eles são para crianças.

– Então é só um encontro? – perguntou Gennie. – Posso ter um encontro com Shay? – Minha vida estava dando uma volta completa de formas estranhas e desagradáveis, e não tive a chance de responder antes de Gennie acrescentar: – Posso mostrar meu quarto e a gente pode ir nos balanços e vai ser tão divertido! – Ela deixou Marrom no chão e correu até mim, as mãos juntas como se estivesse rezando. – Por favor, Noah. *Por favor*. Ninguém nunca quer vir brincar comigo.

E isso basicamente me quebrou.

Olhei para Shay, tentando o melhor possível desobrigá-la de qualquer envolvimento nisso. Por mais gentil que tivesse sido com Gennie – e comigo também, eu tinha que admitir –, sabia que aquele era o último lugar no mundo onde desejaria estar. Ela podia ir embora, como sempre fez, e ficaríamos bem sem ela. Seria difícil pra Gennie, mas assim que eu desse o *play* em *Piratas do Caribe* ela entraria de volta no personagem e superaria sua paixão arrebatadora após conhecer Shay. E eu também a superaria – de novo.

Ficaríamos bem. Tínhamos que ficar.

Então Shay disse:

– Eu adoraria ficar, Gennie. Muito obrigada pelo convite.

Minha sobrinha e o amor do meu estúpido coração adolescente entraram na minha casa de mãos dadas, e senti um nó de pressão se formar no fundo do peito. Esfreguei os nós dos dedos no esterno, mas não ajudou.

O JANTAR FOI uma marcha fúnebre para o fim da minha resistência quando se tratava de Shay Zucconi.

Eu mal me lembrava de ter comido ou de negociar com minha sobrinha para que terminasse seus legumes. Devia ter feito ambos, dado que Shay e Gennie estavam ocupadas carregando os pratos até a pia e enchendo a lava-louças. E isso me deixou parado no meio da cozinha enquanto o universo inteiro se entortava sob meus pés.

Aquilo não podia continuar. Apenas não podia. Eu queria a santidade da minha casa de volta, mas, mais do que isso, queria a liberdade que vinha de acreditar que Shay tinha sumido da minha vida havia tempos. Se ela estivesse fora de alcance, eu ficaria bem.

– Podemos ter outro encontro? Amanhã? – perguntou Gennie para ela. – Podemos brincar na sua casa daí.

– É quase hora do seu banho – eu disse à minha sobrinha. Ela franziu a sobrancelha para o relógio no fogão. Não era ótima em ler as horas, mas sabia que faltava pelo menos uma antes do seu horário de banho habitual. – Dê boa-noite a Shay e agradeça a ela por passar a tarde com você.

Gennie ergueu os olhos escuros e arregalados para Shay.

– Obrigada por passar a tarde comigo – disse ela. – Eu não preciso mais ir pra escola de verão, então podemos brincar amanhã, se quiser. Posso ajudar você. Sou uma ótima ajudante. Eu guardo as coisas o tempo todo. E Noah disse que a gente tinha que descer na fazenda de tulipas porque tem um monte de hera venenosa no lugar. Então a gente pode fazer isso amanhã.

Caralho.

Agora eu me lembrei do que tinha me esquecido quando estacionei aqueles caminhões na Twin Tulip.

– Tem hera venenosa? – disse Shay, a voz esganiçada. – Onde?

– É – respondi, com um suspiro. – Nas faias junto da entrada principal. Especialmente no tronco daquela com os balanços de pneu. – Encontrei o olhar esperançoso de Gennie. – Acho que vamos descer com as cabras em algum momento essa semana.

Shay riu, e tive que me esforçar para não sorrir em resposta.

– Você infligiria isso às cabras?

– Não, elas vão comê-la – eu disse, pondo uma mão no ombro de Gennie e a virando para a escada. – Se prepare para aquele banho. Eu subo num minuto.

– Boa noite, Shay – gritou Gennie enquanto subia as escadas num ritmo glacial. – Vou contar pra Pintadinha e pra Lacinho sobre nosso encontro.

– Obrigada, minha nova amiga – disse Shay. – Foi muito divertido visitar a fazenda com você.

Quando minha sobrinha saiu de vista e ouvi a porta do quarto dela se abrir com um rangido, eu disse:

– Obrigado por fazer a vontade dela. Não se preocupe com esses planos. Ela vai se esquecer disso até amanhã.

Shay enxugou as mãos num pano de prato e se ocupou em endireitar tudo no balcão. Pequenos toques e empurrões. A menor marca possível. E agora estava em todo canto. Ela estava em todo canto. E eu nunca conseguiria me esquecer.

– Mas... cabras?

– É. – Tirei o boné e o enfiei de volta. – Não é nada de mais. Vou mandar alguém lá embaixo pra resolver. Fazemos isso desde que temos as cabras. Eu só me esqueci, nesse verão.

Shay assentiu uma vez e pareceu ser o fim da discussão, o fim daquele horror de dia. Então ela disse:

– É mesmo bom rever você, Noah.

Isso não era o que eu precisava ouvir dela.

– É. Bem. – Tirei o boné de novo. – A gente a manteve aqui o suficiente.

– Obrigada por levar tão na boa – disse ela, com uma risada. – Ah... mas como eu volto pra loja da fazenda?

Puta merda. Qual era o meu problema?

– Deixa eu chamar a Gennie. A gente leva você no quadriciclo.

– Não, não. Eu posso andar. Encontro o caminho. Só me aponte na direção certa.

Quase enfiando o maldito boné de volta na cabeça, eu enrijeci e me virei para dar um olhar feio para ela. Feio de verdade. Um passo além dos olhares feios de nível iniciante que tinha dado a tarde inteira. Este era um olhar profissional, do tipo que nascia de uma mistura tóxica de *que caralhos é o seu problema* e *você já me conheceu?*

– Você não vai vagar sozinha por um pomar depois do pôr do sol. Isso não é uma opção. – Eu gritei para cima das escadas: – Gen, desce aqui! Precisamos levar sua amiga de volta pela colina.

– Eu tô pelada! – gritou ela.

– Ponha as roupas de volta.

– Elas tão no cesto – respondeu ela.

– Tire do cesto. – Eu ia precisar de uma bebida forte pra fechar essa noite. Bebida e um bom tempo sozinho.

– Sério, eu posso andar, sem problemas – disse Shay, dirigindo-se à porta. – Você já tem o suficiente rolando aqui. Uso meu celular pra ver a direção.

Nem fodendo.

– Você disse que eu não posso usar roupas do cesto! – berrou Gennie.

– Ponha as roupas que acabou de tirar – eu disse. – Não é o mesmo que usar algo para a escola que você desenterrou do cesto.

– Eu vou indo – disse Shay, com a mão na maçaneta. – Obrigada de novo pelo jantar... e as novidades.

Eu apontei para Shay enquanto subia as escadas.

– Você não vai pra lugar nenhum. – Para Gennie, disse: – Garota, vista qualquer coisa. Só vamos dar uma volta rápida de quadriciclo.

– Posso dirigir? – perguntou ela.

– Não! – berrei. E para Shay: – Eu não deixo ela dirigir. Eu a deixei segurar o volante *uma vez* e agora ela acha que está treinando para a Fórmula Um.

Gennie me encontrou no meio da escada usando roupas completamente diferentes. Disse apenas:

– Não consegui encontrar o que eu estava vestindo hoje.

– Ótimo. Que seja. Sapatos. Agora, por favor.

Quando voltamos à cozinha, Shay me deu um olhar que repetia sua afirmação de não precisar de uma escolta de volta ao seu carro. Uma pena.

Seguimos para o celeiro, onde eu guardava o quadriciclo que usava na fazenda, Gennie colada ao lado de Shay. Ela perguntou sobre a pulseira e o esmalte de Shay, e o que ela achava da franquia *Piratas do Caribe*. Não ouvi a resposta de Shay, mas pareceu satisfazer minha sobrinha.

Gennie se acomodou no banco de trás e orientou Shay a sentar na frente, ao meu lado. A garota não estava me fazendo nenhum favor naquele dia. Saí do celeiro e me esforcei em manter os olhos no caminho. Precisei de todas as minhas forças para me impedir de encarar as pernas de Shay, nuas a partir do meio da coxa. Não que importasse o que ela estava usando. Podia estar num traje de neve e eu ainda estaria no meu limite.

Gennie ficou tagarelando sobre os cães e as cabras, e perguntou a Shay sobre os animais na casa dela – nenhum – e por que ela não tinha nenhum – aparentemente porque Shay já tinha trabalho suficiente cuidando de si mesma e não poderia cuidar de outro ser vivo, nem uma planta.

Que eu quase tivesse parado o quadriciclo ali nas macieiras e exigido uma explicação para esse comentário era prova de que não podia passar nenhum tempo perto de Shay. Não podia existir em proximidade a ela de novo. Não conseguia me impedir de ficar obcecado com ela enquanto Shay mal notava qualquer outra pessoa. E me ressentia dela por me afetar tanto em uma questão de horas.

Passamos pelas macieiras e pelas estufas e então chegamos ao estacionamento, agora escuro e vazio exceto pela SUV dela. Ah, sim. Essa era a Shay Zucconi de que eu me lembrava.

– Cá estamos – eu disse, dando a volta até o lado do motorista.

– Patos! – gritou Gennie enquanto disparava do banco e corria pelo estacionamento.

– Tem um ninho ali – eu disse, à guisa de explicação.

– Então ela ama tudo menos as galinhas – disse Shay.

– Mais ou menos. – Apertei as mãos ao redor do volante.

Shay se virou para mim. E me encarou enquanto eu olhava para qualquer lugar menos ela. Por fim, disse:

– Deixa eu ajudá-lo com a Gennie.

– Nós temos muita ajuda.

– Não duvido, mas Gennie vai repetir de ano se alguma coisa não mudar. Deixe que eu a ajude. Tenho uma boa ideia do que ela precisa. Dou aula na Educação Infantil há nove anos...

– Você é professora? Quando isso aconteceu? – A última coisa no mundo que eu podia imaginar para Shay era um emprego tão intenso e participativo quanto dar aulas.

– Como você deve saber, as coisas mudam. – Ela me deu um olhar seco. – Eu posso dar aulas de reforço pra ela antes de as aulas começarem, para Gennie alcançar os colegas, e trabalhar em algumas das questões comportamentais também.

Isso era tudo de que Gennie precisava e o que eu implorara à escola que fornecesse, e minha hostilidade em relação àquela mulher era quase grande suficiente para recusar a oferta.

– Por que faria isso?

– Porque odeio ver crianças repetirem de ano – respondeu ela. – E Gennie é uma menina esperta. Ela é inteligente. Aposto que está atrasada em várias habilidades básicas, e isso leva a frustração e outros sentimentos grandes, o que provavelmente dispara algumas das questões comportamentais.

– O que você ganha com isso?

Ela deu uma risada autodepreciativa.

– O que professores ganham? – Quando só olhei para a frente, ela acrescentou: – Preciso de alguma coisa que me distraia da minha vida antes que as aulas comecem, e depois estarei exausta demais para pensar sobre qualquer coisa.

Isso... isso não parece certo.

— E o que quer em troca?

— O que quero... *quê?* — Ela franziu o cenho como se não conseguisse acreditar que eu perguntaria isso. — Estou tentando evitar que uma boa menina repita um ano de escola e acrescente outra porção de trauma de infância à vida. Dê um jeito na minha hera venenosa e estamos quites.

Gennie apareceu na luz dos faróis, gritando:

— Tem três ovos!

— Não se aproxime do ninho se não quiser um pato a perseguindo. — Para mim mesmo, murmurei: — Ela vai ser perseguida por um pato.

De novo, eu me recordei de que não era qualificado para ser pai.

Finalmente, olhei para Shay. Droga, ela era linda. Mas isso era só o exterior. A garota que eu conheci não era altruísta. E não fazia muito mais do que o necessário só porque era a coisa certa. Ela não procurava a bondade nos outros. Tive que perguntar:

— Por quê?

Ela tirou as chaves do bolso, esfregando o dedão no chaveiro.

— Porque você faria o mesmo por mim. — Ela apontou para o quadriciclo como se pudesse provar seu argumento. — E não aceitaria não como resposta.

Capítulo 3

Shay

Os alunos serão capazes de lidar com pedidos de casamento
com a elegância de um ganso grasnando.

NOAH BARDEN APARECEU dois dias depois, com um trailer cheio de cabras e uma garota de 6 anos acenando sua espada para fora da janela de trás da camionete.

Eu os avistei do meu lugar no chão na sala de visitas da esquerda – tudo existia em par naquela casa –, onde estava desfrutando de um pudim de copinho para o café da manhã. Estava no chão porque não havia muita mobília, e comia pudim porque não ia mais ficar de dieta para o vestido. Ou por qualquer outro motivo.

Saí em busca de sapatos e peguei minha garrafa d'água antes de encontrar Noah e Gennie lá fora. Fiquei orgulhosa de relatar que havia água naquela garrafa. Eu tinha cogitado batizá-la com algo mais forte, mas beber álcool sozinha durante o dia numa casa vazia parecia um nível de embriaguez bem diferente. Era um estágio que eu não queria alcançar.

Tinha destruído uma garrafa de vinho e um bloco de queijo na noite anterior, mas isso era diferente. Bem diferente.

Do abrigo da varanda, vi Noah libertar as cabras enquanto Gennie usava a perna dele para treinar luta de espadas. Se ele notou o ataque, não transpareceu no rosto.

Meio como todas as lembranças de nossa amizade não transpareciam em seu rosto.

De todas as pessoas que imaginei que encontraria em Amizade, Noah Barden não tinha nem constado na lista. A única missão daquele garoto tinha sido sair daquela cidade o quanto antes. Ele odiava agricultura, a vida de fazendeiro e o lugar inteiro – e eu tinha compartilhado muitos desses sentimentos com ele. Nós éramos unidos em nosso desejo de meter o pé na estrada e nunca olhar para trás.

Engraçado como as coisas acabaram para nós.

Mas a parte que realmente não conseguia entender era o motivo de meu velho amigo parecer bravo comigo. Não só ele *não* estava feliz de me rever, mas eu tinha a impressão distinta de que não queria me ver de forma alguma.

Isso era estranho, certo?

No entanto, lá estava ele, conduzindo uma dúzia de cabras para comer minha hera venenosa.

Também estranho.

Claro, as pessoas mudavam. Aquela cidade sonolenta tinha mudado de centenas de pequenos jeitos. Ainda era sonolenta, terras agrícolas e antigos moinhos pontilhando a paisagem cheia de velhos muros de pedra afundando na terra, mas agora havia shopping centers charmosos, cafés com terraços cheios de luzinhas penduradas, e placas anunciando jogos de futebol americano do Ensino Médio e festivais próximos.

Minhas lembranças desse lugar não eram aconchegantes. Eu tinha aguentado os anos em que minha mãe e padrasto me deixaram aos cuidados de Lollie, e parte desse tempo tinha sido feliz, embora mal me lembrasse de quem eu era no colégio. Caralho, não conseguia nem me lembrar de quem eu era antes de cair no buraco do coelho de casamento até o inferno. Coisas aconteciam e tornavam as pessoas diferentes no processo.

Se Noah era um homem mal-humorado e cheio de olhares feios agora, quem era eu pra julgar? Eu, não. Não era meu trabalho fazer isso.

– Shay! – gritou Gennie. Ela abandonou a perna de Noah e correu até a varanda, seu cabelo escuro e emaranhado voando atrás de si e a espada arranhando pelo caminho de tijolos. – A gente trouxe todas as cabras boas. Deixamos as malcriadas no curral.

– Vocês têm cabras malcriadas?

Ela bateu contra meu corpo com força, os bracinhos se fechando ao redor da minha cintura e o rosto apertado na minha barriga macia.

– Duas delas – murmurou na minha camiseta. – Elas aprenderam a escapar e foram até o parque dos cães e deixaram todos os cachorros bravos. E foi à porra das 4h30 da manhã. Foi isso que Noah disse. Ele que disse a palavra feia. Não eu. Eu não disse, porra. Foi ele.

– E você a repetiu quinze vezes desde então – disse ele, do caminho. Não se aproximou mais, só enfiou as mãos nos bolsos do jeans e observou as cabras.

Talvez não gostasse de pessoas. Ele sempre tinha pendido bem mais para o lado introvertido da balança.

Eu ainda não conseguia superar sua transformação física. Era como se tivesse trocado seu corpo por uma versão muito mais alta e musculosa. Seu cabelo ainda era escuro, e seus olhos – quando não ocultos atrás de óculos de sol e sob a sombra de bonés – ainda eram castanhos, mas eu tinha que procurar essas partes familiares. Sua pele estava bronzeada e com sardas devido ao tempo passado sob o sol, e confiança emanava das linhas afiadas da sua mandíbula áspera e dos ombros largos. Esse não era um garoto tímido. Estava no controle e sabia disso.

– Você pode parar de falar essas coisas a qualquer momento – explicou Noah.

– Eu falei porra porque estava contando a história – respondeu ela. Ele suspirou.

– Você podia dizer alguma outra coisa. Tipo poxa.

– Por que poxa? Isso é idiota.

Eu sorri para Gennie.

– Você já viu o jardim das fadas? – Apontei para o celeiro. – É por ali. Siga as pedras vermelhas com pontinhos brancos, como fungos.

Ela me deu um olhar sério.

– Tem fadas de verdade lá?

– Você vai ter que ver pessoalmente.

Ela considerou isso por um segundo antes de entregar a espada para Noah.

– Não quero assustar elas – explicou. – Podem achar que estou tentando conquistar seu território se estiver armada.

– Bem pensado – eu disse.

Gennie saiu correndo, deixando Noah e eu sozinhos. Apontei com a garrafa d'água na direção das cabras. Elas estavam contidas por cercas dobráveis e ocupadas em mastigar tudo à vista.

– Elas mandam ver mesmo – comentei, abrindo a tampa da garrafa. – Você aluga elas? É mais um dos seus novos empreendimentos, paisagismo de cabras?

Ele deu de ombros, ainda vendo os animais.

– Às vezes.

– Quando você voltou?

Houve um longo, longo momento em que Noah não respondeu. Então:

– Cinco anos atrás.

– Onde estava antes disso?

– Manhattan.

– Ah, sério? Onde? – Nova York era minha cidade natal, embora não vivesse lá fazia quase vinte anos, e eu amava falar sobre a cidade com qualquer um que a conhecesse bem. Era como descobrir que você tinha um amigo mútuo que estava sempre envolvido num drama. Sempre havia tanto a discutir.

– Morava no Brooklyn. Trabalhava em Wall Street.

Eu desci os degraus.

– Você trabalhava em *Wall Street*?

– É. Na parte legal das fusões e aquisições.

Eu queria pegar uma amostra do tom dele e estudá-la sob um microscópio, porque não podia ver como alguém conseguia soar entediado *e* hostil em tão poucas palavras. Era arte.

Antes que pudesse arriscar outra pergunta, ele acenou para a extensão de terras dos Thomas à nossa frente.

– O que você vai fazer com tudo isso?

Dei a melhor resposta que consegui.

– Não faço ideia. – Perambulei pelo caminho que levava ao enorme coração de flores silvestres. – Eu não fazia ideia de que Twin Tulip seria minha. Lollie nunca disse nada.

– Sinto muito – disse ele, vários passos atrás de mim. – Sobre Lollie.

Olhei para ele por cima do ombro.

– Obrigada. Ela sempre gostou de você.

– Você não precisa me abençoar com a aprovação de pessoas que não estão mais entre nós – disse ele. – Já recebo demais disso.

– Ela sempre gostou de você – repeti. – Você sabe que sim.

Depois de uma pausa, ele disse:

– Ela era uma das boas. Eu a tolerava.

Caminhamos em silêncio por vários minutos, cercando as flores silvestres e partindo em direção aos campos de tulipas.

– Você vai ter bulbos na terra em novembro? – perguntou ele.

Encarei o campo, agora nada mais do que fileiras desordenadas de mato e o trecho ocasional de flores silvestres.

– Não sei. Talvez? Eu não sei nem por onde começar com isso.

– Eu posso... – Ele parou, esfregando a nuca. – Posso mandar uns rapazes aqui para ajudar você quando as coisas se acalmarem essa estação.

Como eu não conseguia pensar em mais do que alguns dias à frente, não me apressei em aceitar a oferta. Não disse nada, na verdade. Demos meia-volta e seguimos em direção ao jardim da cozinha e ao celeiro amarelo, ficando em silêncio por vários minutos. Apontei para a colina suave que descia até a enseada.

– Esse é o melhor ponto na fazenda toda. Não é lindo aqui em cima?

– É – murmurou ele.

Olhei para Noah e o vi assentindo para mim, o boné puxado baixo e os olhos obscurecidos.

– Não digo aqui em cima. Não essa parte. A enseada – expliquei, apontando de novo. – Sempre disse a Lollie que seria o lugar perfeito para casamentos. Não consegue imaginar um pequeno arco de treliça aqui e cadeiras ali? As fotos seriam incríveis. – Tomei um gole de água. – Sabe o que seria ainda melhor? Um espaço para festas de casamento também. E jardins. Mais jardins. Jardins pra três estações. Não só cinco minutos de tulipas na primavera. Esse lugar é tão único e charmoso. Eu sei que haveria uma demanda enorme.

– Então deveria fazer isso – disse ele.

Eu ri.

– Construir um espaço para casamentos? Não. Eu não deveria estar nem perto de casamentos no momento, e esse tipo de projeto leva tempo, o que não é algo que eu tenho. Só estou aqui até o próximo verão. Não posso ficar com Twin Tulip depois disso.

Mesmo através da sombra do boné, eu podia ver a careta dele.

– Quê?

Bebi água de novo, me dando um segundo antes de despejar a história nele.

– Tenho um ano para me mudar para cá em definitivo e me casar. Se não fizer ambas as coisas, a propriedade Thomas será entregue ao conselho de patrimônio da cidade.

Noah cruzou os braços.

– Segundo quem?

– O testamento de Lollie.

– Isso não se sustentaria num tribunal – disse ele. – Eu quero ver esse testamento. Nada disso parece certo.

– Foi minha reação também – eu respondi –, mas é o que Lollie queria. – Balancei a cabeça. – Já que não posso ficar com Twin Tulip, estou só tirando esse ano para aproveitar enquanto posso. Volto para Boston no próximo verão.

– Eu quero ver esse testamento – repetiu ele. – Não consigo imaginar que a cidade tenha o interesse ou os recursos para brigar com você pelas terras. Se contestá-lo, eles cederiam. Litigar uma questão como essa não é do interesse deles.

– Então você é um advogado importante – refleti, observando o homem que usava um jeans e camiseta extremamente bem. – Como sempre planejou.

– Por que você não quer lutar contra isso?

– Porque o que eu iria fazer com esse lugar?

– Construir a empresa de casamento – disse ele. – É uma boa ideia. Vivem me perguntando sobre alugar nossos celeiros e armazéns para casamentos e eventos, mas precisamos de todo nosso espaço. Não temos um centímetro pra alugar, e eu procurei. Você tem razão. O interesse existe.

– Mas minha vida é em Boston. Meus amigos e trabalho estão lá. Estou tirando uma folga de tudo agora, mas não posso ficar aqui para sempre... e ainda há a questão de casamento. Não estou otimista sobre as minhas perspectivas, Noah.

– Eu me caso com você.

Eu soltei uma gargalhada chocada.

– Você faz *o quê?*

Ele desviou o rosto, murmurando algo baixinho que não entendi. Então:

– Esse testamento, que é um tanto inaplicável com essas cláusulas ridículas… ele prevê um período intermediário de um ano?

– Sim. A fim de herdar a propriedade, tenho que morar aqui e me casar até julho.

– Eu me caso com você – repetiu ele. – Não quer contestar um testamento frívolo? Tudo bem. Então atenda aos termos dele, construa o espaço para casamentos, conclua todas as pendências da herança em julho e dissolva o casamento em agosto.

– Você está brincando – eu disse. Quando ele não respondeu, continuei: – Não é tão simples.

– Pode ser – respondeu ele. – Você só precisa não ser emocional a respeito disso.

Eu o fitei, aquele homem adulto que mal se parecia com meu velho amigo. Ele era diferente agora. Duro e calculista de um jeito que eu não entendia. Era indiferente, a última coisa que imaginei que seria.

– O que você ganha com isso? – perguntei, jogando na cara dele as palavras que me dissera no outro dia.

Noah encontrou meus olhos e eu o reconheci por um segundo antes que ele virasse para o azul cintilante da enseada.

– A propriedade, óbvio. Se você seguir em frente com essa ideia de casamento, vai ter um excedente de acres. Tudo daqui – ele apontou para o fim da propriedade, além do celeiro – até o topo da colina. Se não for cultivar essas terras, eu posso trabalhar nelas. Tem um ponto bom para um jardim polinizador. Ou um jardim de verão para flores decorativas, estilo colha você mesmo, que fique próximo o bastante da loja da fazenda para a gente abrir um caminho através do pomar. É um preço pequeno a pagar por um grande impacto.

– Você quer... as terras.

Ainda encarando a enseada, ele perguntou:

– Por que mais eu ofereceria? É uma oferta de negócios, Shay. Invisto no seu negócio de casamentos e ajudo a tirá-lo do papel, e no processo cultivo algumas das suas terras. Você herda a fazenda. O que mais você quer?

O gosto ácido na minha garganta tinha sabor de pudim de chocolate. A água não estava ajudando. Houvera conversa demais sobre casamentos naquele dia. Cem por cento mais pedidos de casamento do que eu conseguia engolir.

– Isso é... uau. São muitas coisas enfiadas em poucas frases, Noah. Certo. Você devia saber que acabei de sair de um... hã, bem, um rolo. Então, não consigo falar sobre o futuro ou casamento sem querer me barricar sob um cobertor. Mesmo um casamento falso.

Ele cruzou os braços de novo e reparei em seus antebraços grossos, com veias salientes. Essa era uma observação objetiva. Científica, na verdade. Nem um pouco baseada em atração ou interesse. Era mais um estudo em contrastes: aquele homem forte e bronzeado *versus* o garoto que eu conhecia tantos anos antes. Cada vez mais, parecia que o diagrama de Venn comparando os dois era um par de círculos que se sobrepunham apenas em nome e origem. Os últimos catorze anos tinham afastado o restante até que as bordas só se beijavam.

– O que aconteceu? – perguntou ele.

– Nada que eu queira discutir – eu respondi.

Nós nos entreolhamos por um minuto tenso. Então:

– Eu posso assegurar o financiamento para esse tipo de projeto. Você pode ter problemas com a escritura, mas posso contorná-los.

– Porque quer um jardim de verão para flores decorativas.

Ele trocou o peso dos pés, fitando o terreno, quase todo plano com algumas colinas, e toda a estranheza fantasiosa contida em suas fronteiras.

– O único pedaço de terra que não é meu na colina é este aqui. Tenho uma oportunidade de aumentar minhas posses e ganhar acesso à única coisa que não tenho o espaço certo para fazer, que é um centro de eventos que eu possa alugar o ano todo. Um jardim de verão para flores decorativas é um simples gerador de receita. Os custos seriam quase nulos e preencheria a lacuna dos espaços abertos ao público para colheita entre as estações de mirtilo e maçã. Quer que eu continue? Devo explicar os outros modos como suas terras podem ser utilizadas?

Não, essa vibe nova e emburrada não tinha nada a ver comigo. Esse era Noah, todo crescido e liberto dos seus ideais adolescentes. Ele se importava com geradores de receita e posse de terras agora. Eu não sabia se tinha sido a faculdade, ou Wall Street ou voltar para Amizade que o tinha mudado, mas não gostava disso.

– Então é só sobre as terras – eu disse.

Ele me observou por um momento.

– Não tem que ser uma coisa emocional, Shay. As coisas são muito mais fáceis quando você para de fazer tudo girar em torno dos seus sentimentos.

– Como pode dizer isso? – perguntei. – Você era…

– Noah! – berrou Gennie. – Peguei um gafanhoto e é marrom.

– Nós dois podemos conseguir o que queremos. Não precisa significar nada – disse ele para mim, antes de virar-se para Gennie. – Provavelmente é um grilo. Não o amasse, tá bom?

– Não vou – disse ela, correndo até nós. – Não vou levar pra casa. Ele mora aqui, com os gafanhotos de Twin Tulip.

– Isso mesmo – disse Noah. – Estrelinha seria como um país estrangeiro.

– Como Connecticut – disse ela.

Noah balançou a cabeça rapidamente de um jeito que dizia que ele não ia se envolver numa discussão geográfica com Gennie no momento.

– Deixa eu ver – disse ele, curvando-se para examinar as mãos unidas dela. – Você deve ter sido muito rápida pra pegar ele.

– Assim, ó – disse ela, correndo alguns metros até as flores e de volta. Ela fez isso várias vezes antes de anunciar que precisava ver as cabras e mostrar o grilo a elas.

Quando saiu do alcance de audição, perguntei:

– Quando devo ir estudar com ela?

– Ela tem terapia de terça-feira e quinta à tarde – respondeu ele, de repente ocupado com o celular. – À tarde é melhor. Ela fica um pouco mais calma, acredite se quiser.

– Então, segunda, quarta ou sexta-feira? Só temos algumas semanas antes das aulas começarem e eu quero dar uma boa chance a ela e...

– É. Pode ser.

– Certo. – Tentei captar o olhar dele, mas Noah estava interessado demais no celular. – Vejo vocês amanhã, então. Na sua casa, certo?

Ele assentiu, ainda digitando uma mensagem.

– Tem uma saída que leva à casa. Fica cerca de um quilômetro além da entrada principal. Tem uma caixa de correio. Se as macieiras pararem e as vacas começarem, você passou.

– Noah, a Belinha saiu do cercado – gritou Gennie.

– Droga. – Ele enfiou o celular no bolso de trás e me deu um olhar rápido. – Pense se eu vou me casar com você, tá bom? Ótimo.

Eu o observei enquanto ele seguia na direção das cabras com seu novo corpo e nova personalidade.

E seu pedido de casamento.

Capítulo 4

Noah

Os alunos serão capazes de mudar de assunto como se sua vida dependesse disso.

A PRIMEIRA VEZ que vi Shay Zucconi, eu estava dirigindo a velha e batida SUV da minha mãe até o colégio no primeiro dia do meu penúltimo ano. Eu fazia uma contagem regressiva diária para a formatura, e aquele dia foi um ponto de virada. Era o começo da última metade do show de horrores que foi minha experiência no Ensino Médio. Estava perto o suficiente do fim para enxergar a vida além daquela cidade e queria mais do que tudo estender a mão e agarrá-la.

Ela estava esperando em uma esquina da Estrada Old Windmill Hill, com o longo cabelo loiro-mel caindo pelas costas e roupas que pareciam muito, muito caras. Parecia ser dona do mundo. Era linda de um jeito avassalador, embora não fosse só seu rosto ou seu corpo. Shay era um raio de sol através de uma nuvem tempestuosa.

Até hoje, não consigo explicar por que encostei o carro, mas sabia que tinha que parar por ela. Pareceu-me uma necessidade física.

Abaixei a janela e perguntei a ela se queria uma carona em vez de esperar pelo ônibus escolar. Sabia que ela era a neta de Lollie Thomas, porque todo mundo sabia da vida de todo os outros na comunidade agricultora, e meus pais já tinham se perguntado, curiosos, sobre as circunstâncias que tinham trazido aquela garota à casa da nossa vizinha. Eu também estava curioso.

Eu a idolatrei desde o instante em que ela sentou ao meu lado, cheirando como o paraíso e me olhando com aqueles olhos felinos. Acreditava que Shay enxergava quem eu era de verdade. Ela não fez nada milagroso, o que foi bom, porque eu não achava que pudesse tolerar qualquer milagre além de estar com uma garota linda que escolheu andar no meu carro.

Ela cativava todo mundo assim. Antes que o primeiro dia de escola tivesse acabado, Shay já tinha sido apresentada aos populares, e os garotos que sempre ficavam com as garotas discutiam sobre quem a tinha visto primeiro. Mas eu a pegava toda manhã e a levava para casa quando Shay não estava ocupada com o pessoal descolado, e ela se sentava comigo, linda, feita de mistérios e momentaneamente minha, e eu me deixei acreditar que isso significava alguma coisa. Eu me permiti amá-la, e uma porção significativa de mim morreu quando fui confrontado com a realidade de que era unilateral.

E então, meia vida depois, eu me ofereci para me casar com ela e aleguei que só queria as terras dela, de todas as coisas imbecis que poderia dizer.

Eu tinha negócios demais para administrar e um fluxo infinito de problemas de outras pessoas para resolver – além de uma criança pirata e todas as complicações que decorriam disso. Não podia sair correndo e salvar o dia para Shay. Não quando Gennie era minha preocupação primária.

Então, nesse sentido, Shay rir da minha proposta era a melhor coisa que podia acontecer. Não me incomodou. Não haveria nada pior que um casamento vazio com Shay. *Eu não me importava.*

Mas o que caralhos tinha acontecido com o último relacionamento dela? O que tinha dado errado? E por que precisou pegar suas coisas e se mudar para Amizade para se recuperar?

Não que eu precisasse saber do que se tratava. Não era problema meu. *Ela* não era problema meu.

A não ser que mudasse de ideia sobre se casar para herdar Twin Tulip.

A coisa toda era absurda. Todo documento legal relacionado a fazendas que eu já vira desde assumir aquele lugar tinha algum aspecto tão absurdo que chegava a ser irresponsável, mas os supostos termos daquele testamento ganhavam. Eu não acreditava que Lollie tinha deixado Shay com tantas complicações desnecessárias.

Nada disso se sustentaria em um tribunal.

Em vez de me voluntariar para ser marido dela, eu deveria ter me oferecido para cuidar da questão em seu nome. Um memorando e ela teria sido dona da propriedade, legitimamente. Eu ainda podia fazer isso. Podia explicar a ela como seria simples se livrar desses termos. Podia eliminar a necessidade de um casamento falso por completo.

Em vez de abordar qualquer uma dessas questões, fiz a única coisa que devia ter feito desde o começo: fiquei o mais longe possível de Shay quando ela veio em casa trabalhar com Gennie.

Fui amigável – o máximo que sabia ser –, mas mantive uma distância respeitosa. Ela não precisava que eu a ficasse rodeando, e eu não precisava permitir que todos meus pensamentos saíssem em debandada da minha boca. Gennie, porém, não estava ajudando. Ela sempre queria que Shay jantasse conosco depois das sessões de estudo. Implorava e suplicava como se sua vida dependesse de ter só mais um pouquinho de tempo com Shay.

Infelizmente, eu sabia como ela se sentia.

Embora não soubesse como fazia isso, Shay conseguia recusar todos os convites de Gennie sem que a menina desse um chilique completo. Eu apreciava isso. Era péssimo quando se tratava de acalmar os chiliques da minha sobrinha.

Mas apreciava Shay mantendo alguns limites comigo também. Não sabia se era parte do plano dela ou o resultado do pedido de casamento mais desagradável da história moderna, mas ela me poupou de ter que passar mais do que alguns minutos ao seu lado, e isso era um presente e tanto.

A única coisa de que Shay não podia me salvar eram das fofocas locais.

– É ela – disse Jim Wheaton, gerente da minha fazenda leiteira, quando entrei no escritório naquela tarde. – Não é?

Sentei atrás da escrivaninha e liguei meu computador.

– Não faço ideia do que você está falando. – Bati em algumas teclas. – Como estão os números de hoje? A fábrica de engarrafamento está funcionando em capacidade máxima?

– A garota que você deixou escapar aparece na cidade, você passou uma manhã na casa da família dela semana passada, e agora ela está visitando a srta. Gennie. E você está fingindo que são eventos normais. É assim que estão os números.

– Não há nada a dizer, Wheatie.

Ele se reclinou na cadeira, as longas pernas estendidas e os dedos escuros, tom de bronze, unidos sob o queixo.

– Você falou com ela, imagino. É por isso que precisava daqueles caminhões movidos o quanto antes.

Eu passei por várias telas, vendo relatórios de *status* sobre as vendas da loja, pedidos de atacado e estimativas da produção de maçã para o mês seguinte. Não absorvi nada.

– Sim – disparei. – Você mesmo disse, ela está passando um tempo com Gennie. É claro que eu *falei* com ela.

Ele inclinou a cabeça calva.

– E?

– E eu nunca devia ter contado nada pra você e Bones sobre ela, caralho – respondi.

Wheatie assentiu como se esperasse essa resposta. Então tirou o rádio do bolso e disse no bocal:

– Bones, se estiver perto da casa principal, pode subir no escritório?

– Me dá cinco minutos – veio a resposta do gerente do pomar.

– Você tem cinco minutos – disse Wheatie, correndo a mão pela cabeça. – Parece o suficiente para arrumar a sua história, não acha?

– Não tem o que arrumar – murmurei. – Ela está de volta. Precisava tirar os caminhões do caminho. Fim de história.

– Claro, claro. E aquela manhã, semana passada? Você só passou algumas horas na casa dela por acaso?

Eu fiz uma tentativa séria de revisar os números de saída de latas da semana, mas não adiantava, porque Wheatie não me deixaria em paz e eu estava acordado desde o amanhecer e tinha pedido a Shay Zucconi para se casar comigo.

Não, eu tinha me oferecido para me casar com ela. Nunca tinha feito o pedido. Havia uma diferença e não sabia se isso tornava as coisas melhores ou muito piores.

– Eu tinha me esquecido da hera venenosa – respondi, ainda clicando nas telas. – E Gennie queria visitá-la.

– Gennie queria visitá-la – repetiu ele, em uma voz retumbante, batendo palmas uma vez. – Você sabe que é um pai de verdade quando joga a culpa na criança. Sábio. Gostei.

Fiz uma careta para minha caixa de entrada.

– Gennie gosta dela.

– Compreensível – disse ele. – Dado que você também gosta.

Passos soaram nas escadas e então Tony Bonavito entrou no escritório que já tinha sido o quarto dos meus pais. O departamento de marketing trabalhava no antigo quarto da minha irmã. Nenhum dos espaços parecia um quarto agora, mas ainda era esquisito se eu pensava demais nisso.

– O que foi? – perguntou Bones, checando as configurações no seu rádio antes de deixá-lo na beirada da minha mesa. Enquanto Wheatie tinha duas décadas a mais que eu, Bones era alguns anos mais novo, e isso ficava claro. Ele parecia uma grande criança e precisava mostrar seu documento toda vez que pedia uma cerveja.

– Ele viu ela e falou com ela. – disse Wheatie, me encarando. – Algumas vezes, se meus cálculos estão corretos.

– Certo, certo – disse ele, batendo as palmas nas coxas. – Qual é o próximo passo? Qual é a estratégia? Vamos atacar de frente, invadir as praias, ou algo mais discreto? – Ele me examinou, os olhos brilhando. – Você sabe como ser discreto?

– Não – disse Wheatie. – Ele não sabe.

Se aquela manhã em Twin Tulip era prova de algo, era isso.

– Escute, pessoal – eu disse. – Era um *crush* de colégio. Acabou. Nada vai acontecer. Eu tenho que me preocupar com a Gennie agora. Não tenho tempo pra mais nada. Esqueçam isso, tá bom?

– Você precisa levar ela pra jantar em algum lugar legal – disse Bones, me ignorando completamente.

– Não – respondi. Mesmo se quisesse fazer isso, eu era todo desajeitado. Meu pedido acidental era uma bela prova disso. Minha incapacidade geral de formar palavras ao redor dela era mais uma prova. Eu não podia, *e não iria*, dedicar qualquer energia a cortejar Shay. Não quando sabia como isso ia acabar.

– É, um daqueles lugares chiques que compra nossos aspargos e transforma eles em caldo ou espuma ou algo estranho do tipo – continuou Bones. – Você vai ter que comer antes de ir, mas ela vai gostar.

– Não – repeti. Do que a gente iria falar, sem Gennie interferindo? Se eu tivesse dez minutos a sós com Shay, ou ofereceria minha mão em casamento de novo ou sentaria em completo silêncio enquanto minhas orelhas arderiam vermelhas e meu coração bateria alto o bastante para ela ouvir do outro lado da mesa.

– Você devia agradecer a ela – disse Wheatie. – Por ajudar com a srta. Gennie. Agradecer à mulher com um belo jantar.

– Não – eu disse de novo. Era um plano terrível.

– Você disse que ela foi a mulher que deixou escapar – continuou Wheatie. – Disse que ela sempre seria a mulher pra você.

– É, e agora eu tenho uma criança que depende que eu seja estável e não fique obcecado com uma mulher que vai deixar pra trás um mundo de mágoa quando for embora, o que ela *vai* fazer. – Balancei a cabeça. Eu já sabia que doeria vê-la partir de novo, mas mataria Gennie, e eu não podia permitir isso. – E, se estamos falando de coisas que dissemos naquela noite, você disse que queria explorar as possibilidades do leite de cabra, e olha onde isso nos fez parar. Eu tenho um rebanho de cabras meliantes que mal rendem leite suficiente para justificar ir atrás de certificação orgânica.

– Mas o preço por litro é decente – disse Wheatie. – Só o queijo já cobre o custo delas.

– E a ioga é bem popular – disse Bones. – Sou um grande apoiador desse programa.

– Você é um apoiador de mulheres naquelas calças justas – disse Wheatie.

– Isso também, sim – concordou Bones.

– Donas de casa não são pra você – disse Wheatie.

– Isso é um termo datado, velhote – respondeu Bones. – Só porque elas estão aqui fazendo ioga no meio do dia não significa que não são chefes fodonas.

– Lembre-me de nunca ficar bêbado com dois palhaços de novo – murmurei.

– É parte do processo de luto – disse Wheatie.

Ao mesmo tempo, Bones perguntou:

– O que eu fiz?

– Quase certeza de que você forneceu a bebida – disse Wheatie para ele.

Bones deu de ombros.

– Seu pai só morre uma vez, se ele fizer direito. Uma birita caseira é obrigatória.

Olhei para o teto. A morte do meu pai tinha sido súbita e chocante, mas trouxera a percepção de que decisões tinham de ser tomadas sobre a fazenda, muito antes do que eu antecipara precisar tomá-las. Na verdade, esperara por muito tempo que não seria a pessoa a tomá-las de forma alguma.

Eu tinha um milhão de coisas na cabeça na noite em que Wheatie e Bones me arrastaram à beira da enseada com uma garrafa e lenha para uma fogueira, e de alguma forma aquilo que abriu caminho à força à superfície foi Shay Zucconi e o enorme pedaço do meu coração que ela tinha roubado.

Nunca tínhamos falado daquela noite. Não até esse momento.

– Não significa nada – eu disse. – Nada mudou. Só porque ela está morando na propriedade dos Thomas… bem, não importa. Não está acontecendo nada com a gente.

– Alguma coisa devia acontecer com você – disse Bones. – Vai, tenta. O que é o pior que pode acontecer?

Eu podia pedir pra ela se casar comigo.

– O jantar é o melhor jeito – acrescentou ele. – Você vai parecer amigável. Atencioso.

– Não seja ridículo – disse Wheatie. – Amigável não é um dos modos dele.

– Hm, verdade. – Bones coçou os três pelos da sua barba enquanto me examinava do outro lado da mesa. – Escute, ou você convida ela para jantar ou carrega essa merda pelo resto da vida, o que parece terrível. Só estou dizendo. Suas escolhas são arriscar ou carregar merda. Eu arriscaria.

– Geralmente não concordo com o jovenzinho aqui – começou Wheatie –, mas nessa situação estamos de acordo.

Olhei para os dois.

– Ótimo, ótimo. Obrigado por resolver minha vida por mim. Temos um *freezer* quebrado na padaria e duzentos e setenta quilos de amoras esperando para serem movidas para processamento e uma operação de leite de cabra toda cagada, mas vocês dois querem que eu leve uma página do meu anuário de escola para jantar, então tudo está bem. Sob controle. Problemas resolvidos. Valeu.

Após uma longa pausa, Bones disse:

– As amoras foram para o processamento hoje de manhã. Já devem ser geleia agora. Não se preocupe com isso.

Esfreguei os olhos.

– Pelo menos alguma coisa está dando certo por aqui.

Capítulo 5

Shay

Os alunos serão capazes de fazer as pedras falarem.

– ENTÃO, COM base no que a gente leu, o que você diria que é o detalhe mais importante?

Gennie arrastou a língua ao longo dos dentes enquanto estudava o livro entre nós.

– Barba Negra era foda – respondeu ela.

Eu dei um aceno rápido.

– Você consegue pensar em outro jeito de dizer isso? Um jeito apropriado para a escola?

Ela pensou nisso por um minuto.

– Barba Negra era muito bom em ser capitão de navio e fazer planos de pirata.

– Certo. E tem algum detalhe no texto que mostre isso? – Dei uma pilha de *post-its* para ela. – Use isso aqui para marcar os pontos nos quais encontrar provas.

Na semana passada, eu cometera o erro de chegar para o nosso "encontro de brincar" com alguns livros escolares. Gennie tinha zero interesse nos clássicos e qualquer coisa com o menor cheiro de escola interrompia nosso progresso. Quando contei a ela que eu dava aula para Educação Infantil, a traição ficou nítida em seu rosto.

Tinha voltado à Biblioteca Pública de Amizade à procura de livros que apelariam aos interesses dela. Que eu tivesse encontrado alguns títulos sobre piratas e que eles fossem remotamente apropriados para uma criança de 6 anos era incrível. Havia várias menções a decapitações, mas isso não incomodou Gennie. Na verdade, a deixou mais animada para ler.

Eu a vi folhear o livro, colando *post-its* com muito cuidado nas passagens que provavam sua resposta. Cada uma exigia um de cor diferente, o que não era um problema já que uma papelaria tinha explodido na cozinha de Noah na semana passada. Toda vez que eu visitava, havia mais suprimentos esperando na mesa. Canetinhas, canetas, giz de cera e todos os *post-its* do mundo.

Era óbvio que Noah queria o melhor para a sobrinha. Lápis coloridos não iam compensar as lacunas nas habilidades de leitura dela, mas tornariam o estudo mais divertido. Dei crédito a ele por isso.

– Tinha uma raposa no teto do galinheiro ontem – contou Gennie enquanto apertava o dedo num *post-it* para colá-lo no lugar.

– Uma *raposa* – murmurei. – Você vai ter que me contar essa história depois que a gente procurar palavras que fazem o som de *a*, como em *barba*.

– Como Barba Negra – disse ela.

– Isso mesmo. Use essas bandeirinhas grudentas para apontar esses sons de *a* na história.

– Tipo *gato*? – perguntou ela. – Tipo meus gatos de guarda?

– Isso, *gato* tem o mesmo som de *a*. Veja se há outros na história.

– E *desgraçado*? Tem também?

Ergui a garrafa aos lábios para conter uma risada. Quando me recobrei, eu disse:

– Sim, você tem razão, mas vamos usar palavras que a escola ache legal.

– A escola não é legal – murmurou ela.

Eu me inclinei para segurar seu olhar, mas a menina desviou o rosto, subitamente interessada em encontrar as palavras.

– Vamos trabalhar nisso – eu disse. – Vai ficar melhor.

– Você não sabe disso – disse ela, o muxoxo nítido nas palavras.

– Na verdade, sei sim. Quando eu era criança, eu me mudava muito e troquei de escolas um monte de vezes. Era muito difícil. Levei um tempão para fazer amigos e era sempre a garota nova na sala. Mas melhorou.

Gennie manteve o olhar nas páginas e ficou claro que eu tinha que falar com Noah sobre isso hoje. Ela tinha mencionado algumas outras coisas preocupantes na semana anterior, e eu tinha a intenção de compartilhá-las com o tio dela, mas não conseguira um minuto do seu tempo. Ele não estava em casa quando eu chegava – Gennie costumava ficar sob os cuidados de Gail Castro, uma mulher bem paciente cuja família criava e treinava cavalos ali perto. A menina passava o dia com Gail, agora que não estava mais na escola de verão.

Noah aparecia por lá pela metade dos nossos encontros de brincar, atravessando a cozinha e logo desaparecendo na sala adjacente ou saindo de casa outra vez. Eu havia tentado falar com ele na segunda, mas Gennie tinha lutado incessantemente para eu me juntar a eles para o jantar, e acabei saindo depressa. Ela me convidava toda vez que trabalhávamos juntas, mas eu não conseguia manter uma cara alegre por múltiplas horas seguidas. Ainda não.

E não queria ter outra conversa sobre as terras de Lollie ou casamentos falsos ou nada assim. Tinha me convencido de que Noah não tinha falado a sério – e eu não estava seriamente considerando a opção.

Então era melhor não nos colocarmos em situações em que tínhamos que reconhecer aquela baboseira. Eu nem tinha contado isso para Jaime. Era desse nível de baboseira que estávamos falando.

– Por que você estudou em escolas diferentes? – perguntou Gennie, a voz baixa enquanto brincava com as bandeirinhas.

Reuni os outros livros numa pilha.

– Foi só minha mãe e eu por um longo tempo – comecei –, e o emprego dela nos fazia mudar muito quando eu tinha a sua idade. Nova York; Washington, D.C.; Londres. Às vezes o trabalho dela exigia que fosse para outros países e eu não podia ir com ela. Às vezes, por meses ou até anos.

– Minha mãe teve que ir embora também – disse ela.

– Não é fácil, né? Eu sei. É ainda mais difícil quando sua mãe está longe e você tem que começar uma escola nova e viver com gente nova. Eu sei.

– Sua mãe voltou?

– Voltou – respondi, com gentileza. – Mas ela sempre ia embora de novo. O trabalho dela envolve ir a lugares e ver coisas enquanto acontecem, e falar com as pessoas sobre essas coisas. Ela sempre tinha que ir embora outra vez.

– Minha mãe não vai voltar – disse ela. – Noah me leva pra visitar ela, mas mamãe não pode voltar.

Eu não sabia o que estava acontecendo com Eva, e não cabia a mim perguntar, mas meu coração se apertou por Gennie. Nada daquilo parecia uma situação positiva e feliz para ninguém.

– Sinto muito – eu disse. – É uma coisa difícil de viver. Você é muito corajosa, Gennie.

– Como o Barba Negra?

– Claro – respondi.

– Eu não tenho pai – continuou ela.

– Todos temos um pai – eu disse. – Mas nem sempre o conhecemos. Eu também não conheço o meu pai.

Ela piscou para mim, os olhos reluzindo.

– Sério?

Balancei a cabeça.

– Nunca o conheci. Nem mesmo sei o nome dele. Eram só minha mãe e eu até ela se casar com alguém quando eu era adolescente. Ele é meu padrasto agora.

Ela acenou com a cabeça antes de deslizar o livro sobre a mesa.

– Eu peguei todos os sons de *a*?

Folheei o livro, apontando cada palavra com *post-it* e pedindo que Gennie a lesse para mim. Estávamos quase acabando quando Noah passou pela porta, uma mancha de terra alta na bochecha e o boné empoeirado. Ele tinha uma caixa de leite enfiada sob o braço e a deixou no balcão antes de olhar para nós.

– Como estamos? – perguntou ele a caminho da pia.

– Noah! Você sabia que cortaram a cabeça do Barba Negra e colocaram ela num poste pra avisar as pessoas para não serem piratas?

Ele olhou para mim, os olhos redondos.

– Eu não sabia – disse ele a Gennie. – Você aprova essa forma de justiça? Devemos implementar por aqui? É assim que eu devo manter as raposas longe do galinheiro?

– Não! – exclamou ela, erguendo-se para ajoelhar na cadeira. – É uma ideia péssima! E supernojenta!

– Bem notado. Certo. Não vamos fazer isso – disse ele, aproximando-se para olhar os livros empilhados à minha frente. – Fala pra mim se precisar de livros ou qualquer outra coisa.

– A biblioteca aqui é boa – eu disse, guardando as coisas na bolsa. – Tem muita variedade. Podemos mergulhar em tópicos diferentes toda vez que nos encontramos. É muito mais divertido assim.

Gennie passou os braços ao redor do meu pescoço.

– Shay pode jantar aqui hoje? Por favor? Ela disse que a mãe dela teve que ir embora e que estudou em escolas diferentes, e ela não tem pai. Que nem eu.

Eu dei uma batidinha leve nas costas dela e me afastei. Estava prestes a reunir os livros e sair quando Noah disse:

— Fique à vontade pra se juntar a nós, se funcionar com o seu cronograma. Mas não queremos segurar você se tiver planos. Certo, Gennie?

Gennie deu de ombros, indiferente, e disse:

— Vai ser mais divertido se você ficar. E a gente pode ir ver os cães!

Olhei para Noah, tentando ter uma ideia do humor dele. Como sempre, estava oculto sob o boné e atrás da barba. Quando hesitei, ele acrescentou:

— Adoraríamos ter você, mas não se sinta obrigada.

Aquele gélido *não se sinta obrigada* estava a um mundo de distância do silêncio que eu costumava receber. Era o equivalente de Noah a um desfile em minha honra.

— Então, tá. Posso ajudar com alguma coisa?

Ele se virou e começou a abrir a caixa de leite.

— Não. Está tudo sob controle. — Para Gennie, perguntou: — O que você quer de legume hoje?

— Cenourinhas — respondeu ela, ocupada rabiscando nos *post-its*.

— Cenourinhas não são cenouras de verdade — disse ele. — Já falamos disso. Eu posso cortar cenouras em pedacinhos e…

— Cenourinhas são reais e eu quero elas — retrucou ela.

— Não vou dar cenourinhas pra você. Elas não nascem na natureza. Eu não posso vender cenouras de quatro cores diferentes e botar cenourinhas processadas no seu prato.

— Cenourinhas! — gritou ela.

Ele ergueu os olhos da caixa, com um pão em uma mão.

— Posso lhe dar cenouras em pedaços pequenos. É o melhor que posso fazer. É isso ou pepinos.

Ela apoiou a cabeça na mesa, as mãozinhas em punhos ao lado das orelhas.

– Pepinos – murmurou para a superfície.

– Então vão ser pepinos – respondeu ele, indo até a geladeira.

Olhei entre Gennie e Noah por um momento. Parecia que o grande debate das cenourinhas estava resolvido, pelo menos por ora. Depois de um minuto tenso, eu disse:

– Gennie, por que você não guarda os materiais de hoje?

– E aí pode pegar ovos do galinheiro – acrescentou Noah.

Ela ergueu a cabeça, seu cabelo escuro e bagunçado cobrindo o rosto.

– Preciso?

– Se quiser visitar os cães depois, sim.

– Puta merda – murmurou. Ela jogou os *post-its* e canetinhas de volta no cesto plástico e os levou para fora da sala.

Captei o olhar exasperado de Noah e ofereci um sorriso rápido. Ele revirou os olhos.

– A gente luta algumas rodadas por causa das cenourinhas pelo menos uma vez por semana.

– Ela tem uma paixão. É importante.

– Estou ficando louco – disse ele.

– Tem certeza de que não posso fazer nada? – Observei Noah começar a fatiar um pão. – Ouvi dizer que essas coisas já vêm fatiadas hoje em dia.

– Não gosto da uniformidade das fatias industrializadas – disse ele. – Além disso, essa é uma receita nova que a padaria está desenvolvendo. Peguei um pão de teste para provar.

Aproximei-me da ilha onde ele trabalhava.

– Desde quando você tem uma padaria?

– Cerca de quatro anos agora. Começou com *crumble* de maçã. Tivemos uma colheita enorme, alguns anos atrás, e acabamos transformando o excedente em *crumbles* e tortas. Imaginei que os custos se pagariam, no melhor dos casos. Acabamos vendendo tudo. Aí testamos bolos e tortas durante a estação de morangos. Agora, fazemos onze tortas o ano todo e quatro tortas especiais por estação. Pães foram o passo lógico seguinte.

– Algum outro empreendimento de que eu deva saber?

Ele olhou para o teto por um segundo, como se tivesse dificuldade em se lembrar dos detalhes do seu império.

– Tem uma banquinha de sorvete no verão lá na Estrada Old County, perto da boca da enseada. Também temos mel e geleias…

– Essa é a favorita de Noah. – Gennie voltou à cozinha usando seu tapa-olho e arrastando a ponta da espada no chão. Marchou até a porta. – Todos os projetos secretos dele envolvem geleia. É tipo o Barba Negra, mas pra geleia. Mas ele não corta cabeças.

A porta se fechou atrás dela enquanto Noah dizia:

– Eu não sou o Barba Negra das… deixa pra lá.

– Você fez tudo isso nos últimos anos? – perguntei.

Ele voltou à sua tarefa, nem um pouco preocupado em me responder. Eu estava começando a entender que era um dos seus maneirismos. Um dos mais enlouquecedores.

Depois de mais tempo do que era razoável manter alguém esperando, ele disse:

– Tudo deu certo bem fácil. Todas as peças já estavam no lugar. Era só uma questão de tirar as coisas do papel. O sorvete era uma ideia óbvia, já que tínhamos excedente de leite.

– Mas a geleia é sua favorita.

Ele ergueu um ombro enquanto se virava para a geladeira. Fui obrigada a notar o jeito maravilhoso como o jeans se acomodava baixo nos seus quadris. Ele estava bem diferente de como eu me lembrava, mas também parecia consigo mesmo. Eu sabia que era um elogio meio estranho, mas era o jeito mais preciso de explicar as formas das quais ele tinha mudado. Era como se um penteado ruim tivesse crescido e Noah não tivesse mais que lidar com aquele período intermediário desajeitado. Estava mais alto, maduro e à vontade, mas parecia consigo mesmo. Parecia com o amigo de que eu me lembrava.

Ele voltou com um pepino e tive que me concentrar em manter o olhar nos olhos dele.

– É um jeito inteligente de reduzir desperdício. Frutas batidas nunca vendem, mas fazem uma ótima geleia.

Eu me acomodei em uma das banquetas da ilha e esperei. Não conhecia essa versão de Noah bem o suficiente para prever seu próximo movimento, mas tinha que acreditar que continuaria falando se eu deixasse a porta aberta para ele. E realmente queria que Noah continuasse falando.

Quando o pepino estava minuciosamente lavado e secado, ele passou a fatiá-lo. Eu nunca tinha notado como seus dedos eram longos ou a quantidade de sardas pontilhando a parte de trás. Era meio fofo.

– Minha mãe gostava de fazer geleia. Amava conservas. Ela tinha um monte de receitas, a maioria das quais guardava na cabeça e nunca escreveu. Fazia sentido continuar com isso. É um bom negócio.

– Como estão seus pais?

Obviamente, não estavam ali. Eu não queria presumir nada; além disso, o jeito como ele falava da mãe no pretérito e o fato de que a casa da família tinha sido convertida em loja me deram um mau pressentimento.

– Minha mãe mora na Carolina do Norte com minha irmã – respondeu ele. – Elas têm um apartamento numa daquelas comunidades de assistência para idosos. Ela consegue ter apoio para a esclerose múltipla lá, o que é bom, porque precisa de muita ajuda hoje em dia. Muita. A casa só tem um andar, o que é importante com sua mobilidade reduzida. Menos trabalhoso do que viver numa velha casa de fazenda.

– Quer dizer que ela deixou o púlpito?

Ele fez um movimento espasmódico, erguendo o ombro e dando um aceno.

– A reverenda foi embora antes que eu terminasse a faculdade. Talvez no meu segundo ano, mais para o final. Não tenho certeza. Mas é, ela se afastou da congregação quando os problemas de fala se tornaram mais proeminentes. – Outro dar de ombros espasmódico. – Provavelmente já reuniu uma congregação improvisada na comunidade de idosos. Não dá pra manter uma verdadeira teóloga parada.

Eu o observei jogar as fatias em uma tigela azul com pontinhos brancos. Suas mãos eram enormes. *Enormes.* Quando isso tinha acontecido?

– E seu pai?

Noah fez um ruído, uma espécie de resmungo murmurado.

– Ele morreu. Acidente de quadriciclo. Tem um lugar lá no fundo do pomar onde o terreno fica macio quando chove toda primavera e, se não estiver prestando atenção, ou atola na lama ou sai rolando algumas vezes. Estava escuro e caía uma tempestade e meu pai rolou. Foi depressa, mas minha mãe teve uma recaída séria pouco tempo depois e precisava se mudar para algum lugar onde pudesse obter o apoio de que precisava. – Ele acenou a faca para a cozinha. – As coisas evoluíram rápido.

– Sinto muito, Noah.

Ele assentiu.

– Então foi isso que o trouxe de volta a Amizade.

Ele se ocupou em pegar pratos do armário e talheres da gaveta antes de voltar uma fração de sua atenção para mim.

– Basicamente. – Ele abriu a janela sobre a pia e gritou: – Gennie, cadê os ovos, garota? Não demora tanto assim pra pegar.

Eu não consegui ouvir a resposta dela, mas tive o prazer de ver Noah suspirar com todo o corpo. Ele estava com uma aparência ótima. Melhor do que eu poderia ter imaginado.

Pena que era tão emburrado.

Gennie entrou batendo os pés, a espada enfiada sob o braço de modo que era quase impossível fechar a porta sem balançar o cesto de ovos.

– Deixa eu ajudar – ofereci, tomando o cesto dela.

– Lave as mãos – Noah pediu a ela.

– As galinhas me odeiam – disse Gennie, seguindo com raiva para o banheiro. – Elas querem comer meus dedos.

– Seus dedos não são apetitosos. Não tem carne suficiente nesses ossos – disse Noah para as costas dela.

Gennie emergiu do banheiro com o tapa-olho na testa e as mãos pingando.

– São galinhas do mal. Super do mal.

Noah estendeu a tigela de pontinhos.

– Leve seus pepinos pra mesa.

Ela aceitou a tigela, mas parou na minha banqueta.

– Você senta do meu lado?

– Claro. Deixa eu só ajudar Noah com...

– Não precisa – interrompeu ele. – Só... vai. Senta.

Eu lhe dei um olhar rápido, mas ele já se virara para o forno, me obrigando a ver como sua camiseta se esticava sobre as costas. É, aqueles anos tinham feito bem pra ele.

Apanhei os pratos e talheres que Noah tinha pegado e me sentei ao lado de Gennie na mesa. Ela tinha fatias de pepino nas duas mãos.

– Gosto dos seus brincos – disse ela. – O que são?

– Lagostas – respondi, tocando as contas intrincadas. – Eu comprei no Maine alguns verões atrás, numa cidadezinha chamada Talbott's Cove. Fui até lá com algumas amigas.

– Doeu furar suas orelhas?

– É muito rápido. Só uma picadinha.

Ela considerou isso com cuidado.

– Quantos anos você tem que ter pra furar as orelhas?

Noah pôs dois pratos no meio da mesa.

– Quinze – disse ele. – Pelo menos 15 anos.

– Mas Ella tem brincos e ela não tem 15 anos.

Noah serviu frango e legumes cozidos no prato de Gennie.

– Essa é uma decisão que a família de Ella tomou. Vamos falar sobre brincos quando você tiver... – Ele balançou a cabeça e passou o frango para mim. – Quando você tiver 12. No mínimo. Tá bom?

Ela tocou minhas lagostas de novo.

– Acho que sim.

Noah cortou a comida de Gennie em pedaços pequenos e entregou o prato a ela antes de se sentar.

– Quantos anos você tem que ter pra pintar o cabelo de rosa? – perguntou ela.

– Ah, Deus – murmurou ele.

Eu contive uma risada e respondi:

– Eu tenho 32 e fiz isso pela primeira vez no mês passado. Não tenha pressa. Você tem todo o tempo do mundo para tingir seu cabelo, furar as orelhas e tudo mais. Prometo que não está perdendo nada.

Ela me deu um aceno pensativo.

– Tá bom. Eu posso esperar.

Noah examinou Gennie enquanto a menina atacava a comida, empurrando a maior parte dos legumes para a beirada do prato. Depois de um momento, ele soltou o ar e pegou uma fatia de pão. Estava muito claro que esse trabalho de responsável legal exigia muito dele.

– Isso é incrível – eu disse, apontando o garfo na direção do meu prato. – Quando você cozinhou tudo isso? Eu não vi nada dessa magia acontecer.

Ele soltou uma gargalhada.

– Eu não cozinho. Tem um serviço de entrega de refeições a duas cidades daqui. A gente fornece o leite e alguns legumes pra eles. Eu estou na lista de entregas desde que começaram.

– Essa é a melhor refeição que eu faço desde... desde a última vez que estive aqui – eu disse. – Provavelmente a última refeição de verdade também.

– Então você devia jantar aqui toda noite – disse Gennie. – Noah diz que eu preciso comer refeições de verdade, então você também precisa!

Esperei que Noah interviesse e explicasse que isso não era possível, mas ele só me encarou por um longo momento, com vincos fundos na testa. Quando não desviou o olhar, eu disse:

– Cozinhar só pra uma pessoa não é muito divertido. É mais simples comer salgadinho ou pipoca, ou passar manteiga de amendoim em torradas.

– Shay – disse ele, os vincos se aprofundando.

Eu tinha cavado uma trincheira na testa dele. Eu e minha desordem.

– Não tem problema. Sério. Vou ter que investigar esse serviço de refeições. Parece perfeito. Ainda mais porque o ano escolar começa em algumas semanas e aí eu não vou ter tempo.

Ele continuou me encarando. Então:

– Você vai dar aula em escolas de Amizade?

– Como substituta – eu respondi. – O que é tão frenético quanto ter um posto regular. Mais até, na verdade, já que as funções variam de um dia para o outro. Mas estou animada.

– Você vai ser professora na minha escola? – perguntou Gennie. – Aí, sim, porra!

– Gennie – avisou Noah, sem muita convicção.

– Ainda vai brincar comigo depois da escola? – perguntou ela. – Ou vai estar ocupada demais?

Olhei para Noah. Ele deu um leve aceno, que eu interpretei como significando que aceitava que a gente continuasse nosso trabalho. Poderia ter significado uma série de coisas, mas fiquei satisfeita com essa explicação. Gennie precisava de toda ajuda que pudesse ter, e eu já era afeiçoada pela menina.

– Ainda podemos brincar – eu disse a ela.

Ela espetou o garfo no ar.

– Eba!

– Está pronta para mais treino de leitura e fatos? – perguntei a ela.

– *Arrr*, maruja – rosnou ela. – Sou um velho lobo do mar!

Nós duas rimos e caímos numa discussão confortável sobre a leitura do dia – sem os detalhes sangrentos. E era confortável, mesmo se Noah parecia tudo menos feliz em me ter ali. Eu não estava encarando a *vibe* dele como uma ofensa pessoal, mas não podia ignorar todos os seus longos silêncios. E a testa franzida. Muito franzida. Mesmo que tivesse jurado que queria que eu ficasse para o jantar, era óbvio que isso não era toda a verdade.

Mas tive que perguntar:

– Sua padaria vende esse pão na loja? Posso comprar? Porque preciso de mais.

– Bem, a gente… – Noah me viu escolher outra fatia. – Ainda não está em produção. Estamos trabalhando na receita.

– Você não pediu minha opinião, mas acho que a receita está perfeita. – Não conseguia acreditar que eu já tinha deixado de comer pão voluntariamente. Que tragédia. – Mas sinta-se livre para me enviar quaisquer testes. Ficarei feliz em fornecer um *feedback* adicional.

Ele me encarou por mais um momento antes de piscar e limpar a garganta.

– Aham. Claro.

– Qual é sua parte preferida de ser professora? – perguntou Gennie.

– Muitas coisas – eu disse. – Tipo conhecer crianças novas todo dia e construir uma pequena comunidade na sala de aula. Eu gosto que a gente pode explorar livros, fazer experimentos e aprender a tratar uns aos outros com gentileza e dignidade. E gosto muito que posso combinar meus brincos com as coisas que estamos aprendendo. Tenho um monte de brincos de maçã e abóbora.

– Você não ia estudar Relações Públicas ou algo assim? – perguntou Noah.

Quando olhei para ele do outro lado da mesa, vi a surpresa em seu rosto. Ele não pretendia dizer isso. O que era ainda melhor, na minha opinião.

– É, isso morreu depressa. Eu mudei pra Psicologia antes do final do meu primeiro ano e aí passei para desenvolvimento infantil. – Como tínhamos acabado de comer, peguei o prato dele e o coloquei em cima do meu. – Eu não tinha um plano específico...

– Já teve alguma vez?

Peguei o prato de Gennie e acrescentei à pilha.

– Às vezes – respondi, com uma risada. – Eu nem pensava em dar aulas antes do meu último ano, quando fiz um estágio numa escola de Ensino Fundamental.

– Você ficou na Boston College?

Assenti enquanto recolhia os talheres e reunia os restos.

– Fiquei, e mais um ano para tirar a licenciatura.

– Você não tem que fazer isso – disse Noah, tentando pegar os pratos.

– Talvez não, mas vou fazer. – Olhei para Gennie. – Acha que pode pôr esses pratos na lava-louça pra mim?

Ela pulou da cadeira.

– *Aye, aye,* capitã.

– E você ficou em Boston depois disso – disse ele.

Olha só esse moço, todo tagarela. Engoli um sorrisinho.

– Eu mudei bastante de distritos nos primeiros anos, mas aí encontrei uma escola independente onde me conectei com a liderança e a comunidade, e estou lá desde então.

Noah se afastou da mesa e contornou a ilha. Voltou com uma sacola de papel e jogou o resto do pão nela.

– Leve com você – disse ele. Antes que eu pudesse responder, Noah reuniu os últimos pratos e os levou à pia. Para Gennie, perguntou: – Quer alimentar os cães? Aposto que gostariam de ver você.

– Claro que eu quero alimentar os cães – gritou ela, enfiando o restante dos talheres na lava-louças.

– Você pode acompanhar Shay até a saída e aí ir pra lá. Tudo bem?

Era um jeito de me dizer que eu tinha ficado demais. Ainda bem que eu já tinha sido tão abandonada que estava basicamente morta por dentro e não podia me ofender com o mau humor daquele homem.

Mas precisava falar com Noah sobre alguns dos comentários mais preocupantes de Gennie.

– Na verdade – comecei, com um gesto para ele –, podemos conversar por um minuto? Talvez enquanto Gennie cuida dos cães?

Ele me encarou enquanto puxava o ar e então o soltava devagarinho. Era como se eu tivesse perguntado se deveria serrar seu braço com uma faca de manteiga ou uma colher de chá enferrujada.

Ele pegou a sacola de papel e a empurrou para mim.

– *Aham*. Claro. Sem problemas. Vá na frente.

Capítulo 6

Noah

Os alunos serão capazes de estabelecer – e então destruir – limites.

CERTO. ÍAMOS FAZER isso. Teríamos outra conversa sem minha sobrinha como amortecedor, e eu tinha chances altíssimas de foder com tudo. Lá vamos nós.

Gennie desceu a colina correndo em direção ao parque dos cães, gritando a cada passo:

– Cãezinhos! Estou chegando!

Shay assistiu da beirada do caminho de cascalho, uma mão protegendo os olhos dos últimos raios solares do dia.

O problema extremamente irritante era que Shay era linda. Ela era linda de morrer. Quanto mais eu tentava ignorar isso, mais ciente eu ficava. Essa percepção me consumia dia e noite, acompanhada pelo sussurro à espreita de *você podia se casar com ela.*

Fui em direção a Shay, meu olhar focado em Gennie, o boné bem abaixado. Enfiei as mãos nos bolsos.

– Você chegou a pensar sobre nossa parceria?

Shay se virou para mim.

– Eu... o quê?

– A parceria que propus semana passada. Para sua herança.

– Ah. Isso. – Ela voltou a observar Gennie e os cães. – Para ser sincera, eu não...

– Preciso esclarecer umas coisas – interrompi. – Faríamos um acordo pré-nupcial, é claro. Você manteria o quanto de sua propriedade que quisesse, compartilharíamos a posse do espaço de eventos, e eu manteria a minha propriedade. Seria um acordo limpo.

Ela mudou a sacola cheia de livros para o outro ombro e disse:

– Vou precisar de um pouco mais de tempo para considerar tudo isso. Tipo, muito mais tempo. Para mim não se trata só do terreno.

– Para mim também não se trata só do terreno – eu disse. – Eu tenho uma criança de quem cuidar e devia ter sido explícito sobre o envolvimento dela nisso desde o começo. Eu não vou deixar nada machucá-la. Porra nenhuma. Gennie não pode, e não vai, ser prejudicada se fizermos isso.

– Eu nunca iria querer isso – respondeu ela, as palavras afiadas nas bordas.

– Se fizermos isso... e acho que você deveria saber que é uma das suas melhores opções se está determinada a não enfrentar a gestão do patrimônio no tribunal... precisamos que seja seguro e estável para Gennie. Isso significa manter escondido por um ano, viver nossas vidas separadas, e dissolver o casamento quando a herança estiver liberada. Ela não pode saber de nada, nadinha. Estou disposto a negociar qualquer coisa exceto Gennie. – Dei um olhar para ela, mas foi um erro. Era quase impossível estabelecer limites quando o instinto me dizia para dar àquela mulher tudo no mundo que ela desejasse. – Pense nisso enquanto estiver considerando a questão.

– Eu nunca faria nada para machucá-la – disse Shay.

– Intencionalmente, não. O problema é que Gen já a adora e vai ficar de coração partido quando você for embora.

Shay abaixou a sacola e se virou para me encarar.

– Você diz isso como se eu fosse dar meia-volta e me afastar dela sem pensar duas vezes.

É exatamente o que estou dizendo, porque é isso o que você fez comigo.

– Não – respondi. – Você é... é boa com crianças. Obviamente. Sabe o que fazer, como falar com elas. Tenho certeza de que é ótima como professora também, mesmo que eu ainda não consiga imaginar essa escolha de carreira para você. Mas Gennie não tem espaço na vida para mais decepções. Ela não pode se apaixonar por você por um ano e aí vê-la sumindo da vida dela. Se fizermos isso, temos que a proteger.

– Na verdade, isso é uma questão que eu venho querendo discutir com você – disse ela. – É sobre isso que eu queria falar.

Cruzei os braços. Aquilo não parecia bom. Eu não queria continuar essa conversa de forma alguma. Tinha dito tudo que precisava dizer sem me cavar nenhum buraco novo, e agora queria ficar sozinho para poder exalar em paz pela primeira vez desde a tarde.

– Aham. Claro. O que foi?

– Gennie mencionou algumas coisas pra mim que acho que você deveria saber – disse Shay. – Ela fez vários comentários sobre não ter amigos na escola ou ter dificuldade com as outras crianças. E acho que essa *persona* de pirata é um mecanismo de defesa. Ela usa para lidar com o desconforto desses problemas sociais.

Merda. Só... merda.

Encontrei os olhos de Shay e esperei um longo momento antes de perguntar:

– Tem mais alguma coisa?

– Ela tem vergonha do cabelo – respondeu Shay. – Diz que nunca está arrumado ou bonito, e imagino que isso também incentive a história de pirata.

– Por que ela não falou pra mim? Eu teria... não sei, eu teria feito alguma coisa.

Shay deu de ombros.

– Não sei, mas Gennie mencionou que está preocupada que você não saiba arrumar cabelo de menina.

Arranquei o boné e esfreguei a testa.

– Toda vez que acho que estou começando a pegar o jeito dessa coisa de ser pai, orelhas furadas e cabelo de menina aparecem e eu volto para a estaca zero.

– Isso não é verdade. Você está tão longe da estaca zero que nem consegue vê-la.

– A estaca zero é um poste que se move todo dia – respondi. – E vai continuar se movendo. Hoje é cabelo de menina. Em alguns anos vai ser, sei lá, sutiãs e menstruação e, minha nossa, não estou preparado pra isso.

– Acho que está – disse ela. – Está fazendo um ótimo trabalho com ela, Noah. Vai dando um jeito à medida que as coisas acontecerem, que é o melhor que pode fazer. Quer dizer, ela come legumes e faz tarefas e…

– E enfia um "porra" na maioria das conversas.

– Humm. Verdade. Mas escute. Um ano, no primeiro dia de escola, eu estava lá fora uma manhã cumprimentando os alunos que chegavam. Um garoto desceu do ônibus, veio direto até mim, cuspiu nos meus sapatos e disse que era bom que eu não fosse a puta do caralho que ia fazer ele ir na escola. Aí saiu correndo do estacionamento na direção do tráfego. O dia mal tinha começado e era aí que a gente estava.

– Ai, Deus. – Eu queria perguntar como era a vida dessa criança em casa, mas minha sobrinha se referia às galinhas como desgraçadas de merda, então eu não tinha moral para falar.

Ela olhou colina abaixo para Gennie, que estava deitada no chão enquanto um dos velhos cães lambia seu rosto.

– O menino deu trabalho naquele ano. Os que correm sempre dão, mas ele era extraespecial. Vai começar o quinto ano em algumas semanas, mas frequenta aulas de Matemática no oitavo. Crianças especiais sempre demandam o máximo de nós.

Como ela faz isso? Como faz as coisas parecerem possíveis? Nem possíveis, mas prováveis? Como se eu fosse capaz de transformar aquela criança rebelde em uma pessoa inteiramente formada ao longo da próxima década, apesar de a infância dela ser marcada por trauma? Como se eu fosse descobrir como fazer isso *e* conseguir manter a cabeça acima da água?

Quem deixou Shay ser tão... tão tolerante e compassiva? A garota que eu conhecia nunca teria considerado uma carreira de professora, muito menos com crianças xingando-a logo pela manhã.

A garota que eu conhecia no Ensino Médio...

Enfiei o boné no bolso de trás e me coloquei na frente de Shay. Olhei para ela, realmente olhei para a pessoa que eu conhecera tantos anos antes.

Era possível que ela não fosse mais aquela garota?

Se eu podia mudar, ela não podia? E eu *tinha* mudado. Se ignorássemos que ainda corava e tropeçava nas palavras quando se tratava de Shay, eu não era nada como o Noah do colégio. Tinha projetado todas as minhas inseguranças naquela cidade e tornei meu ressentimento do lugar minha personalidade inteira.

Ainda bem que eu tinha mudado.

– O ano passado foi difícil pra Gennie – eu contei. – Quando ela chegou aqui, foi bem duro. Para nós dois. Não me ocorreu que ela ia ter dificuldade na escola até eu começar a receber ligações.

– Ser a aluna nova é complicado mesmo sob as melhores circunstâncias. Eu saberia.

Encarei-a. Queria saber quando ela tinha mudado. Se foi súbito ou lento. E queria saber por quê. O que tinha acontecido ao longo do caminho?

– É por isso que está ajudando ela? Por que você foi a garota nova tantas vezes?

Ela deu de ombros vagamente.

– Tem um pouco disso. E um pouco de saber como é sentir que você não pertence a lugar nenhum. Um pouco é de me lembrar de como era ter 6 ou 7 anos e minha mãe partindo para um serviço no exterior.

– Eva não é correspondente de guerra. Ela não está acompanhando uma unidade militar ou passando um ano seguindo um príncipe para revelar décadas de corrupção.

– Talvez não, mas os detalhes não são tão relevantes quando você é uma criança pequena sendo levada de um lugar a outro. Eu não sabia que minha mãe era uma jornalista famosa naquela idade. Só sabia que um elenco rotativo de babás era minha única família e ninguém nunca sabia quando minha mãe ia voltar pra casa. Talvez tenhamos histórias diferentes, mas eu conheço muito da de Gennie. Sei sobre pais que doaram esperma e literalmente mais nada, e sei sobre sentir que não existe ninguém que queira tomar conta de você.

– Eva está cumprindo uma sentença perpétua. Ela matou um agente federal enquanto traficava drogas pela fronteira canadense para o imbecil do namorado dela. Não fazia ideia de que era uma operação policial nem de que tinha cometido uma dúzia de crimes federais na presença de agentes disfarçados. Não sabia como usar a arma que o cretino tinha dado pra ela também, mas entrou em pânico e acabou descobrindo que sua mira é impecável. Ela feriu três outros agentes no processo. Foi um acidente. Uma série de acidentes horríveis pra caralho, e ela vai passar o resto da vida na prisão enquanto o namorado desapareceu no ar. – Eu a vi absorver tudo isso em ondas, cada uma pior que a anterior. – Gennie estava a oitocentos quilômetros dali quando aconteceu. Na Filadélfia, com uma das amigas de Eva. A assistência social levou semanas para localizá-la e aí mais três dias para contatar minha mãe. A essa altura, minha irmã já tinha oferecido informações demais à polícia sem nunca pedir por um advogado e Gennie já estava no sistema de acolhimento de menores. A única coisa que Gen se lembra dessa época é ter fome e ver *Piratas do Caribe* sem parar, mas me diga como você sabe pelo que ela passou. Conta pra mim como suas babás e coberturas no Upper East Side, em Mayfair e nos seus internatos suíços têm algo em comum com ela.

Nós nos encaramos enquanto os cachorros latiam e Gennie ria à distância. O sol estava baixo no horizonte e eu poderia ter assistido à brisa balançar o cabelo de Shay por horas. Ainda mais. Queria enfiá-lo atrás da orelha dela e correr o dedão pela sua bochecha. Mesmo se me custasse tudo.

– Sinto muito – disse ela por fim. – Eu não tenho como saber tudo por que sua sobrinha passou. Não tenho como saber o que você passou. – Ela me deu um olhar que parecia dizer algo, mas eu estava focado demais no seu cabelo para entender. – Mas eu não estava errada quando disse que sei como é quando parece que você não tem ninguém. Como se não pertencesse a ninguém, a lugar nenhum. Essa *é* parte do motivo por eu querer o melhor para ela. O que quer que aconteça com a gente, isso não vai mudar. A outra parte é que você é meu amigo, ou era da última vez que eu estive nessa cidade, e com sorte será de novo, e eu quero o que é melhor pra você também. – Ela se abaixou e ergueu a sacola.

Eu estendi uma mão.

– Deixa que eu carrego isso até seu carro.

– Não, não. – Ela me dispensou com um gesto. – Carregar sacolas cheias de livros é meu treino de cárdio.

Eu recuei e enfiei as mãos nos bolsos. Precisei de todas as minhas forças para não a tocar.

– Não podemos resolver todos os problemas gigantes – disse Shay, a sacola no ombro. – Mas podemos resolver muitos dos pequenos. Eu vou ensinar você a mexer com cabelo de menina. Quando Gennie precisar de ajuda com cabelo, passe lá em casa e eu faço pra ela até você aprender. São bem-vindos a qualquer hora, mas precisa saber que a campainha não funciona e eu não consigo ouvir se não estiver parada bem na frente da porta. Sempre foi assim. Entre, grite, e vamos pôr as mãos à obra para fazer rabos de cavalo, marias-chiquinhas e tranças de respeito.

– Você não tem que fazer isso.

Ela assentiu.

– Provavelmente é verdade. Eu não tenho que fazer nada. Mas é por isso que estou aqui. Estou tirando um ano de folga da minha vida, porque parece a coisa certa a fazer. Não tem que fazer sentido pra ninguém mais além de mim, e não tenho que ter um objetivo final se não quiser. É só isso. Parei de perseguir coisas, lugares e pessoas que são forçadas e erradas, mas eu não percebo até ser tarde demais porque estava ocupada demais obrigando tudo a ser perfeito. Então quero ajudar você com o cabelo de Gennie e me certificar de que ela passe de ano, e vou suportar sua *vibe* de urso mal-humorado enquanto faço isso.

– Que *vibe* de urso mal-humorado? – Eu sabia exatamente do que ela estava falando.

– Essa coisa em que você não consegue decidir se é meu amigo ou não – disse ela, me examinando da cabeça aos pés. – O que quer que seja, não é algo que eu possa mudar, mas posso ajudar sua sobrinha. Melhor ainda, eu ganho um pão gostoso no processo. – Ela bateu na sacola. – Obrigada por isso.

Que caralhos estava acontecendo comigo agora? Como eu tinha perdido o controle da situação?

– Disponha.

Ela deu outro passo pra trás.

– Passe lá em case se precisar de ajuda com cabelo. Não se dê ao trabalho de bater. Tá bom?

Assenti, observando-a seguir até seu carro. Ela guardou a sacola no banco de trás e acenou para mim. Como eu não conseguia evitar quando se tratava dessa mulher, nem por um único minuto, falei:

– Avise se precisar que eu me case com você.

Ela inclinou a cabeça de lado.

– Ainda não estou pronta pra pensar nisso.

– Então me deixe ver o testamento de Lollie enquanto espero.

– Não precisa – disse ela. – É o que é. Não adianta lutar.

Ela abriu a porta do motorista e sentou-se no banco. Parou como se fosse dizer alguma coisa, mas só acenou de novo. Ergui a mão em resposta, assistindo-a se afastar.

Dessa vez, quando ouvi aquele lembrete, dizia: *lá se vai sua esposa.*

Capítulo 7

Shay

Os alunos serão capazes de interpretar o papel.

– HUMM. ESSAS letras parecem certas pra você? Estão todas de pé direitinho? – perguntei. Gennie franziu as sobrancelhas para a pequena lousa branca em seu colo. – Alguma delas está ao contrário?

Ela entendeu de repente.

– Ah. Os *D*s. E os *G*s.

– Você sabe como fazer um *G* – eu disse a ela. – *G* de Gennie.

Ela esfregou uma meia na lousa, apagando as letras erradas.

– *G* de gol.

Assenti devagar. Estávamos falando sobre antigos naufrágios por todo o Atlântico e alguns no Porto de Newport próximo.

– Também, sim.

Ela começou a reescrever a frase.

– Você gosta de jogos? Tipo, esportes e tal?

– Aham. Claro. – Assenti. – Vamos pensar sobre pontuação e o uso das letras maiúsculas nessa frase. Onde faríamos isso?

Não tínhamos muito mais tempo até Gennie e Noah se encontrarem com a escola para determinar se ela passaria para o primeiro ano. Eu não queria desperdiçar nem um minuto sequer desse tempo com conversas à toa.

Tinha aprendido nas últimas semanas que Gennie era muito inteligente – e que tinha *muita* dificuldade em manter-se focada. Era como se tivesse uma centena de pensamentos girando ao mesmo tempo na cabeça e fosse fácil demais para ela perder aquele de que precisava.

A menina apagou as palavras de novo e recomeçou. Também era perfeccionista. Se o trabalho não estava certo, tudo era jogado fora. Se não achasse que podia fazer sem erros, não fazia de forma alguma. Lousas e marcadores ajudavam a mitigar o risco de estar errada, mas não o eliminavam completamente.

– Assim? – perguntou ela.

Eu li as palavras.

– É uma declaração forte. "Navios naufragam por causa das pedras que não enxergaram." Boa atenção às maiúsculas e à pontuação.

– Tem um jogo de futebol americano hoje à noite – disse ela, apagando as palavras com um único gesto dramático. – Você disse que gosta de esportes, então devia vir com a gente.

– Humm. – Eu folheei o livro que tínhamos lido. – Vamos pensar sobre as palavras naufrágio e pedra. – Eu as escrevi na lousa dela. – Quais similaridades você vê nessas palavras?

– As duas têm consoante seguida de *R* – respondeu ela, depressa. – Então, você vai no jogo? Noah disse que eu posso comprar um *pretzel* do tamanho da minha cabeça e tem uma banda também e...

– Isso é muito interessante – eu disse. – Quero ouvir mais sobre isso depois que você examinar a história e encontrar as outras palavras com consoante mais *R*. Encontre essas palavras e aí a gente fala sobre *pretzels* gigantes.

Eu realmente não queria ouvir sobre *pretzels* gigantes.

Não que as histórias de Gennie não fossem incríveis – elas eram, até mais do que as da maioria das crianças –, mas estávamos ficando sem tempo.

– Feito. – Gennie fechou o livro com força. – É o primeiro jogo. Eles começam a jogar futebol americano até antes das aulas começarem. Noah disse que todo mundo vai, então você também devia ir.

– Vou ter que pensar nisso – eu disse. – Você consegue pensar em qualquer outra palavra que tenha consoante seguida de *R*?

– Groselha. Trabalho. – Ela as escreveu na lousa. – Desgraçado. – Ela não escreveu essa, ainda bem. – Você pode vir no jogo e sentar comigo.

Antes que eu pudesse responder, a porta lateral se abriu e Noah entrou, o celular pressionado ao ouvido e mais uma caixa enfiada sob o braço. Ele assentiu para nós, abaixou a caixa e subiu as escadas.

– ...e *food trucks* e limonada gelada. Essa é minha favorita. A limonada gelada. Eu podia beber limonada gelada todo dia pelo resto da vida.

– Isso seria muita limonada gelada.

– Você também pode beber uma. Eu tenho dinheiro no meu quarto.

Eu a examinei.

– Tá podendo, hein?

– Noah me dá dinheiro quando eu ajudo ele na loja – disse ela. – Eu tenho um monte de dólares.

– Parece que trabalhou duro por eles.

Ela assentiu e fechou a canetinha.

– Você tem amigos? Brinca com eles na sua casa?

– Eu tenho amigos – eu disse. – Mas eles moram em outro estado.

– Você se sente sozinha sem eles?

– Às vezes – admiti.

– Então devia vir ao jogo – disse ela. – Aí não vai ficar sozinha.

Ninguém podia dizer que Gennie não era determinada. A garota não largava o osso. Eu sorri para ela.

– Vou pensar no seu caso. Agora, por que não me ajuda a reunir todos esses livros?

Enchemos minha sacola com os livros que eu emprestara da biblioteca municipal e guardamos as canetinhas e *post-its* na caixa com tampa.

Noah voltou à cozinha usando uma camiseta nova, o celular apertado na mão.

– Oi. – Após um segundo, virou a atenção à sobrinha. – Gennie, como estamos com os ovos?

– Droga – murmurou ela.

– Você pode me acompanhar até a saída e ir até os galinheiros – eu disse.

Resignada, ela arrastou os pés até a porta.

– Você vai tentar vir ao jogo, certo?

Noah ergueu os olhos para mim, mas aí começou a desempacotar a caixa que deixara no balcão. Um pacote de tomates-cereja, ervas embrulhadas em papel, várias jarras de vidro vazias.

– Vou pensar. – Joguei a bolsa por cima do ombro e peguei a sacola de livros.

Eu a segui para fora, não ficando surpresa ao ouvi-la resmungar sobre as galinhas malignas. A surpresa foi que Noah desceu os degraus e me encontrou ao lado do galinheiro. Não tínhamos falado muito desde a semana anterior. Por motivos que eu ainda não entendia, parecia intencional da parte dele.

– Como ela está indo? – perguntou ele.

– Ela é muito capaz – eu disse.

Ele fez uma careta para o celular antes de enfiá-lo no bolso.

– Isso é bom, acho. Ontem, a psicóloga recomendou que a gente a testasse para transtorno de déficit de atenção.

– Mencione isso pra escola quando se encontrar com eles. Diga que ela está sendo avaliada. Imagino que não tenho que lhe dizer nada sobre a lei de inclusão de pessoas com deficiência em âmbitos educacionais. Tenho certeza de que sabe que a documentação da psicóloga pode ser muito útil nisso.

Ele se virou para me encarar enquanto Gennie voltava correndo para a casa com os ovos.

– Obrigado. Se você não tivesse aparecido e gritado comigo por causa dos nossos caminhões, eu não sei o que teria feito.

– Você teria dado um jeito.

– Não tenho certeza. – Ele pareceu debater algo internamente antes de dizer: – É bom ter você de volta.

– É? – Queria que a pergunta saísse bem-humorada, mas não sei se soou assim. – Houve um ou outro momento em que me perguntei se ainda somos amigos.

– Eu não teria pedido que se casasse comigo se não fossemos. – Ele gesticulou para mim. – Não estou tentando apressá-la sobre isso. Só dizendo.

– Então, você é só um urso com uma farpa na pata normalmente? Esse é o seu *look* agora? – Não havia como perder o tom brincalhão dessa vez.

– Escute, não me julgue. Quanto mais pessoas eu puder assustar com essa cara, melhor. E me poupa de ter que mediar cada maldito desentendimento nessa cidade. – Ele soltou um suspiro alto. – Você desapareceu, sabe. Apenas sumiu. Deixou a cidade e nunca mais foi vista.

Um momento passou enquanto eu tentava colocar as palavras dele em uma ordem que pudesse entender. Não consegui.

– Não era o plano?

Ele assentiu com a cabeça, mas não foi nem um pouco convincente.

– Nós dois queríamos isso. Certo? Queríamos sair daqui e nunca voltar. Foi por isso que você foi para aquele programa de verão em Yale. Para poder sair o quanto antes. – Eu me aproximei, a sacola de livros roçando na perna dele. Não podia ter essa conversa sem olhar nos olhos dele. – E você foi embora primeiro. Eu passei a maior parte do tempo depois da formatura aqui. Sozinha. Demorei bastante pra ir embora. Não foi como se tivesse desaparecido.

Ele levou a mão à nuca enquanto seus lábios se retorciam em um sorriso sem humor que dizia *continue dizendo isso a si mesma.*

– Estou perdendo alguma coisa? – perguntei.

– Não, você tem razão – disse ele após uma pausa. – Acho que imaginei que você... – Ele tirou a mão da nuca e a abaixou para a coxa. – Não importa.

– Noah, espere – eu disse, tocando o antebraço dele. Ele congelou, encarando minha mão. – Importa, sim. Para mim.

Gennie saiu correndo pela porta da frente, a tela batendo atrás dela enquanto disparava até mim.

– Você pensou? Vem no jogo hoje?

– Ah, querida. – Olhei para Noah, torcendo para que ele nos ajudasse e me desse uma desculpa para evitar o evento. Sem sorte. – Tenho que ir pra casa e fazer algumas tarefas de adulto primeiro. Não sei se termino a tempo.

Gennie assentiu, decepcionada.

– Tá bom.

– Vejo você na segunda, sem falta. Vamos falar sobre exploradores. Eu tenho uma história superlegal sobre um explorador e como o navio dele pode ser um dos naufrágios no Porto de Newport.

Abri a porta do carro e enfiei minhas coisas lá dentro. Noah disse:

– Tem uns *food trucks* decentes lá antes do jogo. Vale a pena só por isso, mas você devia ver o jogo também. Pode perceber que não odeia esse lugar.

Eu caí no banco do motorista.

– Foi assim que aconteceu com você? Olhou ao redor um dia e percebeu que não odiava mais esse lugar?

Noah segurou meu olhar enquanto uma onda de calor me pressionava por todos os lados. Era um dia quente. Sol da tarde. Úmido, também. Quente, úmido e ensolarado. Era a única coisa que eu estava sentindo.

– Dê uma chance – disse ele. – Veja por si mesma.

– TEM UM jogo de futebol americano hoje.

Jaime franziu o cenho para a tela. Ela estava na sua sala de aula, com as luzes do teto apagadas porque odiava luzes fortes, mas eu ainda conseguia ver sua expressão.

– Quem está jogando?

– O Ensino Médio – respondi. – Acho. Tenho quase certeza.

– Por que a gente se importa com isso?

– A garotinha que estou ajudando não parava de falar disso. – Espiei minha geladeira vazia. – Aparentemente, tem *food trucks*. Imagino que o pessoal fique lá fora curtindo antes do jogo. Talvez arrecadem fundos? Não fiz muitas perguntas.

– A menina que você está ajudando gosta de *food trucks*? Essa geração tem as prioridades certas.

– Não era assim quando eu estava no Ensino Médio – eu disse. – Jogos de futebol americano eram a coisa mais básica do mundo.

Ela começou a grampear pequenos arco-íris com os nomes e aniversários de seus alunos em um mural. Por um segundo, fui tomada pela tristeza. Eu não tinha um mural de aniversário esse ano. Não ia celebrar aniversários nem qualquer outra data importante da Educação Infantil. E não tinha Jaime bem ali ao meu lado – tudo porque quis abandonar minha vida e me reconectar com o único lugar que já sentira ser *meu*.

Jaime me afastou dos meus pensamentos.

– Você devia ir.

– Ir aonde?

– Ir ao jogo de futebol. – Ainda ocupada em dispor e grampear seus arco-íris, ela nem olhou para mim. – Você não pode tirar um ano de folga só pra ficar sentada numa casa grande, beber vinho e comer arroz de micro-ondas toda noite.

– Eu não como arroz de micro-ondas toda noite.

– Gosto que essa é a parte que você está protestando. – Ela me deu um sorriso rápido. – Você queria viver na doce cidadezinha, gata. Queria voltar pra fazenda da sua avó. Está aí, agora precisa ir até o final. Vá ao jogo de futebol. Coma nos *food trucks*. Torça pelo time local. Tudo isso. Se não for assim, devia fazer as malas e voltar pra cá. Você pode morar comigo. Pode trabalhar como substituta em qualquer distrito por aqui até achar algo permanente. Mas não pode ficar aí e não fazer nada.

Bati o pé no chão da cozinha.

– Mas, Jaime…

– Mas, Shay – interrompeu ela. – Eu confirmei com meus próprios olhos que você está viva e bem o bastante para vestir uma blusa bonita e ir àquele jogo. Está na hora de ganhar um pouco de prática real em viver de novo, gata. Vá. Mexa-se. Faça algo real, mesmo se odiar.

EU GOSTARIA DE dizer que nada na Escola Municipal de Amizade tinha mudado nos anos desde que me formara, mas, como tudo o mais na cidade, a escola estava de cara nova. O prédio dos anos 1960, com seu telhado plano e exterior marrom, fora substituído por uma estrutura de três andares, cheia de janelas, linhas limpas e painéis solares. Onde já houvera um campo empoeirado e esburacado, mais adequado para as perambulações de gansos e coelhos do que qualquer espécie de atletismo, agora havia um reluzente complexo esportivo.

Desde que chegara a Amizade, eu tinha enfiado na cabeça que encontraria pessoas do colégio em todo lugar. Pessoas além de Noah. Imaginei que isso aconteceria no mercado, ou na biblioteca ou talvez na cafeteria da cidade onde tomava um café da manhã balanceado de café gelado e *cookies* quando acabavam meus pudins. Até então, eu não tinha visto outro rosto familiar.

Acho que fazia sentido. Aquela não era o tipo de cidadezinha que as pessoas tinham dificuldade em deixar. Amizade não era remota ou isolada, não de qualquer forma real. Claro que eu não tinha topado com ninguém no corredor de verduras do mercado. Eles tinham seguido em frente.

Não que eu estivesse reclamando.

Tive amigos no Ensino Médio, mas eram relacionamentos superficiais, do tipo em que eu pegava vislumbres da vida deles na mídia social agora, mas tinha que parar e me lembrar de onde os conhecia.

Com esse pensamento alegre na mente, passeei pela pista de corrida, analisando as opções de *food trucks*. Os clubes e os times da escola tinham disposto mesas ali, e a associação de pais e apoiadores estava vendendo camisetas.

Precisava admitir que era bom fazer alguma coisa. Antes do fiasco com meu ex, eu saía o tempo todo. Era uma pessoa extrovertida, caramba. Era social. Gostava de ficar perto de pessoas.

Agora eu passava a maior parte do tempo caminhando pelo terreno de Twin Tulip enquanto ouvia audiolivros ou *podcasts* e bebia vinho de uma garrafa d'água de aço inoxidável. Se pudesse me exaurir o suficiente, me distrair o bastante, não teria que pensar em todos os machucados e coisas quebradas. Mas aquilo era bom. Mesmo que fosse estranho, como se eu não soubesse o que estava fazendo ali, só que ninguém mais sabia também.

Segui uma fileira de alunos usando uniforme da banda marcial até o prédio e pedi que me indicassem a direção dos banheiros. Quando estava sozinha numa cabine, olhei as horas no meu celular. Mais meia hora até o início do jogo.

– Um fluxo saudável tem pelo menos dez segundos interrompidos.

Olhei ao redor da cabine. A pessoa estava falando *comigo*?

– Se você não está urinando com consistência por dez segundos ininterruptos, deveria considerar terapia do assoalho pélvico.

De novo, olhei ao redor como se fosse encontrar alguma explicação para a mulher que parecia estar falando comigo.

– Certo – eu disse, hesitante. – Obrigada?

– Você tem interrupções no seu fluxo com frequência?

– Eu… – Apertei os olhos por um segundo. Já tive muitas conversas estranhas em banheiros públicos. *Muitas*. Aquela era a mais esquisita, de longe, e isso incluía a vez que alguém me perguntou se eu conhecia a amiga dela porque acreditava que eu era a gêmea havia muito perdida que fora separada no nascimento. *Spoiler*: eu não era a gêmea dela. – Estou bem. Não se preocupe.

– Na minha opinião profissional, não parece que você está bem – anunciou ela, alegre.

– Você está… me ouvindo urinar?

Ela riu.

– Risco ocupacional.

– Ou invasão de privacidade – murmurei. Terminei, grata pelo som da descarga por abafar quaisquer comentários adicionais.

Até eu sair da cabine.

Do outro lado da porta havia uma mulher alta e esguia. Ela abriu um enorme sorriso para mim.

– Oi. Eu sou a Christiane.

Tive que a contornar para chegar à pia.

– Oi – eu disse sobre o som da água.

– Sou fisioterapeuta. Uma das minhas especialidades é disfunção do assoalho pélvico. Pegue meu cartão.

Ergui as mãos molhadas com um olhar significativo. Então fui até as toalhas de papel, virando o corpo de lado para me espremer junto às portas das cabines porque aquela mulher estava comprometida a ficar parada no ponto mais inconveniente possível.

– Nunca é cedo demais para atentar às necessidades do seu assoalho pélvico – disse ela.

Forcei um sorriso enquanto secava as mãos.

– Aham. Certo. Obrigada pelo papo.

Peguei o cartão e meio que saí correndo dali. Jaime nunca ia acreditar naquela história. Questionaria minha sanidade. E minha sobriedade também.

Quando saí lá fora, a banda marcial estava tocando uma música velha da Miley Cyrus, e a área estava se enchendo de gente. Perambulei de volta aos *food trucks*, determinada a fazer uma escolha antes que a comida acabasse.

Quase tinha passado pela parte mais densa da multidão quando ouvi "Shay!" e um corpinho bateu do lado do meu corpo.

Olhando para baixo, vi Gennie, com o cabelo preso em marias-chiquinhas tortas.

– De onde você veio, minha amiga?

Ela apertou minha cintura por mais um momento. Então:

– Vem. Noah está ali. Ele disse que eu podia olhar ao redor, mas que tinha que conseguir ver ele a todo momento, mas aí eu vi você e não acho que ele vai ficar bravo que eu fui mais longe.

Ah, Deus. Ele ia começar a derrubar *food trucks* se não conseguisse encontrá-la.

– Vamos levar você de volta ao seu lugar. – Eu peguei a mão dela e disse para mostrar o caminho.

Encontramos Noah focado em uma conversa com uma mulher na mesa das camisetas, mas ele não parecia estar gostando. Tinha os braços cruzados e a mandíbula cerrada com tanta força que pude notar a vários metros de distância. Ele respondia com acenos decisivos, embora os vincos profundos ao redor da boca sugerissem que não se importava com a discussão.

No instante em que avistou Gennie e eu cruzando a pista, ergueu uma mão e disse:

— Com licença. — E veio na nossa direção.

— Encontrei Shay — disse Gennie.

Ao mesmo tempo, Noah falou:

— O que eu lhe disse sobre ficar onde eu posso ver você?

— Mas Shay quase não viu a gente — disse ela. — E você me disse pra procurar ela com os dois olhos.

Se eu não estivesse enganada, as orelhas dele estavam ficando de um tom fascinante de vermelho. *Fascinante.*

Ele olhou para mim, uma olhada da cabeça aos pés que examinou meu jeans e top fofo, antes de seu olhar pousar em Gennie.

— Tem muita gente aqui. Eu não quero você andando sozinha. Tá bom?

Ela deu um suspiro pesado.

— Tá bom. — Aí pegou minha mão e começou a girar. — Eu tenho que dançar, Shay. Olha!

— Pode dançar, garota. Estou assistindo. — Apontei para o complexo esportivo e disse para Noah: — Quando tudo isso aconteceu?

Ele correu o olhar pelas arquibancadas.

— Uns seis ou sete anos atrás.

— Uma grande melhoria.

Ele assentiu.

— É. Eles construíram a escola nova nos antigos campos, e quando estava pronta passaram as crianças pra lá e demoliram o antigo Ensino Médio. Aí fizeram tudo isso.

Assenti em concordância.

— É estranho estar aqui de volta? Em algum momento? Ou você se acostumou?

– Só é estranho quando as pessoas me lembram de propósito do Ensino Médio.

– Como estou fazendo agora? – perguntei, rindo.

– Não. – Ele sorriu e trocou o peso dos pés, de modo que seu ombro roçou no meu. – Quando fazem questão de dizer que se lembram de quando eu era tesoureiro do conselho estudantil e dizem que é por isso que evitei que o pomar e a fazenda leiteira falissem. Porque, sim, um orçamento de cinco mil com um corpo docente negligente é supercomparável. Ou perguntam se eu me lembro de quando era gerente do time de basquete, mas deixei a sacola com todas as camisas deles no vestiário na final do campeonato em Woonsocket. Porque todo mundo ama essa história.

– Mas *como* você evitou que o pomar e a fazenda falissem?

– Você perguntando isso é um sinal de que foi sequestrada e precisa de resgate – respondeu ele.

Dei uma cotovelada no seu bíceps. Parecia mais um muro de tijolos que músculo humano.

– Estou interessada de verdade.

Ele pareceu preparado para me provocar mais um pouco, mas então seus olhos se arregalaram e um olhar de terror completo cruzou seu rosto. Olhei por cima do ombro para seguir seu olhar. Enquanto virava, ele passou um braço ao redor da minha cintura e se inclinou perto o bastante para sua barba roçar minha bochecha.

Que caralhos?

– Sei que é insano pedir isso, mas, se puder fingir por cinco minutos, eu vou pessoalmente arar e plantar seus campos quando você quiser. Tudo bem?

Eu não respondi. Não podia. Não quando as palavras entraram por um ouvido e saíram bem no meio das minhas pernas.

– Só siga o meu exemplo – sussurrou ele. – Por favor.

Eu não fazia ideia do que estava acontecendo, mas Noah estava tão perto e me segurava tão apertado que não importava. E aquele *por favor* tinha saído rouco dos seus lábios do melhor jeito possível, como um pedido de desculpas implorado um momento antes de pecar.

Ainda assim, eu estava chocada demais para formar palavras. Não conseguia me lembrar da última vez que alguém me tomara desse jeito nos braços. Mais importante, não me lembrava de já ter parecido tão divino. Havia toda uma banda marcial se apresentando do outro lado do complexo, uma criança dançando e girando ao meu redor, e várias centenas de pessoas próximas, mas a única coisa em que conseguia me focar era na mão dele apertando minha cintura.

Jaime ia falar tantos "Eu te disse" que ficaria sem voz.

Mas então eu ouvi:

– Oiêeee! Oi! Noah! Aqui! – E congelei. Eu reconheci aquela voz. Sua persistência incessante.

– Só siga meu exemplo – as palavras dele soaram urgentes junto ao meu rosto –, e eu faço qualquer coisa que você pedir. Qualquer coisa mesmo. É só dizer e é sua.

Assenti quando Christiane entrou à vista, seguida por duas crianças pequenas. Noah soltou o ar e roçou os lábios na minha bochecha. A única coisa que eu podia sentir era calor, em todo lugar, de uma só vez.

Quando tinha sido a última vez que alguém tinha beijado minha bochecha? Quando tinha sido a última vez que eu sentira no fundo da barriga? E quando tinha sido a última vez que um beijo fora algo além de uma obrigação, uma caixinha ticada na coluna de afeto básico?

Christiane nos alcançou com um sorriso enorme e brilhante.

– Noah! – chamou ela, alegre. – Eu liguei pra você na semana passada. Recebeu minha mensagem? Sobre um encontro das crianças no clube de natação? Achei que ia receber uma resposta sua. Onde esteve se escondendo esses dias?

– Christiane – respondeu ele.

O olhar dela se virou para mim e, com isso, seu sorriso esmoreceu.

– E minha querida amiga nova! Não peguei seu nome. – Ela olhou de volta para Noah e disse: – A gente se conheceu no banheiro das damas. Agora mesmo.

Os dedos dele se flexionaram na minha cintura, sua barba áspera na concha da minha orelha.

– Parece que não se conheceram, se você não sabe o nome dela.

Bem, merda. Quer dizer, *puta merda*. Eu não sabia dissecar aquela frase até seus elementos componentes ou explicar um único motivo pelo qual funcionou tão bem para mim. Só sabia que eu não tinha um único pensamento sexual fazia meses, mas essa maré estava virando depressa.

– Você sabe como eu me empolgo. – Ela acenou a mão para nós dois. – Como vocês se conhecem?

– Há muito tempo. Somos namorados desde a escola.

Ele mudou o peso dos pés, enganchando o dedão no aro do meu cinto e deslizando a mão para o meu bolso. Abriu os dedos sobre as dobras da minha barriga e coxa. As únicas coisas entre nós eram o forro fino do bolso e uma calcinha, e qualquer pessoa a cinco metros de nós tinha que estar ciente disso. Estava estampado no meu rosto e projetado acima da minha cabeça como um balão de pensamento num quadrinho. Não havia nada discreto no gesto. Eu não sabia se ele morderia meu pescoço em seguida e, sinceramente, não me opunha.

– É mesmo? – Ela virou um olhar crítico para mim. – Que engraçado, porque não me lembro de você já ter mencionado uma parceira. Nunca. Nem uma única vez. – O olhar dela se transformou numa careta sorridente, o tipo de expressão que as pessoas usavam quando queriam atingir um patamar de educação básica ao mesmo tempo que comunicavam que rejeitavam tudo numa situação. – Não me lembro de ouvir *nada* a respeito disso.

– Não vejo por que seria da sua conta – disse ele, as palavras mais próximas de um rosnado que qualquer coisa.

Mas não era *só* um rosnado. Era predatório, quase possessivo. E eu sabia que era ridículo dizer isso, porque o momento todo era ridículo, mas ele estava desenhando círculos na minha barriga enquanto dizia não muito educadamente àquela mulher que não queria nada do que ela estava oferecendo. Se isso não beirava o possessivo, eu não sabia o que faria.

Morda meu pescoço, querido. Vá em frente. Não me faça esperar.

Ele correu os dedos pela minha bochecha e enfiou uma mecha atrás da minha orelha.

– Já decidiu o que quer comer? – perguntou, a voz baixa, rouca, perfeita. Eu não sabia quando aquele resmungo tinha passado de levemente engraçado para um tesão completo, mas estava ali agora e não tinha interesse em ir embora. – Humm? Quero deixá-la satisfeita, querida.

Eu não fiquei orgulhosa, mas sentia que meus mamilos estavam visíveis desde o espaço.

– Ainda não – murmurei.

– Então vamos fazer isso agora. – Ele ergueu Gennie e a acomodou no quadril. – Vejo você depois, Christiane.

Noah nos levou em direção aos *food trucks*, a mão ainda enfiada no meu bolso. Eu estava flutuando e derretendo e também zumbindo de eletricidade.

E Noah Barden era a causa.

Capítulo 8

Noah

Os alunos serão capazes de fingir.

MAIS CINCO MINUTOS.

Era só isso que eu precisava.

Se pudesse ter mais cinco minutos, nunca mais pediria nada nessa vida.

Mais cinco minutos do corpo de Shay aconchegado no meu, a mão dela espalmada baixo nas minhas costas. Mais cinco minutos conhecendo a sensação da pele dela contra meus lábios.

Mais cinco minutos fingindo que ela era minha.

Mas o problema de pedir por mais cinco minutos era que eu sofreria a longo prazo. Viveria conhecendo aquela sensação e sem dúvida isso me arruinaria aos poucos.

Talvez a ruína viesse depressa. Talvez fosse melhor assim. Sempre me virei bem quando conhecia o sofrimento por vir. Meus colegas de quarto, na faculdade de Direito, estavam um ano à frente e eram um jeito excelente de prever minha infelicidade futura. Isso tinha me ajudado a controlar minhas expectativas.

Se alguém pudesse me dar uma batidinha no ombro ou me enviar uma mensagem de texto sobre o quanto minha vida seria uma merda quando esses cinco minutos e o fingimento acabassem, eu apreciaria. É sempre bom saber a extensão da dor.

Mudei de posição, colocando um pouco de distância entre nós antes que a situação azedasse e Shay tivesse que me afastar dela à força. Mas ela prendeu minha mão na cintura dela e disse:

– Não vá a lugar nenhum. Não pare. Ainda não.

Certo. Ótimo. Eu sofreria ouvindo aquilo na cabeça e imaginando o aroma do cabelo dela pelo resto da eternidade. Maravilha.

– Posso beber limonada gelada agora? – perguntou Gennie, os braços ao redor do meu pescoço. As contas da pulseira que minha sobrinha fizera na noite anterior (porque Shay usava pulseiras e nós éramos obcecados por ela) pressionavam-se contra a minha clavícula. Foi o suficiente para me lembrar em letras garrafais e gritantes de que eu tinha uma criança de quem cuidar e não podia fazer o que quisesse só porque era agradável.

Mas, minha nossa, eu realmente queria mais um ou dois minutos daquilo. Gennie, segura de um lado, e Shay aconchegada do outro. Era como se vivêssemos uma vida sossegada, nós três saindo para ver um jogo de futebol americano escolar sem qualquer preocupação no mundo.

Exceto que nada daquilo era verdade e a fantasia estava a segundos de se desintegrar nas minhas mãos.

– Sim. Sem problemas. Quer ir comprar? – perguntei pra Gennie.

Ela sacudiu a cabeça contra meu ombro. Gennie não gostava quando eu a carregava. Ao que parece isso era coisa de bebê e, como eu tinha sido informado várias vezes, ela era uma menina grande. Vinte quilos e desdentada, mas sim: menina grande. Devia odiar que eu a tivesse carregado na frente dos filhos de Christiane Manning, também. A qualquer minuto, ela chutaria e gritaria para eu a largar. E eu faria isso. Assim que tivesse gravado cada parte desse momento na memória.

– Vem comigo – pediu Gennie.

E foi assim que eu me garanti mais alguns minutos na fila do estande de limonada gelada com a cabeça de Gennie no meu ombro e meu braço ao redor de Shay.

Era uma noite quente, suportável graças a uma brisa constante vinda da baía. Suportável para todos os outros. Eu estava morrendo. Queimando, derretendo, fervendo e transbordando. De todas as formas que já imaginara tocar Shay, nunca pensei que aconteceria ali, no colégio, ou enquanto eu segurava Gennie no outro braço.

Quando foi nossa vez, Gennie se desvencilhou para se esticar e fazer o pedido. Olhou de volta para mim e disse:

– Dinheiro, por favor.

Pegar minha carteira significava soltar Shay, e houve um momento longo em que encarei minha sobrinha e rezei para que uma solução melhor aparecesse.

No fim, Shay quase me fez pular de susto ao enfiar a mão no meu bolso de trás, pegar minha carteira e passar uma nota de cinco dólares para Gennie. Quando devolveu a carteira ao meu bolso e deu um tapinha ligeiro na minha bunda, eu faleci. Minha alma simplesmente saiu do corpo.

Shay virou o rosto para mim, os lábios unidos num sorrisinho que sempre imaginara ser condescendente. Eu devia estava errado sobre isso. Precisava estar.

– Ela ainda está observando – sussurrou Shay.

Ela se inclinou, roçando os lábios na minha mandíbula. Estremeci, meu aperto ficando desnecessariamente forte. Não consegui evitar. E, embora soubesse pouco sobre órgãos internos, pareceu que os meus estavam se rearranjando enquanto meu coração tentava se libertar das costelas.

– Beije minha testa – disse ela.

– *Quê?*

– Ela ainda está observando – repetiu Shay. – Beije minha testa. Seja convincente.

Ser convincente não era problema pra mim.

Abaixei o rosto e pressionei os lábios na sua têmpora. Seu cabelo tinha um aroma delicioso. Eu me lembrava desse cheiro. Tinha permanecido no meu carro, quando éramos jovens. Ele tinha ficado comigo, mesmo quando ela não estava mais lá.

Eu não me movi, meus lábios na pele dela e seu corpo apertado no meu. Gennie estava falando sobre a limonada gelada, como aquela com melancia era superior à de cereja, e seu rosto estava grudento e rosado. Só assenti, ainda segurando Shay como se minha existência dependesse disso.

A verdade era que dependia.

Eu podia resistir o quanto quisesse. Lutar pra caralho. Afastá-la, afastá-la e afastá-la.

Ainda assim, não havia nada que eu quisesse mais.

– Qual é a história? – perguntou ela, baixo o suficiente pra ficar só entre nós. – Com a sua *amiga* Christiane.

– Ela não é minha amiga – respondi. – Só é muito persistente.

Shay riu, balançando suas curvas contra mim de um jeito delicioso. Não era o lugar nem a hora para ficar excitado, mas, porra, eu estava muito além dos meus limites.

– Estou ciente disso – disse ela. – Nós tivemos um duelo no banheiro. Não achei que fosse escapar de lá sem marcar uma consulta para terapia do assoalho pélvico.

– Hã... quê?

Ela sacudiu a cabeça, seus brincos balançando com o movimento. Eram uvas, os brincos. Cachos de uvas roxas.

Não sei por que eu achei isso tão charmoso, mas achei.

– Nada com que você precise se preocupar – disse ela. – Então, qual é? Você saiu com ela e a ignorou depois? Não, espere. Você lhe deu uma noite que ela nunca vai esquecer e...

– Quieta, Shay. – Saiu num rosnado, um desmoronamento de palavras que a deixou olhando para mim com a cabeça erguida, os lábios abertos e as sobrancelhas arqueadas. Nunca houve um momento em que eu quis beijá-la mais, e tinha devotado dois anos da minha vida a querer beijá-la. Mas isso era diferente. Era muito mais poderoso. De fato, um desmoronamento.

– Uau. Quando você virou um galã? – perguntou ela. – Partindo corações por toda a cidade, hein?

– Não foi isso o que aconteceu – disparei. – Ela acha... não sei... acha que a gente combina.

– Que jeito antiquado de dizer que ela quer seu...

Apertei um dedo aos lábios dela.

– Eu não falei pra você ficar quieta?

Ela piscou para mim, as sobrancelhas erguidas enquanto silenciosamente me ordenava a dar explicações. Antes que eu pudesse pensar melhor, afastei o dedo dos seus lábios, tracei o contorno redondo da sua bochecha e corri o dedão no vinco da sua testa. Alisei a curiosidade reunida ali.

– Não importa o que Christiane quer porque os filhos dela foram péssimos com Gen. Eles são gêmeos e são *terríveis*. Sei que não deveria dizer isso sobre crianças, mas, sério, se soubesse metade da história, concordaria comigo.

– O que aconteceu?

– O menino, aquele merdinha, perseguiu Gennie no *playground* no segundo dia dela na escola com uma cobra morta que encontrou em algum lugar dos arbustos. Mas foi minha sobrinha que se encrencou porque deu uma cotovelada na boca dele e arrancou uns dentes quando o moleque tentou enfiar a cobra dentro da camiseta dela.

O olhar dela caiu, os lábios entreabertos.

– Mas que *porra* é essa?

Assenti enquanto enfiava algumas mechas rosadas atrás da orelha dela de novo. O vento estava me mantendo ocupado. Eu estava adorando.

– Foi assim que a gente se conheceu. Ela disse que a coisa toda era um mal-entendido. O filho dela estava passando por um período difícil desde que ela e o pai dele se divorciaram no ano passado. Queria que a gente organizasse uns encontros para as crianças se conhecerem. Essa era a solução dela.

– Qual foi a sua solução?

– Escrevi uma carta dizendo que levaria minhas preocupações sobre a segurança dos alunos ao Departamento Estadual de Educação e abriria um processo se Gennie não fosse transferida para outra turma.

– Ela foi?

– No dia seguinte – respondi. – Mas a professora não foi uma boa pra Gennie. Ela não entendia a menina. Elas se desentenderam desde o primeiro minuto. Tenho quase certeza de que a mulher se aposentou no final do ano e deu o crédito a Gennie por essa decisão.

– Não é muito bom – murmurou ela. – Teve outros incidentes? Com aquele garoto?

– Nada tão ruim quanto a situação da cobra, mas há vários relatos deles brigando no *playground*. E a menina, achei que ela fosse a ovelha boa da família, mas não é o caso. Ela nunca deixa Gennie brincar com ela ou com as outras meninas. Sempre diz coisas péssimas sobre Eva quando os professores não estão por perto. E isso é só o que Gennie contra pra mim. Eu sei que tem muito mais. A questão do cabelo, por exemplo. Ela não me conta tudo.

– Você mencionou alguma parte disso à mulher que está babando em cima de você?

Olhei por cima do ombro e vi Christiane perto do vendedor de cones de *waffle*. Ela captou meu olhar e deu um aceno entusiasmado.

– Permita-me pedir desculpas desde já.

– Pelo quê?

Eu sofreria por isso. Muito mais do que imaginara. Mas não podia me importar com esse sofrimento quando toda essa doçura estava bem ali, esperando por mim. Ergui o queixo dela e enfiei os dedos no seu cabelo. Abaixei o olhar aos seus lábios abertos.

– Isso.

Rocei meus lábios contra os dela, bem rápido dado onde estávamos, mas por tempo suficiente para arruinar minha vida toda.

Não me dei ao trabalho de olhar para Christiane depois.

– Não se desculpe – disse Shay, com uma leve risada. – Posso ser seu escudo humano sempre que precisar. Estou disponível todos os dias da semana. Devia ter me contado que era por isso que estava tão desesperado para se casar comigo de mentirinha. Você me fez pensar que era um Tio Patinhas, querendo confiscar todas as terras do lado rural da baía. Podia ter se explicado melhor, meu amigo. – Ela ergueu os olhos para mim, franzindo o cenho. – Por favor, diga que estamos bem, que somos amigos. Não sei o que eu fiz errado, Noah, por como lhe dei a impressão de que…

Eu a beijei de novo.

Não era uma escolha esperta, considerando tudo, mas me poupou de ter que explicar minha versão da nossa história. Ela não entenderia. Eu tinha minha realidade e ela tinha a dela, e precisava aceitar que as duas nunca seriam a mesma.

Esse beijo foi mais longo e menos casto que o primeiro. Ouvi Gennie dizer "Que nojo" e outra pessoa falar "Olha esses dois", e não me importei, porque Shay agarrou minha camiseta e fez um ruído suave no fundo da garganta que acabou comigo.

Não importava o que acontecesse em seguida. Se ela desaparecesse da minha vida amanhã. Se voltasse para Boston e desistisse de Twin Tulip. Mesmo se ficasse e eu nunca pudesse tocá-la de novo.

Nada disso importaria porque Shay me beijou de volta – e amou cada segundo.

Quando me afastei, disse:

– Sinto muito.

Shay balançou a cabeça.

– Não sinta. Pode me usar toda vez que precisar rechaçar as mulheres sedentas de Amizade. Deve haver dezenas dela. Eu vou partir o coração delas por você. Destruir seus sonhos.

– Você parece… animada.

Ela riu. Senti seu hálito quente no pescoço, depois seus lábios roçando a pele ali. Tive que me esforçar para não deixar meus olhos se erguerem para os céus.

– Quando começa o jogo? – perguntou Gennie. Seus lábios estavam totalmente cor-de-rosa quando se virou para nós. Ela nos olhava como se visse Shay nos meus braços todo dia. Eu realmente, *realmente* precisava que isso não estragasse as coisas pra ela. – Já vai começar? Ou posso comprar pipoca?

– Você recebeu troco da limonada?

Ela deu de ombros, mas enfiou a mão no bolso. Muito discreta.

– Você tem o suficiente pra pipoca – eu disse. – Pode ir sozinha ou quer que a gente vá com você?

A gente.

Ah, Deus. Eu já tinha incorporado a performance a ponto de falar *a gente.* Tinha tanta coisa errada comigo.

– Vocês podem me ver daí – disse ela, saltitando na direção do estande de pipoca do conselho estudantil.

Rocei os lábios na têmpora de Shay novamente. Não porque Christiane estivesse nos observando ou porque eu dava a mínima para a opinião de qualquer um. Fiz isso porque queria fazer desde muito antes de saber como era beijar uma mulher na testa em vez de na boca.

– Você não tem que ficar – eu disse para ela.

– Ah, mas tenho. – Ela espalmou a mão no meu peito. – Não se esqueça, eu conheci sua garota. Conheço a voracidade dela. Se pensa que ela não vai saltar em cima de você no segundo em que eu sumir, está a subestimando. – Ela riu e acrescentou: – E prometi a Jaime que ia sair e viver toda essa vida de cidade pequena, mesmo se odiasse.

Quem caralhos é Jaime?

– Jaime? E eu? Eu não disse a mesmíssima coisa? – perguntei.

Ela passou um tempo alisando minha camiseta. Como se as aparências realmente importassem em uma noite quente de agosto, quando todo mundo com mais de 15 anos estava preocupado com o álcool escondido nas garrafas de água e em agir como se os insetos não estivessem nos comendo vivos.

E quem caralhos é Jaime? Por favor, que não seja o homem do rolo.

– Jaime é minha melhor amiga – disse ela, com os dedinhos preciosos ainda correndo pelos meus ombros e peito, amarrando pesos de concreto a cada ponto que tocou antes de me empurrar de um píer. – Damos aulas juntas há anos. A gente se fala quase todo dia. Ela é a mãe do nosso grupo.

Certo. Vamos ficar com Jaime.

– Qual é o veredito, então? – Apertei o quadril dela. Shay era macia ali, suave e cheia. Meus dedos podiam se cravar na sua pele, agarrar-se a ela, e eu podia deixar marcas se ela me deixasse. Ela não me deixaria. Não me deixaria porque eu nunca iria pedir. – Você odeia esse lugar?

– Não. É diferente de como eu me lembro. Está tudo diferente. Na verdade, é bem rude de Amizade entrar na sua fase legal depois que eu fui embora. – Ela riu de novo, o som repuxando minhas entranhas. Ela fazia eu querer me embrulhar em volta dela. E me enterrar nela. – É diferente pra você?

– Às vezes – admiti. E era verdade. Em geral, eu conduzia meus negócios e vivia minha vida sem sentir nada da agonia da infância. Mas sempre surgia alguém que queria saber como eu perdera peso (não fazia ideia; fiz 20 anos e tudo sobre meu corpo começou a mudar) ou se eu recomendaria o dermatologista que limpou minha pele (idem) ou se eu estava feliz agora (não do jeito que alguém esperaria, não, mas de outras formas, sim). – As pessoas fazem comentários estranhos. Dizem coisas que parecem elogios na cabeça delas, mas são como ser estapeado na cara com um dicionário.

– Eu não gosto disso – disse ela, as palavras tão baixas que questionei se era para eu ouvir. Então ela ergueu os olhos da minha camiseta, os olhos escuros e o vinco na testa profundo. – Serei seu escudo humano contra isso também.

Rápido demais, eu disse:

– Não precisa. Eu consigo lidar com isso.

– Tem um monte de coisa com que eu *consigo* lidar – disse ela –, mas ainda adoraria se alguém entrasse na minha frente e bloqueasse por mim.

– Tipo o quê?

Os lábios dela se retorceram. Era um biquinho meio irônico e eu queria tanto beijá-la até fazê-lo sumir que cerrei a mandíbula.

– Nada. Não é relevante. – Ela bateu no meu peito como se estivesse pontuando a declaração, concluindo-a com uma finalidade dura. – Vou ficar para o jogo. Vou lhe dar algumas dicas sobre como fingir que está apaixonado por mim e desinteressado em qualquer outra pessoa.

Sim. Mostre-me como seria isso. Eu não faço ideia.

– Acha que pode fazer isso?

– O que você não entende sobre mim é o seguinte: eu sou incrível com projetos. Dê um projeto pra mim e eu vou fazer acontecer, sem falta. Tipo preparar Gennie para a avaliação que está chegando. Se eu tenho uma meta clara e mensurável, sei como atingi-la e nada mais importa pra mim até ticar esse item e riscá-lo da minha lista.

– E agora sua meta é convencer as pessoas que estou apaixonado por você?

– *Mm-hmm*. Facinho.

Me empurra logo do píer.

– Só hoje à noite? Ou mais tempo? Qual é o cronograma desse projeto?

Ela parou, tamborilando os dedos no meu peito. Eu tive o desejo perverso de agarrar sua mão e chupar esses dedos. Quer dizer, simplesmente *perverso*.

– No momento, estou operando no ritmo de um dia por vez. Posso lhe dar esta noite...

Meu corpo ouviu algo muito diferente do que ela queria dizer. Meu corpo tinha ideias que iam muito além de perverso. Era humilhante, na verdade. As coisas que eu queria não eram simples nem agradáveis. Eram exigentes e intensas e... e *primais*. E, se Shay tivesse a menor ideia das imagens que passavam na minha cabeça, ela pegaria seu cabelo cor de morango e suas sacolas de professora e sairia correndo o mais longe de mim possível. E eu iria querer que ela fugisse. Se ouvisse ao menos uma fração da imundice na minha cabeça, nunca olharia para mim do mesmo jeito. Caralho, *eu* mal me deixava pensar nas coisas que queria.

– ... e veremos o que o futuro trará. – Ela puxou o ar e encarou meus olhos por um longo minuto silencioso. Senti que era para eu entender algo desse olhar, mas a única coisa que podia fazer era estudar o arco adorável do seu lábio superior e imaginar mordê-lo. Então: – Se for o que você quer. Eu não vou ficar me esfregando em você se não quiser.

Puta que pariu.

Em vez de oferecer esse pensamento eloquente, eu apontei para os *food trucks*.

– O que quer comer?

– Estou bem. – Ela balançou a cabeça e fez uma careta como se não ligasse. Eu não acreditei. – Não preciso de nada.

– Eles fazem umas *quesadillas* estranhas e incríveis. – Apontei para o estande mais próximo. – E aqueles ali fazem churrasco coreano.

Excepcional. O melhor que eu já comi. Lá embaixo, naquele amarelo, eles fazem uma variedade de *bánh mì*, mas o *japchae* é a joia secreta do menu. – Apontei para alguns outros *food trucks*. – Tem os suspeitos de sempre também. Pizza, queijo quente, batatas cobertas com coisas que não fazem sentido mas são gostosas.

Ela me observava, os olhos sorridentes e os lábios num biquinho. Era como se me desafiasse a beijá-la de novo.

– Diga o que você quer.

O ar saiu dela num suspiro trêmulo.

– Q-quê?

– O que você quer? – Pontuei cada palavra com um apertãozinho no quadril dela. – Dos *food trucks*. Eles vão fechar e ir embora logo.

– Ah. Certo. Ah, nossa, sim, os *food trucks*. – Ela suspirou pesadamente e correu os dedos sobre meu ombro, até a parte baixa das minhas costas. Desenhou espirais e círculos enquanto cantarolava baixo, e toda a tensão que eu tinha acumulado ali derreteu. Se Shay pudesse fazer o mesmo com meu pescoço, eu construiria um santuário em sua honra. – Não sei. Tem algo que você dividiria comigo?

Só qualquer coisa no mundo inteiro.

Como minhas opções se dividiam entre confessar isso e levá-la ao *food truck* mais próximo, coloquei as mãos na cintura dela e a guiei na direção das *quesadillas*.

– A de sopa de cebola francesa é bizarramente boa – eu respondi. – A de guioza também, mas não tem erro com a clássica, churrasco de frango.

Enquanto ela estudava a placa com o menu do *food truck*, enfiei as mãos nos seus bolsos de trás. Era uma indulgência a que eu não tinha direito e não merecia, mas estávamos comprometidos com esse jogo. Ela mesma tinha dito. Ainda assim, Shay deu um olhar sutil para a última localização confirmada de Christiane. Eu não sabia se ela estava lá e não me importava muito. Estava ocupado demais me torturando.

– Você devia ter me contado sobre esse seu probleminha – murmurou ela.

Em vez de responder, eu me inclinei para perto dela enquanto via Gennie comprar pipoca. Ela contou o dinheiro antes de batê-lo no balcão, como se estivesse apostando tudo num jogo de pôquer. O garoto que a atendia saiu do estande para entregar a pipoca para ela, e o apreciei muito por isso, porque a menina teria derrubado o saquinho todo tentando alcançá-lo.

Também era uma ótima distração da bunda muito redonda e carnuda no meu colo no momento.

– Eu teria ajudado – acrescentou ela.

O problema com esse meu esquema é que eu não precisava de ajuda em rechaçar as investidas de Christiane. Odiava topar com ela, mas conseguia lidar com isso. Ter jogado Shay na frente do problema tinha sido uma resposta egoísta. Uma reação instintiva, mas ainda egoísta. E agora eu tinha as mãos na bunda dela. Não havia um jeito fácil de desenrolar a situação.

Não que eu estivesse com pressa para tirar as mãos do corpo dela.

– Quando você começou a se importar tanto com os outros? – perguntei.

– Esse é o seu jeito de dizer que eu era uma vaca no Ensino Médio? – questionou ela, ainda franzindo a testa e murmurando para o menu.

– Não foi o que quis dizer – rebati, depressa. Viu? Para pôr fim àquele faz de conta, eu só precisava ser eu mesmo. Mais alguns minutos da minha total falta de jeito e ela nunca mais iria querer falar comigo. – O que quero dizer é que você está ajudando Gennie, pulou à primeira chance de me salvar, está…

– Eu sei, eu sei – disse ela, com uma risada. – Estava só provocando você. Tive meus momentos egocêntricos. Meus momentos superficiais. Era uma adolescente que vivia numa bolha privilegiada. Estou ciente disso. – Ela deu um passo à frente para fazer o pedido e, como eu não estava nem um pouco preparado para parar de tocá-la, eu também dei. – Vamos provar a de churrasco de frango e a de... rolinho primavera vegetariano. – Ela olhou pra mim por cima do ombro. – Tudo bem pra você?

Assenti e pressionei os lábios no topo da sua cabeça.

– O que você quiser está ótimo.

Gennie estava ocupada assistindo ao pessoal da bandeira se aquecer enquanto alternava entre beber limonada e enfiar punhados de pipoca na boca.

Eu era livre para tirar as mãos dos bolsos de Shay a qualquer momento. Qualquer momento mesmo. Por fim, eu teria que me mover. Não podia ficar andando pelo complexo esportivo agarrando a bunda dela a noite toda. E chegaria a hora em que essa farsa teria que acabar. Mesmo que eu quisesse roubá-la e levá-la para casa comigo naquela noite, não era nessa direção que as coisas estavam caminhando.

Nunca vai ser nessa direção.

Obviamente, eu tinha que pôr um fim naquilo. Tinha que encontrar um jeito natural de colocar espaço entre nós e recuperar uma aparência de controle sobre meu dilema atual. E fazer isso sem me lançar em uma existência de dor e infelicidade.

Só precisava descobrir como realizar isso.

Recuar e enfiar as mãos nos bolsos funcionaria. Seria abrupto, sim, e ela se perguntaria o que caralhos era o meu problema. Nada novo aí. Eu também poderia passar minha mão para as costas dela, talvez seu cotovelo. Eram gestos bem menos perigosos do que apertar sua bunda como se eu tivesse intenção de arrancar seu jeans e dobrá-la no meio bem ali.

Caramba, eu preciso que esses pensamentos me deixem em paz.

No fim, a escolha se fez sozinha quando Shay abriu a bolsa.

– O que está fazendo? – Peguei o cartão dela e o enfiei de volta na bolsinha no seu quadril. Eu não tinha reparado na fina alça roxa cruzando seu torso até agora. – Nunca que eu vou deixá-la… não. Guarde seu dinheiro. – Eu fechei a bolsa para ela e peguei minha carteira, passando algumas notas para a pessoa que assistia a tudo isso acontecer do balcão, sem nem ver o que eu fazia. Achei que tinha acabado. Eu tinha resolvido a questão e tirado as mãos dos bolsos dela. Dois coelhos e tal. Mas não consegui me impedir de acrescentar: – Não enquanto estiver comigo.

Ela inclinou a cabeça, me fitando com um olhar lento. Tinha feito algo com os olhos, alguma coisa de maquiagem, e parecia mais felina do que de costume com uma linha grossa e escura correndo por cima das pálpebras e passando dos cantos.

– Noah Barden – sussurrou ela. – Olha só você tomando o controle das coisas.

As imagens que brilharam atrás dos meus olhos com essas palavras eram insanas – e vergonhosas.

– Desculpe, eu…

– Não ouse – interrompeu ela. – Não fique aí pedindo desculpa. – Ela me observou por um momento, e teria sido um ótimo instante para cair um raio, alienígenas invadirem a terra, o chão se abrir… qualquer coisa. Qualquer coisa seria preferível a ela me estudando como se visse todos meus segredos e as visões suadas, de pele batendo em pele, que tinham dominado minha mente desde o segundo em que a toquei. – Você é muito bom nisso. Quase me enganou, e eu afetuosamente me refiro a mim mesma como a casca seca de um ser humano, então parabéns. E não olhe agora, mas sua amiga com os olhos doidos está soltando um pouco de vapor pelas orelhas. Ela acabou de sair batendo os pés até o estádio.

Aceitei um cesto de papel com duas *quesadillas* embrulhadas em papel-alumínio da janela do *food truck*.

– Por que você é uma casca seca, Shay? O que aconteceu?

Ela balançou a cabeça e dispensou a pergunta com um aceno, enquanto examinava os estandes próximos.

– Nada importante. Você sabe como eu sou exagerada.

Era importante. Talvez a parte mais importante de ela ter aparecido naquela cidade após tantos anos. Mas eu não estava equipado para descascar essas camadas agora. Já precisava de todo meu esforço para ficar tão próximo dela e me lembrar de respirar. Não conseguia fazer as perguntas certas. Não conseguia juntar palavras direito. Essa noite, não.

– Você não é exagerada – menti.

Ela ergueu um ombro, novamente dispensando o assunto.

– Eu já amplifiquei as coisas, vez ou outra. A casca seca é um leve exagero. Eu levo meu *skincare* a sério demais para isso.

Gennie voltou até nós, as bochechas cheias de pipoca e a mão enterrada no fundo do saquinho. A limonada tinha acabado fazia tempo.

– É hora de entrar – murmurou ela. – Vamos, Shay. A gente precisa pegar um lugar bom.

Ela tomou a mão de Shay e a puxou em direção ao estádio. Shay olhou de volta para mim e estendeu a mão livre.

Eu nunca me movi tão depressa na vida.

Chegamos às arquibancadas e encontramos uma fileira quase toda vazia perto da *end zone*. Gennie, energizada pelo açúcar naquela limonada, não queria se sentar. Em vez disso, ficou em pé ao lado de Shay e dançou no lugar sem a ajuda de música.

Shay se posicionou o mais perto possível de mim sem sentar-se no meu colo. Não que eu teria reclamado. Ela foi pegar um dos embrulhos de alumínio em forma de meia-lua e disse:

– Vamos falar sobre como amamos *quesadillas* agora. Vamos ser muito fofos. Nauseantemente fofos. Em algum ponto, eu vou limpar uma migalha da sua bochecha. Você ganha pontos extra se lamber o meu dedão.

Lamber o meu dedão.

Ou ela não fazia ideia do que estava fazendo comigo ou era maléfica. Não havia meio-termo.

– Acho que vamos ficar bem – consegui dizer – sem lambidas. Do seu dedão.

Mordi um bocado enorme da minha metade da *quesadilla* para me impedir de dizer qualquer outra coisa. Eu não sabia se era frango, ou o rolinho primavera ou um punhado de terra enfiado numa *tortilla*. Não conseguia sentir o gosto de nada.

Lamber o meu dedão.

– Prove essa – disse ela, me dando outra metade.

Tomei cuidado de a pegar sem tocá-la. Não que fizesse muita diferença, já que estávamos espremidos um contra o outro e eu estava ciente da lateral do seio dela no meu braço, mas precisava daquele centímetro de distância. Não conseguia ouvir aquelas palavras na cabeça sem querer os dedos dela na minha boca e, mesmo se Shay fosse o mal encarnado, nunca pediu que eu a profanasse mentalmente. Estava me ajudando (pelo menos eu a deixara acreditar que sim) e eu a estava pagando ao cultivar um jardim dos pensamentos mais imundos que tinha em anos. Qual era a porra do meu problema?

– Acho que gosto mais da de rolinho – disse ela, assentindo para si mesma enquanto amarrotava o papel-alumínio nas mãos. – Mas você tinha razão. A de churrasco é uma escolha altamente confiável. Sempre entrega tudo. E eu pegaria de novo. Mas tem algo inesperado na de rolinho vegetariano. Ticou todas as caixinhas.

Eu dei um resmungo em concordância, e Shay escolheu esse momento para se virar para mim. Eu não tinha mais uma simples consciência do seu seio. Era a compreensão mais minuciosa possível sem que as roupas dela caíssem no chão.

– Deixa eu só tirar isso – murmurou ela, erguendo a mão ao meu rosto. Ela correu o dedão no meu lábio superior, ao canto da minha boca. – Perfeito.

– Todas as caixas ticadas?

– O que a gente precisa fazer é o seguinte. – Ela apoiou a mão na minha coxa, alto o suficiente para eu me perguntar se a pressão no meu peito era prazer ou os primeiros sinais de um ataque cardíaco. – Ponha o braço ao meu redor. Deixa eu me aconchegar no seu ombro. Isso. Ótimo. Sua amiga está a algumas fileiras pra baixo, algumas seções pra lá. Perto do meio. E ela fica olhando pra cá.

– Puta merda, por quê? – resmunguei.

– Provavelmente porque você é gostoso.

Eu tinha ouvido errado. A multidão, o jogo. Tinha barulho demais.

– Quê?

– Você é muito atraente, Noah. Sinto muito que ninguém lhe informou disso. – Ela estendeu a mão e correu os nós dos dedos na minha mandíbula. – Tão gostoso que essa mulher decidiu que seus filhos serem inimigos mortais nem chega perto de desqualificá-lo como opção.

Peguei algumas mechas do seu cabelo entre os dedos, deslizando até as pontas e começando de novo.

– Preciso lhe dizer pra ficar quieta de novo?

– Prefiro que não faça isso.

Arqueei uma sobrancelha.

– Tem certeza?

O olhar dela caiu sobre meus lábios.

– Hummm. Tenho. De toda forma, só estou dizendo a verdade.

A parte mais difícil de deixar pra trás meu corpo adolescente era que *eu* não tinha mudado. O exterior era diferente agora, mas eu era a mesma pessoa. Ficar mais alto, perder peso, ficar com a pele limpa – tudo isso me deu confiança, mas essas mudanças aconteceram gradualmente e não compensavam o fato de que tinha sido a coisa mais distante possível de atraente na adolescência, quando isso parecera mais importante do que tudo. E tinha vivido muito tempo com essa noção de mim mesmo. Ela não sumia da noite pro dia.

Passei a mão do quadril para a cintura dela, deslizando-a por baixo da sua blusa. A pele dela estava quente, um pouco úmida do calor. Arrastei a ponta dos dedos de um lado para o outro porque podia, porque não queria continuar falando sobre Christiane ou os modos como nossos mundos tinham mudado. E porque não era parte do espetáculo. Christiane não podia ver. Se as poucas pessoas sentadas nas fileiras acima pudessem, eu tinha certeza de que não se importavam.

Isso era por Shay e era por mim. Mais ninguém.

Por toda a primeira metade do jogo, dividi meu foco entre Gennie, que percebeu aos poucos que futebol americano do Ensino Médio não era nem um pouco tão empolgante quanto eu fizera parecer, e o jeito como o corpo de Shay relaxou contra o meu. Era uma bagunça de contradições. Odiava tudo sobre isso. Era tortura. Doía pra caralho. E eu não queria que terminasse.

Havia uma chance muito significativa de que eu ia me magoar quando finalmente me encontrasse atrás de portas fechadas mais tarde e desse a meus pensamentos – e mão esquerda – a liberdade para seguir suas vontades.

Gennie atingiu seu limite pouco depois da apresentação do intervalo. Quando se arrastou até mim, sentou-se ao meu lado e deixou a cabeça cair no meu braço, eu soube que ela estava com sono.

– Cansou? – perguntei.

Ela confirmou com a cabeça.

Carreguei Gennie até o estacionamento, a cabeça dela pesada no meu ombro. Mantive uma mão na cintura de Shay. Ninguém mais estava nos vendo, mas não importava. Eu a tinha por uma noite.

Shay apontou para a outra ponta do estacionamento, mas balancei a cabeça, guiando-a na direção da minha camionete.

– A gente deixa você no seu carro.

– Não precisa. Eu posso…

– A gente deixa você no seu carro e aí a seguimos até Twin Tulip. Sem discussões.

Ela me encarou como se não entendesse as palavras. Como se realmente não visse sentido nelas. Talvez fossem incompreensíveis vindas de mim.

Chegamos à camionete e Gennie subiu em sua cadeirinha sem grandes reclamações. Abri a porta para Shay.

– Eu estou estacionada logo ali. Não preciso de carona.

– Entre na camionete.

Depois de um segundo de debate interno, ela subiu e eu soube que a cabine ficaria com seu cheiro no dia seguinte. Parte de mim não via a hora. A outra parte sabia que eu estava me servindo porções constantes de infelicidade.

Quando estava acomodado na camionete, disse para Shay:

– Obrigado por tudo. Você não me devia nada disso. Podia ter falado para eu ir para o inferno e me deixado para lidar com Christiane sozinho, e eu teria merecido.

– Eu não teria feito isso e você sabe.

– Obrigado.

Ela assentiu devagar, olhando para a camionete.

– Você sempre gostou das coisas organizadas.

Eu ergui um ombro.

– Algumas coisas nunca mudam.

Ela se virou para mim.

– Espero que não.

Como minhas opções eram nulas com uma menina de 6 anos semiadormecida no banco de trás, e não era como se eu estivesse pronto para explicar a Shay que nenhum minuto daquela noite tinha sido fingimento para mim, saí da vaga e a deixei me guiar até seu carro.

– Vou seguir você – eu disse quando ela abriu a porta. – Mas fique de olho nos animais, especialmente quando virar na Hog House e depois na Old Windmill. Tem muitos cervos e perus por aí.

Ela acenou em resposta. Esperei que ligasse o carro e saísse em ré da vaga. Mentalmente me chutei por não me oferecer para levá-la até o jogo, para começo de conversa. Segui Shay para fora do complexo da escola até as ruas residenciais sonolentas de Amizade, rumo à ponta estreita que saía da igreja com campanário branco onde minha mãe já tinha pregado para as terras cultiváveis nas colinas do outro lado da baía.

– Shay é sua namorada?

A vozinha de Gennie estava embargada e rouca de sono, e ela tinha a cabeça virada para a janela.

– Ela é minha amiga – eu respondi. – Uma ótima amiga. – Olhei para ela pelo retrovisor. – Tudo bem pra você?

– Aham.

– Tem certeza? Pode me falar se não estiver.

– Shay é minha amiga também – respondeu Gennie.

– Eu sei.

– Achei que você queria que ela fosse sua namorada.

Esperei atrás de Shay em um semáforo, encarando-a, esperando captar seu olhar se olhasse para mim. Ela não olhou.

– Por causa de… coisas que aconteceram hoje?

– Não. Achei que você gostasse dela.

– Eu gosto – admiti.

Gennie ficou em silêncio por vários minutos. Imaginei que tinha dormido. Então:

– Se ela é sua amiga, você vai ter encontros pra brincar com ela também?

Virei na Estrada Old Windmill Hill, reduzindo a velocidade enquanto Shay se aproximava da curva para Twin Tulip. Segui e parei no topo do caminho para esperá-la estacionar. Esperamos até que ela abrisse a porta da casa, acenasse e entrasse.

– Não sei, Gen. Talvez. Se ela quiser.

– Vamos ser bem legais com a Shay – disse Gennie, bocejando. – Talvez ela queira visitar mais a gente.

Uau, espero que sim.

– Verei o que posso fazer.

Capítulo 9

Shay

*Os alunos serão capazes de ser a anfitriã com
a maior quantidade de problemas.*

EXATAMENTE QUATRO SEMANAS após fazer as malas, deixar a segurança do sofá de Jaime e me instalar na casa de Lollie, eu recebi minhas primeiras convidadas.

Jaime, Audrey, Emme e Grace chegaram pelo caminho de cascalho na sexta-feira à tarde e saíram às pressas da SUV híbrida de Audrey, como se tivessem ficado presas no carro por horas. Emme correu para dentro da casa gritando:

– Banheiro, por favor!

E Grace a seguiu, duas sacolas de compra reutilizáveis na mão enquanto dizia:

– Geladeira, por favor.

Audrey empurrou os óculos para a testa, examinando a casa e o terreno daquele seu jeito quieto que via tudo.

– Então esse é o seu dote.

– Não é um dote – eu disse, avançando para abraçá-la.

Jaime entrou na frente dela com os braços abertos.

– Não acredito! Srta. Zucconi, é bom ver você. – Ela me esmagou em um abraço feroz, balançando de um lado a outro enquanto cantarolava alegremente. – E você parece viva! De forma geral. E tem uma fazenda!

Nós nos separamos o suficiente para Jaime acenar para meu vestido sem manga. Estava quente demais para qualquer outra coisa.

– E está usando roupas limpas. Parece que seu cabelo foi lavado e... o que é isso? Estou vendo um pouco de bronzeador?

– É real – eu disse. – Bronzeamento direto do sol.

– Você saiu ao ar livre! – exclamou Jaime. – Quem diria que o ar do interior podia ser tão bom para uma garota?

Audrey deu uma cotovelada nela para vir me abraçar.

– Você parece bem, querida. Estou feliz que conseguiu voltar a se encontrar. – Ela apontou para os campos e jardins além da casa. – Esse lugar é uma graça.

– É, a gente não imaginava que tinha cidadezinhas tão fofas por aqui. Ainda mais depois de passar por um museu de história viva da Revolução Industrial pra chegar aqui – disse Emme, descendo os degraus da varanda. – Desculpe pela minha entrada. Você sabe que minha bexiga é ridícula.

– É mesmo, Em – disse Grace, se juntando a nós lá fora. – Ela não ia aguentar outra estrada velha e esburacada. – Ela enfiou o cabelo preto e sedoso atrás das orelhas e olhou ao redor. – Shay, com todo o respeito, mas onde caralhos a gente está agora?

– No litoral semirrural de Rhode Island. – Eu acenei para os jardins. – E essa é a fazenda de tulipas da minha avó postiça.

– Supercharmosa. – Emme se inclinou para perto. – Já quer ir pra casa? Porque podemos fazer as malas hoje e esquecer que isso aconteceu.

Eu ri e balancei a cabeça. Tinha sentido saudades das minhas amigas.

– Isso é uma missão de resgate?

Jaime revirou os olhos com exagero.

– Eu não falei pra vocês ficarem de boa? – Ela passou um braço ao redor dos meus ombros. – Se você quiser ser resgatada, a resgatamos. Se ainda estiver fazendo *cosplay* de garota de cidade pequena, vamos nos juntar à brincadeira no fim de semana. – Ela apontou para o macacão curto. – Eu vim vestida à caráter.

Audrey pôs um chapéu mole de aba larga sobre o cabelo loiro platinado.

– Eu também.

Grace, usando jeans preto justo e uma regata preta, cruzou os braços.

– Eu serei a pessoa que passará os próximos três dias à procura de um café decente. Ainda bem que trouxe café gelado de emergência.

– E eu trouxe *brownies* – acrescentou Emma.

– Vão combinar com as raspadinhas de margarita e *fajitas* de frango que eu fiz. – Não havia necessidade de acrescentar que era a primeira refeição que eu preparava desde me mudar.

– Isso é um balanço de pneu? – perguntou Jaime, apontando para uma das enormes faias antigas.

– E uma rede? – perguntou Audrey.

– Duas de cada – eu disse. – Duas de tudo. Irmãs gêmeas construíram esse lugar e tenho a impressão de que não gostavam de dividir as coisas.

Jaime bateu um pé com sandália na terra.

– Isso! Esse é o tipo de coisa tradicional que eu quero ver esse fim de semana.

– Vamos – eu disse, rindo. – Vocês podem deixar suas coisas lá dentro. Não quero que seja um choque, mas o lugar está quase vazio. Eu botei os colchões de ar da Target para arejar hoje de manhã, então vocês não vão dormir tão mal, mas minha avó passou por uma fase de "limpeza sueca da morte" antes de se mudar para a Flórida e deixou apenas o essencial aqui. Não acrescentei muito.

– Certo, você está soando menos viva agora – disse Jaime.

– Está tudo bem. Eu prometo. E não estou vagando aqui sozinha. Tem espíritos por todo lado. As gêmeas, claro, nunca vão embora. Eu falo sozinha o tempo todo, então é bom ter elas escutando. Também converso com pelo menos três ou quatro fantasmas toda noite.

Todas elas me encararam e então se entreolharam por vários segundos.

– Ah, querida. – Audrey apertou os dedos aos lábios.

– Ótimo – disse Emme.

– Ela está zoando com a gente – disse Grace.

Eu dei uma gargalhada.

– Cedo demais – disse Audrey, fazendo um gesto brusco com a mão. – Não estamos prontas pra esse tipo de humor vindo de você.

Jaime balançou a cabeça devagar.

– Não me teste. Sou mais forte do que pareço e posso arrastá-la para aquele carro. Só me dê uma desculpa.

– Nada de fantasmas. Nada de espíritos. Nenhum que tenha me achado interessante o suficiente para assombrar, pelo menos – eu disse, ainda rindo. – E eu já lhe disse, eu vejo meus vizinhos. Estou dando aulas de reforço para a garota da fazenda vizinha.

– E essa garota está viva? Tem certeza de que não está dando aulas para um fantasma? – perguntou Grace.

– Como é estranho falar *a fazenda vizinha* – refletiu Emme.

– Provavelmente menos estranho se você não passou a vida inteira na cidade – respondeu Audrey.

– Ótimo, ótimo – cortou Emme. – Já posso beber uma margarita? Gostaria que isso ocorresse logo, e, se possível, gostaria que ocorresse enquanto estou na rede e antes que Shay faça algum outro comentário preocupante.

– E É por isso que eu não corto mais abacaxi – contou Jaime. – Aquele espinhozinho da parte dura ficou no meu dedo por uma semana inteira e eu mal conseguia lavar o cabelo sem piorar a situação, então não saí com ele.

– Espere, espere, espere. – Empurrei meus óculos de sol para cima e torci o pescoço para olhar Jaime no balanço de pneu. – Quantas pessoas você está namorando agora?

– Eu não chamaria de namorando. Não é namoro, não como a gente costuma pensar nisso. – Ela ergueu um dedo. – Tem Audre e Honora e Sire…

– Esse nome – disse Emme. – Como fala alto.

– … e às vezes Hardy.

– Esse é só inventado – disse Audrey.

– Não, tinha um Hardy na minha última escola – disse Grace. – Hardy Woodruff. O menino não imaginava como ia sofrer.

– … e Clara e Meena, às vezes, mas não estou namorando elas. Só passando um tempo junto.

– Wood-ruff – disse Audrey, bufando. Era assim que se podia ver que ela estava alegrinha. Todos seus maneirismos impecáveis e sua fachada educada e polida desmoronavam, e ela ria de nomes com a palavra "pau".

– E por "passar um tempo" você quer dizer que é a colherzinha numa cesta de talheres tamanho família – eu disse.

– Isso aconteceu uma vez – protestou Jaime. – Geralmente sou eu e só duas ou três outras pessoas.

– Só duas ou três outras pessoas – repetiu Grace. – Só isso.

– Passei a aceitar que sexo com uma pessoa não é interessante ou satisfatório pra mim – respondeu Jaime. – Dois é meu mínimo no momento. Posso lidar com dois se um estiver assistindo, talvez fazendo coisas por perto, mas prefiro que ambos ponham as mãos à obra.

Audrey riu tanto que soluçou.

– Tipo, tricotando um cachecol? Como assim, pondo as mãos à obra? Dobrando roupas lavadas? Quê? Sei que estou me revelando como baunilha, mas você me deixou curiosa. Meio confusa também.

Audrey tinha a maravilhosa dádiva de poder fazer perguntas que soariam insultuosas ou talvez agressivas vindas de outra pessoa, mas que ela dizia com a quantidade certa de vulnerabilidade e desejo autêntico de entender os outros. Era raro que alguém se ofendesse com uma de suas perguntas, mesmo se o modo de colocá-la fosse brusco. Eu adorava isso nela. Toda vez que tentava imitar, falhava espetacularmente.

Audrey e eu éramos as mais próximas em idade do grupo. Ela também tinha 30 e poucos anos, enquanto as outras estavam mais perto dos 20 e tantos, todas nós dentro de cinco anos umas das outras. Jaime era a bebê, aos 28 anos. Eu a conhecera seis anos antes, quando começara a dar aulas na minha escola em Boston. A gente se deu bem logo de cara. Se eu a tivesse conhecido num salão de beleza, numa festa ou qualquer lugar aleatório, a teria escolhido como amiga. Que a gente trabalhasse juntas era só um bônus.

Emme e Grace se conheceram na faculdade de Pedagogia. Elas moravam juntas em uma situação caótica em que o aluguel era pago em dinheiro vivo e tinha que ser entregue num mercadinho em Charleston. Mas a casa delas era muito barata e localizada no coração do North End, perto de Jaime.

Se eu não trabalhasse do outro lado do corredor das duas, duvido que a gente teria se encontrado. Elas eram diferentes de mim e de Jaime. Seu humor era mais duro; seus sorrisos, mais sombrios; suas *vibes,* mais intensas. Mas de alguma forma funcionava para mim. O estilo preto-sobre-preto de Grace e o cinismo de Emme eram nutrientes necessários na minha dieta diária.

Eu nunca teria conhecido Audrey porque ela era silenciosa como uma sombra. Se não fosse Emme arrastando-a todo dia para nossos almoços de grupo ao redor da mesa de meia-lua na sala de Grace, eu a teria classificado como alguém que gostava de ficar sozinha e preferia manter distância das colegas. Mas havia um oceano azul profundo por baixo da sua superfície tranquila. Ela era a mais forte de nós cinco, de todos os jeitos possíveis, e havia mais conexão em dez minutos com ela sentada ao seu lado em silêncio do que em um dia com qualquer outra pessoa.

– Não tem problema, querida – disse Jaime. – Eu sou a mais confusa de todas. Acabei de nomear seis pessoas. Nunca que consigo fechar uma lista. – Ela riu alto. – Talvez a questão seja essa. Nenhum de nós quer um relacionamento fechado.

– Contanto que você esteja feliz e segura – disse Audrey.

– Todas as anteriores – disse Jaime.

– Não acho que cobrimos como isso começou – disse Emme do balanço de pneu. – Ou, se sim, eu me esqueci. Como acabou com aquela última pessoa?

O dia estava se encaminhando para o fim da tarde, e estávamos na metade de uma segunda jarra de margarita. Como suspeitara, ficar no jardim era o melhor jeito de pôr as novidades em dia – e tinha muita coisa para pôr em dia. Eu não tinha percebido o quanto perdera desde que ficara catatônica depois do casamento, mas também nas semanas (meses? *anos?*) que o precederam. Não adorava admitir isso, mas a verdade era que meu único foco tinha sido me preparar para o grande dia. Mesmo antes da contagem regressiva, eu tinha ficado consumida pelo planejamento. Era a única coisa com que me importava. Houve um mês em que eu *agonizei* por causa das unhas – formato, comprimento e cor do esmalte. Que essas mulheres não tivessem me asfixiado enquanto eu dormia havia muito tempo era prova de que eram as melhores amigas possíveis.

– ... e aí, depois do *ménage*, Keith pulou fora. Acabou pra ele e nada ia mudar isso. Achou que gostava, mas não gostou. Tudo bem, sem problema, não preciso de um fã do Bears na minha vida. Mas o que eu aprendi é que não quero me amarrar a uma só pessoa e tentar fazer a monogamia dar certo. Só não é pra mim.

– Você não está perdendo nada ao mandar Keith seguir o rumo dele – disse Grace. – Aquele cara não tinha colhões desde o começo.

Eu me perguntei se Grace sabia que meu ex não tinha colhões – e por quanto tempo ela soube disso. E me perguntei quando eu descobri.

Afastei esse pensamento com um gole.

– E você, Shay? Superando o ex entrando embaixo de alguém novo? – perguntou Emme. – É o melhor remédio.

Bem quando a pergunta flutuou até mim, uma camionete preta familiar se aproximou pelo caminho de cascalho. Pensei nele e Noah pareceu. Como se eu pudesse conjurá-lo sob comando. Agora isso… *isso* era perigoso.

– É normal pessoas aleatórias aparecerem na sua fazenda? – perguntou Grace. – É assim em todas as cidades pequenas ou isso é o começo sangrento de uma história de *serial killers*?

Uma porta bateu, outra, e aí:

– Shay! Adivinha o que a Pintadinha fez hoje!

– Isso parece uma aluna – disse Jaime enquanto se atrapalhava toda, o balanço se enrolando enquanto ela virava, prendendo-a no pneu e impedindo-a de ver os recém-chegados. – Não acho que estou tão bêbada que estou alucinando alunos, mas você faz uma margarita forte, Shay.

Eu me empurrei da minha cadeira de jardim enquanto Gennie vinha correndo até mim.

– Você não está alucinando. Essa é minha amiga Gennie. Ela mora no topo da colina. Gennie, essas são algumas das minhas amigas de Boston.

Do caminho, Noah ergueu uma mão em cumprimento. Eu acenei de volta. Tínhamos conseguido manter um contato amigável, embora distante, essa semana, o que parecia estar funcionando bem para nós. Melhor isso do que analisar nosso tempo juntos no jogo de futebol. Melhor isso do que explicar a mim mesma por que eu tinha entrado em casa na última sexta à noite e deslizado pela porta, sem conseguir recuperar o fôlego ou entender o zumbido nas veias. Ou o latejar entre as pernas.

– Eu fui no dentista hoje – anunciou Gennie, completamente alheia à névoa de tequila em que entrou. – E depois na desgraçada da médica, que me deu quatro injeções...

– Eita – disse Emme, com um gritinho. Ela se ergueu e ajustou a parte de cima do biquíni. Mas nenhum ajuste ia ajudar, porque estava transbordando daquela coisa e explodia em qualquer biquíni menor do que uma barraca para duas pessoas.

– E não pude vir brincar com você por causa de toda aquela merda – continuou Gennie.

Jaime ainda estava presa no balanço e Grace abaixou os óculos de sol para observar toda a comoção, mas ficou no lugar. Eu não tinha certeza, mas parecia que Audrey tinha dormido por baixo do seu chapéu mole.

– Viu? Quatro – disse Gennie, erguendo um pouco o short e apontando os curativos colados nas coxas.

– Agora você tem o poder da vacina – disse Emme, estendendo a mão livre para bater na palma de Gennie. – Isso a deixa forte. Dá ao seu sistema imune uma força extra.

Noah veio por trás de Gennie e pôs uma mão no ombro dela. Abriu um sorriso forçado.

– Desculpe interromper. Não sabíamos que você estaria... – Ele olhou ao redor e limpou a garganta. – Que estaria ocupada.

– Não tem problema – respondi. – Minhas amigas vieram da cidade para uma visita. Essa é Emme Ahlborg. – Apontei para ela, ao meu lado, e então as outras. – Aquela embaixo do chapéu enorme é Audrey Sanders, Grace Kilmeade está ali e Jaime Rouselle está lutando contra o balanço.

Pessoal, este é Noah Barden e minha amiga muito especial, Gennie. Noah, Gennie, essa são as meninas.

Um coro de cumprimentos se ergueu. E um ronco leve de Audrey.

– Prazer em conhecê-las – disse Noah.

– Todas nós damos aulas juntas há alguns anos – eu disse.

– Antes de ela nos deixar por esse cenário pastoral – acrescentou Emme.

Noah estendeu uma sacola de papel.

– A padaria fez outro teste. Como você gostou tanto do último, achamos que gostaria de provar esse. – O olhar dele caiu para o coquetel na minha mão. Ele arqueou as sobrancelhas. – Vamos deixá-la em paz.

– Obrigada – eu disse. – Pelo pão.

Ele examinou a cena à sua frente, um leve sorrisinho repuxando um canto da boca.

– Se estiverem a fim, vai ter uma feira amanhã em Travers Point Park. Tem um *food truck* que faz sanduíches de bacon, ovo e queijo. Estilo bodega. De primeira. O melhor que eu já comi fora de Manhattan.

– Posso lhe prometer agora mesmo que vou precisar de dois desses para funcionar amanhã – disse Emme.

Noah assentiu. Para seu crédito, manteve o olhar na cara de Emme e longe do decote testando os limites do biquíni.

– Tem um carrinho de café gelado também.

Grace estalou os dedos.

– Sim, por favor.

– Gennie e eu estaremos vendendo presunto, queijo e pão até o meio--dia. – Ele pegou uma taça e deu um golinho antes de tossir e devolvê-la a mim. – Se você estiver viva amanhã de manhã, deveria ir.

– Por favor, Shay – disse Gennie. – Feiras são chatas pra caralho.

O olhar de Noah voou entre meu rosto e a bebida que eu segurava próxima ao peito.

– Quem sabe a gente vê você amanhã. – Depois de um momento, ele puxou Gennie para longe. – Vamos, capitã. Estabeleça a rota para o porto de casa.

Vimos Noah e Gennie entrarem na camionete, fazerem a rotatória no final do caminho e então voltarem à Old Windmill Hill. Em algum ponto, Jaime se libertou do balanço e veio calmamente na nossa direção, uma mão enfiada no bolso do macacão, a outra apertando sua taça.

Suas covinhas emolduravam seu sorriso.

– Você deixou de mencionar que o pai da sua vizinha lhe entrega pão pessoalmente. Pensando bem, não me lembro de já ter mencionado o Papai Padeiro. – Ela olhou para Emme. – Você não acha isso engraçado?

– Muito – disse ela.

– Eu lhe dou dinheiro se nunca mais chamar ele assim de novo – eu disse a elas.

– Não é de dinheiro que eu preciso – disse Emme, de um jeito meio ofegante de estrela de cinema. – É de poder.

– Ignore ela – disse Jaime. – Eu aceito seu dinheiro do Papai Padeiro.

– Ele é apenas o meu vizinho – eu disse. – E é o tio de Gennie, não o pai. Ele é o responsável permanente por ela.

– Deixe-me adivinhar – começou Jaime. – Não há nenhuma sra. Padeira.

Dei de ombros, fingindo toda a ignorância que consegui reunir.

– Acredito que ele está solteiro. – Dei de ombros outra vez. – E eu lhe contei sobre ele. Disse que topei com um velho amigo do colégio.

– Você omitiu cem por cento a parte sobre esse amigo ser um fazendeiro musculoso com braços, tipo – ela fez um som de *vush* –, que diz coisas do tipo "se estiver a fim de uma feira safada, sabe onde me encontrar".

– Essa não foi a implicação – protestei.

– Você ouviu – disse Jaime a Emme.

– Eu ouvi – respondeu sua cúmplice de conspiração.

– Eu também – disse Grace.

Audrey continuou roncando.

– Então ele é um amigo do colégio – começou Jaime –, com uma barba que eu pagaria uma fortuna pra sentir na minha bunda...

– Certo – interrompeu Emme. – Acho que o que estamos tentando dizer é que esse homem veio aqui hoje visitá-la e não pareceu que era a primeira vez.

Eu olhei entre elas antes de olhar para a minha taça.

– Não estou bêbada o suficiente para isso.

– Sim! – gritou Jaime, socando o ar. – Ela está de volta na sela, minhas amigas!

– Ah, não. Não tem sela nenhuma e eu não estou nela – eu disse, depressa. – Nós éramos amigos muito próximos no passado, mais nada, e não é igual agora. Na verdade, eu nem sei se ele gosta de mim.

– O homem lhe trouxe pão – disse Emme. Jaime abanou os braços em concordância. – Geralmente, não é assim que alguém expressa desinteresse ou apatia.

Exasperada, eu disse:

– Ele só quer minhas terras.

Jaime apoiou as mãos nos quadris.

– É, aposto que quer.

– Só tem sujeira na sua mente – respondi. – Não, quero dizer que ele quer essas terras. A fazenda. É o único motivo pelo qual se ofereceu pra se casar comigo. É por isso que Noah veio aqui e me trouxe o pão. Ele quer saber se eu me decidi.

– Agora é minha vez – disse Grace.

– Shaylene Joann Zucconi – rugiu Jaime. – Você vem guardando segredos, mocinha!

– Você sabe que esse não é meu nome do meio.

– Sei, mas pareceu um momento Joann – respondeu ela.

– Ele a pediu mesmo em casamento? – indagou Emme.

Eu parei.

– Talvez? Mais ou menos? – Estendi as mãos. – Quer dizer, sim, de certa forma. Não foi bem um pedido, foi tipo: *ei, você precisa se casar para herdar esse lugar e eu quero uma parte das suas terras, então vamos fazer isso.*

– Como ela ganha dois pedidos de casamento e eu não consigo receber uma mensagem de bom-dia? – resmungou Emme.

– Você não achou que a gente ia querer saber disso quatro segundos depois que aconteceu? – perguntou Jaime. – Quero saber por que escondeu isso.

– Porque não é sério – eu disse.

Jaime pegou meu pulso e ergueu a mão segurando a sacola de papel.

– O pão discorda.

– Só porque eu enlouqueci quando comi da última vez que jantei na casa dele.

– A última vez que você… – Jaime se virou para Emme. – Não dá. Estou sem palavras. Ajude-me, Emmeline.

Emme deu tapinhas no ombro de Jaime e fez sons para acalmá-la.

– Acho que o que estamos tentando dizer é que você cultivou um relacionamento em segredo com esse cara e estamos, ah, muito surpresas com tudo isso. Especialmente com o pedido de casamento não respondido. Isso é muito interessante e muito surpreendente.

– Estamos surpresas – concordou Jaime, arrastando cada palavra.

– Eu só… – Eu parei, não sabendo o que queria dizer. – Ele precisava de proteção contra uma mulher que escuta as pessoas mijando porque ela é, tipo, intensa demais, e ele não está interessado nela por motivos válidos. É a única razão pra algo ter acontecido entre nós.

– Do *que* você está falando? – perguntou Jaime.

– Ele precisava de uma namorada falsa – disse Grace.

Apontei na direção dela.

– Sim. Isso.

– Então você o ajudou – disse Emme. – Quebrou esse galho para o time.

– Sim. Eu o *ajudei* – eu assenti. – E é o único motivo para ele ter me beijado.

– Ah, deusas – murmurou Jaime.

– Foi porque essa mulher... – continuei.

– A que escuta as pessoas mijando – disse Emme.

– ... ficava rodeando e observando a gente, e vocês não acreditariam como ela é persistente – eu contei. – E é o único motivo para ele ter me beijado.

– Quantas vezes? – perguntou Grace.

– Quantas vezes o quê?

– Ele a beijou – disse ela.

Eu remexi na alça do vestido.

– Não sei. Algumas, eu acho.

– Certo – disse Emme para si mesma enquanto examinava o chão. Ela cruzou os braços. – Certo, então ele está apaixonado por você.

– Ele idolatra tudo sobre você – acrescentou Jaime.

– Acredite, ele não está – respondi. – Noah me suporta porque a sobrinha dele precisa de ajuda. Se não fosse isso, ele faria todo o possível para me evitar.

– Ele está apaixonado por você – repetiu Emme.

– Nãããão – eu disse. – Não é isso o que está acontecendo aqui.

– Porque é cedo demais? – perguntou Jaime. – Porque parece que tudo acabou com seu ex um minuto atrás e você ainda está processando? Ou porque ainda está queimada depois do outro cara e não consegue imaginar se aproximar do fogo o bastante para sentir-se quente de novo?

– Porque vocês perderam a porra da cabeça – eu disse. – Sim, eu sei que a coisa toda é loucura. Olhem ao redor. Tudo na minha vida é uma loucura no momento. Noah não é... ele não... não tem como... não. Só não. E eu ainda estou queimada, sim, ainda processando. Eu não posso. Mesmo se quisesse, não posso. E não posso me deixar acreditar que tem algo mais na situação do que ele me ajudando a lidar com o testamento de Lollie e eu me oferecendo para ser seu escudo humano. Por favor, não tentem me convencer. Por favor. Não acho que consigo lidar com isso.

Jaime e Emme ficaram quietas por um momento. Então Grace disse:

– Ninguém vai mencionar a menina xingando como um pirata?

– Ela veria isso como um elogio – eu disse. – Tem uma alta opinião do Barba Negra.

– Ela é uma figura – disse Emme. – Seria complicada em sala de aula, mas é divertida pra caralho.

Grace apontou o queixo na minha direção.

– O que você vai fazer com toda essa história de casamento?

– Ainda não decidi – admiti.

– Está considerando aceitar, então – disse Emme, com cuidado.

Balancei a cabeça.

– Não muito. Não. Foi só uma bobagem. Como eu disse, ele só se interessa pela terra, e eu… – Minha risada saiu pequena e patética. – Eu não estou em condições de me casar com ninguém por nenhum motivo. Seria um desastre.

Grace, Jaime e Emme trocaram um olhar que anunciava suas dúvidas muito alto.

– Bem – disse Jaime –, uma coisa é certa: nós vamos à feira amanhã.

Capítulo 10

Noah

*Os alunos serão capazes de identificar e ignorar o objeto
de seus desejos mais profundos e sombrios.*

EU AS VI no instante em que chegaram ao parque. Havia dois motivos para isso.

Primeiro, a Estrelinha era um dos maiores vendedores nessa feira, o que garantia um local de destaque para nossa barraca. Do nosso lugar, na organização em formato de ferradura dos vendedores, eu tinha uma vista desimpedida do movimento dos pedestres na rua. Não podia deixar de ver cinco jovens mulheres que pareciam igualmente perdidas e de ressaca.

Segundo, eu não tinha parado de procurar por Shay desde que o mercado abrira às 8 horas da manhã. Sabia que era inútil, que ficar de olho não ia fazê-la se materializar mais cedo – ou de qualquer forma –, mas não conseguia evitar.

Não tinha conseguido parar de pensar nela desde que saíra de Twin Tulip no dia anterior. Ela parecia… feliz. Talvez fosse culpa da bebida – tinha bastante álcool naquela taça – ou talvez fossem as amigas. Ou uma combinação dos dois.

Mas Shay estava feliz, e isso caía bem para caralho nela. O vestidinho com alça também, aquele que deixava os ombros nus e tinha um decote baixo – eu não conseguia tirá-lo da cabeça.

E tinha tentado. Passei a porra da noite inteira fazendo ajustes nas minhas últimas receitas de geleia enquanto lembranças daquele vestido roxo se erguiam na minha cabeça. Tinha queimado uma panela de lavanda, limão e mirtilo enquanto pensava no jeito como o tecido se assentava no vale entre os peitos dela. Pensei em traçar um dedo da base da sua garganta até aquele vale e então mais baixo, até poder erguer aquele vestido e enfiar uma mão entre as pernas dela. A geleia queimou bem quando Shay começava a me implorar por mais.

É claro, Gennie tinha acordado com o som do detector de fumaça e desceu para o andar de baixo, perguntando o que caralhos tinha acontecido e se ela precisava abandonar o navio.

Não. Avançar a todo vapor até o porto.

Eu me odiei enquanto pensava sobre Shay na cama na noite passada. Odiei como era fácil para esses pensamentos depravados dominarem meus dias e meus sonhos. Mas ao mesmo tempo – e essa era a parte que eu odiava mais que tudo – eu não odiava nem um pouco. Não ligava de fazer coisas escandalosas com ela na minha mente. Não ligava que ela iria embora de novo e eu nunca me recuperaria. Não ligava porque eu sabia como era segurá-la e beijá-la, e mais nada no mundo importava. Porra nenhuma.

Especialmente quando Shay parecia feliz pela primeira vez desde que eu a encontrara de novo.

O sorriso que eu vira ontem, a leveza dela – eu não tinha percebido que sentia saudades disso até estar lá de novo, brilhantes, quentes e magnéticos.

Eu estava muito ferrado.

Shay e as amigas foram direto para o vendedor de sanduíches de café da manhã. A mulher que usava short jeans e o biquíni pequeno demais para qualquer uma das bonecas de Gennie passou um braço ao redor da cintura de Shay, a cabeça apoiada no ombro dela. Aquela com pele marrom-escura e cabelo preto – Jaime, achava que era – ensaiou uns passinhos de salsa enquanto a banda de jazz do Ensino Médio começava sua apresentação. Salsa não combinava com a música, mas tive a impressão de que a mulher não ligava muito para essas coisas.

A loira esbelta, que estava apagada ontem, estudou as barracas e cartazes de cada vendedor no parque. Vi o momento em que encontrou Gennie e eu, ou, mais especificamente, nossa barraca azul-ardósia com o nome da fazenda impresso e nossas emblemáticas estrelas desenhadas à mão. O grupo todo se virou para olhar nessa direção. Palavras foram ditas e Shay balançou a cabeça de um jeito exagerado.

A loira as conduziu para a frente quando a fila de sanduíche andou, mas Shay ficou onde estava, observando o outro lado do parque, e a barraca com estrelas, por mais alguns segundos.

Engoli com força. Um dia desses, ela ia entender tudo, e então – *então* – eu realmente estaria fodido.

Não conseguia ler sua expressão de tão longe, nem ver os olhos atrás daqueles óculos de sol grandes, mas um fio nos conectava. Só quando Jaime a pegou pelo cotovelo e a girou eu pisquei e me virei para outro lado.

Um suspiro duro e desconfortável saiu de mim. Olhei para Lillian, a neta adolescente de Gail Castro que me ajudava no caixa.

– Pode tirar uma folga agora. Gennie e eu podemos cuidar das coisas pela próxima meia hora.

Lillian enxugou as mãos no jeans e pegou o celular do bolso traseiro.

– Okay, sr. Barden. Obrigada. – Ela olhou ao redor das barracas. – Cadê a Gennie?

Apontei para o estande de amolação de facas.

– Falando sobre armas com o Osvaldo.

Lillian riu.

– Vou mandar ela pra cá. – Quando saiu de trás da mesa, acrescentou: – Estamos sem pão multigrãos e queijo de cabra com ervas e mel, e é nossa última caixa de geleia de morango.

Ergui a mão numa continência.

– Obrigado, Lill.

Como o movimento da manhã tinha passado, eu tinha tempo para organizar a mesa enquanto pegava vislumbres de Shay e suas amigas. Elas levaram os cafés e os sanduíches para o outro lado do parque, onde um par de bancos se curvava ao redor de uma pequena fonte. No começo, estavam focadas só na comida e bebida, mas não demorou muito para a cafeína fazer efeito e a conversa ficar animada.

Gennie veio arrastando os pés e a espada de plástico na grama, usando o tapa-olho como um colar.

– Porque eu tive que deixar o sr. OJ?

– Porque o sr. OJ tem clientes, Gen. E Lillian vai tirar uma folga, então preciso que você fique de olho no nosso saque.

– Ah. Certo. – Ela pegou uma caixa de leite vazia e a pôs na frente do nosso ponto de vendas. Por mais que me perturbasse, ela era ótima com o sistema. Não sabia dar troco, mas a menina sabia cobrar um pedido que era uma beleza.

Fiquei de olho em Shay enquanto vendíamos um pouco de geleia e pão. Elas não pareciam estar com pressa de sair do conforto da sombra e dos bancos.

Eu devia ter pensado antes no pão. Tinha passado a semana inteira me perguntando se ela estava comendo, mas a solução muito lógica de *levar comida para ela* não me ocorreu até o gerente da padaria me pedir para ver a última fornada de teste.

– Noah, olha! Shay está vindo! – Gennie bateu a espada atrás do meu braço. – E as amigas dela também!

– Sem palavrões – eu pedi a ela. – Tente de verdade dessa vez.

Ela segurou a espada sobre o peito.

– *Aye, aye.*

Eu fiz a única coisa que podia fazer para evitar encarar Shay enquanto ela atravessava o campo: a ignorei.

Concentrei-me na tenda de kombucha e de suco natural ao nosso lado. Eles vendiam bastante. Eu não sabia muito sobre kombucha, mas tinham vendido quase todo seu estoque antes das 10 horas da manhã, então estavam fazendo algo certo. Onde era sua sede? Provavelmente um dos complexos de moinhos reformados por perto. *O que aconteceu com o último relacionamento de Shay? O rolo, como ela chamou.* Havia muitos complexos no estado. Eu tinha visitado alguns, anos antes, quando a operação de geleias ficou grande demais para a sala dos fundos da loja da fazenda. *Ela está aqui por segurança? Precisa ficar longe de alguém?* Espaços bons, mas precisavam de reformas completas para ser convertidos em cozinhas comerciais. No fim, tinha sido mais barato atualizar a velha casa de sidra que já existia junto ao pomar. *Esse cara tinha um nome e será que eu poderia passar o resto da vida abrindo processos frívolos contra ela pelo propósito singular de me enlouquecer?*

– Shay! – chamou Gennie, me tirando da minha distração forçada.

– Olá, minha amiga. – Shay acenou e Gennie não perdeu tempo em sair correndo de trás da mesa. Ela jogou os braços ao redor da cintura de Shay e se lançou num relato da sua visita ao homem das facas.

– E ele tinha uma que era toda recortada, com uns dentinhos. – Gennie cerrou seus dentes com lacunas para ilustrar.

– Que incrível – respondeu Shay. Ela olhou para mim, o sorriso largo e brilhante. – Oi. Obrigada pela dica sobre o *food truck.*

– E o café – acrescentou Grace. – Eu voltaria a esse enclave enferrujado só pelo café. – Ela sorriu para Shay. – Você é um bônus.

Shay sorriu largo para ela.

– Você é um anjo. – Para mim, perguntou: – Vocês fazem isso todo fim de semana?

– Não – respondeu Gennie, o tom deixando claro que ela não gostava de ficar na feira.

– O que Gen quer dizer é que ajudamos nas feiras locais nos dias em que nossa equipe de eventos está ocupada demais. Temos um pessoal em Narragansett hoje e outra equipe em Connecticut, além do pessoal de sempre na feira da Rua Hope, no lado leste de Providence. Essa sempre é grande. A gente segura as pontas por aqui quando todo mundo está ocupado em outro lugar.

– Tenho quase certeza de que já vi vocês em Boston – disse a loira.

– É, essa é parte do nosso circuito regular também. – Enfiei as mãos no fundo do bolso.

– Ouviu isso, Shay? – perguntou Grace. – Você pode voltar pra casa e ainda comer o pão que a fez gemer ontem à noite.

– Eu não estava gemendo – respondeu ela. – Posso apreciar um bom pão assim como você aprecia um bom café.

– E você definitivamente estava gemendo com aquele café – acrescentou aquela que por sorte tinha trocado o biquíni por roupas de verdade.

– Feiras são chatas pra porra – disse Gennie. Um momento se passou antes de ela bater a mão na boca. – Eu não disse nada.

– Nadinha – respondeu Shay.

– Eu não ouvi uma palavra – disse Grace.

– Os cães estavam loucos ontem à noite – disse Gennie. – Quer saber mais?

– Definitivamente – respondeu Grace. – Comece do começo e não deixe nada de fora. Quais são os nomes dos cães?

– Bernie Sanders, Elliot Stabler, Olivia Benson, Sandra Day O'Connor e RuPaul foram os encrenqueiros – disse Gennie.

– Não me surpreende, com esse grupo – disse Grace. – Continue.

A loira e a moça do biquíni inspecionaram a oferta de geleias enquanto as outras ouviam Gennie contar, sem fôlego, sobre como os cães prenderam um pica-pau no canil e não sabiam o que diabos fazer com ele. Eles começaram a latir loucamente por volta da meia-noite. Shay me fez uma expressão compassiva, dizendo "Ah, não" baixinho por cima da cabeça de Gennie.

– Morango com verbena – disse a moça do biquíni enquanto lia as etiquetas de geleia. – Nem sei se sei o que é verbena.

– É uma flor – disse a loira. – Muitas florzinhas com caules longos.

– Então tem gosto de flor?

Eu estava prestes a responder, mas a loira se adiantou:

– Não, é bem suave. Tipo limão com ervas ou tangerina. Você ia gostar.

A amiga assentiu. Então viu o preço e arregalou os olhos.

– Puta merda, quinze dólares? Por *geleia*?

– Emme – repreendeu a loira. Ela me deu um sorriso cansado. – Vamos levar duas, por favor.

– Gennie, você tem uma cliente – eu chamei.

Para Shay e as outras, minha sobrinha disse:

– Olha só, eu sei usar o tablet.

Gennie subiu na sua caixa de leite e bateu na tela.

– Duas de morango com verbena – eu disse a ela.

– Duas... morango... verbena. – Ela inseriu o pedido, o lábio inferior preso entre os dentes. – Mais alguma coisa?

– O que você recomenda? – perguntou a loira.

Gennie pensou por um momento.

– Eu gosto de pêssego com gengibre na torrada.

– Vou ter que experimentar a de pêssego com gengibre, então – respondeu ela. – Você é uma excelente vendedora.

Elas rodearam Gennie, encantadas com minha sobrinha e elogiando sua habilidade de vendedora. Eu me virei para embrulhar as geleias para a loira. Tinha quase terminado quando senti alguém me observando.

– Oi – eu disse à mulher do balanço. Jaime. A melhor amiga. – Como posso ajudá-la?

Ela inclinou a cabeça para o lado, uma ordem para se afastar das outras.

– Uma palavrinha, fazendo o favor.

Deslizei a sacola de papel pela mesa e me juntei a Jaime no espaço vazio entre barracas. Olhei para Shay e Gennie, mas elas estavam no meio de uma história e não repararam.

– Oi. Você não me conhece. Ou imagino que não conheça, já que nossa garota vem sendo bem negligente com os detalhes nos últimos tempos. – Ela estendeu a mão. – Eu sou Jaime Rouselle. Dei aula no primeiro ano ao lado de Shay por seis anos antes de ela embarcar nessa fantástica jornada. Além de ser a melhor amiga e colega de trabalho dela, também tenho contatos íntimos com todo tipo de gente desagradável. Você sabe do que estou falando. Gangues de motociclistas, máfia. E aí tem os piores de todos. – Ela chegou perto. – Fanáticos por investimentos.

Ela estava certa sobre fanáticos por investimentos serem piores do que qualquer máfia no planeta, mas ainda tive que controlar uma risada.

– Você tem minha atenção.

– Como imagino que você saiba, o aniversário da nossa garota está chegando. – Ela arqueou uma sobrancelha. Assenti. Não tinha me ocorrido antes, mas, sim, eu sabia que o aniversário de Shay era no mês seguinte. – Vou lhe dar orientações precisas. Espero que siga essas orientações sem desviar. Se não seguir, e eu estarei acompanhando, vou transformar sua vida de pão e geleia num inferno. Entendeu?

Novamente, tive que lutar contra uma risada porque essa mulher tamanho de bolso que poderia se passar por uma estudante do Ensino Médio estava me ameaçando com... gangues de motociclistas? E caras de finanças? O que estava acontecendo?

– Acho que entendo, sim. O que você precisa que eu faça para o aniversário da Shay?

Ela me encarou por um momento, como se não estivesse segura da minha lealdade. Então:

– Ela ama bolo de baunilha. Daqueles de mistura, de caixa. E cobertura de chocolate amanteigada, mas não de supermercado. Só a caseira. Manteiga, açúcar e cacau. Desse tipo. Ela adora festas de aniversário que são jantares em família, mas nunca vai falar isso. Não vai pedir uma e, se tentar descobrir o que ela quer, Shay vai jurar de pés juntos que não quer nada. Tudo que já desejou é uma família e as coisas normais que vêm com famílias. Mistura de bolo do mercado. Família ao redor da mesa da cozinha. – Ele balançou um dedo para mim. – Faça as coisas direito. O aniversário dela é no meio da semana esse ano e eu não tenho como chegar aqui a tempo para fazer uma festa. Ela não aguenta lidar com outra decepção, então preciso que jure pra mim que vai fazer isso certo.

Nunca me ocorreu que Shay queria pertencer a uma família, mas fazia total sentido. Eu não consegui acreditar que tinha deixado de ver isso. Acho que estava ocupado presumindo que ela tinha tudo o que poderia querer.

– E por que você está pedindo que *eu* faça isso?

Ela me deu um olhar que devia aterrorizar seus alunos.

– Você sabe por quê, sr. Só Estou Passando Com um Pão Recém-assado Cheio De Carboidratos Apetitosos.

– Mas não sei.

Ela assentiu devagar.

– Então, essa é a jogada? Fingir que não se importa? Isso está dando certo pra você?

Olhei para a equipe do kombucha. Quando não respondi, ela disse:

– É. Foi o que pensei.

– O que você quis dizer com Shay não aguentar outra decepção?

– James – chamou Grace. – Vem aqui.

Jaime ergueu a mão em resposta.

– Eu disse o que tinha pra dizer. Faça as coisas direito. Posso acabar com você.

– Eu consigo fazer um jantar de aniversário e um bolo.

Ela estreitou os olhos.

– Consegue mesmo.

– Noah! – berrou Gennie. Era um grito de guerra. O mesmo que usava quando não conseguia encontrar meias e acreditava que era mais rápido gritar do que abrir a gaveta de meias. – Qual pão é pra eu dar pra Shay?

Minha sobrinha ergueu os dois pães embrulhados em papel que eu tinha separado logo de manhã, enquanto Jaime engolia sua risada com um gole de café.

– Não tente ser casual – disse ela. – As crianças vão pôr um fim nisso antes que comece. Essa menina vai acabar com o seu jogo.

Com um último olhar para Jaime, fui para trás da mesa e tomei os pães em questão das mãos de Gennie. Para Shay, eu disse:

– Esses são os nossos mais populares. Prove.

– Ah. – Ela piscou. – Ah, obrigada. – Ela enfiou a mão na bolsa e pegou a carteira. – Quanto devo?

– O que eu lhe disse sobre isso? Não enquanto estiver comigo. – Eu entreguei os pães.

Ela franziu as sobrancelhas enquanto pegava os pães.

– É muito gentil da sua parte.

Ela sustentou meu olhar por um longo momento. Sua expressão parecia dizer que estava confusa. Éramos dois. Dei de ombros, porque precisei de todo meu foco para não falar mais alguma coisa e piorar a situação.

– Precisa de geleia com isso? – perguntou minha sobrinha. – A gente tem damasco com cardamamão.

– Cardamomo – corrigi.

Shay sorriu para nós e enfiou o cabelo atrás da orelha.

– Só o pão mesmo. Obrigada. – Ela olhou para as amigas, que estavam muito ocupadas fingindo não ouvirem a conversa. – Vamos dar uma volta ver o que tem por aí. – Para Gennie, acrescentou: – Vejo você na segunda. Tenho um monte de histórias legais sobre naufrágios pra gente.

Gennie e eu assistimos da mesa enquanto elas passeavam no parque, parando ocasionalmente para visitar barracas ou conversar. Lillian voltou, e ela e Gennie ficaram ocupadas com uma onda tardia de clientes.

Shay e as amigas deixaram a feira pouco antes do horário de fechamento. Costumamos ficar abertos enquanto ainda tínhamos produtos para vender e as pessoas estavam comprando, mas era um dia quente e úmido, e uma densa massa de nuvens se aproximava, um sinal certeiro de uma tempestade iminente.

– Vamos arrumar as coisas, Lill – eu disse.

Acabamos depressa, já que tínhamos vendido a maior parte do estoque, e Lillian e eu dobramos a barra e a mesa assim que os primeiros roncos de trovão soaram.

Depois que Lillian se encontrou com o namorado, Gennie e eu entramos na camionete. O mais casualmente que consegui, comentei:

– Sabe, o aniversário de Shay é mês que vem.

Do banco de trás veio um grito tresloucado de:

– Quê?!

– É, mais pro final do mês. Depois que as aulas começarem.

– Argh. Porra de aulas.

Olhei para ela pelo retrovisor.

– Tenho uma tarefa pra você. Uma tarefa secreta, na verdade.

– É sobre o aniversário de Shay?

– Sim.

– Ótimo, porque não quero tarefas idiotas de escola. – Ela cruzou os braços e fez um bico.

– Que tal fazermos um jantar de aniversário pra ela? Talvez depois de um dos seus encontros?

– Gostei! – disse ela. – Tem suco aqui?

Eu joguei para trás a lancheira que ela tinha ignorado a manhã inteira.

– Preciso que você obtenha algumas informações de Shay, mas você vai ter que usar todas as suas habilidades de pirata. Ela não pode saber que estamos planejando uma festa de aniversário pra ela.

Eu a ouvi puxar o suco no canudinho.

– Aí não seria surpresa.

– Isso. Você precisa descobrir qual é a comida preferida dela e ter algumas ideias de presente.

Deus sabia que eu não podia só continuar empurrando pão pra ela. Ou até podia, mas era um gesto óbvio. Se Shay ainda não sabia disso, as amigas com certeza iam explicar a qualquer momento.

– Eu consigo fazer isso – respondeu Gennie.

– Sei que consegue. – Olhei para ela de novo, o canudo do suco preso entre os dentes e a cabeça apoiada no cinto de segurança.

Nesse momento, enquanto gotas de chuva gordas batiam no para-brisa, Gennie e eu nos entendíamos. Mais que isso, sabíamos que estávamos no mesmo time.

Isso me deu uma estranha sensação de confiança, como se eu pudesse sobreviver a essa vida de pai sem perder a cabeça. No mínimo, eu podia conspirar com minha sobrinha – e por hoje isso era o suficiente pra mim.

Capítulo 11

Shay

Os alunos serão capazes de chutar os pés e perder a cabeça.

OS ÚLTIMOS DIAS das férias escolares sempre seguiam um padrão parecido para mim. Imaginei que esse ano seria diferente, já que não tinha uma lista de novos alunos para conhecer nem um plano de aulas para preparar. Mas tudo isso mudou na manhã da primeira segunda-feira, antes de eu passear pelos velhos canteiros de tulipas ou me mimar com café e *cookies*, quando a administração da escola pública de Amizade ligou para falar de uma vaga para substituir alguém a longo prazo. Uma das professoras do segundo ano tinha escolhido estender sua licença-maternidade, e queriam saber se me incomodaria em fazer uma entrevista com a diretora naquela manhã.

Hesitei por tanto tempo que perguntaram se eu ainda estava na linha. Então disse a mim mesma – e não à secretária da escola, graças a Deus – *foda-se*.

Era isso. Foda-se.

Um trabalho a longo prazo não era o plano e mudava tudo para o que eu me preparara mentalmente, mas foda-se. Foda-se o plano. Foda-se a preparação mental. Foda-se tudo, porque acreditar que eu tinha qualquer controle sob minha vida era um exercício de comédia.

Foi assim que acabei passando a maior parte do dia na sala nove na Escola do Ensino Fundamental Hope com Kelli Calderon. Seu filho tinha chegado bem antes do previsto e estava bem, mas ela precisava de mais tempo em casa com ele antes de voltar à escola.

Ela me mostrou sua sala e me fez um resumo dos seus planos para os primeiros dois meses do ano. Embora eu estivesse confortável com o segundo ano e feliz em pôr as mãos à obra, era uma grande mudança para mim. Eu não seria mais só uma substituta. Isso era um compromisso diferente de cobrir algumas aulas quando um professor estivesse fazendo algum curso de aperfeiçoamento ou tirasse uma folga por motivos pessoais. Começar um ano escolar com uma turma de crianças era coisa séria. Eu tinha que fazer dar certo, porque de jeito nenhum iria entregar uma turma desastrosa para Kelli em novembro.

Eu tinha que dar certo. Tinha que aceitar que não ia só flutuar por esse ano, itinerante e livre de qualquer responsabilidade real. Não podia fazer as coisas de qualquer jeito. Nada mais de manhãs preguiçosas no jardim ou maratonas de televisão com vinho tarde da noite. Eu tinha que voltar para o modo professora.

Depois do meu intensivão sobre a sala nove, segui para a Estrelinha para me encontrar com Gennie. Estava me sentindo exausta quando cheguei à casa imaculadamente branca de Noah, em parte porque só tinha comido um pudim e um medíocre café de *drive-thru* o dia todo, mas também porque pretendera usar a manhã para me preparar com o trabalho com Gennie. Eu tinha folheado um monte de livros, mas não tinha um plano real para nosso tempo.

Não vi Gail Castro nem os cavalos, o que foi uma surpresa. Quando bati na porta, ninguém respondeu. Conferi meu celular, caso Noah tivesse cancelado. Sem mensagens.

Desci os degraus da frente da casa, a sacola de livros mordendo meu ombro e o celular apertado na mão. Por vários minutos, andei na frente da entrada de carros de cascalho, espiando os caminhos pisoteados dividindo as fileiras de macieiras e voltando para a casa. O calor de final de agosto era opressivo, mesmo no meu vestido leve, e não demorou muito até sentir meu cabelo encrespar e o suor brotar atrás dos joelhos.

Corri as costas da mão na testa enquanto debatia por quanto tempo fazia sentido esperar ali. Eu podia ir à central de operações da Estrelinha, na antiga casa dos Barden, ou passar no rancho dos Castro ou...

Virei quando a camionete de Noah se aproximou depressa pela entrada, fazendo barulho. Embora as janelas estivessem fechadas, captei a voz abafada de Gennie e vi Noah gesticulando para que ela se acalmasse.

Assim que o carro parou, a porta de Gennie se abriu.

– ... e estamos atrasados! Viu? Ela já está aqui e não é justo porquê...

– Vocês vão ter seu encontro – disse Noah, saindo da camionete. – Se pedir pra Shay, tenho certeza de que ela fica um pouco mais hoje.

– Porque você fez a gente se atrasar! – exclamou Gennie.

– Por um bom motivo – respondeu ele, contornando a camionete e balançando a cabeça. – Por que não conta a novidade para a Shay? Ela pode decidir se o atraso valeu a pena ou não.

Ele captou meu olhar, me dando um aceno veloz que dizia *por favor, me apoie nisso.*

– Qual é a novidade? – perguntei para ela, fechando a distância entre nós.

Em vez de pôr um pé na frente do outro, meu sapato afundou num buraco no cascalho e eu cambaleei com força para o lado. Isso fez meu outro pé chutar, o que fez minha sandália sair voando. A sacola caiu do ombro até a dobra do cotovelo, o que atrapalhou meu equilíbrio e me fez tombar na direção oposta, e tudo isso enquanto eu dava gritinhos de "Opa!" e "Eita!".

Gennie e Noah correram até mim, mas eu os dispensei o melhor possível enquanto pulava em um pé só e com a sacola pesando no cotovelo.

– Alguém viu onde minha sandália foi parar?

Noah segurou meu bíceps enquanto falava para Gennie:

– Dê uma olhada ao redor, okay? – Ele foi pegar minha sacola. – Pode me dar isso antes de cair de cara no cascalho? Pelo amor de Deus, Shay.

– Eu perdi o equilíbrio – argumentei, apontando para o cascalho. Claro que parecia completamente plano. – Foi o chão. E as sandálias. São erradas pra esse tipo de superfície.

Outra coisa que era verdade, mas eu não estava preparada para anunciar: suar profusamente em sandálias as tornava erradas para a maioria das superfícies.

Ele me encarou, os olhos ocultos por trás dos óculos de sol. A mandíbula estava rígida, o pequeno músculo perto da sua orelha se contraindo enquanto eu estudava seu rosto.

– Achei – gritou Gennie do outro lado do caminho.

– Por que você está tremendo? – perguntou ele, os dedos deslizando para cima do meu braço.

– Não estou. Só estou meio exausta. Bebi só um café hoje. – Inclinei a cabeça. – E um pudim.

– Café – repetiu ele. – E um *pudim*.

– É. A escola me ligou e…

– Um sapato, é pra já! – cantarolou Gennie enquanto vinha correndo. Ela o jogou na minha frente.

– Obrigada – eu disse. Eu o enfiei e recuei um passo. Noah não me soltou. – Você ajudou muito.

– Você chutou ele bem longe. – Ela parecia impressionada.

– Eu nem sei como – respondi.

– Café… e um pudim – murmurou Noah.

– Shay! Adivinha só! – disse Gennie.

Os dedos de Noah relaxaram no meu bíceps, um por vez, e então o apertaram de novo imediatamente.

– Gen, contamos isso pra Shay lá dentro. Precisamos dar água para ela antes que expire.

– O que é expirar? – perguntou ela.

– Meu sapato escorregou – eu disse a ele. – Foi só isso. Não tem por que fazer um auê.

– Significa que Shay se esqueceu de encher aquela garrafona de água dela hoje e está muito quente, então a gente precisa pegar algo para ela beber – disse ele. – Provavelmente umas comidas sólidas também.

– Sério, você não tem que…

– Vem comigo – disse Gennie, tomando minha mão livre. – Eu vou fazer um suco de pirata.

– O que é suco de pirata? – Olhei entre Gennie e Noah enquanto eles me puxavam para a casa.

Ele riu baixo.

– Você vai ver.

– Noah fez uma geleia nova ontem à noite. Você pode comer um lanche de geleia. Às vezes eu mergulho meus *pretzels* em geleia.

– E é por isso que você tem seu próprio pote – disse Noah.

– Que tipo de geleia nova? – perguntei. Noah abriu a porta e uma lufada de ar fresco me recebeu. Era um alívio maravilhoso. Tanto que eu gemi alto. – Ah, que delícia.

Ele puxou uma cadeira da mesa da cozinha e me depositou ali. Balançou a cabeça como se eu fosse mais trabalho do que ele tinha pedido.

– Tomate.

– Tomate? – repeti.

Ele abaixou as mãos nos meus ombros e apertou com firmeza.

– A nova geleia.

– Isso é… um sabor de geleia?

Ele deixou minha sacola na ilha e se encostou ali, cruzando os braços Gennie desapareceu na despensa e logo emergiu com um banquinho.

– Geleias salgadas são de nicho, mas cada vez mais populares. Podemos cobrar até o dobro do que cobramos pela geleia de morango e vendê-las num volume maior, especialmente para restaurantes e outros compradores de atacado – disse ele. – Aonde você foi hoje?

– Na escola fundamental. Abriu uma vaga para assumir o lugar de uma professora em licença-maternidade.

Gennie abriu o freezer e começou a pôr gelo numa xícara. Noah a observou.

– Vamos logo com esse suco, Gen.

– Estou indo, estou indo – disse ela, selecionando os cubos de gelo um por um.

Pouco depois, correu até a mesa carregando uma garrafa de refrigerante verde, uma jarra com algo roxo-avermelhado e a xícara cheia de gelo selecionado a dedo.

– O que é tudo isso? – perguntei.

Ela apontou cada item.

– Cerejas, gelo e rum.

– *Rum*?

– Piratas amam rum – disse Noah, com um aceno para a garrafa verde. A etiqueta tinha sido tirada e, no seu lugar, *RUM* estava escrito em canetinha preta grossa. – Os tios não gostam de rum tanto quanto gostam de manter a sanidade.

Gennie olhou pra ele por cima do ombro.

– Quantas cerejas?

– Três deve dar.

Gennie serviu cada cereja na xícara com a precisão de um químico. Bem que ela podia manter esse tipo de foco na hora de escrever frases completas.

Depois que terminou com as frutas, estudei a jarra. Não tinha etiquetas. Não parecia comprada numa loja.

– Você também preserva suas próprias cerejas?

– É. – Ele deu de ombros. – Não gosto dos marasquinos processados. Não sobra nenhum sabor real de cereja e é quase todo xarope de milho e corante. Por que se dar ao trabalho se você está basicamente comendo uma goma de mascar com suco?

Assenti.

– Por quê, de fato.

Gennie me apresentou o suco de pirata, completo com um canudo reutilizável, e disse:

– Isso vai te dar muita energia.

Dei um gole. *Ginger ale* e cerejas preservadas em casa. E a gente chamava de suco de pirata.

– É maravilhoso. Um autêntico elixir do alto-mar. Obrigada.

Ela sorriu largo.

– O que quer pra petiscar?

– Não sei – eu disse entre goles. Era uma viagem ao passado, mas estava maravilhosamente gelado e as cerejas ofereciam doçura suficiente para me animar. *Perfeito.* – Vocês têm salgadinhos de queijo?

– Quê? Meu Deus, não – respondeu ele, abanando uma mão como se eu o tivesse ofendido. – Gen, pega o cheddar que Wheatie trouxe ontem. E o pão de fermentação natural. Está na despensa.

– *Aye, aye.*

– Então, a escola fundamental – começou ele.

– É. – Eu vi Gennie pôr um bloco de queijo num prato e então cravar uma faca bem nele. Com os olhos arregalados, encarei Noah. Ele olhou para ela e encolheu os ombros. – Eu vou assumir a turma do segundo ano da sra. Calderon até novembro, mais ou menos.

– A sra. Calderon é a professora boazinha do segundo ano, todo mundo diz. – Gennie desembrulhou um pequeno pão redondo e enfiou uma faca nele também.

Quando dei um olhar de *ela pode brincar com facas?* para Noah, ele disse:

— Facas de manteiga. E é o especial pirata.

— É assim que vamos chamar?

A única resposta foi um sorriso torto.

— Segundo ano. Isso é bom? É o que você quer?

— É, posso passar um tempo com as crianças do segundo ano. Eles são divertidos. Não tanto quanto o pessoal estiloso da Educação Infantil, claro. Estou só um pouco... — Levei as mãos às têmporas e deixei meus dedos se agitarem. — Exausta. Achei que ia receber uma tarefa nova a cada dia. Cobrir qualquer aula aleatória que aparecesse. Agora estou começando o ano com uma turma e só tenho alguns dias para me preparar. É uma grande mudança. Mentalmente e... tudo mais. Como eu disse. Exausta.

Gennie trouxe o pão e o queijo — com as facas espetadas em cada um — até a mesa.

— Posso contar minha novidade boa agora? — Ela balançava na ponta dos pés.

— Claro. Conte. Eu quero saber.

— Eu não sou estilosa.

Pisquei.

— Como é? Pode repetir?

— Você disse que crianças da Educação Infantil são estilosas, mas eu vou poder passar pro primeiro ano, então eu não sou estilosa.

Ela estava sorrindo de orelha a orelha, o sorriso dentuço tomando todo o rosto e fazendo seus olhos se estreitarem em fendas alegres. Eu me ergui num salto e envolvi os braços ao redor dela.

— Você não é nada estilosa — eu disse. — Agora, é fabulosa. Uma aluna do primeiro ano totalmente fabulosa. É muito melhor do que ser estilosa. — Virei para Noah. Ele ainda tinha os braços cruzados e seu sorriso torto continuava no lugar. — Achei que a reunião era no final da semana.

– E era. Eles ligaram agora à tarde perguntando se podíamos ir hoje porque houve um conflito na agenda. – Ele ergueu um ombro. – Acho que o conflito foi resultado de eu ter mandado a documentação da psicóloga sobre uma avaliação, incluindo recomendações específicas sobre um apoio adicional para necessidades especiais.

– Eu mostrei pra eles que sei ler superbem agora – disse Gennie. – E resolvi uns problemas de palavras idiotas também.

– Tenho certeza de que você foi incrível – eu disse a ela. Para Noah, acrescentei: – Parece que você também foi bem.

Ele encontrou meu olhar e o sustentou por um longo momento enquanto Gennie saltitava e dançava entre nós. Lentamente, abaixou a mandíbula e, por um brevíssimo segundo, seu olhar pousou na minha boca. O que foi *isso*?

– Você vai de ônibus pra escola? – perguntou Gennie.

Noah encontrou meus olhos de novo.

– Shay não anda de ônibus. Nunca andou.

– Porque Noah tem dó de mim – respondi.

– Porque... – Ele balançou a cabeça. – Professoras não vão de ônibus. Sinto muito, garota.

Ela olhou para mim.

– Posso ir no seu carro? O ônibus é uma bosta.

Noah começou a responder, mas ergui uma mão.

– Eu trouxe todos aqueles livros legais sobre exploradores que tinha mencionado pra você, mas acho que a notícia exige uma celebração. Vamos visitar os cães? Ou as cabras? O que você acha?

Gennie correu até o forno e apertou os olhos para o relógio digital no painel.

– Quatro... zero... nove. – Ela repetiu os números para si mesma algumas vezes, então: – Noah, é hora das vacas?

Ele se balançou nos calcanhares e suspirou.

– É.

– Vacas – berrou ela. – As vacas! Elas vão pra sala de ordenha! Para ser ordenhadas! E, e, e...

– Parece perfeito – eu disse. – Podemos fazer isso?

– Temos regras – disse Noah.

– Não toque em nada, seja boazinha, não faça nenhuma bagunça, escute todas as orientações e deixe os caras da ordenha em paz e se eu for super-extra-boazinha posso afagar uma vaca antes de elas saírem para o pasto.

Noah olhou entre eu e o prato intocado de pão e queijo.

– Coma. Não quero você desmaiando na sala de ordenha.

Eu parti um pedaço de pão e um pouco de queijo. Fiz um sanduichinho.

– Tá bom? Estou comendo.

Ele correu a mão pela nuca e disse:

– Você vai ficar perto de mim. A última coisa que preciso é que perca um sapato lá. A gente mantém o lugar limpo, mas não quero ter você caindo ao redor das vacas. E termine o suco, tá bom?

Levei o canudo aos lábios, sorrindo para ele enquanto virava o resto do meu Shirley Temple pirata. Noah sustentou meu olhar por um longo momento antes de murmurar algo baixinho e sair da cozinha batendo os pés.

Eu não sabia o que tinha realizado ali, mas sabia que era alguma coisa.

SUBIMOS NO QUADRICICLO, Gennie tagarelando sobre vacas enquanto prendia o cinto no banco de trás, mal conseguindo se manter dentro da própria pele. Noah olhou para mim, os óculos de sol escondendo os olhos de novo. Então esticou a mão sobre meu corpo e a apoiou no meu ombro.

– É um longo caminho – disse ele. Seu rosto estava bem próximo. – Acha que consegue aguentar?

Eu não sabia o que fazer com as mãos. Onde elas deviam ficar? Será que eu devia saber? Mais importante, devia saber alguma coisa ou tudo bem ficar sentada ali e o deixar se aproximar desse jeito?

– Aham – murmurei. – Acho que sim.

Do que estamos falando?

– Espero que tenha razão.

Eu não sabia em que ele estava pensando, mas o jeito como passou a mão pelo meu ombro e sua respiração parou só o suficiente para eu notar me deu uma boa ideia. O que quer que eu tivesse feito alguns minutos antes, agora era a vez de Noah.

Então ele puxou um cinto sobre meu peito e o prendeu no lugar junto ao meu quadril.

– Segure firme – disparou ele, as mãos na direção. – A fazenda leiteira fica do outro lado da colina. Não vou parar se você ou seus sapatos caírem.

Noah disparou para fora do celeiro e pela entrada de carros enquanto Gennie cantava "Hora das vacas! Hora das vacas!" do banco de trás.

Ele era muito adepto em me permitir acreditar que a amizade que já tivemos estava no passado, e que o presente estava costurado com o testamento de Lollie, as necessidades acadêmicas de Gennie e o fragmento de familiaridade persistindo entre nós, mas isso não era a verdade no momento. Talvez não fosse a verdade desde que eu retornara.

Noah tinha sido um garoto tímido. Nunca falava muito até eu azucriná-lo. Mesmo então, ouvia mais do que falava. Pensando bem, nossas melhores conversas aconteciam nos bilhetes que a gente passava um para o outro todo dia. Eram neles que ele mais se abria. Era como tínhamos nos conectado, além daqueles trajetos matinais sonolentos até a escola.

Seria possível que essa fosse sua nova versão de tímido? Era assim que a timidez se apresentava num homem que não queria nada além de deixar a vida de fazenda para trás, mas fora arrastado de volta para o negócio familiar e tivera que adotar a sobrinha no caminho? Seus resmungos e rabugices seriam as versões adultas de almoçar na biblioteca para evitar os outros adolescentes? E seu uso de mim como um escudo humano contra a mulher que ouvia os outros no banheiro era só outro exemplo de habilidades sociais enferrujadas?

– Farei meu melhor – respondi quando ele reduziu a velocidade no final da entrada de carros.

Ele parou e olhou duas vezes nas duas direções antes de cruzar a Estrada Old Windmill Hill.

– Se o seu melhor se parece com o que eu vi hoje, vou precisar que seja melhor que isso. – Noah se virou, entrando num caminho estreito que corria junto a uma cerca branca. – Pudim – murmurou.

– Ajudaria se eu dissesse que costumo beber café e comer um *cookie* gigante na Pink Plum, lá na cidade?

– Nossa, não. Por que você... deixa pra lá. Não importa. Ei, Gennie.

– *Argh* – respondeu ela.

– Quando terminarmos na fazenda leiteira, quero que pegue uns ovos pra Shay.

– Eu não preciso de ovos.

– Obviamente precisa – disse ele.

– Eu nem gosto de ovos no café da manhã – eu disse.

– Eu não gosto de ovos pelados – disse Gennie. – Mas Noah mistura os ovos com queijo e bacon e um monte de outra coisas boas e enfia tudo num sanduíche, e aí fica bom pra caralho.

O quadriciclo era tão barulhento que abafou minha risada.

– Ovos pelados – repeti.

– A primeira vez que ela disse, achei que estava falando ovos melados.

Tipo, com mel. Tentei explicar que ninguém come ovo com mel e ela me disse que ovos pelados são reais e nojentos e, bem, a gente comeu *donuts* naquela manhã. Aquelas primeiras semanas juntas foram insanas.

– Deve ter sido difícil – eu disse, baixo o bastante para as orelhinhas atrás não ouvirem. – Vocês terem sido jogados juntos assim.

Ele assentiu e olhou rapidamente por cima do ombro.

– Eu não sabia o que estava fazendo. Ainda não sei.

– Sabe, sim. Só está caçando elogios.

Um sorriso cruzou o rosto dele.

– Nunca.

– Tem certeza? Não estava caçando elogios quando tentei dizer que sua amiga Christiane não sai do seu pé porque você está arrasando na *vibe* tio gostosão?

– Eu… não. – Ele balançou a cabeça e, se eu não estivesse enganada, suas orelhas estavam ficando vermelhas. *Interessante.* – Não foi isso o que aconteceu.

– Bom esclarecimento.

Ele estendeu a mão como se fosse me tocar, mas então a fechou num punho e a abaixou na coxa.

– Acho que não lhe agradeci por tudo. No jogo.

– Agradeceu, sim. – Eu vi aquele rubor subir pelo pescoço dele. *Muito interessante.* – Dois pães são agradecimentos mais do que suficientes.

Ele subiu por uma colina e desceu por uma inclinação suave, e uma construção comprida e azul-ardósia entrou à vista. Havia várias outras por perto, assim como pelo menos vinte daqueles caminhões de vaca pintados de preto e branco que eu tinha visto no meu primeiro dia na cidade.

– Vacas à vista! – gritou Gennie.

– Lembre-se das regras – disse Noah a ela.

– Eu sei, eu sei, eu sei – cantou ela, pulando no banco.

Para mim, ele disse:

– Você também. Saia de perto de mim e haverá consequências.

Eu o encarei. Queria dizer algo, mas não encontrei palavras.

O Noah do Ensino Médio era fofo. *Super*fofo. Calado e solícito até demais. Nunca fazia exigências rosnadas ou dava ordens ríspidas. Aquele Noah preferiria dançar *breakdance* nu na frente de toda a nossa turma do que me alertar sobre as consequências de não seguir suas orientações.

No entanto, eu não me incomodava com a *vibe* mandona. Era como se aquele garoto doce e calado tivesse encontrado uma voz rouca e resmungona. Além da iniciativa de prender meu cinto e uma insistência absurda de que eu não podia ser deixada livre na sua sala de ordenha.

Tímido. Esse homem era tímido. Ao mesmo tempo que era incrivelmente mandão.

Muito interessante mesmo.

Subimos com o quadriciclo numa área pavimentada e demos uma volta larga ao redor do estacionamento antes de parar nas portas principais do celeiro. Dali, podíamos ver o preto e branco distinto das vacas comendo feno.

– A gente tem 184 vacas – contou Gennie. – E elas são ordenhadas duas vezes por dia. Às 4 horas da manhã e da tarde.

Noah passou a mão pelo meu quadril, soltando o cinto. Olhei para baixo, encarando o ponto onde os nós dos seus dedos pressionavam contra meu vestido.

No banco de trás, Gennie continuou:

– Elas chamam Homesteam...

– Holstein – corrigiu Noah.

– ... e todo dia produzem oitocentos bilhões de litros de leite...

– Oito mil.

– ... e ele entra num cano que cozinha o leite bem quente e faz onze milhões de garrafas de leite.

– Mil e cem – disse ele, ainda me olhando e tocando meu quadril.

– E no inverno o chão fica quente porque tem arco-íris dentro dele.

– Aquecimento por piso radiante – murmurou ele.

– Podemos ir agora? – perguntou ela. – Vai acabar, a gente vai perder!

– Só podemos ordenhar vinte vacas por vez – disse ele. – Não vamos perder nada. – Ele afastou a mão de mim e apontou para uma construção branca, com as portas estilo garagem abertas. – Esse é a sala da ordenha. Vamos.

Gennie correu na frente, dizendo oi a cada uma das vacas que comia seu feno relaxadamente. Ela parou deslizando na frente da construção branca, gesticulando para nós com toda a impaciência do mundo.

– Ela ama mesmo isso – eu disse.

– Às vezes. – Ele enfiou as mãos nos bolsos. – Principalmente depois que conheceu os bezerros. Ela não queria saber desse lugar antes.

Enquanto nos aproximávamos das portas, Noah assentiu para ela e Gennie entrou animada. Um membro da equipe a viu e acenou para que ela se juntasse a ele enquanto cuidava de uma das vacas.

Noah estendeu o braço, me parando antes de eu entrar.

– Aqui é perto o bastante pra você.

– Por quê?

– Porque não está usando sapatos apropriados para esse lugar – disse ele, acenando para o interior. – E não está vestida para… – Ele correu um dedo ao longo dos babados em camadas na minha coxa. – Qualquer coisa remotamente relacionada à ordenha de vacas.

Eu me permiti fazer um exame rápido da camisa social azul xadrez dele, as mangas enroladas até os cotovelos e o colarinho aberto, o jeans gasto e as botas que conheciam cada centímetro daquelas terras. Ele correu os dedos pelo cabelo escuro uma ou vinte vezes, e sua barba curta tinha sido aparada recentemente. Ele estava bem, e estava bem *ali*. E era uma revelação estranha, já que eu ainda estava surpresa por encontrá-lo naquele lugar.

– Você estava falando sério sobre essa história das regras.

– Alguém tem que falar. – Ele apoiou as mãos na cintura e entortou o quadril como se estivesse se ajeitando para um debate. – Por que não eu?

– Esse é seu jeito de dizer que eu não sou séria? Porque tenho que lhe informar que sou muito séria.

Ele me deu um olhar que parecia impaciente.

– Sem brincos hoje?

– Sem brincos hoje. Foi uma manhã caótica. Quando a escola ligou, eu ainda estava enrolada numa toalha e vesti a primeira coisa que encontrei. E me esqueci dos brincos. É um milagre ter me lembrado da calcinha. E, como você já apontou, minha garrafa de água também ficou pra trás.

Se ele tinha uma resposta para isso, não ofereceu. Mas olhou por cima do meu ombro e murmurou:

– Que caralhos você está fazendo aqui?

Um homem negro de uns 50 e poucos anos veio até nós e tirou as luvas.

– Uma pergunta melhor é que caralhos você está fazendo aqui?

Noah apontou para a sala de ordenha. Gennie estava falando sem parar e batendo no flanco de uma vaca enquanto um empregado assentia.

– A menina queria fazer uma visita.

O homem abriu um sorriso caloroso para mim.

– Jim Wheaton. Eu cuido dessa pequena operação. Bem-vinda ao meu pavilhão leiteiro.

– Shay Zucconi – respondi. – Isso é muito mais do que uma pequena operação.

Ele deu um olhar significativo para Noah e então me examinou com os olhos arregalados. Seus lábios se abriram por um segundo antes de falar:

– Ouvi muito sobre você.

Olhei entre ele e Noah.

– É mesmo? O senhor conhecia a vó Lollie?

– Não, temo que não conheci Lollie pessoalmente. Eu vim pra cá do norte do estado de Nova York pouco antes de ela se mudar para o sul. Sinto muito pela sua perda.

– Obrigada. É muito gentil do senhor. – Hesitei, sem saber como perguntar. – Mas… se não conhecia Lollie, como…

– Ele também é responsável pelas cabras – acrescentou Noah.

Jim deu um olhar pesaroso para o pavilhão.

– A operação das cabras não é tão sofisticada quanto esta aqui. Ainda não. Mas estamos chegando lá.

– Vamos tentar chegar lá mais cedo em vez de mais tarde – sugeriu Noah.

– Paciência, Barden. Seria bom pra você ter paciência. – Para mim, Jim perguntou: – A srta. Gennie mostrou as garotas pra você?

– Ela foi muito entusiasmada. Eu não perderia por nada. – Sorri e acrescentei: – Suas vacas são lindas.

– São as melhores de todas. Cuidamos muito bem delas. – Ele apontou a cabeça na direção de Noah. – Bem como o chefe gosta. Ele é muito exigente, mas aposto que você sabe disso.

– Não é hora de você ir embora? – perguntou Noah. – Está aqui desde manhã cedinho. Vá pra casa.

Ignorando Noah inteiramente, Jim se virou para mim.

– Gostaria de um *tour*?

– Ela não quer um *tour* – respondeu Noah, levando a mão à nuca.

– Eu adoraria – respondi.

– Eu sabia – disse Jim. – Vamos começar na área de engarrafamento e fazer o trajeto de volta. Pessoalmente, prefiro percorrer o processo ao inverso. Começar com o produto e terminar com o pasto. Mas também podemos fazer o contrário. É igualmente divertido.

– Você é o especialista – eu disse.

– Wheatie – avisou Noah.

– Um *tour* rápido – respondeu ele. – Você fica aqui, mas não incomode meus empregados se não quiser que ponham você pra trabalhar... e eles estão sob ordens expressas pra fazer exatamente isso. Vão mandá-lo para o galpão de estrume com toda a alegria.

Noah deu um olhar seco para o outro homem.

– Seja rápido.

Enquanto cruzávamos o pavimento na direção de outra construção, Jim apontou os canos acima de nós e explicou como transportavam o leite diretamente da área de ordenha para um tanque de separação, evitando usar caminhões nesse estágio porque o movimento causava oxidação demais. Ele falou em detalhes sobre homogeneização, depois pasteurização, enquanto nos movíamos por essas áreas, assistindo das janelas grandes no corredor em vez de entrar nos espaços em si. Então me levou até a área de engarrafamento, uma construção separada no complexo, onde apontei uma série de janelas com os adesivos do fabricante ainda no lugar.

– Isso parece novo – eu disse. – Foi reformado recentemente?

Jim parou na porta do refrigerador de armazenamento principal.

– Noah não lhe contou? – Quando balancei a cabeça, ele continuou: – Ele reformou esse lugar inteiro. Eficiência energética, conservação de recursos e certificação orgânica. Ele está tocando esse projeto há anos.

– E foi completado recentemente?

Jim assentiu devagar.

– Ele é extraordinário com a papelada. Isso me dá mais tempo, entende? Eu não tenho que lidar com nenhum desses detalhes. A parte dos negócios é onde se dá melhor. Noah consegue achar brechas no escuro e nunca encontrou uma subvenção ou programa de crédito fiscal de que não gostasse.

– Eu não fazia ideia.

Outro aceno.

– Ele não é muito de falar, né?

Vá em frente e roube os pensamentos da minha cabeça, Jim.

Voltamos para a sala de ordenha enquanto Jim descrevia suas partes favoritas da propriedade de cem acres. O pasto oeste era especialmente agradável, no outono.

Noah estava parado diante das portas, os braços cruzados como sempre enquanto seu olhar voava entre Jim, eu e o interior da construção. Ele deu um olhar dramático para o relógio.

– Obrigada pelo *tour* – eu disse a Jim.

– O prazer foi todo meu.

– Isso seria uma excursão escolar muito divertida – eu disse. – Não sei onde o segundo ano costuma ir nas excursões. Vou ter que perguntar aos outros professores quando voltarmos à escola, mas tenho certeza de que as crianças iam amar tudo sobre isso.

– Ficaríamos felizes em receber vocês. Só avise o chefe quando vierem. – Depois de um olhar significativo para Noah, Jim disse: – Eu vou indo agora.

Nós o vimos cruzar o pavimento e entrar na área de engarrafamento. Um ou dois minutos depois, Gennie veio correndo até nós, as bochechas vermelhas e o sorriso largo.

– Eu pude ajudar com a Matildamoon e Petuniapie! – Ela agarrou minha mão. – Quer ajudar? Bonnieboo é a próxima.

– Bonnieboo? Eu vou ver você ajudar com ela, okay? Preciso falar com Noah por alguns minutos. Vá me mostrar suas habilidades.

Gennie voltou saltitando, feliz com a resposta. Noah, por outro lado, abaixou as mãos aos quadris e firmou os ombros.

– Qual é o problema? – perguntou ele.

– Não tem nenhum problema. – Era uma reação clássica às palavras *temos que conversar* e eu ri baixinho enquanto esfregava as têmporas, porque não pretendia deixá-lo tenso. Eu nem queria abordar o assunto, mas... foda-se. Esse era o tema desse dia. Provavelmente continuaria como o tema do ano inteiro. – Estive pensando sobre Twin Tulip – comecei – e essa cidadezinha e toda a minha vida duvidosa. Pensei sobre sua oferta também. Sabe, de se casar comigo porque Lollie precisava que eu cumprisse vários desafios para manter a fazenda dela funcionando. Ainda não entendi inteiramente essa escolha, mas tudo bem. Não posso discutir com os mortos. Enfim. Eu tenho algumas condições.

Passou-se um momento. Então:

– Você tem... o quê?

– Você tinha razão quando disse que Gennie não pode ser prejudicada se fizermos isso.

– Se fizermos isso – murmurou Noah. Ele balançou a cabeça para cima e para baixo, lento e um pouco enferrujado, como se estivesse pensando muito sobre o ato de assentir e errando tudo no processo. – Certo. – Ele tirou os óculos de sol e agarrou a nuca. E me encarou, seu olhar perturbado. – Achei que você não estava pronta pra pensar nisso. O que aconteceu? O que a fez mudar de ideia?

– Não tenho uma boa explicação pra isso – admiti, e era o mais próximo da verdade que estava disposta a chegar. Eu não tinha uma explicação para nada no momento. Estava só seguindo aos tropeços. – Quer dizer, o que é o pior que pode acontecer? Todos os piores já aconteceram comigo. Não dá pra piorar. Só não dá. Então, acho que eu deveria tentar isso enquanto ainda posso.

Os músculos na mandíbula de Noah latejaram. Ele ficou quieto por um longo tempo. Longo demais. Tão longo que me ocorreu que poderia ter mudado de ideia.

– Se a oferta ainda estiver de pé – acrescentei. – Não tem problema se não estiver. Totalmente compreensível.

Ele me encarou com o olhar sombrio.

– A oferta está de pé.

Enfiei os dedos no cabelo, erguendo-o do pescoço.

– Certo. Ótimo. Então, as minhas condições.

– Suas condições.

Eu não sabia quando Noah tinha se aproximado, mas os nós dos seus dedos roçaram minha coxa e eu não consegui me lembrar de nenhuma das condições em que tinha pensado às pressas.

– Como eu disse, você tinha toda razão sobre proteger Gennie. Eu não quero fazer nada que a machuque ou complique a vida dela. Ou a sua. Então, isso tem que ser apenas uma transação legal. Se fizermos isso, nada muda. Eu moro na minha casa, você na sua, e a verdade nunca será revelada. – Os nós dos seus dedos passaram sobre minha perna de novo, mas ele ficou em silêncio. Apressei-me em acrescentar: – Eu serei seu escudo humano sempre que quiser, é claro. Você pode me usar o quanto quiser.

Ele virou o rosto para o céu, lentamente balançando a cabeça.

– Shay – resmungou. Depois de um longo momento, abaixou o olhar para mim. – Tem certeza disso?

Eu ri. Uma risada real, verdadeira, que sacudiu até meus ossos.

– Eu não tenho certeza sobre nada. Nem uma coisinha sequer. Estou improvisando passo a passo, Noah. Talvez eu consiga fazer algo com Twin Tulip, talvez não. Não sei. – Dei de ombros. – Mas foda-se, vamos descobrir. Certo?

– E depois que a questão da herança for resolvida? O que acontece?

– Aí a gente se divorcia – eu disse. – Nada tem que mudar.

Ele olhou para as vacas, para Gennie. Os nós dos seus dedos continuaram seu circuito quase imperceptível pela minha coxa. Não parecia que o toque era inteiramente intencional.

– Você… quer dizer, está tudo bem? Está segura aqui, certo? Não tem nenhum *stalker*, nenhum ex abusivo de que eu deveria saber?

Quando era a hora adequada para explicar com calma que você tinha sido deixada no altar menos de dois meses antes? Na verdade, era necessário explicar? Não achei que fosse. E queria que as pessoas parassem de perguntar se tudo estava bem, porque não havia um mecanismo simples para eu responder não. A resposta esperada era sempre sim, e qualquer outra coisa era socialmente tóxica.

— Não tem *stalker* nem ex abusivo. Só um relacionamento que estragou. Você sabe como é: perfeito num dia, lixo total no outro. Se não se incomodar, prefiro parar por aqui.

— Podemos fazer isso. — Ele balançou a cabeça e pressionou os dedos contra minha coxa com força demais para não ser intencional. — Não há tempo de espera para obter uma licença de casamento em Rhode Island. Qualquer prefeitura pode emitir uma e realizar a cerimônia.

— Aqui em Amizade, não — eu disse. Queria tanto ter minha garrafa d'água no momento. Teria sido bom ter algo com que mexer enquanto negociava os termos de um casamento. — A cidade, ela é muito… você sabe. As pessoas falam. E não queremos isso.

— É. Concordo. — Ele espiou dentro da sala de ordenha. — Providence seria melhor.

Ele tinha essa informação guardada no seu grande cérebro ou tinha procurado? Será que esperava que eu aceitasse sua oferta?

— Certo. Providence.

— Você está livre amanhã? Meio-dia? Gen fica com Gail até as três horas da tarde, se funcionar pra você.

Aparentemente, não havia um minuto a perder.

— Ainda tenho que arrumar minha sala e me planejar para o primeiro dia, mas posso fazer isso quando quiser. Só precisam de mim na escola na sexta-feira.

Ele franziu o cenho e balançou nos calcanhares.

— Então eu a pego na sua sala amanhã, às onze horas. Vou escrever o rascunho do acordo pré-nupcial hoje à noite.

E ele entrou na sala de ordenha, me deixando ali olhando para suas costas.

Capítulo 12

Shay

Os alunos serão capazes de observar costumes e tradições.

NO DIA DO meu segundo casamento do ano, deixei de lado o vestido que custava mais do que três carros populares e exigia três pessoas para me fechar lá dentro, e usei um *romper* rosa-choque.

Um macacão de adulto, como Gennie diria.

Tinha uma pequena abertura fofa atrás das costas que o tornava um tanto inapropriado para dar aulas, mas aceitável para escrever nomes em plaquinhas nas carteiras, adesivos e pastas de lição de casa.

Os brincos de siri feitos com contas, extravagantes apenas o suficiente para evitar serem sinistros, roçavam os lados do meu pescoço toda vez que me movia. Esses brincos gritavam mais alto do que qualquer coisa que eu tinha e diziam: *não é perfeito, não é coisa de noiva, não é um problema.*

Eu estava gastando muita energia para ver aquilo como um acordo de negócios e não um casamento. Precisava dessa camada protetora. Era o único jeito de não me afundar num redemoinho de lembranças da minha primeira tentativa nupcial. E não eram só as lembranças. Também havia os pensamentos sobre o pior dos casos. *Será que meu ex tinha me traído?*

Será que sempre me traiu? Será que estava com essa pessoa agora? O que ela oferecia que eu não ofereci? O que eu fiz de errado?

Acrescente a isso o trauma de ver minha vida desmoronar na presença de uma plateia de amigos e familiares arquejando de horror, e não era surpreendente que eu tivesse escrito *Aiden* errado cinco vezes. Todas as tatuagens, cabelos tingidos e maratonas com álcool no mundo não conseguiriam tirar essa bagunça da minha memória.

Mas chafurdar na bagunça também não ia apagá-la. Meu ex estava por aí, vivendo sua vida. Ele não estava vagando por uma fazenda de tulipas, cortando os dedos enquanto tentava juntar os pedaços quebrados de si mesmo em uma ordem que fizesse sentido para a versão novinha da sua vida. Eu sabia disso com mais certeza do que sabia qualquer outra coisa sobre ele.

Era outro motivo para os brincos de siri. Ele odiava essas coisas. Os de lagosta e os de carpa. Os polvos também. Odiava todas as minhas coisas esquisitas e maravilhosas, e por um tempo me convencera de que eu também não as queria. Que não deveria querer.

Isso me fez perguntar o que mais eu tinha perdido ao longo do caminho. O que eu tinha cedido. E por que deixara isso acontecer.

A resposta de Jaime a esse acordo de negócios foi curta e direta.

— Isso não é uma comédia romântica familiar — dissera ela na noite anterior. — Você não tem permissão de se esquecer da sua vida na cidade porque um fazendeiro gostosão traz pão recém-assado pra você e se oferece para salvar a propriedade da sua avó. Volte pra mim, garota. Eles não vão ficar com você.

— Isso é temporário.

— É o que todas dizem.

— Confie em mim — eu disse. — Eu vou voltar.

Ela bufou.

— Só espere até o Papai Padeiro lhe dar a baguete dele.

– Você não disse isso. Eu me recuso a acreditar que pronunciou essas palavras.

– Foi meu melhor momento? Não. Eu sou uma chaleira apitando de ansiedade porque tenho cinco planos educacionais personalizados para alunos com deficiência pra fazer e três alunos com problemas comportamentais que precisam de ajuda constante? Sim. Se essa semana não terminar com outro monitor contratado, eu vou botar fogo em alguma coisa.

– Como assim, cinco planos? Eu tinha três e você conhecia todos eles.

– Esses três não estão na minha turma. A família de Julius se mudou, a de Gray o pôs num programa para crianças com transtorno de processamento sensorial, e a de Madgalily decidiu educá-la em casa. Então tenho cinco amigos novos.

– Ah, uau. Sinto muito. Eu devia ter perguntado antes de despejar meu drama em cima de você.

– Como se eu não fosse pedir uma pausa e exigir que a gente priorizasse o *meu* drama se precisasse? Não, gata, eu estou bem. Não faço terapia há três semanas e acabou meu sabão em pó, então estou usando só short de bicicleta sob os vestidos, o que não é um problema, mas sinto que estou entrando num território novo e questionável de não usar calcinha. É possível que eu nunca volte. E só estou desabafando. Está tudo bem. – Ela suspirou pesadamente. – Está tudo bem. Você vai se casar! Mais ou menos. Isso é divertido, não é?

– É bem divertido – respondi. Parte de mim queria entrar no carro e deixar sabão em pó no apartamento dela e prometer que tudo ficaria bem com sua turma. Melhor do que bem. Incrível, como sempre era. A outra parte sabia que eu tinha que ficar ali. Precisava fazer essa coisa, essa coisa gigante e louca em que eu agarrava o tecido rasgado da minha vida e o amarrava para criar algo novo que não reconheceria até estar pronto. – E há altas chances de o meu noivo aparecer dessa vez. Ele me quer pelas minhas terras, afinal.

– Mais do que por suas terras.

Balancei a cabeça.

– Não muito mais.

Eu não conseguia entender Noah. Seus pensamentos se escondiam atrás de um muro de pedra e eu ainda nem encontrara a ponte levadiça. Para cada carícia no ombro e cada olhada para a minha boca, havia um silêncio prolongado e resmungos enquanto se afastava de mim batendo os pés. Se ele queria algo mais do que outro empreendimento para acrescentar ao seu império em Amizade – e uma namorada falsa ocasional –, fazia um ótimo trabalho em esconder isso.

– Ei, então, quer ouvir sobre um drama de verdade? Porque teve uma treta gigante num encontro de poliamor que eu fui na outra noite em vez de ir na terapia, como deveria ter feito.

– Definitivamente, mas preciso levantar primeiro. Minha bunda fica dormente quando sento no chão por tempo temais.

– Fique confortável. É uma história longa. E talvez seu novo marido lhe compre uns móveis pra você não ter que sentar no chão o tempo inteiro.

MEU PRIMEIRO INDÍCIO deveria ter sido o terno.

Eu deveria saber o que vinha pela frente no momento em que Noah entrou na sala nove como se tivesse nascido para o propósito único e específico de usar ternos feitos sob medida. Ele tinha uma mão no bolso e a outra segurava uma pasta de documentos. Sua gravata estava meio solta, meio torta, como se a tivesse repuxado no caminho até ali.

Eu não sabia por que isso me fez apertar as coxas, mas também não queria explorar essa reação.

Naquele momento, com Noah parado na porta, percebi que houvera um período na vida dele em que usara ternos, carregara documentos e dera puxões irritados na gravata todos os dias.

Era incrível que Nova York ainda estivesse de pé, porque eu estava *assim* de deslizar da cadeira.

O melhor presente, porém, eram os itens que ele não estava usando. Sem óculos de sol ou um boné para manter seus muros erguidos, eu podia vê-lo. Mesmo assim, não sabia como interpretar sua expressão. As sobrancelhas franzidas, a linha apertada dos lábios e o brilho sombrio nos olhos. Era uma expressão que podia significar qualquer coisa desde exasperação até indiferença ou preparo para a batalha.

A canetinha que eu estava segurando caiu ao chão.

O casamento era falso. A atração pelo meu futuro marido... era real demais.

Ele ergueu a mão em cumprimento e olhou ao redor para as carteiras e cadeiras empilhadas até o teto em um canto, as caixas empilhadas em outro. Claramente esperava uma situação menos precária.

– Eu tenho tempo – eu disse, mais para me convencer do que a ele. – Parece pior do que é.

Ele atravessou a sala em direção à mesa na forma de ferradura que eu tinha designado como meu canto livre de caos.

– Por que isso está – começou ele, apontando com a pasta – assim? Por que os móveis não estão no lugar?

– Eu ainda não fiz isso.

– Por que *você* está fazendo isso?

Peguei a canetinha do chão e a tampei.

– É o que professoras fazem, Noah. Não temos fadinhas que vêm no primeiro dia de aula e deixam tudo lindo e organizado. – Apontei para o tapete enrolado no peitoril da janela. – Essa é parte do motivo de eu estar tão exausta ontem. Geralmente tenho três semanas pra preparar minha sala, não três dias.

– Isso, e o pudim.

Caí de volta na cadeira.

– Pare de falar do maldito pudim.

Ele olhou ao redor de novo, batendo a borda da pasta contra a palma. Quando terminou sua inspeção, disse:

– Eu trouxe o acordo pré-nupcial. Quero mostrá-lo para você antes – ele apontou a cabeça para a porta – de finalizarmos qualquer coisa.

Tirei minha bolsa da cadeira do outro lado da mesa.

– Vamos lá.

Ele estudou a cadeira. Era do tamanho certo para uma criança do segundo ano.

– Sério?

– Eu me sento em cadeiras de criança diariamente. Você vai sobreviver.

Ele me encarou por outro momento antes de cair na cadeira. Seus joelhos ficaram alinhados com a mesa. De alguma forma, isso não reduziu em nada o poder daquele terno.

Noah abriu a pasta e disse:

– Isso é um acordo pré-nupcial padrão que declara que ambas as partes vão reter os ativos e passivos que trouxeram à união. Como eu requisitei uso dos seus bens...

Por que isso pareceu sujo?

– ... acrescentei uma cláusula indicando que vou compensá-la de forma justa...

E isso. Safado pra caramba.

– ... embora ambas as partes possam concordar com uma compensação não monetária. Em outras palavras, poderíamos trocar por serviços.

E isso. Definitivamente isso.

– Preparar seus campos, por exemplo – continuou ele. – Não tenho desejo de negociar com você por cada centímetro...

Uau. Certo? Eu não estou imaginando isso.

– ... e todos os bens e serviços estariam sujeitos ao seu consentimento completo, é claro.

Eu me atrapalhei com a garrafa d'água.

– *Mm-hmm.*

Ele virou algumas palavras.

– Quaisquer produtos dessa união, imóveis, empreendimentos, filhos...

– *Filhos?*

Ele ergueu as mãos e as deixou cair no colo.

– Obviamente isso é improvável nas nossas circunstâncias, mas é padrão para esses acordos.

Eu remexi com a garrafa. Era um bom ponto para fixar o olhar.

– Certo.

Ele traçou a beirada do papel, calando-se por um momento.

– Você devia pedir a seu próprio advogado que revise isso antes de assinar.

– Não é o que estamos fazendo?

– Não, Shay, eu estou lhe dizendo o que tem no documento, mas não represento seus interesses. Você devia pedir pra outra pessoa.

– Tipo o cara na Flórida que explicou o testamento doido de Lollie pra mim?

Noah revirou os olhos até o teto.

– Ele não representa seus interesses. Não. Ele não.

– Teria sido bom se ele tivesse mencionado isso – murmurei.

– Sua mãe – começou Noah. – Ela deve ter...

– Mesmo se tiver, eu não vou ligar pra ela – interrompi. – Não tenho ninguém. Se tivermos que esperar pra eu achar um advogado, vamos esperar. – Apontei para a longa lista de tarefas à minha direita. – Você sabe onde me encontrar.

Ele olhou para a lista e então para mim, seu olhar passando dos meus olhos para os brincos de siri. A sombra de um sorriso cruzou seus lábios.

– Eu não posso ser objetivo e imparcial, e estaria mentindo se disesse que poderia ser, mas saiba que é um acordo justo. Tudo que acrescentei além dos termos padrões tem a intenção de proteger e beneficiar você. Mas não vou culpá-la se quiser esperar.

Notei pela primeira vez os fios clareados pelo sol no cabelo escuro dele. Outra coisa escondida sob aqueles bonés.

– Você acha que preciso esperar?

– Não.

Folheei as páginas, lendo cada linha e compreendendo boa parte delas. Quando terminei, perguntei:

– Eu assino essa aqui? Ou a sua cópia?

Ele tirou uma caneta de dentro do terno e a entregou para mim.

– A sua. Você primeiro. Eu cuido do resto.

Eu não podia ser a única ouvindo isso.

Então:

– Belos brincos.

– Não caçoe de mim – respondi.

– Dê um pouco de crédito pra mim. – Ele remexeu nas abotoaduras. – Eu não vou insultar minha esposa no dia do nosso casamento.

Por mais impossível que devesse ser, era a primeira vez que alguém tinha se referido a mim como sua esposa, e perceber isso me deixou chocada. Meu ex nunca usava essa palavra. Era sempre namorada ou noiva, e eu devia ter notado esse sinal de alerta muito, *muito* tempo atrás. Embora, no momento, odiasse a quantidade de energia mental que tinha gastado pensando no meu ex naquele dia. Ele não precisava disso e não merecia isso de mim.

Quando não respondi porque estava ocupada rebobinando a fita do último ano da minha vida, Noah acrescentou:

– Não estou caçoando, de verdade. Eles são fofos. São – ele passou os olhos pelo meu *romper* – diferentes do que eu teria esperado. – Ele limpou a garganta. – Mas são a sua cara.

Nós nos encaramos por um momento, eu com a caneta dele apertada na mão e Noah com aquela gravata afrouxada que eu estava me coçando para endireitar para ele.

Então, a bolha estourou.

Noah apontou para o documento.

– Se quer assinar isso hoje, tem que ser agora. Precisamos chegar lá antes de eles fecharem para o almoço.

Destampei a caneta. Hora de ir logo me casar.

– Certo.

O TRAJETO ATÉ Providence não demorou, o que apreciei muito. Nenhum de nós sabia o que dizer e eu não podia ser a única com as mesmas perguntas girando em *loop* na cabeça: *Que porra estou fazendo? Por que caralhos estou fazendo isso? E se for a pior decisão que já tomei e estragar tudo com Twin Tulip? E se não for a pior decisão? O que acontece se isso der certo?*

A esperança era uma coisa tão pegajosa. E sorrateira também. Sempre aparecendo nos momentos em que era menos bem-vinda.

Noah estacionou em uma garagem subterrânea. Sem olhar para mim, perguntou:

– Tem certeza de que quer fazer isso?

Que caralhos estou fazendo? Por que estou fazendo isso?

– Você tem?

Ele fechou os dedos ao redor das chaves e assentiu.

– Justo.

Saímos da garagem e subimos à rua, onde o sol estava ofuscante, e um calor espesso e opressivo parecia preso entre os prédios, sem ter para onde ir. Graças a Deus eu tinha optado por um *romper* curto com uma saída de ar. Caso contrário, teria murchado.

Noah levou a mão às minhas costas, me guiando para longe da sarjeta.

– É lá em cima – disse ele, as palavras engasgadas. Ele devia estar fervendo naquele terno.

Ele me guiou pela rua, a mão nunca se afastando muito das minhas costas, e para dentro de um prédio antigo com uma fachada de granito cinza. Estava maravilhosamente fresco lá dentro, além de silencioso. Como se fôssemos as únicas pessoas no mundo que conseguiam pensar em casamento num dia como aquele. Ele apontou uma porta no final de um longo corredor e minhas sandálias bateram no piso de pedra, fraturando a imobilidade do ambiente com ar-condicionado.

Noah abriu a porta para mim e disse:

– Última chance de mudar de ideia.

– De forma alguma. Tenho pelo menos mais dez oportunidades de sair correndo daqui como se eu estivesse pegando fogo. Essa é só a primeira das últimas chances.

– Não sei se isso deveria me reconfortar – ele abaixou a mão à pele exposta na abertura do *romper*, os dedos deslizando sob o tecido – ou me fazer segurar mais firme.

Esse homem precisava parar com todos esses comentários. Eu não tinha a constituição para aguentar tais coisas, especialmente quando nosso casamento era muito falso e minha atração por ele estava se tornando muito real. Não que eu fosse fazer algo em relação a isso. Nunca que poderíamos complicar mais ainda nossas vidas.

– Reconfortar. – Eu disse isso, mas não me afastei do toque dele. – Juro, não vou fugir. Está quente demais pra correr e eu não chegaria longe nessas sandálias, mas também nunca faria isso com alguém. Não acredito em ir embora sem uma explicação. Teria a conversa mais terrível e desconfortável da minha vida antes de fazer isso.

– Bom saber. – Ele espiou dentro do escritório. – Vamos?

A papelada foi resolvida rápido. Noah insistiu em pagar a taxa da licença. Esperamos, olhando entre uma velha pintura de Providence e avisos sobre prazos para a próxima eleição.

Como eu não fazia ideia do que dizer, perguntei:

– É época de mirtilos agora? Ou já passou?

No mesmo momento, Noah perguntou:

– Quanto tempo você vai demorar pra preparar sua sala?

Demos risadas frágeis e forçadas e gesticulamos para o outro responder, o que resultou em outra risada forçada.

– Sua sala – disse ele, terminando o impasse.

– Vou estar ocupada por uns dias – eu disse. – Mas vai ficar tudo bem. Eu vou terminar.

– Eu mandaria Gennie pra ajudar, mas não sei se poderia convencê--la a ir à escola quando não é obrigatório. Mesmo se significasse passar um tempo com você.

– Não vamos submetê-la a isso. – Apertei as mãos. – Então, os mirtilos?

– A época de mirtilos já acabou esse ano. Temos pêssegos, melões e as primeiras maçãs. E marmelos. Marmelos fazem sucesso.

– O que... é um marmelo, exatamente?

Ele enfiou a mão no bolso e deu um sorriso acanhado.

– Parece uma pera. Casca esverdeada, fruta amarelo-dourada e sementes por dentro. É azedo. Superazedo. Ninguém come sozinho. Mas é ótimo pra geleias. Excepcional para equilibrar a doçura e acrescentar dimensão.

– Marmelo – falei, devagar. – Parece uma marmelavilha.

Os olhos de Noah se enrugaram quando ele riu baixinho.

– Ainda quer se casar comigo agora que me revelei um entusiasta de marmelo?

– Ainda quer se casar comigo agora que comecei a fazer trocadilhos com fruta?

Noah começou a responder, mas uma porta se abriu e nossos nomes foram chamados. Ele me deu um meio sorriso.

– Outra última chance.

Eu não tinha um único bom motivo para estar fazendo isso. Vários motivos medíocres, alguns simplesmente ruins. Vários absurdos também. Mas balancei a cabeça e gesticulei para ele me seguir.

A cerimônia foi incrivelmente rápida. Sem os rituais de um casamento completo, não envolvia muita coisa. Mostramos documentos de identidade, respondemos a algumas perguntas, dissemos "Sim" algumas vezes, e foi isso. A coisa toda.

E pensar que eu tinha devotado meses a fio a planejar um casamento perfeito, minuto a minuto, e esse terminou em menos de cinco.

– Vocês vão trocar alianças? – perguntou o juiz de paz.

– Ah, eu… – Fiz uma careta para Noah. Casamentos falsos exigiam alianças? – Não. Não sei. Acho que não.

– Aqui. – Noah enfiou a mão no bolso da calça e pegou um cordão marrom. – É barbante – disse ele, como se pedisse desculpas, e pegou minha mão. – A gente amarra ao redor dos nossos potes de geleia. Eu tinha um pedaço extra e – ele manteve o olhar baixo enquanto o enrolava no meu quarto dedo e fazia um lacinho – você não tem que guardar.

– Eu não pensei nisso – comecei, balançando a cabeça como se pudesse explicar todos os motivos pelos quais eu não pensara em trazer algo para ele. – Sinto muito.

– Não tem problema – disse ele, ainda ocupado com o barbante.

O juiz de paz olhou entre nós várias vezes antes de continuar.

– Pelos poderes concedidos a mim pelo estado de Rhode Island, fico satisfeito em ser o primeiro a declará-los marido e mulher. Parabéns.

Noah afastou o olhar da minha mão bruscamente e o ergueu ao meu rosto, a expressão tão calma e pétrea quanto a fachada daquele prédio. Eu teria dado tudo para saber no que ele estava pensando.

Em vez disso, puxei a mão da sua e a ergui na posição universal de quem pede uma batida.

Como alguém faria ao se casar de mentirinha.

Após uma pausa em que ele só piscou para minha mão, Noah bateu a palma na minha. Entrelacei os dedos nos dele e ergui nossas mãos unidas como se tivéssemos acabado de ganhar uma partida disputadíssima de pingue-pongue de duplas.

Ele riu baixinho.

– Venha, esposa. Vamos achar algo pra você comer.

———

– ISSO É muito bom – eu elogiei, apontando o garfo na direção do meu prato.

– É bom ou seu único ponto de referência é pudim e pipoca?

Dei outro bocado da salada de verão com tomate e considerei a pergunta de Noah enquanto mastigava.

– É muito bom. E eu não como só pudim e pipoca.

– Ah, é. Não podemos nos esquecer dos salgadinhos de queijo.

– E arroz – eu disse entre mordidas. – Eu requento muito arroz.

Pela janela, Noah olhou para o trânsito na Rua North Main enquanto tamborilava os dedos na toalha.

– Não diga isso pra mim – murmurou ele.

Remexi no cesto de pães.

– Por que não? É a verdade. Não vejo motivos para protegê-lo.

Ele se virou para mim de novo e fechou os dedos num punho. E me ocorreu como ele parecia à vontade naquele restaurante chique. As camisas xadrez e os jeans velhos enganavam, mas aquele homem sabia como pedir uma garrafa de vinho e se misturar com os executivos da hora do almoço. Minha vista desse lado da mesa era imaculada.

– Manhattan deve ter amado você – eu disse.

Ele arqueou uma sobrancelha.

– Em que sentido?

Gesticulei para o terno, a gravata ainda torta.

– Ah, você sabe. De todos os jeitos que Manhattan ama advogados importantes e um terno Tom Ford. – Quando os olhos dele se estreitaram, acrescentei: – Dos melhores jeitos, Noah. Eu juro, os melhores. Aposto que se divertiu muito por lá.

Ele riu baixo.

– Eu não sofri.

– Está me dizendo que vivia nas festas?

Outra risada.

– Não exatamente. Não. Mas as coisas deram bem certo pra mim na cidade. Eu fiz meu estágio com o sócio mais sênior da firma. Ele vinha de uma família agricultora do Maine e odiou seu tempo em Yale assim como eu e...

– Você odiou Yale? Está me zoando? Você sempre quis ir pra lá.

Ele parou, suspirou e escolheu as palavras com cuidado.

– Eu não *odiei* – ele balançou a cabeça e arrastou os dentes pelo lábio inferior –, mas sonhos e realidades raramente se alinham. Enfim, esse sócio resolveu ser meu mentor e fazia questão de me levar a todos os almoços, todos os jantares, todos os eventos em iates e nas casas de praia nos Hamptons, porque de alguma forma essas coisas valiam como horas de trabalho. Foi uma bela educação.

– E você foi contratado por essa firma depois que terminou a faculdade?

– É. – Ele espalmou a mão na toalha e a fechou num punho de novo. – Eu tive sorte com aquele sócio. Ganhei um bônus de contratação que fez vários problemas sumirem. Pegava os melhores casos. Eu não passei um minuto fazendo os trabalhos chatos que costumam sobrar para os associados juniores. E ele ainda me levava para todos os iates e casas de praia. Eu não odiei meu tempo lá.

– E a fazenda? Odeia ela?

– Tenho meus momentos. – Ele assistiu enquanto eu cortava uma fatia enorme de tomate em pedacinhos. – Mas é muito diferente agora comparado com antes.

Antes de o pai dele falecer. Antes de a mãe se mudar. Antes de Gennie ficar sob seus cuidados.

Ele limpou a garganta e se remexeu na cadeira.

– Se você não objetar, vou começar a fazer algumas ligações sobre financiamento para o projeto de Twin Tulip. No meio-tempo, tente pensar na estrutura geral da sua ideia. Quanto mais detalhes, melhor. Eu posso pedir pra alguém transformar num plano de negócios.

– Tudo bem. – Enfiei uma garfada de tomate, muçarela e manjericão na boca. – Tem mais alguma coisa que você precisa de mim agora que nós... – Eu ergui os ombros, o que o fez bufar uma risada baixa. – ... oficialmente perdemos a cabeça?

Ele olhou por cima do ombro e pediu a conta ao garçom.

– Do que mais eu precisaria, Shay?

Corri o dedão pelo meu dedo anelar, traçando o barbante. *Ele não quis fazer uma insinuação. Não quis dizer nada com isso.*

– Não consigo pensar em nada.

EU ESTAVA DE volta na sala nove na manhã seguinte – uma xícara de café gelado do tamanho de um balde suando na mesa em forma de ferradura e um plano de ataque em mãos – quando eles chegaram. Quatro deles, cada um portando o brilho inconfundível de desinteresse adolescente e camisetas azul-ardósia que diziam *Equipe de Laticínios de Estrelinha* no coração.

– O sr. Barden disse pra gente vir aqui e carregar móveis – disse uma das garotas. Ela parecia familiar, mas eu não conseguia me lembrar de onde.

– Onde você quer essas coisas? – perguntou o garoto mais alto. Sua voz estava em algum lugar lá no porão. – Você tem, tipo, um plano de lugares? Podemos organizar as carteiras com base nisso.

– Eu posso arrumar as estantes – disse a outra garota, erguendo uma mão. – Posso só sentar e colocar livros nas prateleiras, certo? Não preciso carregar nada?

– Noah… mandou vocês – eu disse. – Ele mandou vocês pra *cá*?

– É – respondeu o garoto alto. – Não podemos ir embora até terminar, então… – Ele apontou para a sala. – O que você quer que a gente faça?

Quando o choque inicial de receber quatro adolescentes de presente tinha diminuído um pouco, eu disse:

– Vocês são uns anjos, mas não preciso de ajuda. Sério. Mas obrigada por virem.

A garota que eu conhecia sem saber de onde balançou a cabeça.

– O sr. Barden disse que você diria isso e que era pra gente lhe dizer que não é negociável. – Ela pontou pra si mesma. – Como Brady disse, não podemos ir embora até terminar. Eu sou Lillian, aquele é Schultzy e essa é Camille. – Ela enfiou as mãos no short jeans. – Onde a gente começa?

O alto, Brady, enfiou fones de ouvido. O quietão, Schultzy, analisou a sala. Camille acrescentou:

– Se a gente fizer isso, o sr. Barden disse que podemos ter uma folga na sexta à noite e eu não tive uma folga de sexta o verão inteiro. – Ela olhou pro celular. – Realmente não quero trabalhar essa sexta.

Esfreguei um dedão sobre a palma, traçando o ponto onde Noah tinha amarrado um pedaço de barbante no meu dedo menos de 24 horas antes. Aquela aliança estava no peitoril da janela do meu quarto na

Thomas House no momento. Não pareceu certo usá-la hoje, sabendo que eu ia arranjar carteiras e mover estantes. Ela poderia se prender e desfiar em algum lugar e eu não queria isso.

Também não precisava usar uma aliança de casamento porque eu não precisava comunicar que estava casada. Esse era o motivo mais relevante. Não querer estragar a aliança era secundário. Óbvio.

Lillian apontou o tapete enrolado.

– O tapete provavelmente tem que ir primeiro. Onde ele vai ficar?

– Na frente da lousa – eu respondi. Não podia roubar uma noite de sexta-feira daqueles adolescentes, mesmo se eu não soubesse o que pensar sobre Noah os ter mandado para mim.

Era o presente de casamento mais estranho que alguém já recebera. E era tão doce que não consegui parar de sorrir o dia inteiro.

Capítulo 13

Noah

Os alunos serão capazes de negociar sob circunstâncias menos que ideais.

UMA PORTA BATEU.

– Eu quero usar short!

– Então use short – eu gritei escada acima.

Gavetas se abrindo e fechando com força.

– Eu não tenho nenhum!

Deixei a cabeça bater na parede. Não tinha como a manhã piorar. Uma cabra à solta, outro problema de refrigeração na padaria, uma falta de funcionários de último minuto em uma das feiras, e agora uma sobrinha batendo os pés pela casa usando calcinha e um tapa-olho.

– Tem, sim. Estão na sua gaveta. Na de baixo.

Tum, tum, tum.

– Não tô achando!

– Olhe na gaveta de baixo – eu disse. – Vamos, já estamos atrasados. Temos que ir.

– Eu não quero ir – berrou Gennie. – Odeio feiras!

– Tenho certeza de que o *food truck* de limonada vai estar lá. – Eu não estava acima de subornos. Não estava acima de oferecer limonada como café da manhã. Nem um pouco. – E o sr. OJ costuma ir a essa feira. Aposto que ele vai ter um monte de facas pra afiar hoje, mas você não vai ver nenhuma delas se não se vestir e descer aqui.

Houve um momento de silêncio. Esperei que derrubasse alguns móveis ou empurrasse sua caixa de brinquedos escada abaixo, mas ela abriu a porta e apareceu no patamar usando um short e uma camiseta que não combinavam. Não que eu me importasse.

– Só se Shay fizer uma trança chique no meu cabelo.

– Shay? Não sei se ela está acordada, garota. É cedo. – E eu não sabia se minha esposa havia quatro dias gostaria que eu batesse na sua porta às sete horas da manhã de um sábado. Caralho, eu nem conhecia sua rotina de fim de semana. Talvez já estivesse acordada e fora de casa. Talvez ainda estivesse dormindo, sozinha em uma cama enorme com uma camisola amarrotada na cintura e os lençóis enrolados nas pernas e... *porra*, não, eu não podia pensar nisso agora. Tinha lugares aonde ir e problemas para resolver, de novo. – Eu posso tentar. Acho que peguei o jeito desde a última vez que Shay fez uma trança pra você.

Gennie cruzou os braços.

– As suas tranças não ficam bonitas. São frouxas e feias.

– Então um rabo de cavalo – eu disse. – Isso eu consigo.

– Trança. Chique.

– Gen, não temos tempo pra isso. – Ela me encarou, os olhos duros e o cabelo todo emaranhado. Eu levaria vinte minutos para lidar com isso. Sabia que era errado ceder às demandas desse terrorzinho, mas não sabia o que mais fazer. Precisava trabalhar nessa feira e não tinha tempo pra ficar discutindo. Peguei o celular e mandei uma mensagem rápida a Shay falando a ela para nos esperar em cinco minutos. – Tudo bem. Iremos visitá-la. Se Shay não aparecer na porta, vamos embora. Não podemos acordar ela. Tá bom?

Gennie assentiu.

– Justo.

Eu fiz um gesto para ela descer a escada.

– Então, vamos. Você pode pôr suas meias e sapatos na camionete. Venha.

Shay não respondeu à minha mensagem durante o curto trajeto até Twin Tulip. Isso me deixou parado na sua varanda, olhando entre meu celular e as janelas de cada lado das portas duplas da frente. Eu não conseguia decidir se queria ver o brilho do seu cabelo cor de morango através da janela. Quer dizer, eu queria vê-la. Eu sempre queria vê-la. Mas não sabia o que fazer com o corpo ou como produzir palavras quando estava com ela, e não conseguia reprimir o sussurro na cabeça que nunca deixava de dizer: *essa é sua esposa.*

Quando ela veio em casa na quarta-feira para estudar com Gennie, eu estava preso no telefone com um fornecedor de equipamentos e só consegui acenar quando ela foi embora no final da tarde. Nem tive chance de convencê-la a ficar para o jantar. E Wheatie e eu passamos a maior parte da tarde anterior planejando melhorias na operação das cabras – das quais precisávamos desesperadamente, se a fugitiva dessa manhã era um indício – e eu tinha perdido a noção do tempo. Shay já tinha arrumado suas coisas e ido embora quando cheguei em casa. Ela tinha que falar com Emme sobre planos de aula para o segundo ano, ou algo assim, e não pôde ficar.

Então, estávamos casados, mas raramente nos víamos e quase não nos falávamos. Nós dois queríamos que fosse assim, e tinha que ser assim, mas isso não me deixava menos incomodado. Eu tinha a forte impressão de que as coisas deveriam ser diferentes – de que *eu* deveria ser diferente – e seguir com minha vida de cabras perdidas e sobrinha dando chiliques como sempre era como andar por aí com uma pedra no sapato.

– Não é pra bater – disse Gennie. – É pra gente entrar.

Eu olhei para ela.

– Não acho que essa orientação se aplique às manhãs de final de semana.

Ela me deu uma mistura de revirar de olhos e erguer de ombros que pressagiava uma linguagem pré-adolescente que eu ainda não estava preparado para ouvir dela.

– Ela me disse que eu podia entrar quando quisesse. Que eu sempre sou bem-vinda aqui e nunca tinha que bater ou tocar a campainha.

Eu apontei para a porta.

– Vá em frente. Mostre pra mim como se faz.

Presumi que a porta estaria fechada, porque era cedo demais para qualquer um que não fosse fazendeiro ou doido estar em pé, mas Gennie virou a maçaneta e entrou tranquilamente na casa.

– Vamos – disse ela, acenando para eu seguir. – A gente não tá atrasado e com uma pressa do caralho?

– Ai, Jesus – murmurei. Segui minha sobrinha, fechando a porta de carvalho pesada atrás de mim. Paramos na entrada, olhando para as salas de estar dos dois lados. Estavam vazias, exceto por alguns tapetes velhos e um ou outro móvel antigo. A sacola de livros de Shay estava na base das escadas, com um par de sandálias no degrau de cima.

– Shay! Você pode arrumar meu cabelo? – gritou Gennie.

Não houve resposta.

– Oi? – chamei, me aproximando da escada.

– Ela pode não estar em casa.

– O carro dela está lá fora – respondi.

– Ela pode ter saído pra dar uma volta. Ela dá voltas e escuta audiolivros.

Olhei para Gennie. Como essa menina sabia tudo sobre minha esposa, enquanto eu só sabia que ela gostava de pão e brincos extravagantes?

– Se é o caso, a gente devia… – Alguma coisa caiu nos fundos da casa, seguida por um gritinho. *Que porra foi isso?* Estendi uma mão e disse: – Fique bem aqui. Não se mova. Nem um músculo. Entendeu?

– *Aye, aye,* capitão.

Corri pelo corredor, abrindo portas e olhando dentro dos cômodos enquanto seguia em frente. Eu não entrava na Thomas House em anos, e desde então tinha me esquecido do caos *duplicado* do lugar. Tantas portas. Tanto pequenos corredores. Era ridículo.

Quando ouvi outra batida, meu coração se enterrou fundo nas minhas entranhas e eu só consegui pensar em *encontre-a, encontre-a agora*. Abri a porta mais próxima à força, preparado para encontrar Shay presa sob um teto desabado ou uma montanha de caixas caídas.

Não foi assim que a encontrei.

Ela estava curvada sobre a borda de uma banheira de ferro fundido antiga, com uma escova de limpeza na mão, a bunda para cima e completamente nua.

Shay.

Nua.

Na minha frente.

E não era o resquício de um sonho. Era real. Essa era minha realidade, nesse momento. Sabia que era real porque a névoa de um banho recente enchia o pequeno banheiro, misturando-se com o toque agudo de produtos de limpeza. Meus sonhos nunca tinham aroma de limão.

O cabelo dela estava enrolado numa toalha e sua bunda perfeita em formato de coração me olhou de volta enquanto ela esfregava a banheira como se estivesse tentando encobrir um crime.

Que porra é essa?

Devo ter falado em voz alta, porque Shay olhou por cima do ombro e imediatamente gritou. Ela se apressou em puxar a cortina da banheira ao seu redor enquanto eu fiquei parado lá – chocado e indefeso demais diante de toda aquela pele abundante e gloriosa para deixá-la sozinha de novo – e virei os olhos para o teto.

– Desculpe – eu disse. – A gente bateu. Entramos e chamamos você. Aí eu ouvi algo caindo e pareceu ruim e…

– Eu não ouvi vocês – disse ela, ainda ofegante. – Estava com fones.

– Sinto muito. Eu não... quer dizer, não vi nada.

Uma risada trêmula escapou dela.

– Duvido seriamente disso, Noah.

Eu não sabia como responder. A verdade era que a lembrança de sua bunda grande ia assombrar meus descendentes pelos próximos mil anos, e eu não tinha o menor desejo de me desculpar por isso. Ia me assombrar também. Pior, eu tinha que passar a manhã vendendo geleia e não tinha um único minuto livre para fechar o punho ao redor do meu pau e me entregar a essas lembranças. No melhor dos casos, ia ter que andar por aí com essa visão na cabeça por mais dezoito horas antes de conseguir um pouco de privacidade e utilizar a memória, o que era um tipo terrível, *terrível* de tortura.

Engoli todas as palavras que surgiram na cabeça. Não era o lugar para nenhuma delas.

– Gennie queria uma trança chique – consegui dizer. – Obviamente não é um momento, então...

– Me dê cinco minutos. Pode ser?

– Você não tem que fazer isso.

– Eu sei. – Outra risada trêmula. – Não ligo. Só me dê cinco minutos. Eu o encontro lá fora.

Era minha deixa para sair. Eu sabia disso, mas não me mexi. Mesmo enquanto encarava o teto fixamente, a forma dela permanecia na minha visão periférica. A cortina a protegia de vista, mas agora sabia como era sua pele nua e não conseguia parar de pensar nisso. Mais do que tudo, queria ficar ali e manter vigia.

– Eu ouvi alguma coisa cair – eu disse. – Pareceu que você tinha se machucado.

– Eu derrubei tudo que tinha aqui. Xampu, condicionador, touca de cabelo, gel de ducha e sabonete de rosto. Mas estou bem. Tomei um susto. Só isso. Não se preocupe.

Assenti para o teto.

– Entendi. Certo. – Eu não conseguia parar de assentir. – Vamos só...
estaremos lá fora.

Saí no corredor e fechei a porta. Inspirei tão fundo que minhas costelas doeram. Soltei todo o ar até ver estrelas. Nada disso aliviou a dor
pulsando dentro de mim. Dentro do meu jeans.

Voltei à entrada e encontrei Gennie exatamente onde a tinha deixado.

– Lá fora – eu disse, apontando para a porta. – Vamos esperar Shay
lá fora.

Sentamos nos degraus da varanda, Gennie ocupada em desfiar a
bainha da camiseta enquanto eu encarava minhas mãos. Shay emergiu
alguns minutos depois, o cabelo preso num coque molhado e um vestido
florido esvoaçando ao redor dos tornozelos. Eu não tinha certeza, mas
senti que o vestido longo tinha algo a ver comigo entrando no banheiro
enquanto ela estava nua.

Também senti que eu poderia tirar esse vestido por cima da cabeça
dela e jogá-lo no chão em três segundos, mas isso provavelmente não era
a intenção dela.

– Oiê – disse ela a Gennie, mantendo o olhar a quilômetros de mim.
– O que vamos fazer com seu cabelo hoje?

– Noah está me obrigando a ir à feira com ele e preciso de uma trança
chique pra isso – respondeu ela.

Shay se sentou ao lado dela.

– Acho que consigo fazer uma trança chique. Por que não senta no
degrau de baixo para eu alcançar você?

Gennie se acomodou ali e perguntou:

– Você vai na feira?

Por um momento, Shay só soltou os nós no cabelo de Gennie. Então:

– Não tenho certeza. Tenho algumas coisas para fazer hoje de manhã,
então talvez não consiga chegar lá a tempo.

– É num lugar diferente da outra feira – explicou Gennie. – Essa é numa fazenda supervelha. Eu vou tomar limonada gelada no café da manhã. Mas não a de melão. Melão não é para o café da manhã.

– Mount Hope – murmurei. – É a fazenda de que ela está falando.

Shay assentiu enquanto começava a puxar o cabelo de Gennie para fazer a trança.

– Parece muito legal.

– Não é – respondeu Gennie. – Feiras são chatas pra porra.

– Gennie – avisei.

– Mas você devia vir e aí não vai ser chato – continuou ela. – E posso mostrar as ovelhas que moram lá na fazenda pra você e o laguinho dos patos também. E tem uma barraca onde vendem um monte de pães torcidos. Noah ainda não sabe como fazer eles.

– *Babka* – eu disse.

– E a Pintadinha escapou da casa das cabras hoje de manhã – acrescentou Gennie.

– Essas cabras – disse Shay. – Sempre se metendo em problemas. – Ela tirou um elástico do pulso e o prendeu ao redor da ponta da trança. – Você está chique e trançada, meu amor. Gostou?

Gennie correu a palma sobre a trança, o rosto se iluminando.

– Amei! – disse ela, jogando-se contra Shay. – Posso ir ver as fadas? Vou rapidinho.

Eu assenti.

– Vá em frente. – Já estávamos atrasados. Mais cinco minutos não importavam. Quando Gennie saiu de vista, juntei as mãos entre os joelhos e disse: – Sinto muito. Mesmo.

– Eu que deveria pedir desculpas – disse ela, ainda evitando meus olhos. – Fui eu que disse pra vocês só entrarem.

– Duvido que tivesse pensado em algo assim.

– É verdade – disse ela, rindo. – Essa é uma avaliação bem precisa.

– Posso perguntar – comecei, com o maior cuidado possível – por que você estava lavando a banheira...

– Sem roupas? Nua? Totalmente pelada? O que funciona melhor pra você?

Coloquei a cabeça nas mãos, porque tudo o que podia ver era seu corpo despido e estava tentando fazer a coisa certa. Tentando ser respeitoso. Jogar a palavra *nua* por aí não ajudou.

– Sinceramente, Shay, não faço ideia.

– Então, é o seguinte. – Pelo canto do olho, eu a vi abrir as mãos do jeito que fazia quando tinha uma história para contar. – Eu nunca me lembro de lavar o banheiro até estar *no* banheiro. Decido que não posso viver mais um minuto sem tirar as manchas da banheira porque estou vendo elas agora, e no instante em que deixo o banheiro elas desaparecem da minha consciência. Então eu termino meu banho e ponho mãos à obra. Nada melhor do que o presente, certo? E é assim que eu termino de quatro, pelada, esfregando a banheira. – Quando não respondi, ela acrescentou: – Tenho quase certeza de que todo mundo faz isso. Pelo menos quem vive sozinho.

– Eu... eu não sei se é verdade.

– Talvez não – disse ela. – Eu o traumatizei? – Ela olhou pra mim. – Eu o traumatizei. Ai, meu Deus. Você viu meu cu e agora está traumatizado. – Ela começou a gargalhar, se inclinando contra mim enquanto seu corpo se sacudia. – Você vai ter que queimar da memória essa visão vívida da minha bunda, não vai?

– Como seu marido, não tenho direito a ficar traumatizado – eu respondi. – É a lei.

– É a lei – repetiu ela, a risada ficando histérica. – Acho que é bom estarmos casados agora. Senão, você precisaria de décadas de terapia. Talvez uma breve internação. – Joguei o braço ao redor do ombro dela e a segurei enquanto Shay arquejava de tanto rir. Lágrimas escorriam pelas suas bochechas e precisei de toda minha força para não as enxugar com beijos. – Não acredito que isso aconteceu. Você viu minha bunda inteira, Noah. E só Deus sabe o que mais.

Eu a apertei.

– Eu lhe disse. Não vi nada.

– Você pode mentir pra sua esposa?

– Não sou obrigado a responder a isso. – Enfiei uma mecha solta atrás da orelha dela. Já que era um completo masoquista, disse: – Venha à feira com a gente. Vamos esquecer que isso aconteceu.

Ela passou os dedos sob os olhos e nas bochechas.

– Parece uma ideia terrível. Você vai me dar olhares de esguelha o dia todo e agir como se quisesse pular num vulcão ativo, enquanto o tempo todo tenta bloquear lembranças da minha rotina de esfregar a banheira pelada.

Não sei de onde veio, mas a risada que explodiu de mim foi um rugido alto que pareceu disparar outra rodada de risadinhas-com-soluços de Shay. Eu a apertei com força contra o peito, as lágrimas dela encharcando minha camisa.

Foi assim que Gennie nos encontrou e o que a levou a anunciar:

– Adultos são muito estranhos.

Capítulo 14

Shay

*Os alunos serão capazes de vender geleia
e criar ciúmes.*

FIQUEI SENTADA NO carro por 25 minutos, revezando entre continuar morrendo de vergonha e torcer para as colegas de Jaime não se importarem quando eu me mudasse de volta para a casa delas. Era a única solução inteligente. Eu tinha que voltar pra Boston. Ninguém podia ser pega com a bunda para cima em uma nuvem de produtos de limpeza sem imediatamente se esconder de todos.

Eu começaria do zero – outra vez – e faria isso da segurança do apartamento aconchegante de Jaime. Eu as ajudaria, lavando as roupas de todo mundo e mantendo os armários da cozinha estocados. Organizaria a correspondência e assistiria a novos *realities shows* para saber quais episódios valeriam a pena e quais eram melhor só pular.

Talvez eu fizesse isso. Fosse embora. Ninguém se importaria. Noah iria reparar, mas depois de me ver na posição menos lisonjeadora conhecida à humanidade, acho que apreciaria meu sumiço. Gennie também notaria, assim como a escola, mas me substituiriam em uma ou duas horas. Algum dia, entenderiam que eu não tive escolha.

Porém, em vez de gritar num travesseiro ou preparar minha saída, eu estava estacionada fora da feira de Mount Hope. Até o momento, não tinha conseguido me convencer a entrar – ou a sair correndo dali.

Depois de desperdiçar mais cinco minutos, minha necessidade de café ganhou do meu desejo de fugir.

Eu estava sem pudins – e salgadinhos também – e, embora tivesse uma dúzia de ovos do galinheiro de Noah e Gennie, não gostava de ovos o bastante para comê-los no café da manhã. Eles me lembravam demais de como eu tinha engolido ovos com gema mole e peito de peru insosso no almoço todo dia a fim de caber no meu vestido de noiva. A fim de me tornar menor, menor e menor, até mal conseguir encontrar os fios verdadeiros de mim mesma, que eu tinha abandonado em minha missão para ser perfeita.

Ainda conseguia sentir o gosto do vazio amargo que era me forçar a comer coisas que odiava porque me convencera de que o esforço valia a pena. Que eu podia lidar com isso. Que eu merecia.

Porém, café era minha única esperança naquela manhã, e eu podia ver as barracas e bandeiras de vários vendedores dos quais escolher naquela feira. Sabendo disso, não podia justificar ir embora. Bem, até podia, mas não ia resultar em nada além de fome, e eu não ia mais passar fome nem raiva.

A primeira coisa que notei ao atravessar o campo na direção da feira foi a longa fila na mesa da Estrelinha. Havia pelo menos vinte pessoas esperando na barraca azul-ardósia, o que era considerável, para o padrão desses eventos. Naturalmente, eu baseei essa avaliação em uma única visita a uma feira, mas tinha prestado atenção naquele dia com as garotas. Era observadora.

Peguei um café e um doce, e segui na direção de Estrelinha. Aproximei-me pelo lado, fingindo estar preocupada demais com minha bebida para fazer contato visual com qualquer um.

Mas vi Noah de cara. Ele era um borrão de movimento enquanto desempacotava um caixote de geleia, pegava pão em cestos atrás da mesa, enfiava a mão na caixa térmica para pegar queijo e digitava no sistema de vendas. Seu boné escondia os olhos, mas uma careta tensa retorcia seus lábios. Gennie tinha o tapa-olho erguido na testa como se escondesse um terceiro olho. Ela estava ocupada organizando os potes que Noah tinha posto na mesa.

Em geral, eles tinham mais ajuda. E definitivamente precisavam de ajuda agora.

Sem pensar muito, fui depressa até a mesa, acenando para chamar atenção de Noah. Ele não reparou. Estava ocupado com o tablet, que não parecia estar funcionando como gostaria, e um cliente que não parecia feliz com a falta de geleia de framboesa sem sementes.

Parei atrás da mesa e disse:

– Ei, me ponha pra trabalhar.

Ele observou enquanto eu abaixava meu café e meu doce, enxugava as mãos na saia do vestido e rapidamente analisava a organização das coisas. Por um segundo, pareceu que estava preparado para discutir e me mandar para a feira enquanto sofria ali. Mas então percebeu que isso seria absurdo e disse:

– Vamos fazer duas filas. Gennie cuida das vendas pra você. Está tudo etiquetado. Não é difícil, é só que… – Ele olhou para a fila. – Geralmente não fica tão insano assim.

Gennie veio saltitando até mim com um caixote de leite vazio nas mãos. Ela assumiu seu posto atrás do segundo tablet e disse:

– Vou ensinar você, maruja.

E, assim, mergulhamos no mundo louco de trabalhar na mesa mais popular da feira.

Não demorou muito para termos a fila sob controle, mas as pessoas nunca paravam de chegar. Também nunca paravam de pedir framboesa sem semente ou geleia de morango. Na verdade, pareciam encarar como uma ofensa pessoal que ambos os sabores tivessem esgotado na primeira hora.

– É sempre assim? – perguntei a Noah entre um cliente e outro.

Com o olhar no tablet, ele respondeu:

– Essa é sempre movimentada. Em geral, temos quatro pessoas na mesa, mas tivemos uns problemas esta manhã. – Ele ergueu os olhos e apontou para os potes de geleia na minha frente. – Onde foi parar toda a amora com tomilho?

Eu acenei para Gennie.

– A gente vendeu.

– Tem certeza?

– Aham. Tenho. – Eu ri.

– Nunca vendemos tanto de amora com tomilho. – Ele estreitou os olhos e me examinou atentamente. – Como está fazendo isso? Qual é o seu segredo?

Cruzei os braços.

– Não tem segredo. Eu só falo pra todo mundo que é minha preferida. É mais fácil do que lidar com a fúria por causa da framboesa. Falando nisso, por que você não tem mais framboesa se é a favorita dos fãs?

– Porque só temos uma quantidade limitada de framboesas, Shay. – Arqueando uma sobrancelha, ele perguntou: – Você já provou a de amora com tomilho?

– Não, mas eles não precisam saber disso. – Dei de ombros e acrescentei: – Tenho certeza de que você também conseguiria, se tentasse.

Ele encostou o quadril na mesa.

– No que está pensando?

Inclinei a cabeça na direção das geleias de amora com tomilho.

– Escolha seu azarão preferido. Eu vou ficar com o meu. Vamos ver quem vende mais.

– O que o vencedor ganha? – Ele olhou para a onda de clientes que vinha em direção à barraca.

– Além de orgulho? O direito de se gabar? – Bati um dedo nos lábios. – Fica a critério do vencedor.

– Ah, isso é perigoso. – Ele examinou os caixotes atrás da mesa. – Eu vou escolher… humm. Que tal morango com nectarina?

– Esse é seu azarão?

– Aham. Nectarinas parecem, sei lá, exóticas. Não são tão familiares quanto ameixas ou tão populares quanto pêssegos. A gente recebe muitos puristas de morango que nem querem ouvir sobre geleias misturadas. Eu só faço porque a nectarina adiciona uma dimensão incrível ao morango. Vivo esperando que as pessoas descubram isso.

– Certo. – Eu dei um único aceno confiante. – Vamos nessa.

No começo, encaramos a competição com maturidade. Redirecionamos pedidos de morango e framboesa com eficiência gentil e elogiamos nossas respectivas geleias como se fossem nossos primogênitos. Mas mantivemos as coisas limpas. Honestas. Do jeito que uma competição de venda de geleia entre pessoas posando como marido e esposa deveria ser feita.

Mas então eu dei uma boa olhada nas pessoas na fila de Noah. A clientela lá claramente tendia para o feminino. Os casais, as famílias e as pessoas que não exigiam um pedaço de mau caminho com sua geleia vinham para a minha seção da fila. E poucas delas desperdiçavam seu tempo flertando comigo.

Poucas, mas não zero.

Do outro lado da fila, o flerte estava ligado no máximo. Toda vez que Noah mencionava selecionar pessoalmente as nectarinas que iam em cada lote de geleia, ou como os morangos eram seus bebês de primavera, cultivados a partir de brotos em sua estufa, as clientes se aproximavam um pouco, tocavam o braço ou o pulso dele e suspiravam com risadinhas que diziam *minha calcinha está no meu bolso e eu ficaria feliz de me curvar sobre essa mesa agora mesmo.*

Algo quente explodiu no meu peito quando uma mulher se inclinou tanto enquanto examinava os potes que eu não tive que supor se ela estava usando sutiã ou não.

– Essa é outra das minhas favoritas – eu disse, chegando perto de Noah. Abaixei a cabeça contra o bíceps dele e corri uma mão pelas suas costas. As orelhas dele estavam vermelhas. – Fica ótima com um pouco de queijo de cabra também. Já provou? Queijo, um pouco de geleia e um pão crocante? É um momento superprovençal.

A mulher olhou entre Noah e eu, parando no ponto onde eu usava o braço dele como travesseiro. Ela se endireitou e disse:

– Hãããã, não, ainda não provei. Parece... ótimo.

– Vou pegar algumas pra você.

Quando me virei para a caixa térmica, Noah deixou os dedos descerem pelo meu braço.

– Obrigado – disse ele, suavemente.

Quando aquela mulher se foi, comecei a me esforçar mais em ficar de olho nas clientes de Noah. A maioria batia os cílios para ele e se derretia a cada recomendação, mas eu não ligava pra isso. Ele era um ótimo fazendeiro e merecia a atenção, embora não parecesse saber o que fazer com ela, mesmo se estivesse vendendo todo seu estoque de morango com nectarina. Suas orelhas ainda estavam queimando e as bochechas estavam coradas não só pelo calor.

Era fofo. Meu marido, uma gracinha.

– Vocês fazem a geleia pessoalmente? – perguntou meu próximo cliente.

Sorri para ele enquanto mostrava a Gennie as etiquetas dos potes que o cliente tinha selecionado.

– Eu não, mas participo do controle de qualidade. Nenhum lote passa sem ser experimentado por mim.

O que era uma mentirinha inofensiva cá e lá quando se tratava de venda de geleias? Nada.

– Um trabalho importante. – O cliente me deu um sorriso charmoso. Era um pouco mais velho do que eu, devia ter uns 40 e poucos anos, julgando pelas rugas ao redor dos olhos. Seu cabelo era loiro e ondulado, e vestia uma camisa azul fora da bermuda, com mocassins. – Minha mãe adora seus produtos. Toda vez que a visito em New Hampshire, tenho que levar o máximo que posso carregar ou ela não me deixa em paz.

– Sua mãe é uma senhora de sorte – eu disse, embalando os nove potes, incluindo uma de amora com tomilho, que ele tinha escolhido. – Geleia entregue em casa é um belo presente.

– Ela vai enlouquecer quando eu disser que conheci a linda moça da geleia que garante pessoalmente a qualidade de cada lote. Como devo dizer a ela que você se chama?

Rindo, eu disse:

– Você pode dizer que é a Shay que prova todas as… ah!

Noah envolveu um braço na minha cintura e me puxou para junto de si.

– Você pode contar à sua mãe que conheceu o homem que cria as receitas também. Eu sou Noah.

– Ah, certo, legal – respondeu o cliente, os olhos arregalados com a descoberta de que a linda moça da geleia pertencia ao emburrado homem da geleia.

– Vai ficar um três cinco vírgula zero zero – anunciou Gennie.

Atrapalhando-se para pegar a carteira, ele disse:

Certo. Obrigado. Aqui está. – Gennie enfiou o cartão dele na máquina enquanto ele olhava para Noah e eu outra vez. – Minha mãe vai ficar encantada de saber que eu conheci, hã, o casal por trás das Fazendas Estrelinha. – Quando Gennie devolveu o cartão e virou a tela para ele, o homem acrescentou: – A família inteira, até.

– Mande um abraço para ela – disse Noah.

Soou como um "Vá se foder".

Ele manteve o braço ao redor da minha cintura, os dedos abertos na pochete da minha barriga, enquanto o cliente se afastava da mesa. Apontei para os potes com o tecido xadrez roxo ao redor da tampa, cada um amarrado com barbante.

– Mais quatro de amora.

– Você está ganhando por três – disse ele –, mas temos mais uma hora até o fim da feira. Ainda não está decidido.

– Já pensou no que vai querer se ganhar? – Eu me desvencilhei do braço dele e dei um sorriso travesso. – Eu sei o que vou escolher.

Ele correu os olhos sobre meu longo vestido fino. Era como um lençol com alças, completamente sem forma e muito mais confortável do que lisonjeiro. Resisti à vontade de me remexer ou pôr as mãos nos quadris para criar a ilusão de uma silhueta de ampulheta escondendo-se sob as ondas do tecido.

– Tenho algumas ideias. O que você decidiu?

– Bem, como já tive um quarteto de vendedores de sorvete arrumando minha sala de aula, eu gostaria de ajuda para cuidar do campo de tulipas de Lollie. Nem sei por onde começar. – Eu cedi ao impulso de perder tempo mexendo no vestido. – Obrigada por mandar os ajudantes, por sinal.

– Eles cuidaram de tudo? Não era para irem embora até estar terminado. Eu lhe dei um olhar interrogativo.

– Isso é legal?

– Legal o suficiente – respondeu ele.

– Eles fizeram um ótimo trabalho. Obrigada. Sério. Foi de grande ajuda. Espero que tenham ganhado a noite de sexta-feira.

Ele esfregou a nuca. Fazia muito isso. Eu não sabia se era um tique nervoso ou se realmente precisava de uma boa esfregada. Não que eu estivesse oferecendo nada do tipo. Era só... uma observação.

– Eles ganharam a noite de sexta. – Ele deu um olhar de soslaio na minha direção. – Ouvi que você deu pizza pra eles.

– Claro que dei pizza pra eles! Eles carregaram todos os móveis na minha sala de aula! As meninas organizaram as estantes e começaram a montar meus quadros de aviso. Eles ficaram lá três horas inteiras. E são crianças em crescimento.

Noah riu.

– Fico feliz que fizeram um trabalho decente, mas não deixe Schultzy enganá-la. Ele não está em crescimento. É só um buraco sem fundo.

– As garotas comeram uma pizza inteira sozinhas.

– Outros buracos sem fundo. Camille leva uma colher aos contêineres de sorvete vazios e raspa os restinhos no final da noite. Ela não joga fora nenhum dos barris de vinte litros até estar completamente limpo.

Trocamos um sorriso, então eu disse:

– Eu aprecio mesmo, Noah. Foi de grande ajuda. Obrigada.

– Não foi nada. – Ele pareceu que ia continuar, mas então murmurou um palavrão e revirou os olhos. – Fique à vontade para interromper a conversa por vir falando de queijo de cabra e atmosfera provençal – murmurou ele.

Segui seu olhar na direção de um homem usando short xadrez de cores absurdamente fortes e uma camisa polo tão amarela que poderia ter sido o Sol. O homem seguia direto para nós.

– Por quê? O que está acontecendo?

– Câmara Regional de Comércio – disse Noah, baixinho. – Ele mora em Amizade também. Sempre tem alguma iniciativa nova que quer tirar do papel ou um evento que precisa de patrocinadores. Nunca tem um pessoal ou financiamento adequado. E não é ótimo em aceitar não como resposta. – Ele olhou de relance para meu café gelado. Um centímetro de água do gelo derretido apoiava-se no topo da bebida. – E me diga que você comeu mais do que um pudim hoje.

– Não é nada com que você tenha que se preocupar. – Eu acenei para que ele voltasse à sua ponta da mesa enquanto outro cliente se aproximava.

Fiz meu melhor para ouvir a conversa de Noah com o homem da camisa polo enquanto ajudava outra pequena onda de clientes. Estava quase no final do meu estoque de amora com tomilho. A vitória estava à vista.

– Estou propondo uma feira de verão – dizia o sujeito. – No começo da estação. Junho, provavelmente. Mas preciso do envolvimento de um nome grande pra que saia do papel.

– Parece ótimo – disse Noah, os braços cruzados e a mandíbula rígida. – Você pode contatar minha equipe de marketing para…

– Você não pode só me passar pra garotinha que cuida das suas contas de mídia social, Barden. Sabe que não é assim que seu pai fazia as coisas, e por bons motivos.

Eu tinha certeza de que ouvi dedos estalarem, embora talvez fossem seus dentes.

– Marina é uma profissional de marketing. Ela é melhor nessas coisas do que eu e tem a paciência pra isso, que é um talento que eu não possuo.

O homem pareceu ignorar tudo isso.

– Agora, se eu puder entrar em contato com os garotos das ostras…

– Eles não participam de feiras agrícolas.

– Mas essa vai ser uma feira de rua. Completamente diferente.

– Você vai precisar convencê-los disso – respondeu Noah.

O sujeito recuou como se magoado pela resposta.

– As coisas realmente mudaram – murmurou ele.

– Provavelmente para o melhor, sim.

Os ombros do homem caíram ainda mais.

– Bem, eu entrarei em contato. Obrigado pela conversa.

Nem trinta segundos se passaram desde que aquele sujeito focou sua atenção no vendedor de *babka* quando uma mulher chegou apressada à mesa dizendo:

– Normalmente não o vejo aqui, Noah Barden. A que devemos o prazer?

Noah ergueu a mão à nuca outra vez.

– Mudança na agenda – respondeu ele. – Eu vou aonde quer que me mandem.

– Que bom que o mandaram aqui hoje. – Ela tirou o chapéu *bucket* verde-menta e o apoiou em cima dos produtos no seu carrinho compacto. – Vamos começar um novo programa com os centros de idosos da Baía de Narragansett. Refeições prontas para os pacientes internados. Queríamos preparar as coisas em Middletown ou North Kingstown, mas não conseguimos achar uma cozinha comercial grande o suficiente para o volume de que a gente precisa. Então me lembrei de que você tem uma cozinha novinha lá em Estrelinha. Tem algum dia que poderíamos ir preparar as refeições lá? Precisaríamos de quatro ou cinco horas por semana. Prometo que limparíamos tudo. Seríamos os convidados perfeitos. – Quando ele não respondeu imediatamente, ela continuou: – É por uma boa causa. Alguns desses idosos não têm muito. Ninguém está cuidando deles. É de partir o coração, na verdade. Pelo menos a reverenda tem sua tia para fazer companhia para ela. Algumas dessas pessoas não têm ninguém.

– Eu sei disso – retrucou ele, parecendo ter dificuldade em soar sereno. – Mas não posso me comprometer com nada antes de falar com a gerente da padaria.

– Ah, não vamos atrapalhá-la.

– Temos uma produção noturna para nossos pães e uma produção diurna em tempo integral para todo o resto. Não sei lhe dizer de cabeça quando, ou *se*, teremos cinco horas de tempo livre disponível. – Ele balançou a cabeça. – Tenho que levar a proposta pra fazenda e discutir com Ny antes de poder dar a você qualquer resposta, Winnie.

– Provavelmente a gente consegue em quatro horas – disse ela. – Eu teria que pôr ordem nas tropas, mas é possível. Você pode contar comigo para isso! – Ela abaixou a mão na mesa e se inclinou na direção de Noah. – Quarta-feira é bom pra mim, mas eu consigo de sexta também.

– Winnie, realmente preciso falar com...

– Não podemos ter os idosos passando fome, Noah. Você não quer isso mais do que eu.

Empurrei um par de geleia para a mesa até meu cliente enquanto Gennie processava o pagamento. Aproximando-se de Noah, pressionei o peito contra a lateral dele e estendi a mão para a sra. Winnie Chantagem Emocional.

– Oi. Acho que a gente não se conhece. Eu sou a Shay. Parece que você tem um ótimo plano aí. Sei que a gente adoraria ser parte dele, embora talvez não seja possível lhe dar tudo que precisa para fazer o programa brilhar. E essa é a parte mais importante, Winnie. Você não quer começar e não atingir as alturas que tem em mente. Isso seria desolador. Para todo mundo. – Bati no peito de Noah até ele assentir em concordância. – O que eu posso lhe oferecer hoje é o seguinte: nos envie um e-mail com os detalhes. Todinhos. O que vai precisar: espaço, equipamentos, tempo, tudo, e a gente vai sentar com as pessoas certas para ver o que nós podemos fazer. – Enfiei a mão no bolso de trás de Noah e peguei a carteira dele. Sabia que ele mantinha alguns cartões de visita consigo por causa da última vez que fucei ali. – Aqui tem nosso e-mail. Sei que seu projeto vai ser ótimo, mesmo se não for a gente a lhe ajudar com isso. Você tem uma paixão e posso ver que nada vai impedi-la.

Ela pegou o cartão e nos deu um olhar caloroso e avaliador.

– Vocês formam um belo casal. Noah, você não me contou que tem uma mulher na sua vida. – Antes que Noah pudesse responder, ela continuou: – E estava na hora de ter uma! Demorou, na minha opinião. Você é um rapaz tão bonito agora. Eu me lembro de quando era mais jovem. Uma pequena almôndega!

Noah pareceu murchar e se transformar em pedra ao mesmo tempo. Por motivos que eu ainda não entendia, as pessoas naquela cidade se sentiam muito confortáveis falando dele com grosseria e tinham a audácia de fazer isso na sua cara. Sempre fora assim. Eu ouvira o comentário da almôndega mais vezes do que conseguia contar quando éramos crianças. Que todo mundo sentisse que era aceitável discutir o corpo dele era a coisa mais estranha do mundo pra mim. Nunca faria sentido.

– Você deve adorar que ele está tão em forma agora – disse Winnie pra mim.

– Corpos são temporários e a coisa menos interessante sobre nós. Eles nos carregam enquanto estamos nessa Terra, e não tem nada mais que eu possa pedir do meu corpo do que isso. Eu com certeza não passaria qualquer tempo me preocupando sobre o tamanho ou forma do corpo de outra pessoa. Não quando eu posso me importar com seu coração ou mente, em vez disso. – Dei outra batidinha no peito de Noah. Era melhor do que agarrar aquele chapéu feioso e estapeá-la com ele até que criasse noção. – Tem mais alguma coisa que precise de nós hoje? Eu tenho uma geleia de amora com tomilho maravilhosa que todo mundo está adorando, além de um lote especial de morango com nectarina que não vai durar muito.

– Ah, bem… – Ela olhou para os potes que eu apontei. – Uma de cada. Essa semana eu posso ser um pouco má.

– Se geleia é sua versão de ser má – eu disse, o humor espesso nas palavras –, não precisa ver a minha.

– Vinho não conta, certo? – exclamou ela. – É medicinal.

– Pode apostar que é medicinal – eu disse, pegando o dinheiro dela. – Não se preocupe. Não vou contar pra ninguém, Winnie.

Ela guardou os potes no carrinho de compras.

– Vou mandar o e-mail essa semana. Um prazer conhecer você, Shay. Vocês são um casal tão bonito.

Quando Winnie passou ao próximo vendedor e não conseguia mais ouvir, Gennie disse:

– Eu não gosto dela.

Uma risada alta escapou de Noah, seu peito largo sacudindo sob minha palma.

– Ela tem boas intenções – disse ele, sem fôlego.

– Essa é a pior parte – eu disse. – Quase seria melhor se reconhecesse a toxicidade envolvida nas suas boas ações e supostos elogios.

Com o braço na minha cintura, Noah disse:

– Você foi espetacular. Não sei como faz eles mudarem de ideia sem falar que estão errados, mas a amo. – Ele piscou com força. – Quer dizer, eu amo como lida com as pessoas. Você me salvou duas vezes essa manhã e eu não ligo pra qual geleia vender mais hoje: considere seus campos arados e plantados.

Outra vez, essas palavras fizeram coisas na minha mente. Coisas sujas e depravadas.

Coisas que meu marido com certeza não pretendeu insinuar.

Em vez de pensar mais um segundo nisso, perguntei:

– Com quanta frequência isso acontece? O golpe duplo das emboscadas e chantagens emocionais?

– O tempo todo. – Ele deu um passo para trás e enfiou as mãos nos bolsos. – Existe a expectativa de que eu vivo para resolver os problemas de toda a comunidade. Como se eu quisesse salvar todo mundo só porque meu pai se esgotou fazendo isso. – Ele balançou a cabeça e o peso da questão pareceu sumir dos seus olhos. – Quantos potes de amora você tem aí?

Peguei um deles.

– Só um. E você?

Ele correu os dedos nos potes, dividindo-os por sabor.

– Quem diria – murmurou ele. – Só um também.

– Então nós dois ganhamos.

– Eu já concordei em trabalhar nos seus campos – disse ele. Esse homem. Meu *Deus*. – O que mais quer de mim?

– Eu... não sei.

– E se eu lhe conseguir um tempo com meu empreiteiro? Você pode passar todas as suas ideias sobre o espaço de casamento e ele pode dar o pontapé inicial no projeto.

Assenti enquanto considerava isso. Um empreiteiro parecia um grande passo em tudo aquilo.

– É. Talvez? Não sei. Ainda não temos que nos concentrar nisso. E você? O que quer?

O olhar dele suavizou-se por um segundo. Eu teria perdido se não estivesse observando com atenção.

– Não tem problema. Não preciso de nada.

– Talvez não precise de nada – eu disse –, mas queira alguma coisa.

As orelhas dele ficaram de uma linda cor de tomate.

Gennie falou então:

– Você disse que tinha que fazer algo decente por Shay para compensar ter entrado correndo na casa dela feito um macaco e não ter prestado atenção na porra dos seus modos hoje de manhã. – Ela ajustou o tapa-olho para que pendesse do pescoço. – Disse que teria que levar uma cesta de frutas grande pra caralho. Você disse caralho. Eu não disse isso. Foi você. Mas acho que uma cesta de frutas grande pra caralho é idiota. Ninguém quer uma cesta de frutas.

Noah correu uma mão pelo rosto.

– Socorro.

– O que você sugeriria, Gennie? – perguntei.

Ela bateu os dedos como se estivesse bolando um plano maléfico.

– O playground no parque perto da biblioteca tem um navio pirata.

– Um... um navio pirata? – perguntei.

– É um trepa-trepa – disse Noah. – A arrecadação de fundos pra esse projeto quase sugou a alma do meu corpo uns anos atrás, mas Gen adora aquele lugar.

– Acha que a gente pode ir no *playground* quando terminarmos aqui? – perguntei para ela.

– Essa é sua alternativa a uma cesta de frutas? – perguntou ele. – Como o navio pirata ajudaria Shay?

– Eu gosto muito do navio pirata. Queria ter um navio pirata assim só pra mim. – Ela brincou com a bainha da camiseta listrada em preto e branco. – O *food truck* de limonada gelada também tá sempre lá.

Com o olhar fixo na sobrinha, ele apontou para o outro lado da feira.

– O *food truck* de limonada está bem ali. Não temos que ir ao *playground* para comprar limonada pra você.

– Mas eu tive que trabalhar com a maquininha e tinha gente demais esperando pra você fazer isso sozinho. – Ele deu de ombro. – E talvez a Shay queira me ver subindo até o cesto da gávea. Eu sou superboa em escalar e ficar de vigia. Noah também vai gostar. Ele pode sentar num banco sozinho e não falar com ninguém. É a coisa preferida dele.

Noah e eu nos entreolhamos. Arqueei as sobrancelhas. Ele ergueu um ombro. Eu sorri. Ele abriu um meio sorriso torto.

– Tudo bem, Gennie. Acho que preciso ver esse *playground*.

– Você vai se sentar no banco comigo? – perguntou Noah.

– Não sei – brinquei. – Não quero estragar seu tempo sozinho e silencioso.

Ele passou um braço ao redor dos meus ombros e me puxou contra si.

– Não poderia nem se tentasse.

Capítulo 15

Shay

Os alunos serão capazes de fazer ligações bêbados.

QUANDO A SEGUNDA semana de aulas começou, eu estava cansada, mas me sentindo realmente bem. Meus alunos estavam se lembrando de como era a escola, e eu me lembrando de como era acordar toda manhã e funcionar como uma pessoa normal. Todo mundo na escola era receptivo e solícito e, embora sentisse falta das garotas de Boston, era legal fazer novas amigas entre as professoras.

Ainda assim, eu não sabia o que esperar quando a diretora entrou na minha sala na quarta-feira à tarde, após a aula. Exceto pela primeira manhã, quando me fez algumas perguntas e explicou minhas obrigações, eu não tinha falado muito com Helen Holthouse-Jones. Ela era extrovertida e entusiasmada, e todo mundo a chamava de HoJo, embora eu não conseguisse formar essa coleção de sons sem bufar.

— Como vai, srta. Z? — chamou ela, as diversas chaves e cartões no cordão ao redor do seu pescoço tilintando quando entrou na sala. — Parece que eles ainda não a fizeram sair correndo.

— Não — concordei do meu ponto na mesa de ferradura. — De forma alguma.

Ela assentiu e murmurou "Bom, bom", enquanto olhava para os autorretratos postados no mural de avisos. Veio calmamente até a mesa e puxou uma cadeira.

– E como você está? O que está achando?

– Eles são um ótimo grupo – eu respondi, colocando meu plano de aula para a semana seguinte de lado. – Acho que começamos bem.

Ela cruzou as pernas e remexeu no cordão.

– Você sabe o que está fazendo. As crianças gostam de você, a equipe também. Os pais das outras turmas do segundo ano já estão reclamando que não tiveram uma chance de me azucrinar pra eu colocar os filhos deles na sua turma.

– Ah. Bem. Obrigada.

Ela se encostou na cadeira e juntou as mãos sobre o joelho.

– A história é o seguinte, Shay. Eu não quero perdê-la. Não quero que minha contraparte na escola fundamental de Prudence perceba que eu tenho uma professora veterana trabalhando como substitutiva a longo prazo. – Ela me deu um sorriso conspiratório. – Ela vai lhe roubar bem debaixo do meu nariz.

Eu nunca imaginei que tinha entrado no mundo de alto risco do roubo de professoras.

– Certo – eu disse.

– Adelma Sanzi vai sair em dezembro para substituir um joelho – disse ela. – Ela está dizendo que vai voltar em janeiro, mas duvido que a veremos de novo antes de fevereiro. – Ela me deu um sorriso largo. – O que você acha do terceiro ano?

– Terceiro ano. – Olhei para meus planos de aula. Grace poderia explicar tudo sobre o terceiro ano para mim. Era o único em que ela já dera aula, e jurava que nunca ia deixá-lo porque aquelas crianças e ela se entendiam. Mas... *dezembro*. Parecia a um milhão de anos. E fevereiro. Meu Deus. Era como fazer cálculos avançados na cabeça. Deu pane. Ainda assim, precisava ficar até o verão seguinte se quisesse herdar Twin Tulip. E tinha quase certeza de que eu queria. – Eu amo essa idade.

– Bom, bom. – Helen assentiu. Ela usava tênis de corrida e vestidos envelope todo dia, mantinha o cabelo num tom de vinho levemente artificial, e, se eu tivesse que adivinhar, diria que tinha entre 45 e 60 anos. – Hildi Lazco, da Educação Infantil, vai sair de licença-maternidade. Ela ainda não anunciou e eu sei que não vai falar até junho por causa do jeito caótico com que lidamos com as licenças pagas, mas não voltará até aquela criança estar pronta pra entrar na escola. Sei que o Infantil é sua especialidade e quero você na sala dela ano que vem.

– Ano… que vem. – Eu me engasguei com as palavras.

– É insano falar do próximo ano escolar quando esse ainda está começando, mas pense nisso por mim, tá certo? Bom, bom. A gente se fala de novo antes que Kelli volte, e antes de Adelma sair para a cirurgia. E, se precisar de mim, sabe onde me encontrar. – Ela se ergueu e empurrou a cadeirinha. – Você não precisa tomar nenhuma decisão hoje, mas eu não quero lhe perder, Shay. Bom, bom. Agora, saia daqui enquanto o sol ainda está no céu.

Tentei responder, mas não adiantou. A ideia de trabalhar naquela escola – naquela cidade – no ano seguinte me agarrou como uma mão na garganta. Eu não conseguia respirar, não conseguia pensar. O que tinha começado como um trabalho de substituta de baixo comprometimento estava dando um salto para o futuro com obrigações a longo prazo e posições permanentes.

E o que começara como uma ideia vaga de viver aquele ano na fazenda de Lollie tinha dado um salto para um casamento falso e rascunhos de um plano de negócios.

Houve uma batida baixa. Olhei para a porta e vi Gennie na entrada. Ela acenou, mas deu um olhar desconfiado para Helen.

– Entre – eu disse. Para Helen, expliquei: – Gennie e eu somos vizinhas. Ela pega carona comigo de quarta-feira e aí a gente treina leitura juntas.

Na nossa segunda conversa na mesma quantidade de semanas, Noah e eu decidimos que eu levaria Gennie comigo de segunda e quarta. Desse jeito, ele não precisaria que Gail a encontrasse no ponto de ônibus e me esperasse chegar. Por enquanto, estávamos fazendo uma pausa nas sessões de sexta-feira. Gennie precisava desse tempo para relaxar, agora que estava de volta à escola, mesmo se estivéssemos cautelosamente otimistas sobre esse ano para ela.

Depois de uma pausa, Gennie atravessou a sala depressa e parou ao lado da mesa.

– Oi – sussurrou ela, a voz baixinha enquanto encarava os sapatos.

– Ah, eu não sabia disso – murmurou Helen. – Gennie tem sorte de ter você, srta. Z.

Eu sorri para ela.

– É uma via de mão dupla – respondi. – Tenho sorte de passar um tempo com uma leitora tão radical.

Helen assentiu e foi na direção da porta.

– Pense no ano que vem – cantarolou ela.

– O que ela está falando sobre o ano que vem? – perguntou Gennie. – O que vai acontecer?

Forcei um sorriso, embora ainda sentisse aquela pressão se fechando ao redor da garganta.

– Nada importante. Coisa de professora.

Ela olhou para os papéis e pastas espalhados na mesa.

– Você vai ser professora ano que vem também?

– Eu… eu sempre vou ser professora – eu disse, com cuidado.

Ela correu o dedo na beirada da mesa.

– Vai ser professora aqui?

Eu a observei por um minuto, desejando que encontrasse meus olhos para eu poder ter uma ideia dos seus sentimentos. Ela não me permitiu.

– Não tenho certeza – admiti. – Estou ajudando a sra. Calderon enquanto ela cuida do novo bebê, e vou ajudar algumas outras professoras quando saírem da escola. Não sei quem vai precisar de mim ano que vem. Vamos ter que esperar e descobrir.

Ela entortou a cabeça, os lábios retorcidos como se não gostasse da minha resposta. Então:

– Tá bom. Podemos comer um lanchinho quando chegarmos em casa?

Eu ri.

– Com certeza podemos comer um lanchinho.

– CADÊ MEU apoio de porta? – eu gritei para a entrada dos fundos do *playground*. Um aluno abanou os braços e veio correndo. – Obrigado, Emmanuel. Tudo bem, vamos nos lembrar de andar com calma quando sairmos lá fora.

Enquanto a turma saía em fila, o professor de Educação Física veio até mim. Ele era um rapaz mais jovem, provavelmente com menos de 30 anos, que estava substituindo o professor regular que se recuperava de um acidente de *jet ski*. Eram sempre os professores de Educação Física que sofriam acidentes com seus brinquedos. Nunca víamos um professor de Arte com o braço numa tipoia por ter ido à loucura com algumas tintas a óleo.

– Ei, srta. Z – disse ele, o apito ao redor do pescoço balançando enquanto se aproximava. – Como estamos hoje?

– Tivemos uma ótima manhã, sr. Gagne – eu respondi, modulando a voz do jeito que todos os professores faziam quando queriam lembrar gentilmente os alunos de manter a ordem. – Praticamos nos revezar com os materiais e ficar dentro das nossas bolhas corporais. Tenho certeza de que vamos continuar fazendo isso durante a Educação Física.

– Eu também. Podem ir se sentar nos seus quadrados. – Ele se postou ao meu lado, os pés afastados e os braços cruzados enquanto via as crianças circulando a grade numerada pintada no chão. Para mim, indagou: – Você vem com a gente no *happy hour*, né?

Eu não me lembrava do primeiro nome do sr. Gagne, mas sabia que ele dava aula de lacrosse e alguns outros esportes no Ensino Médio e que substituía professores de Educação Física por todo o distrito escolar, conforme necessário. Ele também falava com a familiaridade de alguém que considerava todos os seus conhecidos amigos íntimos.

– Não pensei muito além do fim das aulas – respondi, com uma risada. Era a pura verdade. As coisas estavam indo bem, mas as primeiras semanas na escola eram sempre uma correria. Na maioria dos dias, eu entrava em casa, me jogava de cara na superfície macia mais próxima e dormia por dez horas consecutivas.

– Vários de nós vamos tomar umas depois das aulas – disse ele. – Topa?

Eu nunca vira um *happy hour* de que não gostasse e já houve uma época em que fui a professora reunindo todo mundo para sair de sexta-feira à tarde, mas só consegui evocar um leve entusiasmo dessa vez. Principalmente porque queria desabar na cama e ficar lá pelas 24 horas seguintes mas também porque o sr. Gagne parecia o tipo de homem que usava as palavras *breja* e *mano* em conversas cotidianas, e eu sabia que não aguentava passar muito tempo com o pessoal das brejas e dos manos. Especialmente quando eram loucos por esportes. Não tínhamos nascido para ser companheiros. Ia contra minha natureza.

– … e alguns professores de língua estrangeira também vão – dizia ele. – Gente fina. Você vai gostar deles. Vou pôr você na minha lista, tá bem? Pode pegar carona comigo e Valdosta. Ela dá aula de vôlei para as meninas.

– Onde o pessoal daqui faz o *happy hour*? – perguntei, tentando sem sucesso pensar num bar da região. Havia um bar de ostras semifamoso na cidade, mas não era um bar para *happy hours*. E era refinado demais para uma saída de professores. – Tem bares na cidade? Eu não conheço nenhum.

Ele riu.

– Não, a gente vai pra uma cidade vizinha. Melhor assim. Sem chances de topar com pais de alunos. – Ele soprou o apito e instruiu os alunos a fazer dez polichinelos. – Vamos – insistiu ele, em tom brincalhão. – A gente não morde. Prometo.

Embora tivesse feito uma lista de motivos por que não era a melhor escolha para mim e pudesse sentir o gosto do arrependimento na boca, eu me vi dizendo:

– Tudo bem. Que horas vocês saem?

CASO ALGUÉM ESTEJA se perguntando, arrependimento tem gosto de gin barato e Sprite fingindo ser tônica.

O arrependimento começou doce, de modos enjoativos e desagradáveis, e o gin queimava o fundo da minha garganta. E então o arrependimento ficou amargo quando tentei cobrir essa doçura com vodca e suco de *cranberry*, mas o gosto adocicado permaneceu.

Pior que esse horror se mascarando de coquetel eram meus arredores. Teto baixo, paredes escuras e uma nuvem constante de umidade com aroma de cerveja faziam esse bar parecer a axila do submundo. Pior ainda, Gagne e Valdosta e todas as pessoas que eu conhecera naquela noite foram embora enquanto eu estava no banheiro.

Circulei o bar duas vezes, passando pela mesa agora vazia onde cerca de uma dúzia de professores estivera reunida nas últimas horas, e parando em cada cabine escura e pista de lançamento de machado. Entrei nos dois banheiros e conferi o estacionamento. O Honda de Gagne não estava em lugar nenhum.

Todo mundo tinha ido embora e se esquecido de mim.

Eu me recusava a considerar a possibilidade de que tivessem me deixado ali intencionalmente. Não podia cogitar isso. Não enquanto o gin e a vodca tinham deixado meus pensamentos lentos e esponjosos.

Desabei no banco do bar, apoiando os braços na superfície por um segundo antes de notar que estava pegajosa. O *bartender* se aproximou e pôs um porta-copos na minha frente. Ele era fofo, do jeito que rapazes magrelos com barba comprida eram fofos.

– O que vai querer?

Apontando para a mesa coberta de jarros de cerveja, copos e bandejas dizimadas de asinhas de frango, perguntei:

– Você sabe onde foi aquele grupo?

Ele olhou rapidamente por cima do meu ombro e negou com a cabeça.

– Cheguei aqui faz poucos minutos.

– Não tem problema – respondi, embora houvesse muitos problemas. – Pode me dar uma vodca com *cranberry*?

Eu não precisava de outra bebida. Não precisava das últimas duas também, mas as conversas estavam fluindo e foi fácil pedir outra dose e então mais uma. Embora o grupo não tivesse meu tipo de conversa preferido – muitas brejas, manos e esportes, como eu tinha previsto –, era divertido estar com pessoas e compartilhar as dificuldades do retorno às aulas.

Lágrimas arderam em meus olhos quando pensei que tinha conversado e rido com o grupo a noite toda, só para pagarem a conta e irem embora enquanto eu estava longe da mesa. De todas as coisas ridículas que tinham acontecido comigo em banheiros no mês passado, desde a mulher que me ouviu mijar até Noah aprendendo a topografia da minha bunda, essa era a mais difícil. Eu não queria chorar por causa de meros conhecidos, mas sabia que nunca deixaria isso acontecer com nenhum mero conhecido meu.

O *bartender* pôs a bebida à minha frente, mas não toquei nela. Em vez disso, peguei o celular e entrei num aplicativo de transporte. Acabei abrindo e fechando o app cinco vezes, presumindo que aquele cantinho gosmento do inferno não tinha a melhor conexão à internet, antes de perceber que a falta de carros na tela não era uma falha técnica.

Não, havia um único carro disponível na área, e a estimativa de chegada era entre 45 e sessenta minutos. Pedi o carro e encarei a tela por um momento, esperando a confirmação. Não veio.

– Eu podia estar na cama – murmurei pra mim mesma. – Em vez de ter discutido o drama mais recente no time feminino de vôlei a noite toda.

Abri minhas mensagens de texto, passando por Jaime, Audrey, Grace e Emme. Mesmo se quisessem me ajudar, estavam entre quarenta e cinco e sessenta minutos de distância. Parei em Noah. A gente não trocava muitas mensagens. Quer dizer, nem conversávamos tanto. Em parte por causa das mudanças na agenda de Gennie e do começo das aulas. A outra parte era que ainda não tínhamos definido nosso relacionamento.

Não que tivéssemos um relacionamento.

Éramos casados, mas isso era uma tecnicalidade.

E éramos amigos, mas mais o tipo de velhos amigos que não sabiam como retomar as coisas de onde as tinham deixado. Havia momentos em que caíamos direto na velha familiaridade, e esses eram os melhore momentos. Sentia que tinha meu amigo de volta. Mas havia momentos em que tropeçávamos um no outro e não conseguíamos achar o caminho através do tempo e dos mal-entendidos.

Digitei o nome dele e li a última mensagem que ele tinha mandado. Era de quarta-feira, dizendo que estava alguns minutos atrasado na fazenda leiteira, e será que eu me incomodaria em ficar com Gennie mais um pouco? Claro que não.

Comecei a digitar.

Shay: Por que carros de *app* são inexistentes nessa parte do mundo?

Shay: Só acho que é muito rude eu ter que esperar 45-60 minutos por uma carona.

Shay: Você fica me dizendo que essa cidade mudou, mas onde estão os carros, porra? E a entrega de comida? Ainda estamos num fim de mundo, na minha opinião.

Noah: Onde você está agora?

Shay: Não sei.

Noah: Preciso que faça melhor que isso. Onde caralhos você tá agora?

Shay: Num bar com balcões grudentos e lançamento de machado.

Noah: Você andou bebendo?

Shay: Só um pouquinho.

Noah: Defina um pouquinho.

Shay: Eu comecei com gim e tônica, mas era horroroso, então passei pra vodca com *cranberry* porque até os bares mais nojentos não têm como errar isso.

Noah: E não faz ideia de onde está?

Shay: Nenhuma.

Noah: Como chegou aí?

Shay: Com um professor de lacrosse.

Noah: Você pode perguntar o nome do bar pra alguém? Ou procurar uma placa?

ACENEI PARA O *bartender*.

– Qual é o nome desse lugar?

Ele sorriu enquanto olhava para meus brincos de folha de bordo e meu vestido chemise azul-marinho.

– Billy's – respondeu. – É assim que todo mundo chama. Oficialmente, é Woodchuckers. – Ele apontou para as pistas de lançamento de machado, que davam nome ao lugar. – Topa uma rodada?

– Humm. – Balancei a cabeça. – Talvez mais tarde.

– Grite se mudar de ideia – disse ele, se afastando. – Eu lhe arranjo um machado.

Shay: O bartender fofo disse que é Billy's mas também Woodchuckers.

Shay: Ele disse que eu posso lançar uns machados se quiser. Ele vai me arranjar um machado.

Noah: Diga ao bartender que você é casada.

Shay: Só sou um pouquinho casada.

Noah: Do mesmo jeito que só está um pouquinho bêbada?

Shay: Agora isso aqui tá dizendo que meu carro só chega em 75 minutos. Isso é uma palhaçada.

Shay: Só leva 75 minutos pra chegar em algum lugar em Rhode Island se você estiver vindo de Massachusetts.

Noah: Cancele o carro. Estarei aí em 20 minutos.

Shay: Você não tem que me buscar.

Noah: Não muda o fato de que estou indo.

Noah: Fique onde está. Beba um pouco de água. Não toque em machados.

Noah: Ou bartenders.

Capítulo 16

Noah

Os alunos serão capazes de impor limites e fazer ultimatos.

EU PODIA OUVIR minha pressão sanguínea nos ouvidos quando parei no estacionamento.

Minha esposa.

Num bar.

Com um treinador de lacrosse.

E um bartender fofo.

Além da porra de uns machados.

Meus faróis iluminaram um prédio dilapidado que mal podia ser chamado de espelunca, e não pela primeira – ou quadragésima – vez naquela noite, eu me perguntei por que caralhos Shay estava ali. Desliguei o motor do carro e entrei batendo os pés, quase arrancando a porta das suas dobradiças. Não me importava se estava sendo um urso. Não mesmo.

Shay estava sentada no bar, a cabeça apoiada na palma virada de uma das mãos e um copo meio vazio de alguma coisa rosa à sua frente. Sua jaqueta jeans estava ao contrário, e seus lábios estavam apertados em uma careta profunda que dava a impressão de que ela estava prestes a irromper em lágrimas.

Eu queria segurá-la, abraçá-la apertado e prometer que tornaria tudo melhor.

Também queria torcer seu lindo pescocinho.

Parando ao lado do banco dela, eu disse:

– Pensei que você estava exagerando. – Olhei ao redor. – Estava errado.

Ela ergueu o rosto para mim, os olhos vermelhos e vidrados, a maquiagem manchada nas bochechas.

– Como você chegou aqui tão rápido? – Ela pegou o celular e viu a hora. – Falei com você só a quinze minutos atrás. Espere. Dezesseis.

É porque minha esposa estava sozinha e magoada em um bar estranho e limites de velocidade não se aplicam a essas situações.

– Você se esqueceu de que conheço todos os atalhos aqui no fim do mundo. – Ela me viu acenar para o assim chamado "bartender fofo" e entregar dinheiro pra ele. – Isso cobre o dela? – perguntei.

Ele arqueou uma sobrancelha para as duas notas de vinte.

– Aham. Tudo certo.

Passei um braço ao redor da cintura de Shay e a ajudei a se levantar da banqueta.

– Vamos – eu disse. – Você vai explicar essa situação pra mim na camionete.

– Não tem nada pra *explicar* – respondeu ela, com a voz arrastada, enquanto saíamos para o frescor do ar noturno. – Essa parte do mundo não sabe fazer um gin tônica decente e todo mundo se esquece de mim. Acho que não sou alguém de que vale a pena lembrar.

Eu a guiei para longe do meio-fio.

– Isso é bobagem e você sabe.

Ela cambaleou no chão plano, não me deixando escolha exceto enganchar um braço atrás dos seus joelhos e carregá-la até a camionete. Ela deu um gritinho, fechando os braços ao redor do meu pescoço.

– Minha nossa, Noah. O que você tá fazendo?

– Calma, estamos quase lá – respondi.

– Não me diga pra ficar calma – disparou ela. – Você vai se machucar. Eu não sou leve.

– Eu conheço a minha força, querida. Não se preocupe comigo. – Cruzei o estacionamento e parei do lado do passageiro. – Ainda está atordoada?

– Eu não estou atordoada – respondeu ela, indignada. – Foi o meu sapato.

– Você usa bastante essa desculpa. Ainda não acreditei nela. – Eu me abaixei e a deixei em pé para poder abrir a porta. – Comeu alguma coisa hoje ou está funcionando inteiramente à base de bebida barata?

Segurei sua mão enquanto Shay entrava.

– Não vou responder a isso.

– Fantástico – murmurei, fechando a porta.

Queria entender o raciocínio dessa mulher. Qualquer coisa para explicar por que caralhos ela estava ali, no bar mais sórdido em todo o estado, com – como era mesmo? – um treinador de lacrosse.

Entrei na camionete e liguei o aquecimento dos bancos, porque aquele vestido curto não era nada apropriado para uma noite fria e úmida.

– Todo mundo se esquece de mim – disse ela, com uma vozinha triste.

Saí do estacionamento e segui para a estrada principal.

– Isso não é verdade.

– Se eu não fosse esquecível, as pessoas não seriam capazes de me deixar com tanta facilidade e seguir com a vida como se nada estivesse diferente. E isso só se repete. É assim que eu sei que é verdade.

Eu me sentia impotente. Ainda queria torcer o pescoço dela. Queria que Shay se desculpasse por tirar vários anos da minha vida. E queria tomá-la nos braços e deixá-la chorar porque ela não merecia aquilo. Shay não merecia nada daquilo.

– Eu não acho que você é esquecível – eu disse. – Acredite, eu saberia. Tentei esquecê-la. Não consegui. Nada do que eu fiz afastou aquelas lembranças.

Ela fungou. Eu me estiquei até o banco de trás e, sem tirar os olhos da estrada, estendi para Shay a caixa de lenços que mantinha lá. Lenços, lenços umedecidos e petiscos de emergência eram essenciais à minha sobrevivência atualmente.

– Por que você queria me esquecer?

– Eu queria esquecer tudo sobre essa cidade. – Não era toda a verdade, mas eu não tinha a capacidade de articular nenhuma parte dela depois de receber mensagens da minha esposa perdida e bêbada e sair correndo de casa às 10 horas da noite. – E eu me esqueci, da maior parte. Menos você. Você é inesquecível.

– Então você é o único – disse ela, atrás de um punhado de lenços.

Meu coração se retorceu e martelou no peito.

– Quem a esqueceu, querida?

– Além de todo mundo!? – exclamou ela, chorosa. – Porque é todo mundo, Noah. Todo mundo vai embora. Todo mundo me deixa. Tipo minha mãe. Mesmo quando não estava trabalhando, eu vivia com babás e nunca a via. Depois das babás, foi o internato. Quando fui chutada do internato, Lollie foi o último recurso e ela foi a primeira e única mãe que eu já tive. Por que minha mãe se deu ao trabalho de me ter se ela não queria uma filha? Eu me perguntei isso a vida inteira e ainda não sei a resposta.

– Eu sei – eu respondi, e sabia mesmo. A última vez que ouvira uma versão dessa história, foi alguns dias antes da nossa formatura do Ensino Médio. Foi quando a mãe dela anunciou que tinha partido mais cedo para um trabalho e que não poderia comparecer. Se eu bem me recordava, Shay não vira a mãe nem uma vez nos dois anos que morou em Amizade.

– Eu sei.

– E, é claro, o meu ex. Ele terminou comigo e sumiu. O relacionamento acabou e eu nem sei o motivo. Pensei que, se pudesse ser perfeita, ele ficaria. Se eu fizesse tudo certo, as coisas não iam desmoronar. Eu não podia ser deixada de novo. Mas acabou e tudo o que a gente tinha desabou ao meu redor. Foi como uma explosão. Como se uma bomba tivesse explodido no meio da minha vida e eu não conseguisse reconhecer os pedaços que sobraram. Não conseguia *me* reconhecer. Ainda não consigo e não sei o que eu fiz de errado.

– Você não fez nada de errado – eu disse. Eu não sabia quem era esse sujeito ou o que ele tinha feito, mas estava preparado para dedicar minha vida a arruiná-lo.

– Tem que ter tido alguma coisa – ela gritou e soluçou. – Ninguém deixa as pessoas que quer na sua vida. Ninguém deixa um relacionamento feliz e satisfatório.

– Você já considerou que ele pode ser um filho da puta infeliz e incapaz de experimentar a felicidade ou a satisfação? Porque isso acontece. Eu conheço vários advogados com esse problema. Banqueiros também.

– Então por que sou sempre eu que sou abandonada, Noah? Por que só eu? Se os outros que são o problema, por que sou punida por isso?

– Querida. – Eu suspirei. – O que aconteceu hoje à noite? Como você acabou naquele lugar?

– O treinador de lacrosse estava dando as aulas de Educação Física hoje e me convidou pra sair com alguns dos outros professores – começou ela, lágrimas embargando a voz. – E eu não queria ir, porque ele parecia um daqueles tipos que só falam de esporte e eu não sei como falar com essas pessoas, mas fui porque antes amava *happy hours* com meus colegas de escola, e eu nunca mais fiz coisas divertidas. E estava tudo bem e eles pareciam legais, mas aí eu fui ao banheiro e todo mundo tinha ido embora.

A pior parte de amar Shay no Ensino Médio tinha sido vê-la sair com garotos imprestáveis e ficar com o coração partido. Mesmo se fosse só por diversão e ela não estivesse levando as coisas muito a sério, seus sentimentos sempre ficavam magoados quando esses garotos se revelavam uns cretinos imaturos.

Experimentar isso de novo – *enquanto estava casado com ela* – fez um incêndio começar no meu estômago. Voltei a querer as desculpas dela, preferencialmente de joelhos, por ter me torturado essa noite.

Os nós nos meus ombros estavam subindo para a garganta e se transformando numa dor de cabeça.

– Quem é esse merda do treinador de lacrosse?

Ela ergueu as mãos, lenços amarrotados em cada punho.

– Não sei. Alguma coisa Gagne.

– Eu vou descobrir quem é esse puto – resmunguei. A Estrelinha não iria patrocinar o time dele naquela temporada. Virei na direção de um shopping e segui até o *drive-thru* de um *fast food*. – Vamos comprar algo pra você comer.

– Não estou com fome.

– Batatas fritas, perfeito – respondi. – O que quer beber?

– Qualquer coisa menos Sprite – disse ela, com uma exalação trêmula.

Entrei na pista e fiz o pedido. Enquanto esperava o carro na nossa frente, lancei um olhar para Shay. Ela não estava mais chorando, o que reduziu meus impulsos homicidas, mas parecia miserável. Como se a noite a tivesse completamente destruído.

– Você está aquecida?

– Acho que sim – respondeu ela. Foi tão convincente como quando disse que não estava com fome.

Eu girei, sabendo que tinha deixado um moletom ou algo do tipo no banco de trás no começo da semana. Dias de setembro eram quentes, mas as manhãs carregavam os primeiros sussurros do inverno.

– Aqui, pegue. – Eu lhe entreguei um moletom com o logo da fazenda sobre o peito. – Você vai precisar de casaco de verdade em breve.

Ela pôs o moletom sobre as pernas como um cobertor e enfiou as mãos dentro da gola.

– Eu tenho casacos de verdade – retrucou. – Vários deles. Eu morava em Boston, Noah. Não em Barbados.

Segui até a cabine de entrega e passei as batatas e refrigerante para Shay. Quando estava de volta na estrada principal, eu disse:

– Preciso que você pare de escolher pessoas inadequadas, Shay.

– Acha que não estou tentando?

– Querida, eu não faço a menor ideia do que você está tentando fazer, mas sei que precisa parar de passar todo seu tempo se perguntando o que fez de errado quando essa gente cretina a deixa. Pare de se doar para pessoas que não têm esperança de alcançar seu nível. Pare de perseguir pessoas que não sabem estar lá pra a apoiar. É um desperdício do seu tempo e elas também são. Largue mão. Deixe a porta bater na bunda delas. São elas que estão erradas. Não você.

– Então eu vou acabar sozinha.

– Como caralhos você interpretou o que eu acabei de lhe dizer?

Ela remexeu no saquinho de batatas enquanto falava.

– Você disse que eu escolho pessoas que não estão no meu nível. Se isso for verdade, e eu não acho que seja, não tem ninguém por aí.

Eu estou aqui. Estou bem aqui. Só preciso que me veja.

– E eu não acho que estou num nível diferente – continuou ela. – Eu… não sei o que eu sou, mas não é algo que as pessoas querem. Elas não ficariam indo embora se me quisessem.

– Você já compartilhou essa teoria com a Jaime? Porque não acredito que ela toleraria um minuto dessa palhaçada. E saiba que eu também näo vou. Não lamente a perda de pessoas que não a merecem.

Shay não respondeu. Bebericou o refrigerante e olhou pela janela enquanto eu dirigia pelas ruas silenciosas de Amizade.

Então:

– Cadê a Gennie?

– Dormindo. A sra. Castro está em casa com Gennie. Ela joga pôquer com o time do pomar de sexta à noite. Eu a encontrei antes que ela fosse para casa. – Fiz uma pausa, tentando encontrar a calma para falar sem liberar o emaranhado de preocupação, raiva e ciúme reunidos dentro de mim. – Provavelmente devíamos ter discutido isso com antecedência, mas não quero minha esposa dirigindo por aí com gente que mal conhece e ficando ilhada em bares do outro lado da baía. Não faça isso de novo.

– Devíamos ter discutido isso com antecedência, mas eu não quero meu marido me dizendo o que fazer com minhas noites de sexta-feira.

– Enquanto for minha esposa, eu não quero que tome decisões descuidadas.

– Enquanto for meu marido, eu não quero que me diga como tomar minhas decisões.

Um rosnado soou no fundo da minha garganta enquanto tomava o caminho até Twin Tulip.

– Enquanto for minha esposa, não quero que namore treinadores de lacrosse.

– Enquanto for meu marido – gritou ela –, eu não quero você restringindo minha vida social! – Ela pôs a mão na maçaneta. – E não foi um encontro. Era um monte de professores e treinadores. Era só um *happy hour* normal, com cerveja barata.

Apontei para a maçaneta.

– Você já provou que não consegue andar sozinha. Fique aí. A última coisa de que preciso é você caindo no jardim de flores silvestres.

Ela cruzou os braços e fez um biquinho para mim enquanto eu contornava o capô. Era muito fofo e eu teria rido se não estivesse ocupado ficando furioso com Shay. Abri a porta, segurei a mão dela e passei um braço ao redor da sua cintura para mantê-la firme. O controle necessário para não a jogar por cima do ombro foi considerável.

Enquanto subíamos os degraus da entrada, Shay disse:

– E, só pra você saber, eu não tenho as habilidades interpessoais necessárias para sair com alguém agora. – Ela olhou para mim com os olhos cansados. – Só quero ir a lugares e me divertir de vez em quando. Quero me sentir como eu mesma de novo.

– Que parte de você não parece consigo mesma?

Ela abriu a porta da frente e chutou os sapatos, mas não se deu ao trabalho de acender as luzes.

– A parte que fica sentada sozinha nessa casa todas as noites e tenta entender quem eu sou agora. A parte que quer saber por que sou tão fácil de abandonar.

– Então você não vai mais ficar sentada aqui sozinha – eu disse. – Sabe onde encontrar Gennie e eu. Tire a bunda da cadeira e suba a colina se não quiser que a gente estacione aqui embaixo. Não pense que nós não faremos isso.

– Você diz isso agora, mas espere só até estar franzindo a testa do outro lado da mesa e me empurrando pela porta quando se cansar de mim – retrucou ela. – E ele namora a treinadora do time de vôlei feminino, eu acho. *Não foi* um encontro.

Eu levei as duas mãos à cintura de Shay enquanto a seguia pela escada principal. Era culpado de franzir a testa. Essa não tinha como eu negar, era verdade. Eu não tinha percebido que era tão transparente quando se tratava da minha incapacidade de ficar perto dela por tanto tempo sem querer arrastá-la para a despensa e enfiar a mão entre suas pernas.

– Você não tem que se preocupar sobre eu namorar alguém – acrescentou ela. – Isso não vai acontecer por um longo tempo. Se é que vai. Quer dizer, sei que a gente não é casado *de verdade*, mas...

– Ainda assim não quero minha esposa ficando ilhada em espeluncas – interrompi. – Não quero você em situações em que sua segurança esteja nas mãos de um treinador de lacrosse.

– Eu estava perfeitamente segura – disse ela, abrindo uma porta no final do corredor. – Quer dizer, estamos no meio do nada. O que é o pior que poderia acontecer comigo num bar qualquer com um bando de professores?

Apertei os dedos à testa com um grunhido.

– Não me faça responder a isso.

De novo, Shay deixou as luzes apagadas, mas o luar se verteu sobre uma cama antiga e pesada, revelando um emaranhado de lençóis e cobertores. Ela tirou a jaqueta jeans e a jogou na direção aproximada de uma poltrona no canto.

– Você está dizendo que eu não posso sair com alguns professores depois da escola? É isso mesmo que importa pra você?

Arrastando os pés até a cômoda antiga, ela inclinou a cabeça enquanto tirava os brincos. Embora fossem só brincos, havia algo íntimo em vê-la descascar as camadas do seu dia. Era um ritual que eu nunca tinha considerado e que agora conhecia, até o jeito como esfregava cada lóbulo entre a almofada do dedão e o indicador depois que os brincos estavam guardados.

Como se eu precisasse de mais intimidade além de estar no quarto dela tarde da noite. Fechei as mãos ao redor do pé da cama para não a pegar pelos braços. Ela estaria de costas no colchão em dez segundos se eu fizesse isso. Gemendo dentro de um minuto. Agarrando a cabeceira e gritando para os céus daqui a cinco.

– Eu estou dizendo para se cercar de gente melhor – respondi, com os dentes cerrados. A dor de cabeça ia rachar meu crânio no meio. – Você sabia que tinha algo errado com esse treinador e foi mesmo assim. Pare de fazer essas merdas.

Shay entrou atrás de uma porta aberta do *closet* e voltou um momento depois usando uma calça de moletom solta e uma regata que me dava mais informações sobre a forma e textura dos seus mamilos do que eu estava preparado para receber.

– Você vai me chamar da próxima vez que precisar de uma noite na cidade. – Apertei o pé da cama com mais força. Ela me encarou com as mãos nos quadris. Eu apontei para a cama bagunçada. – Vamos lá. Embaixo das cobertas. Eu a carrego e a coloco lá pessoalmente, se precisar.

Ela só me olhou por um segundo. Então:

– Não ouse.

A única coisa que ouvi foi um convite. Dei um passo à frente, prendi os braços ao redor das coxas dela e a joguei por cima do ombro.

– Eu lhe dei um aviso adequado.

– O que você está fazendo?! – gritou ela.

Eu a joguei na cama e apoiei as mãos dos dois lados da sua cabeça. Inclinando-me bem perto, eu disse:

– Permita-me ser claro. Eu não dou a mínima sobre como ou por que acabamos casados. Você é minha esposa. Se precisar se divertir, vai ligar pra mim. Vou ser eu quem vai cuidar de você. Vou lhe dar tudo o que quiser, incluindo uma gin tônica preparada direito. Se não conseguir aceitar isso, está livre pra se divorciar de mim agora.

Ela estendeu a mão e correu os dedos pela minha barba. Senti seu toque em cada centímetro do meu corpo.

– Quando você ficou tão mandão? – sussurrou ela. – Quando isso aconteceu? E não é só hoje, embora hoje esteja exagerando.

Se aquela mão se movesse um centímetro sequer, nada poderia me impedir de beijá-la. Se ela me desse o menor dos sinais, estaria acabado.

– Bem na época em que eu me tornei o homem que manda nas coisas.

Ela piscou devagar para mim várias vezes, as pálpebras pesadas, os lábios abertos e os olhos enevoados.

– Gail deve estar se perguntando onde você está.

– Gail deve estar dormindo no sofá.

Ela abaixou a mão e virou a cabeça.

– Desculpe por ter feito você sair de casa tão tarde. Pode ir. Eu estou bem. Não vou me meter em problemas aqui.

Curvei os dedos ao redor dos lençóis, me permitindo um único momento antes de ir embora para tomar um banho gelado de uma hora e que não me ajudaria em nada a bloquear a imagem de Shay aconchegada em sua cama. Eu nunca me esqueceria. E como poderia? Agora eu sabia como o cabelo dela se espalhava no travesseiro, como a alça da regata deslizava no seu ombro, como seus olhos pareciam mais escuros quando contrastados com quilômetros de cobertores brancos. E sabia disso não porque ela queria que eu a visse se despojar do seu dia e se ajeitar para a noite, mas porque algum idiota a tinha deixado num bar.

– Eu não ligo se sou mandão e não me importo se você não gostar. – Recuei e fechei as mãos em punhos. – Essas são minhas condições. Como eu disse, peça um divórcio se quiser.

Capítulo 17

Shay

Os alunos serão capazes de confrontar as consequências
latejantes de suas ações.

– ESPERE UM segundo. Volte um pouco. Então, ele a buscou no bar esquisito aonde você foi com uma gente esquisita. Ele levou a menina?

Dei um olhar irritado para a tela enquanto Jaime balançava seu café gelado. O som estava arranhando meu cérebro.

– Não. Acho que ele pediu pra sra. Castro ficar de babá. Ou ela estava lá? Eu não me lembro.

Muitos detalhes estavam confusos. Um dos resultados mais vergonhosos da noite anterior.

– E aí vocês tiveram aquela conversinha – disse ela. Não vi motivo para compartilhar o surto que eu tive por conta do meu trauma de abandono. Ela já o conhecia; não precisava de uma atualização. – Na qual você disse umas coisas ríspidas e Noah disse umas coisas ríspidas.

Eu me remexi, enfiando outro travesseiro sob a cabeça. Era meio-dia, mas ainda não estava preparada para deixar minha cama.

– Aquela em que Noah disse que eu podia pedir divórcio se não gostasse das regras dele.

– Vixe, vocês deviam só transar e resolver isso logo – disse Jaime.

Eu fiz uma careta para sua imagem na minha tela.

– Essa *não é* a resposta.

Ela juntou as sobrancelhas.

– Tenho bastante certeza de que é.

– Não é como se eu quisesse ligar pra ele ontem. E não pedi pra Noah me buscar. Ele escolheu fazer isso sozinho. Eu só queria saber qual é o problema dele porque...

– Porque precisa dessa informação antes de transar com ele? Deixa eu lhe contar: você pode transar com o Noah sem chegar até o fundo disso. Aliás, não precisa adotar esses problemas, quaisquer que possam ser, porque são problemas dele e se tratam *dele*. Não de você.

– Eu não estou adotando...

– Gata. Eu já ouvi cada centímetro dessa história. Na minha opinião profissional, que baseei nas evidências conclusivas que reuni com meus próprios olhos algumas semanas atrás, esse homem a adora e não sabe o que fazer quanto a isso. Para melhorar, ele não é ótimo em usar palavras, caso você não tenha notado. Ele precisa pegar toda essa infelicidade e fazer bom uso dela, *e* você precisa se curvar e segurar firme.

Meu queixo caiu.

– *Como é?*

– Tá, quer dizer, talvez conversem sobre como os dois claramente – ela agitou as sobrancelhas – sentem tesão um pelo outro, e aí transem. Você vai se sentir melhor. Prometo.

Eu tinha dificuldade em acreditar que Noah me via de qualquer forma sexual.

– Não acho que isso seja verdade. E não é parte do nosso acordo – eu disse, cobrindo os olhos do sol que entrava oblíquo pela janela. – E é ótimo que não seja, porque Noah fica falando sobre divórcio como se já estivesse procurando um motivo pra acabar com o casamento.

Jaime fez um muxoxo.

– Você quer desabar enquanto escuto em apoio, ou quer que eu ofereça soluções?

– Não sei – reclamei. – Estou irritada sobre tudo o que aconteceu ontem à noite.

– Certo. Depender do seu marido é tão fora de moda.

– Ele não é meu marido.

– Ele *é* seu marido – respondeu ela. – Vocês podem não ter uma casinha com cerca branca, mas Noah pode lhe dar uma carona pra casa quando você está presa num bar de reputação questionável sem que seja um grande ato de caridade. Mesmo que não seja seu marido, é seu amigo. Você pode e deve esperar que ele a apoie quando precisar. – Ela balançou o café de novo e meu crânio latejou. – E me lembre por que não pode transar com ele?

– Tem muitos motivos, mas o que eu nunca esqueço é que ele me viu esfregando minha banheira pelada. Ninguém pode se recuperar disso. Mesmo se estivesse interessado em mim, o que não está, ele teve uma visão desimpedida do meu cu, James.

– Sabe, em alguns círculos é assim que as pessoas se conhecem – respondeu ela.

– Em... *quê*? Do que você está falando?

Ela abanou a mão.

– Não sou muito envolvida nisso então não posso oferecer detalhes, mas sei que acontece.

– Eu deveria me preocupar com você? – perguntei.

– Não mais do que o normal. – Ela balançou a cabeça. – Estou bem. Fui na terapia nas últimas semanas. Estou uma semana adiantada nos meus planos de aula. Fiz amizade com a sua substituta, apesar de me ressentir da existência dela por questão de princípio. Estou tomando minhas vitaminas, bebendo minha água. Transando muito com gente que mal conheço. Está tudo bem. Eu estou bem. Não vamos nos preocupar comigo quando temos os seus problemas pra lidar. Você devia transar com o seu marido.

— Meu Deus, Jaime — murmurei. — Isso não vai acontecer.

— É o melhor remédio pra ressaca que eu conheço — disse ela. — E prometo que você vai transar com ele uma hora ou outra, e aí vai ter que voltar aqui e admitir que eu avisei. — Ela acenou um dedo para mim. — Vou pôr Grace nessa chamada para ela começar a fazer apostas sobre quando isso vai acontecer.

— Eu não posso falar com Grace hoje — resmunguei. — Ela vai me falar pra sair da cama e parar de fazer drama, e não quero ouvir nada disso.

— Então vá falar com seu marido — disse ela.

— Não. Vou evitá-lo o máximo possível. Não apreciei a grosseria dele ontem à noite.

— Vai apreciar mais tarde — murmurou ela. — Se eu conheço o tipo dele, e acho que conheço, isso vai dar bem certo pra você.

Bati uma mão sobre os olhos.

— Eu devia ter ligado pra Audrey. Ela teria dito que eu sou linda e perfeita e me ensinado a fazer um *smoothie* anti-inflamatório para impedir meu crânio de apertar tanto o meu cérebro.

— Ela faria isso porque acredita que pode resolver a maior parte dos problemas usando equipamentos de cozinha — retrucou Jaime. — Eu acredito que você pode resolver seu problema usando o equipamento do seu marido, e acho maluquice fingir o contrário.

— Ele não me quer — sussurrei. Doía articular essas palavras. Havia tantas, tantas pessoas que não me queriam, e doía toda vez que eu encontrava outra para acrescentar à lista. — Sei que discorda, e adoro que esteja torcendo tanto por nós, mas Noah não sente atração por mim. Não mesmo. Levou um longo tempo pra ficar mais caloroso comigo, e na maioria dos dias parece que eu o irrito ou ele não vê a hora de sair de perto de mim. Ele vive fazendo caretas e cerra a mandíbula o tempo todo. Vai estragar os dentes se continuar assim.

– Vamos deixar o dentista dele se preocupar com isso.

– Quando Noah *gosta* de mim, é porque estamos interpretando um papel. É um jogo. E não importa como me sinto, porque isso não vai resultar em nada. Acrescente o fato de que é ridículo chamá-lo de meu marido. Ele é um homem com quem me casei pra poder herdar uma fazenda de tulipas, que não sei nem como operar, e para ele expandir seus negócios. Não vai acontecer nada entre nós.

– Talvez esteja certa – disse ela após um momento. – Mas por que ele ficaria tão chateado por você estar ilhada num bar aleatório? Por que chamaria uma babá, iria lhe buscar lá no bar, a levaria pra casa e aí lhe passaria um sermão sobre o que vai permitir que *sua esposa* faça, se nada está acontecendo? É assim que alguém se comporta se não vê a hora de sair de perto de você?

Eu a encarei por um minuto, não sabendo como responder.

– Achei que tinha dito que isso não era um filme da Hallmark – respondi, enfim.

Ela ergueu e deixou cair os ombros.

– Não vai ser um filme da Hallmark quando você transar com Noah. Eles nunca passam do básico. Um selinho de nada e fim. O Papai Padeiro não vai parar até a massa subir.

– Você *tem* que parar de chamar ele assim – repreendi. – E não entendo essa metáfora. Eu sou a massa? Por que tenho que ser a massa? Não parece muito… lisonjeiro.

– Eu me pergunto – começou ela, batendo um dedo nos lábios – se o problema real não tem nenhuma relação com o Papai Padeiro. E me pergunto se você ergueu um muro contra tudo relacionado a sexualidade e intimidade, e se convenceu de que não está pronta.

– Claro que não estou pronta – disparei. – Acabei de sair de um relacionamento longo que terminou comigo abandonada no altar.

– Sim. Ele fez isso com você e foi terrível. Mas, quando foi embora, ele se levou embora também. Levou muitas coisas importantes, mas não levou você. Não levou o melhor de você. Acredito que está mais pronta do que pensa – disse Jaime, com gentileza.

– Não sei se estou – sussurrei.

– Vai estar – disse ela. – Uma hora.

Capítulo 18

Noah

Os alunos serão capazes de reconhecer e aceitar
o que perderam.

– QUAL É a porra do seu problema? – resmunguei. – Por que não pode só se comportar, caralho?

A tigela de manteiga, açúcar e cacau em pó me olhou de volta num silêncio encaroçado e petulante. O bolo não tinha me traído assim. O bolo fora uma simples questão de seguir as orientações da caixa. Isso era como um aperto de mãos secreto.

Peguei o celular e digitei o número da padaria. Tocou duas vezes antes de a gerente responder.

– Padaria da Estrelinha, aqui é Nyomi.

Com a tigela ofensiva em mãos, olhei na direção da escada enquanto entrava na despensa.

– Ny, não tá funcionando. Parece reboco. Reboco amanteigado.

– Então ponha um toque de leite – respondeu ela.

– Eu coloquei leite no último lote e… – Olhei com nojo para a tigela que escondera ali vinte minutos antes. – É um lamaçal.

– Parece que você acrescentou mais do que um toque.

– O que… o que é um toque, Ny? Quantifique isso pra mim.

Ela murmurou.

– Provavelmente um oitavo de xícara. Não muito mais que isso. – Após uma pausa, ela disse: – Quanto você usou?

– Não sei, mas acabou meu açúcar de confeiteiro e estou ficando sem tempo – eu lamentei.

– Posso pedir pra alguém correr aí levar um quilo de açúcar pra você, mas ainda não entendo por que não me deixa lhe dar um pouco de cobertura. Eu tenho um monte de *buttercream* de chocolate aqui.

– Porque precisa ser caseira – respondi, rangendo os dentes.

– Eu posso ir à sua casa e fazer aí. Vou levar dez minutos.

Esfreguei a testa.

– Também não posso fazer isso.

Tecnicamente, eu podia fazer o que quisesse. Podia pedir a Nyomi para assar e decorar um bolo de aniversário para Shay e admitiria de bom grado que foi a padaria que fez porque minhas habilidades culinárias não se estendiam muito além de geleias e conservas. Não precisava fazer isso só porque Jaime ameaçou mandar a máfia atrás de mim.

Mas eu ia fazer. Ia acertar.

– Você que manda – cantarolou ela. – Tente acrescentar um toque de leite. Comece com uma colher de sopa. Misture por alguns minutos. Acrescente outra colher, misture de novo. E não se esqueça de provar. Saberá quando estiver certo.

– Por algum motivo, eu duvido.

Nyomi riu baixo. Ela gostava de rir de mim. Vinha fazendo isso desde que eu a contratara, alguns anos antes, logo depois que desistiu da escola de confeitaria.

– Então, me lembre mais uma vez de como você faz geleia.

– Geleia é científico – respondi.

– Confeitaria também é científica – retrucou ela.

– Você acabou de definir um toque de leite como *provavelmente* um oitavo de xícara.

– Pra mim parece científico – respondeu ela, com outra risada. – O que é científico numa geleia de framboesa com rosa? Deve levar dezenas de lotes de teste até acertar a quantidade de rosa.

– Na verdade, não.

– Então sua primeira tentativa é impecável e nada acidentalmente fica com gosto de sabão?

– Acho que nunca experimentei um lote com gosto de sabão. – Apoiei a testa numa prateleira. – Não posso discutir isso agora. Tenho que resolver meu problema de cobertura.

– Devo mandar alguém com açúcar?

Fiz uma careta para a tigela.

– Sim. Só pra garantir. Mas diga a eles pra serem discretos.

– Você tem muitas experiências com entregas de açúcar exuberantes?

– Você sabe o que estou dizendo – resmunguei. – Só mande o açúcar. Tudo bem?

– Pode deixar, chefe – disse ela. – E se um pote de cobertura de chocolate desaparecer da minha cozinha com esse açúcar discreto, ninguém precisa saber.

Não discuti com Nyomi porque havia uma forte possibilidade de que eu precisaria dessa assistência.

Saindo da despensa, fiquei atento a qualquer barulho vindo de Gennie ou Shay. Minha sobrinha prometera manter Shay lá em cima para a sessão de estudo delas, e, embora confiasse em Gennie, eu sabia que os poderes persuasivos da menina tinham limites. Seu foco também.

De volta ao balcão, medi uma colher de sopa exata de leite e a misturei na cobertura. Mesmo duvidando de que faria alguma coisa, a consistência ficou mais solta. Ainda era irregular, mas liguei a batedeira, gradualmente acrescentando pequenas quantidades de leite. Ficou mais grossa do que uma cobertura deveria ser e parte do açúcar não estava completamente incorporada, mas não era reboco nem lama. Progresso, possivelmente.

Um dos ajudantes da padaria chegou com o açúcar bem quando desliguei a batedeira. Dante acenou na janela da cozinha, mas não disse nada, o que significava que Nyomi o tinha aterrorizado. E era por isso que ela era a melhor padeira no estado. Terror – e tortas incríveis.

Abri a porta com uma colher de cobertura na mão.

– Prove isso – eu disse.

– Tem gosto de chocolate – disse Dante ao redor da colher. – Está boa. Bata mais um pouco. Precisa de um toque de baunilha também.

– Então um oitavo de xícara de baunilha, certo?

– Credo, não! – Ele devolveu a colher. – Mais tipo um oitavo de uma colher de chá.

– Nada faz sentido – murmurei para mim mesmo. Peguei o açúcar e a cobertura reserva guardada em um pote de sorvete. – Obrigado por isso. E agradeça a Ny por mim.

Ele desceu correndo os degraus na direção do quadriciclo que tinha usado para vir e disse:

– Ela falou que quer ser agradecida na forma de canela do Ceilão.

– Fantástico. – Fechei a porta, abandonei o açúcar e a cobertura, e fui caçar a baunilha.

Eu não tinha muito tempo. Mesmo se Gennie se ativesse ao plano, elas acabariam nos próximos quinze minutos. E precisava que tudo estivesse o mais perfeito possível até lá.

Shay e eu não tínhamos conversado muito desde a última sexta à noite. Disse a mim mesmo que ela estava ocupada com a escola. Não queria considerar que estivesse ocupada aceitando minha oferta de dissolver nosso casamento. Um dia desses, eu ia ter uma conversa com essa mulher sem engasgar nas minhas palavras ou agir como um idiota. Acho não seria hoje. Parecia ser demais esperar por isso.

Acrescentei a baunilha e misturei a cobertura mais um pouco, e aos poucos ela adquiriu uma consistência familiar. Sabia que tinha ultrapassado alguns limites com Shay, e fora agressivo com ela de jeitos que não tinha sido antes. Era possível que minha esposa descesse em alguns minutos, olhasse para essa festa e saísse pela porta. Se ficasse, podia ser puramente pelo bem de Gennie. Eu era o homem que gritou com ela por escolher amigos terríveis, a joguei na cama e a desafiei a pedir um divórcio. Ela não ficaria por mim.

Com um olho colado no relógio e os dois ouvidos atentos ao rangido da escada, espalhei a cobertura no bolo. Não conseguiria deixá-la plana nem para salvar a minha vida, mas o bolo estava todo coberto. Talvez Shay presumisse que era obra de Gennie. Já ajudaria. Isso poderia passar como o trabalho de uma criança de 6 anos.

Enquanto enfiava cada copo de medidas e espátula que tinha na lava-louças, ouvi Gennie falar alto:

– É melhor a gente descer agora, Shay. Você pode ficar para o jantar, quem sabe. Seria muito divertido.

Tive que apertar uma mão na boca para engolir uma risada histérica com o tom mecânico dela. Se Shay ainda não soubesse o que estava acontecendo, a farsa acabaria por aqui.

– Isso é muito fofo da sua parte – respondeu Shay, uma risada ressoando nas palavras. Ela sabia. Sabia demais. – Vamos falar com Noah primeiro. Tá bom?

– Noah vai dizer sim – disse Gennie, com toda a confiança possível. – Prometo.

Minha sobrinha se agachou no degrau para que eu pudesse ver seu rosto e me fez um sinal de joinha. Apoiei as mãos no balcão e entrei na brincadeira, perguntando:

– Já acabaram? O que vocês estudaram hoje?

– A gente leu sobre um naufrágio no porto de Newport! – respondeu Gennie enquanto desciam as escadas – E pode ser o navio de uma exploração famosa e aí a gente fez um... feliz aniversário, Shay!

Gennie pulou e saltitou enquanto Shay olhava entre o pôster de "Feliz Aniversário" na parede, minha tentativa improvisada de bolo e o buquê de girassóis na mesa. Não sabia se ainda eram as flores preferidas dela. Tínhamos muitos girassóis tardios nessa estação perto das colônias de abelhas, e pegar algumas parecera uma aposta segura naquela manhã.

Agora eu não tinha certeza.

– Feliz, feliz aniversário! – disse Gennie, ainda segurando a mãos de Shay e saltitando como se o chão fosse um trampolim. – Eu fiz o pôster e todas as letras estão certas. Viu? E fiz um jogo americano especial. Noah me ajudou a escrever o seu nome. E tem bolo e a gente comprou um presente e...

Shay me encarava, os olhos estreitados como se não entendesse o que estava acontecendo.

– Você fez tudo isso?

Dei de ombros.

– É seu aniversário. – Apontei o dedão por cima do ombro, na direção do bolo, e acrescentei: – Gen e eu temos um jantar, se puder ficar. O pessoal que entrega as refeições prontas criou algo... – *Não diga especial, não diga que você está segurando por um fio aqui, não diga especial, não ponha mais pressão nela do que já pôs, não diga especial...* – Diferente. Pra gente. Para você.

É, zero pressão.

Os lábios dela se abriram, sua expressão suavizando ainda mais.

– Ah. – Ela piscou depressa. Seus olhos estavam brilhantes. – Ah, minha nossa. – As palavras estavam embargadas de emoção. Shay engoliu com força, apertando o pequeno pingente de diamante no colar, e o arrastou pela corrente. *Zip, zip, zip.* – Isso… é tão fofo. – Ela olhou pra Gennie, que ainda não tinha parado de saltitar. – Tão fofo vocês dois pensarem em mim.

– Você vai ficar? Por favor, por favor, por favor? – Gennie apertou as mãos. – Você tem que ficar. Diz que vai. Diz que vai!

Shay passou a mão no cabelo de Gennie enquanto encontrava meu olhar.

– Eu adoraria.

Eu bati as palmas uma vez e disse:

– Gen, vai dar uma olhada rápida no galinheiro. Aí preciso que faça sua salada mágica.

Abri um armário para me impedir de encarar Shay. Para me impedir de perguntar por que isso levou lágrimas aos seus olhos. Para impedir que uma enxurrada de desculpas saísse voando de mim.

– Salada mágica – cantou Gennie como um *jingle* de jazz.

– O que eu posso fazer? – perguntou Shay.

Ainda escondido atrás da porta do armário, eu suspirei com força. Quando não podia mais me esconder ali, peguei uma tigela de que não precisava e a coloquei no balcão.

– Leve Shay lá pra fora e mostre o galinheiro para ela.

Gennie pegou a mão dela.

– Fica comigo. Não vou deixar elas bicarem você!

O galinheiro não precisava ser checado. Eu sabia disso porque já tinha ido até lá antes de Gennie e Shay chegarem da escola à tarde. Mas precisava de um momento porque não conseguia respirar de tanta que era a pressão de fazer isso certo para Shay. Teria ficado bem com qualquer reação, menos essa. Mesmo se tivesse recusado o convite e saído pela porta, eu teria lidado bem com a rejeição.

Isso… era diferente.

Enquanto elas estavam lá fora, puxei vários pratos do forno e fiz meu melhor para deixá-los apresentáveis. Devia à Figo e Funcho, ao pessoal de entrega de comida, uma montanha de manjericão fresco em troca dessa encomenda especial.

Shay e Gennie voltaram quando eu estava estourando a rolha de uma garrafa de vinho branco.

– Nenhum ovo – anunciou Gennie, virando o cesto para baixo como prova.

– Elas se comportaram perfeitamente bem – acrescentou Shay.

Gennie balançou a cabeça.

– Eu dei um *cookie* pra elas.

– Onde você achou um *cookie*? – perguntei.

– Não sei. Tinha um no meu bolso.

– Que ótimo. – Troquei um olhar exasperado com Shay. – Hora de fazer sua salada mágica.

Shay se acomodou em uma das banquetas do outro lado da ilha, as mãos unidas sob o queixo enquanto via Gennie subir no seu banquinho e começar a trabalhar.

– Isso eu tenho que ver – disse ela.

– É mágica – começou Gennie – porque eu jogo essas coisas feias numa tigela e misturo elas e aí não ficam mais feias. E o gosto é bom. Magia.

As coisas feias em questão eram folhas verdes, lascas de maçã e nozes. Um vinagrete leve. Um pouco de queijo. Mas eu não ligava para a produção teatral se resultasse em Gennie consumindo uma salada sem primeiro afogá-la em molho *ranch*.

Ergui a garrafa aberta.

– Vinho? – perguntei a Shay.

Ela recusou com um gesto.

– Não, obrigada. Eu... não estou bebendo essa semana. – Ela riu pra si mesma, afastando o olhar. – Bebi mais do que o suficiente na semana passada. Como você deve se lembrar.

– Acontece com os melhores de nós. – Não podíamos falar sobre *nenhuma* das coisas que eu recordava daquela noite. Não podíamos. Não podíamos porque era impossível adormecer sem pensar nela na cama, e eu não conseguia olhar para framboesas sem compará-las aos mamilos de Shay. E ainda não achara uma framboesa de que gostasse mais. – Água? Refrigerante? Suco de pirata?

– Suco de pirata – repetiu Gennie em sua voz de *jingle* de jazz.

– Água seria ótimo – respondeu Shay. – Tem certeza de que não posso ajudar em nada? Estou me sentindo inútil aqui.

– Você acabou de passar duas horas ensinando minha sobrinha pela bondade do seu coração – respondi, enchendo um copo para ela. – Não se sinta culpada por ficar sentada. – Coloquei o copo na frente dela, evitando sua mão esticada porque não podia tocá-la no momento. Nem um leve roçar de dedos. Isso me mataria e precisava me manter sob controle por pelo menos mais uma hora. Para Gennie, perguntei: – Como vai a magia aí?

– Quase pronta. – Ela franziu a testa para a tigela de salada. – É a vez das maçãs.

Shay me observou carregar vários pratos para a mesa.

– O que você preparou aí?

– Só esquentei. É a Gennie quem está cozinhando hoje. – Apontei para o prato. – Não é nada de mais. Um pouco de macarrão com queijo, um gratinado vegetariano e a carne de panela da Figo e Funcho.

– E salada de maçã – completou Gennie.

– Uma versão atualizada de salada de repolho com maçã e cenoura – eu disse.

Shay começou a responder, mas então parou.

– Isso é… *não*. – Ela sacudiu a cabeça de leve, os cantos dos olhos se enrugando. – Esse é o menu para ocasiões especiais da Lollie?

– O máximo dele de que pude me lembrar – respondi. – O prato vegetariano era um mistério pra mim. Espero que esteja aceitável.

– Você... – Ela apertou os dedos contra os lábios, segurando-os ali enquanto os olhos começavam a brilhar de novo. Era muito importante para a continuação da minha existência que Shay não derramasse essas lágrimas. Eu não conseguiria manter as mãos para mim mesmo se ela chorasse. – Não acredito que fez isso. Não acredito que se lembrou. Obrigada.

– Foi ideia da Gennie.

Quando em dúvida, jogue a criança na frente do problema. Uma excelente distração; funcionava toda vez.

– Lembra como fiz todas aquelas perguntas sobre suas coisas favoritas? E você me contou das festas da sua vó quando coisas boas aconteciam? – perguntou Gennie, uma centelha travessa nos olhos. – Era meu projeto secreto para o seu aniversário. – Ela ergueu a tigela de salada. – A magia tá misturada!

Peguei a tigela e apontei para Shay se sentar.

– Você é uma excelente espiã – disse ela a Gennie. – E olha só esse jogo americano. Uau! Isso é incrível.

Gennie abriu um sorriso enorme enquanto tomava seu lugar ao lado de Shay.

– A gente fez um bom trabalho?

– Vocês fizeram um *ótimo* trabalho – respondeu Shay. Ela olhou para mim do outro lado da mesa. – Obrigada.

Eu dei de ombros, como se meu domínio do lado falso desse acordo de casamento não fosse precário, na melhor das hipóteses.

– Imagina.

Por vários minutos, a refeição serviu como uma distração adequada para todos. Gennie estava ocupada desconstruindo tudo em seu prato e extraindo os pedacinhos que julgava palatáveis, enquanto Shay mantinha um coro constante de murmúrios e grunhidos baixos. Eu fiz meu melhor para existir sem deixar nada ficar constrangedor.

Não era produtivo admitir, mas eu tinha nutrido uma leve esperança de que Shay desceria as escadas e reagiria a essa pequena celebração correndo e jogando os braços ao meu redor e exigindo que eu reciprocasse. Essas eram as esperanças que sempre nutrira, aquelas que nunca eram realizadas. E era um problema que criava para mim mesmo. Vez após vez após vez, esperava um resultado que nunca iria se materializar.

Caralho, eu me *casei* com Shay pela chance improvável de que as condições do jogo mudassem e esse resultado chegasse ao meu alcance. Mas nada tinha mudado. Não de verdade. Podia planejar todas as festas de aniversário que quisesse, buscá-la em todos os bares sujos na baía de Narragansett e dar a ela tudo de que precisasse, mas nada disso mudaria alguma coisa para nós. Nada mudaria algo para ela.

E tudo bem. Eu podia viver com isso. Podia deixar a verdade de lado mais uma vez, mais mil vezes, se significasse que Shay tinha o que precisava. Uma festa de aniversário, uma carona para casa e um marido só no papel. Estávamos aqui agora, estávamos no meio disso, e não importava se tinha jurado não cair no mesmo buraco por Shay Zucconi de novo. Eu tinha que aceitar que essas fantasias dela se jogando nos meus braços – e se desmanchando na minha cama – eram inatingíveis.

Não iam acontecer. Não comigo, não nessa vida.

Era hora de eu aceitar isso, mesmo se partes de mim morressem no processo.

– Você já ouviu falar do Festival da Colheita? – perguntou Gennie enquanto retirava as migalhas de pão do seu macarrão com queijo.

– Não muito, não – respondeu Shay. – Quer me contar sobre ele?

– É esse fim de semana. Tem um parque de diversões, brincadeiras e música, e uma feira também. Noah disse que vai me dar dinheiro para os jogos. E tem uma barraca de pintura no rosto também e desenham o que você quiser. Borboletas, estrelas, tigres e macacos. Qualquer coisa – disse Gennie, soando muito conhecedora. – E tem um jogo de futebol americano também, mas eu não ligo pra isso.

– É novo – expliquei. – Começou nos últimos anos. O evento é da comunidade, mas é a associação de apoiadores do Ensino Médio que organiza. – Balancei a cabeça com um suspiro. – Embora nada do que eles fazem seja *organizado de verdade*.

– Todo mundo espera que Noah resolva os problemas do mundo – disse Gennie.

Obviamente, eu tinha que tomar cuidado com as reclamações que fazia ao redor da minha sobrinha.

Shay encontrou meus olhos com uma expressão divertida.

Dei de ombros e acrescentei:

– No fim dá tudo certo. Não é ruim. Feira, *food trucks*, mostra de arte e mais um monte de coisa. Eles arrecadam dinheiro para viagens escolares e eventos de formatura, então tem um lado positivo.

– E Noah arranjou outras pessoas pra trabalhar na barraca da fazenda, então eu não tenho que ficar na maquininha. – Gennie voltou seus olhos largos e muito esperançosos para Shay e eu sabia a carta que ela tinha na manga. – Você vem com a gente? A gente podia ir nos brinquedos junto, jogar os jogos e beber limonada gelada e…

– Calma lá – eu disse para minha sobrinha. – Você precisa dar mais cinco mordidas se quiser comer bolo hoje.

Shay conteve um sorriso enquanto Gennie contava mais cinco mordidas e então anunciava:

– Feito. Agora podemos conversar sobre o Festival da Colheita?

– Parece bem divertido – respondeu Shay, numa voz comedida. – Talvez eu possa encontrar vocês lá?

Lá estavam. A distância. Os limites. Odiava, mas não tinha nada que pudesse fazer. Essa era minha realidade. Shay não queria nenhuma das coisas que eu queria e não importava quantas vezes a beijasse na frente da cidade toda. Nada disso era real.

– Acho que sim. – Gennie empurrou o prato para longe. – A gente pode abrir os presentes agora?

– Presentes? Não, não e não. Esse foi todo o presente que eu poderia querer – respondeu Shay. Ela começou a reunir nossos pratos e, quando tentei tomá-los dela, me prendeu com um olhar afiado. – Eu vou fazer isso. Fique quieto.

– Você pode ir no nosso carro para o Noah não ter que guiar você pelo estacionamento – disse Gennie. – Como fez no outro jogo de futebol.

Shay abaixou a cabeça, um sorriso brincando nos lábios.

– É um excelente argumento.

Olhei para minha sobrinha enquanto Shay estava ocupada organizando os pratos e recipientes e apontei para o pacote embrulhado na ilha. Gennie entendeu e saltou da cadeira para recuperá-lo.

– A gente escolheu especialmente pra você.

Shay me encarou e balançou a cabeça depressa.

– Não precisava.

Antes que eu pudesse responder, Gennie arrancou a fita do topo do pacote.

– Eu mostro como fazer.

– Obrigada – respondeu Shay, sorrindo largo quando Gennie rasgou todo o embrulho. – Você é uma grande ajuda.

Gennie entregou a caixinha branca para ela.

– Abre – insistiu.

Shay ergueu a tampa e arquejou suavemente. Ela olhou para mim e parecia prestes a dizer alguma coisa, mas Gennie logo roubou sua atenção.

– Vacas! – gritou Gennie. – São vacas!

Shay ergueu os brincos de contas pretos e brancos da caixa.

– Eu nunca vi nada tão perfeito em toda a minha vida – disse ela, um sorriso abrindo o rosto. – E elas estão usando coroinhas de flores. Não acredito, como isso é fofo.

Gennie correu um dedo pelas contas. Estava orgulhosa de si mesma e eu amava ver. As horas que tínhamos dedicado a caçar o presente certo tinham valido a pena.

Ela disse:

– Lembra quando perguntei se você só gostava de fruta e peixes nos seus brincos?

– Agora faz sentido – disse Shay, rindo. Ela encontrou meu olhar, os olhos suaves, mas sérios. – Obrigada. Esse foi o melhor aniversário possível. Não acredito que fez tudo isso pra mim.

– Você merece – respondi.

Ela merecia tudo, mesmo se não pudesse ser eu quem ia lhe dar.

Capítulo 19

Shay

Os alunos serão capazes de estudar a geopolítica dos doces.

EU NÃO QUERIA ir embora e não conseguia entender a razão.

Tinha planos de aula da semana seguinte para escrever e uma ligação da minha mãe para retornar, mas nada disso era motivação suficiente para eu me mover. Poderia ter partido a qualquer momento na última hora. Tínhamos dividido fatias substanciais de um bolo de aniversário delicioso, enquanto Gennie usava todo seu charme para me convencer a ir ao Festival da Colheita com ela e Noah no fim de semana. Agora a menina estava embaixo das cobertas após um banho cujo qual foi uma luta convencê-la a tomar, e Noah estava ocupado insistindo que eu não deveria ajudá-lo com a louça.

Embora soubesse que Gennie estava escondendo algo, à tarde, eu não esperara aquela festinha maravilhosa. Meu coração ainda estava transbordando de pura alegria. Não conseguia me lembrar da última vez que sentira tantas coisas boas de uma só vez.

Aniversários eram ocasiões estranhas para mim. Quando criança, eu tivera algumas festas típicas – tanto quanto qualquer coisa era no círculo do Upper East Side da minha mãe ou entre suas companhias elegantes em Londres –, mas esses eventos tinham sempre sido muito afastados de qualquer significado emocional. Quando fui parar no meu primeiro internato, eu não esperava mais nada de um aniversário. Talvez uma ligação da minha mãe, se ela não estivesse numa zona de guerra remota.

Mais tarde, quando vim morar com Lollie, meu relacionamento com o dia azedou. De repente fiquei ciente de que aniversários eram eventos familiares carregados de tradições e costumes que eu nunca conhecera. Era mais confortável me distanciar de tais coisas do que as abraçar.

Isso enlouquecia Jaime, é claro. Minha amiga adorava dar festas de todo os tipos, mas nunca deixei que me desse uma de aniversário. A ideia me dava arrepios, e eu sempre a convencia a fazer algo mais simples, menor. Jantar com as meninas. Coquetéis em um dos bares novos e chiques. Era o suficiente.

Agora, depois daquela noite com Noah e Gennie, com meu peito transbordando de todos esses pequenos toques preciosos, eu não estava mais tão azeda. E não estava pronta para ir embora.

Muitas vezes, havia uma gravidade associada às minhas visitas à casa de Noah e Gennie. Sempre havia um momento em que a energia mudava – dentro de mim ou vinda de Noah, ou de outra fonte – e era hora de partir. Fazia sentido.

O que sobe tem que descer.

Eu não conseguia identificar esse momento nessa noite. Não estava lá.

Então, fui ficando. Arrumei a mesa da cozinha enquanto Noah guardava as sobras. Organizei a geladeira dele, incluindo uma prateleira cheia de testes de geleia, enquanto ele repetia várias vezes que "você realmente não precisa fazer isso". Limpei a ilha, apesar dos resmungos rosnados dele. E, agora, sentia que era necessário secar os pratos depois que Noah os lavou.

Não tínhamos conversado muito desde o incidente no bar no fim de semana anterior. Quando a amargura inicial passou, a vergonha me atingiu e eu não sabia o que dizer a ele. Queria pedir desculpas por ter dado trabalho e chorado na camionete dele. Noah não tinha pedido por nada disso.

Isso me deixava naquele lugar esquisito onde parecia que estávamos gritando um para o outro de lados opostos de um cânion, perto o suficiente para entender tudo errado, mas longe demais para pular e cobrir o espaço.

– Onde vai isso? – perguntei, erguendo a tigela de salada.

– Largue isso – respondeu ele. – É seu aniversário e minha casa. Por favor, Shay, você não vai guardar a louça.

– Eu quero ajudar. – Deixei a tigela na ilha e comecei a secar outro prato. – Obrigada. De novo. Foi incrível. E muito inesperado.

– Eu não poderia me esquecer do aniversário da minha esposa, né?

Noah não queria que eu recitasse uma lista dos motivos por que isso era bem mais do que lembrar do meu aniversário. Ele preferiria me carregar e me jogar no meu carro a me permitir reconhecer que tinha recriado a refeição que Lollie preparava para os dias mais especiais, ou o bolo de aniversário que era a marca registrada de Jaime. E eu nem ia começar a falar dos brincos. Meu Deus. Estava encantada.

– Você não tinha que fazer isso – eu disse, apenas.

Ele encolheu os ombros.

– Não foi nada de mais.

Continuei secando os pratos enquanto Noah os lavava, pondo cada item na ilha já que ele não me deixava dirigi-los a seus lugares apropriados.

– Esse Festival da Colheita parece bem importante.

– Você não viu os cartazes? – perguntou ele. – Estão por toda a cidade. Tenho certeza de que tem um na frente da sua escola.

– Provavelmente. Não sei. Está tão quente que não consigo entrar no clima de colheita.

– Justo – murmurou ele.

– Acho que sei onde essa vai – eu disse a mim mesma, indo na direção da despensa com a travessa de bolo. As sobras já estavam embaladas e prontas para eu levar para casa. Noah se recusava a ficar com elas, temendo que Gennie enchesse os bolsos de bolo e o desse aos animais da fazenda.

Abaixei a travessa e fui pegar uma das tigelas atulhadas no balcão. O conteúdo parecia pudim de chocolate. Peguei outra. Essa era como pasta de chocolate seca. Havia mais três, cada uma em um estado de preparação diferente, embora estivesse claro que todas eram tentativas de fazer uma cobertura caseira.

Eu presumira que Noah tivesse encomendado o bolo de aniversário, assim como fizera com a refeição. E por que não faria isso? Estava superocupado em administrar a fazenda e criar uma criança. Não esperava que fizesse a cobertura do zero.

Minhas bochechas se aqueceram enquanto eu encarava essas tigelas. Uma pressão cresceu atrás do meu esterno. Ele fizera isso por mim. Tinha sofrido ao longo de pelo menos seis tentativas de cobertura, e não se dera ao trabalho de mencionar que a preparara pessoalmente.

Mas não era só a cobertura.

Eram também os brincos de vaca e a hera venenosa e os pães toda vez que eu me virava. Era me buscar e me obrigar a comer batatas fritas quando eu estava bêbada, triste e petulante, e era mandar vendedores de sorvete para organizar minha sala de aula. Era meu amigo, o que tinha mudado tanto, mas de nenhum jeito que importava.

Era meu marido.

– Onde você foi se enfiar... *ah*. – Ele parou na porta da despensa, encarando a tigela em minhas mãos enquanto corria uma mão sobre a mandíbula. – Não é nada. Só... não se preocupe com isso.

A pressão no meu peito cresceu tanto que tive que abaixar a tigela, envolver os braços no pescoço dele e pressionar meus lábios nos dele.

Noah cheirava a detergente e tinha gosto de bolo e, mesmo se isso fosse a pior ideia que eu já tive, parecia certo.

Segundos se passaram enquanto ele ficou parado ali, os braços do lado do corpo e o corpo congelado contra o meu. Então, como se um interruptor tivesse sido ligado dentro dele, um rosnado saiu de sua garganta e Noah fechou os braços ao redor do meu torso. Ele se soltou, os dentes raspando sobre meus lábios, a língua na minha boca, sua barba arranhando meu queixo enquanto encaixava os lábios sobre os meus. Então foi uma corrida louca para tocar, lamber e segurar, e não foi o suficiente. Nada era remotamente suficiente.

Arrastei os dedos pela sua nuca, até seu cabelo. Noah grunhiu no meu ombro, grave e alto, e o som libertou algo dentro de mim.

– Vem cá – sussurrei, apertando seu cabelo mais forte para trazê-lo de volta à minha boca.

A risada dele foi quieta e sombria.

– Acho que não, esposa.

– O que… – Antes que eu pudesse terminar esse pensamento, ele me ergueu, me apoiou no balcão da despensa e entrou entre as minhas pernas. Correu as mãos pelas minhas coxas, empurrando meu vestido para cima no processo. Desenhou círculos no interior da minha perna, logo acima do joelho, e, se alguém perguntasse, eu teria que dizer que era a única fonte de todo o prazer no meu corpo. Chocada, vi minhas pernas tremerem sob o toque dele.

– Melhor – disse ele, rouco.

Ninguém me manuseava com tanta autoridade. Com tanta audácia.

Ele manteve uma mão na minha coxa e levou a outra ao meu rosto, correndo-a pela minha mandíbula e cabelo. Então se inclinou, mordiscando meus lábios antes de selar a boca na minha. Parecia novo e insano, mas também como algo que sempre tivéssemos feito.

Soltei as mãos da beirada do balcão e as corri pelos seus ombros, até a curva musculosa do pescoço. Noah grunhiu de novo, mas dessa vez combinou com uma estocada dura entre as minhas pernas e eu vi estrelas. Abaixei a cabeça contra as prateleiras enquanto uma exalação trêmula saía de mim.

Noah abaixou o rosto ao meu pescoço, me enchendo de beijos, lambidas e mordidas. Pressionou a boca na curva do meu ombro, sentindo o gosto atrás da minha orelha, inalando como se pudesse engolir o aroma da minha pele. O tempo todo, movendo-se entre minhas pernas, tudo nele duro.

Não havia como esconder – ele estava excitado. Muito excitado. Noah queria isso. Ele *me* desejava.

– Noah – sussurrei, meus dedos no cabelo dele e meus olhos embaçados. Meu coração martelava, arquejos trêmulos escapando da boca. Eu não sabia o que dizer. O melhor que consegui foi: – Você devia ter me contado.

Ele balançou a cabeça.

– Eu não vou estragar isso conversando. – Ele correu um dedão nos meus lábios e encarou meus olhos. Por um segundo, pareceu que estava tudo acabado, como se fosse encerrar as coisas por ali, mas então trouxe seus lábios aos meus de novo e meus pensamentos se dissolveram.

Tudo o que eu acreditava ser verdade mudou e se rearranjou enquanto Noah me prendia entre seu corpo e aquelas prateleiras. Aquele homem forte e calado não era indiferente. Não precisava de tempo para começar a gostar de mim. E aquilo não era uma performance.

Deslizei os dedos pelo pescoço dele, o que o fez rosnar contra minha pele como um animal selvagem e, embora não entendesse por quê, queria mais desse som. Meu marido segurou um dos meus peitos, a mão se movendo em círculos firmes que no começo não me afetaram, mas então passou a ponta do dedo do meu mamilo e eu quase saí voando do balcão.

Precisava de mais. Alguma coisa, qualquer coisa. Eu me remexi até envolver os tornozelos ao redor das coxas dele, mas Noah se afastou dos meus lábios com um arquejo rouco. Abaixou a cabeça ao meu ombro e beijou o lado do meu pescoço.

– Amo seu cabelo assim.

– Curto? Ou meio cor-de-rosa?

– Os dois – respondeu ele, me apertando num abraço forte. – É como se tivesse parado de se importar com o que todo mundo pensa e se deixasse ser o que quiser.

Meus olhos arderam enquanto absorvia essas palavras.

– Talvez. Ainda não cheguei lá.

O ar era diferente ali dentro. Era honesto. Não havia por que se esconder de nada.

Quando Noah me beijou de novo, foi familiar dos melhores jeitos. Eu conhecia seus lábios, sua língua e sua barba. Conhecia o gosto dele. E sabia como mergulhar no momento e me deixar sentir que seria eterno.

Por fim, Noah recuou e desemaranhou o *pretzel* em que tínhamos nos transformado.

– Você vai chegar lá. Eu sei que vai.

Ele abaixou o vestido sobre minhas pernas e correu a mão sobre o tecido para alisar os vincos que criamos nos esfregando um contra o outro numa despensa. Ofegante, Noah me observou. Se eu transparecia sequer uma fração do emaranhado caótico dentro de mim, estaria um desastre. Mas não o mesmo desastre que fora nos últimos meses. Esse era um desastre fresco, uma nova forma. Uma versão que não me incomodava. Uma versão que parecia muito viva, e não seca ou vazia.

Noah enfiou uma mecha de cabelo sobre minha orelha.

– Vou acompanhá-la lá pra fora agora.

– Precisa?

Ele assentiu.

– Sim. Mais um minuto aqui vai se transformar em noventa ou, caralho, na noite inteira, antes que a gente perceba.

Pressionei as pernas e senti uma dor distinta, uma contração que quase roubou meu fôlego. Engoli em seco.

– Ah. Tá bom.

– É uma noite escolar pra você – disse ele, como se isso explicasse tudo.

Com uma mão entre meus ombros, Noah me guiou para a cozinha. Pegou minhas sacolas de livros e as sobras de bolo, então me levou para fora. Da minha parte, eu não conseguia pensar além do calor e do desejo dentro de mim, e permiti que enfileirasse minhas sacolas no banco de trás, guardasse o bolo no lado do passageiro e prendesse o cinto ao meu redor. Juntei as mãos no colo para que parassem de tremer.

– Preciso segui-la até em casa? – perguntou ele.

– Não. Estou bem. – Soltei uma risadinha nervosa. – E Gennie está dormindo.

– Posso pedir a alguém que fique aqui por dez minutos – disse ele, uma mão apoiada na porta aberta do carro. Essa postura fez sua camiseta subir pelo torso, deixando uma fatia de pele exposta. Havia uma meia-lua no céu atrás dele e eu não conseguia acreditar em como Noah estava lindo. Como um anjo que conhecia o suficiente do céu e do inferno para se afastar de ambas as coisas. – Não seria problema.

Balancei a cabeça.

– E se eu lhe enviar uma mensagem quando chegar em casa?

Ele arqueou as sobrancelhas, considerando isso.

– Tudo bem. Posso viver com isso.

– Obrigada – eu disse, apontando para o bolo.

– Feliz aniversário, minha esposa. – Noah se inclinou e deu um selinho em mim. – Vou buscá-la para o Festival da Colheita. Esteja pronta às 7 horas.

Shay: Estou em casa.

Noah: Sim. Parece que está.

Capítulo 20

Shay

Os alunos serão capazes de cruzar pontes e escalar maridos com formato de montanha.

ENCAIXEI MINHA GARRAFA d'água no bebedouro do refeitório e puxei a frente do vestido numa tentativa inútil de fazer circular o ar espesso e estagnado. Ainda não era nem o meio da manhã e eu já estava derretendo. Setembro nunca terminava sem uma última e brutal onda de calor veranil. Não seria um problema, apenas um desconforto temporário antes do tempo fresco prometido para o fim de semana, porém o sistema de ar-condicionado da Escola de Ensino Fundamental Hope estava se segurando à vida por um fio.

– Abafado, né?

Ergui os olhos do fluxo de água entrando na garrafa para ver Helen Holthouse-Jones, que eu ainda me recusava a chamar de HoJo, cruzando o refeitório até mim. O vestido envelope de hoje não tinha mangas e seu cabelo cor de *merlot* estava retorcido e preso por um clipe de pasta grande.

– É – respondi, com ênfase. – Nesse ritmo, talvez passemos a tarde esparramados no chão com as luzes desligadas.

– Bom, bom. Pode ser a única saída – disse ela, com uma risada baixa. Abriu sua própria garrafa e deu um gole d'água, enquanto a minha continuava a encher. Levaria uma eternidade, eu sabia. Gostava de garrafas grandes, não podia negar. – Aproveitando que você está aqui…

Ah, Deus.

– Falei com a sra. Sanzi e acho que funcionaria melhor se passasse para a sala dela assim que Kelli voltar à escola. Assim vai ter uma chance de conhecê-la, e a turma, e ter uma noção dos conteúdos. – Devo ter feito alguma expressão, porque ela fez um gesto com a garrafa e acrescentou depressa: – A não ser que isso não funcione pra você.

– Ah, não. Não tem problema. Tá ótimo. – Eu ri para disfarçar o pânico. – É só que, sabe, eu perdi a noção do tempo. Só percebi agora que já estou com essa turma há um mês.

– O primeiro mês passa voando, né? – Ela assentiu como se estivesse bem familiarizada com a experiência de passar um ou outro mês de setembro num sonho febril. – Vou dizer à sra. Sanzi que estamos prontas pra seguir com esse plano. Muito bom. Bom, bom. Vamos lidar com a sra. Lazco mais tarde.

Tirei minha água e me ocupei em tampá-la.

– Ótimo.

Então Helen jogou casualmente:

– Alguma ideia sobre o ano que vem?

Mantive os olhos abaixados. Não queria explicar o pavor associado a essa pergunta. Era complicado demais – além de não ser da conta dela –, e eu precisava de tempo para tomar essas decisões. Nos últimos três meses, eu tinha ficado noiva, sido abandonada e me casado, e isso depois de herdar uma fazenda (mais ou menos), abandonar meu emprego, amigos e cidade, e descobrir que achava meu marido atraente *e* excitante. *Muito* excitante. Minhas tentativas de levar um dia de cada vez eram risíveis.

– Estou muito focada nesse grupo de segundo ano – eu respondi. – Não tive a chance de pensar em mais nada.

– Faz sentido – murmurou ela. – Se tiver uma chance de pensar em outra coisa, saiba que é provável que tenha uma abertura no primeiro ano, além daquela turma do infantil. Só algo para manter em mente. Tudo bem? Bom, bom. Certo, bem, vou deixá-la em paz.

Eu me encostei na parede enquanto Helen saía do refeitório, o cordão ao redor do pescoço balançando a cada passo. Devia retornar à minha sala, usando esse tempo para me preparar de fato para a semana seguinte, mas precisava de mais um minuto. Os corredores estavam sufocantes, e minha sala ficava bem no fim de uma passagem longa e mal ventilada, e as palavras *ano que vem* se pressionavam duro contra meu peito.

Jaime rotineiramente prometia me arrastar para casa, de volta a Boston, depois que toda essa história com o testamento de Lollie se resolvesse, mas havia alguns problemas com esse plano. Minha velha escola havia me substituído por uma pessoa muito gentil chamada Aurora Lura, eu não tinha onde morar fora o sofá de Jaime e não conseguia imaginar como coordenaria um espaço para casamentos na fazenda de Lollie – para o qual agora havia um plano de negócios profissionais e uma aprovação de financiamento inicial – enquanto morava e trabalhava a noventa minutos dali.

Fora todos esses problemas muito reais, havia Noah e as coisas que aconteceram na despensa. Eu não sabia o que nada disso significava. Ele não me deixou com um panfleto explicando o que esperar quando se dá conta de que desejava seu marido de mentirinha.

Eu o queria de fato? Podia ter sexo casual com meu marido de mentirinha?

Uma pergunta melhor era se eu conseguiria fazer sexo casual de qualquer forma. Não tinha dificuldade em achar as pessoas atraentes nem em sentir tensão, mas havia algumas outras pontes que tinha que atravessar antes de querer tirar as roupas, ficar nua com uma pessoa e deixá-la me tocar. E não sabia sempre definir essas pontes, mas sempre era preciso cruzá-las para que parecesse certo.

Pensando bem, eu não fazia ideia do que foi que me convenceu que sexo com meu ex era uma escolha inteligente, mas a pessoa antes dele sempre fez com que me sentisse segura. Podia falar qualquer coisa, fazer qualquer coisa, e não seria errado. Sabia que nunca teria minhas vulnerabilidades jogadas na minha cara, e eu confiara naquela pessoa.

Não sabia se já tinha confiado no meu ex dessa forma. Eu quisera confiar nele, e acho que quisera só o suficiente para me convencer de que confiava. Eu me convencera de tantas coisas. Não parecia possível engolir todas essas mentiras e meias-verdades ao mesmo tempo que dizia a mim mesma que tinha tudo o que eu já quis.

Fora minhas experiências na adolescência, que eram a coisa mais próxima de casual que eu já tive, minha vida sexual caía certinho na coluna de *sério*. E não conseguia imaginar como transar com Noah pudesse ser algo além de casual. Havia uma data de validade estampada no nosso casamento e, ao que tudo indicava, também no meu tempo nessa cidade. A gente podia se beijar numa despensa e ficar de chamego em um jogo de futebol, mas qualquer outra coisa seria... bem, eu não via como poderia haver qualquer outra coisa.

Mesmo se parecesse que tinha cruzado muitas das pontes que precisava e que eu desejasse Noah, não era uma boa ideia. Era possível que ele não se sentisse da mesma forma. Sim, claro, meu marido de mentirinha fora bem *intenso* na despensa, mas não sabia o que eu significava para ele. Não conseguia imaginar que quisesse algo a mais do que uma transa de uma noite, para matar a vontade, o mais casual possível.

Todas essas coisas pareciam horríveis para mim. Eu não fazia sexo pra matar a vontade. Não sabia como separar sexo das emoções, e não achava que queria tentar. Eu precisava sentir alguma coisa. Precisava sentir que valia múltiplas tentativas fracassadas de fazer cobertura de chocolate.

Mas não era uma boa ideia. E Noah e eu tínhamos complicações mais do que suficientes entre nós. Não havia por que bagunçar as coisas com sexo. Não quando eu podia me dar um vibrador novo e elaborado de aniversário e deixar essas complicações para trás.

Era melhor assim. Muito melhor. Para todos. Eu mal tinha tempo para essas atividades extracurriculares, considerando que tinha que começar a pensar sobre a turma de terceiro ano da sra. Sanzi e o que quer que aquelas crianças precisassem aprender. Se conseguisse que Grace me explicasse seu currículo, ajudaria muito. Mesmo se passasse uma ou duas semanas na sala de Adelma Sanzi, ainda teria que escrever meu próprio plano quando ela saísse de licença. Talvez pudesse visitar Grace e Emme no próximo feriado, e Jaime e Audrey também, claro.

Elas entenderiam por que eu não podia fazer sexo com meu marido. E concordariam comigo nisso.

Independentemente de qualquer coisa que Jaime tivesse dito no passado.

Enquanto eu estava perdida em pensamentos, uma porta se abriu com um barulho alto do outro lado do refeitório. Demorei para virar os olhos naquela direção, mas fui rápida em sussurrar:

– *Ahhh.*

Noah abriu caminho com o ombro pela porta de serviço, dois fardos de leite em cada mão e os braços forçando os limites da camiseta. Por um momento, não fiz nada além de encarar. E quem podia me culpar? Seus braços pareciam troncos de árvore e seu peito, *minha nossa*, dava para ver as ondas de músculos através da camiseta.

Sabia como era tocá-las, e seus braços também, mas vê-lo atravessar o refeitório depressa, o boné puxado baixo sobre os olhos e a mandíbula firme, era uma experiência diferente.

Até ele me pegar olhando.

Um leve sorriso repuxou seus lábios enquanto Noah erguia os quatro fardos para a geladeira. Fazia 35° graus às 10 horas da manhã, e ele estava carregando um monte de leite com aqueles braços e não podia ter a decência de ofegar enquanto fazia isso.

Noah ergueu o queixo em cumprimento enquanto vinha na minha direção, o sorrisinho se transformando num sorriso genuíno. Eu não tinha palavras. Nenhuminha. Não sabia até o momento, mas carregar fardos de leite num refeitório enquanto usava uma camiseta apertada em um dia quente era uma das pontes de intimidade que eu precisava atravessar.

– Bom dia – disse ele.

– *Mmhmm.* – Apertei a garrafa d'água com as duas mãos. – O que você está fazendo aqui?

Ele tirou o boné, correu os dedos pelo cabelo.

– É bom ver você também.

– Quer dizer, *humm.* – Ele pegou minha água e deu um gole. Eu encarei sua garganta enquanto ele bebia. – Desde quando você entrega leite nas escolas?

– Desde quando o caminhão de entrega regular esquenta demais na estrada. – Ele devolveu a garrafa, pressionando-a entre meus peitos. Seu dedo indicador roçou meu mamilo. O sibilo que saiu de mim era profano. Não tinha nada que soar num refeitório de uma escola fundamental. – Tudo parte do trabalho.

– A-acho que sim – balbuciei. Estava ficando mais quente?

Ele traçou a concha da minha orelha e o lado do meu pescoço, as bochechas ficando coradas quando reparou nos meus brincos de vaca.

– Fofos.

Tão, tão quente.

– Quantas paradas você ainda tem que fazer? – perguntei.

Ele desceu o dedo sob meu colar, esfregou o dedão sobre o pingente.

– Essa é a última.

– Que alívio – eu disse.

Ele inclinou a cabeça de lado e me estudou enquanto subia aquele dedo de volta pelo meu pescoço.

– Por que seria?

– Porque você é uma propaganda ambulante para ter um caso com o entregador de leite.

Noah deu de ombros enquanto um rubor coloria suas bochechas e orelhas.

– Não seria um caso, dado que já somos casados. – Ele segurou minha mandíbula enquanto se inclinava mais perto. – Não é verdade, esposa?

Seus lábios roçaram nos meus, a leve barba áspera na minha mandíbula e seu hálito de menta quente na minha pele. Mal era um beijo, só um toque, mas me atravessou como um lembrete quente e súbito da noite anterior. Era incrível... e inconveniente.

– Eu tenho que buscar minha turma em alguns minutos – eu disse.

– Então vou roubar esse minuto de você. Se quiser ele de volta, vai ter que vir pegar.

Ele passou o braço ao redor da minha cintura e puxou apertado contra si. Agarrei seu ombro para me firmar. Um rosnado rouco soou na sua garganta quando me beijou de novo, e aquele som foi direto até as racionalizações que eu acumulara me convencendo a não desejar Noah e as derrubou todas. Minhas razões e justificativas, minha fortaleza e lógica, caíram como um castelo de areia cedendo à maré alta.

Tudo que eu podia fazer era retribuir o beijo e me perguntar se sobreviveria.

Do outro lado do refeitório, veio um coro de *ooohhhh*. Eu saí do abraço de Noah e encontrei minha turma vindo na direção do bebedouro, cada rostinho corado e suado após correr naquele calor.

– *Ai, meu Deus.*

– Desculpe interromper, srta. Z – disse o sr. Gagne. Ele deu uma piscadela desnecessária. – Terminei nosso jogo de *kickball* mais cedo. Temos que nos hidratar muito em dias como esse.

– É esse o sujeitinho? – perguntou Noah, baixinho.

– Que sujeitinho? – Eu sabia de quem ele estava falando.

– O que a deixou no bar – disparou ele, dando um olhar furioso para o professor de Educação Física. – O treinador de lacrosse. Aquele que eu vou matar.

– É, mas a gente não assassina pessoas aqui. Dá um péssimo exemplo para as crianças. – Dei uma batidinha no ombro dele. – Você já está matando ele o bastante com os olhos. Acalme-se. Nada de rosnar.

– Esse é seu namorado? – perguntou uma das crianças.

– Você vai se casar? – perguntou outra.

Ao meu lado, Noah bufou. Para os alunos, eu respondi:

– Turma, esse é meu amigo sr. Barden. Ele nos visitou hoje para reabastecer nosso suprimento de leite achocolatado. Digam "oi" ao sr. Barden.

– Oi, sr. Barden – as crianças disseram em coro.

Noah ergueu uma mão.

– Ei. – Ele se virou para mim e disse: – Você sabe onde me encontrar se quiser aquele minuto de volta.

Eu o vi seguir até a porta de entregas, me atingindo com um sorrisinho que pousou em algum ponto embaixo do meu umbigo enquanto ele acenava em despedida.

Eu não fazia ideia do que ia fazer em relação ao meu marido.

Capítulo 21

Noah

Os alunos serão capazes de permanecerem frios
quando as situações esquentarem.

EU ERA UMA pilha de nervos no segundo em que estacionei em Twin Tulip e saí da camionete no sábado à noite.

Shay saiu de casa vestindo uma calça jeans que abraçava seus quadris fartos e um suéter sob o qual eu queria enfiar as duas mãos, e não consegui dizer nada. Seu cabelo estava diferente, talvez meio ondulado, e a maquiagem nos olhos fazia seus cílios parecerem infinitos. Eu apenas a encarei por um longo, longo momento.

Ela parou no topo dos degraus da varanda.

– Que foi? – Ela olhou para o suéter, o jeans. – Qual é o problema?

– Não tem problema. Você está… você está perfeita.

Ela correu as mãos pelas coxas.

– Então o que você está encarando?

Estou tendo um flashback de todas as vezes que a vi ir a festivais, bailes e encontros com outras pessoas. Em todas as vezes que nunca pensei que teria a chance de ser a pessoa que levava você comigo.

Em vez de dizer isso, subi os degraus correndo para encontrá-la.

– Você está bonita. Seu suéter. É muito… bonito.

– Ah. Obrigada. – Ela olhou para mim. – Você ainda está me olhando com uma expressão estranha.

É, bem, era estranho conseguir todas as coisas que já desejei. De alguma forma, não sentia que estava fazendo isso certo.

– O que vocês tão esperando? – Erguemos os olhos e encontramos Gennie se inclinando da janela com a espada erguida. – *Vamos logo!* A gente vai perder!

– Não, não vamos. – Para Shay, eu disse: – Ela ficou as últimas duas horas sentada na frente da porta me perguntando se era hora de ir.

– Bem, ela está animada.

– É, não brinca.

Shay sorriu e se inclinou para bater o ombro no meu.

– Não vamos mantê-la em suspense.

EU SEGUREI QUATRO notas de cinco dólares fora do alcance de Gennie.

– Isso são vinte dólares – eu disse –, e são mais do que suficientes para todos os jogos e brinquedos.

– E a limonada? – perguntou ela.

– Também. Faça boas escolhas. Não gaste tudo num só lugar. E não comece nenhuma briga.

– É melhor esses filhos da puta não começarem uma briga comigo.

Ergui o dinheiro de novo.

– Como é que é?

– Nada – murmurou ela. – Nada de brigas.

– Bom. – Entreguei o dinheiro e a vi enfiá-lo no bolso interior da jaqueta de lã. – Fique onde eu possa ver você.

Vi Gennie correr com os braços esticados na direção das barracas de jogos. Ao meu lado, Shay riu.

— Você sabe que ela vai ganhar o maior bichinho de pelúcia daqui e você vai precisar amarrá-lo na traseira da sua camionete, né?

— Estou contando com isso. Preciso de algo novo pra assustar as raposas que ficam entrando no galinheiro.

Shay apontou para a área cheia de vendedores e artesãos locais, enquanto passeávamos.

— Você precisa fazer algo hoje?

— Não, ainda bem. Temos equipes trabalhando o dia todo e somos patrocinadores do evento, mas não tivemos tempo de nos inscrever pra mais nada. Alguma coisa sempre acontece, sabe? A associação de apoiadores sempre tem uma emergência no último minuto. Precisam de cestas de presente doadas para um leilão, ou alguém para conectar um gerador, ou mais algumas mãos para ajudar com as vendas de ingressos. E isso é só no evento em si. Você não acreditaria no caos envolvido em planejar essas coisas. Tem sempre um comitê ou conselho precisando de ajuda. No ano passado, comecei a mandar nossa pessoa do marketing, mas eles não ficam contentes se eu não aparecer nessas coisas infernais. Como se eu gostasse de ficar sentado na mesa de jantar de alguém discutindo temas para o bazar do feriado seguinte.

Shay me deu um olhar demorado.

— Então, como é ser o homem mais requisitado da cidade?

Eu peguei a mão dela. Um sorriso abriu caminho à força no meu rosto quando Shay entrelaçou nossos dedos. Queria fazer muito mais do que segurar a mão dela. Queria retomar de onde tínhamos parado na despensa. Tinha passado os últimos dias obcecado com isso, mas não sabia se podíamos. Primeiro, porque eu tinha a suavidade da areia perto dela. E segundo porque Gennie nunca estava longe de vista. Eu não sabia como manter as coisas estáveis e fazer a coisa certa para ela sem esquecer minha vida no processo. Não podia ser assim que as coisas deviam funcionar. Não podia ser esse o custo de tomá-la sob meus cuidados.

Até o momento, porém, tinha sido esse o custo. Não que eu devotasse muito tempo a sexo ou relacionamentos desde que voltara a Amizade, mas a chegada de Gennie acabou com tudo isso. Estávamos no ponto em que minha sobrinha conseguia passar o dia no rancho dos Castro sem entrar em pânico porque temia que eu não voltaria para casa. Deixá-la com uma babá de noite – mesmo se fosse alguém em quem ela confiava, como Gail – era complicado. Ou eu saía de casa depois que ela dormisse ou aceitava que não iria dormir até eu voltar.

Nada disso constituía condições ideais para um namoro e, francamente, eu não tinha nenhum interesse em sair com alguém só para passar a noite todo ansioso enquanto checo o celular a cada três minutos.

– É exaustivo – eu disse, com uma risada. – A popularidade não é o presente que todo mundo acha que é.

– Imagino – respondeu ela. – Foi difícil, assumir tudo isso dos seus pais?

– Exaustivo – repeti. – A expectativa é que eu seja igualzinho ao meu pai. Para muita gente, ele era o coração dessa cidade, e presumiram que eu só – fiz um gesto largo à frente – assumiria o lugar dele. Não sei lhe dizer quantas vezes as pessoas me contam como ele teria lidado com as coisas, ou, melhor, como aprovaria o que eu estou fazendo. Ou não. Eu ouço essa bastante também.

Ela murmurou em concordância.

– Você fez milagres, sabe. Não importa o que seu pai teria pensado, você construiu um pequeno império aqui.

– Para sua sorte, esse império envolve pães frescos.

– Eu sabia que era questão de tempo até você entender meus objetivos.

Ela se espremeu contra mim quando uma família passou do seu outro lado, e precisei de todo meu esforço para conter um grunhido.

Enquanto andávamos, topamos com um monte de alunos dela. Todos vinham dizer "oi" e contar para ela suas aventuras da noite. Havia prêmios para exibir e histórias doidas sobre as xícaras malucas para recontar, e Shay ouviu tudo com a mesma atenção que demonstrava a Gennie. Era inacreditável, mas eu não tinha formado uma imagem clara dela como professora até esse momento, quando estava assentindo com entusiasmo enquanto uma criança com todo o *ketchup* do mundo manchando o rosto e a camiseta contava a ela sobre a roda-gigante. Ela fazia isso *todo dia*. Escutava os devaneios sem sentido de crianças sujas e de alguma forma conseguia transmitir conhecimento a elas.

A maioria dos pais nem reparou em mim. Os que o fizeram deram um olhar rápido na minha direção e notaram minha mão na cintura dela, embora estivessem mais interessados na srta. Z que em qualquer outra coisa. Para mim estava ótimo. Eu podia ficar ali em silêncio e deixá-la brilhar a noite inteira. Era mais seguro também. Nunca estava a mais de um segundo de me referir a Shay como minha esposa, e isso era a última coisa que ela precisava que eu dissesse.

A única hora que eu tinha que falar eram quando esses pais também tinham filhos que trabalhavam na sorveteria. Eles sempre precisavam que eu soubesse que as roupas de Emma ainda cheiravam a casquinhas de *waffle* ou que Zeke se referia aos bíceps como duas bolas. Eram esses que encaravam Shay e eu como se estivessem tentando realizar um cálculo e ficavam satisfeitos, ainda que um tanto surpresos, com o resultado.

Depois que cumprimentamos cada criança pequena num raio de dez quilômetros, passeamos pela linha de *food trucks*, parando a cada poucos passos para estudar os menus.

– Lembra-se dos antigos festivais de colheita? – perguntou ela, acenando para as longas filas na frente de cada barraca. – A gente comia batatas fritas velhas e queijo laranja que saía de um balde de vinte litros, e disputava corrida com sacos de batata.

– Com sacos de batata de verdade – acrescentei. – Da fazenda Vaudereil.

Ela me espiou.

– Você comprou esse lugar também?

– Comprei, mas foi um acordo limpo. Eu não tive que fazer nada doido como me casar com a neta deles pra conseguir as terras.

Um cotovelo foi parar entre as minhas costelas.

– Sempre soube que era isso que você queria – murmurou ela.

– Não é – eu disse. – E você sabe disso. – Ela me deu um sorriso doce. – Eles se mudaram, não me lembro pra onde. Os netos não tinham interesse na propriedade, mas não queriam vender pra uma construtora. Lembra-se da Marta Vaudereil? Era ela que tinha o adesivo de *Não deixe os filhos da puta te moerem*. Era implacável. Eu gostava daquela velha mal-humorada.

– Eu também. Ela e Lollie eram próximas. Elas bebiam *Manhattans* na varanda às 10 horas da manhã e, como diziam, tinham um bom papo. – Ela riu. – O que você fez com a fazenda de batatas?

– Transformamos a antiga casa na padaria e cultivamos um monte de legumes no restante do terreno. Aspargo, cenoura, alface e abobrinha. É o motivo de termos começado a vender caixas de agricultura apoiadas pela comunidade. Antes disso, não tínhamos variedade suficiente pra justificar o preço. – Apontei para o castelinho inflável no meio da pista de corrida. – Essas crianças têm sorte. Lembra-se do labirinto de fardos de feno no campo de futebol? Aquela coisa era um pesadelo.

– Falando em pesadelos – disse Shay –, não olhe, mas sua amiga Christiane está vindo pra cá.

De imediato vasculhei a multidão para encontrar Gennie. Se Christiane Manning estava ali, os filhos também estariam, e eu precisava saber que não estavam ocupados atormentando minha sobrinha.

– Ela está na barraca de arma d'água. – Shay me cutucou enquanto apontava o queixo para a barraca do outro lado do campo. – E está com uma amiga. Está vendo? Aquela garota de rabo de cavalo. Estão brincando juntas.

– Noah! Oi, oi! Noah, aqui!

Não me dei ao trabalho de reprimir um grunhido, mas apertei a cintura de Shay com mais força. Era agradável tocá-la assim, sem o peso da mentira nos ombros. Eu não tinha que me preocupar se estava cerrando os dentes para suportar – não quando sabia como era ter suas pernas fechadas ao redor da minha cintura.

– Christiane.

A mulher sorriu para mim, mas havia algo singular em seu olhar, uma especificidade que se recusava a ver Shay do meu lado.

– Está vendo isso? Depois de todos esses meses de planejamento, eu sabia que ia dar tudo certo. E é tão bom ver todo mundo na comunidade, não acha? – perguntou ela, virando-se e apontando para o parque de diversões. – Tenho que dizer que é um sucesso.

Assenti, esperando que ela reconhecesse a existência da minha esposa. Quando não aconteceu, eu disse:

– É, Shay e eu estávamos falando disso agora mesmo.

Christiane piscou para mim, de modo lento e deliberado, antes de virar um sorriso para Shay.

– Olá – disse ela, a voz arrastada. – Não acredito que não nos encontramos há mais de um mês. Onde você esteve se escondendo?

– Por aí – respondeu Shay tranquilamente. – Noah me mantém ocupada. No outro dia, ele me preparou a festa de aniversário mais fofa do mundo. Todos os meus pratos preferidos para o jantar e assou um bolo. Do zero. Acredita nisso? Com cobertura caseira também.

O bolo era de caixinha, mas eu não ia corrigi-la. Não quando minha esposa estava toda empolgada.

– Uau – sussurrou Christiane. – Feliz aniversário atrasado.

Shay sorriu largo para mim. Eu disse a mim mesmo que o sorriso era real, que era autêntico. Que ela tinha amado a festa de aniversário – e tudo que acontecera depois – e que eu não tinha que questionar se estava dizendo isso só para enganar Christiane. Eu ia precisar de um tempo para me acostumar com essas coisas.

– Obrigada – disse Shay – Quais as novas, Christiane?

– Ah, sabe como é. – Ela abanou uma mão perto do pescoço. – Os negócios estão prosperando. Estou com a agenda cheia pelos próximos seis meses. Tive que reestruturar todos os meus horários só pra conseguir passar um tempo aqui.

Dei um beijo na têmpora de Shay enquanto enfiava a mão no bolso da frente dela. Christiane acompanhou cada centímetro do gesto, piscando furiosamente o tempo todo.

– Que incrível – disse Shay, e parecia sincera. – É um bom problema de se ter, não é?

– Fantástico – concordou Christiane. A filha apareceu ao lado dela e sussurrou algo sobre estar cansada. A garota apontou para a cerca baixa que separava a pista de corrida dos campos de futebol. O irmão estava sentado na grama, contra a cerca, abanando um graveto contra nada. – Nem todos nós podemos ser notívagos, pelo visto. E, sabe, os gêmeos estão sempre viajando com os times de futebol, então a gente acorda antes do sol nos finais de semana. O futebol competitivo é assim. – Ela passou a atenção para mim. – Eu nunca vi Gennie nas partidas de futebol. Ela não joga? Sei que Francine adoraria ensinar o básico para ela. Talvez possam se encontrar para um tempo entre garotas e…

– Futebol não é um dos interesses de Gennie – respondi.

– Ah. Entendo. – Christiane assentiu. – Bem, se ela mudar de ideia, você sabe como me contatar. – Ela acenou e acrescentou: – Tenho certeza de que verei vocês dois pela cidade.

Depois que Christiane se afastou com os filhos, Shay disse:

– Isso foi relativamente indolor.

– Eu deveria pôr Gennie no futebol?

Ela deu de ombros.

– Talvez? Se ela quiser? Se não no futebol, talvez em outro esporte. Atividades assim podem ser uma válvula de escape muito boa para crianças que não amam a escola e têm dificuldade em se conectar com os colegas. – Ela apontou para os brinquedos. – O que diz? Topa?

Esfreguei a nuca.

– Se você quiser.

– Estou forçando você? É isso que está acontecendo aqui?

Ela fechou as duas mãos ao redor do meu bíceps e deu um puxão brincalhão. Respondi prendendo-a junto ao meu peito e beijando-a com força. Ela deu uma risadinha contra meus lábios, mas então suavizou-se, pouco a pouco, até suspirar contra mim.

– O que está acontecendo? – perguntou ela, recuando só o bastante para falar. – Com a gente?

– Não sei – admiti.

– Nem eu.

– A gente precisa saber?

Ela negou com a cabeça e arranhou os dentes no lábio inferior.

– Acho que não.

– Então tá. – Dei um beijo na sua testa. – Você quer que eu pare?

Ela negou com a cabeça de novo.

– Não. Nem um pouco.

– Então me force – eu disse. – Mostra pra mim o que você quer, esposa.

– AQUELE TROÇO é um processo esperando pra acontecer – eu disse enquanto saíamos aos tropeços das xícaras malucas. – Xícaras demais. Malucas demais. Alguém vai ter vertigem e processar essa cidade até as calças. Ainda bem que Gennie é baixa demais pra esse brinquedo.

Shay riu contra meu peito. Ela estava agarrada a mim porque cambaleava pior do que na noite em que a busquei no bar. Também estava agarrada a mim porque tudo no mundo parecia certo quando ela estava ali.

– Não foi tão ruim – disse, ainda rindo.

– Você não consegue caminhar, esposa – eu disse. – É toda a prova de que preciso.

– Não muito tempo atrás a gente teria ficado sentado a noite toda naquilo.

Duas coisas aconteceram quando Shay disse isso. Primeiro, abaixou a mão ao meu abdome e a deixou deslizar até parar bem acima da fivela do meu cinto. Segunda – e mais importante – meu cérebro pegou as palavras *sentado a noite toda* e tornou isso meu único requerimento para a sobrevivência. Comida, água, descanso – nada disso importava. Não até ela sentar a noite toda.

– Vamos na roda-gigante agora – disse ela.

– Diga que está brincando. – Consegui andar numa linha reta e sóbria enquanto guiava Shay para longe dos outros brinquedos.

– Ah, vá. É um cochilo em comparação. – Ela abaixou a voz e acrescentou: – E a diretora da escola está logo ali, perto da barraca de maçã caramelizada. Se me vir, vai querer falar sobre o ano que vem.

– Não é um tópico que você gostaria de discutir?

Ela balançou a cabeça, me puxando na direção da roda-gigante.

– Ainda não. Hoje não.

Essa resposta inspirava tantas questões, mas ao perguntá-las eu arriscava receber respostas, e havia uma boa chance de não querer ouvi-las.

Quando chegamos na curta fila da roda-gigante – que parecia só levemente menos frágil do que as xícaras malucas –, Shay acrescentou:

– Helen já me designou para trabalhos a longo prazo até o fim do ano escolar.

Corri a mão pela coluna dela.

– Você está feliz com isso?

– *Aham*, é ótimo – respondeu ela, num tom que sugeria não ser tão ótimo assim. – Eu só... não esperava que tudo acontecesse tão rápido. Mas é bom. Eu posso conhecer as crianças em vez de só aparecer por um ou dois dias. Gosto disso. Substituir professores diferentes todo dia provavelmente teria sido caótico demais pra mim. E preciso de um pouco de ordem na minha sala. Era a única coisa em que Jaime e eu nunca concordávamos. Ela aceita um caos moderado.

Pisamos na plataforma e entramos em uma cabine.

– Você sente falta da sua antiga escola?

Quando a roda começou a se mover, Shay assentiu.

– É. Claro que sinto. Eu amava aquele lugar. E todos os meus amigos estão lá.

Passei um braço ao redor dos ombros dela e brinquei com as pontas do seu cabelo.

– E as opções de *happy hour* têm que ser melhores do que qualquer coisa que temos aqui.

– É verdade. – Ela olhou para o festival abaixo de nós. Gennie não tinha se movido do jogo de arma d'água em pelo menos trinta minutos. – Helen quer me dar um posto permanente ano que vem.

Era demais esperar por isso e eu mal consegui me impedir de implorar a ela que aceitasse o emprego.

– O que *você* quer?

Shay se remexeu ao meu lado, o cotovelo roçando meu flanco enquanto balançava o pulso para soltar a pulseira de pingentes de dentro da manga. A sensação dela se mexendo ao meu lado, mesmo pelos motivos mais inocentes, disparou algo quente e urgente dentro de mim.

– Essa é a pergunta que eu fico me fazendo – disse ela, baixinho. – Mas é na Educação Infantil que está o meu maior amor.

Segurei o pulso dela e passei o dedão sobre os pingentes da pulseira. Uma estrela-do-mar, um trevo, um S em uma letra toda artística, um coração meio torto e uma estrela com um pequeno diamante no centro. Ela sempre amou estrelas.

– É uma decisão que você tem que tomar logo?

– Não. Helen é o tipo de diretora que gosta de botar a mão na massa e ticar todas as caixinhas o quanto antes, mas ela não pode me oferecer a posição até que a pessoa que a ocupa atualmente peça a licença. Parece que isso só vai acontecer em junho, no mínimo. – Ela arrastou a ponta dos dedos pela minha perna como se fosse a coisa mais natural do mundo. – Mas Helen ainda quer que eu aceite informalmente para ela não ter que se preocupar com isso mais tarde.

A roda parou e dessa altura podíamos ver as águas calmas da enseada de Amizade à distância.

– Então você tem um tempo pra pensar.

– É. – Parecia que Shay tinha dito tudo o que queria sobre esse tópico, mas aí acrescentou: – É uma boa escola. Eu gosto da equipe e das crianças. As famílias são ótimas. É divertido encontrá-los em eventos da comunidade como esse. Eu nunca trabalhei e morei no mesmo bairro, então esse tipo de coisa nunca aconteceu comigo até agora. Só tenho muito em que pensar. Não seria terrível ficar. É só uma grande mudança de planos.

Então, ela olhou pra mim com as sobrancelhas arqueadas:

– Ei. – Corri os dedos pela coluna do seu pescoço e contornei sua mandíbula. – Estamos num parque de diversões, num brinquedo que é uma armadilha mortal. Podemos nos preocupar com o futuro se vivermos para ver o amanhã.

Quando nos beijamos, pareceu a primeira vez – mas muito melhor. Eu mergulhei nela, esquecendo-me de tudo além de nós e dessa cabine enferrujada. Não estávamos casados pelos motivos errados. Não estávamos fingindo para tirar ninguém da minha cola. E não estávamos dando vida à minha paixão juvenil. Esse momento não tinha nada a ver com os adolescentes que já fôramos – era real e genuíno, e, se eu me esforçasse o suficiente, podia ignorar todas as vontades vulgares berrando na porção mais animal do meu cérebro. Aqueles que eu não conseguira reprimir desde aquela noite na despensa.

Mas eu não queria reprimi-las e, se o toque dos dedos de Shay na minha perna era alguma indicação, ela também não queria.

Plantei beijinhos no canto da sua boca, no seu queijo, até a linha cremosa do seu pescoço. Enfiando os dedos no cabelo dela, encontrei seu olhar. As bochechas dela estavam rosadas – podia ser o ar fresco da noite, podiam ser os amassos na roda-gigante – e seus lábios estavam entreabertos, o peito subindo e descendo com respirações rápidas. Ela era perfeita.

– Quer voltar comigo pra casa hoje? – Olhei nos olhos dela, procurando um sinal de reação. Ela só me encarou, sem revelar nada.

Então a roda-gigante começou a girar de novo, e os cantos dos seus olhos se enrugaram. Shay sorriu.

– Sim. Acho que quero.

Capítulo 22

Shay

Os alunos serão capazes de questionar tudo em que já acreditaram.

VOLTAMOS PARA A casa de Noah em silêncio, com Gennie desmaiada no banco de trás. Ele pôs a mão na minha coxa antes de sair do estacionamento da escola e a manteve ali, os dedos se movendo minimamente durante os doze minutos que levamos para atravessar a ponte, cruzar a Old Windmill Hill e virar no caminho de cascalho que levava à sua casa.

Esses doze minutos foram uma eternidade quente e cheia de expectativa na qual tinha bastante certeza de que eu era uma chaleira no fogão, a um tantinho *assim* de começar a apitar. A mão dele se espalmava bem no meio a minha coxa enquanto seus dedos se estendiam até a costura subindo por dentro da minha perna. Ele passou a ponta dos dedos sobre a saliência dessa costura, traçando-a para cima e para baixo, o que teve o efeito muito agradável de transformar todo meu corpo em água fervente. Que eu continuasse a ter uma forma sólida era algo chocante.

Minha cabeça era um local de debate intenso sobre se eu deveria abrir as pernas para Noah. Não havia muito espaço entre elas – nada de espaço entre as coxas aqui –, o que significava que, toda vez que ele examinava a costura, a parte de trás dos dedos abençoava o interior da minha outra coxa com sua atenção. Não que eu estivesse reclamando. Não havia reclamações. Nenhuminha. Mas estava me perguntando se ele pretendia me destilar até virar vapor bem ali na camionete dele.

No fim, eu não me movi. Queria me remexer, me contorcer e me esfregar contra aqueles dedos, mas fiquei onde estava, mesmo quando o calor espiralando por mim fez minhas pernas tremerem. Não olhei para Noah quando começou. Olhei direto para a frente enquanto rezava para aquela mão se mover alguns centímetros para cima. Só um pouquinho mais. Eu não precisava de muito. Só um pouco mais perto.

Mas se eu abrir as pernas um pouco mais...

Era uma bela ideia e realizaria a tarefa secundária de anunciar: *Sim, estou interessada em tudo isso.*

Talvez isso fosse atrevido demais. Descarado demais. O meu problema – um deles – era que eu não tinha muita ousadia no quarto. Não falava muito. Não revelava fantasias. O sexo era legal, mas eu não exigia muito dos meus parceiros. Não dizia a eles que precisava de mais atenção depois que terminavam, e não pedia que mudassem as coisas a não ser que eu estivesse desconfortável.

Eu não abria as pernas em convite.

Mas queria. Queria dizer, clara e desavergonhadamente, que precisava da pressão do toque dele mais fundo, mais forte e mais alto. Estava fervendo ali. Tão incandescente que conseguia sentir os segundos ticando em pulsos entre as pernas.

E foi aí que o dedão dele entrou no jogo.

Até agora, tinha ficado imóvel no centro da minha coxa enquanto seus dedos causavam todos os problemas. Mas então Noah o deslizou de um lado ao outro, desenhando uma faixa pela minha perna. Fosse sua intenção ou não, essa linha suave sussurrava: *tudo daqui pra cima é meu.*

Pisquei e rocei os lábios. Não queria mais jogar esse jogo. Queria preencher o silêncio com minhas palavras e os murmúrios e rosnados dele.

Queria nos distrair – eu, principalmente – da forte pressão crescendo no meu âmago. Queria abaixar a temperatura e voltar a um lugar que não fosse *fervendo, fervendo, fervendo*, tão próximo de transbordar.

Eu nunca queria que esse jogo acabasse.

Quando ele virou à direita na Old Windmill, o impulso da guinada fez aqueles dedos se cravarem mais fundo na minha coxa. Nesse ponto, após um silêncio que se estendia como um segredo, tive que engolir o suspiro-gemido-gritinho que o toque dele quase tirou de mim. O acordo era esse: a gente ficava quieto. Não podíamos arriscar quebrar esse momento com a realidade rude de palavras e respirações pesadas.

Noah passou por Twin Tulip, nem diminuindo a velocidade o suficiente para questionar se eu tinha certeza de que queria ir para casa com ele. Noah subiu a colina, passando pelas placas das Fazendas Estrelinha, passando pelas fileiras e fileiras de macieiras. Quando chegamos à entrada de carros que levava à sua casa, ele me deu um olhar rápido. Foi a única indicação – além da sua mão – de que estava ciente da minha presença ao seu lado. Eu teria dado tudo para saber em que estava pensando.

Paramos, as luzes na varanda da frente banhando a cabine em um brilho forte e destacando seu toque. Juntos, encaramos a mão dele apoiada contra o jeans escuro, quase ousando-o a terminar o jogo ao se mover ou falar.

E Noah fez isso. Pôs fim ao jogo quando pegou meu queixo na outra mão, se inclinou e selou os lábios nos meus. Ele me beijou como se fizesse isso havia anos, desde sempre. Como se conhecesse o terreno do meu corpo e conhecesse todos os meus sinais também, porque me deu sua língua no instante em que eu a quis, mordiscou meu lábio inferior quando precisava de algo afiado, passou o dedão na minha bochecha antes que eu pudesse sair flutuando pela janela até o céu noturno. Apertou com força minha coxa, de um jeito que pareceu reunir todo o calor e desejo dentro de mim e ancorá-los nesse ponto – que por acaso estava a uma distância latejante do meu clitóris.

Ele poderia me virar e verter.

Noah me deu mais um beijo nos lábios e encontrou meus olhos.

– Vou tentar levar Gen pra cama sem acordá-la de vez. Pegue as chaves. Abra a porta pra mim.

– Okay – assenti, embora não soasse como a minha voz. Soava como bolhas de sabão flutuando da pia da cozinha, vazias e iridescentes antes de estourarem.

Ele passou o dedão no chaveiro até achar a chave certa. Ergueu-a para mim, a sobrancelha arqueada como se soubesse tudo sobre minha fervura lenta e borbulhante, minha chaleira esperando para apitar. Como se esperasse que eu abrisse as pernas, agarrasse seu pulso e lhe mostrasse onde precisava dele.

Não, não podia ser certo.

Noah era fofo e educado. Ele nunca... não. Ele não faria isso.

Por outro lado, a outra noite na despensa não foi a definição clássica de educação.

– Vá – disse ele, apontando o queixo para a casa.

Peguei as chaves e fui abrir a porta. Ele não soltou minha coxa. Passou-se um momento antes de eu olhar para a mão dele e então erguer os olhos, encontrando os seus.

– Você vai ter que me soltar.

Ele engoliu.

– Prefiro não fazer isso.

Dei um olhar por cima do ombro para Gennie adormecida.

– Mas um pouco de privacidade seria bom, não?

Devagar, ele assentiu.

– Seria muito bom.

Noah esfregou a palma contra minha perna antes de deslizá-la até o joelho e fechá-la em um punho junto ao console central. Eu não me movi. Depois de viver vidas inteiras nos minutos que levamos para chegar ali, precisava respirar um pouco antes de confiar nas minhas pernas para me carregar até o fim da entrada de carros e por vários degraus.

Quando estava pronta, fiz meu melhor para sair da camionete sem cair de bunda no chão. Era bem simples, mas com os agravantes do cascalho instável e da escuridão estrelada – além da contração dolorosa dos meus músculos internos –, eu segurei a maçaneta até encontrar o equilíbrio.

Consegui subir os degraus e destranquei a porta enquanto Noah erguia Gennie, a cabeça dela apoiada em seus ombros e os braços ao redor do pescoço dele. Noah a carregou para dentro, um braço sob o traseiro e o outro segurando-a contra o peito, e percebi de repente que ele tinha aprendido a cuidar dessa garota no último *ano*. Se eu não soubesse, presumiria que era o pai dela e a adorava desde o momento em que chegara.

Ele olhou para mim enquanto seguia até a escada.

– Fique bem aqui – sussurrou.

Encarei a bunda dele enquanto se afastava e ainda podia sentir sua mão na minha perna. Podia medir a distância entre a ponta do seu dedinho e o ápice das minhas coxas. Por um segundo, me permiti mergulhar sob a superfície desse calor e deixá-lo ensopar minha pele.

Pela primeira vez em tempo demais, eu me sentia completamente viva. Não estava seca. Não era uma casca. Não estava agonizando por causa das coisas que tinha perdido. Não estava planejando gritar de raiva quando o relógio batesse à meia-noite, na véspera do Ano-Novo, em vez de beijar alguém.

Eu me sentia bem, presente e excitada, e não conseguia me lembrar da última vez que isso acontecera na companhia de alguém. Não estava interessada em investigar a fundo a última vez que estive com meu ex. Isso estava enterrado no passado e eu queria manter assim, embora soubesse, sem ter que pensar muito, que eu não respondia assim a ele. Não sabia se já respondera assim a alguém.

Em vez de passar um único minuto contemplando isso, me atribuí a tarefa de arrumar a cozinha de Noah. Dobrei uns panos de prato, lavei algumas xícaras na pia, limpei uma mancha da porta da geladeira. Foi assim acabei abrindo a geladeira – e se houvesse manchas na beirada da porta? – e organizando tudo que encontrei lá dentro. Eu não diria que estava *des*organizada, mas virei todos os potes de geleia para que as etiquetas estivessem voltadas para a frente, e alinhei todas as caixas de suco em duas fileiras certinhas.

– Tá com fome?

Dei um pulo ao som da voz de Noah, baixa e rouca o suficiente para arranhar minha coluna e começar um tremor atrás do meu umbigo.

– Estou organizando – eu disse.

– Está fazendo o *quê*?

– Organizando – repeti. Gesticulei às portas abertas da geladeira. – Suas caixas de suco estavam caóticas e a geleia estava virada em vinte direções diferentes.

Ele espiou a geladeira.

– Eu não posso ter mais do que quinze potes de geleia aí dentro.

– Como eu disse.

Assentindo, ele fechou as portas e veio na minha direção. Instintivamente, dei um passo para trás e então outro até atingir o balcão. Noah seguiu, seus olhos mais escuros do que eu já os vira. Abaixou as mãos à minha cintura e as apertou ali com força.

– Posso tocar em você?

Uma risada sem fôlego escapou de mim.

– Você me tocou a noite toda.

Noah apertou a testa na minha e enfiou uma mão entre as minhas pernas. Ele me deu um apertão rápido e firme, e eu me ergui na ponta dos pés. Dei um gritinho e agarrei seus ombros enquanto me apertava com os dedos e me acariciava através do jeans. O jeito como me agarrou ali não era educado. Tão longe de educado que beirava o indecente, como se ele se sentisse no direito de me inspecionar antes de me levar pra cama.

E... eu gostei?

Quer dizer, gostei. Gostei, sem dúvida. E tinha certeza de que Noah sabia disso porque podia sentir minha pulsação martelando no meu âmago. Estava latejando e toda molhadinha depois do trajeto até ali, e era só uma questão de tempo até minha excitação encharcar meu jeans. Se já não tivesse feito isso.

Oh, céus. Ele vai notar isso também.

Era outra coisa de que eu gostava?

Ninguém me manuseava assim. Era como se estivesse andando na ponta dos pés na corda-bamba entre o tipo de sexo que conhecia e entendia e alguma coisa diferente. O tipo que começava com beijos doces numa roda-gigante e saltava para ter um orgasmo no meio da cozinha antes que alguém tirasse as roupas.

Seria a primeira vez para mim.

– Eu quero tocá-la assim – disse ele, as palavras mal acima de um rosnado. Noah arranhou uma unha na costura do meu jeans e juro que o toque reverberou até os meus ossos. – Eu quero... caralho, Shay, não posso lhe dizer nem metade das coisas que eu quero.

– Tente – sussurrei, quase escalando-o para conseguir mais contato, mais fricção.

Ele piscou para mim, os lábios entreabertos e o hálito quente na minha bochecha.

– Você sairia correndo daqui tão rápido que deixaria uma nuvem de poeira pra trás.

– Juro em nome de uma pilha de potes de geleia que não vou. – Eu o encarei, os olhos implorando por mais. Queria saber em que ele estava pensando. Precisava saber de tudo. Depois de todo aquele silêncio, todos aqueles debates sobre abrir ou não as pernas, eu precisava disso. – Não tem nada que você possa dizer pra mim que seria errado.

Um rubor atravessou as bochechas dele até a ponta das orelhas. Ele ergueu a mão ao meu pescoço e apertou o dedão na minha pulsação.

– E se for tudo errado?

– Não é – eu respondi, tentando assentir, embora o aperto dele não me permitisse muito mais que um aceno trêmulo.

Ele tamborilou os dedos entre minhas pernas e não consegui segurar um arquejo alto e desesperado.

– Gosta disso? – perguntou, um sorriso torto repuxando um canto da boca.

– Acho que você sabe que sim.

Subindo os dedos até minha cintura, ele abriu o botão e desceu o zíper rapidamente. Em vez de enfiar a mão dentro da minha calcinha, Noah arrastou os nós dos dedos sobre a minha barriga. Por algum motivo, isso me enlouqueceu mais do que qualquer coisa. Esqueça agarrar minha boceta, esqueça alisar minha coxa a ponto da combustão interna. Isso, os dedos dele nas minhas dobras, me deixou perto de implorar.

– Eu quero arrancar esse suéter. – Ele se inclinou para beijar minha mandíbula, a barba arranhando minha bochecha. – E esse jeans. *Porra.* Sua bunda parece caber certinho no meu colo quando usa esses jeans. – Antes que eu pudesse responder, Noah acrescentou: – Desculpe. Isso foi… eu não devia ter dito isso.

Eu o olhei nos olhos, enrugados nos cantos, e sussurrei:

– Mais.

Ele arregalou os olhos.

– Mais?

Fiz outra tentativa de assentir, porque era óbvio que não acreditava em mim.

– Por favor.

Ele piscou e então soltou o ar pesadamente. Então:

– E se eu arrancar esse jeans?

– Por favor – sussurrei.

– E lhe provocar por cima da calcinha?

– Por favor.

– E lamber você até suas pernas bambearem? Chupar sua boceta? Foder você com os dedos? Chupar seu clitóris até ver estrelas?

Fechei os dedos na camisa dele e o puxei para perto, perto o bastante para sentir seu pau duro preso atrás do zíper. Nunca na vida eu tinha implorado por nada. Estava preparada para abandonar esse hábito esta noite.

– *Por favor.*

Ele pôs as duas mãos no balcão, me prendendo ali.

– Você tem que ficar quieta. Não pode acordar a menina.

– Eu vou ficar. – Apertei uma mão na boca. – Bem quietinha.

– E tem que me falar se estiver desconfortável – disse ele, o tom afiado e severo. – Não importa o que seja, você tem que me falar.

– Claro. – Movi a mão pelo peito dele para apoiá-la na fivela, mas Noah me pegou pelo pulso e me afastou depressa dessa área.

– Ainda não – disse ele, beijando minha mandíbula e bochechas. – Agora vamos focar em você.

– Mas...

– Quieta, Shay. – Com isso, ele agarrou a cintura do meu jeans e abaixou a calça até meus joelhos. Enquanto se ajoelhava na minha frente, sussurrou: – Olha só isso. – E inclinou a cabeça de lado para encarar minha calcinha. Eu sabia que estava encharcada desde que eu tinha saído da camionete, mas sem a camada isolante dos jeans, o ponto úmido parecia um cubo de gelo contra minha pele corada. – O que é isso, esposa?

Ele deu uma batida na calcinha, e eu tive que pôr as duas mãos na boca para me impedir de gritar.

– Acho que você sabe – respondi. – O trajeto até aqui foi...

Ele correu o dedão no interior da minha coxa enquanto me dava um sorriso malandro.

– Foi o quê, Shay? O que a fez se contorcer o tempo todo?

– Eu não me contorci coisa nenhuma.

Noah levou a mão ao painel frontal da calcinha e torceu até o tecido se emaranhar e o enfiou entre minhas dobras. A pressão foi insana. Cobri a boca de novo.

– Você se contorceu – disse ele, o olhar fixo entre minhas pernas. Noah subiu um dedo por um lado e desceu por outro. Sua recusa completa a me tocar onde eu mais precisava me levou de volta àquela corda-bamba e eu soube que nada seria igual depois disso. Nem para mim, nem para nós. – É por isso que eu a segurei o tempo inteiro.

Algo dentro do meu cérebro se desenrolou e então esse relaxamento escorreu pelas minhas costas e barriga. Algo que amava era o fato de ele saber o que eu precisava e dar para mim antes que eu pudesse pedir ou mesmo identificar o que era.

– É isso que estava fazendo?

Ele levou as mãos para trás das minhas coxas e se inclinou. Deu outro puxão na calcinha, prendendo-a contra meu clitóris enquanto arranhava o queixo áspero no interior das minhas coxas. Minhas pernas estavam prontas para ceder, mas eu não ia contar isso a ele. Não até achar uma válvula de escape para a pressão crescendo baixo na minha barriga.

– Essa boceta é tão gostosa quanto imagino?

– Eu... eu não sei – admiti.

Ele ergueu o rosto pra mim, a centelha safada nos seus olhos era a coisa mais sexy que eu já vira.

– Vou decidir sozinho.

Sorrindo para si mesmo, ele abaixou minha calcinha, um centímetro deliberado após o outro. Em vez de mergulhar ali e resolver esse mistério de uma vez por todas, ele traçou um dedo preguiçoso entre meus lábios até eu dizer, engasgada:

– Noah, *por favor.*

– Chega de provocação?

Balancei a cabeça.

– Não. Talvez um pouco. Quer dizer, sim, me provoque, mas também...

Ele riu.

– Foi o que pensei.

Eu queria ficar ofendida. Queria ficar furiosa com a risada condescendente. Mas ele curvou a cabeça para meu monte de vênus e circulou a língua ao redor do meu clitóris, e tudo que pude fazer foi enfiar os dedos no seu cabelo e o segurar contra mim.

Ele me manteve aberta com os dois dedões, expondo cada centímetro meu à sua língua. E me chupou com força, como prometera, e as estrelas atrás dos meus olhos eram incríveis.

– Eu preciso... – sussurrei, os ombros se curvando para a frente enquanto meus músculos se retesavam e relaxavam ao mesmo tempo. – Preciso... preciso... preciso de alguma coisa. Dentro de mim. *Por favor.*

Noah rosnou contra mim em resposta, passando uma mão para meu âmago encharcado e enfiando dois dedos em mim. Outro dedo batia mais atrás, ritmado, o que, embora eu já tivesse achado interessante antes, agora mandou um raio através de mim e coalesceu todos os nervos no meu corpo até eu sentir um latejar avassalador esperando para explodir.

– Goza pra mim – disse ele, as palavras abafadas enquanto eu me esfregava contra sua boca.

Eu queria ser essa garota – a que gozava quando alguém pedia – mas não era. Eu precisava de mais, só mais um pouquinho, e aí conseguiria, mas ainda não.

E Noah reconheceu isso.

Ele girou o pulso, os dedos se movendo dentro de mim em um ângulo diferente e acrescentando mais pressão lá atrás, enquanto se movia sobre meu clitóris como se estivesse tentando sugar o fantasma dos orgasmos passados. E então, quando parecia que tínhamos chegado até aqui só para tudo desmoronar, ele inclinou a cabeça de lado e

—*mordeu*—

—*cada*—

—*ponto*—

—*dos*—

—*meus*—

—*lábios*—

Não eram o tipo de mordidas para romper a pele ou deixar uma marca. Eram mordiscadas, apertõezinhos afiados entre os dentes. E me deixaram em chamas. Um soluço saiu de mim e apertei um punho na boca para ficar quieta, e precisar fazer isso me forçou a sentir toda a explosão. Eu não podia me esconder dela com gemidos ou gritinhos enquanto me debatia. Não podia rolar e enterrar o rosto num travesseiro ou mesmo me aconchegar no ombro dele. Tive que ficar parada ali, o jeans nos joelhos e o aroma do meu tesão espesso ao nosso redor, e tive que me render a um orgasmo que redefinia tudo que eu sabia sobre meu corpo e como ele podia reagir.

Quando não aguentava mais e afastei Noah delicadamente, ele ergueu o rosto, que estava brilhante com a minha excitação.

– Vem cá – sussurrei.

Ele se ergueu enquanto eu agarrava a frente da sua camisa, me puxando mais perto.

– Como foi?

Eu ri, embora estivesse ofegante e o riso tivesse saído fino.

– Acho que você sabe que foi bem bom.

Ele afastou os olhos, as sobrancelhas franzidas.

– Não foi... demais?

– Acho que eu precisava de mais. – Tentei abrir a fivela dele de novo, mas ele prendeu minha mão atrás das costas. – Por que não?

– Porque eu gostaria que a próxima porção da noite durasse mais que 45 segundos, mas é só isso que vamos ter se você me tocar.

– Eu não posso tocá-lo de jeito nenhum?

Ele apertou um dedo aos meus lábios.

– Não faça biquinho. Isso me faz pensar em... você só não pode fazer isso comigo, Shay. Não agora.

– O que eu *posso* fazer?

Ele soltou o ar com força e examinou a extensão de pele nua dos meus joelhos à cintura. Então puxou minha calcinha e jeans de volta no lugar, sem se dar ao trabalho de fechar o zíper ou o botão. Eu dei um gritinho com a pressão das roupas justas contra a pele supersensível. Noah deu um tapa na minha coxa e disse:

– Lá pra cima. Agora.

– Espere. – Tentei agarrá-lo, mas ele tomou minhas mãos e as pôs ao redor do pescoço. – Eu tenho gosto de quê?

Ele aconchegou o rosto na curva do meu ombro e respondeu com um rosnado suave:

– Da minha esposa.

– Isso não é um gosto.

– *Mm*. Agora é. – Ele me virou de costas e pôs uma mão baixa na minha barriga, onde meu jeans estava aberto, a outra no meu ombro. – Lembra-se do que eu disse sobre fazer silêncio?

– Sim, é por isso que tenho uma marca perfeita de dentes dos dois lados do dedão.

– Eu vou ter que beijar pra sarar.

Noah me puxou pelas escadas como se não pudéssemos arriscar fazer um barulhinho sequer. A pressão de manter esse silêncio cresceu em mim, constringindo meu esterno e me fazendo contrair os ombros. Só percebi quando chegamos no quarto dele, do lado oposto da casa do de Gennie, que a sensação era antecipação. Era um tipo de estresse delicioso – assim como o trajeto até ali – e eu estava de volta na fervura baixa.

Quando ele abriu a porta do quarto, o ar escapou dos meus pulmões à visão da cama grande dele, com uma colcha branca e azul-marinho e duas fileiras de travesseiros do tamanho e quantidade apropriados.

– O que foi isso? – perguntou ele, o peito largo quente contra minhas costas.

– Você tem travesseiros. Travesseiros de *verdade*. – Olhei para ele. – Homens nunca têm travesseiros de verdade.

Ele olhou entre a cama e eu enquanto fechava e trancava a porta.

– É. Que interessante. – Ele abaixou a mão na minha barriga até seus dedos me agarrarem entre as pernas. – Tudo bem assim?

Abaixei a cabeça no seu ombro.

– *Aham.*

Noah moveu a outra mão sobre meu ombro até meu peito. Estava duro contra minha bunda. Eu não poderia deixar de perceber a saliência sólida ou o jeito como se movia no meio da minha bunda.

– E esse suéter?

Eu me contorci para me livrar da peça, mas Noah não deixou. Apertou minha boceta com força e sussurrou:

– Vá com calma.

Puxando-o à cama, reclamei:

– Mas eu não quero ir com calma.

Ele pressionou a boca ao meu pescoço e disse:

– Temos que discutir algumas coisas antes de dar mais um passo até a cama, querida. Preciso que você fale comigo sobre proteção e me conte o que está fora de questão pra você.

Tímida de repente, fixei o olhar na colcha.

– Eu fiz todos os testes em julho depois que meu... bem, depois que a última situação foi pra merda. Tudo voltou negativo. – Expulsei todas as lembranças do meu ex da mente. Ele não tinha o direito de destruir isso também. – E tenho um DIU. Então...

– Eu não fico com ninguém em meses. Desde antes de Gennie se mudar. Ninguém desde meu último *check-up*.

– Então – comecei, formando palavras ousadas a partir do nada –, podemos ficar sem camisinha.

– É isso que você quer?

– Eu... hã. – Eu não fazia ideia do que queria. Não, não era verdade. Desejava ser segurada de novo. Ser presa no lugar na camionete dele, recuada até o canto da cozinha. Presa, mas completamente segura. E queria Noah sobre mim, ao meu redor, dentro de mim. Mas essa não era a pergunta. – Sim. Tudo bem pra você?

– Funciona pra mim. – Ele acariciou minha bochecha, minha mandíbula. – O que está fora de questão?

– Depois do que aconteceu na cozinha – uma risada explodiu de mim –, nada.

– Não acredito nisso. – Noah fez círculos com os dedos ao redor do meu mamilo, com cuidado para não chegar perto demais e acidentalmente me dar o que eu queria. – Vai me parar se não gostar de algo. Entendeu? Eu quero ouvi-la dizer. Não quero machucar você ou assustar ou... escute, é importante pra mim que isso seja bom pra você, Shay. Preciso que fale comigo.

Eu poderia ter mentido pra mim mesma e dito que Noah não tinha que se preocupar em fazer as coisas serem boas pra mim. Podia ter dito que era só sexo e que não significava nada. Casual. Sem compromisso. O que aconteceria essa noite não precisava importar. Não precisava ter um peso.

Eu podia ter mentido e dito isso a Noah.

– Tá. Sim. Okay. – Assenti com a cabeça. – Eu falo com você, mas só se me deixar o tocar.

– Por que você quer me tocar?

Ele fez a pergunta enquanto arrastava um dedo pela borda externa da minha calcinha, o tecido a um segundo de oficialmente ser declarado uma ilha, já que eu estava molhada como um oceano entre as pernas. E fez a pergunta como se houvesse algo curioso em eu querer esfregar as mãos no corpo inteiro dele.

– Porque essa sua *vibe*, com as camisas xadrez com as mangas enroladas, e os jeans gastos, e a barba e os bonés e os rosnados, e, céus, não posso me esquecer dos rosnados, é impecável. Perfeita. E, quando você me toca e faz todas essas coisas comigo, eu não quero senti-las sozinha. Isso faz sentido? Eu não quero estar sozinha nisso. Preciso de você comigo.

A primeira resposta dele veio na forma de um tapinha – sim, um *tapinha* – na minha boceta. Com a mão aberta, o som ecoou do meu clitóris e me fez me dobrar na cintura enquanto um grito engasgado de "Caraaaaaalho" saía rouco de mim.

Sua segunda resposta foi falada direta na minha pele.

– Você não está sozinha, esposa. Estou bem aqui com você e não vou pra lugar nenhum.

Noah puxou o suéter sobre minha cabeça enquanto me levava até a cama. Abaixou meu jeans e calcinha, chutando-os para longe dos meus tornozelos enquanto eu abria o sutiã. Com uma mão entre meus ombros, ele me curvou até minha bochecha estar contra a colcha.

Estava ciente de cada centímetro de pele à mostra, cada tremor e espasmo dos meus músculos internos, cada respiração ofegante saindo de mim.

Um arrepio de dúvida me atravessou de repente. Parecia errado. Ou, mais especificamente, parecia que deveria ser errado. Eu não deveria abrir mais as pernas. E não deveria me erguer na ponta dos dedos. Não deveria me esfregar contra a colcha. Eu não deveria querer isso assim.

Esse arrepio cresceu até um arquejo, um latejar, um estremecimento quando ouvi o som do cinto dele, o arranhar do zíper. Seu jeans caiu no chão, seguido pela camisa.

– Quero a manter assim – disse ele, correndo um dedo pela minha coluna, até o meio da minha bunda. – Mas não dessa vez. Não, dessa vez preciso ver você.

Ele se aproximou, segurou meus quadris e se esfregou contra mim. Ainda não tinha tirado a cueca.

– Me dê um segundo – disse ele, como se pudesse ler minha mente. – Sua bunda tem forma de coração e eu ainda consigo sentir o gosto da sua boceta na língua. Preciso me controlar, Shay.

Eu agarrei a colcha, puxando-a para revelar lençóis azuis lisos. Lençóis *bons*, além de tudo.

– Controle-se sob as cobertas – eu disse. – Comigo.

Ele me soltou com um gemido que parecia violar todos os regulamentos sobre silêncio. Subi na cama, entre os lençóis de linho frescos, e estendi a mão para ele. Noah não a tomou. Veio até mim como um animal à caça, sobre as mãos e joelhos, afastando os lençóis, o olhar escuro como a noite e a mandíbula cerrada como se estivesse a segundos de rosnar.

Essa era minha primeira chance de vê-lo sem roupas, e *uau*. Não decepcionou. Noah tinha um bronzeado glorioso de fazendeiro, os bíceps e ombros pálidos enquanto os antebraços eram beijados pelo sol. O peito era largo e forte, um pouco de pelo escuro descendo até o centro do abdome, o que me levou a...

Ai, minha nossa!

Estendi a mão para a ereção marcando sua cueca, fechando os dedos ao redor dele e dando uma esfregada longa e completa enquanto Noah deixava a cabeça cair entre meus peitos. Era bom ser a pessoa que fazia a tortura por um minuto.

– *Shay* – arquejou ele. – Querida, você vai me matar.

– Acho que não. – Ninguém com um pau daqueles ia morrer por algumas carícias. Era absurdo. Quase tanto quanto ele andar por aí com um bastão de beisebol no meio das calças e não contar pra ninguém. – Você sempre teve isso?

Ele ergueu a cabeça e me deu um sorriso sarcástico.

– Desde quando consigo me lembrar, sim.

Girei a mão sobre a cabeça do pau e desci de novo. Um sorriso triunfante se abriu nos meus lábios quando Noah suspirou e sussurrou palavrões indecorosos nos meus seios.

– E nunca pensou em mencionar?

– Então, me diga como essa conversa aconteceria. Algo como, "Ei, oi, bem-vinda de volta à cidade, quer ver se consegue fechar os dedos ao redor do meu pau?". Não consigo imaginar você amando isso.

Empurrei a cueca sobre os quadris dele. Noah a chutou para longe. Não havia mais nada entre nós agora, e ali, embaixo dos lençóis e da colcha, não existia mais nada no mundo.

– Talvez não a conversa inicial, mas definitivamente uma que a gente deveria ter tido dentro de um ou dois meses.

Ele riu e pareceu recuperar um pouco de sua determinação. Afastou minhas pernas com os joelhos, plantou as mãos ao lado dos meus ombros.

– Você não faz ideia de quanto eu a quero agora.

Eu estava tremendo, mas só por dentro. Noah não podia ver. Era melhor assim. Ele ia parar se soubesse sobre a fervura lenta no meu sangue e cobrindo minha pele. Noah me seguraria apertado e exigiria uma explicação. Um exame da situação. Mas eu não queria isso. Não precisava disso. Precisava que ele assumisse o comando como fizera na cozinha. Na camionete. Em todo lugar.

Eu o apertei.

– Tenho uma ideia.

– E você? – perguntou ele, o olhar desfocado enquanto eu o masturbava. – O que deseja?

Eu o puxei pelo meu calor molhado, deslizando para cima e para baixo até ele ter um espasmo na minha mão, até se inclinar para grunhir no meu seio.

– Isso – eu respondi, encaixando-o na minha abertura. – Eu quero isso. Quero *você*.

Ele olhou entre nós por um longo momento.

– Eu vou morder essa coxa quando acabar com você.

Soltei o seu pau para passar os dedos na dobra onde minha perna encontrava minha bunda.

– Bem aqui?

– Bem aí.

Ele segurou a minha nuca e seu dedão se acomodou baixo na minha garganta. Era bem o que eu precisava. Eu não ia mais desmoronar. Não ia flutuar. Estava ali e não tinha que pensar em mais nada além da pressão crescendo no meu corpo, no desejo irreal que sentia de tê-lo dentro de mim.

Ergui as mãos aos bíceps dele e o segurei com força enquanto Noah me penetrava. Gememos juntos, nos silenciando um ao outro com os olhos. Meus lábios se abriram com um arquejo e tudo atrás dos meus olhos ficou branco enquanto ele me esticava.

– Você é... *enorme.*

Ele fez um som rouco na garganta.

– Você aguenta. – Noah levou a mão atrás de mim e pegou um travesseiro. – Segure em mim – disse ele, se empurrando mais para dentro enquanto erguia minha bunda para enfiar o travesseiro sob mim.

Essa manobra quase quebrou minha vagina. Por um segundo, duvidei se sobreviveria ao pau de Noah deslizando por inteiro desse jeito. Eu ia me quebrar no meio e isso não acabaria bem. Estava tão preenchida que mal conseguia respirar, que dirá expressar a ele que estava rearranjando meus órgãos internos.

Mas ele mudou a posição do travesseiro e tudo mudou. Fez toda a diferença. Eu podia respirar de novo. Conseguia pensar além do brilho ofuscante enquanto seu pau me alargava. E agora que não corria o risco de engasgar na minha vesícula, podia me concentrar no movimento constante de Noah enquanto ele se esfregava no meu clitóris.

– Olha só você – sussurrou Noah, a mão voltando à minha nuca e apoiando a outra na minha cintura. – Olha que coisa linda.

Ele deu uma estocada, o corpo inteiro se movendo num empurrão lento e deliberado que me fez cravar as unhas na sua pele. Eu queria que Noah desmoronasse, perdesse o controle. Queria todas as coisas que ele acreditava que eu não conseguiria aguentar. Aquelas que me fariam fugir. Eu queria ver o que acontecia quando meu marido perdia o controle.

– Caralho, Noah. – Arqueei as costas, erguendo o olhar ao teto enquanto ele se movia. Não acreditava que meu corpo podia fazer isso. Nunca sentira tantas coisas boas de uma vez… e por tanto tempo. – Quando se casar de verdade vai fazer alguém muito feliz.

Ele parou e me deu um olhar raivoso, um canto do lábio se repuxando.

– Eu não quero falar sobre meu próximo casamento quando estou ocupado consumando este aqui.

– Eu quis dizer…

– Não – ele me interrompeu. – Se quer esse pau, querida esposa, vai tomá-lo sem me falar da pessoa que eu vou penetrar depois de você.

Eu pisquei pra ele.

– Você é safado – eu disse. – É… é safado e pervertido, né? – Os dedos dele se apertaram ao redor do meu pescoço. – Diz essas coisas obscenas pra mim e aí me toca e… e é como se fosse uma pessoa diferente. É como se fosse selvagem por dentro, e eu quero conhecer toda essa parte sua.

Ele investiu tão forte que eu perdi o fôlego.

– Não diga isso – sussurrou ele.

– Por que não?

– Eu não deveria ser selvagem com você – respondeu Noah, a mão insuportavelmente apertada no meu quadril.

Suas respirações vinham em grunhidos ofegantes enquanto se afastava só até a cabeça grossa do pau provocar minha entrada. Ele olhou para baixo, para nós, antes de rolar os quadris em um ritmo bruto e intenso que estava me dando o castigo de uma vida. Era como uma lição não autorizada no jeito certo de ser fodida, de um homem que jurava que estava tudo errado.

– Eu só... eu quero devorar você – disse ele. – Quero tudo, todas as coisas obscenas e selvagens em que você consegue pensar. Mais. Tudo.

Uma onda de calor espalhou-se pela minha barriga e no meu âmago. Pesou na tensão reunida e contraída atrás do meu clitóris, provocando os meus fios emaranhados e os separando enquanto as investidas de Noah ficavam rápidas e irregulares. Estava quase gozando, mas – de novo – não tinha chegado lá ainda.

– Tudo – sussurrei. – Eu quero.

O olhar dele segurou o meu enquanto se movia. Noah estava quieto, exceto pelos arquejos que saíam de sua boca. Então, soltou meu quadril e levou a mão entre minhas pernas, esfregando a palma no meu clitóris.

– Você foi feita para o meu pau. Foi feita pra eu comê-la. Vou comer você nessa cama, vou comer você de barriga pra baixo e segurando a cabeceira, e vou comê-la sentada no meu colo enquanto lambo esses seios. E isso é só o que eu vou fazer com a sua boceta gostosa hoje.

Ah, sim. Era isso de que eu precisava.

De novo, eu tremia por dentro embora parecesse que esses tremores estivessem por toda parte. Minha respiração falhou quando o orgasmo me atingiu, toda a tensão e desejo transbordando sobre mim em uma explosão de alívio saciado. Subiu até minhas pálpebras e desceu até os dedos dos pés, roubando todas as minhas palavras. O melhor que eu podia fazer era gemer e arquejar enquanto olhava para Noah.

Ele apoiou a mão sobre meu monte de vênus e pressionou até eu sentir cada veia sua se movendo dentro de mim. Um gemido alto e profano escapou de mim. Era intenso, beirando o esmagador. Quase demais – no entanto, só o suficiente para disparar outro orgasmo em mim. Foi a sequência perfeita, estendendo-se em tremores longos e lentos.

– O que você está fazendo comigo? – perguntou ele, os olhos fechados por um segundo. – Caralho, Shay, eu consigo sentir isso.

– Feita pra você – sussurrei, as palavras roucas.

Noah ficou imóvel, a cabeça caindo pra trás enquanto um murmúrio rouco soava na garganta, e então eu senti – o pulso e o jorro do seu orgasmo. Envolvi as mãos no braço dele, seu ombro, arranhando e puxando para trazê-lo mais para perto. Beijei cada centímetro de pele que consegui alcançar. Beijei, lambi e mordi. Tudo. Não importava. Eu não ligava se estava descontrolada também. Se era selvagem e indecente. Precisava sentir seu gosto, memorizá-lo. Precisava reuni-lo e guardá-lo em algum lugar seguro.

– Vem cá – eu disse. – Por favor. Eu preciso… eu só… preciso *disso*.

Ele veio até mim, segurando a maior parte do peso em um braço, mas apertando o peito ao meu do jeito que eu queria.

– Tá tudo bem?

Assenti, ocupada demais lambendo e beijando o pescoço dele para responder. Chupei seu ombro até deixar uma marca. Não conseguia explicar por que precisava segurá-lo como se Noah pudesse desaparecer a qualquer momento. Não conseguia explicar por que estava mais desesperada por ele agora do que em qualquer outro momento da noite. Só sabia que precisava disso. Precisava dele.

– Deixa eu rolar você, querida – disse ele. – Não quero esmagá-la.

Ele saiu de mim e se deitou ao meu lado, encaixando-se atrás de mim. Eu sabia que tinha que levantar e usar o banheiro, mas isso podia esperar alguns minutos. Precisava recuperar o fôlego e confirmar que minhas pernas ainda estavam afixadas ao corpo.

Noah traçou um dedo na tatuagem no meu ombro.

– Quando você fez isso?

– Não faz muito tempo, na verdade. É novo. – Eu mordi o lábio inferior. – Cabelo novo e tatuagem nova.

– E a mesma velha cidade – acrescentou ele. – Por que as sementes de dente-de-leão?

Enterrei o rosto no travesseiro.

– É bobo.

– Duvido. – Ele tocou cada uma das sementes que flutuavam na direção do meu braço. – É linda.

Depois de um momento, eu respondi:

– As pessoas fazem um desejo para essas flores e deixam a brisa carregá-lo para longe.

– Você queria um desejo?

Eu bocejei.

– Algo assim.

– Você está cansada. Descanse. – Noah deu um beijo no dente-de--leão e envolveu os braços ao meu redor. – Feche os olhos, esposa. Estou aqui por você.

Ri um pouco à ideia de que alguém estava ali para mim. Estava flutuando na brisa sem fazer ideia de onde pousaria ou fincaria raízes – se é que o faria.

– Qual é a graça? – perguntou ele.

– Sementes – sussurrei, com um sorriso.

– Você está bem? – Senti Noah se remexer atrás de mim. – Está embriagada de sexo ou eu baguncei a cabeça quando a fodi?

– Estou bem – eu respondi, dando uma batidinha no antebraço dele. – Só preciso que você me segure por um minuto.

Capítulo 23

Noah

Os alunos serão capazes de respirar – mas só por um minuto.

EU SABIA TUDO o que havia para se saber sobre contentamento.

Era isso, bem aqui. A mulher que arruinara todas as outras para mim, aconchegada ao meu lado, suas roupas espalhadas no chão do meu quarto, e o fato de que eu estava transformado para sempre pulsando no meu peito.

Todas as vezes que eu fantasiara sobre transar com Shay Zucconi – e houve muitas, *muitas* vezes –, nunca pensei muito no que aconteceria depois do ato. Sempre focara meus esforços hipotéticos em levá-la para a cama e garantir que fosse bom para ela, e todos os outros detalhes pareciam evaporar da minha consciência.

Agora, com Shay cochilando no meu peito e seu braço jogado ao redor da minha cintura, eu não acreditava que tinha sido tão míope. Não acreditava que tinha ignorado a glória sutil de segurar uma mulher satisfeita.

Ou melhor, uma mulher que eu satisfizera.

Shay se alongou, a pele macia deslizando contra a minha de um jeito que me fez engasgar e preparou meu corpo para a segunda rodada.

– Oi – sussurrou ela.

– Oi. – Corri o nó do dedo pelo nariz dela, sobre seus lábios. – Como você está?

Um sorriso travesso repuxou os cantos da boca dela.

– Ótima. – As bochechas dela ficaram rosadas. – Eu não pretendia dormir em cima de você.

– Pode dormir em cima de mim a noite toda – eu disse. *Toda noite. Sempre. Pelo resto da vida.*

O cabelo dela fez cócegas no meu peito quando Shay balançou a cabeça.

– Eu devia ir pra casa.

– Não. Não devia.

– Seria melhor do que eu tentar me esgueirar daqui antes que Gennie acorde – disse ela. – Eu posso ir a pé. Não são nem dez minutos.

Só olhei para ela, tentando reconciliar o desejo ardente que eu tinha de sentá-la no meu pau pela próxima hora com a implicação casual de que eu a deixaria descer uma colina íngreme a pé, em uma área que tinha uma população de vida selvagem considerável, no meio da noite. *Sozinha.*

No fim, o único jeito de ordenar esses problemas foi rolando-a de costas e rastejando entre as pernas dela.

– Isso não vai acontecer.

– Noah. – Ela riu enquanto apertava os joelhos e se contorcia para se afastar de mim.

Isso não me impediu. Segurei sua bunda redonda com uma palma e beijei a parte de fora das coxas dela. Caralho, eu beijaria seu cotovelo, se fosse o que Shay me desse. Amava cada centímetro dessa mulher impossível.

– Você sabe que estou certa. Não queremos confundir Gennie.

Havia um grão de verdade nisso. A gente *não* precisava confundir Gennie, e a última coisa que eu queria era explicar para minha sobrinha a natureza de festas do pijama adultas. Mas eu não podia deixá-la sozinha na casa também, nem por dez minutos. Que horror seria ela acordar e não encontrar ninguém ali. Isso faria seu progresso retroceder terrivelmente.

– Eu posso ir de quadriciclo – ofereceu ela. – Isso funcionaria.

– Isso *não* funcionaria. Está escuro demais e a gente leva a segurança no quadriciclo muito a sério aqui. Temos uma regra na Estrelinha: nada de dirigir em condições inseguras. É nossa política de zero capotagem.

– Eu só vou descer a colina – argumentou ela. – A estrada é pavimentada até o final.

Eu apertei a bunda dela com força.

– Você faz ideia do tipo de animais que estão lá fora a essa hora? Temos cervos e coiotes, pra começar, e vamos fingir por um segundo que nenhum deles corra na frente do quadriciclo, embora façam isso o tempo todo. Deixando isso de lado, ainda temos guaxinins, marmotas e gambás. Quer atropelar um gambá? Não quer. Confie em mim. – Outro apertão. – Você só vai ter que passar a noite aqui, esposa. Eu lido com Gennie.

Shay me encarou, os lábios apertados em um biquinho rígido e o olhar anuviado, mas duro, como se estivesse cansada, mas irritada o suficiente para combater o sono. Enquanto eu a observava, a cabeça na sua coxa e os dedos desenhando círculos no seu quadril e o silêncio se estendendo entre nós, me ocorreu que eu poderia ter cometido um erro gigante.

Eu não ia mantê-la refém. *Óbvio.* Se Shay insistisse em ir, eu não a impediria. Pegaria Gennie, com lençóis e colcha e tudo, e desceríamos até Twin Tulip com Shay. Se ela realmente quisesse ir, eu faria isso acontecer do jeito mais seguro possível. Mas não acreditava que ela quisesse partir.

Para começar, Shay ainda estava na minha cama. Ainda nua, ainda tolerando as mãos que eu não conseguia afastar dela. Não estava rodeando o quarto em busca da calcinha ou afastando meu toque. Segundo, não dissera nada. Eu sabia que isso podia significar cem coisas diferentes, mas Shay não tinha problemas em discordar de mim. Ela não se incomodava em discutir. Nem agora nem nunca.

Porém, mais importante, sua expressão não era a que eu passara a associar com a ter insultado. Eu sabia porque eu fizera exatamente isso desde que Shay chegara, e estava familiarizado com o jeito como isso aparecia em seu rosto.

Não era isso. Havia irritação e um toque de desafio, mas também uma nota de curiosidade. Como se estivesse esperando que eu apoiasse essas declarações com ações. Como se quisesse que eu estabelecesse alguns limites.

Lembrei-me então do que Jaime tinha dito sobre Shay querer uma família mais do que tudo no mundo. Família não parava em bolos de aniversários e casamentos falsos para salvar uma fazenda. A família ia lhe buscar quando você ia para um bar com o grupo errado. A família gritava com você por andar sozinha à noite. A família se importava, mesmo quando era muito inconveniente.

Embora não admitisse com frequência, eu me ressentia de quase tudo quando se tratava da minha família. Ficar preso entre um fazendeiro com o maior coração do mundo e nenhum tino de negócios e uma pregadora moderadamente progressista que priorizava a aparência de uma família feliz à realidade ainda me incomodava.

Deixar minha firma de advocacia para voltar para casa e desemaranhar o nó financeiro que eram os Pomares Barden engoliu vários anos da minha vida com um ressentimento fervilhante.

Ver minha irmã ser condenada à vida na prisão era uma enorme fonte de hostilidade. Que ela não tivesse trocado informações sobre aquele namorado dela me fazia acordar suando frio na maioria das noites.

Eu ainda não estava livre da amargura após virar minha vida de cabeça para baixo mais uma vez para me tornar guardião da minha sobrinha, embora Gennie não fosse a fonte da minha raiva. Era o fato de que eu sempre era a pessoa que carregava esses fardos. Sempre tinha que vir salvar a porra do dia e estava cansado de pôr minha vida em pausa para fazer isso. Não queria que todos esperassem que eu os salvasse.

Embora não me incomodasse em salvar Shay.

Não era uma exigência quando se tratava dela. Era uma escolha.

– Eu quero que você fique aqui – eu disse. – Tenho certeza de que consegue descer a colina sozinha, mas não deveria. Está tarde e você é a melhor coisa que já ocupou essa cama e eu quero que fique. Comigo.

Houve um longo momento em que Shay me observou com cuidado, como se estivesse buscando rachaduras e fissuras nas minhas palavras. Então:

– Você não acha que vai ser difícil para Gennie?

Alisei a parte de trás do joelho dela, até a cintura.

– Acho que ela vai ficar feliz demais por ver você para chegar a qualquer conclusão. Se chegar, eu lido com isso. Caralho, eu lidei quando ela perdeu um dente da frente ano passado. Pelo menos era de leite. – Dei um tapa leve na bunda dela. – Eu dou um jeito. Não se preocupe.

– Tá bom. – Ela ergueu um ombro. – Acho que vou ficar, então.

– É? Se quiser ir, eu a levo pra casa. Não vou mantê-la aqui contra sua vontade. – Corri o dedão pelo vinco entre a coxa e a bunda dela, e toquei muito de leve o ponto molhado entre suas pernas. Um arrepio atravessou seu corpo, e ela fechou os joelhos ainda mais firme. – A não ser... a não ser que você goste disso.

A quantidade de coisa errada contida nessa declaração não podia ser minimizada. Nenhuma parte disso parecia apropriada ou respeitosa, ou qualquer das coisas que eu queria ser para Shay. Era indecente e primal, e *tão errado*, mas tão inimaginavelmente certo. E eu não conseguia explicar por que era certo.

Havia uma alta probabilidade de que não fosse nada certo e eu descobriria isso quando Shay me desse uma joelhada na virilha.

Ela retorceu as mãos e se contorceu um pouco.

– Talvez eu goste.

Encarei a extensão macia de pele em sua coxa porque não confiava em mim mesmo para encontrar seus olhos. Não confiava em mim mesmo para fazer nada além de admirar a gradação da sua pele, de levemente bronzeada pelo sol a cremosa e pálida. Ela não depilava as pernas acima do joelho e eu encontrei um prazer estranho nessa descoberta. Um prazer estranho e completamente separado da sugestão da minha esposa de que ela gostaria que eu a profanasse.

Sim, o fato de que a cabeça do meu pau tinha uma pulsação no momento não tinha nada a ver com o pedido hesitante de Shay de que eu a mantivesse – e fosse bruto e feroz.

Abaixei a mão na sua coxa e a segurei com força, deixando claro, com o jeito como a ponta de cada dedo se cravava na sua pele, que eu a manteria presa ali a noite toda, se fosse o que ela realmente quisesse. Shay piscou para mim, os lábios separados e calor colorindo as bochechas. Sua excitação era tão espessa no ar entre nós que eu a sentia na língua.

Corri a mão livre sobre os joelhos que ela tinha apertado juntos.

– Então é isso que eu vou fazer.

Forcei as pernas dela a se abrirem com mais força do que parecia necessário e me esfreguei nela, engolindo cada gritinho e arquejo que rolava sobre seus lábios. Seus olhos estavam arregalados – surpresos, mas também *famintos*. Como se eu pudesse fazer qualquer coisa no momento e ela fosse pedir por mais.

– Pode me impedir – eu disse –, se não gostar disso.

– Vou parar.

– Se alguma coisa doer ou você ficar desconfortável…

Aquele sorriso perfeito floresceu em seu rosto.

– Eu sei o que fazer, Noah.

Ergui o pé dela ao meu peito e me ajeitei para apoiá-lo no meu ombro. Fiz o mesmo com o outro e passei um braço ao redor das pernas dela. Virei a cabeça para raspar os dentes no seu tornozelo.

– Tem certeza disso?

– Não sei. – Ela ergueu um ombro e, com uma nota de desafio, curvou os lábios num sorriso. – Prove que estou errada, então.

Em vez de arruinar o momento tentando juntar palavras de forma coerente, eu entrei nela com força. Shay estava molhada de um jeito que me fazia pensar em me afogar, em submergir e nunca, nunca subir de novo.

– Oh, céus – gritou ela. – Ah, *caralho*. Ai, minha nossa. Noah.

Eu me inclinei na direção dela, pressionando seus joelhos contra o peito e forçando um suspiro rouco e desesperado a sair dela. Barulhos assim iam nos encrencar.

– Você vai ficar quieta, esposa. – Com uma mão segurando sua mandíbula, passei o dedão sobre os lábios dela. – Nem pense em me testar.

Ela mordiscou a almofada do meu dedo e sorriu. Um som rude chacoalhou no meu peito. Respondi dando estocadas como se quisesse fodê-la até quebrar a parede, o que não era uma abordagem esperta no sentido de minimizar o barulho.

O jeito como eu investia nela era implacável, como se não ligasse para seu prazer ou algo além de usá-la para satisfazer às minhas próprias necessidades. Como se não estivesse aterrorizado com a chance de machucá-la ou assustá-la. De que Shay perceberia que eu não sabia como tratá-la com a ternura que ela merecia e a única coisa que era capaz de fazer era me esfregar nela como um animal selvagem.

Mas essa posição, com ela presa embaixo de mim e quase dobrada no meio, era surreal. Se eu não era um animal selvagem antes de comê-la desse jeito, não havia como voltar agora. Sabia como era ver o tesão enevoar os olhos da minha esposa e sentir a contração úmida do seu desejo no meu pau, e nunca seria capaz de me esquecer.

Eu não queria me esquecer, porém, mais importante, não queria que isso acabasse. Não só essa noite, não só o sexo. Eu não queria deixá-la ir embora de novo e me assentar de volta numa vida em que Shay não era minha.

– Isso – eu disse quando Shay gemeu. Ela prendeu os braços ao redor do meu pescoço, enfiou os dedos no meu cabelo, correu as palmas pelos meus flancos. Era como se estivesse aprendendo a topografia, apressando-se em encontrar tudo que pudesse e catalogar para manter a salvo.

Para a próxima vez.

Eu queria escrever meu nome dentro dela. Seus músculos internos se apertaram ao meu redor e afastei o dedão dos seus lábios. Dei um beijo rápido neles antes de apoiar a testa na dela. Tinha um minuto, talvez dois, antes de me drenar nela, e então a abracei como se Shay fosse a chave para impedir que minha alma saísse voando do corpo.

– Essa é a minha mulher – eu disse, baixinho, quando ela gozou. Colecionei seus gritos com um beijo e respondi aos lindos espasmos dentro dela com um meu, e foi só quando consegui ouvir algo além do meu coração batendo que percebi que vinha sussurrando *minha* na pele dela o tempo todo.

MEU CELULAR ME acordou. Era sempre o telefone. Não havia necessidade para alarme quando eu podia contar que algo daria errado e alguém ligaria para me contar a respeito.

Mas, antes que eu pudesse focar na tela, ouvi uma batida de tamanho infantil na porta. Então:

– Noah, tem umas pessoas aqui pra ver você.

Ao meu lado, Shay murmurou:

– O que está acontecendo?

– Não faço ideia – respondi, ainda olhando para a tela. Por que eu teria 29 mensagens de texto em uma manhã de domingo? Que inferno estava acontecendo? – Quem é, Gen?

Ela virou a maçaneta e abriu a porta só o bastante para espiar com um olho.

– Todo mundo.

– Tá bom – eu disse. – Dê só um minuto pra mim e eu já desço.

– A Shay vai descer também?

– Ah, céus – murmurei. – Sim. Ela vai vir comigo. Tá bom?

– Podemos comer panquecas?

– Sim. Vamos ter tudo o que você quiser. Pode ser?

Em vez de responder, Gennie bateu a porta e desceu correndo até o saguão. Qualquer esperança de uma manhã de domingo fazendo sexo preguiçoso saiu voando pela janela.

– Bem. Isso aconteceu. – Shay deu uma batidinha no meu ombro antes de sair da cama. – Eu vou emprestar uma camiseta sua. Tá bom?

Ainda encarando o celular, eu disse:

– Tudo que eu tenho é seu.

– Isso parece excessivo – disse ela de dentro do meu *closet*.

– Não é. – Vesti uma cueca e jeans enquanto fazia uma careta ao ver as pessoas da cidade, uma após a outra, me dizendo *Parabéns!* e nada mais. Por que caralhos todo mundo estava me parabenizando? Tinha que ser um engano.

Shay saiu do *closet* usando o jeans da noite passada e uma das minhas camisas sociais. Ela a amarrou na cintura e enrolou as mangas até os cotovelos, e eu não conseguia encontrar forças para me importar com quem quer que estivesse na minha porta logo de manhã.

– Vem cá. – Eu a chamei para perto, mas ela abanou um dedo para mim. – Não estou brincando, esposa.

– Temos coisas – ela apontou as duas mãos para a porta – para resolver. Vamos fazer isso primeiro.

Eu queria que ela nunca usasse nada além das minhas camisas. E queria arrancar de seu corpo a que ela vestia.

Shay apontou para o celular nas minhas mãos.

– Você tem alguma ideia do que está acontecendo?

– Não – suspirei. – Não sei.

Shay penteou os cabelos com os dedos enquanto descíamos as escadas. Gennie estava parada na frente da porta, espada em mãos e tapa-olho no pulso.

– O sr. Bones está trazendo as cabras pra ioga – disse ela, apontando a espada para a janela.

Olhei para fora e vi meia dúzia de caminhões e pelo menos dez dos quadriciclos da Estrelinhas. Independentemente das mensagens, isso tinha o cheiro de um desastre de fazenda.

– Espero muito que a gente não tenha vacas vagando pela cidade – resmunguei enquanto abria a porta.

Não tive uma chance de perguntar sobre vacas ou seções caídas de cerca porque a maior parte da minha equipe – incluindo Bones e quatro cabras – deu um grito de comemoração quando Gennie, Shay e eu saímos lá fora. Todo mundo estava lá. Nyomi, Wheatie e a equipe da loja. E estavam segurando buquês de flores e bexigas. Gail Castro agarrava o pescoço de duas garrafas de champagne.

Gennie se encolheu atrás de mim e enterrou o rosto na minha camiseta. Shay sorriu, mas deu um olhar confuso na minha direção.

– Por que você não contou pra gente? – gritou Nyomi. Quando não respondi, ela acrescentou: – Que vocês se casaram!

– Que nós… – As palavras evaporaram da minha língua.

Um som estrangulado saiu de Shay.

– Noah – sussurrou ela. – Diga alguma coisa.

– *Caralho.*

Capítulo 24

Shay

Os alunos serão capazes de agir sob pressão.

SE TINHA ALGO que cidades pequenas faziam com uma eficiência ofuscante, era circular a mais nova fofoca. Eu não fazia ideia do que catalisava algo de segredo a fofoca, mas havia pessoas – e cabras – demais ao redor para me preocupar com isso no momento.

– A gente está tão feliz por vocês – disse uma mulher empurrando um buquê de flores para mim.

– Estávamos começando a pensar que o coitado do Noah nunca ia achar uma boa garota – acrescentou alguém. – Ele é tão doce.

Ah, se eles soubessem que o doce deles era um animal selvagem na cama.

– Ele é um doce mesmo – concordou outra pessoa. – Fiquei tão feliz quando superou a fase de patinho feio. Sabia que esse momento ia chegar.

– Vocês vão dar uma festa? Têm que dar uma festa – disse outra mulher, encaixando uma lata de biscoitos na dobra do meu cotovelo.

– Se fizerem, eu asso o bolo – disse uma terceira mulher. – Isso é tão emocionante! Parabéns!

– Obrigada – eu consegui dizer de trás de uma braçada de flores, vinho e presentes variados. – Eu não sabia que a notícia era de conhecimento geral.

Era um jeito delicado de perguntar como caralhos aquelas pessoas sabiam sobre o nosso casamento discreto e por que a informação teve que ser revelada naquela manhã, bem na hora em que eu estava animada para mais uma rodada entre os lençóis com Noah.

– Eu ouvi de Jaclyn Ramos – disse uma quarta mulher. – Ela não tinha certeza se vocês estavam mantendo em segredo ou o quê, mas aí viu os dois se beijando ontem à noite no festival.

Ah, Jaclyn. O furacão tinha nome. E, evidentemente, nenhuma preocupação com privacidade.

– Aquela velha safada sabe de tudo antes de todo mundo – disse outra mulher. – Isso sobe à cabeça dela.

– Há quanto tempo ela trabalha na prefeitura de Providence? Faz o quê, trinta, trinta e cinco anos? Claro que ela sabe tudo – disse outra pessoa. Eu não conseguia nem contar quantas pessoas estavam ali, não com todas aquelas flores na minha cara. – Mas tenho certeza de que esses dois não se incomodam com o fato de ela ter espalhado a novidade.

Por que a gente se importaria com metade da cidade aparecendo na nossa porta ao nascer do sol?

– Por que se importariam? – repreendeu outra pessoa. – Esses dois estão apaixonados. Olha só pra eles. Tudo neles é tão charmoso. Aquela roda-gigante quase pegou fogo ontem à noite. Todo mundo viu.

Eu ri, mas não pelos motivos que aquelas pessoas esperavam. Ri porque acreditavam no que queriam acreditar, do mesmo jeito que fizeram quando vim para cá quando criança. As pessoas viram uma garotinha mimada e tinham preenchido as lacunas como queriam. Ninguém se importava em me conhecer além dos fatos principais – mãe famosa, internato suíço e mochila da Prada –, a não ser que quisessem saber por que eu estava morando com Lollie, por que tinha deixado o internato, por que não podia só viver com a minha mãe e ser como todas as outras famílias.

Essas pessoas não se importavam em me conhecer mais do que aquelas que liam um mundo todo nas roupas que a estilista pessoal da minha mãe enviava da Barneys. Porém, como elas, também queriam um pedaço meu.

Do outro lado da entrada de carros, Noah estava preso entre Jim Wheaton e um homem mais jovem que Gennie tinha apresentado como sr. Bones algumas semanas antes. Eu só estava meio convencida de que era o nome real dele.

– Você se casou com ela – ouvi Jim dizer, os braços cruzados sobre o peito largo. – *Casou* com ela.

– E não contou pra gente – disse o sr. Bones. – Casou-se com ela e não mencionou uma palavra.

– Você se casou com ela – repetiu Jim.

Noah olhou na minha direção, sacudindo a cabeça de leve para a multidão reunida ao nosso redor. Dei de ombros em resposta.

Ele arqueou as sobrancelhas como que para dizer: *que caralhos aconteceu?*

Revirei os olhos. *Não faço ideia.*

Ele me deu um sorriso azedo. *Podia ser pior, certo?*

Sorri de volta. *Não quero saber como.*

Uma das cabras deu um balido alto e então todas a seguiram, berrando e chamando de um lado a outro até estar barulhento demais para continuar as conversas. Os visitantes começaram a recuar na direção dos caminhões e quadriciclos, acenando em despedida. Houve abraços e votos de felicidade, mais garrafas de vinho e champagne, e vários comentários não muito sutis trocados entre nossos visitantes sobre como estavam mantendo os recém-casados longe um do outro.

O problema não era que estavam nos mantendo longe um do outro. Era que nunca encontraríamos o caminho de volta ao êxtase tranquilo de ficar vagabundeando na cama juntos pela primeira vez, agora que tudo estava às claras.

– Hora de ir – disse o sr. Bones, instando as cabras a se moverem. – Temos que levar essas garotas para a aula de ioga.

– Por que você está aqui hoje? – perguntou Noah pra ele. Apontou para Jim. – Ou você? É *domingo*.

Jim deu uma piscadinha.

– Digamos apenas que é uma ocasião especial.

Quando o grupo se foi – devagar e fazendo vários convites para nos juntarmos a suas famílias para jantar em breve –, Noah e eu recuamos para a casa da fazenda.

– Que porra foi isso? – perguntou ele, acenando para a sra. Castro e seu cavalo.

– Parece que temos que agradecer a Jaclyn Ramos.

– Como assim, temos que agradecer... *porra*. – Ele correu a mão pelo rosto. – Não acredito que não pensei nisso.

Entreguei várias garrafas de vinho para ele.

– Não podemos fazer nada sobre isso agora.

Ele virou para olhar ao redor, preocupação subitamente entalhada no rosto.

– Cadê a Gennie?

– Aqui – respondeu ela. Viramos e a encontramos no galinheiro, o cesto de ovos enganchado no cotovelo e o tapa-olho no lugar. – Aquelas pessoas faziam barulho demais e me irritaram pra caralho. – Ela estalou os dedos pra uma das galinhas. – Sai de perto de mim, sua burra.

– Ei, Gen – disse ele, gentilmente. – Isso foi muito caótico e surpreendente. Sinto muito. Podemos conversar, garota?

No caos das revelações da manhã, eu tinha perdido de vista o fato de que a grande revelação deveria ter abalado Gennie mais do que a todos. Tudo que queríamos era protegê-la e mantê-la longe do nosso esquema doido, e ela foi jogada bem no meio da bagunça mesmo assim. Qualquer ressentimento ou hostilidade que eu sentisse em relação ao anúncio inesperado do nosso casamento foi substituído por culpa. A última coisa de que a menina precisava era mais reviravoltas e confusão na vida, e...

– Eu juro que não contei pra ninguém que vocês se casaram.

Noah só a encarou por um segundo.

– Quê?

– Não fui eu. Não fui. Você não precisa ficar bravo. Não grita. Prometo que não fui eu.

Noah e eu trocamos outro olhar de *que caralhos*.

Quando consegui formar palavras sem cuspir uma longa sequência de *por que* e *como* e *quê*, eu disse:

– Vamos entrar e conversar. Você disse que queria panquecas, certo? Eu posso fazer panquecas.

Gennie me espiou de dentro do galinheiro.

– Com gotas de chocolate?

– Definitivamente – respondi, o entusiasmo no nível onze. Para Noah, sussurrei: – Por favor, me diga que você não baniu gotas de chocolate porque elas não surgem na natureza ou por conta da uniformidade inquietante de sua forma.

Ele piscou.

– Serve uma barra de chocolate cortada em pedaços? Isso funcionaria?

– Ai, Deus. – Ajustei as coisas nos meus braços, perigosamente próxima de derrubar tudo. – Todo mundo pra dentro. Vamos fazer café da manhã. Bora!

AGORA QUE EU me designara a tarefa de fazer panquecas, só precisava caçar uma receita e aí abrir cada armário e gaveta na cozinha de Noah para encontrar tudo de que precisava. Facinho. Muito mais fácil do que a tarefa de Noah, que era sentar Gennie à mesa e chegar até o fundo da pequena bomba que ela soltou.

– Você não está encrencada e eu não estou bravo – disse Noah. – Não vou gritar. Tá bom? Podemos concordar sobre isso?

Em vez de responder, Gennie perguntou:

– Era pra ser segredo de mim?

Ele olhou entre Gennie e eu. Fui procurar uma tigela.

– Então, veja bem – começou ele –, não era um segredo tanto quanto…

– Vocês seriam os piores piratas – gritou ela. – Nunca tomariam nenhum navio nem roubariam nenhum butim!

Noah suspirou.

– Okay, certo. Apesar disso, eu gostaria de saber o que fez você suspeitar…

– Eu não contei pra ninguém – insistiu ela, os braços cruzados e os ombros encolhidos até as orelhas. – Eu não sou péssima em manter segredos.

Ele abaixou os braços na mesa.

– Mas como você sabia?

Gennie ergueu um dedo.

– Você estava procurando coisas de casamento no computador, aí vestiu roupas chiques um dia e quando eu perguntei por que estava assim disse que era assunto de adulto, e vocês dois são muito óbvios com toda essas chatices de amor.

– Essas chatices de amor – repetiu Noah.

Bati uns ovos. Não sabia se era parte da receita, mas parecia a coisa certa a fazer.

– É, vocês estão apaixonados e tal – disse Gennie, como se estivesse declarando o óbvio. – É por isso que teve uma festinha com Shay ontem à noite e está sempre fazendo coisas legais pra ela.

Ele olhou para mim, os olhos arregalados e inquisidores. Eu continuei misturando.

– Se não queriam que eu visse, não deviam ficar se beijando o tempo todo.

– Acho que temos que trabalhar nisso – disse Noah.

– Eu não ligo – respondeu Gennie. – Não é mais nojento. Já me acostumei.

– Que alívio – disse ele, baixinho.

– Shay vai se mudar pra cá? É o que gente casada faz, não é? Eles moram juntos na mesma casa. – Ela me deu um sorriso enorme e cheio de expectativa. – Você pode dormir no meu quarto. Eu gosto mais da cama de cima, mas pode ficar com ela se quiser.

Encarei Gennie e Noah, meus dedos ficando entorpecidos ao redor do batedor. *Não.* Não, não e não. Isso não era uma opção. Eu me sentia solitária na casa grande e vazia de Lollie, mas era o *meu* lugar grande e vazio para ficar solitária. Era onde eu chafurdava em autopiedade e inventava explicações doidas para a saída do meu ex da minha vida, onde bebia vinho de calcinha e comia pudim de café da manhã. Era meu casulo, meu espaço seguro e privado onde não tinha que fingir que estava tudo bem e podia ser tão infeliz ou bêbada ou deprimida quanto quisesse. Eu precisava da casa de Lollie mais do que precisava manter as aparências sobre meu casamento falso.

Mas se alguém descobrisse – se juntasse dois mais dois sobre os termos da herança de Lollie e a missão de Noah de ser dono de todas as terras desse lado da enseada –, a coisa ficaria feia pra gente. Muito feia.

A escola não ia querer uma trambiqueira dando aula para crianças impressionáveis. A cidade não ia querer comprar leite, maçãs e geleia de framboesa do fazendeiro que defraudou a administração de uma herança para obter algumas terras a preço de banana. As pessoas ali tinham lembranças que se estendiam por gerações. Não se esqueceriam rápido disso e não se apressariam em perdoar Noah também. Para não mencionar Gennie. Deus, as coisas já eram difíceis para ela agora. Não precisava que a gente as tornasse piores com as nossas patacoadas.

Eu tinha que me mudar para lá. Tinha que deixar meu casulo e minhas noites de calcinha e vinho para trás. A não ser que quisesse abandonar tudo – meu trabalho na escola, a fazenda de Lollie, Noah e Gennie e tudo que a gente tinha agora –, eu precisava fazer isso. Tinha que continuar jogando esse jogo.

Quando encontrei o olhar de Noah do outro lado da cozinha, as sobrancelhas unidas e franzidas, ficou claro que ele também sabia disso e odiava tanto quanto eu.

– Eu vou conversar com meus brinquedos até as panquecas ficarem prontas – anunciou Gennie. – Acho que vocês precisam de um tempo sozinhos.

Quando a menina saiu, Noah soltou um longo suspiro. Suas mãos caíram abertas na mesa.

– Eu não fazia ideia de que ela... – Ele pressionou as palmas nos olhos. – Que Gennie captou tudo isso. Quando começou a ler tudo na minha tela? Caralho, quando ela começou a *ler*?

– Não importa. – Balancei a cabeça, esperando localizar um pouco de leveza no meio dos destroços que eu trouxera à vida de todos. – Onde eu encontro a... – Abanei as mãos. – O treco pra cozinhar panquecas? A coisa plana.

Noah se ergueu, uma careta entalhando vincos ao redor da boca e dos olhos enquanto se aproximava. Ele examinou os ovos batidos e os outros ingredientes que eu enfileirara como soldados corajosos.

– Não é assim que se faz panquecas.

– Não? – Inclinei a cabeça para encontrar seu olhar. – Na verdade, não tenho muita experiência com panquecas. Só pareceu um bom projeto para o momento.

Noah abaixou as mãos à minha cintura e me empurrou para o canto dos armários. O canto de ontem. O canto das mordidas. E... de tudo. Com um movimento ágil, ele me ergueu, botou minha bunda no balcão e abriu minhas pernas.

– Podemos só voltar pra cama e fingir que nada disso aconteceu?

Parecia uma ideia maravilhosa. Realmente maravilhosa. Mas...

– Não podemos fazer isso de novo, Noah. Não podemos complicar as coisas ainda mais.

Ele se aconchegou no meu pescoço e enfiou uma mão por baixo da minha camisa. Quer dizer, da camisa dele. Não que importasse quando seu dedão alisou meu mamilo, firme e confiante e me lembrando de todas as coisas que deveríamos estar fazendo essa manhã.

– Sempre foi complicado, esposa.

Corri as mãos pelas costas dele, seus ombros.

– Não vou dizer que ontem à noite foi um erro...

– Ainda bem.

– ... mas não quero fazer de novo.

Ele recuou e me olhou com a testa franzida.

– Não foi bom pra você?

– Foi *incrível* pra mim. – Eu não conseguiria minimizar a experiência nem se quisesse. Ainda estava me recuperando das alturas inacreditáveis a que todos aqueles orgasmos me levaram. – *Tudo* foi incrível.

Ele se acomodou entre minhas pernas, pressionando forte contra o meu centro. Gemi ao senti-lo, pesado e gostoso, contra meus pontos mais sensíveis.

– Então, me fale mais sobre essas complicações.

– Não queremos tornar as coisas mais difíceis – eu disse, com esforço. – Não podemos mais dormir juntos.

Ele levou as mãos à minha bunda, me puxando para a beirada do balcão e então guiando meu corpo para deslizar bem contra o seu de um jeito devastador. Meus músculos internos se contraíram com força, tão forte que um latejar doloroso irradiou do meu âmago e me deixou toda dolorida.

Noah arranhou os dentes na base do meu pescoço.

– Boa sorte com esse plano.

– Talvez mais uma vez – eu disse, a voz fina e muito distante. – Mas só mais *uma* vez.

– Se é isso que você quer dizer a si mesma, vá em frente.

– Mas… Gennie – eu disse. – Ela acha que estamos *casados*.

– E eu vou marcar umas sessões extras com a terapeuta dela para discutir isso – respondeu ele, ainda ocupado com a minha bunda. – Ela vai ficar bem.

– Tem certeza? Porque não faz muito tempo que você me disse que Gennie precisava ficar muito, muito longe dessa bagunça nossa.

Ele rosnou contra meu pescoço e por um minuto pareceu que não ia responder. Por fim, disse:

– É, teria sido melhor assim. Melhor pra *ela*. Mas é aqui que estamos agora. Gennie e todo mundo já sabe, e não podemos fazer nada quanto a isso.

– Mas o que acontece quando acabar?

A nuvem suave e cômoda de hormônios sexuais em que estivéramos flutuando nas últimas doze horas se desintegrou com essas palavras. Noah abaixou as mãos para o balcão, espalmando-as de cada lado da minha bunda, e se recuou de forma que só os meus joelhos se pressionavam aos quadris dele.

– Eu vou lidar com isso.

De novo, eu disse:

– Mas… Gennie. Como vamos protegê-la disso?

Ele cruzou os braços.

– Não sei. – Ele assentiu e seu olhar caiu para minha camisa. Eu sabia que Noah estava encarando meus mamilos. Qualquer um num raio de vinte metros encararia meus mamilos, porque eram balas rígidas e tenras que estavam testando os limites do tecido. – Você quer a fazenda de Lollie ou não? É essa a pergunta a que precisa responder, Shay. Eu posso proteger Gennie. Vou dar um jeito. Só não faça nenhuma promessa a ela que não pretenda manter.

– Não vou fazer.

Nós nos encaramos por um longo momento, as sombras da noite anterior erguendo-se ao nosso redor, espremendo-se em cada sulco e cantinho entre o corpo dele e o meu. Tudo estava diferente. *Nós* estávamos diferentes. Mas, aqui, não parecia diferente. Parecia que estávamos em lados opostos da mesa de negociação, todas as nossas batalhas enfileiradas, esperando que alguém fizesse uma concessão.

– Se você quer a fazenda de Lollie – começou ele, as palavras curtas –, temos que descer à Thomas House, pegar suas coisas e lhe trazer pra cá hoje. – Ele ergueu uma mão e a deixou cair contra o braço que cruzou sobre o peito. – Eu tenho uma equipe de engenharia agendada para visitar Twin Tulip essa semana e inspecionar o local. Agora, me diga se quiser que eu desmarque.

– Não preciso que você desmarque. – Enfiei os dedos no cabelo. Deus, eu precisava de um banho. Queria sentar no chuveiro e pensar por cinco ou seis horas. – Mas eu não quero que o mundo de Gennie vire de cabeça pra baixo. Ou o seu, por sinal.

– De todas as mudanças que Gennie e eu experimentamos no último ano, essa será a menos dramática. Vai virar o seu mundo de cabeça pra baixo bem mais do que o nosso.

Com um suspiro petulante, eu disse:

– Eu não posso só me mudar pra cá.

Ele me fitou, uma sobrancelha arqueada e aqueles antebraços me implorando para correr a ponta dos dedos sobre as veias. Ignorei essa súplica.

– Pode, sim.

– E... e o que eu vou fazer aqui? – balbuciei. – Não podemos brincar de casinha, Noah. Isso é louco e a gente já fez loucuras suficientes.

Com um olhar lento e indulgente, ele disse:

– Você vai fazer o que quiser, Shay. Vá e venha como preferir. Tem um quarto vazio lá em cima. Eu não a obrigaria a dormir comigo, se é isso que a preocupa.

– Não é isso que me preocupa. – Uma parte pequena e desesperada de mim queria que Noah *exigisse* que eu dormisse com ele. Queria a mão dele ao redor do meu pescoço e seus quadris me prendendo à cama. Uma parte *muito* pequena. O resto de mim sabia que entrar entre os lençóis com ele de novo não era a resposta para nossos problemas. – Esse é sua casa. Eu não quero atrapalhar.

– Não me importo.

– Talvez devesse.

– Pena, porque eu não ligo. – Noah revirou os olhos para o céu, murmurando algo para si mesmo que não consegui entender. – Vamos lá, esposa. Eu vou ensiná-la a fazer panquecas agora e aí vou anunciar a Gen que você não vai pegar a cama de cima do beliche dela. Prepare-se pra essa tempestade. – Com a mandíbula cerrada, ele subiu o olhar pelas minhas pernas, pela minha camisa emprestada, através do meu rosto. – Você não está atrapalhando. Pare de pensar assim. E pare de fazer biquinho. Sabe que não consigo funcionar quando faz isso.

– Não estou fazendo biquinho.

Ele segurou minha mandíbula e passou a almofada do dedão no meu lábio inferior.

– Está, sim, e não posso chupar seus mamilos através dessa camisa agora porque não quero parar nos seus mamilos e... *ah, puta merda*, eu disse isso em voz alta.

– E o que mais? – sussurrei. – Qual a próxima coisa que ia dizer?

Ele abaixou a mão enquanto olhava para o chão.

– Shay. Por favor.

– Diga. Eu quero saber. O que você faria depois que chupasse meus mamilos através dessa camisa que eu roubei de você? O que viria depois?

Ele sacudiu a cabeça. Parecia que a conversa tinha acabado quando soltou o ar, trêmulo, e disse:

– Não temos tempo pra isso esta amanhã.

Eu não conseguia parar de insistir. Mesmo se nos empurrasse até a beirada de um abismo, não conseguia parar.

– Por que não temos tempo?

Ele deu uma risada seca, a voz falhando. Suas bochechas estavam da cor de beterraba.

– Chega disso, esposa. Preciso que pare de fazer essa cara e vá achar um sutiã se não quiser que eu a arraste até o celeiro e trepe com você contra a parede.

Ainda era um arquejo se vinha da região tesuda da França ou era só um gemido borbulhante?

– Bem...

– Não – disse ele. – Você me fez falar e estou lhe dizendo agora, você não quer isso. É quente e sombrio lá dentro, e tem cheiro de óleo de motor. E não estou a fim de ser delicado.

Inclinei a cabeça de lado.

– Você não foi delicado ontem à noite

Ele pegou a tigela e fez uma careta para os ovos batidos.

– Ontem foi diferente.

– Como?

– Aquilo foi pra você – disse ele, virando a careta para os itens reunidos no balcão. – Isso... isso não seria pra você.

– *Ahhh*.

Apontando um dedo pra mim, ele disse:

– Não. Estou falando sério. A menina está acordada, temos trabalho pra fazer e eu não posso ouvir esse som da sua boca agora. Não posso, Shay. – Ele sacudiu a cabeça. – Cinco minutos atrás você estava me dizendo que a gente só ia fazer isso uma vez. Foi você que disse que não podia acontecer de novo.

– Quer dizer, não deveríamos. – A relutância em minha voz era tão espessa quanto manteiga.

Ele deu um olhar de esguelha na minha direção, rolando a mandíbula enquanto me observava.

– Mas?

Eu não era atrevida. Não era. Não queria ser arrastada para um celeiro escuro e presa a uma parede, as mãos espalmadas na madeira e no metal corrugado enquanto Noah me usava como bem desejasse. Mas não consegui me impedir de dizer:

– Mas foi muito bom. – Corri os dedos pelos meus lábios, a linha do meu pescoço. Onde Noah me beijara, onde me segurara. – *Muito* bom.

Com um rosnado rouco, Noah me puxou do balcão e me marchou até as escadas. Eu teria pequenos roxos na bunda amanhã após todo esse tratamento. Pontinhos lilás e safira.

– Suba. Agora. Saia daqui. Tome um banho, encontre um sutiã e não volte pra cá até poder me dizer o que quer sem mudar de ideia a cada poucos minutos. – Ele deu um tapa ardido na minha bunda. – Faça como eu mandei, esposa.

E foi assim que acabei sentada no piso do chuveiro de Noah fazendo um debate comigo mesma sobre se éramos as chaves que tinham destrancado alguns desejos novos e descontrolados um no outro, ou se só estávamos famintos por sexo bom e por acaso funcionou para os dois. Talvez não seria assim da próxima vez. Devia ser o caso. Não seria sempre tão bom quanto na noite passada. Não podia ser.

Talvez fosse melhor.

– PRECISA DE ajuda?

Ergui os olhos e vi Noah inclinado contra o batente. Com os olhos sombreados sob outro boné, ele olhou as caixas, sacolas e malas jogadas ao meu redor no seu quarto extra, aquele logo ao lado do quarto dele. Apontei para a cama com seu edredom branco, agora colorido com os vermelhos, rosas e roxos de vários dos meus vestidos. Eu não me dera ao trabalho de embalar meu *closet* na Thomas House, só pegara tudo dos cabides e jogara no banco de trás do meu carro para o curto trajeto colina acima.

– Na verdade, não. Só organizando as coisas.

Uma parte significativa de mim odiava isso. Odiava pegar tudo o que eu tinha e me mudar de novo, e odiava que – de novo – minha vida parecia temporária. Odiava deixar para trás o santuário que encontrara na casa de Lollie e odiava que eu não poderia mais vagar por horas e olhar para o nada. Mesmo que Noah tivesse dito que eu tinha a liberdade para ir e vir como desejasse, isso não mudava o fato de que agora morava com uma família e que não podia fazer o que quisesse sem que alguém reparasse.

Se eu me plantasse na varanda, Gennie sairia para conversar. Noah viria ver como eu estava. Membros da equipe da fazenda passariam por ali. As galinhas iam encarar. Eu não tinha a liberdade para observar as nuvens e me costurar de volta em paz. Fazia parte desse lugar e dessa família agora, e não importava se eu queria ou não.

Parte de mim me ressentia horrores de Lollie por me encurralar com seu testamento. Não precisava ser assim e eu não conseguia imaginar que ela quisesse isso para mim ou para sua propriedade. Mas cá estava eu, guardando um vestido após o outro no meu *closet* novo enquanto meu marido de mentirinha – e devastadoramente forte – assistia.

Uma outra parte minha – uma parte muito pequena que se beneficiaria de uma terapia intensiva – estava vibrando de deleite, os dedos pressionados aos lábios para me impedir de dar gritinhos e deixar um sorriso grande como o sol dominar meu rosto. Esse lado tinha um lugar que era meu, um lugar onde eu estava cercada por pessoas que não só me queriam, mas batalhavam pela minha atenção. Eu era a tia engraçada que ria com Gennie por causa do absurdo de Noah fatiar chocolate francês caro na massa de panqueca porque ele não acreditava em gotas de chocolate. Era a esposa assanhada que tentava o marido até a mandíbula dele virar granito sólido e suas palavras soarem como rochas rolando pela lateral da montanha enquanto ele a empurrava escada acima e fora de vista.

Nenhuma dessas coisas era verdade, não como o norte ou as estrelas, mas esse lado meu não se importava com os detalhes. Esse lado aceitava as sobras e as migalhas, e se agarraria a elas por quanto tempo pudesse. Seria um faz de conta, e eu me seguraria a isso até que acabasse do jeito como tudo acabava pra mim.

– Deixa eu ajudar você com isso – disse Noah quando fui pegar uma das caixas menores.

– Não precisa. – Enquanto eu falava, ele a pegou do outro lado e balançamos a caixa entre nós. Não teria sido um problema se eu tivesse arrumado minhas coisas como uma pessoa sensata. Eu não tinha. Havia jogado tudo lá dentro sem me preocupar com onde ficaria ou se eu conseguiria achar algo depois, e foi assim que cinco livros de história infantis, uma garrafa de probióticos formulada especialmente para a saúde da mulher e dois vibradores acabaram no chão entre nós.

Encaramos os brinquedos por um minuto inteiro. Eram excessivamente venosos e azuis, e completamente desprovidos de qualquer precisão anatômica. Um deles tinha um par de cabeças irregulares e assimétricas. O outro tinha círculos e caroços no pau que lembravam um polvo.

Era informação demais sobre as coisas que eu gostava de ter dentro de mim.

Por fim, Noah limpou a garganta.

– Sei que não devia perguntar, mas... – Ele correu a mão sobre a boca. – Isso vem funcionando bem pra você?

– Eu, hã. – Olhei pra qualquer lugar menos o chão. Não tinha vergonha, mas estava constrangida, e isso disparou algo em mim. Algo necessitado e insistente entre minhas pernas. Algo que se deliciava no desconhecido, no novo e no desconfortável.

– São bons.

Noah fechou a porta com um chute atrás de si.

– Só bons? – Ele se inclinou e pegou os dois. Observou-os, virando sem parar e clicando os diferentes modos. Suas orelhas coraram. – Seria errado se eu... – Ele hesitou e soube que estava forçando as palavras a saírem. – Se eu lhe pedisse pra me mostrar?

– Não seria – consegui responder, o corpo todo uma poça quente e molhada de *sim, por favor*. – Mas não sei como. – Engoli com força. – Como mostrar, quer dizer. Eu nunca... – Ergui os olhos, implorando em silêncio que ele terminasse essa frase sozinho.

– Não tem problema. – O brinquedo vibrava na mão dele. – Eu nunca assisti.

– Como sabe que quer me ver?

– Eu *sei*. – O olhar dele ficou mais sombrio. Engoli com força. – Gennie está no curral das cabras. É hora da ordenha.

O zumbido do vibrador de duas cabeças era tão alto. Como uma turbina de vento. Como um motor a jato.

– Provavelmente vai levar uma ou duas horas, certo?

– Pelo menos uma. – O olhar dele se moveu entre mim e os brinquedos.

Após um minuto interminavelmente longo, nós nos movemos para a pequena escrivaninha encostada na parede, diante da janela. Ele pegou a cadeira e a posicionou de costas, ao pé da cama. Deixou os vibradores no edredom, um deles ainda vibrando como um convite muito claro e crucial. Porque eu não conseguia nem começar a contemplar isso sem a clareza de um convite. Não podia fazer as coisas que fazia com esses brinquedos enquanto Noah assistia, a não ser que soubesse – que acreditasse em cada célula do meu corpo – que desejava isso sem sombra de dúvidas.

Ele caiu na cadeira e apoiou os braços nas costas dela. Inclinando a cabeça de lado, perguntou:

– Não tem algo que você gostaria de me mostrar?

Só o encarei até parar de pensar em todos os problemas com esse plano. Então fucei em uma das minhas sacolas até achar o item de que eu precisava. Ergui-o para ele.

– Esse também.

Noah estudou o brinquedo vermelho-escuro no formato de uma rosa, e vincos escuros de confusão imediatamente marcaram sua testa.

– O que isso... – Ele correu o dedão sobre as pétalas. – Como ele...

Antes que pudesse desistir, eu tirei as roupas e peguei a rosa.

– Você vai ver.

Ele apoiou o queixo nos antebraços e assistiu com um olhar tranquilo enquanto eu subia na cama. Eu não sabia onde me posicionar. A maior parte do tempo, usava esses brinquedos sob os lençóis. Não considerava posições ou perspectivas. Não ligava para como seria a cena para um espectador. Não havia ninguém julgando a grossura das minhas coxas quando eu as abria ou como minha barriga balançava enquanto eu ansiava por um orgasmo. Não havia ninguém assistindo, e era esse o motivo de eu poder fazer essas coisas.

De repente, eu não sabia se conseguiria fazê-las sem a confiança que vinha de estar sozinha. De saber que a única coisa que importava era me sentir bem.

– Aqui embaixo – disse ele, apontando para a ponta da cama. – Traga os travesseiros. Eu quero ver sua cara enquanto você... – Ele limpou a garganta, mas não disse mais nada.

O interior das minhas coxas estremeceu enquanto me acomodava na metade inferior da cama, vários travesseiros sob a cabeça e os pés nus apoiados no pé da cama. Apertei o vibrador de rosa na mão com força e uni os joelhos. Isso parecia safado de um jeito estranho e novo. Não era inteiramente confortável. Era constrangedor e um pouco perturbador. Se eu passasse qualquer tempo pensando a respeito, me convenceria de que não queria isso. De que não queria demonstrar o uso apropriado dos meus brinquedinhos sexuais enquanto meu marido assistia. De que não queria que ele soubesse quando eu me tocava quando estava sozinha. Se pensasse a respeito, poderia me convencer de que *eu não deveria* querer a excitação avassaladora que me atravessava como uma febre.

Em vez de pensar, eu liguei a rosa. A sucção fez um zumbido baixo e borbulhante. Competia com o ronco do vibrador ao meu lado e decidi que o barulho era necessário. Eu podia me afundar no som e deixá-lo afogar todo o mais. Deixá-lo afogar os rosnados e arquejos de Noah, o suspiro que passou sobre meus lábios quando abri as pernas e encostei a rosa no meu clitóris.

Com a mão livre, me segurei aberta enquanto encaixava a rosa na posição certa. Exigia um pouco de finesse, mas quando conseguia sempre valia a pena. *Sempre.*

– É pra... – Noah limpou a garganta de novo. – Faz alguma coisa. No seu clitóris.

– *Mmmm.* – Não mais preocupada com a aparência das minhas coxas nessa posição, deixei meus joelhos se abrirem de vez. – Ele me chupa.

– Melhor do que eu?

Encontrei o olhar dele percorrendo a extensão do meu corpo nu. Noah o segurou por um segundo antes de olhar entre minhas pernas e então subir de novo, os lábios pressionados em uma linha fina.

– É diferente.

– Como? Explique pra mim.

Estremeci quando o brinquedo começou a costurar os fios de um orgasmo. Ainda não estava lá, mas chegando perto.

– Você é quente e suave, e... *ahhh, porra...* você me morde. – Desci os dedos até onde estava molhada e me contraindo, provocando logo fora do meu âmago. – Isso é duro. Agressivo. Dá ordens pro meu clitóris até eu gozar.

– Qual você gosta mais?

– Não é uma competição – repreendi. – Eu gosto disso quando não tenho ninguém pra lamber meu clitóris.

Sinceramente, eu não fazia ideia de onde essas palavras estavam vindo. Não vinham de mim. Eu não falava sobre sexo ou sobre meu corpo desse jeito. Não tinha a linguagem para isso.

– Que bom que você mora aqui agora – disse ele, o tom rouco e tenso. – Eu a lambo quando quiser.

Noah apoiou a bochecha nos braços cruzados, o olhar ainda fixo no meio das minhas coxas. Peguei o vibrador ao meu lado. Um som estrangulado saiu do fundo da garganta dele. Eu o apertei contra minha abertura e deixei meus olhos se fecharem conforme as sensações espiralavam por mim.

– Você tá quase gozando?

– Perto – sussurrei.

– O que faz depois? Para ou continua brincando?

Um sussurro sem fôlego escapou de mim e ergui os olhos para ele. Estava encarando o vibrador roxo de polvo enquanto eu o mantinha firme, deixando-o pulsar e estremecer dentro de mim. Gostava desse brinquedo porque exigia muito pouco de mim. Eu podia deslizá-lo para dentro, ler algo safado e deixar meu corpo fazer o resto.

– Depende do que eu quero.

– O que você quer agora?

Como eu devia responder a isso? Como se poderia esperar que alguém formasse palavras num momento como esse?

– O que *você* quer? – perguntei.

Ele deu uma risada estrangulada e sem humor e enfiou uma mão no cabelo.

– Eu quero *isso*.

Cliquei a rosa para um modo mais intenso. Ela quase roubou minhas palavras.

– Não acredito em você.

Ele abaixou uma mão ao colo. As costas da cadeira ocultavam seus movimentos, mas a agonia que se retorceu no seu rosto me disse tudo sobre o que ele estava fazendo.

– Acredite, esposa.

O orgasmo me atingiu um minuto antes do que eu esperava. Veio rápido e assolou meus músculos, me deixando trêmula e descoordenada. Pisquei para Noah, mas meus olhos queriam continuar fechados. Era como se eu tivesse tomado um sonífero em vez de um multivitamínico, e agora cada piscada durava vários minutos. Eu não conseguia levar o dedão ao botão certo para desligar a rosa, e os dedos na minha outra mão desistiram de segurar o brinquedo. Eu tentei, mas perdi toda minha noção de profundidade junto com todo o controle sobre meu corpo, e acabei apertando a parte de dentro da coxa.

Um som animalesco explodiu de Noah enquanto eu continuava rolando os quadris na direção dos pulsos e ondas dos brinquedos. Era quase involuntário. Como eu disse, esse vibrador não exigia muito de mim, e como o botão de ligar tinha desaparecido da rosa, não havia por que parar agora.

– Você é linda pra caralho. – Ele disse isso como se fosse um insulto. Como se estivesse bravo por conta disso. – Simplesmente linda pra...

Noah não terminou o pensamento, porque meus músculos internos se contraíram com força e eu gritei, uma mistura de gemidos e grunhidos, palavrões e suspiros, quando outro orgasmo me atingiu. Esse foi menor. O primeiro tinha me derrubado, então esse só chutou os destroços, mas foi o suficiente para o vibrador cair fora de mim e no chão, na frente de Noah.

– Ah, meu Deus – murmurei contra minha mão.

Noah se curvou para pegar o brinquedo do chão. Ele o desligou antes de se erguer e ir até o pé da cama. Correndo uma mão pelo interior da minha coxa, perguntou:

– Quer continuar com esse aqui?

Ele cobriu a mão que segurava a rosa contra meu clitóris. Balancei a cabeça.

– Não consigo encontrar o botão.

– Deixa que eu cuido disso pra você. – Depois de me dar uma última lambida com o brinquedo, ele o puxou e desligou. O zumbido dos brinquedos morreu. Ele levou uma mão entre minhas pernas, gentilmente me cobrindo. – Melhor assim?

Assenti. Eu me sentia como uma adolescente. Uma garotinha fofa, preciosa e depravada. Talvez não uma adolescente de verdade, mas me sentia preciosa. E bem depravada. Quer dizer, de onde caralhos tudo *aquilo* tinha vindo?

Embora a névoa de orgasmo estivesse densa, eu podia ver a ereção grossa dele presa sob o jeans. Estendi uma mão, mas Noah a tomou. E, em vez de subir em cima de mim ou desabotoar aquele jeans, ele pressionou os lábios à minha palma.

– Eu quero fazer algo pra você – eu disse.

Ele bateu um dedo na minha abertura.

– Isso foi pra mim.

– Eu quero fazer algo de que você vá gostar – argumentei.

– Eu *gostei*.

– Mas é sua vez e...

Ele me beijou, os lábios famintos e insistentes.

– Escute, esposa. Eu lhe contei o que queria quando pedi pra você me mostrar como usa seus brinquedos. Eu a vi se foder até ficar incoerente e gozar até virar os olhos. *Duas vezes.*

Com a coordenação motora de um cervo recém-nascido, eu tentei pegar o pau dele.

– Mas...

Bem então, a porta da cozinha se abriu com um estrondo e Gennie gritou:

– Eu ordenhei duas cabras inteirinhas!

– Agora não, querida. – Ele beijou minha testa e acrescentou: – Temos todo o tempo do mundo.

Noah reuniu os brinquedos e os deixou na mesa, devolvendo a cadeira à posição original. Ainda me tremendo inteira e incapaz de me mover de onde estava esparramada na cama, eu o vi lançar um olhar para os itens na escrivaninha. Livros, *skincare* e brincos. Ele pegou algo na tigela de cerâmica que eu usava para guardar minhas joias do dia a dia. Presumi que era outro par de brincos extravagantes, talvez as cabaças que pareciam meio fálicas demais para usar na escola.

Mas aí vi a aliança de barbante presa entre seus dedos.

Ele não teve que dizer nada. Não teve que fazer um comentário sobre eu tê-lo guardado ou mantido em um lugar de importância. Palavras não eram necessárias. Noah podia preencher as lacunas, mesmo se eu ainda estivesse confusa sobre algumas das respostas.

Ele a devolveu à tigela e se ajustou na calça.

– É melhor eu ver como a Gennie está – disse ele. – Você devia... – Ele olhou ao redor, os olhos se iluminando quando viu meu roupão de banho. Jogou-o sobre mim como um cobertor, e foi a coisa mais gentil que alguém já fez pra mim depois que eu tinha me masturbado na frente dele. – Eu vou manter ela lá embaixo por algumas horas.

– Okay. – Dei de ombros, mas pareceu um espasmo muscular. – Eu vou me levantar. Vestir umas roupas. Ser humana de novo. Só preciso de um minuto.

Parando ao lado da cama, Noah correu a palma pela minha bochecha.

– Preciso de bem mais que um minuto e eu só assisti. Fique aqui, querida. Feche os olhos. Você merece.

JAIME ESTAVA OCUPADA dobrando as roupas lavadas na cama quando liguei no domingo à noite. Noah estava negociando os termos de um banho com Gennie, e eu ainda era um bagaço descoordenado e molenga depois dos eventos da tarde. Tremores ainda subiam e desciam pelo interior das minhas coxas e suspeitava que não conseguiria me sentar por uma semana sem pensar em Noah. Fazia sentido eu me enfurnar no meu novo quarto sob o pretexto de planejar aulas, mas, na verdade, era para confessar meus pecados à minha melhor amiga.

Que era o que todo mundo fazia quando estava se escondendo do seu marido de mentirinha depois de fazer um showzinho com brinquedinhos sexuais pra ele.

– O que tá pegando, gata?

– Minhas pernas. – Não havia por que enrolar. – Você me disse.

Ela prendeu uma toalha sob o queixo enquanto juntava as pontas.

– Vou precisar que seja mais específica.

– Noah. E… você sabe.

Ela remexeu no cesto, pendurando uma saia pelo lado e jogando itens menores na cama.

– Mas eu *não sei*. O que o Papai Padeiro fez e por que a gente ama ele por isso?

– A gente *não ama ele* – retruquei.

– A gente não ama ele porque você está muito ocupada se lembrando do que é o amor de verdade. Vai levar tempo pra reconhecê-lo e parar de afastá-lo.

– Eu não estou afastando nada – argumentei. – Tanto que não o afastei quando Noah me convidou pra vir com ele pra casa ontem à noite.

– Ahhhhh. – Ela assentiu. – Presumo que a massa subiu.

Minhas bochechas estavam quentes e não consegui reprimir meu sorriso ao dizer:

– Algo assim.

Jaime se encostou na cabeceira, tomando um gole d'água por um momento. Então:

– É aqui que você me conta que foi só uma vez e que não vai se repetir?

– Bem, não foi só uma vez. Foram duas. E aí outra... hã, coisa. E eu me mudei pra casa dele porque o pessoal da cidade se reuniu fora da casa de Noah e jogou flores e vinho na gente e então começou a cantar.

Ela fechou os olhos e correu um dedo pelas sobrancelhas.

– Isso é gíria de cidade pequena para *ele sacudiu meu mundo tão forte que os vizinhos conhecem o nome dele*?

– Então, sim, teve isso...

– Sabia. – Ela assentiu, devagar e convencida.

– Mas tinha pessoas de verdade na casa dele hoje de manhã e agora eu tenho que morar com o Noah.

– Tem que morar com ele. Vai poder morar com ele. – Ela ergueu as mãos. – Qual é a diferença?

– A gente só me mudou pra cá porque...

– O motivo não é muito importante – interrompeu ela. – Sei que parece que é, mas isso estava fadado a acontecer. De um jeito ou de outro.

Eu dei um olhar bravo para minha amiga.

– Você vem lendo folhas de chá de novo?

– Eu não vou dignificar isso com uma resposta. – Ela fungou. – Só vou dizer que espero que esteja aconchegada e confortável morando com o seu Papai Padeiro.

– Você precisa mesmo parar de chamar ele assim.

– Eu gosto. Acho que combina. – Ela deu outro gole. – E eu lhe disse.

Capítulo 25

Noah

Os alunos serão capazes de se rebelar sem pedir desculpas.

RESMUNGUEI ALTO QUANDO o nome da minha mãe piscou no meu celular na terça à tarde. Eu amava minha mãe. E me importava muito com ela. E lhe desejava o melhor. Mas, às vezes, minha mãe era um grande pé no saco, e eu sabia que essa seria uma delas.

Deixar a chamada cair na caixa postal não era uma opção real. Eu teria que retornar a ligação de um jeito ou de outro. No melhor dos casos, só adiaria essa conversa por um dia. No pior, minha mãe ligaria para a loja da fazenda e pediria que me rastreassem.

Eu não precisava desse tipo de drama na minha vida. Não hoje. Já tinham se passado horas, mas ainda não havia me recuperado após ter topado com a Shay vestida só com uma toalha esta manhã.

Viver com minha esposa era muito mais traiçoeiro do que eu imaginara originalmente. Não podia haver nada pior do que saber que ela estava sozinha na Thomas House, certo? Errado. Saber que minha esposa estava sozinha do outro lado da parede era muito pior.

Shay insistira em ficar no quarto vazio nas últimas duas noites. Algo sobre uma rotina de noite escolar rígida e não conseguir dar aula no dia seguinte se eu a mantivesse acordada a noite toda. Debates não foram permitidos. Em vez disso, eu *me* mantive acordado a noite toda tentando ouvir qualquer sinal de que ela tinha mudado de ideia.

Isso, é claro, levou a uma série cada vez mais vívida de sonhos semiacordados nos quais Shay subia na cama comigo e eu a encontrava nua sob um roupão de seda. Ela afundava no meu pau e eu segurava seus quadris fartos enquanto me empurrava para dentro dela. Em algumas variações, Shay chupava meus dedos. Em outras, eu prendia o cabelo dela com uma mão e cobria sua boca com a outra.

Acordei com meu sangue pulsando quente e rápido nas veias. Estava desesperado dos jeitos mais terríveis e feios. Shay mal podia andar na minha frente sem que meu pau endurecesse em resposta. Tinha passado o café da manhã mais cedo resfolegando, minha pele retesada e meus pensamentos pouco mais do que pura safadeza.

Então, é, eu estava tendo um dia difícil.

– Oi, mãe. – Eu me ergui e cruzei meu escritório. – Como vai?

– Noah, você *se casou*?

Desci as escadas dos fundos correndo e saí pela porta. Seria melhor para todos se eu ficasse em movimento, e acreditava o suficiente nessa mentira para marchar por uma fileira longa e irregular de macieiras Cortland.

– É, eu me casei.

Um silêncio completo reagiu a isso. Cheguei na metade da fileira antes de ela dizer:

– Mas por quê?

– Pelo mesmo motivo que todo mundo casa, mãe. – Um testamento que não se sustentaria jamais. Acesso a ótimas terras. Amar tanto uma paixonite do Ensino Médio que eu não conseguia evitar me jogar na frente dos problemas dela.

De novo, minha mãe ficou sem palavras. Eu esperava isso. Ela amava e aceitava todos, embora não conseguisse compreender nada que saísse de mim ou de Eva que não se alinhasse com sua visão do que era certo e apropriado.

Por fim, ela disse:

– É a primeira vez que fico sabendo disso.

– É verdade. – Cheguei ao final das Cortlands e me virei para entrar em outra fileira. Isso era bom. Eu não punha os olhos nessas árvores havia semanas. Era bom. Tempo bem gasto. – Sinto muito. Não tive a chance. – Porque estava exausto e moído devido ao circo infinito de pessoas bem-intencionadas me fazendo perguntas sobre meu casamento às quais eu não estava preparado para responder.

Vamos sair em lua de mel? Não, ela mal queria ir ao Festival da Colheita comigo. Viagem interestadual era um pouco longe demais.

Estamos pensando em começar uma família em breve? Estritamente fazendo ensaios.

Estamos loucamente felizes por estarmos juntos? Sim, era ótimo conseguir tudo que já quis só para minha esposa me lembrar todo dia de que não era real e não ia durar. Bom para caralho.

Wheatie e Bones eram os piores, de longe. Depois daquele desastre na manhã de domingo, presumi que ficariam desconfiados dos buracos na história – especialmente dado que eu tinha jurado de pé junto que nada estava acontecendo entre Shay e eu. Mas eles passaram reto por essas questões e entraram em tópicos mais significativos, tal qual o futuro das terras dos Thomas. Dizer que eram incessantes seria um eufemismo. Se sentiam que algo nessa união era esquisito, ignoraram para se concentrar no potencial não explorado de Twin Tulip.

– Tenho estado ocupado – acrescentei quando o silêncio se esticou demais. – Terminamos as obras no novo centro de processamento e as aulas de Gennie acabaram de começar.

– Você está levando essa garota pra igreja de domingo? Ela precisa de orientação espiritual, Noah.

Uma risada baixa sacudiu meu peito. Que grande ajuda essa orientação tinha sido para mim e para minha irmã.

– Obrigado pelo lembrete.

– É o mínimo que você pode fazer por ela – continuou minha mãe.

Claro. Não era como se a terapeuta de Gennie subisse para uma nova faixa salarial depois de aceitá-la como cliente ou eu tivesse virado minha vida de ponta-cabeça nem nada.

– É só que não sabemos... – Ela limpou a garganta várias vezes. Precisou de um momento para conseguir dizer o resto. – Não sabemos o que essa criança suportou.

Sair do escritório tinha sido a abordagem certa. Ar fresco, sol e maçãs até onde os olhos alcançavam. E muito espaço para gritar sem ninguém ouvir.

– Ela está indo bem.

– Aprecio que você esteja dando a Gennie uma estrutura familiar adequada agora – disse minha mãe –, embora me preocupe que tenha se empolgado demais com esse casamento. E ela, a sua nova esposa, não é aquela menina problemática que Lollie Thomas abrigou, aquela que lhe dava aulas de Matemática e Ciências?

Esse era o grande paradoxo da minha mãe. Se Shay tivesse sido um membro da sua congregação, ela teria abraçado cada uma de suas arestas irregulares e pontas abruptas. Teria admirado a disposição de Shay de tentar de novo – e de novo, e de novo. E teria se maravilhado com a mulher que minha esposa se tornara. Ela celebraria Shay.

Mas minha mãe não conseguia estender essa graça a qualquer um que passava além do alcance da congregação e entrava no círculo interno da sua família. E esse círculo estava repleto de julgamento e de uma estrutura restritiva e de expectativas que nunca faziam a porra de sentido nenhum.

– Shay é professora – eu contei, com toda a calma que consegui. – Está dando aula na Escola Fundamental Hope esse ano. No segundo ano. Eles amam ela lá.

Eu amo ela aqui.

E minha esposa não era uma filhotinha perdida do lado errado dos trilhos. Sempre me incomodara quando minha mãe via Shay como se ela fosse um mau exemplo ambulante. Fora o fato de que a mãe dela era famosa, a única parte da vida de Shay não passada em uma bolha de caxemira era o tempo que passou nessa cidade.

– É bom ouvir isso. – Minha mãe limpou a garganta de novo. Falar por tanto tempo era difícil para ela. Precisaríamos encerrar logo essa conversa. Ela não podia gastar toda sua energia diária em uma ligação. – Eu teria ido até aí para o casamento, sabe.

– Eu sei. – Se continuasse andando, atingiria o velho muro de pedra que separava o pomar de Twin Tulip. Talvez pudesse jogar pedras por uma ou duas horas. Era um jeito altamente confiável de processar emoções. Eu não conseguiria sentir o braço amanhã, mas não precisava dos dois todos os dias. – Queríamos fazer algo pequeno.

– Eu sou só uma pessoa, Noah. Você pode ter um casamento pequeno e ainda convidar sua única parente viva.

Eu não estava no clima de apontar que minha mãe nunca ia a lugar nenhum sem minha tia e pelo menos meia dúzia de pessoas que compunham uma miscelânia de amigos, parentes distantes e pessoas que ela encontrava no caminho e adotava no que era seu novo rebanho.

– A gente fez o que pareceu certo pra nós – eu respondi.

Ela bufou.

– Terei que viver com isso.

Esse comentário trouxe um sorriso triste ao meu rosto. Ao contrário da minha irmã, rebelião não era minha droga de escolha. Descobri que obediência subversiva funcionava bem melhor para mim. Eu fazia tudo o que queria, mas fazia parecer que estava andando na linha. Ou, melhor ainda, eu andava tanto na linha que provava por que a linha era uma noção zoada, para começo de conversa.

Mas isso – me casar com a *garota problemática* e me recusar a pedir desculpas por fazê-lo do nosso jeito – desceu com a satisfação salgada da pura rebelião, na qual entrei com os olhos abertos.

– Bem. Eu tenho uma equipe preparando a apelação de Eva – eu disse, virando numa fileira curta de macieiras Pink Lady. – Vou levar Gennie para visitá-la mês que vem. Algum interesse em fazer essa viagem?

Eu não tinha que perguntar para saber a resposta.

– Isso é demais para mim – respondeu ela. – Eu levaria um mês para me recuperar de uma viagem a uma *penitenciária*, Noah.

Não havia graça estendida a Eva. Absolutamente nenhuma. Havia momentos em que eu debatia se minha irmã merecia graça. Ela tinha apertado aquele gatilho. Tinha matado aquele agente e ferido outros. Mas ainda era minha irmã. Era filha da minha mãe. Se nós não a amássemos ao longo de seus piores e mais impossíveis momentos, de que servia a família? De que servia qualquer parte disso se parávamos de nos importar no minuto em que as pessoas faziam merda?

– Certo – murmurei. – Eu a aviso quando receber alguma notícia sobre a apelação.

– Para mim basta saber que está trabalhando nisso. Os detalhes me estressam demais. – Depois de uma rodada de tosse, minha mãe acrescentou: – Cuide da minha neta. É só disso que eu preciso.

– Eu escutei você, mãe. É o que estou fazendo.

– E transmita meus parabéns à sua nova esposa. Vamos esperar que ela seja uma boa influência para Imogen. – Ela fungou. – Talvez você possa trazê-la para uma visita no final do ano.

Eu me curvei para pegar uma pedra no formato de um ovo de baixo de uma macieira Gala. Joguei-a no ar uma vez e a deixei cair na palma. Ia soar ótima caindo na água da enseada.

– Veremos.

Capítulo 26

Noah

Os alunos serão capazes de confessar
(quase) tudo.

– E AÍ a Ella disse que o irmãozinho dela toma banho na pia da cozinha!
Que nojo! – berrou Gennie.

Encontrei o olhar de Shay do outro lado da mesa da cozinha enquanto
reunia os pratos e talheres do jantar. Balancei a cabeça uma única vez e
esperei que ela soubesse que significava: *essa história faz sentido pra você?*
Bebês realmente tomam banho em pias?

– É um nojo por causa do bebê ou um nojo por causa da pia? – perguntou Shay.

Gennie contorceu o rosto.

– Tudo.

– E se você tivesse tomado banho na pia? – perguntou ela.

– Mamãe não é tao doida – murmurou Gennie, decepcionada com
nossa falta de reação com sua revolta pela rotina de banho do irmãozinho
de Ella. – Tem sobremesa pra pessoas que gostam de sobremesa hoje?
Você disse que eu podia perguntar da sobremesa na sexta-feira e já é sexta
então estou perguntando.

Troquei um sorriso privado com Shay quando ela se afastou da mesa carregando os pratos. Se havia algo que aprendera morando com minha esposa nas duas últimas semanas, era que ela *precisava* ajudar a preparar a refeição ou tirar a mesa depois.

– Você é uma pessoa que gosta de sobremesa? – perguntei à minha sobrinha.

Gennie tamborilou os dedos na mesa, os lábios rolados para dentro e os olhos cintilando. Ela tinha feito uma defesa apaixonada das sobremesas no começo da semana e a repetia a toda oportunidade. Eu achava estranho, considerando que não faltavam doces da padaria por aqui, mas então percebi que não era uma vontade geral quando minha sobrinha pediu pudim de tapioca. Gennie disse que Eva fazia para ela e contava histórias de como a mãe dela preparava o doce quando ela era criança.

Eu não conseguia me lembrar de nada do tipo, mas aparentemente Eva lembrava e agora Gennie também.

Nyomi preparou várias porções de pudim e estava meio apaixonada por uma das receitas e ameaçando colocá-la em produção para vender na loja da fazenda. Eu não ligava para isso, mas estava animado para revelar a surpresa a Gennie naquela noite. Era bom poder conceder algum desejo dela, de vez em quando. Tantos deles estavam além das minhas capacidades. Mais importante, minha sobrinha merecia algo bom. Eu não tinha recebido uma única ligação da escola esse ano para relatar mau comportamento – ou linguagem inapropriada. Não houve brigas no *playground* e as falas de pirata eram mantidas num mínimo durante as horas escolares.

– Eu sempre sou uma pessoa que gosta de sobremesa – respondeu Gennie, tão revoltada com esse lapso de memória quanto ficara sobre o irmão de Ella nu na pia. – Eu disse isso pra você um milhão de vezes!

– Tudo isso? – perguntou Shay, enchendo a lava-louças. – E Noah ainda não sabe?

– Não tão rápido – eu disse, dirigindo-me à geladeira. – Talvez eu tenha algo aqui.

– O que é? – perguntou Gennie, balançando-se na cadeira. – O que é, o que é, eu preciso saber!

– *Humm*. Onde eu coloquei? Talvez tenha esquecido na padaria.

Shay me deu um sorriso como se eu fosse um pé no saco dela com essa farsa, antes de se virar de novo para a lava-louça. Ela não fazia ideia do quanto eu adorava ser o pé no saco dela. Não sei se via a coisa desse jeito, mas não me importava. Podia guardar isso para mim mesmo, como sempre fazia.

– Eu tenho que saber – gritou Gennie, as duas mãos apertadas nas bochechas e a boca esticada em agonia. – Não me faça esperar, Noah!

– Ah, olha só – murmurei. – Pudim de tapioca.

– Aí, sim, porra! – berrou Gennie. – Shay, minha mãe fazia isso pra mim, e a mãe dela fazia pra ela. É meu superfavorito de todos.

– Que legal – respondeu Shay. – Por que é seu favorito?

– A mamãe me contava de quando era garotinha e ajudava a mãe dela a fazer geleia. Ela punha geleia de framboesa no meu pudim e girava assim – ela imitou com uma mão –, mas sempre dizia que a geleia da loja não era tão boa quanto a geleia da mãe dela.

Eu trouxe o pudim à mesa com uma tigela e colher, engolindo os quarenta motivos diferentes pelos quais a história testava os últimos resquícios da minha paciência. Ouvir Gennie falar sobre as experiências de Eva com nossa mãe era uma das partes mais surreais e desconfortáveis de ser o responsável por ela. Tinha que enterrar todos os traços das batalhas que ocorreram entre minha mãe e irmã quando Eva ainda morava em casa. Tinha que fingir que minha mãe não havia dado as costas para a filha depois que ela saiu de casa e tinha que ignorar que Eva parecia se orgulhar de sua recusa em ser a primeira a entrar em contato com a reverenda por *anos*. Tinha que deixar Gennie manter suas lembranças intactas, aquelas que soavam como nostalgia revisionista, e nunca revelar o outro lado desses eventos.

– Você devia fazer pudim com geleia quando tiver uma filhinha – disse Gennie a Shay.

Vários talheres caíram com um barulho alto no fundo da lava-louça.

– Desculpe – disse Shay. – Eu só... escorregou e... está tudo bem. Tudo certo.

– Quando tiver um bebê – continuou Gennie –, você devia fazer pudim pra ele. Até bebês podem comer pudim. Eles não precisam de dentes pra pudim.

Olhei para Shay, mas ela estava ocupada coletando garfos.

– Não vamos nos preocupar com pudins pra outras pessoas – eu disse. – Escolha a geleia que quer.

Gennie pulou da cadeira e foi correndo para a despensa, dizendo:

– Eu já sei que quero a de frutas silvestres. É a melhor. – Ela bateu o pote na mesa. Essa criança não conhecia sua força... ou amava fazer uma barulheira. Provavelmente um pouco das duas coisas. – Pêssego com gengibre é outra boa. E damasco. E marmelada de tangerina. E...

– Okay – interrompi. Isso podia continuar por horas. Era o preço que eu pagava por arrastá-la a todas as feiras. – Frutas silvestres, então. Quanto você quer?

Imediatamente, reconheci que era uma pergunta idiota quando Gennie respondeu:

– Médio.

– Quanto é médio?

Ela juntou o dedão e o indicador.

– Assim.

– Isso é uma altura. E a circunferência?

– Ela quer uma colher de chá de geleia – disse Shay do outro lado da cozinha. – Crianças de 6 anos não entendem circunferência.

– Você acha que o seu bebê vai gostar mais de geleia ou de marmelada? – perguntou Gennie a Shay.

– De qual você gosta mais? – perguntou Shay.

– Não consigo escolher. Gosto das duas.

– Foque nessa geleia – eu disse a ela enquanto servia uma colherada de frutas silvestres no pudim. – Assim tá bom? É o que você queria?

Ela deu uma mordida hesitante e olhou para a distância como se estivesse tendo um momento existencial. Então:

– É a coisa mais magnífica que eu já comi.

Uma risada explodiu de mim e eu me recostei na cadeira.

– Ótimo. Nyomi vai ficar feliz.

Depois de outra mordida, Gennie acrescentou:

– Frutas silvestres é a melhor geleia pra pudim.

Eu apreciava isso. Essa geleia podia ser difícil de acertar sem que uma das frutas roubasse os holofotes.

– Você acha que devemos montar um kit para vender? Com o pudim da Ny e um pote de geleia?

Gennie balançou a cabeça.

– Não. É segredo de família. A gente não devia vender isso, porra.

Shay se juntou a nós na mesa, uma taça de vinho branco em cada mão.

– Você está feliz? É uma boa sobremesa pra pessoas que gostam de sobremesa?

– Não é bom, é *ótimo* – corrigiu Gennie.

Shay me deu um sorriso largo.

– As maravilhas do pudim.

– Não interprete isso como uma indicação de que deve retomar seu hábito de comer pudim no café da manhã – eu disse. – Não vamos fazer isso aqui.

– Certo, porque é muito melhor fatiar pão toda vez que alguém quer torrada. Bem mais razoável.

Eu me recostei na cadeira e cruzei os braços.

– Não leva tanto tempo.

Ela deu um gole de vinho e eu quase podia ouvir sua resposta ganhando ímpeto.

– Não, acho que você tem razão. Não leva muito tempo pra fatiar pão. Claro, o processo fica mais lento quando temos que ir de quadriciclo até a fazenda leiteira para pegar manteiga porque você prefere pegar ela fresca a cada poucos dias, ou quando temos que nos esgueirar pelo porão dos queijos…

– Não é um *porão* – argumentei.

– … porque você quer queijo envelhecido desde um dia específico…

– Faz diferença – murmurei.

– … ou quando temos quinze potes diferentes de geleia na geladeira, mas não podemos tocar em nenhum deles porque você está sempre no meio de um projeto secreto ou outro. Ou quinze.

– Você é livre para usar pelo menos quarenta outros potes. – Apontei para a despensa. – Acredito que saiba onde eles estão. Está familiarizada com a despensa. Não é, esposa?

Ela engoliu o sorriso com um gole de vinho e desviou o olhar.

Gennie sugou cada grama de pudim da colher com um barulho alto.

– Essas bolas parecem muito grandes na minha boca.

Encontrei o olhar de Shay do outro lado da mesa. Ela balançou a cabeça quase imperceptivelmente e chupou os lábios para conter um sorriso.

– Como é que é? – perguntei à minha sobrinha.

– As bolas – respondeu ela, enfiando a colher no pudim de novo. – São muito grandes.

– Entendo – consegui dizer.

– No pudim – acrescentou ela. – São grandes bolas de tapioca. O pudim da mamãe nunca tinha bolas grandes.

Shay levou uma mão à boca e olhou para a mesa. Seus ombros sacudiram um pouco e eu podia ouvir os sons entrecortados de uma risada reprimida.

– Mas eu ainda amo esse pudim. – Gennie sorveu a sobremesa da colher e olhou para a distância de novo. – Mesmo não sendo igual ao de que eu me lembro.

– Por causa das bolas – disse Shay, uma risada rasgando cada palavra. Peguei a taça dela e a pus fora de alcance. – Ei! Devolva isso.

– Devolvo quando você se comportar – eu disse.

– As bolas parecem diferentes na minha língua – continuou Gennie, ignorando nós dois. – Mas têm o mesmo gosto.

Apontei um dedo para Shay enquanto ela gargalhava sem fôlego. Tantas vezes, era a minha esposa que se mantinha séria, mas isso estava desmoronando diante dos meus olhos. Eu meio que amava ver.

– Pare com isso.

– Estou tentando – disse ela, lágrimas brotando nos olhos. – Estou tentando. Juro. Eu só... – Ela deu um olhar de esguelha para Gennie. – Não consigo.

– Agora que provei, acho que eu gosto das bolas grandes – disse Gennie. – Posso morder elas!

Peguei o olhar de Shay e explodimos em risada ao mesmo tempo.

MAIS TARDE NAQUELA noite, eu me encostei na porta do quarto de Shay.

– Oi.

Ela ergueu os olhos do trabalho na escrivaninha com um sorriso.

– Olá.

Ela tinha se trocado e agora usava um short curto e um suéter frouxo que sempre deixava pelo menos um ombro nu como oferenda. Nada de sutiã. Eu amava quando minha esposa dispensava o sutiã. Os brincos também. A versão caseira de Shay era uma das minhas preferidas.

– Posso entrar?

Ainda estávamos entrando em acordo sobre as regras de coabitação enquanto casados de mentirinha. Não tínhamos problema em nos esgueirar e transar em cada espaço semiprivado que achávamos – despensa, celeiro ou banheiro –, mas não dormíamos juntos desde aquela noite depois do Festival da Colheita. Embora nenhum dos dois falasse isso em voz alta, dividir uma cama para propósitos de sono era um passo longe demais. Era longe demais para Shay porque ela tinha os olhos fixos em uma saída simples e limpa dessa cidade e do nosso casamento no final do seu ano aqui. Era longe demais para mim porque eu já sabia que não me recuperaria quando Shay partisse. Não precisava acrescentar lembranças de segurá-la toda noite a esse show de horrores.

Então, mantínhamos nossos quartos separados e nos tratávamos com certa distância educada. Shay vinha me ver toda manhã para confirmar se Gennie ia pegar carona comigo para casa ou o ônibus para ficar com Gail. Eu ia vê-la toda tarde para perguntar se gostaria de jantar comigo e Gennie. Éramos educados para caralho.

Eu batia na porta dela toda noite para contar que Gennie estava dormindo. Shay batia na minha porta de manhã para avisar que ia entrar no chuveiro. Sabia que fazia isso para não acabarmos competindo pela água quente, mas gostava de me torturar e fingir que era para que eu soubesse exatamente quando ela estaria nua.

Havia momentos em que eu pensava que essa informação servia como um convite para me juntar a ela. Parte de mim *amava* a ideia de escancarar a porta do banheiro, afastar a cortina do chuveiro, entrar lá com ela e torcer seu cabelo molhado na palma enquanto a comia contra a parede de azulejos. Sem perguntas ou conversa. A outra parte sabia que nunca faria algo do tipo. Eu me convenceria a dar meia-volta antes de abrir a porta.

A não ser que Shay tornasse muito claro que queria minha companhia no chuveiro. Especialmente uma companhia do tipo que escancarava portas e puxava cabelos.

– Claro que pode entrar – disse ela, com um aceno.

Ainda bem que ela não sabia que eu estava de pau duro e completamente obcecado por ela.

– Obrigado. – Fechei a porta atrás de mim e desabei na sua cama, enterrando o rosto no seu edredom. Cheirava como ela e agora eu estava mais do que duro. – Gen tinha um milhão de coisa pra discutir hoje. Foi uma pergunta depois da outra. Tanta coisa pra falar. A cabeça dela é como uma colmeia.

– No que ela está pensando?

Pressionei um dedão na nuca para aliviar a tensão ali.

– Nada. Tudo.

– Por que você faz isso? – Shay se ergueu e veio até a cama. – Está sempre agarrando seu pescoço. Qual é o problema?

– Não é nada.

– Obviamente é alguma coisa. – Ela deu um tapa na minha mão e correu as costas dos dedos nos meus ombros e pelo meu pescoço. – Você está tenso o suficiente pra formar seus próprios diamantes, Noah.

– Não está tão ruim – resmunguei.

– Rá. – Ela abriu algumas gavetas e disse: – Tire a camisa.

Shay não precisava pedir duas vezes.

– É o seguinte, machão – disse ela, jogando o celular na cama ao meu lado. – Vou trabalhar nos seus nós. Tudo bem pra você?

– Fique à vontade.

Ela subiu e se acomodou baixo nas minhas costas, as panturrilhas apertadas contra meus flancos.

– Vou usar loção. Cheira um pouco a mel e amêndoas, mas não é um aroma muito forte. Ninguém vai achar que você caiu num balde de perfume. Pode ser? E posso achar algo neutro, se você odiar muito.

Mel e amêndoas. *Porra, finalmente.* Eu só tinha me enlouquecido tentando identificar esses aromas.

– Não me importo – respondi. – Vai sair no banho amanhã de manhã.

Murmurando em concordância, Shay esfregou a loção nas minhas costas, ombros e pescoço. Era transcendental. Suas mãos eram fortes e incessantes, e eu amava o jeito como ela me tocava. Melhor ainda, a tensão pareceu suavizar um pouco.

Decidi foder com tudo ao perguntar:

– Você quer ter filhos? Um dia? Sabe, já que Gennie mencionou hoje.

As mãos dela congelaram nos meus ombros. Por um segundo pensei que íamos parar por aqui, que a massagem de preliminar tinha acabado e eu teria que sair mancando com meu pau dolorido. Mas então Shay disse:

– Houve um tempo em que eu achava que queria filhos. Achava que queria uma família perfeitinha e tudo que a acompanhava.

– O que a fez mudar de ideia?

Ela moveu as mãos pelos meus ombros, apertando enquanto descia.

– Um relacionamento acabou e eu tive que… reavaliar as coisas.

– E filhos não estavam mais na lista?

Ela deu uma risada seca.

– Não sei. Ainda estou descobrindo o que eu quero e o que me convenci a querer. – Ela apertou mais loção na palma. – E você?

– Caso não tenha reparado, uma sobrinha é mais do que suficiente pra mim.

– Nunca pensou em se casar com alguém legal por motivos não relacionados a expandir seu império ou enganar uns gestores de patrimônio?

Eu ri baixo contra o edredom.

– Na verdade, não.

Porque a única pessoa com quem já pensei em me casar é você.

– Não se imagina dando a Gennie um primo ou dois?

Alguma versão dessa pergunta aparecia no meu caminho com frequência. Todo mundo queria saber se eu gostaria de ter *meus próprios filhos*. Como se contribuir com esperma fosse superior e eu devesse preferir isso a uma simples relação sanguínea com Gennie. Mas sabia que não era essa a pergunta que Shay estava fazendo. Ela queria saber aonde o futuro me levaria e se eu via mais pessoas pequenas que gritariam comigo sobre cenourinhas.

– Não, acho que não. Não vou lhe dizer que tenho um plano sólido porque Deus sabe que todos os meus planos se desintegram, mas, quando me imagino cinco anos no futuro, não vejo mais crianças lá. Já é difícil o bastante cuidar de Gennie. Ela precisa de toda minha atenção.

– E faria um escândalo se você tentasse dar banho num bebê na pia.

– Ai, credo. Eu sei.

Shay enfiou o nó do dedo no declive do meu ombro e doeu para caralho, mas era uma dor boa.

– Não sei se acredito que você não estava procurando alguém pra transformar em esposa lá em Manhattan. Ou no Brooklyn. Aposto que não podia andar na rua sem entrar em contato próximo com calças de ioga.

– Eu não estava buscando esposa nenhuma – disse. – E não posso dizer que presto muita atenção em calças de ioga.

– Noah, não minta pra mim nem finja que era um monge. Eu já o vi num terno e sei uma coisinha ou outra sobre as garotas de Nova York. Você tinha que as afastar com um cano de chumbo e sabe disso.

Se havia algo que eu não queria discutir com minha esposa, era o sexo que eu fiz antes de me casar com ela. Não porque foi incrível ou mesmo tão grande em volume, mas porque eu não queria pensar sobre *ela* transando antes do nosso casamento. Eu sabia que teria feito isso – sabia quando éramos adolescentes também –, mas no momento Shay era minha e eu não queria fazer contato visual com nenhum dos momentos em que pertencera a outra pessoa.

– Eu trabalhava demais – eu disse. – Qualquer coisa além disso era … incidental.

– Exceto por aquelas supostas reuniões de negócios nos Hamptons onde você definitivamente não se divertiu nada porque era um advogado que andava na linha.

– Não se esqueça dos iates – eu provoquei. – Eu era um ótimo advogado nos iates também.

– Ia viver a grande vida de advogado solteiro indefinidamente?

– Eu não odiava a grande vida de advogado solteiro – respondi, com cuidado. – Tinha suas vantagens. Nenhuma discussão sobre o tamanho de bolas de tapioca, por exemplo.

– Quando Gennie crescer, a gente vai precisar envergonhá-la com essa história. É o tipo de coisa que temos que mencionar quando ela trouxer pra casa a pessoa que estiver namorando pela primeira vez ou estivermos fazendo um brinde no jantar de ensaio antes do casamento dela.

Não deixei de notar que Shay estava falando de um futuro em que minha sobrinha trazia pessoas com quem estava saindo para a *nossa* casa *e nós* fazíamos brindes no casamento dela. Em vez de estragar tudo, eu disse apenas:

– Pode apostar.

– Só me diga se for pessoal demais – continuou Shay, os dedões trabalhando na minha lombar –, mas eu estava me perguntando se Eva pode receber visitas. Ela chega a ver Gennie?

– Não é pessoal demais. Eva pode receber visitas. Gennie e eu fomos vê-la algumas vezes. Foram… – Balancei a cabeça. – Foram visitas difíceis.

Shay soltou um murmúrio.

– O que aconteceu?

– Fora as questões óbvias, a gente teve que viajar. O julgamento de Eva foi conduzido em Michigan e ela ficou lá enquanto aguardava a sentença. Não me ocorreu até ser hora do embarque que Gennie poderia ter dificuldade no voo. Ela entrou em pânico. Teve um surto completo. Gritou por uma hora direto antes de adormecer no chão embaixo do assento.

– Ah, merda.

– É. O tempo todo eu fiquei sentado lá pensando que teríamos que fazer tudo isso de novo pra voltar pra casa. Comecei a procurar trens e carros pra alugar. Até aviões particulares. Por um segundo, achei que viveríamos em Michigan pra sempre. – Eu ri. – Liguei pra pediatra quando aterrissamos e ela me disse pra enchê-la de anti-histamínicos antes do voo de volta. Isso a deixou completamente pilhada. Sério, Gennie usou óculos de sol que talvez tenha roubado de uma loja e sentou no meu colo enquanto comia M&Ms sem parar e recitou cada palavra de *Piratas do Caribe* pra mim, incluindo os sotaques iguaizinhos. E isso foram só nos voos, Shay. Acrescente a isso o estresse de viajar a um centro de detenção, passar por todos os protocolos de segurança, e aí esperar horas pra ver Eva. Foi o caos. Gennie passou quatro dias inteiros se preparando pra um chilique, tendo um chilique ou se recuperando de um chilique. E aí repetimos alguma versão desse ciclo mais duas vezes.

– Sinto muito. Deve ter sido duro pra você.

– Foi pior pra Gennie – eu disse, embora apreciasse a validação. Às vezes me esquecia de quanto precisava disso. – Ela se lembra de que foi horrível, então entra ainda mais em pânico.

É muito pra pedir de uma criança pequena. Muito pra pedir de vocês dois.

– É, bem, vamos ter que fazer tudo de novo em breve. Eva foi transferida para uma penitenciária federal em West Virginia após a sentença, e eu prometi a ela que a visitaríamos. Tem um feriado chegando em novembro que parece uma boa hora pra ir. Vamos de carro dessa vez. Acho que vai ser melhor.

– Quer ajuda com isso? – perguntou Shay, devagar. – Quer dizer, um par extra de mãos? Posso ir junto se for facilitar pra você e Gennie.

Por mais que me doesse admitir, eu não podia levar Shay para visitar Eva. Não porque Eva ou Gennie teriam um problema com isso, mas porque eu não podia dar à minha sobrinha tudo que ela precisava enquanto também tomava conta da minha esposa. Sabia que ela não precisava disso de mim, mas não mudava o fato de que queria tomar conta dela e que não conseguir fazer isso me mataria.

– Dessa vez, não – eu disse. – Quero ver se Gennie lida melhor quando formos de carro e fizermos várias paradas no caminho, pra ser menos traumático. É o que a psicóloga sugeriu.

– Faz sentido. Só me avise se eu puder fazer algo pra ajudar.

Depois de alguns minutos de silêncio, eu disse:

– Eu ainda não acredito que Eva vai passar o resto da vida atrás das grades.

Shay fez um murmúrio baixinho.

– Posso perguntar como Eva se meteu numa situação dessas? De tudo que eu me lembro de você dizer depois que ela saiu de casa, parecia que era esperta com ciladas.

– Ela é... era – eu respondi. – Não sei como aconteceu. Ainda estou tentando entender. – Grunhi contra o edredom quando Shay massageou um ponto sensível na parte superior das minhas costas. Sentia que era um saco de pedras coberto de pele. – Ela passou vários anos perambulando pela América do Norte sem um endereço permanente e fazendo tudo sob seus próprios termos, só pra isso desmoronar numa questão de meses depois que conheceu o namorado. Como se envolveu com o chefe do tráfico de drogas da fronteira norte, eu nunca vou entender por completo.

– Ela provavelmente acreditava que o conhecia – disse ela.

– Mas... como?

– É muito fácil nos convencer de que conhecemos os valores e as intenções de alguém. Que conhecemos o coração deles. E é devastador quando nos mostram quem realmente são. Aposto que Eva reavalia cada momento do relacionamento deles todos os dias.

Não parecia que estávamos falando mais só sobre Eva.

– Enfim. – Shay deu um tapinha no meu flanco. – Preciso que você pare de pensar em tudo isso agora. Está criando um monte de nós de novo.

– É você que fez as perguntas. No que mais quer que eu pense?

– Pense sobre Twin Tulip – respondeu ela, os dedos trabalhando na base do meu crânio. Era esquisito de um jeito bem gostoso. – Os engenheiros e arquitetos já terminaram? Quando terão planos pra gente analisar? E você não disse que era quase hora de plantar os bulbos?

– Os bulbos estarão na terra em duas semanas – respondi. – Bones tem tudo sob controle. Ele quer esperar até esfriar um pouco. Algo sobre evitar bolor no chão quente demais.

– Ele odeia ter que lidar com flores?

– Não, ele ama essas coisas. Fez o programa de jardinagem da Universidade de Rhode Island dois anos atrás, principalmente porque é um esquilo e precisava de algo pra fazer durante o inverno enquanto planejava um jardim de polinização, e agora só quer falar sobre tulipas. Se encontrá-lo, não pergunte sobre as flores a não ser que queira sorrir e assentir enquanto ele tagarela por uma ou duas horas.

Ela riu.

– Anotado.

– Da última vez que conferi, os engenheiros e arquitetos estão negociando algumas coisas. Estando tão perto da enseada, e com o jeito como os níveis do mar estão subindo e tempestades recordes estão ocorrendo com muito mais frequência, há muitas variáveis para considerar.

– Isso parece importante. Vamos dar a eles todo o tempo que precisam pra estudar a questão. Não temos uma pressa real.

– Não temos uma pressa real – comecei – ou toleramos um progresso lento porque significa que não arriscamos ficar apegados?

Shay ficou quieta por um minuto.

– O que isso significa?

– Significa que a gente se joga de cabeça em cada fase nova desse projeto, mas, quando se trata de tomar as decisões, enrolamos o máximo possível para não termos nenhum compromisso real.

– E quando você diz *nós*, quer dizer *eu*. – As mãos dela pararam nos meus bíceps e eu soube que estava em um território perigoso, mas não podia recuar agora. – Está dizendo que eu não quero me apegar.

– Eu já estou apegado – eu disse. – E não vou a lugar nenhum. Esse lugar é a minha casa, e a de Gennie. Não podemos fazer as malas e nos mudar pra Boston... ou qualquer outro lugar. Você, por outro lado, tem a chance de ir embora. Não precisa fazer nada e sabe disso.

– Está dizendo que eu não me importo?

– Não. Não é isso o que estou dizendo. – Era ao mesmo tempo maravilhoso e horrível ter essa conversa sem conseguir ver as expressões dela. Eu não fazia ideia de como Shay estava reagindo, mas isso me dava a liberdade para continuar: – Você se importa muito. Não estaria aqui, tentando dar uma vida nova à fazenda de Lollie, se não se importasse. Nunca teria se casado comigo e... minha nossa, se mudou pra essa casa insana pela fazenda. Você se importa mais do que qualquer pessoa que eu conheço. Mas há uma diferença entre se importar e deixar-se se importar, e não acho que você queira se deixar.

– E por que seria isso?

– Shay, eu tenho a inteligência emocional de uma pedra. Não estou qualificado para responder a isso. Só vou dizer que você não deveria pensar nesse lugar como uma parada na sua rota de volta à vida em Boston. Isso não tem que ser temporário.

– *O que* não tem que ser temporário?

Tudo. Suas mãos nos meus ombros, suas coisas na minha casa. O negócio que estamos construindo. A família que estamos construindo. Nosso casamento. Tudo.

– Qualquer parte disso. Tudo. O que quer que você queira.

– Vou ter que pensar sobre isso – disse ela. – Mas vejo agora que você vai dizer que estou arrastando os pés em outra coisa.

– Eu não vou dizer isso. – Ela bufou... ou foi uma fungada? Eu não tinha certeza, mas fiquei preocupado que a tivesse magoado. – Shay...

– Ir embora sempre foi minha meta – respondeu ela. – Onde quer que eu estivesse, o que quer que estivesse fazendo, sempre havia um fim no horizonte. Quando eu era pequena, passava por diferentes cidades, países e escolas. Um fluxo infinito de babás. Então vieram os internatos. Depois a fazenda de Lollie. Você não se lembra de como era, na época? Sair dessa cidade era a única coisa em que conseguíamos pensar. Era a única coisa que queríamos.

– Eu me lembro. – Se havia algo no mundo de que eu me lembrava, era conspirar com Shay sobre nossas vidas pós-Amizade. Aqueles dias tinham sido um bote salva-vidas para mim.

– E aí o importante era terminar a escola, encontrar um emprego, encontrar um... – Ela parou para pegar mais loção. – O único lugar onde eu já fiquei e criei raízes foi minha escola em Boston. Jaime é uma das poucas raízes reais e profundas que eu tenho.

Eu não consegui me impedir de acrescentar:

– E eu.

– Claro, você. – Um pequeno arrepio se moveu pelos meus ombros enquanto ela espalhava a loção fria pela minha coluna. Era a loção. Só a loção. – O que estou dizendo é que sou péssima com apegos. Quero me apegar às coisas. Quero ficar em algum lugar e ter... Deus, tem tanta coisa que eu quero. Ou acho que quero. Ainda estou tentando chegar a uma conclusão sobre tudo isso.

– Então fique aqui e pense nisso – eu disse. – Ajude-me a construir esse maldito espaço de eventos porque eu não tenho ideia do que estou fazendo sem você.

– Você daria conta perfeitamente bem. E, antes que proteste, posso lembrá-lo de todos os negócios que abriu sem mim? Construiu uma loja na velha casa dos seus pais, uma padaria em outra casa velha, um centro de processamento de geleia num moinho de sidra abandonado e uma venda de sorvete a partir de sabe-se lá o quê. E ainda complementou tudo com umas cabras e ioga. Não finja que precisa de mim pra isso.

– Só porque posso aguentar sozinho não significa que eu queira – respondi. – Caralho, Shay. Deixa eu precisar de você, tá bom?

Um minuto de silêncio se passou antes de Shay sussurrar:

– Tá bom.

Não deixei de notar que ela não concordara em ficar.

– É você que olha pra Twin Tulip e vê um espaço para casamentos. Eu olho pra lá e vejo a planta de um espaço de eventos, nada mais. Não consigo imaginar cerimônias ao ar livre ou jardins projetados para ser o pano de fundo de fotos de casamento. Como já disse, eu sou uma pedra.

– Pode ser uma pedra, mas eu ganho de você. O único motivo para eu conseguir falar sobre coisas lindas e felizes como casamentos é porque sou boa em agir como se tudo estivesse bem e eu não estivesse morta por dentro.

Olhei por cima do ombro e lhe dei um olhar afiado.

– Eu estive dentro de você. Prometo que não está morta.

Shay levou a mão à parte de trás da minha cabeça e me empurrou no edredom.

– Ainda não terminei. Você pode se mover quando eu disser.

– Que fofo – murmurei. – Mate a vontade agora, esposa.

– Ahhhh, alguém vestiu as calças de mandão.

– Se gosta disso, vai amar quando eu tirar essas calças.

– Olha só esse comediante – disse ela, num tom pensativo. – Sou velha o bastante pra me lembrar de quando você só rosnava e fazia cara feia pra mim.

– Isso foi uma época diferente.

– Uma época em que não gostava muito de mim? – perguntou ela, rindo.

Se Shay soubesse o quanto sempre gostei dela. Que não havia mais ninguém pra mim. Meu mundo começava e acabava com ela sentada ao meu lado naqueles trajetos matinais à escola, e começara de novo quando a reencontrei na minha fazenda. Mas minha esposa não estava pronta para ouvir isso. Mal conseguia imaginar um futuro em que não dissolvíamos nosso casamento em nove meses e nunca falávamos de novo sobre isso. Eu não podia contar a ela que a *amava*. Que a amava tão completamente, tão intensamente, que mais ninguém no mundo podia comparar. Talvez algum dia eu pudesse contar isso para Shay, mas ainda não.

– Uma época em que não me deixava falar coisas pervertidas pra você ou comê-la em celeiros.

– Era esse o motivo para os rosnados? E as caras feias? Você queria me comer em um dos seus muitos celeiros? Hã. Eu nunca teria imaginado.

– Não foi só sobre os celeiros. Às vezes só precisa de uma cara feia pra pôr você na linha, querida.

– O que *isso* significa?

– Sabe exatamente o que significa – respondi. – Não consumir nada além de café e pudim o dia todo. Ir pra bares aleatórios com gente idiota. E me falar que vai voltar a pé pra casa sozinha à noite. Você precisava de uma boa cara feia. – *E um lembrete de a quem pertence.*

– Você provavelmente deveria ter explicado isso desde o começo, porque me deu a impressão de que queria se livrar de mim.

– É, tem razão. Eu não queria ter nada a ver com você, por isso que a convidava pra jantar ou lhe levava pão todas aquelas vezes. E assegurar uma linha de crédito 45 minutos depois que me fez uma proposta improvisada para um espaço de casamentos foi um sinal muito confuso mesmo.

– Sou uma idiota por não ter percebido nada disso até agora?

– Você não é idiota. Só está acostumada com pessoas a deixando na mão.

Vários minutos se passaram enquanto Shay trabalhava nas minhas costas, ombros e braços. Cada inspiração era uma nuvem de mel e amêndoas. Cada toque dos seus dedos era uma onda de alívio. Era uma das melhores coisas que eu já tinha experimentado.

– Onde você adquiriu todos esses nós?

– Eles são orgânicos, assim como tudo por aqui – respondi.

– Parece que está cultivando-os desde que nasceu.

Eu ri.

– Provavelmente porque estive.

– Então vai ter que me deixar desemaranhá-los a cada poucas semanas.

Eu sorri. Ela não podia ver, mas não importava.

– É. Acho que vou ter que deixar você fazer isso.

Shay esfregou as mãos pelas minhas costas e não conseguia me lembrar de me sentir tão leve e solto em toda minha vida. Queria derreter nessa cama e dormir por horas. Mais do que isso, porém, queria pôr as mãos na minha esposa.

Estendi uma mão para trás e fechei os dedos no tornozelo dela.

– Tenho alguns outros nós pra você desembaraçar. Deixa eu me virar e lhe mostrar.

Rindo, Shay se inclinou para perto e roçou os lábios no meu pescoço.

– Eu um minuto. Ainda não terminei.

Antes que eu pudesse responder, o celular dela vibrou ao meu lado. Ao mesmo tempo, viramos a cabeça para olhar a tela. Uma mensagem piscava lá.

X (NÃO RESPONDER): Preciso te ver.

X (NÃO RESPONDER): A gente precisa conversar.

COMO EU GOSTAVA de me magoar, perguntei:

– Quem é?

Eu a ouvi engolir. Shay ficou em silêncio antes de responder:

– Bem. É o meu ex-noivo.

De repente, eu tinha levantado da cama e estava em pé. Se o teto caísse ao meu redor, não teria sido mais surpreendente do que esse anúncio.

– Seu... seu *noivo*?

– Ex – disse ela. – Ex-noivo.

– Você esteve noiva. – Ela assentiu enquanto eu processava isso na velocidade de vários milhares de *que caralhos* por segundo. – Quando? Quando estava noiva? Quando foi isso?

Ela apertou os dedos aos lábios.

– Julho.

Como tudo o que conseguia fazer era repetir palavras, eu disse:

– Você estava noiva em julho.

Ela encarou o chão.

– Era pra eu me casar em julho.

– Era pra você... okay. – Assenti como se fosse um tique nervoso. – Okay. Então. Isso não aconteceu. – Correndo direto em direção à dor, perguntei: – Qual foi o problema?

Um sorriso duro e amargo se esticou sobre os lábios dela, embora Shay não tivesse erguido os olhos do chão.

– Ele cancelou o casamento.

– *Ele* cancelou o casamento? – Quem era esse imbecil e qual era a porra do problema dele? Eu tinha uma vontade avassaladora de empurrá-lo na frente de um carro e então apertar sua mão por mandar Shay de volta pra minha vida com sua estupidez.

– Enquanto eu estava no meu vestido de noiva. – O sorriso dela se tornou uma risada dura e amarga. – Algumas horas antes do casamento.

– Você estava… – Muitas coisas dos últimos meses fizeram sentido de uma só vez. Eu entendia agora. Entendia tudo. Todos os comentários sobre estar vazia e oca, morta por dentro. Afastar-se quando tentei apressá-la a se casar comigo. Aquela noite no bar quando desmoronou porque ninguém a escolhia. E me manter longe. *Tudo.* – Caralho, Shay. – Cruzei o quarto, os braços abertos para ela. – Querida, por que não me contou?

– Eu estava tentando esquecer. – Ela pressionou o rosto no meu peito. – E é humilhante.

– Não é, não. – Eu a abracei apertado e corri a mão no seu cabelo. – Sinto muito por ele ter feito isso com você. – Quando Shay juntou as mãos nas minhas costas, perguntei: – Ele a contata com frequência?

– Não. É a primeira vez.

Dentro da minha cabeça eu ouvia um *loop* infinito de *ela se casou com você*. Isso não significava nada. Não tinha que significar nada.

– Desde julho? – perguntei. – É a primeira vez que ele entra em contato desde *julho*? E acha que onze horas da noite numa sexta é a hora pra isso?

Ela bateu a cabeça no meu peito.

– Eu disse pra ele nunca falar comigo de novo, então…

– Aí está. Essa é a minha garota. – Odiava esse sujeito. Eu o odiava tanto. Mais tarde, organizaria esse ódio em seções e categorias, mas no momento era um filho da puta escroto do caralho e eu não desejava nada além de infelicidade pra ele. – Quer que eu delete a mensagem? Bloqueie o número dele?

O tempo que Shay levou para formular uma resposta deveria ter sido meu primeiro indício de que a conversa não ia acabar como eu esperava.

– Preciso descobrir o que ele quer – disse, saindo dos meus braços.

Ela se casou com você. Ela se casou com você.

– Okay. – Apontei para o celular. – Vai lá. Manda ele à merda.

Enquanto ela escrevia, eu não conseguia me impedir de construir uma imagem mental dessa pilha de lixo humana que abandonara Shay no dia do casamento. Esse imbecil. Ele seria algum profissional. Finanças ou negócios ou algo confortável assim. Uma personalidade expansiva. Falaria alto, provavelmente, mas daquele jeito que é a *alma da festa*. Relógio caro só para ter um relógio caro. Se orgulharia de ler só memórias de magnatas corporativos puxando o saco uns dos outros e o tipo de não ficção de autoaperfeiçoamento feito para homens de negócios que nunca se lembram dos aniversários de casamento. E, acima de tudo, seria burro o bastante para largar a pessoa mais incrível no mundo.

Pensar nele era horrível. Era como correr a mão por uma cerca de arame farpado.

Ela se casou com você.

– Ele diz que é importante a gente conversar pessoalmente o quanto antes – disse Shay, franzindo a testa para o celular. – Ele vai me encontrar onde eu quiser. É engraçado. Em geral não é tão receptivo.

Fechei a mão nos quadris. Esse *filho da puta*.

– Ele sabe que você está aqui? Em Amizade?

Ela balançou a cabeça.

– Só minhas amigas sabem disso e todas elas odeiam ele.

– Já mencionei o quanto amo suas amigas? Porque amo. Elas são maravilhosas.

Shay riu, abanando uma mão.

– Nao se preocupe, elas o amam também. – Ela deixou o celular na escrivaninha e olhou para mim, a cama entre nós. O telefone dela continuava a vibrar. Eu *odiava* esse sujeito. – Sei que deve ser uma má ideia, mas…

– Porra – murmurei pra mim mesmo.

– Eu preciso fazer isso. – Shay abriu as palmas, deu de ombros. – Eu só... eu preciso de uma explicação.

Ela se casou com você.

– E você acha que ele vai lhe dar uma.

Shay olhou para o edredom. Parecia triste e vulnerável, e eu queria fazer tudo que podia para consertar isso.

– Não sei, mas acho que tenho que tentar.

– Se está determinada a fazer isso, eu vou com você.

– Noah, você não tem que...

– Eu vou com você – repeti. – Tem uma feira em Boston daqui a duas semanas. É o último evento da estação. Costuma ser uma feira grande e faz um ou dois anos que eu não vou. A gente encontra ele lá, e aí você e eu vamos fazer uma nova competição de venda de geleia. Dessa vez vai enfrentar um desafio de verdade. Algo como laranja com *cranberry* e especiarias, ou pera e damasco com jasmim. – Olhei para o teto enquanto folheava mentalmente minha agenda. – Também tem um fornecedor lá que está tentando se encontrar comigo há meses, mas nunca consegui encaixar na agenda. Vamos deixar que ele pague o almoço pra gente depois da feira. Talvez aí eu consiga fazê-lo sair do meu pé e da minha caixa de entrada.

– Você realmente não tem que...

– Diga isso de novo. – Rodeei a cama, uma mão desafivelando o cinto enquanto eu me movia. – Diga isso de novo e veja o que acontece, esposa. Veja quanto tempo eu levo pra dobrá-la nessa cama e lhe mostrar o que eu não tenho que fazer.

Pela primeira vez, as palavras não me fizeram sentir como um cretino depravado. Eu não questionei todo o meu sistema de crenças. Só queria que Shay soubesse que pertencia a mim e que eu não ficaria parado enquanto ela se encontrava com seu ex imbecil. Se tivesse que a penetrar e pontuar essa declaração, não via problemas.

Ela se casou com você.

Shay encarou minhas mãos enquanto eu mexia no botão e deixava o jeans se abrir. Encarou enquanto eu esfregava meu pau com força uma vez através da cueca. Encarou, e eu soube exatamente o que ela queria.

– Responda pra ele. – Apontei o queixo para o celular dela. – Diga que estará disponível em duas semanas. Na feira SoWa, sul de Washington. Você vai ter alguns minutos por volta das 10 horas da manhã e é o único tempo que pode conceder a ele. Mande isso e aí desligue o celular.

Com o lábio inferior preso entre os dentes, Shay digitou a mensagem. Eu a vi pausar antes de mandar, mas me impedi de perguntar se concordava com tudo isso. Ela me diria se não concordasse.

Shay inclinou a cabeça de um lado ao outro. Então:

– Bem. Ele leu.

– Desligue. – Apontei para o aparelho. – Não vai se preocupar com mais nada que ele tenha a dizer hoje à noite. Ele já tomou demais do seu tempo.

Shay respondeu com um aceno rápido, embora seu lábio inferior ainda estivesse preso entre os dentes enquanto punha o celular desligado na mesa. Quando se virou para mim, agarrei um punhado daquele suéter largo e a levei até a cama. Empurrei-a até estar curvada, a bochecha no edredom e a bunda linda e redonda onde eu me esfreguei.

Abaixei seu short até os joelhos e enfiei uma mão entre suas pernas.

– Você esteve molhada esse tempo todo? – Ela assentiu. – E não achou que eu gostaria de saber disso enquanto esfregava minhas costas?

– Queria que se sentisse melhor primeiro.

Apertei sua bunda, cravando os dedos fundo na pele macia e abundante. Haveria marcas amanhã, pequenas marcas com pouco mais do que um indício de ameixa como prova de que eu tinha segurado essa bunda farta enquanto a fodia com força. Encontrar essas marcas era como um punho de espinhos se retorcendo no meu peito. Essa mulher era pequena e preciosa e muito mais frágil do que qualquer um parecia perceber, e eu tinha dificuldade em marcá-la – mesmo quando era consensual. Mas cuidar dessas marquinhas com cremes, palavras doces e toda a adoração que eu podia despejar nela aliviava a sensação. Fazia eu me sentir menos como um animal depravado.

– Talvez eu queira que você se sinta melhor primeiro – eu disse.

– Talvez você não possa ter tudo o que quer sempre.

Dei uma batidinha com o pau contra seu calor molhado.

– Você não matou a vontade, foi?

Sobre o ombro, Shay me deu um sorriso atrevido.

– Acho que você precisa fazer isso por mim.

Minha esposa não fazia ideia do que eu faria por ela se realmente me desse a chance.

– Se é isso que quer, esposa, é isso que vai ter.

Penetrei-a com um movimento lento e me segurei ali, fundo e pulsante como se isso fosse acabar em um minuto, enquanto Shay gemia com o rosto no edredom. Corri uma mão pela sua coxa até chegar no elástico do short. Eu o torci na palma, forçando as pernas dela a se juntarem.

– O que você... *aimeudeus!* – Os lábios dela se abriram num grito silencioso e Shay fechou os olhos. – Noah. *Noah.*

A pressão era insana. Ela era um punho quente e implacável ao redor do meu pau e eu mal conseguia ficar em pé. Meu corpo queria se esfregar, se gravar nela a fogo. Queria escrever promessas dentro dela. Em vez disso, respondi espalmando a mão livre baixo nas suas costas e prendendo-a no lugar enquanto rolava os quadris.

– O que você precisa, querida?

A boca dela se moveu, mas nenhum som saiu. Shay agarrou os cobertores e balançou a cabeça como se não pudesse suportar outro minuto, mas então se bateu de volta contra mim como se pudesse fazer isso a noite toda.

– Eu só... eu quero que você me queira – sussurrou ela.

– É isso que estive tentando lhe dizer, esposa. Eu a quero. A quero tanto que lhe assustaria saber da metade.

– Você não me assusta – disse ela, as palavras falhando a cada estocada. Shay ia precisar de muito creme e chamegos depois disso. Provavelmente uma massagem própria também. – Mas vá em frente e tente.

Eu me concentrei no elástico, no ponto em que cortava a circulação dos meus dedos. Me concentrei nos arranhados na cabeceira contra a parede. Na cãibra crescendo no meu tendão esquerdo e na tatuagem espiando por baixo do suéter dela. Tudo exceto no desafio feito pela minha esposa, que deveria estar preenchida demais para falar.

Eu não podia falar a verdade pra ela. Não tudo. Nem a história nem os resquícios dela que reluziam ao nosso redor agora. Essa verdade a assustaria e mudaria tudo. Nos tiraria do gelo fino da nossa perfeição atual e nos forçaria a voltar no tempo e reexaminar todos aqueles momentos em que eu a amara e que Shay não fazia ideia. Eu não podia fazer isso. Não enquanto tudo entre nós era novo e frágil. Não quando ela era finalmente minha. Não quando o homem com quem estivera prestes a se casar poucos meses atrás estava nos rodeando.

Enquanto o corpo dela tremia embaixo de mim e Shay gozava aos soluços, eu disse:

– Esse é o seu lugar, Shay. Esse é seu lar e nós somos a família que sempre quis. – Soltei o seu short e me inclinei para apertar os lábios contra as sementes de dente-de-leão tatuadas nos seus ombros. Aquelas que não queriam nada mais do que um lugar para crescer e florescer. – Você pertence a esse lugar e pertence a mim.

– Que parte disso deveria me assustar?

Eu recuei, rosnando com o pulso que senti quando saí dela. Era a única coisa que podia fazer para me impedir de confessar que eu a amava de um jeito tão profundo e arraigado que me acompanhara como uma dor infinita desde quando podia me lembrar, e que não tinha intenção de me divorciar dela no final desse ano ou em qualquer outro momento.

– Vire – eu disse, esfregando o pau devagar. – Tire o suéter também. E o short.

Shay obedeceu, o cabelo uma bagunça cor-de-rosa e os olhos vidrados enquanto se atrapalhava com as roupas. Uma pontada de dúvida me atravessou quando rastejei entre suas pernas e me sentei nos calcanhares. A ideia de me masturbar no corpo dela parecia ótima na biblioteca indecente da minha cabeça, mas a realidade era diferente. Parecia um novo nível de devassidão, e eu não sabia se podia dar esse passo.

– Mostra pra mim – ronronou ela.

Nenhum dos sonhos que tive na adolescência – ou aos 30 e poucos anos – poderia se comparar com vê-la deitada diante de mim, nua, encharcada e me olhando como se eu pudesse fazer qualquer coisa com ela, que me agradeceria por isso.

Arrastei a mão pelo pau.

– Quê?

– Mostra como é pertencer a você.

Eu não pensei sobre aquela noite ou o dia seguinte ou duas semanas depois, quando lidaríamos com o ex filho da puta. Não pensei em casamento ou divórcio, ou crianças ou famílias. Não pensei nos segredos que escondia de Shay ou no fato de que não poderia mantê-los por muito mais tempo.

Só gozei na barriga dela, limpei-a com a camiseta que tinha tirado mais cedo, e a segurei enquanto Shay adormecia.

Foi então, com a respiração suave dela no meu bíceps e seu cabelo fazendo cócegas no meu peito, que eu sussurrei:

– Eu a amo, esposa.

Capítulo 27

Shay

*Os alunos serão capazes de examinar histórias esquecidas
e navios naufragados.*

– PRECISO DE você sentada pra isso – eu disse a Jaime.

– Estou inclinada no balcão da cozinha. Serve? – perguntou ela. – Se não, talvez tenhamos que reagendar esse papo. Estou meio lenta hoje.

Abri a porta da frente da Thomas House e a fechei atrás de mim.

– O que foi? O que aconteceu que você não quis fazer uma chamada de vídeo? – Ela grunhiu e suspirou enquanto eu me acomodava no chão. Disse a Noah que precisava checar algo ali, mas só precisava de um minuto sozinha. Um minuto para pensar.

– Estou com uma infecção urinária. Fui na clínica ontem à noite e os remédios estão funcionando, mas não consigo me mover ou respirar muito fundo agora. Consigo existir e é tipo isso.

– Ai, minha nossa, James. Alguém está cuidando de você?

– Sim, minhas colegas aqui de casa têm sido incríveis, como sempre. Nem ameace vir pra cá. Estou bem. Só preciso superar as próximas doze horas e aí não vou sentir que caí numa pedreira.

– Acho que não sei o que significa cair numa pedreira.

– É terrível. Não tente. Em outras notícias, vou dar uma pausa no sexo por pelo menos duas semanas. Provavelmente um mês.

– Foi assim que aconteceu?

Ela murmurou em concordância.

– É importante fazer xixi depois do sexo, gata. Mesmo se não conseguir andar ou se lembrar do seu nome. Especialmente nesse caso.

– Bom saber.

– Então, o que está rolando com você? – perguntou ela. – O que tem pra mim que me faria desabar?

– Meu ex me mandou uma mensagem ontem à noite.

– Puta que pariu, ele fez *o quê*?

Eu assenti, depois me lembrei de que não era uma chamada de vídeo.

– É. Ele me ligou bem depois que Noah e eu tivemos uma baita discussão emocional e ele quer…

– Calma. Espere um minuto. Sobre o que foi a baita discussão emocional?

Enfiei os dedos no cabelo porque ainda estava processando tudo o que tínhamos abordado. Ainda tentando distinguir o que era verdade do que era sacanagem com sentimentos – e se eu devia acreditar na sacanagem. E se alguma parte disso fosse verdade, mesmo uma única palavra, o que implicava para o nosso casamento falso?

– O resumo da ópera, e é uma longa ópera que eu vou compartilhar com você num dia em que não precise de um sofá pra desmaiar, é que Noah quer começar as reformas em Twin Tulip e acha que estou enrolando porque não quero me apegar ao projeto e quero me dar espaço para me afastar de tudo isso. Eu disse que…

– É, é exatamente o que você está fazendo. Desculpe, não consigo oferecer meu sanduíche usual de "amor com verdades duras", então hoje vai receber as verdades nuas e cruas. O Papai Padeiro está certo. Você está evitando mexer nisso pra não se magoar e decepcionar.

– Eu tenho muita coisa rolando – argumentei. – Mais ainda desde que meu ex ressurgiu das cinzas e tive que explicar mais um dos meus desastres para o Noah.

– Tá. Tudo bem. Conta o que aquele energúmeno fez agora.

Recostei a cabeça no painel da porta e encarei o par de lustres.

– Ele disse que precisamos conversar imediatamente.

– Foda-se ele – respondeu ela. – Sério, foda-se. Você não tem que responder só porque ele chamou.

– Estou ciente disso.

– Está mesmo? Porque me parece que está deixando esse escroto corromper sua felicidade. Você pode, e deve, bloquear o número dele. Por que não fizemos isso desde o começo? Não sei como deixamos escapar, mas não permita que o caos e desrespeito completos desse homem se infiltrem na sua situação agradável e estável. Exclua ele da sua vida, Shay.

– Eu só... – Eu parei, apertando os lábios enquanto uma dúzia de justificativas queimavam minha língua. Odiava essa sensação. Eu a odiara na noite anterior também. Ela me fazia sentir pequena, como se estivesse rastejando atrás de qualquer migalha que meu ex jogasse no meu caminho. Ao mesmo tempo, eu não podia recusar. – Preciso de uma explicação. Preciso saber o que aconteceu.

– Ele se revelou como o merdinha covarde que sempre sabíamos que era – respondeu ela. – Foi isso o que aconteceu. Eu odeio e o odeio por isso, mas ele não vai flutuar numa bolha e lhe implorar pra acreditar que ele só amarelou no último segundo. Não vai pedir desculpas porque ele não sente muito. Não acho que tem a capacidade de reconhecer os danos que cometeu.

Eu abri minha garrafa d'água e dei um longo gole. Então:

– Quando você soube?

– Soube o quê?

– Que ele era um merdinha covarde.

Ela não respondeu por vários segundos pesados.

– Diga o que você quer que eu fale aqui.

– Só… a verdade. – Dei outro gole. – Você não está se sentindo bem o suficiente pra se conter, de toda forma.

– Eu gostava dele quando vocês começaram a sair – respondeu ela. – Quer dizer, gostava razoável. Ele tem uma construtora. É como todos os outros homens de negócios. Ego inflacionado, nem um pingo de autoconsciência, e a inabilidade de participar de uma conversa sem mencionar o nome de alguém famoso ou uma quantia de dólares por nenhuma razão lógica. Era okay.

– Isso não parece okay – eu disse, com uma risada amarga.

– Ele é engraçado e aguentava uma piada às próprias custas – concedeu ela. – Eu podia mandá-lo calar a porra da boca e ele fazia isso, mas também ria sobre o fato de ser um pé no saco. E pagava a conta do bar. Eu não tinha problema com nada disso. – Eu a ouvi abrir a geladeira. – Mas era só isso, sabe? Era essa a história toda. Não havia mais nada lá. Ou isso era tudo o que ele deixava as pessoas verem. E isso me incomodava. Você sabe disso porque discutimos a respeito algumas vezes.

Eu bebi mais água.

– Teve algumas outras vezes que você me ouviu falar das *vibes* estranhas que eu sentia dele, mas houve um ponto em que decidiu que não era um problema pra você. E teve uma vez, bem depois que ficaram noivos, que eu tentei lhe dizer que estavam vendo uns sinais preocupantes sérios. Lembro-me dessa conversa com clareza. Você me disse que tinha ouvido minhas preocupações, mas não ia romper seu noivado porque conhecia ele melhor do que eu e que eu só não entendia o seu relacionamento.

– A gente não se falou por cinco dias depois disso.

– *Cinco dias* – repetiu ela. – Achei que a gente tinha terminado.

– Isso nunca vai acontecer. – Olhei da sala de visitas esquerda para a direita. Parecia que eu não vinha aqui havia anos. – Como… como conseguiu ser minha madrinha?

– Eu fiz isso por você. Eu fui a *sua* madrinha. Para o *seu* casamento. Não tinha nada a ver com ele.

– Você ia me deixar seguir em frente com isso.

Ela bufou.

– Não era minha escolha, gata. Se eu tivesse martelado críticas a ele na sua cabeça, você teria parado de falar comigo. Teria me mantido afastada. Então escolhi ficar ao seu lado.

– Eu não a mereço – eu disse.

– Claro que merece. Não pense essas bobagens. Você merece a mim e o seu Papai Padeiro e todas as outras coisas boas nesse mundo. Não merece aquele energúmeno roubando o seu tempo, especialmente se esse tempo envolve aquele seu homem.

– Noah disse a mesma coisa. – Inspirei fundo e soltei o ar. – E eu sei de tudo isso, mas sinto que preciso fazer isso. Preciso descobrir o que ele quer e aí posso tacar fogo em toda a bagagem emocional associada com ele e jogá-la no mar.

– Eu não tenho a energia pra convencê-la do contrário – disse Jaime. – Eu quero. Provavelmente deveria. Mas parece que tem um maçarico na minha bexiga e eu não tenho palavras convincentes.

Ficamos em silêncio por um minuto. Não queria repetir o ciclo de Jaime ver a situação enquanto eu ignorava seus alertas, mas precisava saber. Precisava de uma explicação.

– Quando você vai fazer isso? – perguntou ela. – Ver seu ex.

– Noah sugeriu que eu vá com ele na próxima feira de Boston. Eu até já escolhi uma roupa. Jeans, camisa vermelha de algodão amarrada na cintura e brincos de morango. Talvez uma bandana. Pode ser demais, não sei. Vou ter que testar. – Corri o indicador ao redor da tampa da garrafa. – Noah sugeriu que eu me encontrasse com ele na feira.

– Ele quer ficar de olho nas coisas – disse Jaime.

– Como você sabia?

Ela bufou.

– Você já conheceu seu marido? Sério, gata. Ele vai tacar maçãs naquele filho da puta e escorraçá-lo da feira. Perseguir aquele desgraçado pela rua.

Comecei a discordar, mas aí percebi que Noah faria isso. Ele não pensaria duas vezes. Poderia até gostar.

– E se a gente tivesse uma reunião, se juntasse pra uma festinha de *conheça o homem novo dela*? Algo simples e casual, aqui no apartamento. Só algumas pessoas da escola e as garotas.

As garotas eram as colegas que moravam com Jaime: Layla, Dylan e Linnie.

– Adorei a ideia – respondi. – Noah terá que ser convencido a adorar a ideia. Ele pode ser meio tímido.

– Vamos garantir que ele se sinta em casa.

– Se referindo a ele como Papai Padeiro? Acho que não. Noah vai me jogar por cima do ombro e sair correndo de lá. Vou lhe contar, ele já fez isso antes.

– Por que ninguém nunca me jogou por cima do ombro? – perguntou ela. – Eu supertopo. Me carreguem, me joguem, me tratem como uma boneca de pano. *Sim, senhor.* Me dê um pouco disso.

– Você está num hiato de sexo – eu disse.

– Ah, é.

– Ninguém vai tratá-la como uma boneca de pano até o mês que vem, no mínimo.

– Por sorte, estou ocupada planejando uma festa e não vou notar a falta de sexo na minha vida – disse ela. – Ei, estamos bem?

– Claro – respondi. – Por quê?

– Porque eu não consegui lhe dar o sanduíche. Porque disse que seu ex não era o homem certo e que sabia disso desde o começo. Porque ia deixá-la se casar com ele, mesmo se isso partisse seu coração. – Ela fez um som sofrido. – Você sabe que eu nunca vou me casar e sou a última pessoa no mundo que vai acabar num relacionamento sério, mas vai me impedir se eu acabar com a pessoa errada, certo?

Lágrimas borraram meus olhos.

– E se você me disser que eu não conheço essa pessoa ou o seu relacionamento? E se não falar comigo por cinco dias, ou mais tempo? O que eu devia fazer se parecer que vai escolher ela em vez de mim?

– Vou precisar que me dê um tapa – disse ela simplesmente. – Só chegue e me dê um tapa de virar a cabeça.

Soltei uma gargalhada.

– Eu não vou fazer isso.

– Foi mal. Esqueci que você nunca levou umas palmadas na escola. Deus abençoe a Louisiana. – Ela riu baixo. – Você vai ter que me lembrar dessa conversa. Ou fazer o seu homem jogar maçãs na minha cabeça. Não sei. Só preciso que prometa que vai tentar.

– Eu prometo – eu disse. – Vou tentar.

AMIZADE ERA O tipo de cidade que levava encontros anuais de ex-alunos a sério. Não era uma simples questão de um jogo de futebol americano entre rivais com algumas apresentações e um baile no final. Não, essa cidade tornava essas ocasiões um *evento*, enchendo-as com todos os tipos de churrasco, piquenique e festinha para alunos e ex-alunos, reuniões de turma, *food trucks* antes do jogo e um baile comunitário. Eles chamavam de Festival dos Bons Tempos e todo mundo por aqui sempre ficava animado para esse fim de semana.

No Ensino Médio, eu encarava o evento com uma boa dose de desdém. Tudo parecia rústico e familiar, e não conseguia achar um modo de existir ao redor disso. Era como uma língua que eu não falava e não tinha vontade de aprender – o que era um bom resumo do meu relacionamento juvenil com o lugar que fora chamado de Municipalidade de Amizade.

Agora, com a clareza que vinha de não ser uma adolescente egoísta que também estava agitando as mãos com força sob a superfície para não afundar em outro ambiente completamente novo, eu conseguia reconhecer os charmes do evento. Envolvia ex-alunos voltando para casa e os organizadores se esforçavam muito para torná-lo agradável para todo mundo. Adorava que era um baile comunitário em vez de cerca de duzentos alunos do Ensino Médio parados e encarando uns aos outros num ginásio escuro. E não ligava de ter que me arrastar até um jogo de futebol americano num dia quase congelante.

A única parte que não amava era que Noah e eu não podíamos dar mais que alguns passos por vez sem alguém vindo nos parabenizar. Mas meu problema não era com os votos de felicidade. Era que eu sentia como se todo mundo olhasse para mim e visse meus segredos. Eles tinham que saber que esse casamento, que surgiu da noite para o dia e não fazia muito sentido, não era real.

Mas as pessoas eram só sorrisos e palavras gentis. Mesmo aquelas que brincavam comigo por ter roubado Noah antes que outra pessoa pudesse pareciam sinceras em seus parabéns.

"Namorados de escola" era a explicação de Noah às perguntas. Ela rolava fácil da sua língua, assim como fizera com Christiane. Eu não sabia como ele fazia isso.

– Sempre soube que Shay era a pessoa pra mim. – Quando isso não era o bastante, ele acrescentava depressa: – Não perdi um minuto quando ela voltou pra cidade. Já tinha desperdiçado muito tempo esperando que voltasse pra casa.

Eu sorria, corava e me encostava nele. Era exatamente o que deveria fazer e tinha que admitir que amava interpretar o papel com ele. Noah era doce e generoso, e suas mãos não paravam quietas. Tinha sorte por meu marido de mentirinha ser uma fera na cama, e tínhamos muitos, muitos lugares na fazenda onde podíamos nos esgueirar e explorar toda a sacanagem que ele mantinha escondida atrás daquelas camisas xadrez bem passadas e bonés básicos.

O único problema era que não conseguia mais encontrar os limites entre falso e real. Eles estavam borrados, e eu sabia que isso aconteceria quando a gente transou, mas em momentos como esses, quando fingíamos ser um casal feliz, sentia a necessidade de buscar esses limites. Tinha que saber onde as fronteiras da nossa realidade estavam enterradas. Caso contrário, estava sujeita a começar a acreditar nas histórias de Noah e imaginar uma vida nessa cidade além do meu ano obrigatório.

Quando Gennie correu para o outro lado do campo para encontrar uma amiga e enfim ficamos sozinhos por um minuto, eu disse:

– Olha só ela. Veja como está feliz com a amiguinha.

– Eu sei. Nem acredito. Ela é uma criança bem diferente de quando chegamos aqui há um ano. – Ele sorriu pra mim. – Obrigado por ajudar com isso, aliás.

– Claro. – Eu vi as duas tirarem uma luva e as trocarem para fazer pares diferentes. – Você passou muito tempo com Gennie quando ela era bebê?

– Eva morava perto de Nova York quando teve Gennie, e eu a conheci quando bebê, mas não diria que passava muito tempo com minha sobrinha no começo. Elas se mudavam bastante. Eva não gostava de ficar num lugar só por muito tempo. Estava sempre tendo uma aventura ou outra. Vida de van, sabe. – Ele desviou o rosto por um segundo. – Ela voltou pra casa com Gennie quando meu pai morreu, e aí de novo uns dois anos depois. Ficaram comigo por alguns meses antes de ir pra estrada. Então, sim, eu a conhecia. Um pouco.

Noah nunca falava muito sobre Eva. Nem agora nem no Ensino Médio. Sabia que ela tinha saído de casa e se aventurado sozinha no mundo, e que seu relacionamento com os pais era difícil, mas parava por aí.

Embora Noah nunca tivesse dito explicitamente, eu sempre tivera a impressão de que ele preferia que eu não soubesse muito sobre sua irmã. Não que se envergonhasse dela, de forma alguma, mas para que eu o conhecesse como algo que não o irmãozinho de Eva Barden.

Eu nunca dissera isso, mas sempre gostei de conhecer Noah Barden. Ele fora gentil comigo quando eu não tinha ninguém além de uma avó postiça que mal conhecia, e tinha me ouvido enquanto reclamava sem parar sobre meu mundo solitário e privilegiado.

Ele acenou para as festividades ao redor.

– Você se lembra do plano que a gente bolou? Quando éramos adolescentes?

Eu ri, meu hálito uma nuvem branca no ar frio.

– Tínhamos um plano? Para quê?

– Você não se lembra de nada? – Ele me encarou, as sobrancelhas unidas. – Nem um pouco?

Balancei a cabeça.

– Não. Por que não me lembra?

Noah virou o rosto, revirando os olhos como se minha memória de queijo suíço fosse um problema real para ele.

– A gente ia voltar pra cá e mostrar a essa cidade o que eles tinham perdido.

– Por que não me lembro disso?

– Não sei, Shay – disse ele, as palavras ríspidas. – Mas sempre falamos em voltar.

Bati um dedo aos lábios enquanto vasculhava nossa história.

– Lembro-me dessa parte, mas não percebi que íamos voltar para os Bons Tempos. Errei?

Ele me encarou então, os lábios apertados numa linha fina. Seus olhos estavam sombrios e, sim, eu tinha errado. Estava claro que tinha feito algo muito errado.

– Não, era só uma ideia que a gente considerou.

– Não sei se acredito em você.

– Então não acredite em mim. – Ele olhou para o outro lado do campo, para Gennie e a amiga dela. – Obviamente nunca aconteceu, então não importa.

– Não está acontecendo agora? Não estamos de volta a Amizade para os Bons Tempos e mostrando a todos o que perderam enquanto estávamos fora? Ou você perdeu a parte em que nove mil pessoas pararam pra falar com a gente hoje? – Quando Noah não respondeu, continuei: – E o casamento surpresa é só parte disso. Você tinha uma grande carreira de advogado que envolvia horas de trabalho em barcos e eu fui abandonada no altar, o que não é tão impressionante quanto um iate, mas mostra que sou um problema tão grande quanto era no Ensino Médio.

Depois de uma pausa longa, ele disse:

– Você não era um problema no Ensino Médio. Não diga isso. E ninguém aqui sabe sobre o seu ex.

– Ninguém aqui sabe que fui expulsa do meu internato suíço porque descobriram que eu fui pra França num fim de semana fazer um aborto, e eu ainda recebi olhares tortos todos os dias por dois anos.

Não havia necessidade de mencionar que os olhares vinham de pessoas como a mãe de Noah, que pareciam saber sem explicação que uma garota enviada da Europa para morar com uma parente distante era um tipo especial de mau exemplo.

Ele se inclinou e roçou os lábios na minha têmpora.

– Não é da porra da conta deles. Não é agora e não era na época.

– Obrigada – eu disse. Ele me protegera lá atrás, a única pessoa além de Lollie que conhecia a verdade sobre a minha estadia em Amizade.

Noah entendera quando contei sobre acidentes e erros, e nunca olhara para mim como se eu fosse um problema. Então: – Você voltou? Para o festival?

Ele puxou o ar e eu tive minha resposta. Noah não teve que dizer nada. Eu sabia. Ele tinha voltado, esperando encontrar sua parceira naquela redenção vencida a duras penas, e eu tinha me esquecido. Eu escapara para Boston e mergulhara na adrenalina da pura reinvenção depois de tantas tentativas fracassadas de me adequar à minha versão de perfeição mais recente. Tinha jogado fora toda essa cidade, deixando tudo – e todos – para trás no caminho.

– Nunca mais tive notícias suas – eu disse –, depois que você partiu. Acho que lhe mandei umas mensagens, mas… o que aconteceu?

– É, bem. – Ele correu uma mão pela nuca. – Eu não tinha muito o que dizer. Passei a maior parte de um ano falando pra todo mundo que aceitava ouvir que eu tinha sido aceito em Yale. Não sabia como voltar e dizer que não era tudo o que eu jurara que seria.

– Podia ter contado pra mim. Eu teria lhe contado que ir à Boston College só porque foi onde minha mãe estudou e porque não se importavam com meu histórico acadêmico não foi a melhor escolha. Não quando se tratava de existir sem a sombra dela pairando sobre mim.

– Mas você ficou lá – disse ele.

– E você ficou em Yale.

Noah deu de ombros.

– É. Eu tinha me esforçado pra entrar. Podia me esforçar igualmente para ficar até o final.

– Eu só não sabia aonde mais ir – eu disse, rindo. – E minha mãe, como você sabe…

– Você fala muito com ela? Vocês se encontram?

– Ela está em Londres de novo, trabalhando num livro. Está ocupada. Está bem. – Outra risada. – Ela veio para o casamento. Aquele que não aconteceu. Jaime joga bem na defesa e conseguiu mantê-la longe depois que tudo desmoronou. Nós estamos fazendo um jogo lento de pega-pega telefônico desde então. – Olhei para ele. – Sinto muito – sussurrei. – Eu... devia ter me lembrado. Devia ter sido melhor pra você. Devia ter tentado falar com você. Mantido contato.

– Foi há muito tempo – disse ele. – Éramos jovens. Éramos... éramos idiotas. Não tínhamos nada que ficar fazendo planos para além de cinco minutos no futuro.

Exceto que Noah tinha mantido esses planos. Tinha honrado esse pacto. Ele *sempre* honrava o pacto.

– E fazia sentido que você mudasse de ideia – acrescentou ele. – Havia coisas bem melhores pra fazer do que chegar nos Bons Tempos e esperar que alguém desse a mínima. – Ele me estudou por um momento, olhando meus olhos e então meus lábios. – Enfim. Ouvi dizer que boquetes no chuveiro são melhores do que qualquer um dos muitos e muitos festivais dessa cidade.

– Ah, ouviu dizer?

– *Aham*. De fontes confiáveis, também. Até avaliadas por pares.

Assenti.

– É claro.

– Se está determinada a me compensar... não que compensações sejam necessárias, mas caso esteja pensando nisso... eu não recusaria um banho quente depois de a gente ficar congelando aqui.

– Falando nisso, por quanto tempo temos que ficar congelando aqui?

Ele balançou a cabeça devagar enquanto exalava.

– Sinceramente, quanto antes sairmos, menos provável será que eu seja arrastado para fazer alguma coisa para o festival de iluminação das árvores no fim do ano.

– Como a cidade financia todos esses festivais?

Noah fez um aceno para Gennie se juntar a nós.

– Eu poderia lhe explicar, mas você cairia num coma de tédio antes de conseguir pôr a boca no meu pau e eu gostaria de evitar isso.

– Tenho que confessar que não amo boquetes.

– Por que não?

– Porque não gosto de engasgar, e considerando... – Dei um olhar significativo para o jeans dele. – Eu sei que vou engasgar.

Seu sorriso foi a coisa mais arrogante que eu já vira nele. Era fofo. Eu adorava quando Noah ficava todo convencido.

– E se eu prometer ser gentil?

– Você não sabe fazer isso – eu respondi, balançando a cabeça enquanto sorria para ele. – Agora é doce e tímido, mas quando as roupas somem...

– Sim, esposa? Quando as roupas somem? – Ele enfiou a mão sob meu casaco, embaixo do suéter. Ergueu minha blusa e pressionou dedos frios na minha lombar. Senti um arrepio e os olhos dele cintilaram. – Conta o que acontece aí.

– Você sabe o que acontece.

Noah se inclinou e roçou os lábios no meu ouvido enquanto desenhava círculos na minha cintura.

– Eu não vou fazê-la engasgar, esposa. Não quero ver lágrimas nos seus olhos. Mas estive pensando na sua língua na cabeça do meu pau por... bem, por tempo demais. Acha que poderia fazer isso por mim?

Assenti com a cabeça.

– Provavelmente.

– Um banho seria agradável, não? Você reparou no chuveirinho destacável lá? Tem nove modos diferentes. E aí tem o banco. É de um bom tamanho. Firme, também. Podemos nos divertir com isso, né?

– É – respondi, a palavra pouco mais que um arquejo.

Foi assim que eu tinha acabado de costas e nua da cintura pra baixo na estufa de projetos secretos dele na semana anterior. Alguns sussurros sobre querer sentir meu gosto, alguns toques leves sob as roupas e uma promessa de que íamos nos divertir. Saí de lá com lavanda no cabelo, orégano seco sob as unhas e pernas mal capazes de me carregar para volta pra casa. Ele me enfiou no quadriciclo, murmurando consigo mesmo sobre eu ser louca se achava que me deixaria vagar pelo pomar tonta de sexo. Quando me levou de volta para casa, eu me encontrei deitada de costas de novo e gritando num travesseiro em minutos.

Foi assim também que nos vimos transando em uma despensa algumas noites atrás. Começou como uma simples questão de pedir a ele ajuda para alcançar uma das prateleiras, e terminou com um saco de farinha esparramado no chão e o orgasmo dele escorrendo entre minhas pernas. Noah se desculpou profusamente pela bagunça – as duas –, mas aí arrastou os dedos entre minhas coxas até minha visão ficar borrada.

E foi assim que conseguimos encaixar uma rapidinha enquanto Gennie coletava ovos, no outro dia. Uma mão na minha boca para me manter quieta enquanto eu montava nele na cadeira do seu quarto. A outra mão apertando minha bunda com tanta força que deixou marcas vermelho-escuras que doeram na manhã seguinte. Quando Noah percebeu, me dobrou sobre a cama e esfregou na minha pele um bálsamo de ervas que tinha criado. Enfiou os dedos na minha boca e me provocou com cada carícia gentil, mas deixou bem claro que não gostava de me marcar. A não ser que eu gostasse disso – nesse caso, ele amava.

– Você gostaria disso, esposa?

Mmmm. Tinha momentos em que Noah sussurrava essa palavra pra mim e eu sentia que o mundo era a batida do meu coração. Eram nesses momentos que eu queria achar aqueles limites, os que marcavam as fronteiras entre real e falso, mas esses eram os mesmos momentos em que eu queria cobrir os olhos para não olhar. Se eu não soubesse, não podia me magoar.

– Sim – respondi. Eu queria retribuir o favor e chamá-lo de *marido*, mas não conseguia formar a palavra. Não em voz alta, ainda não. Era perigoso demais. Eu quase chamara outro homem de marido e essa história era recente demais para ignorar. Porém, eu queria dizer isso a Noah. Queria, só por um segundo, que ele fosse meu marido. E queria que fosse real.

– Ajude-me a convencer essa garota que é hora de ir – disse ele, enquanto Gennie corria até nós, as bochechas coradas e o cabelo bagunçado.

Ela olhou entre nós.

– Vamos para o lugar de futebol ver o jogo agora?

– O jogo acabou – disse Noah. – É. Eles jogaram bem. Amizade venceu. Hora de ir.

Ela encarou o estádio, confusão no rosto.

– Sério?

– *Aham*. Vamos pra casa, talvez beber um copo de leite morno, e aí assistir a um documentário sobre a Guerra Civil. Eles tinham piratas na época. Provavelmente. – Noah olhou para mim em busca de confirmação. Assenti. Ainda estava pensando no chuveirinho de nove velocidades e na compreensão iminente de que estava me apaixonando perdidamente pelo meu marido. – Pronta pra ir?

Gennie deu outro olhar em volta.

– Tô. Eles nem tinham limonada gelada hoje.

– Limonada gelada só está disponível em dias mais quentes – disse Noah.

– Que droga – murmurou Gennie. – Eu não gosto de jogos de futebol sem limonada gelada.

– Mais motivos pra sair daqui. – Noah estendeu a mão para ela. Gennie a pegou e aí agarrou a minha. – Acho que você vai gostar desse documentário.

– Quantos piratas tem nele?

– Não sei – respondeu ele. – Vamos pegar uns cobertores e aquecer um pouco de leite, e aí falamos sobre piratas da era da Guerra Civil.

Ela dormiu antes dos créditos de abertura.

E foi assim que eu acabei sentada no colo de Noah, o chuveirinho pulsando entre minhas coxas enquanto ele dava estocadas por baixo. Estava ensopada e esgotada depois de gozar mais vezes do que parecia possível, minha voz rouca e minha cabeça pesada depois de tanta coisa – *tanta coisa*. Depois, Noah desemaranhou os nós do meu cabelo e se desculpou por se empolgar, por empurrar forte demais.

Ele sempre achava que era brusco e agressivo demais. Achava que eu era pequena e frágil, apesar de não ser nenhuma das duas coisas, mas havia algo maravilhoso em ter alguém me mimando dessa forma. Eu me sentia perfeita e preciosa quando Noah esfregava creme na minha pele ou franzia o cenho ao ver uma marca de mordida que tinha deixado no interior da minha coxa. Sentia que vinha esperando por um longo tempo para alguém que soubesse me estilhaçar *e* também quisesse recolher todos os pedaços.

E tinha uma sensação agradável de alívio em descobrir que essa pessoa era meu marido.

Capítulo 28

Noah

Os alunos serão capazes de confrontar
os filhos da puta.

– EU FUI bem? – perguntou Shay. Ela balançou os dedos ao lado do corpo, animada e esperançosa. – O que acha?

A pilha de geleias era mais elaborada do que qualquer coisa que eu já tivesse montado.

– É perfeito. – Estendi a mão para ela e deixei um beijo rápido nos seus lábios. – Você é perfeita.

Sério, Shay era. Ela era a arrumadora de geleia mais fofa que eu já vira, com seus brincos de morango, camisa xadrez e jeans que caíam como um sonho molhado. Queria tirar uma foto dela atrás da mesa da Estrelinha no mercado e colocar no nosso site e redes sociais. Queria que todos vissem minha linda esposa e soubessem que era com esse tipo de magia que estávamos trabalhando aqui.

Mas não peguei o celular para tirar uma foto.

Se fizesse isso, era provável que ligasse para a fazenda e pedisse que mandassem outra pessoa para trabalhar na feira, porque eu tinha parado de fingir que fazia qualquer sentido para Shay aparecer ali para atender ao comando do seu ex-noivo. Não fazia. Não havia a menor chance de isso acabar bem.

– Fique perto de mim – eu disse, olhando ao redor da barraca. Queria creditar que seria capaz de identificá-lo na multidão, que saberia pelo sorrisinho convencido na cara dele ou por sua *vibe* de demônio sugador de almas. – Não é tarde pra mudar de ideia. Podemos só ir embora, sabe.

– Não vamos embora – disse ela, com uma risada. – Gail deixou o dia todo livre pra ficar com Gennie. Ela vai ficar puta se a gente voltar cedo pra casa.

– Então fique onde eu possa vê-la. – Apontei para as mesas de piquenique no meio da tenda. – Ou eu posso fechar a mesa e ir contigo. Você vale mais pra mim do que meia hora de vendas de geleia.

Shay bateu os cílios.

– *Óun*. Acho que ninguém nunca me comparou com vendas de geleia antes.

Ela riu e eu sabia que encontrava humor na situação, mas estava falando mortalmente sério. Esse sujeito, esse merdinha cretino, tinha sido terrível com Shay. O jeito como terminou as coisas com ela já foi ruim o bastante, mas aí passou meses sem se dar ao trabalho de ver como ela estava até decidir que era muito urgente vê-la pessoalmente.

Ainda não conseguia acreditar que Shay concordara com isso. Eram momentos como esses que me faziam querer sacudi-la até ela entender que merecia melhor. Que precisava esperar muito mais das pessoas.

E havia uma fina farpa de terror dentro de mim diante da possibilidade de que Shay veria seu ex de novo e perceberia que eu não era nada além de um substituto. Não esperava que saísse correndo para os braços abertos dele, mas não conseguia eliminar a possibilidade. Se não fosse o ex, havia uma chance de que ela corresse para os braços abertos da vida que deixara para trás. Sabia que Shay sentia saudades de Boston e de todas suas amigas. Retornar a Amizade depois de viver numa cidade grande era difícil – eu sabia bem disso. Talvez mais difícil do que crescer naquele globo de neve específico e lutar para sair dele, só pra ser arrastado de volta.

Eu sabia que estava indo contra tudo hoje, mas não ia cair sem lutar.

A FEIRA COMEÇOU e eu fiquei ocupado demais para me preocupar com as piores possibilidades. Vendemos todas as geleias de morango com marmelo e Shay estava arrasando com as de mirtilo e limão com lavanda. Essa exigia habilidade. Nem todo mundo estava disposto a aceitar lavanda. Enquanto isso, eu estava tendo dificuldade em acompanhar o ritmo dela. Tínhamos acabado com o estoque de mirtilo e lavanda bem antes de eu vender uma única de pera com especiarias.

Tivemos uma folga depois da segunda hora, que era o momento em que os madrugadores costumavam ir embora e a onda seguinte começava a chegar. Shay se virou para mim com um sorriso travesso.

– Você tem *fangirls*.

– Eu tenho… o quê?

– *Fangirls* – repetiu ela. – Você não ouviu todas aquelas mulheres falando sem parar que estão felizes de vê-lo de novo e que faz tanto tempo que você não vem nessa feira e que elas o procuram toda vez que veem o *banner* da Estrelinha?

Peguei uma caixa de baixo da mesa e me ocupei em repor potes de geleia de frutas silvestres.

– Não é nada.

– É alguma coisa – retrucou ela. – Você tem uma reputação e tanto.

– Eu era o único – eu disse –, quando a gente começou com as geleias. Era o único que vinha às feiras. As pessoas me associavam com a geleia.

– Sim, definitivamente ouvi menções ao Homem da Geleia.

– Elas não me chamam assim. – Inspecionei um pote só para evitar reconhecer o sorrisinho dela. – Isso nunca aconteceu.

– Ô se aconteceu. – Ela arrastou um dedo do meu pulso ao meu cotovelo. – Elas também amam como você enrola as mangas. Ouvi mais do que alguns sussurros sobre como seus antebraços são pornográficos.

Balancei a cabeça. Podia sentir as orelhas ficando vermelhas.

– Elas só se lembram de mim dos velhos tempos. Só isso.

– Venha pelos antebraços, fique pela geleia. É um plano de negócios e tanto. – Ela entortou o quadril e me fitou por um momento. – É esse o segredo do seu sucesso?

Virei para a caixa na minha frente.

– Estou mais interessado em maximizar recursos e minimizar desperdício, mas, sim, isso também funciona.

– Não que eu culpe elas – disse Shay, baixinho.

De repente, ela ergueu a cabeça. Olhou para o outro lado da feira. Um homem estava parado perto da frente da tenda, seu olhar vagando como se não fizesse ideia de onde estava e não visse a hora de sair dali. Ele vestia calça cáqui e uma camisa polo com a insígnia de um dos clubes de golfe mais exclusivos da área, e se parecia com todo sujeito desinteressante que eu conheci na faculdade de Direito que tinha sido criado para acreditar que tudo sobre ele era muito impressionante.

Em suma, eu queria jogar um pote de marmelada de tangerina na cabeça dele.

Ele ergueu a mão e apontou para as mesas piquenique no centro da tenda.

– Você não tem que fazer isso – eu disse. – Não tem que ir lá.

– Eu sei. Eu só preciso descobrir o que ele quer e talvez conseguir alguma resolução. – Shay apoiou as mãos nos meus ombros e se empurrou na ponta dos pés para beijar minha bochecha. – Estou bem. Volto rápido. Prometo.

Shay

A PRIMEIRA COISA que era preciso saber sobre Xavier era que ele falava por profissão. Fazia negócios o dia todo e mantinha o celular colado na mão. Viajava a maior parte do mês porque sabia que podia fechar mais negócios pessoalmente, pressionar mais as pessoas. O homem sabia juntar palavras para obter o que queria.

Sabendo disso, foi bizarro quando balbuciou e se atrapalhou durante os cumprimentos mais simples. Ao mesmo tempo, tudo nele parecia bizarro. Xavier ficava olhando ao redor da tenda e parecia suado, como se tivesse uma febre baixa ou uma ressaca ruim.

– Quais as novidades com você? – Meu ex correu as costas da mão sobre a testa suada ao falar. Enxugou a mão na calça cáqui. Estava fresco dentro da tenda e frio fora dela. Eu não sabia por que Xavier estava nesse estado. – E qual é a da feira?

– Estou aqui com meu... – Eu me interrompi, não sabendo como seria melhor explicar a forma atual da minha vida a Xavier. Mas ele precisava de tanta informação? Sequer lhe importava? Isso era só conversa-fiada. Ele não ligava e, portanto, não merecia uma explicação. – Eu vim com Noah hoje.

Ele olhou para o celular e perguntou:

– Finalmente largou essa história de dar aula?

Eu não conseguia decidir se *essa história de dar aula* me irritava mais do que *finalmente.* Meu ex nunca criticara meu emprego abertamente, mas muitas vezes fazia piadas do tipo "Calma, é só o jardim de infância", ou "Não é como se as crianças fossem ligar se você cometer um erro" ou "Caralho, para de se preocupar com planos de aula e só passa um filme pra eles".

Elas não soavam mais como piadas.

– Estou dando aulas em Rhode Island agora. – Xavier franziu a testa para mim, como se nada disso fizesse sentido para ele. Essa expressão fazia seus olhos parecerem pequenos. Outro detalhe de que eu não me lembrava. – Então, o que você precisava dizer pra mim?

Ele enfiou a mão no bolso e pegou alguns envelopes dobrados.

– Chegaram umas correspondências no apartamento pra você.

Examinei a pilha na minha frente. Ofertas de cartão de crédito, cartões-postais de cupons para ofertas que já acabaram fazia tempo e uma fatura de celular. Lixo, principalmente. Reuni os envelopes e os alisei.

– Isso não pode ser o motivo de você pedir pra me encontrar o quanto antes. – As sobrancelhas dele se arquearam e Xavier se inclinou para trás. Antes que eu pudesse processar essa reação, eu disse: – Vá logo ao ponto, por favor.

Ele me deu um olhar feio, a boca retorcida para um lado. Percebi então que eu nunca tinha falado com ele desse jeito. Nunca o tinha apressado ou dado qualquer impressão de que não estava satisfeita com cada centímetro dele.

Eu nunca existira de verdade no nosso relacionamento.

A garganta dele se moveu enquanto engolia em seco. Meu ex olhou de um lado da tenda ao outro. E então:

– Preciso do anel de volta.

– Do… do anel?

– A aliança de casamento – disse ele.

A segunda coisa que era preciso saber sobre Xavier era que ele não gastava um centavo se não fosse de seu interesse. Deixava que gastassem seu dinheiro, embora gostasse de lhe lembrar que havia gastado dinheiro com você. Em outras palavras, eu já esperava que ele iria querer a aliança de volta mais cedo ou mais tarde.

– Eu estou seguindo em frente – continuou, um ar de condescendên-cia pesado nas palavras enquanto examinava meu cabelo cor-de-rosa e a camisa de algodão. – Com outra pessoa. E preciso vender a aliança pra comprar algo novo.

– Está seguindo em frente ou seguiu em frente há muito tempo e agora é um momento conveniente para tornar as coisas oficiais? – perguntei.

Xavier balançou a cabeça num movimento curto, como se eu fosse boba por fazer tais perguntas.

– Você não tem que ser tão amarga.

– Eu não estou sendo nada amarga – eu disse, com calma, embora por dentro estivesse rachando e me fechando em mim mesma. Eu era uma otária. *De novo.* Devia ter ouvido Noah e Jaime. Devia ter sabido que isso era um erro. Sem nenhum outro motivo, acrescentei: – Talvez você pudesse me dizer por que pediu pra eu me casar com você se tinha outros interesses.

Com a borda do colarinho, ele enxugou o suor do lábio superior.

– Você queria – disse ele, erguendo um ombro indiferente. – Você deixou isso muito claro desde o começo e nunca me deixou esquecer.

Tentei me lembrar se ele sempre fora tão repulsivo. Por que eu já tinha achado esse homem atraente? O que eu gostava nele? E não era sobre aparência física, mas tudo nele era um pão branco adormecido. Era isso. Xavier era sem graça e entediante, e arrogante em sua falta de sabor.

– No entanto, isso não responde à questão – eu disse. – Por que me pedir em casamento se não era o que você queria?

Ele balançou a cabeça e bateu uma mão na mesa de piquenique. As pessoas de cada lado se viraram para encarar.

– Eu não dava a mínima de um jeito ou de outro.

Um arrepio começou na base do meu pescoço e desceu pelo meu torso, curvando-se baixo na minha barriga. Parecia terror, e parecia algo que eu sempre soubera, mas não conseguira confrontar. Era horrível.

– Ficar com você era conveniente. Você cuidava do apartamento. Sabia se comportar nas festas e nos jantares de negócios. Mas só... – Ele bateu o punho na mesa várias vezes e reparei que as pessoas ao redor se levantavam. – Não parava com essa história de casamento. Não deixava isso pra lá.

Eu sempre tinha me ressentido dele por ter cancelado o casamento com uma ligação. Odiava Xavier ter se recusado a me olhar nos olhos enquanto terminava comigo.

Agora eu sabia a verdade. Sabia que o ver formar as palavras e dar oxigênio aos pensamentos sombrios que habitam um canto cruel e auto-depreciativo da minha mente era muito, muito pior.

– Achei que você ia relaxar quando tivesse o anel – continuou. Eu estava congelada até os dedos dos pés agora. – Mas estava errado. Você só virou uma chata. Era sempre alguma coisa. – Xavier enxugou a testa de novo. Eu não entendia como podia estar quente o bastante para ele suar quando eu estava fria como um cadáver. – Você não sabe quando largar mão das coisas, Shay. Você força. Faz isso a porra do tempo todo. Inventa projetos e força tudo a ser do jeito que quer.

Jaime não tinha dito assim, mas havia alguns fios parecidos. Eu tinha me decidido sobre Xavier e ninguém podia me convencer do contrário. Tinha seguido em frente a todo vapor, não só ignorando as preocupações dela, mas também o desinteresse dele. Para não mencionar a questão do pão branco. Eu tinha ignorado tudo. E forçado, bem como ele dizia.

Meu ex correu o olhar desdenhoso pela minha camisa amarrada na cintura, mostrando um pouco de pele, e meus brincos enormes.

– Achei que você ia perder um pouco de peso. Não perdeu.

Meus lábios se abriram, mas nenhuma palavra saiu. Eu diminuí um tamanho inteiro para aquele casamento. Sofri e passei fome para aquele casamento. E ele *sabia* disso.

Xavier também era o mesmo homem que dera um aviso antecipado à família sobre cancelar o casamento, mas me concedeu a humilhação de fazer esse anúncio enquanto eu estava cercada de fotógrafas, maquiadoras e amigas.

Eu não sei onde encontrei forças, mas peguei minha correspondência e me levantei.

– Acabou, Xavier. Nunca, nunca ligue pra mim de novo.

Ele estendeu uma mão, agarrou meu pulso e me puxou de volta para o banco. Minha pulseira se apertou e retorceu na mão dele e eu pude sentir os pingentes se cravando na minha pele.

– Xavier – disparei. – Pare com isso.

– Pare de ser uma vaca e me dê logo o anel.

Uma sombra caiu sobre a mesa e uma mão puxou Xavier pela camisa.

– Solte ela antes que eu arranque a porra do seu braço.

– Que porra… – Xavier me soltou enquanto se levantava desajeitado, Noah ainda assomando sobre ele. – Eu não sei quem caralhos você acha que é, mas…

– Volte para a mesa, Shay – disse Noah através de dentes cerrados.

Eu me afastei cambaleando, topando contra pessoas e bancos de piquenique no caminho. Por mais que quisesse, não consegui olhar de volta para Noah e Xavier até ter pescado a aliança de noivado do bolso de moedas da carteira. Eu a pressionei na palma, metal e pedra implacáveis, e permiti que a dor me carregasse de volta ao homem que nunca me quisera, nunca se importara comigo e nunca me respeitara. O homem que eu tive que encarar uma última vez antes de poder me afogar na verdade vergonhosa das palavras dele.

Quando cheguei à mesa, vi Noah fuzilando Xavier com o olhar. De sua parte, Xavier estava parado com os braços cruzados sobre a camisa polo recém-amassada e o corpo virado para a saída.

Noah estendeu o braço, me barrando de chegar mais perto.

– Você vai ficar fora de alcance – rosnou ele. – Eu lido com isso a partir de agora. – Deixei o anel na palma dele. Para Xavier, ele disse: – Você nunca vai tocá-la de novo. Se vir essa mulher chegando, vai dar meia-volta e andar na direção oposta. Vai ficar longe dela. Nunca vai falar com Shay de novo. Estou sendo claro? Nem uma ligação, nem uma mensagem de texto, nem um e-mail. Não quero ouvir uma merda de uma palavra vinda de você.

Ainda olhando para a saída, Xavier disse:

– Certo. Tá bom. Que seja. Não é como se eu me importasse. Só quero minha propriedade de volta.

– Você está de gracinha pra cima da pessoa errada – respondeu Noah. – No direito das coisas, uma aliança de noivado deixa de pertencer a você quando pretende dá-la como presente e então executa essa intenção, e por fim quando é aceita como presente pelo recipiente. A não ser que tenha um documento provando o contrário, e eu ouvi de uma boa fonte que você não fez um acordo pré-nupcial, essa aliança pertence a Shay.

Um sorriso trêmulo ergueu meus lábios.

– Você poderia ter alguma base pra argumentar se tivesse sido ela a cancelar o noivado, mas nesse caso – Noah deu um assovio baixo – você fez isso sozinho, não é? – Ele segurou o anel entre os dedos e franziu o cenho para as bordas severas do diamante quadrado. – Mas, se preferir resolver isso juridicamente, é bom que saiba que eu vou representar a srta. Zucconi e tenho todo o tempo no mundo pra foder com a sua vida. Vou encontrar todos os esqueletos em todos os seus armários. Vou desencavá--los se tiver que fazer isso. Vou enterrar você em procedimentos legais e custas processuais. Vou tornar impossível pra você se mover mais que um centímetro sem disparar uma avalanche de processos. Eu vou lhe destruir. Você já está me entendendo?

Uma última coisa a saber sobre Xavier é que ele não fazia questão que seus negócios fossem completamente legais. Não se incomodava em aceitar dinheiro por baixo dos panos, ou alegar residência em um paraíso fiscal ou falsificar alguma documentação. Eu não sabia muitos dos detalhes nesses acordos nebulosos – embora realmente, *realmente* devesse ter ouvido Jaime quando tive a chance –, mas sabia o suficiente para reconhecer quando Noah o atingiu no seu ponto mais vulnerável.

Xavier deu um passo para trás e ergueu as mãos.

– Claríssimo.

Noah deixou o anel na mesa, o anel que eu me obrigara a amar. Não era redondo – como eu mencionara ser minha preferência – e o aro era amarelo dourado – que ficava horrível contra a minha pele –, mas era grande e eu me deixara acreditar que isso significava alguma coisa. Não significava nada e eu era a otária que tinha ignorado todos os sinais. Todinhos.

Noah bateu um dedo na mesa.

– Suma e nunca mais mostre a porra da sua cara por aqui.

Capítulo 29

Noah

Os alunos serão capazes de se preocupar.

– ESTÁ TUDO bem – disse Shay quando me ajoelhei ao seu lado, ela estava sentada numa caixa de gelo atrás da mesa da Estrelinha e peguei o pulso dela. – É só um arranhãozinho.

– Eu quero ver. – Como consegui dizer isso sem um rugido era um mistério para mim. Caralho, eu não sabia como estava funcionando. Só conseguia ver o momento em que aquele escroto agarrou o braço da minha esposa e a puxou para baixo como se pedisse para morrer. Os segundos preciosos que levei para cruzar a feira tinham parecido horas, dias. Eu não via como superaria isso. – Se está arranhado, você precisa limpar. Pôr um creme antibacteriano também.

Com um suspiro, ela se reclinou, enrolou a manga e – aquele filho da puta ia pagar em sangue e ossos – seu pulso inteiro já estava inchado e machucado. Um arranhão fino circulava a base, onde a corrente tinha mordido a pele. Uma série de pequenos cortes na forma dos seus pingentes estavam pontilhados de sangue. Por um momento, só pude encarar a pele enquanto um rosnado escapava de mim junto com o ar. Devia ter socado aquele sujeito quando tive a chance. Nunca tinha socado ninguém, mas parecia um motivo bem justificável para começar.

– Consegue dobrar o pulso? – questionei enquanto soltava a pulseira e a jogava na outra mão dela. – Mova de um lado ao outro.

– Está tudo bem. – Ela girou o pulso, mas eu não estava convencido de que não precisávamos fazer uma parada num pronto-socorro. – Por favor, não se preocupe.

Peguei um algodão com álcool do kit de primeiros socorros que mantinha junto com os suprimentos da feira.

– Vai arder, mas será rápido.

Shay se encolheu quando o álcool encontrou a pele arranhada, embora tenha ficado em silêncio enquanto eu cuidava do seu pulso. Os ferimentos eram pequenos, mas isso não os tornava menos enfurecedores. O fato de que ela estava ferida de qualquer forma era um problema para mim. Sabia que devia ter fechado a mesa e a acompanhado para encontrar aquele filho da puta. Eu devia ter estado lá.

– O que quer que ele tenha dito pra você – comecei, com toda a calma que consegui – é mentira. É tudo mentira e preciso que você acredite em mim sobre isso.

Ela piscou para mim, os olhos vidrados e distantes. Estava em algum outro lugar, exatamente como estivera ao chegar em Amizade tantos meses antes. Eu precisava que Shay acordasse e voltasse para mim. Eu *precisava* dela. Especialmente nas próximas semanas, quando Gennie e eu fôssemos visitar Eva e – com sorte – voltaríamos ilesos para casa. Eu não podia fazer isso sozinho. Não mais. Não agora que sabia como era ter alguém ao meu lado.

– Esposa – eu disse, ríspido –, me conte o que ele disse.

Os lábios dela se curvaram num sorriso triste.

– Não importa.

– Importa pra mim e importa porque você está tentando decidir se ele está certo – argumentei.

– Talvez esteja – sussurrou ela, dando de ombros de leve. – Xavier pode estar certo e ser escroto ao mesmo tempo.

– O que ele disse?

– Que eu forço as coisas – respondeu ela. – Que o forcei a me pedir em casamento.

– É, eu não acredito nisso nem por um segundo. – Aquele sujeito era muitas coisas, mas não era um capacho. Ele a pedira em casamento porque tinha algo a ganhar com isso e eu não cogitaria nenhuma outra explicação. E teria dito isso a Shay, mas não queria envergonhá-la pelo relacionamento. Não conseguia entender como os dois acabaram juntos, mas tinha acontecido e ainda bem que tinha acabado.

Por sorte, agora ela era minha.

– Mas eu invento muitos projetos – disse ela.

– E eu não aceitaria nada menos. – Passei o creme antibacteriano nos cortes e acrescentei: – Deixa eu perguntar uma coisa. Por que você prefere acreditar nele, e não em mim?

– Não é que eu não acredite em você…

– É o que parece pra mim.

Ela mordeu o lábio inferior. Então:

– E se ele tiver razão?

Abaixei as mãos às coxas dela e apertei firme.

– Ele não tem. Querida, eu juro pra você, seu ex não tem razão sobre nada no mundo.

Ela encarou minhas mãos.

– Jaime me disse que eu não deveria me encontrar com ele.

– Eu já mencionei o quanto amo a Jaime?

Uma risada fina escapou dos lábios dela.

– Você me disse que eu não deveria me encontrar com ele. – Shay abriu a outra mão e estudou a pulseira enrolada na palma. – Por que é tão óbvio para todo mundo e eu só… eu não consigo ver?

– Você veio atrás de uma resolução e a única pessoa culpada pelo que aconteceu hoje é aquele imbecil do caralho. – Quando ela não respondeu, eu perguntei: – Ele já fez algo desse tipo antes?

– Não. – Ela balançou a cabeça enquanto eu enrolava uma faixa de gaze ao redor do seu pulso. – Xavier viajava o tempo todo. A gente morava juntos, mas só nos víamos de fim de semana. Não passávamos muito tempo juntos. Ele odiava meus brincos. – Ela correu o dedo sobre um morango de contas. – Acho que o provocavam.

– Ele já a machucou antes? – Eu precisava de um motivo para encontrá-lo e matá-lo. Ou soterrá-lo em processos frívolos. Isso se adequava mais às minhas habilidades do que assassinato. Sabia litigar até a exaustão, mas não sabia nada sobre como me livrar de um corpo. Por outro lado, eu tinha centenas de acres de terra. Podia dar um jeito. – Nem uma vez?

– Não. Xavier só precisa vender a aliança pra poder comprar uma nova pra mulher com quem estava me traindo. – Ela apertou os dedos contra os olhos. – Ou só vai dar o mesmo anel pra ela e parar por aí. Ai, céus, ele super faria isso. Por que eu não percebi que era tão cretino até agora? Falar as palavras em voz alta só torna tão óbvio que ele era um alerta vermelho ambulante e escolhi ignorar porque estava ocupada convencendo-o a me pedir em casamento.

Eu sempre soubera, mas agora estava claro que Shay tinha padrões muito baixos. Ela se portava com toda a confiança do mundo, mas era estritamente superficial. Shay não acreditava em nada disso e não sentia isso. E foi assim que acabou com imbecis patéticos como o ex e aquele treinador de lacrosse babaca.

Fechei o kit de primeiros socorros.

– Vamos pular o almoço. Não é importante. Podemos voltar pra casa e...

– Não, não podemos cancelar seu almoço – interrompeu ela. – Não por minha culpa. Eu não vou aumentar a insanidade da sua caixa de entrada porque meu ex decidiu vir aqui e ser um grosso. E vamos nos encontrar com Jaime e as garotas mais tarde. Sério, Noah, estou bem.

Ela não parecia bem. Parecia precisar de um cobertor quente, uma bebida forte e um fluxo constante de lembretes de que seu ex só falava merda. Parecia precisar ser abraçada e adorada por dias.

– Você passou por muita coisa nessa manhã e uma hora ou outra isso vai alcançá-la – eu disse. – Eu não quero cansá-la. Podemos pular o almoço e ainda encontrar Jaime.

– Não vamos pular o almoço. – Ela fez uma pausa antes de dizer: – Obrigada, Noah. Por tudo. O que você disse pra ele... bem, obrigada por estar aqui por mim.

– Eu sempre vou estar aqui por você, Shay. Sempre.

Ela pegou as minhas mãos e apertou.

– Acho que ninguém nunca me defendeu desse jeito. – Ela olhou para o lado. – Ele viu a vida passar diante dos olhos quando você ameaçou processá-lo.

– Ótimo. – Eu me inclinei e beijei o canto do lábio dela. – Não vai ser a última vez que eu a defendo, esposa.

– A gente provavelmente devia... – Ela apontou o queixo na direção da mesa que tínhamos ignorado pela última meia hora.

A fila se esticava até o outro lado da tenda e era óbvio que todo mundo perto da frente estava ouvindo nossa conversa. Uma das mulheres mais próximas ergueu uma mão e disse:

– Sem pressa. A gente espera.

Algumas pessoas estavam organizando a fila para impedi-la de bloquear outros vendedores. Alguém tinha se atribuído a tarefa de limpar o pote de pera com especiarias que eu derrubara quando vi aquele desgraçado agarrar o pulso de Shay. Outra pessoa estava perto com uma garrafa de água e um punhado de lenços de papel, pronta para entregá-los a Shay. As pessoas me enlouqueciam, mas também me enchiam de gratidão.

Olhei para Shay, sentada na caixa de gelo com as pernas cruzadas. Ela parecia jovem – e perdida. Como naquela primeira manhã em que eu lhe ofereci uma carona para a escola. Estendi a mão para ela.

– Que tal pôr esses brincos fofos pra trabalhar, esposa?

Um toque de cor aqueceu as bochechas dela enquanto tomava minha mão.

– Eu adoraria.

O RESTANTE DA feira e o almoço que se seguiu passaram num borrão. Foi bom e produtivo, mas eu não conseguia afastar o foco de Shay por muito tempo. Ficava procurando sinais de que o dia estava pesando nela, mas não consegui encontrar nenhum. A manhã a tinha abalado, mas minha esposa parecia determinada a seguir em frente com um sorriso.

Eu não compartilhava dessa determinação. Tudo o que importava para mim era manter Shay por perto, o que não era a coisa mais simples de se fazer enquanto caminhávamos pelas ruas movimentadas do North End de Boston.

– Perdoe-me por perguntar – eu disse depois de desviarmos de um grupo de turistas –, mas como Jaime consegue bancar um apartamento nesse bairro com um salário de professora?

– Ela mora com três pessoas – disse Shay por cima do ombro enquanto entrava na minha frente para evitar uma mulher empurrando um carrinho de gêmeos. – Mas o detalhe-chave é que o chefe e a esposa de uma das colegas dela são os donos do prédio e alugam o lugar a um preço razoável.

– Vamos conhecer essas colegas?

– Provavelmente. – Ela se inclinou contra mim enquanto esperávamos para cruzar a rua. – Dylan é a que tem o chefe dono do prédio. Layla está na faculdade. Linnie trabalha em Back Bay. Marketing ou algo assim.

– E quem mais vai estar lá?

– Emme, Grace e Audrey. Talvez algumas pessoas da minha velha escola. Não vai ser um grupo grande. – Ela apontou um prédio na Rua Prince. – Chegamos.

Subimos as escadas até o segundo andar de um antigo depósito e percorremos um longo corredor que lembrava meu primeiro apartamento no Brooklyn. Era um prédio igualzinho, mas as escadarias sempre cheiravam a repolho fervido.

Esperamos na porta, a cabeça de Shay apoiada contra meu braço enquanto eu alisava seu pulso.

– Elas já vêm – disse ela após um minuto.

Beijei o topo da sua cabeça.

– Não estou com pressa.

A porta se abriu para revelar Jaime com o cabelo enrolado em bobes e o sorriso contagiante.

– Entrem, vocês dois. Estive pulando de um lado para o outro a tarde toda, só esperando pra ver vocês. Entrem, entrem. – Ela se inclinou para perto. – O que aconteceu com o ex? Não, espere, não conte até eu servir as bebidas. Sinto que vamos precisar de uma bebida.

– Vamos precisar de bebida – confirmou Shay.

Eu as segui para dentro do apartamento, espaçoso pelos padrões de Boston, e na direção de uma cozinha em estilo industrial. Jaime voltou até mim e sussurrou:

– Bom trabalho com o bolo de aniversário.

– Então você não vai mandar a máfia atrás de mim?

Ela sorriu.

– Não. Estou do seu lado agora.

– Eu precisei assar o bolo perfeito, mas aquele imbecil do ex dela pode andar por aí sendo imbecil sem você mandar a máfia atrás dele? É assim que funciona?

Jaime revirou os olhos para o teto.

– Acredite, não é assim que eu queria que acontecesse. Queria me livrar dele havia anos.

– O que caralhos a impediu?

Ela inclinou a cabeça para Shay, que estava ocupada papeando com duas outras mulheres na cozinha.

– Ela não estava pronta pra isso. Parece que pode estar agora.

Eu esperava que sim. Esperava muito.

Capítulo 30

Shay

*Os alunos serão capazes de duvidar de tudo
e se enlouquecer no processo.*

EU SENTIA QUE era feita de vidro finíssimo. Um movimento errado, um sorriso vacilante, e eu racharia. E me estilhaçaria. Mas isso não podia acontecer. Eu já tinha me estilhaçado uma vez. Não achava que pudesse fazer de novo e viver para contar a história.

Além disso, eu não queria estilhaçar. Não queria que as palavras de Xavier importassem o suficiente para me estilhaçar. Ele não tinha o direito de me quebrar duas vezes.

Noah não saiu do meu lado por horas. Ficou comigo enquanto eu conversava com todas as minhas amigas da escola, sempre a postos para encher meu copo, ou empurrar uma bandeja de lanchinhos na minha mão ou acariciar minhas costas. Ele estava quieto, talvez um pouco mais do que o normal, mas foi gentil com todas as minhas amigas. Perguntou sobre as turmas delas e quanto tempo moravam em Boston e atendeu ao desejo de todas de saber mais sobre a idílica cidade de Amizade.

Exceto por questões sobre nossa cidadezinha encantada – que não era nada disso, apesar do que Emme dizia –, todas queriam saber se eu ia voltar no ano seguinte. Sentia muita dificuldade em responder a isso com a mão de Noah no meu bolso de trás.

Sinceramente, eu tinha dificuldade em responder a qualquer coisa enquanto as palavras de Xavier ecoavam na cabeça. Não conseguia parar de ouvi-las e não conseguia parar de pensar em todas as vezes que *tinha* forçado as coisas. Eu fora conveniente para ele, como meu ex falou, e aumentara a intensidade dessa conveniência até que o único passo seguinte fosse um noivado.

Eu me lembrava de não querer desperdiçar meu tempo namorando pessoas que não estivessem em busca de compromisso sério e de tornar minhas prioridades claras desde o começo, mas olhando para trás percebi que o prendi em um mata-leão até ele bater a mão no chão em derrota.

Se eu só o tivesse namorado sem toda aquela energia frenética, provavelmente não estaria lutando para me impedir de desabar no momento. Não estaria examinando cada momento dos últimos anos e me perguntando quais eram orgânicos e quais eu fizera existir à força.

Se eu só tivesse namorado meu ex, não estaria com Noah agora.

Não estaria casada com Noah agora.

E não estaria apaixonada por um homem que só concordou em ficar casado por um ano a fim de ganhar acesso às terras da minha avó postiça. Eu não teria uma pequena família com ele, por mais bizarra e improvisada que fosse, e não sentiria que tinha ido a Rhode Island procurando os resquícios de um lar e que tinha encontrado precisamente isso.

Jaime acenou enquanto se aproximava com outra mulher.

— Essa é sua substituta — anunciou ela. — Aurora Lura, esta é Shay Zucconi. E não podemos esquecer o Papai Padeiro, Noah Barden. Eu disse pra Shay que ela não podia ser aquela mulher que deixava a cidade grande e ia pra uma cidadezinha pequena só pra fugir com o primeiro fazendeiro que conhecesse, mas ninguém me escuta.

— Achei que estávamos do mesmo lado agora — disse Noah a Jaime.

– Estamos – disse ela, com calma. – Mas você roubou minha melhor amiga. Eu posso ficar irritada.

A primeira coisa que notei sobre Aurora foram os óculos moderninhos. Eram grandes, em estilo gatinho, e de um verde-escuro brilhante. Maravilhosamente exagerados.

– Sinto que já a conheço só por herdar sua sala – disse ela.

– E eu sinto que a conheço por tudo que Jaime me contou – respondi. – Obrigada por mantê-la sã, aliás. Não sei o que eu teria feito se a nova vizinha dela não fosse alguém que estivesse de boa com o seu tipo de maluquice.

– Não se preocupe – disse Aurora, com uma risada. Seu longo cabelo escuro caía sobre os ombros. – Quer dizer, ela é maluca. Não tem como negar. Mas também sempre tem comida na sala dela. Não ligo pra maluquice se posso conseguir uns palitinhos de queijo e torradinhas. *Seltzer* gelado também.

– Os lanchinhos ajudam – concordei.

– Ah, que fofo – disse Jaime. – É como um clube de ex-esposas.

– Você sabe que a gente a ama – cantarolou Aurora.

– *Aham, aham*. Vou embora antes que uma das duas me sufoque de tanto amor.

Enquanto Jaime se movia para outro grupo, Aurora disse:

– Sei que todo mundo aqui a está atormentando pra saber se você vai voltar no ano que vem. Não quero ser outra pessoa a fazer isso, especialmente dado que o próximo ano escolar está a uns vinte anos de distância. – Ela olhou para a garrafa de cerveja na mão. – Mas, por favor, não se preocupe comigo quando for tomar a decisão. Ouvi que pode abrir uma vaga no quarto ano, ano que vem, se Audrey decidir subir de ano com a turma dela, e realmente não me incomodo em trocar de anos se estiver em uma boa escola. Eu ficarei bem de qualquer forma.

Noah se enrijeceu ao meu lado e esse movimento sutil fez minha fachada de vidro balançar. Em outro dia, eu teria sido capaz de contornar o assunto na boa. Teria sido capaz de tranquilizar Aurora e evitar qualquer resposta. Mas não achava que pudesse fazer isso hoje.

– Eu imaginei que você pudesse voltar, de toda forma – continuou ela. – Já que deixou seus materiais na sala.

– Não se preocupe com isso – eu disse. – Com as coisas na sala.

Ela franziu a testa.

– Mas as decorações, os pôsteres e os livros...

– Eu encontro outros – eu disse. Talvez fosse indiferença me afastar dos suprimentos que passara anos reunindo. Talvez fosse tão destrutivo quanto fugir para Rhode Island sem nenhum tipo de plano ou futuro para mim mesma. E talvez eu só estivesse ocupada demais segurando os pedaços remendados de mim mesma para me preocupar com livros de história e decorações temáticas.

Aurora não pareceu convencida.

– Tem muitos cartazes de aprendizado também. Deve ter levado uma eternidade pra fazer tudo isso.

– Não tem problema. Sério. Eu faço outros. Esse homem não consegue parar de comprar canetinhas, então tenho que as usar de alguma forma. – Eu sorri para Noah. – Bem que você podia comprar um cavalete com folhas agora. Tenho muitas canetinhas e *post-its*. – Ele beliscou minha bunda em resposta. – Talvez eu precise que me lembre de quais livros usei na unidade de gengibre ou me mande uma foto de alguns dos pôsteres que eu fiz, mas a sala é sua agora. Não se preocupe comigo voltando pra coletar nada. Sabia o que estava deixando quando fui embora.

– Já sei, eu lhe envio uma mensagem pra você ter meu número. – Ela pegou o celular e digitou os números que eu falei. – Posso ligar de vez em quando pra discutir as questões da Educação Infantil com você?

– Educação Infantil é meu assunto favorito no mundo todo. Pode me ligar quando quiser.

– Obrigada. Mesmo – disse ela. – Todo mundo vive falando sobre como é incrível e nada é igual sem você. Para ser muito sincera, eu estava ficando meio cansada. – Ela deu uma gargalhada. – Era tipo, "okay, nunca chegarei aos pés da maravilhosa e mágica Shay. Legal. Maravilha. Feliz de fazer parte do time". – Ela apontou pra mim. – E agora eu a conheço e descubro que você é exatamente tão ótima quanto todos dizem.

– Ela é bem irritante nesse sentido – disse Noah.

Virei para ele.

– Quê?

Ainda olhando para Aurora, ele disse:

– Ajudaria se Shay não fosse completamente perfeita. Confie em mim, eu sei *tudo* sobre isso.

Com um sorriso, Aurora disse:

– Foi muito bom mesmo conhecê-la hoje. Não suma. E me ligue ou mande mensagem. Diga a Jaime pra entrar na minha sala e me cutucar. Qualquer coisa.

Quando ela foi embora, eu perguntei pra Noah:

– O que foi aquilo?

– Você ouviu o que eu disse. – Ele deu de ombros. – Que tal nos despedirmos e ir embora? Eu lhe conto tudo sobre os jeitos como você é irritantemente perfeita enquanto tiro suas roupas. Mas estou avisando desde já, esposa: minha frequência cardíaca não voltou ao normal desde essa manhã e não sei se voltará. Talvez eu só durma abraçado com você a noite toda. Talvez eu a mantenha na minha cama e a segure até se cansar de mim. Mesmo nas noites escolares.

Eu estava forçando isso? Não podia estar. Não tinha como. Certo?

– Eu não vou me cansar de você.

Noah passou um braço ao redor do meu ombro e me puxou para o peito.

– Me deixa levá-la pra casa.

– Sim – sussurrei. – Por favor, me leve pra casa.

FICAMOS QUIETOS NO trajeto de volta a Amizade. Era um silêncio confortável, que vinha de saber que não tínhamos que nos desviar de silêncios desconfortáveis ou entreter um ao outro. Sempre foi assim com a gente. Em todas aquelas manhãs indo juntos para escola, quando estávamos com olhos turvos e ainda meio adormecidos, mal conseguíamos dizer algumas palavras.

Quando chegamos na Old Windmill Hill, parei de revirar as palavras do meu ex sem parar na cabeça. Elas ainda estavam lá, mas eu podia pensar ao redor delas agora. Tinha que continuar me dizendo que Xavier estava errado, mas, o que era mais importante, era que eu não ligava para o que ele dizia. Meu ex não importava para mim. Não havia motivo para viver ou morrer pelas suas palavras.

E me convencer a não me importar quando suspeitava que ele tinha razão era como ficar parada na praia e tentar permanecer seca. Mesmo quando eu pensava que tinha as coisas sob controle, a maré lambia meus dedos ou uma onda gigante passava por cima de mim.

O problema real era que Xavier estava errado sobre as coisas que não importavam e tinha me cortado até o osso nas coisas que importavam demais. Ele podia me atacar sobre meu peso, porque sabia que eu lutara com isso, só o suficiente para me magoar, mas a forma e a dimensão do meu corpo não eram nada comparadas com a sugestão de que eu me convencia de que as pessoas me amavam e desejavam.

Uma coisa era ouvir aqueles pensamentos na cabeça quando estava sozinha e sendo cruel comigo mesma, outra era ouvi-los ditos para mim. Eu mal tinha conseguido olhar pra Noah e minhas amigas mais cedo sem me perder num debate interno prologando para decidir se os estava forçando a fazer meus joguinhos tristes também.

Hã. Acho que eu não conseguia parar de pensar nas palavras de Xavier, afinal.

Eu quase tinha me convencido de mais uma coisa patética.

– Que porra é essa? – murmurou Noah quando estacionamos na entrada de cascalho levando à casa dele. Vários caminhões estavam parados ali e Gail estava na base dos degraus, um casaco apertado ao redor dos ombros enquanto membros da equipe da fazenda a cercavam. – Algo está errado.

Ele estacionou e corremos até o grupo. Quando Gail viu Noah, apertou a palma contra a boca. Eu agarrei a mão de Noah entre as minhas. Era hora de me concentrar nele. Eu desmoronaria sobre meus problemas depois. Eles me esperariam. Sempre esperavam.

– O que aconteceu, Gail? – perguntou ele.

– Gennie sumiu – respondeu ela.

Capítulo 31

Noah

Os alunos serão capazes de procurar.

NÃO.

Isso não estava acontecendo.

Apenas… *não*.

Gennie tinha que estar em algum lugar da casa. Ela estava se escondendo. Estava no *closet* ou embaixo da cama. Encolhida na banheira e dando risadinhas contra o braço enquanto todo mundo enlouquecia procurando por ela.

Minha sobrinha não tinha sumido. Não podia. Eu não ia aceitar isso como realidade.

Mas era tudo culpa minha. Eu era a única pessoa que restara para cuidar daquela menina e devia saber que a deixar sozinha por um dia inteiro era um erro. Gennie ainda estava processando muitas questões e eu devia saber que era demais pedir isso dela.

– Eu procurei por todo canto – disse Gail pela décima vez, retorcendo as mãos. – Nem sei como ela pode ter saído. Estive aqui a noite toda com meu crochê. Eu teria ouvido ou…

– Está tudo bem – eu disse a ela quando Shay desceu a escada. – E aí?

Ela balançou a cabeça.

– A mochila dela sumiu. A espada também.

Meu estômago se revirou.

– Caralho. – Corri as duas mãos pelo rosto. – Eu tenho que sair daqui. Tenho que procurar na propriedade.

Shay pegou meu braço enquanto eu ia para a porta.

– Calma. Pense. Só tem alguns lugares aonde ela iria. Cães, cabras e talvez as vacas. Certo?

– Certo. – Soltei o ar. – Mas não sabemos há quanto tempo ela está lá fora, Shay, e ela não conhece a propriedade à noite. É uma caminhada de quase cinco quilômetros da fazenda leiteira até aqui. Uma guinada errada e ela pode cair num riacho ou sair da trilha e entrar num covil de coiotes e...

Shay ergueu um dedo.

– Não faça isso. Não é hora de pensar nos piores casos. Gennie é esperta e capaz. Continue dizendo isso a si mesmo. Vamos encontrá-la e vamos trazê-la pra casa. – Ela me deu um aceno sério que dizia que eu não ia discutir com ela. – Vamos organizar todo mundo pra podermos nos separar e cobrir o maior espaço possível.

Peguei a mão dela.

– Você fica comigo, tá bom? Não aguento perder minhas duas garotas hoje.

– Vamos encontrá-la juntos e trazer ela pra casa.

Virei para Gail.

– Preciso que você fique aqui e ligue para o delegado. Você tem o número da casa dele. Acorde-o, beleza? E chama os garotos da fazenda de ostras. Pede pra eles virem com os barcos até essa ponta da enseada e circularem o perímetro até achá-la. Diga pra eles chegarem o mais perto da margem que puderem.

Ela pegou o celular da mesa, as mãos tremendo.

– Certo. Certo. Vou fazer isso. – Então: – Cobertores – gritou ela, virando o cesto de colchas na mesa e enfiando uma braçada de lã macia nos meus braços. – Leve isso. Por favor. Eu sinto muito.

– Ligue para o delegado – repeti. Era o melhor que podia fazer. – E os rapazes das ostras.

Segui Shay para fora, onde encontramos uma reunião de quadriciclos e camionetes, a equipe da fazenda, trabalhadores da fazenda leiteira e vizinhos. O marido e os quatro netos de Gail, todos a cavalo, também estavam lá. Wheatie entregava lanternas e lanternas de cabeça enquanto Nyomi e Bones distribuíam *walkie-talkies*.

Quando me viu, Bones disse:

– Estamos ligando os holofotes do pomar agora. Estarão acesos em dez minutos.

Wheatie ergueu um mapa enquanto dava um par de lanternas para Shay.

– Dividimos a fazenda em seções. Qual você quer, chefe?

Peguei o mapa de Wheatie. Por mais que tentasse, não conseguia me concentrar nele.

– Vamos nos lugares preferidos dela. O parque dos cães, o curral das cabras e até a loja. Depois pra fazenda leiteira. Fale comigo pelo rádio. – Fiz um gesto brusco no ar. – E nada de acidentes de quadriciclo hoje. Ninguém vai capotar. Não temos tempo pra isso.

– A gente sabe – respondeu ele, com um aceno.

Apontei para os Castros e seus cavalos.

– Mande-os pra fazenda leiteira. Eles podem cobrir mais terreno e conhecem a propriedade...

– A gente sabe – interrompeu Wheatie. – Vão lá. A gente tem tudo sob controle.

Bones me entregou um rádio.

– Eu mandei caminhões pra base da colina para bloquear o tráfico. Ninguém vai entrar ou sair sem a nossa permissão.

A polícia ia amar isso. Dei um tapa no ombro dele.

– Obrigado, amigo.

Shay me seguiu para o galpão, silenciosa enquanto eu me sentava atrás do volante do quadriciclo. Ela pôs o cinto de segurança e agarrou a alça de segurança enquanto eu saía disparado no ar noturno.

– Vamos para o parque de cães primeiro – eu disse. – Aponte a lanterna para o seu lado. Não tem muito onde se esconder por aqui, mas se Gennie caiu ou ficou cansada ou...

– Olho no caminho – disse ela, com gentileza. – Foque no que está na sua frente.

Quando chegamos no parque de cães, eu dirigi em um círculo amplo para examinar a área ao redor.

– Gennie ama esses cães – eu disse, principalmente para mim mesmo. – Ela teria vindo aqui.

– Vamos dar uma olhada e fazer uma contagem.

– Dos... dos cães?

Shay apontou a luz da lanterna para o canil.

– É. Ela pode ter levado algum com ela. – Abri o portão para Shay e a segui para dentro. – Quantos é pra ter?

– Doze. – Os velhos cãezinhos saíram da porta do canil, as orelhas erguidas e os rabos abanando para a visita inesperada. – Doze cães, doze cabras e doze galinhas.

– Isso foi intencional? – Ela bateu na cabeça de cada um enquanto contava para si mesma.

– Não. Só percebi quando Gennie apontou pra mim alguns meses atrás.

Ela se virou para mim, a lanterna apontada para baixo.

– Onze.

Balançando a cabeça, eu corri para o canil. O último tinha que estar dormindo. Velho demais e cansado demais para se incomodar com um circo tão tarde da noite. Abri a porta, totalmente esperando encontrar outro cachorro.

O canil estava vazio.

O ar escapou de mim numa exalação alta. Se ela tinha levado um cão, era porque precisava de um amigo. Ou um protetor.

Ou ambas as coisas.

Fechei a porta do canil e disse:

– Onze.

– Vamos checar o curral das cabras – disse Shay, com mais calma do que qualquer um poderia ter nessa situação.

Não falamos nada enquanto seguíamos aos solavancos pela trilha em direção ao cercado das cabras. Essa parte da fazenda era mais escura do que a maioria das outras, cercada por árvores altas e a inclinação natural do terreno. As cabras ficaram menos entusiasmadas com a nossa visita e só nos deram olhares feios com os olhos redondos enquanto contávamos cabeças, encontrando todas presentes e nenhum sinal de Gennie. Eu não conseguia ver nenhuma pegada de sapatos pequenos no solo úmido que levava ao curral.

– Vamos pensar como Gennie – disse Shay quando estávamos de volta no quadriciclo. – Ela saiu de casa porque...

– Porque achou que eu não ia voltar – eu disse.

– Ela sabe que você sempre vai voltar.

Balancei a cabeça enquanto dirigia na direção da loja da fazenda. Duvidava que ela estivesse ali, mas precisava ver com meus próprios olhos.

– Toda vez que já tentei deixá-la com uma babá de noite, ela entrou em pânico. Eu devia saber que Gennie não estava pronta pra isso. Antes que Shay pudesse discutir, acrescentei: – Quando entrarmos, você procura na loja e nos fundos. Eu vejo o segundo andar.

Enquanto dirigíamos, Shay ficou chamando o nome de Gennie e apontando a lanterna para a densa linha de macieiras. À distância, podíamos ouvir outros grupos de busca e ver os feixes de outras lanternas. Também havia sirenes e o brilho de holofotes iluminava o céu noturno.

Se algo acontecesse com minha sobrinha, eu nunca me recuperaria. Sabia disso tão profundamente quanto sabia de qualquer outra coisa. E nunca seria capaz de olhar minha irmã nos olhos de novo.

Quando paramos na porta dos fundos da loja, derrubei as chaves duas vezes antes de conseguir abrir a porta. Shay cobriu minha mão com a dela e disse:

– Vamos encontrá-la.

Assenti, porque não confiava em mim mesmo para falar. Fomos em direções separadas, Shay entrando na sala dos fundos enquanto eu subia as escadas. Gennie raramente subia ali, embora sempre tivesse sido fascinada pelo fato de que nossa gerente de marketing trabalhava em uma parte do quarto de infância da mãe dela. Ela não ligava muito sobre a parte que tínhamos feito a partir de uma despensa.

Verifiquei cada um dos escritórios, todos os *closets* e o banheiro. Gennie não estava lá.

Correndo para baixo, encontrei Shay me esperando, com as mãos nos quadris e o olhar determinado.

– Temos que pensar como Gennie – disse ela de novo. – Ela não vai fugir só pra perambular pela fazenda. Tem um destino em mente e não acho que tem nada a ver com os animais.

– Então aonde caralhos ela iria?

– E se ela foi pra *minha* fazenda?

– Sua… *quê*? Não. Como já expliquei, essa colina é perigosa de noite. E o que ela iria querer em Twin Tulip? Está vazia e Gennie sabe disso. Por que ela iria pra lá?

– Não sei – admitiu Shay – Mas é um lugar que não consideramos e acho que ela sabe que não procuraríamos lá logo de cara.

Com o olhar fixo no dela, peguei meu rádio.

– Qual é a situação na fazenda leiteira?

Wheatie respondeu imediatamente:

– Estamos vasculhando os pastos agora. Nenhum sinal dela no celeiro ou pavilhão.

Shay correu os dedos pela corrente na sua garganta. A atadura no seu pulso atraiu minha atenção enquanto ela dizia:

– Tenho um pressentimento sobre isso. Precisamos descer a colina.

Esfreguei a mão sobre a boca. No rádio, eu disse:

– Vamos checar Twin Tulip. Por favor, me mantenha atualizado.

– Pode deixar – disse Wheatie.

Seguimos direto para a Estrada Old Windmill Hild, silenciosos enquanto descíamos a inclinação íngreme.

– Onde procuramos primeiro? – perguntei.

Shay não respondeu imediatamente.

– Dentro de casa – disse ela, por fim. – Depois nos jardins da frente e no celeiro. Mas, se Gennie estiver lá, estará na casa.

– Como ela entraria?

– Fora o fato de que há pelo menos dez portas no lugar, eu não duvidaria de que ela deu um jeito de abrir uma janela ou só quebrou o negócio. Gennie acha que é uma pirata, Noah.

– É, eu sei, essa é parte de problema! – gritei. – Desculpe, eu só...

Ela pôs a mão na minha coxa.

– Eu entendo.

– Eu vou pôr barras nas janelas dela. Fechaduras nas portas. Um rastreador nos sapatos dela.

O quadriciclo deu um tranco quando viramos na saída para Twin Tulip, o pavimento dando lugar a cascalho. À frente, a casa estava escura. Eu mal tinha parado o quadriciclo e Shay já saiu do seu assento, correndo pela entrada de carros até a varanda. Eu segui, vendo-a correr a lanterna sobre as janelas e as portas. O lugar parecia vazio e intocado, mas então Shay empurrou uma das portas da frente, que se abriu com um rangido.

Ela ergueu os olhos para mim.

– Eu diria que devemos nos separar, mas…

– Mas isso é sinistro pra porra – eu disse. – Se Gennie não está aqui, alguém está. – Peguei a mão dela. – Vamos lá.

Ambas as salas de visita estavam vazias, assim como as cozinhas e os banheiros. Subimos as escadas, chamando Gennie no caminho. A cada passo, parecia menos provável que a encontraríamos ali. E, se ela não estivesse ali, eu não sabia aonde ir em seguida. Mais fundo nos pastos? A enseada? Eu não queria pensar nela vagando pelo pântano salgado e espesso. Mesmo uma criança que fosse uma ótima nadadora teria dificuldade naquelas águas enlameadas. E estava frio. E escuro.

– Ouviu isso? – perguntou Shay, virando o ouvido para o final do corredor. – É… não sei o que é, mas é alguma coisa.

Eu não conseguia ouvir anda além do rugido da minha pressão sanguínea.

– Não.

– Por aqui – disse ela, me puxando para seu quarto. – Eu sei onde é.

Ela abriu a porta e apontou a luz para a cama, onde Gennie estava sob as cobertas, dormindo profundamente. Bernie Sanders, um labrador preto de 14 anos cujos pelos do rosto tinham ficado todos brancos, nos cumprimentou com um latidinho urgente. Ele andou na frente da cama como se soubesse como era ruim para sua jovem amiga estar longe de casa tão tarde da noite.

Shay desligou a lanterna enquanto eu entrava correndo no quarto.

– Gennie! – gritei, afastando os cobertores e a puxando para um abraço. Ela se assustou e piscou para mim, os olhos se enchendo de lágrimas. – O que… por que você está aqui, querida? O que aconteceu?

– Eu fiquei com medo – disse ela enquanto as lágrimas escorriam por seu rosto.

– Do quê?

– Não quero que você vá embora – ela soluçou.

– Eu sei. – Eu a segurei apertado. – Eu sei. Mas sempre vou voltar.

Ela enterrou o rosto no meu peito e balançou a cabeça.

– Mas e se não voltar?

– Eu sempre vou voltar – repeti.

– Mamãe dizia isso também.

Bem, merda. Não havia um jeito fácil de responder a isso.

– Sei que é difícil acreditar em mim, mas eu sempre vou voltar. Nada nunca vai mudar isso.

– E se você tiver que ir embora, como a mamãe? Onde eu vou viver daí?

– Eu não vou precisar ir embora. Posso prometer pra você que não.

– Mas e se decidir que não quer mais cuidar de mim? Se você e Shay tiverem um bebê, você não vai me querer e eu vou ter que ir pra outro lugar. Para aquele lugar que dá medo.

Minha camisa estava encharcada de lágrimas.

– Não, Gennie, isso não vai acontecer. Você é minha família. Eu sempre vou querer você.

– Mamãe não me queria mais. – As palavras dela saíam em soluços que balançavam seu corpinho. – Ela foi pra prisão pra ficar longe de mim.

– Não é verdade – eu disse, apressado. – Sua mãe a ama muito. Ela cometeu um erro e é o único motivo pra ter ido para a cadeia. Se pudesse estar aqui com você agora, ela estaria.

– E se você cometer um erro? O que acontece comigo?

Essa era a conversa mais dolorosa da minha vida, e isso incluía aquela que eu tive com minha mãe sobre tirar meu pai dos aparelhos de suporte à vida.

– Eu vou me esforçar muito pra não cometer nenhum erro.

– Mas o que acontece se fizer e eu tiver que ir embora?

– Eu vou tomar conta de você – respondeu Shay. Nós dois erguemos os olhos e a vimos parada ao pé da cama, lágrimas transbordando nos olhos e a mochila de Gennie nas mãos. – Não importa o que acontecer, eu sempre estarei aqui por você.

– Não vai me mandar embora?

Ela balançou a cabeça.

– Nunca.

Gennie olhou para mim, os olhos inchados e vermelhos.

– E se Shay cometer um erro também?

– Professores sempre seguem as regras – eu disse. – Shay é muito bem-comportada. Ela não vai cometer erros.

– Não vou – confirmou Shay.

– E se eu for má muitas vezes? – sussurrou ela.

– Gennie, você não é má – eu respondi. – Você é a melhor criança que eu conheço.

– Você não conhece nenhuma criança.

– Não importa. Você ainda é a melhor.

Ela fungou.

– Isso não faz sentido.

– Fugir também não – respondi. – A fazenda inteira está lhe procurando. Bones, Wheatie e Nyomi. Todo mundo. Os filhos dos Castro estão a cavalo por aí. Até a polícia.

Lágrimas escorreram dos olhos dela e Gennie arranhou minha camisa, fechando os dedos e tentando escalar meu peito.

– Não deixa a polícia me levar.

– Porra, não, não foi por isso que chamamos eles – eu disse, pronto para me socar na boca. – Chamamos a polícia porque precisávamos de ajuda pra encontrá-la. Eles estão nos *ajudando*, Gennie. Não vão levá-la a lugar nenhum. Você não está encrencada.

Nesse momento, era verdade. Mais tarde, teríamos uma conversa sobre saidinhas como essa.

Passei uma mão no cabelo dela.

– Quer ir pra casa agora? – Depois de um segundo, Gennie confirmou com a cabeça contra meu peito. Eu a ergui e assenti para Shay ir na frente com Bernie, o labrador preto.

Descemos e trancamos a casa usando a chave que Gennie tinha tirado do quarto de Shay mais cedo. Ela também tinha vários sanduíches, duas chaves de fenda, um rolo de barbante e meu iPad na mochila.

Com Gennie enrolada nos cobertores de Gail entre nós no banco da frente e Bernie farejando o ar noturno na traseira, cliquei no alto-falante do rádio e exalei pela primeira vez em horas.

– Achamos ela – eu disse – e estamos indo pra casa.

Capítulo 32

Shay

Os alunos serão capazes de desabar completamente.

NOAH ABRIU A porta e entrou no meu quarto. Seu cabelo estava uma bagunça; seus olhos, vermelhos e exaustos. Ele sentou na beirada da cama, suspirou profundamente e balançou a cabeça.

— Que caralhos aconteceu aqui essa noite?

Dobrei um suéter, abri-o com uma sacudida e comecei a dobrá-lo de novo. Não precisava fazer isso. Eu sempre organizava as roupas assim que estavam secas. Guardá-las era outra história, e era essa história que me levou a essa perda de tempo incontrolável. Enquanto Noah punha Gennie na cama, os picos de adrenalina do dia desabaram e eu vira minhas mãos tremendo. Convenientemente, notei que a camisa no topo da pilha das roupas limpas parecia um pouco amarrotada e assim nasceu um projeto perfeito. Um projeto que me dava uma impressão de controle e um senso de propósito apenas suficiente para eu recuperar um pouco de calma.

— Você está querendo uma resposta pra isso?

Noah olhou para o relógio em cima de uma cômoda alta. Tinha passado das duas horas da manhã. Trazer Gennie para casa era uma coisa, mas agradecer a todos pela ajuda em procurá-la e mandá-los embora era outra. As pessoas tinham boas intenções, certamente, e eu entendia o desejo de se demorar. Parte de mim desejava que tivessem ficado ainda mais tempo do que ficaram. Precisava daquela algazarra de vozes e amontoado de corpos para me distrair de... de *tudo*.

– Na real, não – resmungou ele. – Já vamos passar tempo suficiente discutindo tudo isso com a terapeuta dela essa semana.

– Gennie contou pra você como ela saiu daqui?

Ele caiu na cama.

– Pela janela do quarto dela, até o telhado da varanda, e desceu ao chão por um pilar. Aparentemente ela testou as calhas e eram instáveis demais.

– Perfeito. – Ergui uma saia de malha *jersey*, alisei-a e a dobrei de novo. – Você está bem?

– Não. – Ele correu uma mão pelo rosto. – Não sou qualificado para isso. Não sei como alguém poderia ser qualificado para isso, mas eu definitivamente não sou.

Assenti. Noah não reparou.

– Estava pensando que... eu acho que devia ir. Não agora, mas amanhã. Eu devia voltar pra Thomas House.

Ele se empurrou em um cotovelo.

– Que porra você tá dizendo?

– Eu devia me mudar de volta pra lá. Acho que seria melhor. Para todo mundo, mas especialmente para Gennie.

– Por favor, explique para mim como isso faz o menor sentido, esposa.

– Desde o começo, a gente disse que a protegeria. Que Gennie não ia ser prejudicada, certo? – Ele me deu um olhar feio, os olhos estreitados em fendas e a boca retorcida numa careta afiada. – Ela está sendo prejudicada, Noah. A menina acha que vamos ter um bebê e abandoná-la.

– Ela também acha que a mãe escolheu uma sentença perpétua em vez de ficar com ela – disse ele, cada palavra gélida. – Claramente, há alguns mal-entendidos que decorrem do fato de que Gennie é uma criança que passou por múltiplos traumas emocionais no último ano.

– Escute, não posso arriscar magoar sua menina porque a gente decidiu se casar de mentirinha pra eu poder herdar a fazenda da minha avó. – Eu joguei um sutiã no cesto. – E, quanto mais tempo eu ficar aqui, morando na casa de Gennie e participando da vida diária dela, mais vai doer quando eu for embora.

– Vai doer de qualquer forma. Ela se apegou a você desde o começo.

– Ainda mais um motivo para eu ir embora – eu disse.

– Você disse a Gennie que estaria aqui por ela. Disse que estaria aqui se algo acontecesse comigo. Como concilia dizer isso a ela hoje com sair de casa amanhã?

– Você tem uma família aqui e eu estou me intrometendo na sua vida – argumentei. – Posso fazer o papel da tia divertida que ela visita nos feriados e nas férias de verão. Posso ser essa pessoa para Gennie. Mas a gente não pode continuar fingindo estar casado quando tem uma criança de verdade envolvida.

– Você não pode fugir disso e se dar um tapinha nas costas. Ela a amou desde o dia que você apareceu aqui, e acho que sabe disso.

– Eu sei como é ser uma criança e ver as pessoas na sua vida visitarem… nunca ficarem, só visitarem. Sei como é confuso e solitário. Quanto antes eu for embora, melhor vai ser pra todo mundo.

Com um grunhido alto, Noah se ergueu do colchão e se pôs em pé.

– É, eu não engulo essa.

Voltei às roupas. O sutiã não ia se dobrar sozinho.

– Não engole o quê?

Ele abanou uma mão.

– Tudo isso.

– Não é uma questão de você engolir ou não – eu disse. – E eu não estou pedindo sua permissão.

– Essa história que inventou, na qual você salva todo mundo fugindo, não me impressiona. Ela ignora a maioria dos fatos relevantes da situação e deixa de reconhecer que você não vai salvar ninguém e vai conseguir só machucar todo mundo. – Ele cruzou os braços. – Mas vá em frente. Explique pra mim como vai ser melhor pra você ficar sozinha na Thomas House do que aqui, com a gente.

– O que você quer que a gente faça, Noah? – Enfiei os dedos no cabelo. – Devemos ficar casados pra sempre?

Ele ergueu os ombros.

– Qual seria o problema?

– Qual... qual seria o *problema*? – balbuciei. O sutiã saiu voando da minha mão e acabou embaixo da minha cama. – Ah, não sei. Talvez a parte em que eu o convenci a se casar comigo porque sou sentimental sobre a fazenda de Lollie e tenho uma ideia boba e meio formada de transformá-la num espaço para casamentos. Ou talvez a parte em que eu o convenci de que não deixaria sua sobrinha ser prejudicada pelo nosso plano e faria qualquer coisa para protegê-la. Ou mesmo a parte em que eu disse que a gente podia transar e não ia complicar muito as coisas.

– Quer dizer, a última parte é pura ilusão – disse ele.

Revirei os olhos.

– Nós somos velhos amigos com uma boa química sexual...

– Muito boa – emendou ele.

– Mas construímos essa coisa sobre uma pilha de caixas de papelão vazias que está prestes a desmoronar. Mesmo se quiséssemos, mesmo se eu não tivesse forçado esse relacionamento a surgir do nada, não funcionaria.

Noah me encarou por um longo momento, os braços cruzados e a mandíbula tensa. Então:

– Por que não?

– Porque não é real – eu meio sussurrei, meio gritei. – Tudo nele é falso e...

– Nem tudo. – Ele estendeu a mão e correu as costas de um dedo pela coluna do meu pescoço, sobre a curva dos meus peitos. – Não tem sido falso por um longo tempo e você sabe disso.

– Estou morando com você pra encobrir o fato de que só nos casamos por causa da herança de Lollie. Eu não estaria aqui se não fossem pessoas tagarelas em escritórios de registros públicos, e você sabe disso.

– Você estaria aqui – disse ele, ainda desenhando aquele dedo sobre meu suéter. – E sabe disso.

Fechei os olhos.

– O jeito como tudo isso começou e como eu o convenci...

– Pare com isso – rosnou ele. – Não pense por um minuto que você me convenceu a fazer qualquer coisa que eu não queria. Pelo que me lembro, fui eu que me ofereci pra me casar com você e insisti no pedido até você ter que rosnar pra eu parar.

– Eu não *rosnei* pra você.

Ele moveu a palma até minha nuca.

– Tire essas bobagens do seu ex da cabeça. Eu não quero ouvir nem mais uma palavra disso.

– Não são bobagens. – Eu me inclinei para ele, a cabeça apoiada no seu peito e as mãos na sua cintura. – Eu forcei isso. Se eu não tivesse aparecido aqui com um problema que só um casamento falso poderia resolver, você nunca teria olhado duas vezes na minha direção.

Os dedos dele se flexionaram no meu pescoço.

– Isso não é verdade.

– *Aham*. Claro. Adoraria ver você provar o contrário.

Ficamos em silêncio por um ou dois minutos e parecia que tínhamos tacitamente concordado em deixar a discussão para a manhã seguinte, mas então Noah disse:

– Ainda podemos fazer isso. Podemos recomeçar e tornar as coisas melhores do que a bagunça que fizemos no começo.

– Mas Gennie...

– Gennie vai ficar bem – disse ele. – Essa noite foi horrível e as coisas que ela disse arrancaram meu coração do peito, mas minha sobrinha vai ficar bem. Ela está conseguindo a ajuda de que precisa. Seria bom se pudesse ser mandada de paraquedas até uma família perfeita e prontinha? Claro, mas em vez disso vai ter que ficar comigo.

– Não é um lugar ruim no qual ficar – eu disse.

– Não vai arruinar a vida dela assistir a alguns adultos entenderem como ficar juntos, okay? Fala sério, Shay. Isso não é nem uma gota no balde comparado às merdas que ela já viu. – Ele bufou, rindo baixinho. – Você não vai salvar ninguém fugindo. Eu já saquei seu jogo, esposa. Sei que acha que vai resolver todos os nossos problemas, mas não vai. Abandonar as pessoas antes que elas abandonem você não vai tornar nada melhor.

– Não é isso o que eu estou fazendo. – Era muito possível que fosse bem isso o que eu estava fazendo. Também era possível que estivesse sentindo coisas terríveis demais ao mesmo tempo, e a única boa solução fosse me retirar da situação. – Sei que não é justo de mim desabar no momento, mas não consigo mais segurar.

– Você não tem que se segurar, mas também não tem que ir embora – disse ele suavemente. – Ainda não. Já vai ser difícil o bastante lidar com a nossa pequena artista de fuga e nos prepararmos pra visitar Eva. Dê um tempo, esposa, e se ainda pensar que sabe o que é melhor pra todo mundo menos você, eu mesmo a ajudo a levar suas coisas colina abaixo.

Depois de um momento, eu assenti.

– Okay. Posso fazer isso.

– Ainda bem. – Noah enfiou os dedos sob meu suéter. – Eu experimentei mais emoções no último dia do que em toda minha vida adulta e não gosto disso. Vou levá-la pra cama e, apesar do que eu disse mais cedo, não pretendo ser gentil. Tudo bem com você? Pode dizer se não for.

Eu ri, sem fôlego, enquanto ele puxava minha camisa sobre a cabeça. Ri enquanto Noah tirava meu jeans e me guiava para a cama. Ri quando me posicionou de rosto para baixo no colchão e entrou em mim com um rosnado rouco. Ri enquanto me agarrava pelos quadris, os dedos espalmados sobre as dobras da minha barriga, e plantava beijos quentes e molhados nas minhas costas e ombros. Ri enquanto estocava em mim, seu corpo duro e agressivo como nunca antes. Ri enquanto Noah me puxava para cima, fechava os dentes na curva da minha bunda, apertava minha boceta e retorcia meu cabelo no punho. Ri quando eu gozei e quando ele logo me seguiu.

Porém, em algum momento, aquelas risadas sem fôlego e trêmulas se transformaram em soluços sem fôlego e trêmulos. Dava na mesma, já que só o colchão saberia meus segredos. Era o colchão que sabia que eu tinha me apaixonado pelo meu marido hoje, mas também muito antes disso, e que essa paixão era inesperada. Também era bastante irreversível, e a recusa dele a me deixar ir embora só tornava tudo pior porque eu sabia que ficaria arrasada quando Noah percebesse que o tinha encurralado num relacionamento que ele não queria, mas não podia abandonar.

Era assim que aquilo acabaria, claro. Ele acordaria uma manhã e me fitaria com os olhos cansados, descobrindo que me resgatara do jeito como resgatava todo mundo e, ao fazer isso, se perdera.

Sabia que Noah diria que eu estava errada se dissesse qualquer parte disso, então mantive esses segredos entre o colchão e eu.

Capítulo 33

Noah

Os alunos serão capazes de suportar.

A SEMANA SEGUINTE foi cansativa.

Gennie e eu passamos várias tardes no consultório da psicóloga dela discutindo os eventos do final de semana e nos preparando para visitar Eva. Houve muitas lágrimas e nem todas foram de Gennie. Aquelas questões eram difíceis e não havia como fugir disso.

Também foi uma semana silenciosa. Shay ficou até tarde na escola para organizar materiais para suas aulas seguintes e, embora eu soubesse que isso era verdade, também sabia que estava mantendo distância de mim. Sei que ela acreditava ser melhor assim, especialmente para Gennie, mas sentia falta dela. Queria subir na sua cama e enfiar o rosto na curva do seu ombro e me esquecer do peso de criar uma menina que tinha passado por coisa demais nos seus poucos anos nesse planeta.

Em vez disso, eu me revirava na cama a noite toda. Nao conseguia fechar os olhos sem ser assombrado por visões de Shay – quando ela voltou para Amizade e me contou do seu sonho de transformar Twin Tulip em um espaço para casamentos. O dia em que me casei com ela e a noite em que me beijou porque queria.

Eu não fantasiava mais sobre a garota que tinha amado no Ensino Médio ou a pessoa de quem me ressentia por nunca olhar para trás depois de ir embora. Tudo que eu sentira por Shay naquela época era real, mas agora era diferente – complicado e com muitas camadas e sofisticado de jeitos que nunca tinha entendido até pulsar nas minhas veias. Eu a amava e esperava que seria o suficiente dessa vez.

– VÁ EM frente – eu disse a Gennie. – Estarei aqui o tempo todo.

Gennie arranhou o lábio com os dentes e manteve o olhar no piso de linóleo.

– E se ela mudou de ideia e não quer mais me ver?

– Eu sei que sua mãe quer ver você mais do que tudo no mundo.

Ela assentiu uma vez.

– A dra. Brianna diz que tudo bem eu sentir muitas coisas de uma vez só e que isso chama estar sobrecarregada. – Gennie retorceu os dedos na saia listrada preta e branca. – Você acha que a mamãe se sente sobrecarregada?

– Tenho certeza de que sim.

Ela ficou quieta por um momento.

– Você vai comigo?

– Eu vou, mas vou deixá-la ter um tempinho sozinha com sua mãe primeiro, como a gente discutiu com a dra. Brianna. Tudo bem? Ou devemos fazer um novo plano?

Ela balançou a cabeça.

– Tudo bem. – Minha sobrinha olhou do outro lado da mesa até onde minha irmã estava parada ao lado de uma mesa redonda, os dedos entrelaçados e mudando o peso do corpo como se estivesse prestes a saltar sobre o banco. – Fica bem aqui – disse ela, com uma mão no meu ombro –, onde eu posso ver você.

Gennie foi em direção a Eva, seu cabelo arrumado nas melhores tranças que eu consegui fazer. Quando estava a alguns passos da mesa, ela parou. Eu me levantei, o coração na garganta, pensando que a menina precisava que eu fizesse isso com ela, mas então Gennie saiu correndo até a mãe. Voou para os braços de Eva, fazendo-a cambalear um passo para trás.

Minutos se passaram enquanto eu fiquei ali parado, vendo-as apertarem uma à outra, os ombros balançando enquanto soluçavam. Por fim, elas se separaram o suficiente para Eva enxugar as bochechas molhadas de Gennie e as duas sorriram uma para a outra. Eu me sentei. Meu coração continuava alojado na garganta.

Elas conversaram por quase noventa minutos, a maior parte desse tempo consumido por palavras que fluíam de Gennie. Ela não parou de se mover por um segundo, sempre se contorcendo ou saltando para dançar ou interpretar a história que estava contando. Eva mal piscou, ocupada demais em absorver cada segundo da filha.

Quando Gennie correu para me pegar, ela disse:

– Eu me sinto sobrecarregada, mas não é mais o tipo ruim de sobrecarga.

– Isso é bom. E eu não tinha razão? Sua mãe não mudou de ideia sobre ver você.

Gennie mandou uma careta azeda na minha direção, balançando a cabeça como se não acreditasse que eu tinha repetido suas próprias palavras de volta para ela.

Minha sobrinha me levou à mesa e apontou para que eu sentasse na frente de Eva. Minha irmã parecia ter vivido muitos anos em um. Sempre se parecera com nossa mãe, com um físico alto e esguio e o cabelo escuro, embora as semelhanças acabassem no nível da aparência. Enquanto minha mãe era uma conciliadora por profissão, Eva era uma rebelde até o cerne. Tinha a palavra *anarquia* tatuada ao longo da coluna. Minha mãe não via por que viajar ou sair de casa nas férias; Eva não conseguia sobreviver sem novas aventuras. Minha mãe preferia constância; Eva ansiava pelo desconhecido.

Eram essas diferenças fundamentais – e a intolerância por elas – que cavaram um canal de um quilômetro de largura entre as duas ao longo dos anos. Quando Eva se formou, elas mal se falavam. Aqueles últimos anos, quando eu estava começando o Ensino Médio e meu pai não parava de comprar terrenos dos vizinhos que não podia bancar, fizeram o pior emergir delas. Foi o pior dos tempos para todos nós.

Não foi surpresa quando Eva saiu de casa um dia sem dizer adeus. Ela me mandava muitas mensagens, mas só ligava pra casa a cada poucos meses. Era de se pensar que as coisas ficariam melhores sem minha mãe e Eva andando pela casa sob nuvens de tempestade hostis e fervilhantes, mas não foi. Não foi.

Eu não sabia se Eva tinha encontrado o que queria além das fronteiras pastorais de Amizade, Rhode Island. Tinha que acreditar que tinha encontrado alguma parte. *Tinha* que acreditar. Eu não podia assistir enquanto ela fitava a filha com maravilha e luto escancarado se não acreditasse que minha irmã tinha vivido livre e desimpedida no período entre sair de casa e pegar uma sentença perpétua.

E não podia contar a ela o quanto se parecia com nossa mãe.

– Eu tenho pessoas trabalhando no recurso – eu disse à minha irmã.

Eva ergueu os ombros.

– Eu sei. E sei que vai levar tempo.

– Eles estão trabalhando pra transferi-la pra Connecticut também.

Gennie subiu no colo de Eva e voltou sua atenção ao livro de colorir e giz de cera gastos na mesa.

– Eu sei que você está fazendo tudo o que pode.

– E eu...

– Então, me conte sobre a garota com quem você casou – interrompeu Eva. – Por que não estou surpresa que é a Shay Sei-Lá-O-Quê do Ensino Médio?

– Não é… não… quer dizer, a gente na verdade não… bem. É. Shay Zucconi. – Cruzei os braços na mesa e me inclinei para perto. Eu não fazia ideia do que estava tentando dizer. Por onde começar? – Gennie gosta dela.

– Eu sei – disse Eva, rindo. – Eu ouvi *tudo* sobre Shay.

– Não é… Ela não está… – Dessa vez, eu sabia o que estava dizendo, mas não conseguia reunir as palavras certas. – Ela não está tentando substitui-la.

Eva assentiu e apertou os lábios.

– Eu sei disso também. Estou feliz que tem alguém na vida de Gennie que saiba fazer tranças chiques e a ajude a ler sobre piratas e exploradores. – Ela olhou para a página de colorir. – Estou muito feliz que tem alguém na sua vida que possa fazer coisas especiais para você também. Com tudo o que faz por todos nós, você merece mais que todo mundo.

Assenti. Precisava daquela validação mais do que conseguiria pôr em palavras.

– Você ia gostar dela. Shay tem cabelo cor-de-rosa e usa brincos de abacate.

– Tipo, abacate de verdade? Ou coisas que parecem abacates?

Apontei um dedo para minha orelha como se ela não soubesse onde brincos ficavam e disse:

– Umas coisinhas que parecem abacates. Contas, lantejoulas. Bordado, talvez? Mas não abacates de verdade, não.

– Abacates de verdade seriam bem legais – refletiu Eva. – Aposto que existe alguma tradição mesoamericana antiga de usar brincos de abacate como um jeito de saber o momento exato em que eles estão maduros.

Em outra época, Eva teria seguido essa ideia até Yucatán, no México, e passado dois meses perguntando aos moradores locais sobre tradições antigas de abacate. Então o vento teria virado sua cabeça em outra direção e ela partiria numa trilha pela Pacific Coast Highway ou aprenderia a navegar uma balsa para o sul.

– Você está bem? – perguntei para ela.

Com a curiosidade de antigos abacates apagada do rosto, Eva assentiu devagar.

– Tão bem quanto qualquer um nesse lugar – respondeu ela. – Mas não tem sido tão ruim. Obrigada pelos pacotes e por manter dinheiro no meu cartão. Isso ajudou. – Ela suspirou alto. – Tem livros aqui. Não as melhores seleções e umas coisas superantiquadas, mas aceito o que vier. – Os olhos dela se arregalaram e suas sobrancelhas se franziram. Eva parou e eu me preparei para o pior. – Estive falando com uma psicóloga. Ela sugeriu que eu considerasse escrever pra mamãe.

Eu me inclinei mais perto, meu peito quase junto da mesa.

– Como é que é?

Ela riu, embora o som fosse triste. Pesaroso.

– Né? A psicóloga disse que pode me ajudar a resolver umas coisas se eu entrar em contato com ela. Se eu só disser "oi" e que sinto falta dela e que espero que esteja bem. Só isso. – Enquanto falava, seus olhos se encheram de lágrimas e sua voz falhou. – Mesmo se mamãe nunca me responder, eu vou saber que tentei.

– Acho que é uma boa ideia. Sei que é difícil para ela escrever. Mamãe tem dificuldade pra segurar a caneta ou digitar, mas provavelmente tem alguém na comunidade que pode ajudar.

– Talvez eu faça isso – disse ela. – Mas vou esperar sentada por uma resposta. Porque ela tem dificuldade pra escrever.

Ficamos em silêncio por vários minutos enquanto Gennie coloria o livro. Ela contou uma história sobre piratas e submarinos e como sereias sempre ficavam do lado dos piratas. Quando o horário de visitas acabou, Gennie e Eva deram um longo abraço choroso. Eu dei um apertão na minha irmã e a lembrei de me avisar caso precisasse de alguma coisa.

Carreguei Gennie ao sair da penitenciária, a cabeça dela pesada no meu ombro e suas lágrimas silenciosas encharcando minha camisa. Ela não disse muita coisa no trajeto de volta ao hotel, além de que queria visitar a piscina coberta de novo e aí comer tiras de frango no jantar. Considerando tudo, essa visita era uma melhora notável em relação às tentativas anteriores.

No entanto, ainda foi extenuante. Era mais do que eu queria que Gennie suportasse.

Ela ficou na piscina por três horas direto e, após julgar sua milésima parada de mãos para baixo da noite, percebi que estava gastando a energia emocional. Precisava contar histórias de piratas e sereias e ir de uma ponta da piscina até a outra e paradas de mão porque era assim que minha sobrinha lidava com o estresse. Era o mesmo motivo pelo qual corria atrás do ônibus toda tarde e disparava colina abaixo para brincar com os cães. Ela não era só uma criança superenergética. Não era um ataque contra o meu estilo de vida regrado. Ela simplesmente precisava fazer alguma coisa com tudo o que tinha experienciado no dia.

Gennie nadou até a borda da piscina.

– Noah, eu posso mandar coisas pra mamãe no correio?

– Que tipo de coisas?

– Não sei. Talvez umas tarefas com notas boas ou uma carta, se a Shay me ajudar a escrever.

– *Aham*, você pode mandar essas coisas pra ela – respondi. – Tenho certeza de que a Shay ajudaria, mas eu também posso ajudar.

– A Shay é melhor nessas coisas. – Ela mergulhou embaixo da superfície e aí voltou para cima. – Eu era uma menininha quando a mamãe foi embora e não entendia de verdade – disse ela, com ar sábio. – Agora que sou uma menina grande, sei que a mamãe ainda me ama e não foi embora porque não gostava de ser minha mãe.

– Você... você é uma menina grande agora – repeti.

– É – respondeu ela, como se fosse óbvio. – E acho que você precisa ser muito legal com Shay.

Eu me inclinei para a frente na cadeira de piscina. O que essa menina sabia que eu não sabia? E onde estava obtendo essas informações?

– Eu... pensei que eu *fosse* legal com Shay.

– Mais legal – disse Gennie. – Como se *amasse* ela.

Tossi para cobrir uma risada amarga. Shay e eu tínhamos trocado algumas mensagens essa semana, só as atualizações mais básicas sobre a viagem e confirmações de que ela estava bem, e eu estava enlouquecendo. Não via a hora de chegar em casa. Eu queria fazer as pazes e não ligava para o que isso me custasse. Eu rasgaria o casamento falso e começaria do zero, se ajudasse. Contrataria outro terapeuta para nós três podermos descobrir como fazer isso direito. O que Shay quisesse, eu daria a ela. Qualquer coisa.

– Como você sugere que eu faça isso?

– Você devia fazer coisas legais, tipo levar a Shay em encontros românticos – respondeu Gennie. – Prometo que não vou fugir quando a sra. Castro vier ficar comigo dessa vez.

A sra. Castro estava um pouquinho ocupada lidando com o horror de seu último trabalho de babá para considerar oportunidades futuras com essa fugitiva em potencial.

– Encontros, certo. O que mais?

– Ela gostou muito quando a gente teve a festa de aniversário. A gente podia fazer outra.

– Outra festa de aniversário?

– Não sei. Pode ser uma festa com bolo. E presentes! Você devia dar presentes pra ela.

– Certo. Okay. Mais alguma coisa?

Gennie flutuou de costas, balançando os braços do lado do corpo.

– Você devia falar pra a Shay que ama ela. Falar *muito* isso pra ela. Eu acho que é isso que as pessoas devem fazer.

Ela virou e voltou ao seu treino de parada de mão.

Talvez Gennie tivesse razão. Talvez fosse isso o que eu precisava fazer.

Capítulo 34

Shay

*Os alunos serão capazes de se convencerem a fazer
ou não fazer qualquer coisa.*

ERA ESTRANHO ESTAR sozinha na casa de Noah. Sentia que alguém poderia aparecer a qualquer minuto e perguntar o que eu estava fazendo ali. Se o fizessem, eu teria que dizer que Noah e eu éramos casados – ou algo assim – e que eu morava ali agora. E teria que fazer aquelas coisas soarem reais e sinceras, e não como os devaneios de uma pessoa desvairada que invadiu o lugar e decidiu chamá-lo de casa.

No primeiro dia, quase fiz as malas e desci para Twin Tulip. A Thomas House era solitária e vazia, mas ainda era a *minha* casa. Fiquei nesse debate por horas. Fiz uma mala, deixei-a na porta e encarei a porta até decidir que era louco me mudar enquanto Noah e Gennie estavam fora.

Aí decidi que era louco ficar ali enquanto Noah e Gennie estavam fora.

No fim, eu fui a Twin Tulip, caminhei pela propriedade até o céu escurecer, e então dirigi até a cidade vizinha para comprar comida. Estar fora assim numa noite escolar, sem rumo e sem amarras agora que não tinha mais uma estrutura com horas de refeição e horas de banho e horas de dormir, era tão estranho quanto ficar na casa de Noah sem ele. O mundo parecia diferente, como um lugar que eu não reconhecia mais.

E parecia que todo mundo nas ruas e todo mundo no restaurante estava ciente de que eu estava engajada num debate idiota na cabeça. Eles sabiam que eu tinha uma mala de mão no banco de trás do meu carro e sabiam que eu não conseguia parar de discutir comigo mesma sobre onde dormir naquela noite. Como se soubessem que eu ficava parando e voltando a acreditar que amava Noah – e Gennie também – e que esses sentimentos eram consequência de todas as coisas que tínhamos encontrado juntos, em vez de problemas como a síndrome do *me escolha*. Como se soubessem que eu desemaranhara cada fio solto do nosso relacionamento até poder desfiar a coisa toda em menos de um minuto.

Voltei a Twin Tulip, mas só parei por um momento no caminho de cascalho antes de balançar a cabeça, mentalmente me dar um chute na bunda e subir a colina.

– Todas as minhas coisas estão aqui – expliquei à mala de mão. – Não quero atrapalhar minha manhã porque não consigo encontrar meu desodorante – fiz uma careta quando a casa branca da fazenda entrou à vista – ou os sapatos certos.

A careta não era de raiva. Não era de ressentimento. Não era nem frustração por toda essa espiral de pensamentos inútil.

A careta era porque eu queria estar ali. E essa era a verdade, por mais esquisito e desconfortável que fosse admitir. Eu queria estar ali, e queria Noah e Gennie ali comigo. Não era o mesmo sem eles.

Eu não era a mesma sem eles.

Eu nunca pretendera me apaixonar por essas pessoas. Não tinha vindo para cá procurando fazer parte de uma família. E não esperava que nada disso começasse a juntar os meus pedaços partidos.

EU ME AVENTUREI numa segunda tentativa de *happy hour* na tarde de sexta-feira.

Dessa vez, encontrei um grupo de professoras da escola no bar de ostras moderninho à beira d'água em Amizade. Estávamos comemorando uma professora do terceiro ano que recentemente fora selecionada para um programa prestigiado com uma grande empresa de tecnologia que lhe daria vários treinamentos especializados pelo país, além de todo tipo de dispositivos novos para sua sala de aula.

Janita também recebera um estipêndio considerável e foi por isso que escolheu o bar de ostras moderninho na água. A primeira rodada foi por conta dela.

Ao contrário do desastre no começo do ano escolar, ninguém me largou ali enquanto eu estava no banheiro. Não que esperasse isso desse grupo. Essas mulheres lembravam minhas amigas de Boston. Eu tinha passado a conhecê-las nos últimos meses, mas vê-las fora da escola, em um cenário sem alunos e alegrado por vinho, as fez parecerem novas e mais brilhantes. Mais como si mesmas do que poderiam ser em um intervalo de almoço de vinte minutos ou nos corredores durante o recebimento dos alunos pela manhã.

Dana era ousada e um pouco exuberante (como Emme), Ingrid ouvia mais do que falava e era extremamente cuidadosa com suas palavras (cem por cento Audrey). Neveen tendia para o humor seco e o cinismo (Grace, sem dúvida), enquanto Mieke era calorosa e atenciosa (não que ninguém pudesse se comparar, mas definitivamente Jaime).

Elas eram diferentes, claro, mas havia um conforto engraçado em identificar as coisas que eu mais amava nas minhas amigas nessas mulheres. Podia me ver me encaixando direitinho nesse grupo, mas, acima disso, eu *queria* me encaixar nesse grupo. Queria ouvir mais sobre as dores de cabeça infinitas de Neveen por conta da reforma na sua cozinha, e queria que Mieke me apresentasse à sua colorista, porque seu cabelo curto, ameixa e magenta, era divino, e queria mostrar a Ingrid meus campos de tulipas e queria que vinho espirrasse do meu nariz (de novo) porque eu estava rindo das opiniões extravagantes de Dana. E era engraçado de um jeito desconfortável porque não sabia se deveria querer tudo isso.

Criar raízes nunca fora o plano. Não que eu tivesse um plano ao partir de Boston com um pacote de salgadinhos e minha vida estilhaçada em um milhão de pedaços. Pelo contrário, a ausência de um plano *era* o plano. Sobreviver de um dia ao outro. Nenhum movimento súbito. Esperar o pior. Não planejar nada.

E eu tentara fazer isso. *Muito.*

Mas aí apareceu uma criança que precisava de ajuda e uma vida nova para uma fazenda velha e um casamento falso – um passo súbito depois do outro. Um caminho de pedras de um novo plano ao seguinte. Não se tratava mais da minha sobrevivência, porque envolvia todos nós, Noah, Gennie e eu, e a fazenda de Lollie e uma vaga permanente na escola no ano que vem e me apaixonar pelo meu marido.

Eu não sabia se deveria querer alguma parte disso ou se podia confiar nisso.

Pretendia tirar esse ano para aproveitar os últimos resquícios de lar que podia encontrar em Twin Tulip e descobrir quem eu queria ser agora. Encontrar uma família, encontrar lugares para chamar de meus – isso nunca fizera parte da equação.

Mas lá estava eu, cercada por pessoas que me atormentavam quase tão frequentemente quanto Helen para saber se eu assumiria a turma do primeiro ano ou a Educação Infantil no ano seguinte.

E lá estava eu, com um casamento novo e frágil construído sobre uma montanha de lógica falha e uma antiga afeição um pelo outro.

Eu não conseguia parar de me perguntar se estava forçando alguma parte disso. Se tinha decidido ao longo do caminho o que eu queria que isso fosse e então me convencido de que era mesmo. Não podia me convencer a receber ofertas de emprego ou colegas que insistiam que eu fosse ao bar naquela noite, mas e se tivesse me convencido a amar Noah? E se estivesse repetindo os velhos erros?

Eu não sabia como me proteger disso.

Quando a noite se encerrou, nos separamos com abraços, felicitações para Janita e promessas de repetir a dose em breve. Quando paguei minha conta no bar, vi Christiane Manning a alguns bancos de mim. Ela encarava um martini cheio, o queixo apoiado na mão.

Indo contra todo meu bom senso, eu disse:

– Oi, Christiane.

Ela levou um segundo para afastar o olhar da taça e para mim, e outro segundo para o reconhecimento cruzar seus olhos. Por fim, forçou um sorriso.

– Olá. Não vejo você há séculos.

– Eu estive… – Olhei para a água e balancei a cabeça devagar. – Tentando entender as coisas.

– Onde está seu marido hoje?

Engoli um suspiro. Não me importava em ser o escudo humano de Noah, mas estava ficando cansada de Noah ser a única fonte de conflito entre mim e Christiane. Era uma perda de tempo para todos.

– Ele e Gennie saíram da cidade por uns dias. Vão voltar amanhã à tarde.

Esperei por algum comentário com um toque de ironia, mas nunca veio. Ela assentiu e voltou a encarar a bebida. Enrolei para acrescentar a gorjeta, conferir as contas e assinar o recibo. O silêncio que se acomodou não era desconfortável, mas também não era bom. Era irregular.

– Os gêmeos estão com o pai esse fim de semana – disse Christiane, por fim. – Odeio ficar em casa sozinha logo que eles vão embora. Todo aquele silêncio… parece errado. – Ela ergueu a bebida, mas a baixou antes de tomar um gole. – Muitas das outras mães divorciadas que conheço dizem que amam o silêncio e a liberdade, mas eu ainda não cheguei nesse estágio. Ainda não descobri como ficar sozinha.

Hesitei um momento antes de me sentar num banco.

– Consigo me identificar com isso – eu disse. – Tem estado tão quieto na casa sem Noah e Gennie. É como se estivesse esperando algo acontecer, mas nada acontece. – Tracei o grão da madeira do bar com um dedo. – Eu pedi comida toda noite porque não consigo me lembrar de como se cozinha só pra uma pessoa.

Sem olhar pra mim, Christiane apontou para seu martini.

– Quer uma bebida? Sei que deve ter bebido o suficiente com suas amigas, mas fique à vontade pra ficar um pouco.

– Por que não? – Chamei o *bartender* e pedi uma taça de sangria.

Quando minha bebida chegou, Christiane apertou os dedos na haste da taça e a ergueu para batê-la contra a minha.

– Eu não estava tentando roubar seu marido – disse ela à guisa de brinde. – Embora tenha agido como se estivesse tentando roubar seu marido.

Considerando isso, dei um gole profundo.

– Obrigada por esse esclarecimento – eu disse.

– Eu não gosto de me sentir vazia – continuou ela. - Depois do divórcio, eu só sentia que precisava preencher esse vazio com qualquer coisa em que pudesse botar as mãos.

– E... Noah pareceu alguém em que podia botar as mãos?

Ela se virou para mim com um olhar seco.

– Havia falhas óbvias nesse plano. Noah estar apaixonado por você, pra começar.

Eu não ia explicar os múltiplos motivos pelos quais as informações dela estavam mais do que um pouco incorretas. Não. Tinha uma sangria para beber e nenhum desejo de magoar meus próprios sentimentos naquela noite.

– Ele tem uma sobrinha da mesma idade que meus gêmeos e é sozinho e, quer dizer, olha só pra ele – continuou Christiane. – Parecia que a gente ia combinar. Como se nos encontrássemos nos mesmos pontos.

Eu dei um aceno compreensivo. Soava bem como minha abordagem com meu ex – e nada como minha abordagem com Noah.

– Combinar não é tão bom quanto parece.

– Ele nem *olha* pra mais ninguém – continuou Christiane. – Com certeza não repara em nenhuma de nós na ioga com cabras. E sabe o que mais? Ioga com cabras não é relaxante. Não tem nada divertido em tentar segurar uma pose enquanto uma cabra lambe seu rosto ou enfia o nariz em lugares onde narizes de cabra *não* deveriam estar.

– Espere aí. Você faz a ioga com cabras pra chamar atenção de Noah?

Christiane gesticulou com a taça, fazendo metade do líquido voar no *bartender*. Ele recebeu a maior parte no peito, mas um pouco caiu no seu rosto, e ele se afastou com um resmungo.

– Por que você acha que qualquer pessoa faz ioga na Estrelinha?

– Posso lhe garantir que a última coisa na mente de Noah é a ioga com cabras. – Peguei a taça dela e a devolvi ao bar. – Se era esse seu plano, fazer ioga na fazenda dele e flertar com Noah em jogos de futebol americano, você perdeu o fato de que aquele homem é extremamente protetor com Gennie e o único motivo de conhecer seu nome é porque seus filhos têm um histórico de azucrinar a sobrinha dele. Você até poderia ser a mulher dos sonhos dele…

– Como você?

– Pare. – Dei a ela um olhar impaciente. Não queria fazer esse jogo nessa noite. – Você até poderia ser tudo o que Noah já quis, mas, no segundo em que alguém mexe com a sobrinha dele, acabou. Ele não dá a mínima sobre os próprios sonhos se Gennie estiver infeliz. Esse é provavelmente o motivo de seus charmes não terem funcionado.

Christiane franziu o cenho para as mãos unidas.

– Meus filhos podem ser uns cretinos.

– Todas as crianças podem ser cretinas. Em geral elas não fazem por mal, mas acontece.

– Francie é ácida e tem suas panelinhas, mas Harold quer magoar mesmo – resmungou ele. – Está bravo por causa do divórcio. Faz todo tipo de coisa chocante pra chamar atenção. – Ela balançou a cabeça. – Aí o pai fica com ele no fim de semana e o deixa correr adoidado e fazer o que caralhos quiser. E então eu sou a malvada. Sou a mamãe cruel que tem que tirar os videogames e o iPad e exige que ele tome banho e use cueca.

– Escute, eu não conheço seu filho, mas conheço muitas crianças e sei como pode ser difícil para elas quando as coisas mudam na família. Como você disse, ele quer sua atenção. Não está agindo por maldade.

O *bartender* voltou com uma camisa seca e uma careta entalhada em pedra. Ele pôs um martini novo na frente de Christiane e disse:

– Se jogar outro drinque, vou expulsar você daqui.

– Desculpe – disse ela enquanto ele se afastava. Ela tomou um gole e deu um olhar pra mim. – Ele é casado.

Inclinei o queixo na direção do *bartender*.

– Aquele sujeito? Ele?

– É. – Ela assentiu. – Eu verifiquei.

– E está usando essa informação pra decidir se flerta ou não com ele? Ela deu de ombros. Eu não sabia como encarar isso.

– É demais pedir por alguém que me idolatre como Noah idolatra você? Eu ri alto.

– Ele não me *idolatra*, Christiane. É um pouco demais, não acha?

– Pode me chamar de Christie – disse ela. – E pode ser um pouco demais, mas eu daria qualquer coisa pra ter uma migalha do que você tem. É sério. Eu faria qualquer coisa para alguém me dar o tipo de atenção que Noah dá a você. Eu só… acho que eu quero que alguém repare em mim.

Com isso, parei de vê-la como a mulher que não deixava Noah em paz e comecei a vê-la como alguém fazendo seu melhor para colar os pedaços da vida e seguir em frente. Alguém exatamente como eu.

– Você não está vendo a situação do meu ponto de vista – continuou ela. – Aquele homem a adora. Eu tinha me convencido de que ele era estoico. Que não demonstrava sentimentos, sabe? Mas eis que você aparece na cidade. – Ela soltou o ar e se abanou. – Noah não é nada estoico. Estava só esperando você.

– Isso… – Eu não sabia como discordar com ela e manter a farsa do nosso casamento viva. Ainda era uma farsa se uma pessoa estava apaixonada pela outra embora não tivesse ideia de como confessar sem prendê-la ainda mais num casamento falso? Em vez de me estressar com essas questões, só as ignorei por completo. Ótima estratégia para lidar com problemas. – Por que você quer pular num outro relacionamento agora? Qual é a pressa?

Ela apertou as palmas nos olhos.

– Minha terapeuta faz essa pergunta toda semana há um ano.

– Você já descobriu a resposta?

Ela grunhiu.

– Não. Talvez. Não sei. Só não gosto de fracassar nas coisas. Eu quero uma segunda chance.

– Você quer uma segunda chance no casamento?

– É. Eu preciso de outra chance pra acertar. – Então, mais suavemente, ela acrescentou: – Eu não quero fazer tudo sozinha. Eu consigo, mas… mas não quero. E eu mereço algo melhor do que isso.

– Você também merece alguém que retribua seu interesse – eu disse, com cuidado. Era uma lição para mim mesma tanto quanto para Christiane. – Se a pessoa não está a fim…

– Ah, confie em mim, minha terapeuta sabe tudo sobre vocês dois – cortou ela. – Ela desconstruiu a situação comigo. Não preciso do lembrete de que eu agi de forma insana.

– Não sei o que dizer. – Peguei a bebida. – Estou feliz que você resolveu esses problemas? Que pode refletir com clareza sobre a situação? Não sei, Christie, me ajude aqui.

Ela riu baixo.

– Quer pedir algo pra beliscar? Eu me esqueço de comer quando meus filhos não estão por perto. – Quando não respondi de cara, ela acrescentou: – A não ser que já tenha comido com suas amigas. Parecia que o grupo estava se divertindo muito, então provavelmente você só quer ir pra casa.

– Eram amigas da escola – eu disse. – Todas dão aula na Hope. – Estendi a mão e peguei o menu junto ao cotovelo dela. – Não tenho muitos amigos nessa cidade. Eu gostaria de mais alguns.

Depois de minuto, ela bateu um dedo no menu.

– Só pra você saber, eu não gosto de peixe cru.

– Então o que está fazendo num *bar de ostras*?

Ela jogou as mãos pra cima.

– É o único lugar decente na cidade.

– Apesar disso, você vem aqui e joga bebidas nos outros como se estivesse na semana do saco cheio em Daytona – murmurou o *bartender*.

– Vamos pegar a bandeja de frios – eu disse a ele. – Obrigada.

Quando o *bartender* seguiu para a cozinha, Christie se virou para mim.

– Teria sido muito conveniente para os propósitos da minha narrativa interna se você fosse horrível e desalmada. Quer dizer, teria sido ótimo pra mim poder canalizar minha raiva em alguém além do meu ex-marido.

– Se ajudar, eu me referi a você como a mulher que escuta as pessoas mijarem em mais de uma ocasião.

Ela juntou os dedos sob o queixo.

– *Mmm.* Isso é bom. Isso é útil.

– Você tem que parar de fazer isso – eu aconselhei. – Não é um bom jeito de fazer amigas.

– Mas consegui mais de uma cliente em banheiros públicos.

– E sua agenda lotada? Realmente precisa de mais clientes?

Ela deu de ombros.

– Sou uma mãe solteira agora. Uma agenda cheia é minha rede de segurança.

– Justo, mas não fique surpresa se eu não quiser entrar no banheiro com você.

– Combinado.

Nós acabamos com os frios enquanto falávamos de todo tipo de bobagem – se achávamos que bandanas caíam bem em nós, o problema de tentar acumular milhas de companhia aérea no cartão de crédito, qual barista na Pink Plum fazia as melhores bebidas, por que não queríamos entrar num shopping nunca mais –, enquanto o restaurante gradualmente ia fechando ao nosso redor. Christie pediu outro martini antes de passar para o vinho – o qual não acabou na roupa dos funcionários – e eu bebi mais um pouco de sangria. Não me preocupei em contar o número específico de vezes que minha taça foi enchida.

Dado que ainda estávamos em Amizade, o carro que chamamos só chegaria em meia hora. O *bartender* resmungou, mas arrastou dois bancos até a entrada para não termos que esperar lá fora na chuva fria de novembro.

– Vamos ter que fazer isso de novo amanhã – eu disse.

– Não posso beber assim duas noites seguidas – disse ela. – Eu vou me sentir assim por uma semana.

– Não, quis dizer chamar um carro. – Eu ri. – Porque nossos carros estão aqui. Vamos ter que voltar.

– Ah. Certo. Ela assentiu enquanto deslizava o dedo no celular. – Vai ser um pé no saco. Talvez eu devesse só andar pra casa.

– É uma ideia idiota – gritou o *bartender*.

– Eu estou do outro lado da ponte – eu disse. – E subindo uma colina. E meu marido não gosta quando fico andando à noite.

– É, ele passou essa *vibe* perfeitamente bem – disse ela. – Mas, claro, ele a idolatra. Aposto que a carregaria colina acima se você pedisse.

Eu me abracei para conter um arrepio. Não era verdade. Noah não me idolatrava. Quaisquer que fossem seus sentimentos por mim, eram novos e eu não podia me convencer de que estavam aqui para ficar. Logo ele se cansaria de mim como todo mundo.

Capítulo 35

Noah

*Os alunos serão capazes
de confessar tudo.*

AS ÚLTIMAS DUAS horas da viagem de volta para casa foram terríveis. Encontramos quilômetros de congestionamentos e seguimos uma tempestade através de Connecticut até entrar em Rhode Island. Gennie ficou irritada o caminho todo. Quando saímos da rodovia na direção de Amizade, ela começou a chutar o encosto do banco e cantar aos berros a irritante canção de abertura de um programa infantil.

Minha cabeça estava prestes a explodir quando chegamos na Estrada Old Windmill Hill.

Eu tinha um relacionamento complicado com a fazenda da minha família e aquela cidade, mas não podia negar que estava aliviado por chegar em casa. E não era apenas uma questão de voltar para casa depois de uma viagem exaustiva com uma criança agitada. Estava aliviado por voltar para *essa* casa, para essa terra, para a vida que eu tinha ali. A vida que tínhamos juntos, Gennie, Shay e eu.

Eu ia contar a verdade para a Shay esta noite. Ia contar pra ela que eu a amava, que sempre a amara. Desde o começo. Mesmo se caísse morto depois de admitir que a amara em silêncio por anos, eu queria que ela soubesse. E queria que Shay ficasse.

– Eu quero ver os cães! – exclamou Gennie enquanto eu virava no caminho de cascalho. – E meus gatinhos também.

Examinei as nuvens escuras acima. Estava prestes a cair um temporal, mas a menina precisava correr um pouco.

– Pode ficar com eles até começar a chover. No minuto em que sentir uma gota, você entra em casa.

– E se eu não sentir nenhuma gota? E se a chuva não cair em mim?

Eu olhei para ela pelo retrovisor. Gennie não notou.

– Se houver qualquer gota caindo perto de você, é hora de entrar em casa.

– E se eu não notar porque elas não estão perto pra eu notar?

– Imogen.

– Quê?

Eu desliguei o motor.

– Se não consegue reconhecer quando está chovendo, não pode andar sozinha pela fazenda. Entendeu?

Ela bateu os pés contra o encosto do banco de novo.

– *Aham.*

– Então vá – eu disse –, mas não quero ver você encharcada em uma hora.

– *Aye, aye.* – Ela se tirou da cadeirinha e abriu a porta, correndo na direção do parque dos cães em velocidade total.

Se tivesse sorte, teria uma meia hora ininterrupta com Shay. Precisava de cada minuto desse tempo. Peguei nossas malas e as carreguei para dentro. Quando não encontrei Shay no primeiro andar, segui para o quarto dela. Não seria o quarto dela por muito tempo. Se tudo ocorresse como eu queria, pararíamos de fingir que poderíamos separar qualquer coisa entre dela e minha. Seria tudo *nosso.*

Abri a porta e a encontrei sentada no chão, cercada por... tudo. Roupas, livros, brincos e sapatos. *Tudo.* Ela tomou um susto, pulando um pouco e recuando às pressas, com uma mão no coração. Tirou os fones de ouvido.

– Eu não esperava vocês por mais uma hora ou duas.

Estendi a mão para ela.

– Saímos cedo.

Ela se ergueu e limpou a parte de trás da calça.

– Como foi? Como Gennie lidou com as coisas?

Eu queria puxá-la para meus braços, mas pequenas montanhas de suéteres e livros nos separavam. Em vez disso, levei a mão à nuca.

– Melhor do que eu poderia ter esperado.

– Que bom – disse ela. – Isso é muito bom.

– Gennie foi visitar os animais. Ela precisava correr um pouco depois da viagem.

– Faz sentido.

Estudei as montanhas por um minuto. O *closet* estava vazio e as gavetas, também. Havia um sistema no lugar que eu não conseguia decifrar e tive o pressentimento horrível de que era uma etapa precursora para fazer as malas. Shay estava se preparando para partir. Tinha decidido que isso não ia funcionar.

Gesticulei para as montanhas enquanto meu estômago caía ao chão.

– O que está acontecendo aqui?

– O verão certamente acabou. – Ela abaixou as mãos aos quadris. – Estou tentando me organizar.

– Organizar. – Assenti. Meu estômago estava no porão. – Para se mudar de volta pra Thomas House?

Shay abriu os lábios pra falar, mas se impediu. Bateu no celular e devolveu os fones no estojo. Então:

– A gente fez isso tudo errado, Noah. Pode ser que pelos motivos certos, mas... – Ela desviou o rosto, olhando para a janela que dava para os pomares. – Eu me apaixonei por você... e pela sua sobrinha e sua fazenda e até por essa cidade duvidosa… mas você se casou comigo para eu poder herdar as terras de Lollie. – Meu coração pulou na minha garganta. – Você me salvou, como salva todo mundo.

– Você não é todo mundo, Shay. Nem de longe.

Encarando as mãos, ela disse:

– Eu tenho muita experiência em me convencer de que as pessoas me amam. Nem percebo que estou fazendo isso até essas pessoas deixarem claro que *não* me amam, que *nunca* me amaram. Mas não posso me convencer de que você teria escolhido isso se não fosse o testamento bizarro de Lollie e a propriedade, mesmo se disser que não a quer mais, e todas as coisas que se misturaram para criar essa situação. E não posso me convencer de que você teria me escolhido.

– Você está errada sobre isso.

– Mas você não pode provar, pode? – Shay encontrou meu olhar e senti toda a agonia nos seus olhos escuros. – É disso que eu preciso. *Provas.* Há um monte de pessoas que me dão frações e fragmentos de si e juram que é o todo. Digo a mim mesma para acreditar nelas, para pegar esses pedacinhos e criar algo real deles. E eu crio. Crio relacionamentos, promessas e futuros. Crio tudo e me faço acreditar. – Ela ergueu as mãos e as deixou cair no lado do corpo. – Eu não sei mais o que fazer comigo mesma.

Eu sentia que estava sendo rasgado de dentro pra fora.

– Então me deixe lhe dar algo melhor.

Ela pôs as duas mãos no coração.

– Eu não posso deixar você me salvar de novo. Não posso ser mais uma pessoa que espera que salve o mundo. Eu tenho que salvar meu próprio mundo.

Nós nos encaramos por um longo momento, a lombada dos seus livros e suas roupas nos dividindo. Trovões retumbavam à distância e o vento rugia entre as árvores. Levei a mão à nuca de novo e enfiei um dedão nos nós ali. Não ajudou. Eu não conseguia imaginar nada que ajudaria.

– Você quer provas – eu disse. – Eu vou lhe dar provas.

Shay balançou a cabeça.

– Podemos deixar isso de lado por hoje? Eu preciso tomar um banho, lavar umas roupas e trabalhar nos meus planos de aula porque a agenda da semana mudou de novo. E você teve um dia… uma semana tão longa, na verdade, e tenho certeza de que quer colocar Gennie de volta na sua rotina regular.

Banho. Roupas. Planos de aula. Rotina. Eu a encarei, esperando que Shay percebesse que não íamos *deixar isso de lado* pela noite. Quando não aguentava mais, quando a pressão era tão intensa que a única coisa que podia fazer era abrir a válvula de escape ou esperar para explodir, eu disse:

– Eu a amo. Quer dizer, eu a *amo*, Shay. Eu amo você há anos, e mais uma porrada de *anos,* e nada do lixo deixado pelo seu ex ou pela sua mãe ou por mais ninguém vai mudar isso. *Você* não vai mudar isso.

O ar saiu dela baixinho e suas sobrancelhas caíram como se ela não entendesse.

– Noah, eu…

– Não. Não fale nada. Não me diga que estou errado ou que não sei do que estou falando. – Dei um passo para trás e ergui uma mão. – Você pediu provas. Eu vou lhe dar provas.

Eu não esperei uma resposta. Desci as escadas correndo, cruzei a cozinha até o quartinho onde guardava meus livros da faculdade de Direito e tudo mais que queria manter separado dos negócios da fazenda. No canto mais distante da estante mais alta ficava uma das velhas caixas de charutos do meu pai.

A última vez que tinha pensado nessa caixa foi alguns anos antes, quando a construção da casa terminou e eu me mudei pra cá. Tinha me repreendido por guardá-la por tanto tempo, mas mesmo então não conseguira abrir mão dela. Nunca tinha conseguido abrir mão dela.

Meu celular vibrou no bolso e enfiei a caixa sob o braço para responder.

– Que foi? – rugi.

– Bem-vindo de volta. Temos umas cabras fugitivas – disse Bones. – O vento está acabando com a gente hoje. Derrubou cercas por toda a propriedade. Recuperamos a maior parte das cabras, mas parece que duas ainda estão à solta. Temos uns rapazes consertando a cerca, mas também estamos lidando com algumas árvores caídas atrás da loja, então tem pouca gente disponível. – Ele limpou a garganta. – Alguma chance de você querer procurar umas cabras antes dos céus desabarem?

Corri uma mão pelo rosto.

– Filho da puta – grunhi.

– Esse é o tipo de entusiasmo que eu gosto de ouvir.

– Alguma ideia de pra onde essas cabras estão indo?

– Cabras não anunciam seus planos – respondeu ele, com uma gargalhada. – Provavelmente estão arrancando o que restou do canteiro de abóboras.

– Eu não tenho tempo pra isso hoje – resmunguei. – Liga no rádio se essas cabras entenderem o que é bom pra elas e forem pra casa antes de eu encontrá-las.

– Improvável, mas ligarei – disse ele.

Encerrei a ligação e colei um *post-it* na caixa de charutos, rabiscando uma mensagem rápida para minha esposa, a mulher que não via aniversários familiares, pão fresco, vendedores de sorvete enviados para organizar sua sala de aula e empreiteiros enviados para reformar sua fazenda como evidências do meu amor por ela. Como uma devoção infinita. Assim que reunisse essas cabras, teríamos uma boa e longa conversa sobre o motivo real – o único motivo – pelo qual me casei com ela.

O chuveiro estava ligado quando subi as escadas. Era melhor assim. Eu não achava que conseguiria reunir as palavras apropriadas para explicar essa caixa ou por que tinha guardado seu conteúdo todos esses anos. Precisava que Shay entendesse sozinha. Precisava que ela se lembrasse e talvez aí compreendesse. Aí acreditaria em mim. Aí teria todas as provas que poderia desejar.

Entrei no seu quarto. As montanhas estavam exatamente onde eu as deixara. Suéteres e jeans de um lado, vestidos de verão e shorts do outro. Depositei a caixa de charutos na cama dela, o *post-it* rosa-choque no topo gritando por atenção. Parei por um minuto, o peso de todas as vulnerabilidades contidas naquela caixa me puxando de volta. Se isso não funcionasse, nós nunca nos recuperaríamos. Eu nunca me recuperaria.

Com essa certeza pesada no peito, desci as escadas e saí na tempestade. Tardes de novembro tinham um jeito de se transformar em noite num piscar de olhos, e as nuvens de tempestade só intensificaram a escuridão acima. A chuva caía oblíqua e o vento rugia. Quaisquer maçãs tardias que tivéssemos provavelmente cairiam durante a noite.

Encontrei Gennie saindo às pressas do galpão, os gatos rondando perto da porta de olho nela.

– Não tem chuva em mim! – gritou ela.

Isso não era verdade, mas eu não me importava.

– Eu tenho que conferir umas cercas – eu avisei, intencionalmente evitando qualquer menção de suas amigas cabras. – Fique lá dentro. Brinque com o iPad. Eu volto logo.

– Posso ler um livro?

– Quê? – Olhei para ela, certo de que tinha entendido errado em meio ao rugido do vento.

– Posso ler um livro no meu quarto em vez de brincar no iPad?

– Sim, claro. Por que você precisaria de permissão pra isso?

– Você disse que eu devia usar o iPad, mas quero ler, e não queria ignorar suas instruções. – Ela deu de ombros antes de saltitar na direção da casa.

– Quem é essa menina e que caralhos está acontecendo na minha vida? – murmurei enquanto me acomodava atrás do volante do meu quadriciclo.

Quando liguei o motor, percebi que não tinha pegado meu rádio na saída. Apalpei os bolsos em busca do celular, mas também não encontrei. Provavelmente o tinha deixado na mesa do quartinho.

Mas eu não podia correr de volta para casa agora. Teria que lidar com Gennie ou Shay – que iria querer um monte de respostas que eu não tinha tempo de dar para ela. Em vez disso, desci a colina, passei pelos pomares e segui até o canteiro de abóboras no limite com as terras de Twin Tulip enquanto a chuva e o vento me açoitavam de todos os lados.

Estava molhado e cansado quando avistei a primeira cabra caminhando entre as abóboras restantes. A segunda cabra surgiu do nada e passou correndo na frente do feixe dos faróis. Eu dei uma guinada para evitá-la – e logo mandei o quadriciclo para dentro de um riacho.

Capítulo 36

Shay

Os alunos serão capazes de fazer as escolhas erradas
pelos motivos certos.

HOUVE UMA ÉPOCA em que acreditei que eu era livre. Que era *independente*. Não carregava o fardo constritivo das expectativas familiares ou das tradições. Podia me reinventar de qualquer jeito que quisesse e ninguém saberia que já fui diferente.

O problema com esse nível de liberdade era apenas existir céu e nada de terra. Não havia ninguém que me impedisse de flutuar para o espaço. De me perder e ser esquecida. A única solução era amarrar uma corda da minha cintura até o pulso de alguém e implorar à pessoa que me segurasse.

Jaime me segurava. Audrey, Grace e Emme também. Elas me seguraram mesmo quando eu tinha sido uma maníaca obcecada com casamento e me seguraram quando estive ocupada demais lamentando a vida que quase tivera para ser uma boa amiga.

E Noah me segurara também.

E era por isso que tudo doía. Doía bem no fundo e também em todo lugar fora de mim, como se o peso da gravidade no meu corpo fosse demais para suportar. E tudo estava errado. Minhas palavras, meus sentimentos e meus pensamentos – todos errados. Nada saía certo. Nunca do jeito que eu queria.

Eu me sentia como uma criança correndo por aí com uma rede para pegar borboletas depois do anoitecer, ávida e imprecisa demais para fazer qualquer coisa além de agitar os braços até me exaurir. Uma criança também, porque parecia não conseguir explicar para Noah que estava tentando protegê-lo. Que estava tentando poupá-lo do transtorno de ter mais um fardo nos ombros. O melhor que podia fazer era arrancar minhas palavras como folhas de grama e jogá-las nele, esperando que entendesse que eu não podia ficar ali e esperando que percebesse que nunca me quis, para começo de conversa.

E foi por isso que estava chorando no chuveiro quando a porta do banheiro abriu e eu ouvi:

– Oi, Shay. Cheguei em casa.

Apertei os dedos nos olhos e puxei o ar.

– Oi, Gennie. Como foi sua viagem?

– Eu nadei todos os dias e Noah me deixou comer cenourinhas quando paramos pra um lanche na Transilvânia.

Apoiei a cabeça na parede do chuveiro. Podia fazer isso. Podia me controlar e ter uma conversa de criança.

– Pensilvânia?

– *Mmm*. É o que Noah disse, mas ainda acho que é Transilvânia. Eu gosto mais. – Então ela acrescentou: – Noah foi conferir as cercas.

Eu comecei a depilar as pernas.

– Okay.

– Minha mãe disse que está feliz por você e Noah se casarem. Ela disse: "Por que não estou surpresa que é a Shay Sei-Lá-O-Quê do Ensino Médio?". – Gennie riu alto. – Shay Sei-Lá-O-Quê. É engraçado.

Um soluço ameaçou se libertar e tive que me esforçar para respirar fundo e contê-lo.

– É mesmo – consegui dizer. – Pode me dar uns minutinhos pra terminar aqui e me vestir? Aí você pode me contar tudo.

– Okay, eu vou ler no meu quarto – respondeu ela, batendo a porta atrás de si.

Como eu sabia que ela viria me procurar em aproximadamente três minutos, me apressei no banho e me vesti depressa. Foi só quando fui chamar Gennie que notei a caixinha na minha cama.

Tirei o *post-it* do topo. Na letra firme de Noah, dizia: *Aqui estão suas provas.*

Quando abri a tampa, encontrei folhas de caderno dobradas em quadrados exatos. Peguei uma a uma, um arquejo saindo de mim quando reconheci os girassóis desenhados atrás de todas as páginas.

Eram os *meus* girassóis. Eu os tinha desenhado.

Meu coração batia forte no peito, meus dedos não queriam funcionar e meus olhos estavam tendo dificuldade em enxergar através das lágrimas quando tentei desdobrar um dos bilhetes.

Meu querido Azul Cinzento,
Esse é meu segundo bilhete do dia, mas a aula de Ciências Sociais de Walker está drenando minha vida e preciso dessa distração para ficar acordada. Você me salvou naquela prova de Álgebra. Eu passei, mas foi por um triz em algumas perguntas. Sério, Azul, lhe devo por toda sua ajuda em estudar ontem.
Prometo que não vou deixar para o último minuto de novo.
Supostamente, eu vou ao festival dos narcisos com algumas pessoas no sábado, mas parece uma ideia horrível agora que falei em voz alta. É isso o que eu quero saber: por que isso é um festival, Azul? E essa cidade consegue sobreviver um mês sem um festival? Ou a vida aqui é tão entediante que precisam plantar um monte de flores amarelas pela cidade e mandar as pessoas numa gincana para impedir que todos caiam duros no chão de tédio? Outra pergunta: devo esperar um festival de tulipas mês que vêm? E um grande

Primeiro de Maio no mês seguinte, completo com virgens dançando não ironicamente ao redor de postes? Uma pergunta melhor: ainda tem alguma virgem nessa cidade? Só com base nas conversas dos vestiários, eu teria que dizer que a resposta é não.

Responda logo e explique essas coisas para mim, por favor. Corro o risco de cair dura no chão de tédio sem seus esclarecimentos.

Todo meu amor infinito,

PEGUEI OUTRO BILHETE, quase rasgando o papel velho no meio enquanto soltava as dobras intrincadas.

Meu querido Azul Cinzento,

Sei que você está cansado das minhas reclamações sobre essa cidade provinciana, mas já discutimos a questão do vento gelado? Porque é muito desagradável, e isso vem de alguém que recentemente foi expulsa da Suíça. Nesse ritmo, vou acabar roubando cada um dos seus moletons antes da primavera. Quanto à sua pergunta de ontem, acredito que é hora de começarmos a planejar nosso retorno para o Festival dos Bons Tempos. Acha que ano que vem é cedo demais? Será que chegamos todo confiantes, você fedendo a Yale e clubes de rapazes ricos tradicionais e eu recém-saída da New York Fashion Week e qualquer que seja a universidade que minha mãe suborne para me aceitar?

Ou devemos esperar uns cinco anos e deixar a expectativa crescer?

Estou recebendo um olhar feíssimo de Williamson, então tenho que encerrar por aqui. Os professores são péssimos. Por que não podem só me deixar ignorá-los em paz?

Amor para sempre,

E ENTÃO AS outras:

Azul Cinzento, meu caro mal-humorado,

Obrigada por me salvar na outra noite. Eu não amo futebol americano o suficiente pra aguentar um jogo inteiro, e realmente não amo quando todo mundo decide ficar bêbado e ser um idiota. Sei que o Ensino Médio é pra isso, especialmente numa cidadezinha pequena nos Estados Unidos, mas já fui idiota. Superei essa fase. Obrigada por me levar pra casa e também estar cansado disso comigo, mesmo que estivesse num humor pra lá de resmungão naquela noite.

Algum dia a gente vai passar um tempo juntos e falar sobre todas as coisas fabulosas que estamos fazendo. Nada de drama de cidade pequena pra nós. Vamos nos encontrar em algum lugar em Nova York, claro, e contar histórias sobre dominar o mundo. Vai ser perfeito. Nós seremos perfeitos.

Todo meu amor livre de dramas,

O mais azul dos azuis cinzentos,

Às vezes me pergunto se toda minha vida será uma série de erros. Um após o outro, e não vejo nenhum deles chegando até passarem voando por cima da minha cabeça. Sinto que todo mundo tem um sensor embutido para saber quando está prestes a foder com tudo, mas eu só tenho que descobrir o que acontece quando eu fodo com tudo porque não tenho esse mecanismo. Prometa que vai me impedir antes que eu foda com tudo. Você é minha única esperança.

Amor infinito,

AC–

Obrigada pelo café esta manhã. Me lembrou de casa. De algo vagamente familiar, dado que vaga familiaridade é meu único padrão para considerar algo como minha casa.

Sei que pareço uma menina mimada quando digo que sinto falta do café europeu – mas sinto falta do café europeu. Você alegrou meu dia.
Cafeinada com todo o amor,

Azul Cinzento da manhã enevoada,
Você abordou um ótimo ponto e minha resposta é simples: não faço ideia do que acontece ano que vem. A faculdade é um mistério vago e aquoso. Provavelmente vou entrar na Boston College graças ao histórico da minha mãe, mas não me importo. Não faço a menor ideia do que farei lá e provavelmente vou desperdiçar alguns anos tentando descobrir. Contanto que eu não envergonhe minha mãe, não importa muito.
Queria amar algo o suficiente para saber que quero passar a vida fazendo isso, mas amar as coisas é assustador. É um perigo pra minha saúde. As coisas que as pessoas amam muitas vezes se viram contra elas e as destroem. Olha só Van Gogh e a orelha. Sério! Não acho que quero o risco de amar qualquer coisa que possa arruinar minha vida no processo.
Amor e mistérios,

AC,
Espero que você não tenha se encrencado. Sinto muito por te manter acordado até tarde ontem. Não percebi que tinha passado tanto da sua hora de dormir. Não quero dificultar as coisas pra você em casa. Sinto muito mesmo. Me culpe, por favor. Todo mundo já acha que sou uma garota problemática. Só diga pra eles que fui eu e se tire dessa confusão.
Além disso: obrigada por escutar. Não sei por que eu estava tão magoada. Minha mãe quase nunca se lembra do meu aniversário. Devia ter esperado isso. Sei que não devo criar expectativas com ela.

Obrigada por me deixar chorar no seu ombro até me sentir melhor.
Eu precisava disso. E, por favor, jogue a culpa em mim.

Azul Cinzento,
Um dia, quero ver você sorrir. Tipo, um sorriso real. Não aquele que você me
dá quando digo que vou matar a aula de Educação Física e comer um almoço
decente na cidade ou quando sento ao seu lado na aula de Inglês e roubo suas
anotações pra conseguir uma nota de participação uma vez na vida.
Você vai me contar por que é tão azul e tão cinzento e antes de me escrever
uma redação de cinco parágrafos sobre como azul e cinzento são sua personali-
dade, me permita dizer: eu sei. Eu sei. Sei e amo e quero saber como veio a ser
assim. Quero saber tudo sobre você, meu querido amigo.
Todo meu amor e sorrisos,

Meu doce, doce AC,
Espero que sua mãe esteja bem. Sinto muito que você e sua família estejam
passando por tanta coisa com a saúde dela. Não sei se tem algo que eu possa
fazer para ajudar, mas quero que me conte se tiver. Sabe que eu faria qual-
quer coisa por você. É só falar e estou ao seu dispor.
Te amo muito,

Azul Cinzento Mimizento,
Não, não sei o que isso significa. Só gosto do som.
Outra coisa de que eu gosto: Lollie. Achei que ia ficar presa com alguma velha
má quando minha mãe me mandou pra cá, mas Lollie é ótima, na verdade.
Queria não ter que fazer as malas e me mudar a porra do tempo todo, mas
estou feliz por ter vindo pra cá. Sinto que não tenho que me preocupar com

tudo quando estou em Twin Tulip e isso é bem legal.

Sei que você não se sente da mesma forma sobre a fazenda da sua família,
e tudo bem. Estamos vendo a questão de direções opostas. Eu provavelmente
odiaria se estivesse dirigindo seu trator.

(Isso é uma substituição adequada para "estar na sua pele" por aqui?
Não faço ideia.)

Um monte de gente perguntou se eu vou ao festival da colheita (???) esse fim
de semana. Pode explicar isso pra mim como se eu fosse uma forasteira que não
ajusta o relógio de acordo com as luas e tal? Eu quero ir nesse negócio? Vou
precisar colher alguma coisa?

Todo o amor mimizento que eu tenho pra dar,

Meu herói,

Caso ninguém tenha lhe contato, você tem o melhor coração no mundo todo.
Mesmo quando é emburrado pra caralho (vide: as últimas duas semanas
direto), faz as coisas mais fofas, tipo me levar pra casa quando eu estou presa
no baile de inverno (obrigada, Brett Schiveley, por me largar lá porque eu
não queria ir pra casa do lago do seu tio). Nem sabia que você ia estar no
baile, mas lá estava você no seu terno azul e estiloso.

Eu nunca me lembro de planejar minha saída dessas coisas, mas você nunca se
esquece. Sério, AC, você é meu melhor amigo. Nunca perca esse coração gentil.

Algum dia, eu vou salvar você.

Sempre,

★★★★

EU VOEI ATRAVÉS daquelas páginas até o edredom estar todo coberto de girassóis em tinta azul e minha letra adolescente floreada.

— As estrelas — sussurrei para mim mesma. — Ai, minha nossa. *Ai, minha nossa.*

– Que foi?

Quase pulei para fora da minha pele ao ouvir essa pergunta, um dos bilhetes apertados ao peito enquanto me virava para Gennie.

– Não ouvi você entrar – eu disse, meu coração batendo a mil por hora.

Ela espiou ao meu redor.

– O que é isso?

– Umas cartas velhas – respondi, reunindo-as.

Ela viu uma onde eu desenhara um mapa de Twin Tulip no verso.

– Parecem mapas do tesouro.

– Não, não é tesouro – eu disse, as palavras soando tão trêmulas quanto eu me sentia. – Sei que eu disse que a gente ia conversar, mas preciso fazer uma ligação.

– Tudo bem. – Ela assentiu com a cabeça, ainda se inclinando para espiar as cartas enquanto eu as enfiava de volta na caixa. – Eu vou ler uma história para os meus brinquedos.

Claro, os bilhetes não cabiam agora que eu os abrira, e não ia forçá-los a entrar lá dentro. Essas coisas tinham quinze, dezesseis anos de idade. E ele as guardara por um motivo, um motivo que eu não estava preparada para compreender.

– Parece ótimo – eu disse para ela.

Quando Gennie tinha saído, peguei a caixa, os bilhetes e o cesto de roupas sujas e desci a escada. Fechei a porta do porão e desci na ponta dos pés, embora não soubesse explicar por que estava me esgueirando assim. Não fazia sentido, mas parecia necessário.

Quando cheguei lá embaixo, apertei o contato de Jaime e segurei o celular na minha frente, esperando que ela atendesse. Quando o rosto dela finalmente apareceu na tela, eu deixei escapar:

– Noah acabou de falar que me ama. Eu pedi provas e estou surtando porque me esqueci de todas as cartas que escrevi pra ele no colégio, mas ele as *guardou*, e tudo isso é demais. É *demais*, Jaime.

Ela jogou o cabelo sobre o ombro.

– Espera, vá com calma. Por que você está tão abalada? Acho que eu lhe disse que ele a amava quando fiquei presa naquele seu balanço de pneu.

– Porque ele também disse que me ama há muito tempo – eu disse, todas as palavras escapando de uma vez. – Desde que a gente era adolescente. E aí Noah deixou um monte de bilhetes que eu escrevi no colégio e percebi que costumava desenhar estrelas no final em vez de assinar meu nome.

Ela só me olhou.

– E? – Eu desdobrei um dos bilhetes e o ergui para a tela. – Espere, espere, espere. Nem fodendo. Caraca, gata. Ele… homenageou você no nome da fazenda dele?

– Talvez? – escaneei o bilhete de novo. – Eu chamava Noah de Azul Cinzento. Porque ele era triste e emburrado. E eu era esquisita e achava que podia ler auras naquela época.

– Você ainda é esquisita, mas não podemos fingir que é uma coincidência que o logo da fazenda dele é composto das exatas estrelas que você desenhou com um fundo azul-cinzento.

– Por que ele faria isso?

Minha amiga me encarou por um segundo.

– Além de querer se lembrar de você constantemente?

– Ele nunca disse nada. Quer dizer, éramos amigos, mas… – Suspirei e esfreguei a testa. – Mas eu nunca soube.

– Parece que ele a perdoou pelo lapso. – Quando não respondi, Jaime murmurou consigo mesma por um segundo. – Vou sentir tanta saudade de você.

– Quê?

– Vou visitá-la o máximo que puder. Fins de semana, feriados e verões. Você pode ter que me pegar… será que tem um trem que vai pra Rhode Island? Não sei, mas vou visitar. Você é família pra mim. Só porque tem sua cidade mágica e seu marido encantado não significa que pode ignorar a amiga bissexual e caótica.

— De que porra você está falando?

Ela revirou os olhos.

— Ele a *ama*, Shay. Ama você até há mais tempo do que eu e tem as provas. Acrescente a isso o fato de que se casou com você para que pudesse herdar a fazenda da sua vó e que enfrentou Xavier no meio de uma feira e você sabe o que vem em seguida.

Lágrimas encheram meus olhos enquanto eu dizia:

— Mas eu não sei.

— Sim, gata, sabe. Deixa ele amar você. Viva sua vida feliz com sua fazendinha de tulipa e a fofa da sobrinha pirata dele. Aceite o emprego na escola, no primeiro ano, pra gente poder compartilhar planos de aula, fazendo o favor, e fica aí. Com o marido que a ama tanto que queria ver seu desenho de estrelinhas todo dia, mesmo antes de você voltar pra ele.

— Mas e se...

— Não. — Ela ergueu uma mão. — Não. Não vamos brincar de "E se". Vamos brincar de Papai Padeiro Ama Você. Não vamos passar nosso tempo procurando fios soltos ou buracos no chão. Não vamos compará-lo ao seu ex e aos muitos sinais de alerta dele. Vamos pegar a prova irrefutável que seu marido lhe deu hoje, a prova que você pediu, e acreditar nela.

— Mas e se Noah mudar de ideia?

— Você tem muita prática em ignorar todos os motivos pelos quais uma situação é errada pra você, então vai levar um tempo pra reconhecer por que essa é certa. Só vai precisar confiar em mim. — Ela suspirou. — Você só não vê como ele lhe olha. Se visse, saberia o que eu sei, que é o fato de que Noah está decidido há muito, muito tempo e esteve esperando que você tomasse uma decisão.

Olhei para o outro lado do porão por um momento. Havia caixas empilhadas num canto e alguns móveis velhos no outro. Tudo preciso e arrumado, bem como Noah gosta. Por fim, eu disse:

— Eu não sei como fazer isso.

— Então diga isso a ele.

— Eu só... eu não sei... sei que ele vai ir embora. Ou vai perceber que quer ir embora, mas não pode, porque está preso nessa coisa comigo ou que isso magoaria a Gennie ou...

— Diga isso a Noah também — aconselhou ela. — Conte a ele que você já passou por muitos abandonos traumáticos e que seu ex foi a cereja no bolo. Especialmente quando se encontrou com ele contra meu conselho algumas semanas atrás. Conte ao seu marido que está confusa e abalada por causa disso e que está tentando encontrar um caminho para superar. Conte a ele o que está passando pela sua cabeça agora.

— E se eu não estiver à altura da fantasia que Noah vem carregando desde o colégio?

Jamie bufou.

— Isso é hilário porque não tem sido uma fantasia há meses. Vocês estão casados, gata. Você mora com o Noah, transa loucamente com ele e os dois criam uma menina juntos. Acho que pode pôr essas preocupações pra dormir... a não ser que esteja ocupada sendo comida.

— *James.*

— Falando nisso, *por que* ele não está comendo você agora mesmo? Esse tipo de declaração exige a remoção imediata de todas as roupas e inibições. Vocês deviam ter essa conversa nus. Vai dar bem mais certo.

— Ele foi checar as cercas — eu respondi, dando de ombros. — Mas... — Franzi o cenho quando vi as horas na tela, percebendo que eu tinha perdido uma hora inteira lendo os bilhetes. — Não deveria demorar tanto.

– As muitas alegrias da vida de fazenda – murmurou ela. – Vá encontrar seu marido. Diga a ele que o ama e que não sabe bem como fazer isso funcionar, mas quer tentar.

– Posso usar essas mesmas palavras?

– Tem um quarto de hóspedes na sua casa e uma cadeira na sua mesa pra mim nas festas?

– Sempre – respondi.

– Então, sim, fique à vontade e empreste todas as minhas palavras. – Ela sorriu e acrescentou: – Eu amo você e lhe desejo as melhores coisas.

– Eu a amo e quero as melhores coisas pra você também.

– Certo. Chega disso. – Jamie fungou e enxugou os olhos. – Vou encontrar uns *swingers* para jantar e preciso arrumar minha cara. Você precisa encontrar seu marido e se permitir confiar em coisas grandes, incríveis e assustadoras. Talvez também precise dar permissão a ele para amá-la do jeito que ele sempre quis. Se Noah se sente assim desde o Ensino Médio, talvez seja hora de você tomar uma atitude e fazer o trabalho duro.

Assenti. Se tudo isso significava o que parecia significar, eu não forçara Noah a entrar num casamento falso mais do que ele precisava que eu o defendesse contra Christiane. Ele até tinha me salvado, mas fez isso porque queria – porque me queria.

Eu me sentia arrogante e boba pensando nisso, mas um pedacinho de mim reconhecia a verdade, e esse pedaço gritava sobre todos os outros que tocavam o disco riscado de *ninguém a quer* e *eles vão embora como sempre fazem.*

Noah não iria embora. Nem se eu o deixasse.

Quando a ligação acabou, fiquei sentada lá por um minuto, procurando lares para todas as novas emoções preenchendo meu peito. Puxei o ar profundamente várias vezes e me ergui, os bilhetes e o cesto de roupas sob o braço.

A cozinha estava vazia e rastros de chuva escorriam pelas janelas. O rádio de Noah ainda estava carregando e seu celular estava na mesa. Enquanto calçava as galochas de chuva, gritei escada acima:

– Gennie, vou no galpão por um minutinho. Já volto.

– *Aye, aye*, capitã – gritou ela.

Com o capuz puxado sobre a cabeça e as mãos apertando o casaco junto ao peito, corri pelo caminho de cascalho em direção ao galpão onde Noah mantinha os quadriciclos. Imaginei que o encontraria ali, remexendo com seus equipamentos e me evitando de forma geral, mas o galpão estava vazio e seu veículo favorito tinha sumido.

– Acho que sobrou esse – murmurei enquanto ligava um veículo mais velho. Quando saí do galpão, outros dois quadriciclos chegaram na frente da casa. Com a chuva e todo o equipamento para lidar com ela, só consegui distinguir formas grandes e possivelmente masculinas.

– Noah?

– Não, é Tony – gritou um dos motoristas. – Bones.

Parei junto ao veículo dele, a chuva açoitando o lado do meu rosto.

– Você viu o Noah?

– Viemos pra cá procurar ele – respondeu Bones, apontando para um empregado da fazenda no outro veículo. – Ele não está respondendo no rádio. O quadriciclo dele deve ter quebrado por aí.

– Ele deixou o rádio em casa. O celular também. – Saí do veículo e me virei para os degraus. – Venha – gritei pra ele. – Preciso que você fique aqui com a Gennie enquanto eu procuro por ele.

– Você… ah, não. *Não.* Noah me mataria se soubesse que a deixei sair no escuro nesse tempo. Não, senhora. A gente procura por ele.

– Eu vou, e se ele tiver um problema com isso, pode resolver comigo. – Abri a porta da cozinha e vi Gennie misturando um copo de suco de pirata. – O sr. Bones vai ficar com você por uns minutos enquanto eu ajudo Noah com um negócio. Tenho certeza de que ele amaria um pouco de suco de pirata.

Um Bones encharcado surgiu atrás de mim.

– Seu marido vai me matar e aí me demitir e aí me desmembrar por deixar você sair de quadriciclo numa tempestade. A gente leva segurança de quadriciclo muito a sério por aqui, caso a senhora não tenha percebido.

– Piratas às vezes desmembram prisioneiros – disse Gennie.

Olhei entre eles.

– Parece que vocês têm muito o que discutir.

Com um grande suspiro, Bones disse:

– Desça a colina, passe pelos pomares e vá até o pântano. Tem um canteiro de abóboras lá, para as que vendemos em atacado. Não o canteiro aberto para colheita perto da loja. É plano, mas você tem que tomar cuidado com os riachos. Nessa chuva, eles vão transbordar. Não tente cruzá-los.

– Okay – eu disse, recitando essas palavras vez após vez até estarem gravadas em mim. – Okay. Obrigada.

Ele pegou o rádio e o empurrou para mim.

– Leve isso. Fique no canal quatro. Se eu não ouvir notícias suas em vinte minutos, vou ligar pra cavalaria. Estou falando sério. Vou chamar todo mundo. Lançar um alerta pra vizinhança inteira. Todas as mãos no convés.

– Entendido. – Enfiei o rádio num bolso inferior para mantê-lo seco. Para Gennie, eu disse: – Você sabe o que fazer. Eu não preciso lembrá-la.

Ela deixou duas cerejas caírem no copo.

– Não.

Eu não era uma especialista no que se tratava daquela fazenda. Não a conhecia como Noah, nem mesmo como Gennie, mas sabia onde ficava aquele canteiro de abóboras porque encostava nos limites com Twin Tulip. Tinha avistado várias abóboras rolando soltas quando fui caminhar por lá no começo da semana. Se não fosse isso, eu teria dirigido sem a menor noção de onde estava.

Eu tinha saído de casa havia dez minutos e apertava o volante tão forte que meus dedos estavam entorpecidos quando avistei uma pelugem branca de cabra. Reduzi, esperando que o animal passasse na frente dos faróis outra vez. Mas não foi uma cabra o que eu vi em seguida. Foi jeans enlameado.

Noah ergueu uma mão ao rosto, protegendo os olhos do brilho dos faróis. Tinha sangue escorrendo pela testa e seu outro braço estava apertado contra o abdômen de um jeito que indicava que algo não estava certo. Algumas cabras o rodeavam.

– Bones? – chamou ele.

Desliguei o veículo e saí correndo até ele.

– Noah!

– Shay? Que porra você está fazendo aqui?

– Alguém tinha que salvar você dessa vez.

– Você podia ter se machucado ou morrido lá fora! – rugiu ele.

– Mas não morri.

– Caralho, Shay...

– Eu também o amo – eu disse. – E vou amá-lo enquanto você me deixar se...

– Não termine essa frase – disse ele.

Mal conseguíamos nos ouvir com o vento e a chuva, mas isso tinha que ser dito, e tinha que ser agora.

– Eu não sei como fazer isso. Não sei como confiar em alguém e não sei como me pôr numa posição em que eu possa ser abandonada de novo.

– Shay...

– Mas acho que quero fazer isso mesmo assim – eu disse. – Acho que preciso fazer isso, mesmo que me assuste. Mesmo que ache que possa desmoronar ou que você possa mudar de ideia, eu tenho que ficar aqui e tenho que o amar.

– Juro pra você que não vou mudar de ideia. Não vou deixar você ir embora. Não posso. Não depois de todos esses anos.

Bem nesse instante, com cabras farejando minha mão e uma tempestade ao nosso redor, tudo mudou para mim. Foi como estar usando meu vestido de casamento e sentir o tapete puxado de baixo de mim outra vez. Meu mundo todo virou de ponta-cabeça. E, assim como eu soubera que todo o carinho e afeto que eu construíra pelo meu ex tinha sumido, soube agora que Noah me amava. Ele me amava e não havia jeito de forçar isso a existir. Um amor assim não podia ser encurralado, não podia ser falsificado. Era real e não se tratava de salvar um ao outro.

Mas primeiro eu tinha que gritar com meu marido por abrir a testa.

– Por que está parado aí? Precisamos olhar esse corte, e faça o favor de explicar o que aconteceu com seu braço.

Ele veio devagar até mim.

– Acho que quebrei quando o quadriciclo capotou.

– Você *capotou*? Em que porra estava pensando, saindo aqui no escuro, numa tempestade, no quadriciclo? Você não tem regras sobre esse tipo de coisa? Não sabe que não devia sair nesse tempo?

– Sim, eu sei. – Ele pegou um punhado do meu casaco e me puxou mais para perto. – Então, por que não me conta por que caralhos *você* fez a mesma coisa, esposa?

– Era minha vez de salvá-lo, marido.

Ele pressionou os lábios nos meus e eu *soube*. Essa era toda a prova de que eu precisava.

DEPOIS QUE BONES garantiu que podia ficar com Gennie mais um pouco – e Gennie nos garantiu que não haveria outras tentativas de fuga –, fomos ao pronto-socorro local. Noah resmungou o caminho todo. Insistia que a testa não precisaria de pontos e que ele não tinha tempo para lidar com um braço quebrado e, portanto, não estava quebrado. Talvez fosse uma torção, distensão muscular ou uma contusão no osso. Nada que exigiria um gesso. Ele chegou a explicar isso à enfermeira da triagem, que logo deu uma gargalhada e nos apontou para a sala de exame mais próxima enquanto murmurava:

– Fazendeiros!

Quando estávamos sozinhos, Noah fez uma careta e resmungou sobre tudo no mundo até eu me erguer da cadeira de metal e me acomodar ao seu lado na maca.

– Tudo faz sentido agora – eu disse.

– O que foi?

– Todas aquelas vezes que você disse que éramos namorados no colégio.

– Éramos. – Ele deu de ombros e imediatamente se encolheu. – Você só não sabia disso.

– Por que não me contou antes?

Ele limpou um pouco de lama seca do pulso.

– Com antes, você quer dizer desde que voltou ou no Ensino Médio?

– Vamos começar com o Ensino Médio e aí a gente analisa nossa história recente.

Ele encarou os instrumentos médicos na parede.

– Você se lembra de mim no colégio? Porque eu era tímido e desajeitado e tinha um monte de problemas. Era tragicamente patético e você era perfeita.

– Eu não era perfeita. Você sabe disso. Se aquelas cartas são prova de algo, é que eu estava longe de ser perfeita.

– Você era perfeita – disse ele. – Caralho, Shay, você veio da *Suíça*. Faz ideia de como isso é impressionante para adolescentes dessa cidade? Viveu em Londres e Nova York. Eu não podia competir com isso. E não podia competir com todos os outros. A galera popular, os atletas e os garotos ricos. Todo mundo queria você.

– Eu não precisava que você competisse. Só queria que fosse meu amigo.

– Eu já estava maravilhado que você queria isso de mim – disse ele.

– E os bilhetes. – Deixei a palma cair no centro do peito dele. – Todos aqueles bilhetes. Não acredito que os guardou. Tinha eles esse tempo todo.

– Se queria que eu morresse de vergonha, devia ter me deixado lá com as cabras.

– Eu não quero que você morra de vergonha – eu disse, rindo. – Estou tentando amá-lo e você dificultaria minha vida bastante se morresse agora. Por favor, não faça isso. Mas eu quero esclarecer algumas suspeitas.

Ele envolveu o braço bom ao redor da minha cintura e me puxou para perto.

– O que estiver pensando, está certa.

– Conte-me sobre a Estrelinha.

Um suspiro enorme saiu dele.

– É você – sussurrou ele. – Tinha que ser você.

– E aquelas estrelas tortas?

– Suas – disse ele. – Usei sua propriedade intelectual sem permissão adequada, então espero que me perdoe por isso.

Eu limpei um pouco de sangue da bochecha dele e beijei o canto da sua boca.

– Perdoado. – Então: – E o azul-cinzento?

– Não havia azul-cinzento sem as estrelas tortas. Eles só existiam juntos. – Ele soltou o ar de novo. – Toda vez que você olhava meu boné ou a tenda da feira ou até os potes de geleia, achei que se lembraria. Que ia se lembrar e eu seria pego. Que ia se tocar e eu teria que explicar... tudo.

– Acho que você queria que eu me lembrasse.

– Queria – admitiu ele –, mas queria encontrar um jeito de fazer isso funcionar primeiro. Funcionar de verdade.

Sorri para o meu marido. Tinha um hematoma feio se espalhando da sua testa até o olho esquerdo, mas eu o amava e sabia que Noah me amava também, e tudo isso me assustava profundamente.

— Eu quero tentar fazer funcionar — eu disse —, se você quiser tentar comigo.

— Conte-me todas as coisas que quer tentar, esposa.

Abaixei a cabeça, sorrindo para o pescoço dele.

— Quero uma família.

— O que isso significa pra você?

Ergui os ombros.

— Significa você, Gennie e eu, e Twin Tulip e essa cidade estranha que eu odeio, mas também meio que amo.

— E Jaime — acrescentou ele.

— Ai, claro, Jaime. Sim. Não conte pra ela que me esqueci de incluí-la na lista.

— Nunca — sussurrou ele no meu cabelo.

— Quero tentar fazer planos para além das próximas semanas ou meses. Quero ficar na Hope no ano que vem e quero que a gente faça essa ideia do espaço para casamentos acontecer. E quero que a gente tente ser casado. De verdade.

— Eu estava me perguntando quando você começaria a levar esse casamento a sério.

— Eu dirigi um quadriciclo numa tempestade por você. De noite — acrescentei. — Mais sério do que isso?

— Pelo visto, você precisa ser levada ao celeiro de novo, onde eu vou...

— Certo! Parece que alguém aqui precisa de uns raios-X. — Erguemos a cabeça e vimos um enfermeiro esperando na porta. Ele apontou para a cadeira de rodas à sua frente. — Nós vamos dar uma volta.

— Eu posso andar — disse Noah.

– Não precisa quando temos rodas. – Outro olhar significativo para a cadeira. – Vamos logo com isso, rapaz. Quanto antes terminarmos, mais rápido podemos arrumá-lo e liberar você.

– Vai lá – eu disse a ele. – Estarei bem aqui.

Ele me deu um beijo rápido.

– Eu a amo, esposa.

– Também o amo, marido. – Um sorriso abriu caminho à força no meu rosto e lágrimas arderam nos meus olhos enquanto falava essas palavras. Apertei os dedos à boca. – Uau. É essa a sensação.

Inclinando-me próximo ao meu ouvido, ele sussurrou:

– E vai ser ainda melhor quando eu estiver dentro de você.

ERA QUASE MEIA-NOITE quando voltamos para casa com um gesso no braço de Noah e quatro pontos na testa dele. Não tinha uma concussão, mas recebeu um aviso severo para ir com calma por uma semana. Estava todo cansado e dolorido, e ainda mais resmungão do que o normal. Pensei que nunca tinha amado tanto seus rosnados quanto naquele momento. Serviam como uma bela distração do fato de que o acidente podia ter sido muito, muito pior.

Quando entramos em casa, encontramos Gennie sentada na mesa da cozinha, seu iPad passando *Piratas do Caribe* e cada canetinha e lápis colorido da casa na frente dela.

– O que aconteceu? Você está bem? – perguntou ela. – Tiveram que amputar alguma coisa?

– Amputações não foram necessárias – respondeu Noah. – Só esse gesso chato por um tempo e esses pontos.

Gennie sorriu largo.

– Você vai ter uma cicatriz foda.

– Acho que é o lado bom de capotar um quadriciclo. – Ele olhou ao redor. – Espere. Por que você está acordada? E cadê o Bones?

– Eu não estou cansada e o sr. Bones está dormindo – disse ela, ainda focada no desenho.

– Que maravilha – disse Noah. – Eu vou matar esse homem amanhã. E aí vou demiti-lo.

– Não vai, não – eu disse. – Nenhuma dessas coisas vai acontecer.

– E nada de desmembrar ninguém – acrescentou Gennie.

– Discutível – murmurou ele.

Gennie ergueu os olhos do desenho, olhando entre nós com expectativa.

– Enquanto vocês estavam fora, eu decidi que precisamos de umas regras na casa.

– É mesmo? – perguntou Noah, abrindo o freezer.

– Eu fiz uma lista – continuou ela. – Quer ouvir?

Enquanto eu pegava os remédios de Noah da bolsa, respondi:

– Queremos. Já que estamos todos acordados, leia pra gente.

Ela ergueu o papel na sua frente.

– Número um: nada de dirigir quadriciclo à noite.

– Essa lição foi martelada na minha cabeça – disse Noah. Ele pegou uma colher e entrou na despensa. – Parece que literalmente não vou cometer esse erro de novo.

– Número dois: Shay e Noah vão ter um encontro por semana. – Ela ergueu os olhos do papel. – E prometo não causar encrenca quando me deixarem com a babá.

– Uma cláusula importante. – Noah sentou à mesa e abriu um espaço entre os instrumentos de arte. – Obrigado por esse acréscimo.

– Os adultos têm que ir em encontros e fazer essas merdas românticas pra poder gostarem um do outro – continuou Gennie. – Acho que é importante você e Shay se gostarem.

Eu sentei entre eles e apertei o pulso de Gennie.

– A gente se gosta. Você não precisa se preocupar com isso.

– Mas eu quero que se amem e sejam felizes. – Com um aceno, ela disse: – Um encontro por semana. Sem exceções. Escrevi uma carta pra sra. Castro pra falar que sinto muito por assustar ela pra caralho quando fugi com Bernie Sanders.

Noah segurou um pote de sorvete entre o gesso e o peito para abrir a tampa. Eu arqueei uma sobrancelha.

– Eu podia ter feito isso pra você.

– Não estou tão frágil que preciso que minha esposa abra meu sorvete. Ainda não. – Ele abanou a colher pra Gennie. – Tem algo na sua lista sobre tarefas domésticas ou crianças não xingarem o tempo todo? Porque isso seria ótimo.

Ela leu a página com cuidado.

– Número três: a gente devia ter uma casa pirata na árvore. – Ela olhou pra cima. – É só isso.

Noah enfiou um bocado grande de sorvete de Oreo com café na boca enquanto estudava Gennie.

– Vou precisar de um tempo pra revisar esses documentos. Podemos marcar uma reunião daqui a alguns dias pra negociar os termos?

Depois de um momento de consideração, ela balançou a cabeça.

– Concordo.

– Também concorda que passou muito da sua hora de dormir?

Gennie deu um olhar arregalado para o relógio.

– Talvez.

– É hora de Noah e eu irmos pra cama também – eu disse. – Por que você não sobe com a gente? Põe seu pijama, escova os dentes e pula na cama, talvez. O que acha?

– E o sr. Bones? – perguntou ela.

– Estamos ignorando o sr. Bones no momento – disse Noah entre colheradas de sorvete. Aparentemente, esse era o efeito que analgésicos tinham nele. – E ele vai ficar apagado até o amanhecer.

Levou alguns minutos e muita discussão, mas fiz os dois subirem e entrarem nos quartos. Noah levou o sorvete e eu não protestei. Apesar de insistir que não estava cansada, Gennie dormiu sentada na cama com a escova de dente na boca. Eu cuidei dessa situação e a enfiei sob as cobertas antes de seguir para o quarto de Noah.

Ou deveria chamar de *nosso* quarto? Essa era a *nossa* casa? Isso levaria um tempo. Uns ajustes. Eu precisaria me acalmar toda vez que sentisse as dúvidas se esgueirando de novo.

Eu o encontrei lutando para sair da camiseta.

– Bom que eu fiz você tirar todas aquelas roupas molhadas e enlameadas antes de irmos para o pronto-socorro – comentei enquanto libertava o braço dele da manga. Passei uma mão sobre os arranhões e hematomas pontilhando seu torso. Ele precisava de um banho longo e quente, mas podia esperar até amanhã. – Isso teria sido muito pior com lama seca.

– Você vai dormir aqui agora – disse ele, o braço ao redor do meu ombro.

Deixei as mãos caírem para a sua cintura.

– Isso é uma pergunta?

– Espero que não. – Seus olhos se moveram entre meus lábios e meus olhos. – Mas podemos ir tão devagar quanto você quiser. Contanto que a gente vá. É só isso que eu preciso.

Desafivelei o cinto dele e abaixei seu zíper. Seu jeans caiu no chão.

– Acho que tudo que preciso – eu disse, as palavras estranhas e trêmulas enquanto as formava – é você. – Ergui o olhar para encontrar o dele. – Mas você sofreu um acidente hoje e tem vários ferimentos. A única coisa que vamos fazer nessa cama é dormir.

Ele fez uma careta.

– Posso lamber seus seios e dizer que amo você quando acordar amanhã?

– Não vejo por que não.

– E no dia seguinte? Você vai estar aqui?

Eu sorri para ele, meu peito parecendo cheio e leve ao mesmo tempo.

– No dia seguinte. No dia depois dele. E naquele depois também. Sinta-se livre para marcar meu nome na sua agenda até o Ano-Novo.

Aquela careta se rompeu quando Noah riu e eu não tive escolha além de rir com ele.

– O que acha de comer sorvete na cama e assistir a umas reprises? – Ele arrastou um dedo pela gola do meu suéter. – Não é tão interessante quanto o que eu gostaria de fazer com você hoje, esposa, mas tenho a sensação de que vou apagar em breve.

– Parece ótimo. – Eu me empurrei na ponta dos pés e dei um beijo na boca dele. – Acho que isso nos torna um casal de velhinhos.

– Não tem nada que eu preferiria ser.

Epílogo

Noah

Os alunos serão capazes de fazer as escolhas certas
pelos motivos certos.

AGOSTO SEGUINTE

JOGUEI OS PAPÉIS na mesa da cozinha na frente de Shay sem explicações. Ela não afastou o olhar do notebook, o que não era surpreendente, dado que estava retornando para o modo "volta às aulas". Embora não admitisse com frequência, estava ansiosa com a transição para a professora permanente do primeiro ano.

– O que é isso? – perguntou ela.

– Um pedido de divórcio.

Ela ergueu a cabeça bruscamente.

– Um o *quê*?

Apoiei as mãos no encosto da cadeira à minha frente.

– Um pedido de divórcio. Especificamente, um pedido para dissolver nosso casamento.

Shay apoiou o queixo no punho. Seu cabelo tinha voltado a ser loiro com tons rosados após deixar a tinta esvanecer no inverno e na primavera.

Eu não sabia explicar por que gostava tanto do rosa pálido e sutil, mas toda vez que o via pensava: *Essa é a minha mulher*.

– E por que você quer dissolver nosso casamento, marido?

Não importava quantas vezes essa palavra cruzasse os lábios dela, ainda me atingia tão forte quanto da primeira vez.

– Você não precisa mais estar casada. – Deixei outra pilha de documentos na mesa. – A escritura chegou ontem. Você é a dona da Fazenda Thomas Twins agora.

Ela folheou os documentos. Um sorriso repuxou seus lábios. Seu rosto era feito para sorrir.

– Entendo.

– Não precisamos continuar com isso – eu disse –, se você não quiser.

– *Humm*. – Ela continuou a ler. – Sei que parece que está me fazendo um favor, mas também estou me perguntando se você não vê a hora de tirar meu infinito projeto de construção do seu registro de contabilidade. De lavar as mãos de tudo que envolve tulipas e amaldiçoar o dia em que tentou pôr meu mundo de flores mágico sob seu reinado?

– Se os últimos oito meses provaram qualquer coisa, é que o mundo de flores mágico pertence a você e eu tenho o privilégio de investir dinheiro nele indefinidamente.

Eu não podia chamar o progresso no espaço para casamentos de lento. Isso implicaria que algum progresso tinha ocorrido, e as coisas só tinham começado a acontecer no meio de maio devido à proximidade de Twin Tulip das áreas pantanosas e novas exigências para climatização e eficiência. Agora o projeto estava em andamento, mas nosso cronograma estava fodido. Não tínhamos uma data para uma grande abertura ou um evento teste. Nem tínhamos uma data para quando poderíamos presumir com segurança que a maior parte do trabalho estaria completa.

Era muito mais trabalho do que tínhamos imaginado, mas o interesse já era avassalador. O site dos Jardins Thomas House caiu na semana em que o lançamos. A equipe de marketing estava atolada até os cotovelos com solicitações de imprensa e noivas implorando por datas. Tivemos que colocar placas na virada para Twin Tulip anunciando que o lugar ainda não estava aberto para visitantes.

Era um pesadelo, mas não ruim. Perturbador, talvez. Exaustivo. *Caro*. Mas o tipo de pesadelo que daria certo para nós no final. *Se* conseguíssemos acabar de construir o maldito negócio.

Gennie gostava de se referir ao projeto como um show de horrores com flores, e eu não queria que ela estivesse certa sobre isso. Minha sobrinha estava indo melhor na escola. Ainda era difícil, e havia momentos em que recaía no velho modo de pirata, mas estava fazendo um bom progresso na terapia e obtendo mais apoio para o TDAH. Finalmente estava achando seu caminho, o que nunca deixava de me encantar.

Ela experimentou jogar *hockey* no campo na última primavera. Quem teria imaginado que gostaria de empunhar um bastão e sair de máscara correndo e gritando? Chocante.

E Gennie descobriu uma segunda paixão no teatro musical, o que também envolvia correr por aí gritando. Shay gostava de me lembrar de que a gritaria na verdade era canto, embora ainda estivesse descobrindo a diferença. Gennie foi um *munchkin* na produção escolar de inverno de *O mágico de Oz* e depois uma órfã na produção de primavera de *Annie*. Ela se ofereceu para limpar os galinheiros indefinidamente se pudesse ir para um acampamento de teatro de quatro semanas nesse verão. No mês passado, foi um vira-lata em *Aristogatas* e nessa noite ia interpretar seu papel dos sonhos – um dos piratas do Capitão Gancho em *Peter Pan*. Era a primeira vez que ela tinha falas além de cantar com a companhia, e Gennie não tinha parado de recitá-las para si mesma em semanas. Jaime, Grace, Emme e Audrey – as tias não oficiais – vinham de Boston para assistir à noite de estreia dela.

– Então você pensou que seria um bom momento pra acabar com tudo? – perguntou Shay. – Separar-se de vez? As garotas podem só me buscar e me levar pra casa com elas?

Eu a vi virar outra página e correr o indicador sobre as palavras enquanto lia. A alça do vestido fino caía pelo seu ombro, implorando que eu a arrumasse. Seus brincos tinham a forma de picles e eram completamente ridículos. Eu amava tudo sobre eles.

– Quero lhe dar uma escolha – eu disse. – Você realmente não teve uma da primeira vez.

– Eu tive uma escolha – disse ela, o olhar ainda fixo nos documentos.

– Me casar na prefeitura sem nenhum dos nossos amigos ou familiares? Se tivesse que fazer de novo, escolheria isso? Uma aliança de barbante e bater as palmas pra selar o acordo?

– Eu incluiria Gennie – disse ela. – Mas gostei da aliança. Você sabe disso. – Ela balançou a cabeça uma vez enquanto virava para a página seguinte. – O almoço que tivemos depois foi incrível. Eu faria de novo.

– Eu levo você pra almoçar quando quiser – eu disse. Ainda faltavam várias semanas para o ano escolar e eu já sentia falta de tê-la em casa durante o dia. – Como eu sei que você está ciente, esposa.

– Pontos extra se usar um terno de novo. Isso fez umas coisas gostosas comigo. Me deu umas sensações. – Ela apontou para o colo. – Umas sensações picantes.

– Um terno – repeti – lhe deu sensações *picantes.* – Eu estava quase convencido de que ela estava zoando comigo. Não havia nada sexy, ou picante, em usar um terno no auge do calor do verão. – Quer dizer, se você quiser eu uso, mas...

– Noah. – Ela dobrou as mãos sobre os documentos e ergueu a cabeça para mim, seu olhar de professora firme no lugar. – Você poderia ter me dito pra tirar sua gravata com os dentes naquele dia e eu teria perguntado onde colocá-la quando terminasse. Você é devastador de terno. Ainda mais com as mangas enroladas e jeans que me fazem querer morder sua bunda.

Eu podia sentir o calor subindo pelo pescoço e pelas orelhas. Apontei para o documento.

— Decida-se se eu vou me divorciar de você hoje. Tá bom? Obrigado. Vamos falar sobre o que pode tirar com os dentes depois.

— Eu vou fazer isso depois ou só falar sobre isso? — Ela deu de ombros. — Só quero me planejar adequadamente.

Resisti ao impulso de revirar os olhos.

— O que você precisa planejar?

— Não sei. — Ela olhou para o celular. — Você está pensando em antes de Gennie voltar do acampamento ou depois do show dela hoje à noite? Ou no meio-tempo? Precisamos nos esgueirar pra algum lugar? Vou precisar proteger meus joelhos? Vou ter que cobrir arranhões de barba depois? São para essas coisas que preciso me preparar.

Enfiei as duas mãos no cabelo. A conversa não estava indo como eu pretendia.

— Leia — eu disse, apontando para o documento de novo.

— Alguém vestiu as calças de mandão — murmurou ela, baixinho.

— Silêncio, Shay — disparei.

— Tá bom, tá bom. — Ela torceu uma mecha no dedo enquanto lia.

Uns meses antes, o silêncio dela teria me abalado. Teria interpretado como consideração genuína do documento que eu tinha escrito. Mas agora sabia que Shay era minha.

Brincos estranhos de contas podiam ser encontrados em quase toda superfície do nosso quarto, e seus brinquedos — além de algumas adições — eram mantidos na graveta do meio da minha cômoda. Nós dividíamos uma casa e uma cama, e junto com Gennie aprendíamos a ser uma família todos os dias. Eu não acreditava que me sentiria preparado para criar minha sobrinha no nível que ela exigia, mas agora não me sentia sozinho nesse esforço.

Conforme o pedido de Gennie, Shay e eu saíamos em encontros quase toda semana, embora não fôssemos longe. A Thomas House tinha o número exato de camas que precisávamos e a quantidade ideal de privacidade também. A completa falta de crianças no corredor era um afrodisíaco potente. Eu não conseguia pensar em nenhum encontro melhor do que permitir à minha esposa gritar tão alto quanto quisesse e então levá-la para o bar de ostras para um drinque e todos os pequenos aperitivos que ela conseguisse comer.

– Eu não quero outro casamento – disse ela, por fim. Virou a página final e reuniu os papéis, batendo-os na mesa. – Não foi perfeito, segundo nenhuma definição clássica, mas foi perfeito pra gente.

– Até bater as palmas depois?

Ela assentiu.

– Eu planejei o casamento perfeito uma vez. Fiz tudo certo. Cada detalhezinho. Mas uma festa perfeita não se traduz num casamento perfeito... nem sequer num casamento bom e saudável. – Ela empurrou os papéis de divórcio pela mesa. – Sinto muito, Noah. Você vai ter que ficar com a versão de mim que ganha aliança de barbante e bate as palmas. Nada de divórcio ou segunda chance.

– Bem, merda. – Enfiei as mãos no bolso e olhei ao redor da cozinha. – Que caralhos vou fazer com isso? – Deixei a caixinha em cima dos documentos de divórcio. – Já que não tenho uma segunda chance.

Ela encarou a caixa por um longo momento.

– Noah – sussurrou.

– Diga-me, Shay. O que eu faço com isso?

Eu me calei em choque quando Shay se ergueu e saiu da cozinha. Dessa vez, fiquei abalado. Não sabia onde tinha feito uma guinada errada. Achei que estávamos só nos provocando, com as alfinetadas e cutucadas de sempre. Mas ela tinha *ido embora*. Eu devia seguir? E dizer o quê – *desculpe por tentar substituir o barbante por um metal precioso?* Eu não via como isso era certo.

Pouco depois de sair, ela voltou – e pôs uma caixa de veludo na mesa ao lado daquela que eu tinha apresentado.

– Se eu tivesse que fazer de novo, eu teria pensado em trazer algo pra você – disse ela. – Eu me senti péssima por não trazer.

Levei a mão à nuca.

– Você não tem que se preocupar em…

– Mas eu me preocupo – disse ela. – É parte do acordo. Sou eu que penso no que você precisa enquanto está ocupado pensando no que todos os outros precisam. – Ela empurrou a caixa na minha direção. – Abra.

– Você primeiro – eu disse, empurrando a outra em resposta. – Não vou negociar sobre isso. Abra ou eu a seguro e abro por você.

– Por mais que seja uma oferta sedutora… – A dobradiça rangeu quando ela abriu a tampa. – Noah, como você… – Ela ergueu os olhos para mim – Como isso é real?

Era um aro fino de platina incrustrado com pequenos diamantes. Embora não fosse uma réplica exata do anel de barbante, chegava bem perto.

– Um artista local criou a partir de uma foto que eu tirei do original.

– Ai, céus – sussurrou ela. – Adorei. Não acredito que você fez isso por mim.

Peguei o anel delicado da caixinha e o deslizei no quarto dedo dela.

– É só parcialmente pra você. Me cansei de todo mundo na cidade me perguntando quando eu vou lhe arranjar uma aliança.

– Qualquer coisa pra tirar os moradores da cidade da sua cola – provocou Shay, pegando a outra caixa. Meu estômago caiu no chão. Ela correu o dedão no veludo antes de encontrar meu olhar. – Eu nunca esperei que esse novo plano doido chegasse a qualquer lugar, mas deveria. Deveria ter sabido desde o começo que era a coisa mais distante possível de falsa. Estou tão grata que minha vida desmoronou e me mandou de volta pra cá para eu acertar. Para ficar com você de vez, agora. Então. – Minha esposa abriu a caixa, revelando uma aliança espessa com um detalhe fino de corda no meio. Igualzinho ao barbante. – Eu ia lhe dar no nosso aniversário de casamento, mas já que você quer se divorciar de mim...

– Tudo o que eu quero é que isso seja sua escolha – eu disse. Agarrei-a pela cintura e a sentei na mesa, me encaixando entre as pernas dela. – Pretendo manter você para todos os seus amanhãs, mas não quero que fique nesse casamento a não ser que seja o que deseja. Podemos fazer tudo de novo. Dar uma festa e convidar todo mundo que a gente ama. Ou ninguém. Podemos terminar isso e começar do zero sem a pressão do testamento e... e tudo mais que você suportou. Quero que nosso casamento seja sua escolha, e não um último recurso.

Shay pegou minha mão e deslizou a aliança no meu dedo.

– Você nunca foi um último recurso. – Ela traçou um dedo sobre a aliança e um sorriso curvou seus lábios. – Jaime teria sido meu último recurso.

Abaixei a cabeça no ombro dela enquanto uma risada me sacudia.

– Eu amo você pra caralho, esposa.

– E eu amo você pra caralho, marido.

Nota da autora

AMIZADE, RHODE ISLAND não é real, mas limonada gelada, estruturas de *playground* como navios piratas e caminhões de entrega de leite pintados como vacas são reais. Idem para colinas conhecidas por seus moinhos muito antigos e cidades cortadas ao meio por enseadas, para festivais de narcisos e Festivais dos Bons Tempos. Sorvete de Oreo com café é real, assim como fazendas de tulipas onde você anda nos campos enlameados e colhe flores para levar para casa. E ioga com cabras. Ioga com cabras não é mera ficção.

Embora Amizade não seja uma cidade que você possa encontrar em um mapa da Baía de Narragansett em Rhode Island, ela é inspirada em muitos lugares reais. E falando nas ilhas de Rhode Island: há cerca de 22 delas, incluindo Hope (Esperança) e Prudence (Prudência). Também há Despair (Desespero) e Sarvegoat, e uma história levemente sórdida de naufrágios no porto de Newport (Aquidneck Island).

Outra coisa que é muito real é a escassez de livros em prisões femininas. O *Women's Prison Book Project* coloca livros nas mãos de detentas em todo o territótio dos Estados Unidos. Se você tiver livros em brochura gentilmente usados precisando de um novo lar, por favor, considere enviá-los a alguma organização como essa.

SUA OPINIÃO É MUITO IMPORTANTE

Mande um e-mail para **opiniao@vreditoras.com.br**
com o título deste livro no campo "Assunto".

1ª edição, fev. 2024

FONTE Adobe Caslon Pro 11,5/16pt;
           Raleway 11,5/16pt;
           Abril Fatface 20/24pt
PAPEL Pólen Bold 70/m²
IMPRESSÃO Faro Editorial
LOTE FAR211223